新潮文庫

白痴

下巻

ドストエフスキー
木村浩訳

白痴

下巻

第三編

1

わが国には実務的な人物がいない、たとえば政治家は多いし、将軍連中もたくさんいる、またさまざまな支配人といった連中にいたっては、どれだけ需要があろうとも、たちどころに、どんな人物でも見つけだすことができる——が、実務的な人物はいない、という嘆きの声をひっきりなしに耳にする。いや、少なくとも、そうした人物は皆無であると、みなが嘆いている。若干の鉄道では、ちゃんとしたボーイすらいないということである。どこかの汽船会社では、なんとか我慢のできる管理部を編成しようとしたが、それさえまったく不可能であったという。やれどこそこでは開通したばかりの鉄道で汽車が衝突したとか、鉄橋から転覆したとかいう噂《うわさ》を耳にするかと思えば、また今度は、列車があやうく雪の曠野《こうや》の真ん中で冬ごもりしかけたという記事がのっている。それはなんでも列車がはじめの数時間はうまく進行したものの、五日間も雪の中で立ち往生したというのである。いや、またあるところでは何千ポンドという貨物が発送を待っているうちに、二月《ふたつき》も三月も停滞してしまい、ついに腐りはじめたという話があるかと思えば、またあるところでは（もっとも、こんな話は信じかねるくらいだが）ある管理者、つまり、何かの監督官が、どこかの商店の番頭にそこの貨物の発送をしつこくせがまれたところ、貨物を発送するかわりに、その番頭の頬桁《ほおげた》にがんと一発くらわせて処分したあげく、そうした行政処置を、ただ『ちょっと腹がたったから』だと釈明しているそうである。いまや国務をつかさどる役所の数はたいへんなもので、どうやら考えるのも空恐ろしいくらいである。多くの者が勤務の経験をもち、現に勤務しているし、また勤務しようと望んでもいるのであるから――いや、これだけの人材があれば、汽船会社のちゃんとした管理部ぐらい組織できそうなものではなかろうか？

こうした疑問にたいして、どうかするとおそろしく単純な、いや、あまりに単純すぎて信じかねるような答えをする人がいる。それによると、実際わが国では多くの者が勤務の経験をもち、現に勤務してもいる、しかもこの状態がもう二百年あまりも、曽祖父《そうそふ》から曽孫《ひまご》の代まで、最もすぐれたドイツ流の規範に従ってつづいているのだが、こうした勤め人こそまた最も非実務的な連中で、しかもその実務的な知識の抽象性と欠如が、ほかならぬ勤め人自身の仲間においてすら、つい最近では、ほとんど最もすぐれた長所であり美点であるかのように見なされるにいたった、ということである。もっとも、筆者はいたずらに勤め人の話などをはじめてしまったようだ。じつは単に実務的な人物について話したかったのである。たしかに、臆病《おくびょう》と創意の欠如とが、今日までつねにわが国において、実務的な人物の重要にして最善の特質と考えられてきたし、現に今日でもそう考えられていることは、もはや疑いのない事実である。しかし、こうした意見を単に非難の意味にとるならば、わが国ばかりを責める理由はないはずである。創意の欠如ということは、世界各国において、大昔から今日に至るまでつねに敏腕な事務能力のある実務的な人物の第一の資格であり、最上級のほめ言葉とされてきたからである。いや、少なくも九十九パーセントまでの人は（しかも、これはいちばん少なく見つもっての話であるが）、つねにこうした思想の持主であり、ただ残りの百分の一が、つねに別の見解をいだいてきたし、現にいだいてもいるのである。

発明家とか天才とか言われる人びとは、世に出はじめのころは、ほとんど例外なく（またその大多数は晩年に至るまでも）、世間からはばかとしか見られなかったものである。――これはもうきわめて陳腐な意見であり、万人の認めるところである。たとえば、この何十年来、誰もかれもが自分の金を銀行へあずけ、四分の利息で、ついに何十億という大金を積みあげてきたが、もしかりに銀行というものがなく、みながてんでに自分の創意のままに動いたならば、これら何十億の大半は、おそらく株式熱や詐欺師《さぎし》の手にかかって消えてしまったであろうことは確かである。しかも、それが礼儀と道義の名において余儀なくされるのである。いや、まったく道義がそれを余儀なくしたのである。かりに道義にかなった臆病と礼儀にかなった創意の欠如とが、今日までおおかたの意見どおり、ちゃんとした実務的人物の欠くことのできない資格だとすれば、あまり急激に変革をとげるのは、単に秩序を破るばかりでなく、無作法なことにさえもなるにちがいない。たとえてみれば、わが子を心から愛している母親ならば、その息子なり娘なりが軌道を踏みはずそうとしているのを見れば、誰しも愕然《がくぜん》として、恐怖のあまり、病の床につくだろう。『いや、そんな創意なんてものはなくても、幸福で満ちたりた暮しをしてくれるのがいちばんだ』と、すべての母親は自分の赤ん坊をあやしながら、考えるものである。またわが国の乳母《うば》たちも赤ん坊をあやしながら、『錦《にしき》の衣をお着なさい、将軍さまにおなりなさい！』と大昔からくりかえし歌っているのである。こうしたわけで、わが国の乳母たちのあいだでさえ、将軍の位はロシア人の幸福の頂点と考えられているのである。つまり、平穏でりっぱな幸福というものこそ、最も一般的な国民的理想なのである。いや、事実、中くらいで試験に合格し、三十五年も勤務をつづければ、誰だって最後には閣下にでもなって、かなりの金を銀行に積めるのである。こういうわけで、ロシア人はほとんどなんらの努力もせずに、敏腕で実務的な人物という評判を結局は頂《ちょう》戴《だい》してきたのである。事実、わが国で閣下になれないのは、ただ独創的な、言葉を換えて言えば、物騒な連中ばかりである。ことによったら、これには多少の誤解があるかもしれないが、一般的に言って、どうやらこれが正しいようである。いや、社会がこのように実務的な人物の理想を定義したのは、まったくもっともなことである。が、いずれにしても、筆者はずいぶんむだなおしゃべりをしてしまったものである。じつは、われわれにとってすでにお馴染《なじ》みのエパンチン家について、少々説明を加えたかったからである。この家の人びと、いや、もっと正確に言えば、この家庭で最も分別のある人びとは、この一族に共通な、さきに述べたあの美徳とはまさに正反対な性質のために苦しんできたのであった。事実を正確に理解することができないながらも（なにしろ、それはとてもむずかしいことである）、これらの人びとは、わが家におけるすべてのことが、よそとはちがって、なぜかうまくいかないように思っていた。よそでは何事もなめらかにいっているのに、自分のところではなんとなくごつごつとしているし、よそではみんな軌道にのっているのに、自分たちはたえず脱線ばかりしている。みんなはしじゅう慎みぶかく小心翼々としているのに、自分たちはそうではない。たしかに、リザヴェータ夫人は大いにびくびくしていたとも言えるが、それは夫人たちが憧《あこが》れている世間一般の慎みぶかい臆病さとはちがっていた。もっとも、そんなに気に病んでいたのは、リザヴェータ夫人ひとりかもしれなかった。娘たちは頭の鋭い皮肉な人たちであったが、まだなにぶんにも年が若いし、将軍も洞察力《どうさつりょく》は持っていたが（もっともそれは、融通のきかぬものであった）、いざ厄介なことがもちあがった場合には、ふむ！　と言ったきりで、結局のところ、リザヴェータ夫人にすべての希望を託すことになるのであった。こんなわけで、最後の責任はひとりでに夫人の肩にかかってきた。ところで、この家庭は創意に富んでいるのでもなければ、みずから意識して風変りなことを求め、そのために軌道からはずれているというのでもなかった。もしそうだとしたら、まったく無作法な話であろう。だが、決してそんなことはない！　事実、そんなふうなことは、つまり、何か意識的に定められた目的などというものはなかったのである。が、それでもやはり、エパンチン家の家庭は非常に尊敬すべきものであったにもかかわらず、一般にすべての尊敬すべき家庭として当然そうあるべき姿とはちがうところがあった。最近では、リザヴェータ夫人も何事につけて自分ひとりを責め、自分の《不仕合せな》性格にその罪を帰するようになり、そのためにいっそう苦しみ悩むようになった。夫人はたえず自分自身を『ばかで無作法な変人』と悪《あ》しざまにののしり、邪推のために苦しみ、ひっきりなしに途方にくれ、何かちょっとした厄介なことさえ解決することができず、たえず不幸を大げさにこぼすのであった。

すでにこの物語のはじめのくだりにおいて、エパンチン家の人びとが、社会一般の尊敬を受けていることを述べておいた。卑《いや》しい身分の出である将軍自身すら、いたるところでまぎれもない尊敬をもって迎えられていたのである。たしかに、彼は尊敬されるだけの価値があった。まず第一に、金持で《屑《くず》ではない》人物として、第二には、それほど見識のあるほうではないが、十分りっぱな人物としてである。しかしながら、いくぶん頭が鈍いということは、ほとんどすべての実務家、と言って悪ければ、少なくとも、すべてのまじめな蓄財家の欠くべからざる性質のようである。最後に、将軍はその言動も上品であったし、謙虚でもあったし、むだ口もきかなかったし、さらに単に将軍としてだけでなく、潔白にして高尚な一個の人間としても、自分の権威を他人に踏みつけられるようなことをゆるさなかった。しかし、何よりも重要なことは、将軍が有力なるパトロンを持っていたということであった。リザヴェータ夫人はどうかといえば、すでに述べたごとく、夫人は名門の生れであった。もっともわが国では、何か特別な縁戚《えんせき》でもないかぎり、門地などはあまりたいしたものではないらしい。ところが、夫人にはりっぱな縁戚があったので、人から尊敬もされ、かわいがられるようになったのである。しかも、それが非常に勢力ある人たちだったので、自然とほかの人びとも、それにならって夫人を尊敬し、仲間に迎え入れなければならなくなった。したがって、夫人の家庭的な悩みは根拠のないものであり、その原因はまったくくだらないもので、それを滑稽《こっけい》なくらい誇張していたことは疑いもない事実であった。ところで、もしかりに誰かの鼻の上か額の真ん中にいぼがあるとすれば、たとえその人がアメリカを発見しようとも、当人にとってはみなが自分のいぼを見て笑うのを唯一《ゆいいつ》無二の仕事にして、このいぼのために人が自分を非難するような気がするものなのである。いや、世間がリザヴェータ夫人尊敬もしていたのである。ところが夫人は、ついには自分が人から尊敬されているということさえ信じなくなってしまったのである。いや、この点にこそいっさいの不幸があったのである。自分の娘たちをながめても、何か自分がその出世を妨げているのではなかろうかと煩悶《はんもん》したり、自分の性格が滑稽で無作法で、とてもやりきれないものではなかろうかと疑ったりしていたのである。そのためにひっきりなしに娘たちや夫のイワン・フョードロヴィチを責め、朝から晩までたえず口論していたことは言うまでもないことであった。そのくせ、それと同時に夢中になるほどみなを熱愛していたのである。

しかし、何よりも夫人を苦しめたのは、娘たちが自分と同じような《変人》になってきた、こんな娘たちはこの世にいやしない、いや、いるはずもない、という疑いの念であった。《ニヒリストになっているのだ、それにちがいない！》と夫人はたえず心の中で考えた。この一年間、ことについ最近になって、この胸を痛めるような思いがますます心の中に根を張ってきたのであった。《だいいち、あの娘たちはなんだってお嫁にいかないんだろう？》と夫人はたえずみずからにたずねてみるのだった。《母親を苦しめたいからさ――あの娘たちはそれを一生の目的にしているのさ、もうそれに決ってますよ。だってこんなふうなことが新しい思想とやらで、あのいまいましい婦人問題とかいうものなんだから！　現に、アグラーヤなんか半年ばかり前に、あんなりっぱな髪を切ろうとしたじゃないの、(ほんとに、このわたしだってあの年頃にはあんなりっぱな髪はしていなかったのに！）ほんとに、もう鋏《はさみ》を手に持っていたんだからねえ、わたしが両《りよう》膝《ひざ》ついて思いとどまってもらったんだもの！……それもただ母親を苦しめてやろうという意地でやったんだからねえ。まったくあの娘《こ》は意地の悪い、わがままな、甘やかされた娘《こ》だからね……でも、なんといっても、あれは意地悪な、意地悪な、意地悪な娘《こ》だよ！　でも、あのおでぶちゃんのアレクサンドラまでが、同じようにあの娘《こ》にならって、髪を切ろうとしたのはどうしたことだろう？　あの娘《こ》のほうは決して意地悪からでも気まぐれでもなく、大まじめで、髪がなければ寝るのも楽だし、頭だって痛くならないなんて、アグラーヤにたきつけられたのさ。それに、もうこの五年ばかりのあいだに、ずいぶんたくさん、たくさんお婿《むこ》さんの候補者があったじゃないの、いい人がいたのに、じつにじつにりっぱな人もいたというのに！　なんだってあの娘《こ》たちは待っているんだろう、なぜお嫁にいかないんだろう？　ただもう母親をいらいらさせたいばかりなのさ――ほかに理由なんてありゃしない！　何ひとつ！　何ひとつ！》

しかし、ついに彼女の母親らしい胸にも太陽が上ろうとしていた。たとえひとりの娘だけであっても、アデライーダがやっとのことで嫁にいこうとしたからである。《せめてひとりだけでも肩の荷をおろしたいものですよ》とリザヴェータ夫人は、機会あることに、そう口に出して言った（もっとも、胸の中では、夫人ももっともっとやさしい言い方をしていたのであるが）。そして、万事はりっぱに申しぶんなく運ばれていき、社交界でもそのことについて、敬意をもって噂《うわさ》しはじめたくらいであった。相手は有名な人物で、公爵《こうしゃく》で、財産もあり、りっぱな人物で、おまけに花嫁とは意気投合しているとなれば、もうそれ以上何を望むことがあろう？　しかし、アデライーダのことは夫人も前々から、ほかの二人の娘ほどには心配しなかったのである。たとえ彼女の芸術的傾向が、いつも疑いの眼を光らせている夫人の心を、ときに苦しめることはあっても、《そのかわり性質は快活だし、分別も十分あるから、あの娘《こ》がへまをするわけがない》と夫人は結局心を安んじていたのである。夫人が誰よりも恐れていたのはアグラーヤであった。ついでに言えば、長女のアレクサンドラについては、恐れたものかどうか、夫人自身にもどうしたものやら見当がつかなかった。どうかすると、夫人は《娘のひとりを台なしにしてしまった》ような気がした。もう二十五になるのだから、きっとオールド・ミスになるにちがいない。《あれだけの器量を持ちながら……》とリザヴェータ夫人は夜ごと娘のために涙を流したほどである。ところが、アレクサンドラのほうはそんな晩も安らかに眠っていたのである。《いったいあの娘《こ》はなんなのだろう――ニヒリストかしら、それともただのおばかさんかしら？》しかし、ばかでないということについては、リザヴェータ夫人もすこしも疑わなかった。夫人はアレクサンドラの意見をとても尊重して、相談相手にするのを好んでいた。しかし《弱虫》だという点は、これも疑う余地がなかった。《まあ、落ちつきはらっていることといったら、追いたてることもできやしない！　もっとも〈弱虫〉だってあんなに落ちついているとばかりかぎらないけれど――ふっ！　ほんとにあの娘《こ》たちにかかったら、何がなんだかわからなくなってしまうよ！》リザヴェータ夫人はアレクサンドラにたいして、秘蔵っ子のアグラーヤにたいする以上に、何か説明のできない悩ましい同情をいだいていた。しかし、気短かなとっぴな振舞いや（夫人の母親としての心づかいや同情は主としてこうした振舞いで表現されるのであった）、突っかかるような態度や、《弱虫》といった呼び方も、ただアレクサンドラを笑わせるばかりであった。そのために、しまいには、まったくくだらないことがおそろしくリザヴェータ夫人の腹をたてさせ、われを忘れさせてしまうこともあった。たとえば、アレクサンドラはいつまでも寝ているのが好きで、いつもたくさんの夢を見た。ところがその夢は並みはずれてばかげていて、罪のないのがつねで、まるで七つぐらいの子供に似つかわしいものだった。ところが、ほかならぬこの夢の罪のなさが、なぜかお母さん《ママーシャ》の癇《かん》にふれるようになったのである。一度アレクサンドラが、夢で九羽の雌鶏《めんどり》を見たことがあった。そのために彼女と母親とのあいだに、おきまりの口論がおこった。いや、なぜ？　と言われても、説明がむずかしい。一度、たった一度だけ、彼女はちょっと風変りな夢を見ることができた――どこかの暗い部屋の中に坊さんがひとりいるのだが、彼女はどうしてもそこへはいっていくのがこわくてたまらなかったというのである。この夢はさっそく笑いころげる二人の妹たちによって、得々としてリザヴェータ夫人に報告された。ところが、お母さん《ママーシャ》は、またもや腹をたてて、三人の娘をみんなおばかさんと呼んだのである。《ふん、まったくおばかさんらしく落ちつきはらっているよ、もうまるっきり〈弱虫〉じゃないの、追いたてることもできやしない。そのくせ、めそめそしているんだから。どうかすると、ほんとに心配そうな様子をしてるんだからねえ！ 何をあの娘《こ》は悲しんでいるんだろう？ 何を？》ときにはこんな疑問をイワン・フョードロヴィチにまで浴びせかけることがあった。そして、いつもの癖で、ヒステリックに、脅《おど》すような口調で、返事が聞きたいといったふうであった。イワン・フョードロヴィチはふむとうなって眉《まゆ》をしかめ、肩をすくめると、やがておもむろに両手をひろげて、断をくだすのだった。

「旦那《だんな》が要《い》るのさ！」

「せめて、あの娘《こ》にはあなたのような人は授かりたくないもんですわ」と、ついにリザヴェータ夫人は、爆弾のように破裂したのである。「あなたのようなものの考え方や、しかり方をしない人をねえ、あなたのようにがさつな暴君でない人を授かりたいものですわ、ねえ、あなた……」

イワン・フョードロヴィチはすぐ逃げだし、リザヴェータ夫人も癇癪玉《かんしゃくだま》の破裂がすむと、気分が落ちつくのであった。そして、もちろん、その日の夕方には夫人もイワン・

フョードロヴィチにたいして――この《がさつな暴君》にたいして、お人好《ひとよ》しでやさしいイワン・フョードロヴィチにたいして、いつになくしとやかに、愛想よく、丁寧になるのであった。なぜなら、夫人はこれまでずっとイワン・フョードロヴィチを愛していて、むしろ彼にほれこんでいたと言っていいくらいだったからである。そのことは当のイワン・フョードロヴィチもよく心得ていたので、リザヴェータ夫人を限りなく尊敬していたのである。

　しかしながら、夫人の頭を去らぬ最も大きな悩みの種は、アグラーヤであった。《ほんとに、ほんとに、わたしそっくりだこと。何から何までわたしの絵姿を見ているようだよ》とリザヴェータ夫人はひとり言を言うのだった。《わがままで、いやらしい悪魔だこと。ニヒリストで、変人で、気ちがいで、意地悪ときている。ほんとに意地の悪い、意地の悪い娘《こ》だよ！　ああ、あの娘《こ》はとても不仕合せになるでしょうねえ！》

　ところが、さきに述べたごとく、さしのぼった太陽は一瞬、すべてのものを明るく照らし柔らげるかのように見えた。リザヴェータ夫人がすべての心配事を忘れて、ほんとうにほっと息をつきかけたのは、一生のうちこの一月ばかりのことであった。間近に迫ったアデライーダの婚礼に関連して、アグラーヤのことも、いろいろと社交界の話題となってきた。その間アグラーヤの言動はじつにみごとで、落ちついて、賢く、自信にみちていて、いくらかお高くとまっていたが、それが、かえって彼女にぴったり似合っていた。また、まる一月のあいだ母親にたいしてじつにやさしく、じつに愛想がよかった！《もっとも、あのエヴゲーニイ・パーヴロヴィチという人はもっともっとよく観察して正体を見きわめなくちゃならない。それに、アグラーヤだってほかの人にくらべて、とくにあの人を好いてるようにも見えないし！》だが、いずれにしても、ふいに、なんとも言えぬほどすばらしいお嬢さんになったのである。——ほんとになんという美人だろう、まったくなんという美人だろう、日ましに美しくなっていくじゃないか！

ところが、そこへ……

あのいまいましい公爵が、とんでもないお白痴《ばか》さんがあらわれてから、急に何もかもめちゃめちゃになって、家じゅうがまるでひっくりかえったような有様になってしまったのである！

それにしても、いったい何がおこったのだろう？

ほかの人から見れば、きっと何事もおこらなかったように思われたであろう。しかし、リザヴェータ夫人が他の人たちと異なっている点は、きわめて平々凡々たる事柄のなかに、またその縺《もつ》れのなかに、いつも夫人につきまとっている不安な気持を透《とお》して、つねに何かしら病気にでもなりそうなほど、恐ろしいものを発見する性質であった。夫人はそのたびに疑《うたぐ》りぶかい、なんとも説明のつかない、したがってこのうえなく重苦しい恐怖を感じるのであった。だからいま思いがけなく、こうした滑稽でなんの根拠もない無

意味なごたごたのあいだから、何やら重大らしい、いや、事実、真に不安や疑いを呼びおこしそうなものがちらちらと見えはじめたとき、夫人の気持ははたしてどんなであったろう？

《それによくもあんな匿名《とくめい》の手紙をわたしによこして、あの売女《ばいた》のことを――あれがうちのアグラーヤと関係があるなんて厚かましくも書けたものだ》リザヴェータ夫人は公爵を引きたててくる道すがらも、家に着いて、家族の者が集まっていた円テーブルに公爵をすわらせながらも、やはり心の中でずっと考えつづけていた。《よくもまあ、あんなことを考えついたものだ！　たとえほんのちょっとでもそんなことを真《ま》に受けたり、アグラーヤにあんな手紙を見せたりするくらいなら、いっそ死んじまったほうがましですよ！　これこそわたしたちエパンチン家にたいする嘲弄《ちょうろう》ですよ！　それというのもみんなイワン・フョードロヴィチのせいなんですからね。みんなあなたのせいですからね、イワン・フョードロヴィチ！　ああ、なんだってエラーギン（訳注　ネヴァ河口にある小島で、別荘地）へ行かなかったんでしょう。エラーギンがいいと、あんなにわたしが言ったのに！　これはひょっとしたら、あのワーリカが書いたのかもしれない、ちゃんと知ってますよ。それとも、もしかしたら……ええ、何もかもイワン・フョードロヴィチが悪いんですよ！　これはあの売女があの人を目あてに仕組んだことにちがいない、あの人に恥をかかせるために、昔の関係を思い知らせようとしてたくらんだのだ。いつかあの人があの女のところへ真

珠を持っていったとき、まるで人を小ばかにして、大笑いしながらその鼻づらをつかんで引きまわしたというけれど、今度もそれとすっかり同じことなのさ……しかし、なんといっても、わたしたちはもうこの事件に巻きこまれてしまったんですよ。とにかく、あなたの娘たちもやはり巻きぞえにされたんですよ、イワン・フョードロヴィチ。生娘が、令嬢が、上流社会の令嬢が、近いうちに嫁入ろうという娘が、ですよ。それがあんな場所に居あわせたおかげで、あんな場所に立っていたおかげで、みんなすっかり聞いてしまったんですからねえ。あんな小僧っ子たちの事件に巻きこまれたんですからねえ、どうしてくれるんです、同じ場所に立って聞いていたんですよ！　それから、わたしはこのやくざ公爵も容赦しませんよ、どんなことがあっても容赦しませんよ！　それに、なんだってアグラーヤが三日もヒステリーをおこして、もうすこしで姉たちと喧《けん》嘩《か》するところだったのだろう？　いつもはその手を接吻《せっぷん》したりなんかして、母親のように尊敬していたアレクサンドラにまで。なんだってあの娘《こ》は三日もみんなに謎《なぞ》をかけるようなことばかり言ったのだろう？　それから、ガヴリーラ・イヴォルギンはこの事件にどんな関係があるのだろう？　なぜあの娘《こ》はきのうもきょうも、ガヴリーラ・イヴォルギンのことをほめちぎったあげく、泣きだしてしまったんだろう？　また、あの娘《こ》は、公爵からもらった手紙を、姉たちにさえ見せなかったのに、なぜあの匿名の手紙のなかにあのいまいましい『あわれな騎士』のことなんか書いてあったのだろう？　それから、

なぜ……なんのためにわたしは公爵のところへ火傷《やけど》した猫みたいに駆けつけていって、自分からわざわざあの男をここへひっぱってきたんだろう？　ああ、わたしは気が狂ってしまったのだ、なんてことをしでかしたんだろう！　若い男をつかまえて娘の秘密をおしゃべりするなんて、しかも、その秘密ときたら……その当の相手にあやうく関係していることじゃないか！　ほんとに、この男が白痴《ばか》で、そして……そして……わが家の友だちだからいいようなものだけれど……それにしても、ほんとにアグラーヤはあんな片輪者に夢中になったのかしら！　おやおや、わたしとしたことが、とんでもないことを考えたりして！　ちょっ！　ほんとにわたしたちはみんなとっぴな人間ばかりだこと……わたしたちはみんな、ことにわたしなんかは、ガラス箱の中へ入れて、入場料の十コペイカもとって見世物にしたいくらいですよ。あなた、わたしは決して容赦しませんよ、イワン・フョードロヴィチ、どんなことがあってもあなたを容赦しませんからね！　それにしても、あの娘《こ》はなぜあの男をいじめないんだろう？　いじめてやるって約束までしたくせに、いまじゃいじめようともしないんだから！　ほら、ほら、一心にあの男のほうを見つめたまま、黙っているじゃないの。立ちさろうともしないで、じっと立っているじゃないの！　そのくせ、自分からあの男に来ちゃいけないと言いわたしたんだからねえ……あの男のほうは顔を真《ま》っ蒼《さお》にしてすわっている。それに、あのいまいましいエヴゲーニイ・パーヴロヴィチのおしゃべりがひとりで話をきりまわしているじゃないの！　まあ、しゃべることしゃべること、誰にも口を入れさせないんだから。話をうまく持ちかけさえしたら、わたしにはすっかりわかってしまうんだけれど……》
公爵はいかにも真っ蒼といってもいい面持で、円テーブルの前にすわっていた。そして、どうやら彼は並々ならぬ恐怖と、それと同時に、ときどき自分にさえわけのわからぬ、胸のつまるような歓喜の情にひたっているようであった。ああ、彼は自分にとって馴染《なじ》みぶかい二つの黒い瞳《ひとみ》が、じっと瞬《またた》きもせずに自分のほうを見つめている部屋の一隅に視線をやるのを、どんなに恐れたことだろう。が、それと同時に、彼女からあのような手紙をもらったにもかかわらず、ふたたびこうして人びとのあいだにすわって、聞きなれた彼女の声を耳にすることができたという幸福感にどんなに胸をしびれさせたことだろう。《ああ、あのひとはいまにも何か言いだすにちがいない！》と思いながら、彼自身はひとことも発しないで、一心に《堰《せき》を切って落したような》エヴゲーニイ・パーヴロヴィチのおしゃべりを聞いていた。エヴゲーニイ・パーヴロヴィチがこの晩のように興奮して、満足な心もちになることは珍しかった。公爵はその話をずっと聞いていたが、長いことひとこともわからなかった。まだペテルブルグから戻ってこないイワン・フョードロヴィチのほかは、全員そろっていた。Щ《シチャー》公爵もやはりその場に居あわせた。みんなはもうすこしたったら、お茶の支度ができるまで、音楽を聞きにいくことになっているらしかった。いまの会話は、どうやら公爵がやってくるちょっと前にはじまったものらしかった。まもなく、突然どこからかコーリャがあらわれて、テラスへはいってきた。《してみると、相変らずこの家へ出入りをゆるされているんだな》と公爵は心の中で考えた。

エパンチン家の別荘は、スイスの山小屋の趣を取りいれて、まわりを花と青葉で飾った贅沢《ぜいたく》なものであった。あまり大きくはないが、みごとな花園が四方から建物を取りかこんでいた。みんなは公爵の家でと同じように、テラスに腰をかけていた。ただそのテラスがいくぶん広くて、もっと豪奢《ごうしゃ》にできていた。

いま交《か》わされている会話のテーマは、二、三の人にしか気に入っていないらしかった。この会話は察するところ、激しい議論がもとではじまったものらしかったが、みんなは当然のことながら話題を転じようと欲していた。しかし、エヴゲーニイ・パーヴロヴィチはかえって自説を固持して、人びとの思惑などいっこう気にとめない様子だった。公爵の来訪は彼をいっそう興奮させたようだった。リザヴェータ夫人は話の筋がよくわかっていたわけではないが、顔をしかめていた。すこし片寄って、というよりほとんど隅《すみ》っこにすわっていたアグラーヤは、その場を去ろうともせずに、耳を傾け、かたくなに黙りこんでいた。

「失礼ですが」とエヴゲーニイ・パーヴロヴィチは激しく反駁《はんばく》した。「わたしはべつに自由主義に反対だなんて言ってやしませんよ。自由主義は決して悪いものじゃありません。それは統一体を組織するために必要な一部分であって、それがなかったら、その統一体は崩壊するか、滅びるかしてしまいますからね。自由主義は最も穏健な保守主義と同様、存在の権利を持っています。しかしですね、わたしが攻撃しているのはロシアの自由主義なのです。くりかえして申しますが、ロシアの自由主義者は、ロシア的自由主義者でなくして、非ロシア的自由主義者だからこそ、わたしはそれを攻撃しているのです。もしわたしがロシア的自由主義者に会うことができたら、あなたがたの眼の前で、すぐその男に接吻《せっぷん》してみせますよ」

「もしその相手があなたに接吻する気になればのことでしょう」いつになく興奮したアレクサンドラが言った。その頰《ほお》の色までがいつもより赤く紅潮していた。

《おや、まあ》とリザヴェータ夫人は胸の中で考えた。《いつも食べて寝ているばかりで、どうにも手がつけられないと思っていたら、一年に一度ぐらいふいに起きあがって、びっくりするようなことを言いだすんだからねえ》

公爵がふと気がついたところによると、エヴゲーニイ・パーヴロヴィチがこうしたまじめな問題を論ずる調子があまりに陽気で、夢中になって議論しているのか、それとも冗談を言っているのかわからないような態度が、アレクサンドラには大いに気に入らないらしかった。

「公爵、わたしはあなたがいらっしゃるちょっと前に、こんなことを断言したのです」

エヴゲーニイ・パーヴロヴィチはしゃべりつづけた。「わが国の自由主義者は、現在までのところただ二つの階層からだけ出てきたのです。すなわち、以前の（いまはなくなってしまった）地主と神学生からなる二つの階層ですね。ところが、それはいまや双方とも一種特別な、国民からまったく遊離した完全な階級《カスト》に変化してしまい、それは時がたつにしたがって、世代より世代を追って、はなはだしくなってきました。ですから、彼らのやってきたこと、また現にしていることは、みんな完全に民族的なものではないのですよ」

「なんですって？　それじゃ、いままで行われたことは、みんなロシア的でないというんですね？」と Щ《シチャー》 公爵が反駁した。

「民族的なものじゃありません。たとえロシア風ではあっても、民族的なものではありませんよ。わが国の自由主義者もロシア的でなければ、また保守主義者もロシア的でないんです。何もかも……ですから、わたしは断言しますが、国民は地主や神学生のやったことなんか何ひとつ認めないでしょうよ。今日だって、またこれからさきだって……」

「いや、こりゃおもしろい！　なぜきみはそんな逆説を主張されるんですかね、もしいまのがまじめな話だとすれば。わたしはロシアの地主にたいするそんな乱暴な議論を、黙過することはできませんよ。だいいち、きみ自身だってロシアの地主じゃありませんか」Щ《シチャー》 公爵はかっとなって言葉を返した。

「いや、わたしはきみが理解したように、ロシアの地主を論じたんじゃありません。わたしがそのなかに属しているということだけから言っても、尊敬すべき階級ですからね。まして今日では、もはや階級としては存在しなくなったんですからねえ……」

「それじゃ、文学にも民族的なものは何ひとつなかったんですの？」とアレクサンドラがさえぎった。

「わたしは文学のほうはあまり得意じゃないんですが、しかし、ロシアの文学もわたしの考えでは、ロモノーソフとプーシキンとゴーゴリを除けば、みんなロシア的じゃありませんね」

「でも、第一、それだけいれば十分ですわ。第二に、そのひとり（訳注 ロモノーソフ）は民衆の出ですけれど、あとの二人は地主じゃありませんか」とアデライーダが笑いだした。

「いや、まったくそのとおりです。でも、そう得意にならないでください。いままでのすべてのロシアの作家のなかで、ただこの三人だけがそれぞれ何かしら実際に自分の言葉を、誰からの借りものでもない自分自身の言葉を語ることができたからこそ、この三人がたちまち民族的なものになったのです。ロシア人なら誰でも、もし何か自分の言葉を、自分の滅びることのない借りものでない言葉を語ったり、書いたり、実行するなりしたら、その人はかならず民族的な人物になるんですよ。たとえその人がロシア語を満足に話せないにしてもです。これがわたしの原則です。しかし、わたしたちは文学の話をはじめたのじゃありません。社会主義の話をしていて、脇道《わきみち》へそれたのです。そこで、わたしは断言しますが、わが国にはひとりだってロシア的な社会主義者なんかおりませんよ。現在もおりませんし、かつていたためしがないのです。なぜかというと、わが国の社会主義者はみんな、地主か神学生の出だからです。わが国の有名な折紙つきの社会主義者はみんな、こちらにいるのも外国にいるのもみんな農奴制時代の地主出身の自由主義者にほかならないからです。あなたがたは何を笑っていらっしゃるんです？　いや、わたしにあの連中の書いた本を見せてください、あの連中の教義や手記を見せてください。わたしは文芸批評家じゃありませんが、ひとつ信頼に足る文芸評論を書いてお目にかけましょう。そしてそのなかで連中の書物やパンフレットや手記の一ページ一ページが、何よりも以前のロシアの地主によって書かれたものであるということを、白日のように明らかに証明してごらんにいれましょう。あの連中の憤怒《ふんぬ》、不平、皮肉はすべて地主的ですよ（しかもファームソフ（訳注　グリボエードフの喜劇『知恵の悲しみ』に登場する地主）以前の地主ですよ！）。あの連中の歓《よろこ》びや涙は、あるいは真実の歓びであり、涙であるかもしれませんが、しかしやっぱり地主的なものですね！　地主的であり神学生的なんです……あなたがたはまたお笑いになりましたね。おや、あなたも笑ってらっしゃいますね、公爵、やはり不賛成ですか？」

　実際、みんなが笑っていた。公爵も微笑をもらした。

「私は、ご意見に賛成かどうか、まだはっきり申しあげられませんが」と公爵はふいに笑うのをやめて、いたずらの現場を見つけられた小学生のようにぎくりとしながら、言った。「しかし、これは信じていただきたいのですが、私はあなたのお話を、非常な満足をもって拝聴しております……」

そう答えながらも、彼はあやうく息をつまらせるばかりであった。その額には冷や汗すらにじみでていた。彼がここにやってきてすわってから、それが彼の発した最初の言葉であった。彼はあたりを見まわそうとしたが、どうしてもできなかった。エヴゲーニイ・パーヴロヴィチは彼の素ぶりを見て、にっこり微笑した。

「みなさん、わたしはあなたがたに一つの事実をお話ししましょう」と彼は相変らずの調子で、つまり、おそろしく興奮して夢中になっているのか、あるいは自分自身の言葉をみずからあざけっているのか、わからないような調子で言葉をつづけた。「この事実は、それにたいする観察、いや、むしろ発見と言っていいことは、このわたしに、ただわたしだけに帰せられるべきものなのです。少なくとも、このことについてはいままでどこにも語られておりませんし、また書かれてもいません。この事実のなかにこそ、わたしの申しあげているロシアの自由主義の本質があらわれているのです。第一に、一般的に言って、自由主義なるものを現存する社会秩序にたいする攻撃と見なければ（それが理性にかなったものかどうかは別問題ですが）、なんだとおっしゃるんです？　ねえ、そうでしょう？　で、わたしの言う事実とは、ほかでもありません、ロシアの自由主義は、現存する社会秩序にたいする攻撃ではなく、わが国の社会秩序の本質にたいする攻撃であるということです。いや、単なる秩序、ロシアの社会秩序にたいする攻撃ではなくて、ロシアそのものにたいする攻撃なのです。わが自由主義者はロシアを否定するところまで、つまり、自分の母親を呪《のろ》い鞭打《むちう》つところまでいってしまったのです。ロシアに何か不幸があったり、失敗があったりするたびに、あの連中はそれを嘲笑《ちょうしょう》し、それにたいして歓喜さえしているのです。あの連中は民衆の風俗を、ロシアの歴史を、その他あらゆるものを憎悪《ぞうお》しているのです。もしあの連中のために何か弁護の余地があるとすれば、それはただあの連中には自分のしていることがわからないで、ロシアにたいする憎悪が最も有益な自由主義だと勘ちがいしていることだけですよ（いや、事実、ほかの人たちから拍手喝采《かっさい》を受けているものの、当の本人はほんとうのところおそろしくばかばかしい、愚かで危険な保守主義者で、しかも自分自身それを自覚せずにいる自由主義者に、わが国ではしばしばお目にかかりますからねえ！）いや、つい先ごろまで、わが国の自由主義者の一部は、このロシアにたいする憎悪の念を、祖国にたいする真実の愛ででもあるかのように思いこみ、その愛の本質を、他人よりもよく理解していると自慢していたんですからね。ところが、いまではもっとずっと露骨になって、《祖国にたいする愛》という言葉さえ恥ずべきものと考え、そのような考えさえも有害で、無意味なものとして、頭の中から追いはらってしまったんです。この事実には間違いありません、わたしはそう主張します……それに、いつかはほんとうのことをざっくばらんに、率直に言ってしまわなければなりませんからね。しかし、それと同時に、またこのような事実は、どこにおいても、開闢《かいびゃく》以来いかなる国民のあいだにも見られなかったものなのです。したがって、この事実は偶発的なもので、あるいは何事もなく過ぎ去ってしまうかもしれません、それには異論ありません。それにしても、自分の祖国そのものを憎悪するなんていう自由主義者なんて、どこにだっているわけがありませんからね。この問題をわが国ではなんと説明していますか？　まあ、以前もやはりそんなものだったとか、あるいはロシアの自由主義者はいまのところロシア的自由主義者ではないから、とか言って説明するんでしょうね――そのほかには説明のしようがありませんよ、わたしの考えでは」

「わたしはきみがしゃべったことを、みんな冗談と受けとっておきますよ、エヴゲーニイ・パーヴロヴィチ」Щ《シチャー》公爵はきまじめに反論した。

「わたしは自由主義者をひとり残らず見たわけではありませんから、判断めいたことは申しませんわ」アレクサンドラは言った。「でも、あなたのご意見を伺って、とても憤慨しましたわ。だってあなたは特殊な例を取ってきて、それを一般的な法則に当てはめようとなさったんですもの。つまり、誹謗《ひぼう》なさったわけですわ」

「特殊な例ですって？　ほう！　こりゃ、ひどいことをおっしゃいましたね」エヴゲーニイ・パーヴロヴィチがすぐに引きとった。「公爵、どうお考えです、これは特殊な例でしょうか、どうでしょう？」

「私も同じようなことを申しあげなければなりません。なにしろ、あまり見聞もありませんし……自由主義者とのつきあいも少ないですから」公爵は答えた。「もっとも私には、あなたのおっしゃることも、いくぶん正しいように思われます。あなたのおっしゃったようなロシアの自由主義は、実際わが国の社会秩序だけでなく、ロシアそのものを憎悪する傾向があるようですね。しかし、それはもちろん、いくらかというだけで……、万人にとっての真理だとは言えないでしょうね」

彼は急に口ごもって、しまいまで言いきらなかった。彼はすっかり興奮していたが、この会話にはとても興味をひかれていたのである。公爵には一つの風変りな癖があった。それは自分が興味を感じた話を傾聴するときと、そんな場合に何か人からたずねられて返答するときにあらわれる、並みはずれた天真爛漫《らんまん》さであった。彼の顔にも、その体つきにすら、相手の諷刺《ふうし》や諧謔《かいぎゃく》にすこしも気のつかぬ天真爛漫さと、相手を信じきった心持があらわれていた。ところが、エヴゲーニイ・パーヴロヴィチはもうずっと前から一種特別の冷笑的な態度で公爵にたいしていたのに、いまこの答えを聞くや、急におそろしくまじめな顔つきになって彼をながめた。どうやらこんな答えを彼から聞くのは、まったく思いがけないという様子であった。

「そうですか……でも、なんだかおかしいですね」エヴゲーニイ・パーヴロヴィチは言った。「ほんとうに、公爵、あなたはまじめにお答えになったんですか？」

「それじゃ、あなたはまじめにおたずねになったんじゃないんですか？」こちらはびっくりしてききかえした。

みんなはどっと笑いだした。

「そのとおりですわ」アデライーダが言った。「エヴゲーニイ・パーヴルイチはいつもみんなをおからかいになるんですもの！　あなたはご存じないでしょうけれど、このかたはときどきとんでもないことを、まじめくさってお話しになるんですから！」

「なんだかむずかしいお話のようですわね、もうきれいさっぱりやめてしまったらどうでしょう」アレクサンドラが鋭く言った。「散歩にいこうとしていたんですのに……」

「ええ、まいりましょう、すばらしい晩ですからね！」エヴゲーニイ・パーヴロヴィチは叫んだ。「しかし、今度こそ、わたしがまじめに言ったのだということをみなさんに証明するために――誰よりもまず公爵に証明するために（ねえ、公爵、あなたはとてもわたしの興味をひきましたよ。それに、誓って申しあげますが、わたしは絶対に見かけほどからっぽな人間じゃありませんよ、もっとも、ほんとのところは、からっぽな人間ですがね！）、みなさん、もしよろしかったら、わたし自身の好奇心を満足させるために、ひとつ公爵に最後の質問をしたいと思います。これでおしまいにしますよ。この質問はまるでお誂《あつら》えむきに、二時間ばかり前にふと頭に浮んだものです（ねえ、公爵、わたしだってときにはまじめなことも考えるんですよ）。わたしはその疑問を自分で解いたのですが、ひとつ公爵がどんなふうにおっしゃるか伺いたいもんですね。たったいま《特殊な例》というお話が出ましたが、この言葉はいまわが国ではとてもてはやされていて、よく耳にします。つい近ごろも例の若い男による恐ろしい六人殺しや、そのときの弁護士の奇妙な弁論のことが噂《うわさ》になったり、ほうぼうに書かれたりしましたね。その弁論というのは、被告のおかれた貧困状態では、これら六人の者を殺そうという考えが頭に浮んだのは、自然なことであるというものです。これは文字どおり弁護士の言ったままではありませんが、だいたいの意味はこのとおりか、もしくはこれに近いものだったと思います。わたし一個の考えでは、その弁護士はこの奇妙な意見を口にしながら、自分では現代における最も自由主義的な、最も人道的な、最も進歩的な思想を述べているのだと、確信していたにちがいありません。ところで、あなたのご意見ではどういうことになりますか？　こうした物事の理解や確信の倒錯というか、このようなとんでもない見解が存在しうるということは、はたして特殊な例でしょうか、それとも一般的なものでしょうか？」

みんなは大声をあげて笑った。

「特殊なものですわ、むろん特殊なものですわ！」と言って、アレクサンドラとアデライーダは笑いだした。

「もう一度ご注意しますがね、エヴゲーニイ・パーヴロヴィチ」Ш《シチャー》公爵が言った。「きみの冗談もだいぶ鼻についてきましたな」

「公爵、あなたどうお考えです？」エヴゲーニイ・パーヴロヴィチはそんな注意はろくに聞かずに、レフ・ニコラエヴィチ公爵の好奇心に輝く真剣な眼差《まなざ》しが自分にむけられているのを見てとって、こう言った。「あなたにはどう思われますか、これは特殊な例でしょうか、それとも一般的なものでしょうか？　じつは、あなたのためにわたしはこの質問を考えついたんですよ」

「いいえ、特殊なものではありません」小声ではあったが、きっぱりと公爵は答えた。

「いや、とんでもない、レフ・ニコラエヴィチ」Ш公爵はいくぶんいまいましそうに叫んだ。「ねえ、あなたにはこの人が罠《わな》にかけようとしているのがわからないんですか。この人はまるっきりふざけてかかって、あなたを槍玉《やりだま》に上げようとしているんですよ」

「私はエヴゲーニイ・パーヴルイチがまじめにおっしゃったものと思ったんです」公爵は頰《ほお》を染めて、眼を伏せた。

「ねえ、公爵」とШ公爵は言葉をつづけた。「いつか、三カ月ばかり前に、わたしたち二人で話しあったことを思いだしてくださいよ。わたしたちはそのとき、わが国の法廷はまだ歴史が浅く開かれたばかりだけれども、もうそこにはたくさんのりっぱな才能ある弁護士の名前を挙げることができるって話しあったじゃありませんか！　それに、陪審員の判決にも、すばらしいものが、いくらもありますからねえ！　そのとき、あなたはたいへん喜んでいらっしゃいましたが、わたしもあなたの喜びを見てどんなにうれしかったことでしょう……あのとき、これはわが国の誇りだと言いあったもんですよ……ところで、このまずい弁護は、この奇妙な弁論は、もちろん偶然のもので、千に一つの例外ですよ」

レフ・ニコラエヴィチ公爵はちょっと考えこんでいたが、低い、むしろ臆病《おくびょう》な調子ではあったが、いとも自信ありげな様子で答えた。

「私が申しあげたかったのは（エヴゲーニイ・パーヴルイチのお言葉を借りて言えば）、思想や理解のうえにおける歪曲《わいきょく》が、あまりにもしばしば見うけられるので、不幸なことに、特殊な例というよりも、むしろ一般的と言ったほうが近いぐらいだということです。もしこうした歪曲が一般的な場合でなかったら、今度のようなありうべからざる犯罪も、おこらなかったでしょうからね……」

「ありうべからざる犯罪ですって？　でも、いいですか、これとまったく同じような犯罪、いや、あるいはもっと恐ろしい犯罪は以前にもありましたし、つねにあったのですよ。しかも、単にわが国ばかりでなく、いたるところにあったのです。まだまだ長いあいだ、この種の犯罪はくりかえされるでしょう。ただちがっている点は、わが国では今日まであまり公に口にする者がなかったのに、最近では多くの者が公然と口に出して言うばかりか、文章にまで書きたてるようになったということですよ。そのために、こうした犯罪者がいまはじめてあらわれたように思われるのですよ。この点にあなたの誤解が、きわめてナイーヴな誤解があるのですよ、公爵、いや、ほんとですとも」Щ《シチャー》公爵は皮肉そうに微笑した。

「いや、私だって、そうした恐ろしい犯罪が以前にもたいへん多かったことを知ってますよ。ついさきごろ私は監獄へまいりまして、いくたりかの犯罪者や未決囚と近づきになることができました。そのなかには、今度のよりもっと恐ろしい、十人も人を殺してまるっきり後悔していないような犯罪者さえいましたよ。しかし、私はその際こういうことに気づいたんです。それはまったく後悔もしないで人を殺すような、骨の髄まで悪のしみこんだ者でも、やはり自分が犯罪者であるということを知っているんですね。つまり、まるっきり後悔をしていないにしろ、自分の良心に照らして悪いことをしたと考えているんですよ。しかも、彼らのすべてがみなそうなんです。ところが、いまエヴゲーニイ・パーヴルイチのおっしゃった人たちは、自分のことを犯罪者と考えようとしないばかりか、そうする権利があったのだ……いや、自分のしたことは善いことだ……と、まあ、そんなふうに考えているんですからねえ。つまり、この点にこそ恐ろしい相違があるのだと私は思います。それに、どうでしょう、これはみんな若い人たちなんですからねえ。あの年頃が最も思想の歪曲におちいりやすい危険な年齢なんですねえ」

Щ公爵はもう笑うのをやめて、けげんそうな面持で公爵の言うことに耳を傾けていた。もうさきほどから何か言いたそうにしていたアレクサンドラは、急に何か変った考えに口を封じられたかのように、ふと開きかけた口をつぐんでしまった。エヴゲーニイ・パーヴロヴィチにいたってはもうすっかり度胆《どぎも》をぬかれてしまって、じっと公爵を見つめていた。もうその顔には冷笑の色は跡形《あとかた》もなく消えていた。

「ねえ、あなた、なんだってそうこの人の言うことにびっくりしているんです」思いがけなくリザヴェータ夫人が口をはさんだ。「この人があなたよりも頭が鈍くて、あなたみたいに物事を判断することができない、とでも思ってたんですか？」

「いいえ、そんなわけではありませんとも」エヴゲーニイ・パーヴロヴィチが言った。「ただ、あなたはなぜ、公爵、（こんなことをおたずねして失礼ですが）それだけのご見識をお持ちなのに、なぜあなたは（これまた失礼をおゆるしください）、あの奇怪な事件がおこったときに……ほら、例の二、三日前の……たしかブルドフスキーとかいいましたね……あの事件のときに、なぜあなたはあの思想と信念との歪曲にお気がつかなかったんですか！　だってあれはまったくさっき申したのと同じことじゃありませんか？あのときはちっともお気がつかなかったように拝見しましたがねえ」

「ねえ、それはこういうわけですよ」リザヴェータ夫人は興奮して言った。「わたしたちはみんなちゃんとそれに気がついていて、ここにすわりこんで、この人の前にそれを自慢していますけれどね、この人はきょう、あの連中のひとりから手紙を受けとったんですよ。あの連中の頭株《あたまかぶ》のにきびだらけの男から……覚えているでしょう、アレクサンドラ？ その男は手紙のなかでこの人に詫《わ》びを言っているんですよ。もっとも、その文面はあの連中なりのものですけれどね。で、あのときその男をたきつけた仲間とは……ねえ、覚えてるだろう、アレクサンドラ？ ……あの仲間とは絶交したって、知らせてきたんですよ。それで、いまでは公爵を誰よりも信頼しているんですって。どうです、わたしたちはいまこの人の前で得意になっていますけれど、こんな手紙はまだ受けとったことがありませんものね」

「それに、イポリートもやはりこのかたの別荘へたったいま引っ越してきましたよ！」コーリャが叫んだ。

「なんですって！ もうここへ来たんですって！」公爵は気をもみはじめた。

「あなたがリザヴェータ・プロコフィエヴナとお出かけになったすぐあとにやってきたんです。ぼくが連れてきたんです」

「まあ、わたしは賭《かけ》をしてもいいですけれどね」リザヴェータ夫人はたったいま公爵をほめたことなどすっかり忘れて、急に怒りだした。「ええ、そうですとも。この人はきっときのうあの男の屋根裏部屋へ出かけていって、詫びを言って、あのいやらしい毒虫に、ぜひともここへ引っ越すようにと、膝《ひざ》をついて頼んだにちがいありませんよ。あなたきのう行ったんでしょう？　さっきそう白状したじゃありませんか。そうですね、そうじゃないんですか？　膝をついたんでしょ、つかないんですか？」

「絶対につきませんよ」コーリャが叫んだ。「いや、まるっきり反対です。イポリートがきのう公爵の手を取って、二度も接吻《せっぷん》したんです。ぼくがこの眼で見たんですから。それでいっさい話がついちゃったんです。それから公爵は別荘へ来たほうが楽じゃないかっておっしゃっただけですよ。するとイポリートはすこしよくなったら引っ越すって、すぐ承知したんですよ」

「そんなことはどうでもいいんだよ、コーリャ……」公爵は立ちあがって帽子を手に取りながら、つぶやいた。「なんだってそんなことを、みんなにしゃべってしまうんです、私は……」

「まあ、どちらへ？」リザヴェータ夫人がおしとどめた。

「ご心配にはおよびませんよ、公爵」興奮しきったコーリャは言葉をつづけた。「いまいらしてはいけません、かえって心配させるばかりですよ。旅の疲れでぐっすり寝入ってしまいましたから。とっても喜んでいましたよ。きょうはお会いにならないほうがずっといいと思いますよ。いっそのことあすまで放っておいたほうがいいですよ。でないと、彼はまたどぎまぎしてしまいますから。けさも、もうこの半年のあいだ、きょうほど気持がよくて元気だったことはないって言ってましたから。おまけに咳《せき》もずっと少なくなりましたし」

そのとき公爵はふと、アグラーヤがふいに自分の席から立ちあがって、テーブルのほうに近寄ってきたのに気づいた。彼は相手の顔をながめる勇気はなかったけれども、その瞬間、相手が自分のほうを見つめていることを、おそらくその眼差しはきびしく、その黒い瞳の中にはきっと怒りの色が燃えて、頬は紅《くれない》に染まっているだろうことを、全身で感じとったのであった。

「ときに、ニコライ・アルダリオノヴィチ、わたしの考えでは、きみがその男をこちらへ連れてきたのは、むだなことのように思われますがね。もしその男が例の涙を流して自分の葬式にわれわれを招待した、あの肺病やみの子供だとすればですね」エヴゲーニイ・パーヴロヴィチが注意した。「あの男は隣家の壁のことを、じつにみごとに話していましたが、きっとこちらへ移っても、その壁を思って気がめいるでしょうね。いや、ほんとうですとも」

「まったくですよ。かならずあなたと言いあいをして、つかみあいの喧嘩《けんか》をして、飛びだしていくに決ってますよ、そうに決ってますよ！」

そう言うと、リザヴェータ夫人はみんなが散歩にいこうと立ちあがったのも忘れて、もったいぶった様子で縫物の小籠《こかご》を手もとに引きよせた。

「いま思いだしたんですが、あの男は例の壁をずいぶん自慢していましたね」またもやエヴゲーニイ・パーヴロヴィチが口をはさんだ。「あの壁がなければ、あの男も死にざまを雄弁で飾れないでしょうよ。あの男はとにかく死にざまを雄弁で飾りたくてたまらないんですからね」

「それがどうだとおっしゃるんです?」公爵はつぶやいた。「あなたが、あの人をゆるしてやりたくないとおっしゃるんなら、あの人もあなたにかまわず死んでいくでしょう。……あの人が今度やってきたのは木立《こだ》ちをながめるためなんですから」

「いや、わたしのほうからは、何もかもゆるしてやりますとも。そうあの人に伝えてくださってけっこうですよ」

「そんなふうにとってくださっては困りますね」相変らず床の一点をながめながら、眼を上げようともせずに、気乗りのしないような小声で公爵は答えた。「私は、あなたもあの人のゆるしを快く受けとればいいのに、と思ったのです」

「このわたしが? なんだってそんなことを? わたしがあの男にどんな悪いことをしたというんです?」

「おわかりにならなければ、まあ……でも、あなたはよくおわかりのくせに。あの人はあのとき……われわれみんなを祝福して、あなたがたからも祝福を受けたかったのですよ。それだけのことです……」

「ねえ、公爵」Ш公爵は、その場に居あわせた誰かれと眼配せしてから、なんとなく危ぶむような調子で、急いでその言葉を引きとった。「地上の楽園なんてそう簡単に得られるものじゃありませんよ。ところが、あなたはとにかく、多少なりとも楽園というものをあてにしていらっしゃるようですね。楽園というものはなかなか厄介なものです。あなたのこのうえなく美しい心でお考えになるよりも、はるかに厄介なものなのですよ。それよりか、もうこのへんでやめることにしましょう。でないと、またおたがいにばつの悪い思いをするようになりますから、そんなことになると……」

「さあ、音楽を聞きにまいりましょう」リザヴェータ夫人は腹だたしげに席をたちながら、言葉鋭く言った。

2

公爵《こうしゃく》はふいにエヴゲーニイ・パーヴロヴィチに近寄っていった。

「エヴゲーニイ・パーヴルイチ」彼は相手の手をつかんで、妙に興奮した面持で言った。「どうぞ信じてください、私はたとえどんなことがあろうとも、あなたを最も高潔で、最も善良なかただと思っているのですから。どうぞこのことだけは信じてください……」

エヴゲーニイ・パーヴロヴィチはおどろきのあまり思わず一歩うしろへさがったほどであった。一瞬、彼はこみあげてくる笑いの発作をかろうじてこらえたのであった。しかし、よく見つめているうちに、彼は公爵がわれを忘れているような、いや少なくとも何か特別な心理状態になっていることに、気づいた。

「賭《かけ》をしてもいいですが」彼は叫んだ。「公爵、あなたの言おうとしていられたのはまるっきり別のことでしょう。しかも、たぶんわたしにではなく、ほかの人におっしゃりたかったんでしょう……それにしても、どうなさったんです？　ご気分でも悪いんじゃありませんか？」

「そうかもしれません、大いにそうかもしれません。それに、ひょっとすると、私が近寄りたかったのはあなたではないだろうなんて、よくお気づきになりましたねえ！」

そう言って、彼はなんとなく奇妙な、滑稽《こっけい》にさえ感じられる微笑を浮べたが、急にかっとなって叫んだ。

「あの三日前の私の振舞いを、どうかもう思いださせないでください！　この三日間、私は恥ずかしくてたまらなかったのです……私は自分が悪かったのだということを承知しています……」

「でも、何をそんなに恐ろしいことをなさったんです？」

「私にはわかっているんです、エヴゲーニイ・パーヴルイチ。誰よりもいちばんあなたが私のために恥ずかしい思いをなさっていられるのです。あなたは顔を赤らめておられますね。心の美しい証拠ですよ。私はいますぐ出ていきますから、どうかご安心くださ
い」
「まあ、この人はいったいどうしたんでしょう！　発作でも始まったのかしら？」リザヴェータ夫人はびっくりしてコーリャにたずねた。
「どうぞご心配なく、奥さん、発作じゃありませんよ。私はいますぐ出ていきますから。私はよく承知しているんです。私は……自然にしいたげられているんです。私はこの二十四年間、生れてから二十四歳になるまで病人でした。どうぞいまも病人の言葉として受けとってください。私はいますぐ出ていきます、いますぐに。ご安心ください。私は顔を赤らめなどしません――こんなことで顔を赤らめるなんて変ですからね、そうじゃありませんか？　でも、私はこの社会において余計者なんです……いや、決して自尊心からこんなことを申すのではありません……私はこの三日間いろいろ考えたすえ、あなたがたに会ったら、おりを見つけて、誠実な高潔な態度でご報告しなければならないと決心したのです。それはほかでもありませんが、どうしても私の口にすることのできないような観念、しかも崇高な観念があるということです。なぜ口にしてはいけないかというと、私の口にかかると、それがみんな滑稽なものになってしまうからです、Ш《シチャー》公

爵もたったいま、このことを注意してくださいました。私には礼にかなったジェスチャーがないのです、感情の節度というものがないのです。私の言葉はすべて見当違いで、その思想にふさわしくないのです。それはこうした思想にたいする侮辱です。そんなわけですから、私には権利がないのです……おまけに、私は疑《うたぐ》りぶかい性分です。私は……私はこのお宅のかたがたが私を侮辱なさるはずがない、むしろ実際の値打ち以上に愛してくださることを信じていますけれど、しかし私にはやはりわかっています(ちゃんとわかっています)、二十年も病気をしたあとですから、何かしら痕跡《こんせき》が残っているにちがいありません、それで私のことを笑わずにはいられないのでしょう……どうかすると、ね、そうでしょう?」

彼はぐるりとまわりを見わたして、まるで返答か解決でも待っているふうだった。みんなはこの思いがけない病的な、なんのいわれもないとしか思われない公爵のとっぴな振舞いに、何やら重苦しい気分にとらわれて突ったっていた。だが、このとっぴな振舞いは、ある奇妙なエピソードの原因となったのである。

「なんのためにそんなことをいまここでおっしゃるんです?」ふいにアグラーヤが叫んだ。「なんのためにそんなことをこの人たちにおっしゃるんです? この人たちに! この人たちに!」

どうやら、彼女はそれ以上我慢がならぬほど憤激しているらしかった。その瞳《ひとみ》は火花を散らしていた。公爵はその前に唖《おし》のように、声もなく突ったっていたが、急に真《ま》っ蒼《さお》になってしまった。

「ここにはそんな言葉を聞くだけの値打ちのある人なんか、ひとりだっておりませんよ！」アグラーヤは、むきになって言った。「ここにいる人はみんなみんな、あなたの小指ほどの値打ちもないのです、あなたの叡知《えいち》にも、あなたの感情にも！　あなたは誰よりも潔白で、誰よりも高潔で、誰よりもりっぱで、誰よりも善良で、誰よりも賢いかたなんです！……ここにいるのは、あなたがいま落したハンカチをかがんで拾いあげる値打ちすらない人たちなんです……なんのためにあなたはご自分を侮辱して、誰よりも低いところにご自分をお置きになるのです？　なんだってご自分のもっていらっしゃるものを、すっかりゆがめておしまいになったのです、なぜあなたには誇りというものがないのです？」

「まあ、どうでしょう、ほんとに思いもよらなかったこと！」リザヴェータ夫人は思わず両手を拍《う》った。

「あわれな騎士、万歳《ウラー》！」コーリャは有頂天になって叫んだ。

「お黙んなさい！　よくもみんなあたくしに恥をかかせたわね、しかも、自分の家で！」アグラーヤはいきなりリザヴェータ夫人に食ってかかった。彼女はもういっさいのものに眼もくれず、あらゆる障害物を踏み越えていく、あのヒステリックな状態になっていたのである。「なんだってみんながみんな、このあたくしをいじめるんです？　公爵、なんだってこの人たちはこの三日間というもの、あなたのことでうるさくあたくしにつきまとうんでしょう？　あたくしはたとえどんなことがあっても、あなたとなんか結婚しませんからね！　いいですか、たとえどんなことがあっても決して結婚しません！　よく覚えててください！　ほんとにあなたみたいなおかしな人と結婚できるもんですか？　まあ、そうしてぼんやり立ってらっしゃるところを、鏡でごらんになるといいわ！　なんだって、いったいなんだってこの人たちは、あたくしがあなたと結婚するなんて言って、あたくしをいらいらさせるんでしょう？　あなたは当然それをご承知のはずですわ！　あなたもやっぱり、この人たちとぐるになっているんでしょう！」

「誰も決していらいらなんてさせなくてよ！」アデライーダがびっくりしてつぶやいた。

「誰ひとりだってそんなことを考えたこともありませんわ、そんなことを言った者さえありませんよ！」アレクサンドラは叫んだ。

「誰がこの娘《こ》をいらいらさせたんです？　いつこの娘《こ》をいらいらさせたんです？　よくもまあこの娘《こ》にそんなことを言えたものね？　この娘《こ》はうわごとでも言ってるのかえ？」リザヴェータ夫人は怒りに身を震わせながら、みんなにむかって言った。

「みんなが言いましたわ。ひとり残らず、この三日間のあいだ！　あたくしは決して決してこの人と結婚しませんから！」

そう叫ぶと、アグラーヤは思わず苦い涙を流し、ハンカチで顔を覆《おお》いながら、椅子《いす》の上に倒れた。

「だってあの人はまだおまえに……」

「ええ、私はまだあなたに求婚したことはありません、アグラーヤ・イワーノヴナ」思いがけなく公爵が叫んだ。

「なーんですって！」おどろきと怒りと恐怖の念にかられて、リザヴェータ夫人はふいに言葉を長く引きながら言った。「まあ、なんてことなの？」

夫人は自分の耳を疑いたかった。

「私が言いたかったのはただその」公爵は身を震わせた。「私はただアグラーヤ・イワーノヴナに言明したかったのです……つまり、私がアグラーヤ・イワーノヴナに結婚を申しこむつもりなんか……まったくなかったということを、いや、たとえそれがいつの日のことであっても……この点についてはすこしも私に罪はないのです、誓って私には罪はありません、アグラーヤ・イワーノヴナ！　私は一度だってそんなことを望んだことはありませんし、一度だってそんな考えをいだいたことはありません。これからさきも望みはしません。それはあなたご自身で見ていてくだされればわかります。どうぞ私を信用してください！　きっと誰か意地の悪い人間が、私のことをあなたに中傷したのでしょう！　どうぞ安心してください！」

そう言いながら、彼はアグラーヤのほうに近づいていった。彼女は顔を隠していたハンカチをとると、ちらりと相手の顔とそのうろたえた様子に視線を走らせた。そして、しばらく彼の言葉の意味をあれこれと思いめぐらしていたが、ふいに公爵の鼻の先でたたきつけるように大声で笑いだした——それはじつに陽気でどうにもこらえきれないような、さもおかしそうな、と同時に人を小ばかにしたような笑いであった。と、アデライーダも真っ先にこらえきれなくなり、公爵のほうをちらりとながめると同時に、妹にとびかかって相手を抱きしめ、同じくこらえきれないほど陽気な、小学生のような笑い声をあげて笑いころげてしまった。二人の様子を見ると、ふいに公爵までがにこにこ笑いだした。そして、さもうれしそうな幸福らしい表情を浮べて、くりかえすのだった。

「いや、よかった、ほんとによかった！」

そのときにはもうアレクサンドラも我慢できなくなって、腹の底から笑いだしてしまった。この三人の高笑いは、いつ果てるとも見えなかった。

「ほんとに気ちがいだねえ！」リザヴェータ夫人はつぶやいた。「人をびっくりさせるかと思うと、今度はまた……」

しかし、いまはもうШ《シチャー》公爵までが笑っていた。エヴゲーニイ・パーヴロヴィチも笑っていた。コーリャは際限もなく笑いつづけていた。みんなの顔をながめながら、公爵も声をあげて笑っていた。

「散歩にまいりましょう、散歩にまいりましょう！」アデライーダが叫んだ。「みんなごいっしょに、公爵もぜひあたくしどもとごいっしょしてくださらなくてはいけませんわ。お帰りになるなんて法はありませんわ。とてもいいかたなんですもの！　ねえ、アグラーヤ、なんていいかたなんでしょうね！　ねえ、そうじゃありません、ママ！　それに、あたくしはぜひともぜひともこのかたを接吻《せっぷん》して、抱いてあげなくちゃなりませんわ……だって……いまアグラーヤに説明してくださったお礼に。ママ、ねえ、あたくしこのかたに接吻してもよくって？　アグラーヤ、ねえ、あんたの公爵に接吻させてちょうだい！」とお転婆《てんば》娘らしく叫ぶと、ほんとうに公爵のほうへ駆けよって、その額に接吻した。こちらは相手の手を取って、きつく握りしめたので、アデライーダはあやうく叫び声をあげるところだった。公爵は限りない歓喜の色を浮べて相手を見つめていたが、ふいにその片手をすばやく唇《くちびる》へ持っていって、三度その手に接吻した。

「さあ、まいりましょう！」アグラーヤは呼んだ。「公爵、あたくしの手を取ってくださいな。ママ、かまわないでしょう、あたくしを断わった花婿《はなむこ》さんですもの？　だって、あなたは永久にあたくしを拒絶なさったんでしょう、公爵？　いいえ、そうじゃだめ。そんなふうに婦人に腕を貸すものじゃありませんわ。まあ、婦人の手をどういうふうに取るかもご存じないんですの？　ええ、それでけっこう、まいりましょう。みんなの先頭になろうじゃありませんか、先頭になるのはおいや、tête à tête（二人っきり）では？」

彼女は相変らずときどき突発的に笑いながら、ひっきりなしにしゃべりつづけた。

「やれやれ！　よかったこと！」自分でも何を喜んでいるのかわからぬままに、リザヴェータ夫人はこうくりかえした。

《まったく妙な人たちだなあ！》と Щ《シチャー》公爵は思った。ひょっとすると、彼がこう考えるのは、この人たちと近づきになってから、これでもう百ぺん目ぐらいかもしれなかった。しかも……彼はこの妙な人たちが気に入っているのであった。では、ムイシュキン公爵はどうかというと、彼はあまりЩ公爵には気に入られていないらしかった。みんなが散歩に出かけたとき、Щ公爵はいくぶん眉《まゆ》をひそめながら、なんとなく心配らしい様子だった。

エヴゲーニイ・パーヴロヴィチはどうやらすっかり陽気になっているらしく、停車場までの道すがら、ずっとアレクサンドラとアデライーダを笑わせてばかりいた。もっとも二人ともあまり簡単に彼の冗談に笑い声をたてるので、二人はまったく自分の言うことを聞いていないのではないかと、ふと気をまわしたくらいであった。そう考えると、彼はいきなりわけも言わずに、えらく真剣な顔つきになって大声で笑いだした（実際、彼はそうした性格の男だったのである！）。しかし、すっかり浮きうきした気分になっていた二人の姉は、先頭にたっていくアグラーヤと公爵の姿を、ながめていた。どうやらこの末の妹は二人には大きな謎《なぞ》を投げかけた様子だった。Щ公爵はリザヴェータ夫人の気をまぎらわすつもりだったのか、まるっきり関係のない話をしようと努めていたが、夫人はかえってうんざりしていた。夫人はどうやらすっかり頭が混乱しているらしく、とんちんかんな返事をしたり、どうかすると、まるっきり返事をしないこともあった。しかし、アグラーヤの謎はこの夕べだけではすまなかった。最後の謎が公爵ただひとりにかけられたからであった。別荘から百歩ばかり離れたところまで来たとき、アグラーヤはかたくなに押し黙っていた自分の騎士《カヴアレール》にむかって、ささやくような早口でこう言ったからである。

「右手をごらんなさい」

公爵はちらっと眼を走らせた。

「もっとよくごらんなさい。あの公園のベンチがお見えになって、ほら、大きな木が三本立っているところ……緑色のベンチがあるでしょう?」

公爵は見えますよと答えた。

「あの場所がお気に入りまして? あたくしはときどき朝早く、七時ごろ、まだみんなが眠っている時分に、あそこへひとりっきりですわりにくるんですのよ」

公爵はじつに美しい場所だとつぶやいた。

「でも、いまはもうあたくしのそばから離れてください、もうあなたと手を組んで歩きたくないんですの。いいえ、やっぱり手を組んでいたほうがいいかしら。そのかわりひとこともあたくしに話しかけてはいけませんよ。あたくし、自分ひとりきりでものを考えてみたいんですから……」

だが、いずれにしても、この注意はむだなことであった。公爵はそう命令されるまでもなく、道すがらずっとひとことも口をきかなかったにちがいないからである。ベンチの話を聞いたとき、彼の心臓はおそろしくどきどきしはじめた。が、一瞬後には思いなおして、恥じいりながら自分の愚かしい考えを追いはらった。

パーヴロフスクの停車場には、周知のとおり、また少なくともみんなが言っているように、市《まち》から《いろんな種類の連中》が押しかけてくる日曜や祭日よりも、かえって平日のほうが《選《え》り抜き》の人たちが集まってくるのであった。それらの人たちは、あまりけばけばしくはないが、垢抜《あかぬ》けした身装《みな》りをして、ここへ音楽を聞きにくる慣《なら》わしになっていたのである。実際、公園のオーケストラとしてはなかなかすぐれたものであり、よく新曲を演奏するのであった。一般に家庭的ななれなれしさはあったが、礼節と気品の重んぜられることは非常なものであった。みんな顔見知りの別荘住まいの人たちが、おたがいの様子を見に集まってくるのであった。多くの人たちはそうすることに心から満足して、ただそのために出かけてくるのであったが、なかにはほんとうにただ音楽を聞きにくる人たちもあった。見苦しい騒ぎはごくまれにしかおこらなかったけれど、それでも平日にすら持ちあがることがあった。しかし、世の中というものはそんな騒ぎがなくては、すまぬものなのである。

ちょうどその日はすばらしい夕べだったので、人出も多かった。演奏しているオーケストラに近い席はすっかりふさがっていた。われわれの一行は停車場の左入口のそばの、いくぶんわきに寄った椅子に席を占めた。人の群れと音楽はいくぶんリザヴェータ夫人を元気づけ、令嬢たちの気分をまぎらせた。彼女たちは早くも知合いの誰かれと視線をまじえ、遠くのほうから愛想よくうなずいてみせた。またそのあいだにも人の衣装に眼をやって、何か変なところを見つけてはその話をしたり、冷笑するようにほほえんだりしていた。エヴゲーニイ・パーヴロヴィチもたびたび会釈《えしゃく》していた。そこでも相変らずまだいっしょにいたアグラーヤと公爵の姿に、早くも二、三の人が注意をむけはじめた。まもなく夫人と令嬢たちのそばへ、知合いの若い人たちが近寄ってきた。そのうちの二、三人はいつまでも居残って話しこんでいた。それはみんなエヴゲーニイ・パーヴロヴィチの友人たちであった。その人たちのあいだにひとりの、とても陽気で話し好きの美しい青年士官がいた。彼は、しきりにアグラーヤに話しかけ、その注意を自分にむけようと努めていた。アグラーヤも相手にたいしてとてもやさしく、いかにもおもしろそうにしていた。エヴゲーニイ・パーヴロヴィチは公爵に、この友人を紹介したいといって、そのゆるしを求めた。公爵はこの人たちが自分に何を求めているのか、ほとんどわからない様子であった。しかし、とにかく紹介がすんで、二人は会釈を交わし、その手を握りあった。エヴゲーニイ・パーヴロヴィチの友人は何か質問をしたが、公爵はそれにたいしてどうやらまったく答えなかったようだ。あるいは答えたのかもしれないが、何やら口の中でぶつぶつつぶやいたばかりであった。その様子があまりにも奇妙だったので、その士官は長いことじっと相手の顔を見つめていたほどである。やがて彼はエヴゲーニイ・パーヴロヴィチのほうへ視線を転じたが、なんのためにエヴゲーニイ・パーヴロヴィチがこんな紹介を思いついたかを察して、かすかな薄笑いをもらし、またアグラーヤのほうをむいてしまった。そのときアグラーヤがさっと顔を赤らめたのに気がついたのは、エヴゲーニイ・パーヴロヴィチひとりだけであった。

公爵はほかの人たちがアグラーヤと話したり、機嫌《きげん》をとったりしているのにも、気づかないふうであった。ときには、彼女のそばにすわっていることさえ忘れがちであった。彼は、どうかすると、どこかへ行ってしまいたい、ここからまったく姿を消してしまいたいと思うことがあった。ただたったひとりで物思いにふけるために、また自分がどこにいるのやら、誰ひとり知らないように、陰気で寂しい場所が、自分には好もしいようにさえ思われるのだった。それもできぬとあれば、せめて自分の家のテラスにでもすわっていたいと思うのだった。ただそこには誰もいてはいけない、レーベジェフもその子供たちも。自分の長椅子に身を横たえ、枕《まくら》に顔を埋め、そのままの格好で昼も夜もまたつぎの日も、じっと横になっていたかった。ときどき山の姿がちらと頭に浮んだ。もっとも山といっても、彼にとって馴染《なじ》みのふかいある一つの場所だった。それは、彼がまだスイスに暮していた時分、毎日のように出かけていって、下の村を見おろしたところだった。そこからさらに下のほうには、白糸のような滝や白い雲や捨てて顧みられない古城が見えかくれしていた。ああ、彼はどんなにいまその場所に立って、ただ一つのことを思いつづけていたかったことだろう――ああ、一生そのことばかり思いつづけていたい――そのこと一つだけを千年のあいだ考えつづけていても長くはないのだ！　そして、ここの人たちが、自分のことなど忘れてしまってもいいのだ。いや、それでいいのだ、むしろそのほうがかえって都合がいいのだ。もしこの人たちがまったく自分のことなど知らずにいて、この幻影がただの夢であったなら。でも、もうそんなことは夢であろうとうつつであろうと、どっちみち同じことではなかろうか！　ときどき彼は急にアグラーヤを見つめ、五分間ばかりその顔から視線を放さないことがあった。が、その眼《まな》差《ざ》しはあまりにも奇妙なものであった。まるで自分から二キロも離れているところに置かれた物体か、あるいは彼女自身ではなくその肖像画でもながめているような眼つきで、彼女をながめるのであった。

「なぜあたくしをそんなふうにごらんになるの、公爵？」彼女はふいに自分を取りまく人びとのにぎやかな会話と笑い声を断ち切って、問いかけた。「なんだかこわいみたい。いまにもあなたが手を伸ばして、あたくしの顔を指でいじってごらんになりそうな気がして。そうじゃありません、ねえ、エヴゲーニイ・パーヴルイチ、公爵はそんなふうにごらんになってますわね？」

公爵は、どうやら自分に話しかけられたことにびっくりした様子で聞いていたが、何やら思いめぐらしただけで、ほんとうはわからなかったらしく、返事をしなかった。しかし、彼女やみんなが笑っているのを見ると、ふいに大きな口をあけて、自分でも笑いだしてしまった。あたりの笑い声はいっそう高くなった。士官はたいへんな笑い上戸《じょうご》とみえて、体を揺すぶって笑いころげた。アグラーヤは急に腹だたしげに口の中でつぶやいた。

「白痴《ばか》！」

「まあ、どうしたっていうの！　ほんとにこの娘《こ》といったら……まさかほんとに気がちがうのじゃないでしょうね」リザヴェータ夫人は歯ぎしりしながら心の中でつぶやいた。

「これは冗談ですわ。いつかの『あわれな騎士』と同じような冗談ですわ」アレクサンドラが小声ながらきっぱりと母親に耳打ちした。「ただそれだけのことですわ！　あの子はあの子なりのやり方で、公爵をからかったまでですわ。ただこの冗談はあんまり薬がききすぎましたわね。もうやめさせなくちゃ、ママ！　さっきはまたまるで女優みたいにおかしなまねをして、いたずら半分にあたくしたちをびっくりさせたりして……」

「でも、お相手があんな白痴《ばか》でよかったこと」リザヴェータ夫人はささやきかえした。

娘の言葉はとにかく夫人の心を軽くしたのであった。

しかし、公爵のほうは自分が、《白痴《ばか》》と呼ばれたのを耳にして、身震いした。もっとも、それは《白痴《ばか》》と呼ばれたためではなかった。《白痴《ばか》》という言葉を彼はすぐに忘れてしまった。だが、群衆のなかに、自分のすわっている席からほど遠くないどこか隅《すみ》のほうで――そこがどのへんかということははっきり示すことができなかったけれども、一つの顔が、渦を巻いた暗色の髪をした、見覚えのある、じつによく見覚えのある微笑と眼差しを持った蒼《あお》ざめた顔が、ちらとひらめいたのであった。――いや、ちらとひらめいたばかりで、すぐ消えてしまったのである。ひょっとすると、それはただ気のせいだったかもしれない。それも大いにありうることであった。そのとき彼の印象に残ったものは、ひん曲ったような微笑と、ちらと眼に映ったその男の明るい緑色の、しゃれたネクタイばかりであった。この男は群衆のなかにまぎれこんでしまったのか、それとも停車場のなかへすべりこんでしまったのか、公爵はやはり断言することはできなかった。

しかし、一分もすると、公爵は急にそわそわと落ちつかぬ面持で、あたりを見まわしはじめた。あの最初の幻影は、第二の幻影の前ぶれであり、先駆であったのかもしれなかった。いや、それはたしかにそうだったのだ。はたして彼はここへ出かけてくるとき、ひょっとしたらある男に邂逅《かいこう》するかもしれないということを、忘れていたのだろうか？

もっとも、彼がこの停車場へ向けて歩いてくる途中、彼は自分でもどこへむかっているのやら、まるっきり知らずにいるような様子だった。——彼の様子はそんなふうだったのである。もし彼がもうすこし注意ぶかくしていたら、それより十五分も前にアグラーヤが、何か自分のまわりの者を捜すような眼つきで、ときおり不安そうにあたりをながめまわしているのに、気づいたはずであった。彼の不安がおそろしく目だってきたいま、アグラーヤの動揺と不安もそれにつれて大きくなっていった。そして、彼がうしろをふりむくやいなや、ほとんど同時に彼女もそのほうをふりむくのであった。その不安はまもなく解決された。

公爵はじめエパンチン家の一行が陣取っていた停車場の横手の出口から、ふいに一群の人びとが、少なくとも十人ばかりの人の群れが姿をあらわした。その先頭には三人の女性が立っていた。そのなかの二人はおどろくほどの美人だったから、そのあとからこれぐらいの崇拝者がやってくるのも、まんざら不思議ではなかった。ところが、その崇拝者も婦人たちも——すべて一風変っていて、音楽を聞きに集まっている他の人びととはまるで変っていた。ほとんどすべての人びとはすぐこの一行に気づいたが、大部分の人は見て見ぬふりをしようと努めていた。ただ若い連中の二、三の人は、たがいに低い声でささやきあいながら、微笑をもらしたばかりであった。しかし、まったくこれらの連中を黙殺するのは不可能であった。連中はこれ見よがしに大声で話しあったり、笑ったりしていたからである。連中の多くが酔っぱらっているらしいことは、明らかに見てとれた。もっともその二、三の者は、しゃれた粋《いき》な身装《みな》りをしていたが、なかにはまた思いきって奇妙な格好をして、おかしな服を着、いやに興奮した顔つきをしている者もいた。連中のなかには軍人も二、三まじっていた。あまり若いとは言いかねるような者もいた。ゆったりした優雅な仕立ての服を着こなし、指輪やカフスボタンを光らせ、すばらしい漆のように黒いかつらをかぶり、頰《ほお》ひげを立て、いくぶんしかつめらしいけれども、並々ならず上品な威厳を顔に浮べている者もいた。もっとも、世間では、このような連中をペストかなにかのように忌《い》みきらうものである。この町はずれの集まりに来ている人びとのなかには、人並みすぐれて礼儀正しいので有名な、世間からとくに尊敬されている評判のいい人たちもまじっていた。しかし、どんな用心ぶかい人でも、ふいに隣家の屋根から落ちてくる煉瓦《れんが》に、四六時中、気をつけているわけにはいかないのである。その煉瓦は音楽を聞きに集まったちゃんとした人びとの頭上に、いままさに落ちかかろうとしているのであった。

停車場からオーケストラの陣取っている広場へ抜けるには、小さな段々を三つおりなければならなかった。ほかならぬこの段々の上でこの一連隊は足をとめ、そこからおりるのを決しかねていた。ところが、婦人のひとりが真っ先に前へ一歩踏みだした。それにつづいたのは、わずかに二人の男だけであった。ひとりはかなりおとなしそうな顔つ

き の中年男で、すべての点において、そつのない身装りをしていたが、根っからの土《どん》百姓《びやくしよう》型の男だった。つまり、自分でもまるで他人のことを問題にしなければ、他人からもまるで問題にされないといった連中のひとりであった。もうひとり、婦人のそばを離れずにいるほうは、まったくの風来坊で、気味の悪い格好をしていた。このほかには、誰もこの風変りな婦人のあとについてこようとする者はなかったが、彼女は段々をおりながら、商人がついてこようとこまいとまったく同じことだと言わんばかりに、うしろをふりかえってみようともしなかった。彼女は相変らず声高《こわだか》に話したり、笑ったりしていた。その服装はきわめて趣味のいい豪華なものであったが、多少派手すぎるようであった。彼女はオーケストラのそばを抜けて、広場の向う側をさして歩いていった。そこには道ばたに、誰かの馬車が、人待ち顔に待っていた。

公爵はもう三カ月以上も彼女に会っていなかった。今度ペテルブルグへ出てきてからはずっと彼も彼女をたずねるつもりでいたが、何か神秘的な予感といったものにいつもひきとめられてしまったのである。少なくとも、彼には近いうちにおこるであろう彼女との再会の印象がどんなものになるか、なんとしても想像することができなかった。彼は恐怖の念を覚えながらも、ときおりその場の情景を心に描いてみようと努めてみたが、ただ一つはっきりしていたことは、その出会いが重苦しいものであろうということであった。彼はこの六カ月のあいだに、自分がはじめて彼女の写真を見たとき、その顔からひきおこされたあの最初の感銘を、幾度となく思い浮べたものであった。しかもこの写真から受けた感銘のなかにさえ、あまりにも多くの重苦しさがあったことを改めて想《おも》いおこしているのであった。ほとんど毎日のように彼女に会っていた田舎《いなか》の一月《ひとつき》が、彼の心にあまりにも恐ろしい作用を及ぼしていたので、そのころの単なる追憶すらなるべく忘れようとしていた。この女性の顔そのものには、つねに彼にとって何か悩ましいものが隠されていた。公爵はロゴージンと話しあったときに、その感じを限りない憐憫《れんびん》の情として説明したが、それは事実そのとおりであった。その顔ははじめて写真を見たばかりのときから、彼の心に激しい憐憫の苦痛を呼びおこしたのであった。この憐憫の情と相手にたいする苦痛の感銘とも言えるものは、いままで一度も彼の心を離れたことがなかった。いや、いまでも離れていない。おお、それどころか、かえってその激しさを増しているのであった。しかし、公爵はロゴージンに言って聞かせただけの説明だけでは、まだ不満足であった。ところが、いまや思いがけずに彼女が姿をあらわした一瞬、おそらく一種の直感によってでもあろう、彼はロゴージンに話した自分の言葉に何が不足していたかをさとったのである。この恐怖の念を言いあらわすには、われわれの言葉はあまりにも貧しい。そうだ、恐怖なのだ！　彼はいまやこの瞬間にそれを完全に直感したのである。彼は信ずべき理由によって、彼女が気ちがいだと信じて疑わなかった。まったくそう信じきっていたのである。もしひとりの女性をこの世の何ものよりもふかく愛し、あるいはそのような愛の可能性を心に描いている男が、突然その女性が鎖につながれ、鉄格子《てつごうし》の中に閉じこめられて、監視人の鞭《むち》の下に倒れているところを見るとしたら――その印象こそ、いま公爵が感じているものに、いくぶん似通っているかもしれない。

「どうなさいましたの？」アグラーヤは彼のほうをふりかえって、子供っぽくその手をひっぱりながら、急いでささやいた。

彼は彼女のほうに頭を向けて相手をながめた。一瞬、彼は自分には合点《がてん》のいかぬほどぎらぎら輝いている相手の黒い瞳《ひとみ》を見つめながら、にっこり笑いかけようとしたが、ふいに、まったく一瞬の間に彼女のことを忘れてしまったように、ふたたびその眼を右のほうへ移し、またもやあの恐ろしいこの世のものとも思えぬ幻影を追いはじめた。ナスターシャ・フィリポヴナはちょうどその瞬間、令嬢たちの席のすぐそばを通りぬけていた。エヴゲーニイ・パーヴロヴィチは活《い》きいきした調子で何かひどくおもしろそうな話を、アレクサンドラに早口でしゃべっていた。公爵はそのとき、アグラーヤがふいになかばささやくような声で、『まあ、なんていう……』と言ったのを後々まで覚えていた。

そのひとことはなんともつかない、尻切《しりき》れとんぼになってしまった。彼女はすぐにはっと気づいて、もうそれ以上何もつけくわえなかった。しかし、それだけでもう十分であった。それまでとくに誰に眼をつけるふうもなく通りぬけていたナスターシャ・フィリポヴナが、急に彼らのほうへふりむくと、いまようやくエヴゲーニイ・パーヴロヴィチに気がついたように、「あらまあ！　この人はこんなところにいるじゃないの！」とふいに立ちどまって、叫んだのである。「いくらお使いをだして捜させても、見つからないと思えば、こんな思いがけないところにすわってるんですのね、まるでわざとのように……あたしはまた、あんたはあそこに……伯父さんのところにいるのかと思ってたわ！」

エヴゲーニイ・パーヴロヴィチはさっと顔を赤らめて、恐ろしい眼つきでナスターシャ・フィリポヴナをながめたが、すぐにまた彼女から顔をそむけてしまった。

「どうしたっていうの！　あんたはほんとに知らないの？　この人はまだ知らないんだわ、まあ、どうでしょうね！　自殺したんですよ！　けさがたあんたの伯父さんが、ピストルで自殺しちゃったんですよ！　あたしはついさっき、二時ごろに聞いたんですよ、ええ、もういまじゃ町の半分ぐらいの人が知ってますよ。公金を三十五万ルーブル使いこんだんですって。五十万だって言う人もいるわ、あたしはまたあんたが遺産をもらうものとばかり思ってあてにしていたというのに——みんな使いはたしちまったのね。ほんとにしようのない道楽じいさんだったのね……じゃ、さようなら、bonne chance.（ごきげんよう）じゃ、出かけていかないのね？　いい潮時に退職しちまったわね、抜け目のない人！　でも、そんなばかなことってないわ。知ってたのね、前から知ってたのね。きっともうきのうあたりから知ってたんでしょうよ……」

たとえそれが傲慢《ごうまん》でうるさいつきまとい方、ありもしないつきあいの押売りではあったにしても、そこには何かある目的が潜んでいたのである。いや、それはもはやなんの疑いもないことであった。エヴゲーニイ・パーヴロヴィチははじめのうち、なんとかしてうまく係りあいにならず、何があってもこんな無礼者にはとりあわないように努めていた。しかしナスターシャ・フィリポヴナの言葉は雷のように彼の心を打った。伯父の死を耳にすると、彼はハンカチのように蒼ざめて、思わず彼女のほうをふりかえった。その瞬間リザヴェータ夫人はすばやく立ちあがって、ほかの人びとをせきたてながら、ほとんど走るようにしてその場を離れていった。ただレフ・ニコラエヴィチ公爵だけは、決しかねたように、一瞬その場に立ちすくんでいた。エヴゲーニイ・パーヴロヴィチもやはり茫然《ぼうぜん》として、じっと立ちつくしていた。ところが、エパンチン家の一行がまだ二十歩と離れないうちに、恐ろしい騒ぎが持ちあがったのである。

エヴゲーニイ・パーヴロヴィチの親友で、さきほどアグラーヤと話をしていた士官は、いまや憤激の極に達していた。

「もうこうなりゃ、ぴしゃりとやらなくちゃだめだ。それよりほかにあんな売女《ばいた》をやっつける法はないさ！」と大声で言ってのけたのである（彼はどうやら前々からエヴゲーニイ・パーヴロヴィチの腹心であったようだ）。

ナスターシャ・フィリポヴナはさっと彼のほうをふりかえった。その瞳はぎらぎらと輝いていた。彼女は、二歩ばかり隔てて立っていた。まったく面識のない、細い籐《とう》のステッキを持った青年へむかっておどりかかり、あっというまに相手の手からステッキを引ったくって、その無礼者の顔をはすかいに力いっぱい打ちすえた。それはほんの一瞬の出来事であった……士官はわれを忘れて彼女にとびかかった。ナスターシャ・フィリポヴナのまわりにはもう取巻きの姿がなかった。中年のすました紳士はいつのまにか姿を隠し、もうひとりの男はすこし離れたところに立って、腹をかかえて笑っていた。一分もすれば、もちろん警官もとんできたであろうが、その瞬間、もし思いがけない助けがはいらなかったら、ナスターシャ・フィリポヴナは恐ろしい目にあうところだったであろう。やはり二歩ばかり離れて立ちどまっていた公爵が、うしろからその士官の両腕をとらえたのであった。士官はその手を振りはなそうとして、激しく公爵の胸を突きとばした。公爵は三歩ばかりよろめいて、椅子《いす》の上に倒れた。しかし、そのときすでにナスターシャ・フィリポヴナのそばには二人の保護者があらわれていた。いまにもおどりかかろうとしている士官の前に、読者にはすでにお馴染《なじ》みの例の新聞記事の作者で、以前のロゴージンの一団のメンバーたる拳闘《けんとう》の先生が立ちはだかったのである。

「ケルレルです！　退役中尉《ちゆうい》です」彼はふんぞりかえって名のりをあげた。「腕ずくの勝負がお望みでしたら、大尉、わが輩がか弱い女性に代ってお相手いたします。イギリス式の拳闘はすべて修めました。まあ、そう突かんでください。あなたの血まみれの憤激には同情しますが、公衆の面前で婦人相手に腕力沙汰《ざた》に及ぶのをゆるすわけにはいきません。もし礼儀正しく高潔なる人士にふさわしい他の方法をおとりになるというのなら――あなたはもちろん、わが輩の言うことを了解されると存じますが、大尉……」

しかし、士官はようやくわれに返って、もう相手の言うことなど聞いていなかった。その瞬間、人込みのなかからあらわれたロゴージンは、すばやくナスターシャ・フィリポヴナの手を取って、自分のあとに連れていった。ロゴージン自身もすっかり気を転倒させているらしく、真っ蒼な顔をして震えていた。もっとも、ナスターシャ・フィリポヴナを連れ去りながら、彼は士官にむかって毒々しく笑顔《えがお》をまともにみせて、勝ち誇った市場商人のような顔つきをして言った。

「ちえっ！　なんてことだ！　面《つら》を血まみれにしてよ！　ちえっ！」

すっかりわれに返って、喧嘩《けんか》の相手がどんな人間かをさとった士官は、慇懃《いんぎん》に（もっとも顔はハンカチで隠しながら）もう椅子から立ちあがっていた公爵のほうをふりかえった。

「ムイシュキン公爵でしたね、さきほどお近づきの栄を得た？」

「あの女《ひと》は気ちがいなんです！　狂人なんです！　ほんとですとも」なぜかその震える両手を相手のほうにさしだしながら、公爵は震え声で答えた。

「わたしは、もちろん、そうと伺っても、自慢できるものではありませんが、ただあなたのお名前を知りたいのです」

彼は一礼して立ちさっていった。警官が駆けつけてきたのは、この出来事に関係した最後の人たちが姿を消してしまってから、ちょうど五秒後のことであった。もっとも、この騒ぎはせいぜい二分より長くはつづかなかったのである。集まっていた人たちの誰かれは席を立っていったし、ある者は席を変えただけだったし、ある者はこの騒ぎをとても喜んでいたし、またある者はあれこれと口やかましく論じたてていた。一言にして言えば、事件はごく月並みな終り方をしたのである。オーケストラはまた演奏をはじめた。公爵はエパンチン家の一行を追っていった。もし彼が士官に突きとばされて椅子に倒れたとき、右手を見る気になるか、それとも何かの拍子で右手をながめたら、自分から二十歩ばかり離れたところでアグラーヤが、もうずっと先へ行っている母や姉の呼び声を無視して、じっとこの騒ぎを見つめているのに気づいたことだろう。そのとき山公爵がそばへ走ってきて、彼女に早くそこを立ちさるようにすすめた。リザヴェータ夫人はアグラーヤが一行に追いついたとき、興奮のあまり人びとの言葉もほとんど耳にはいらぬ様子だったことを、思いだした。しかしきっちり二分後に、一行が公園に足を踏みいれたとたん、アグラーヤはいつもの落ちつきはらった、気ままそうな声で、言ってのけた。

「あたくし、あの喜劇がどんな結末をつけるか、それが見たかったのよ」

3

停車場での出来事は、夫人と娘たちにとって、ほとんど恐怖に近いものであった。リザヴェータ夫人は不安と興奮にかられて、停車場から家へ帰るまで、娘たちと駆けださんばかりであった。夫人の観察と見解によれば、この出来事のなかにはあまりに多くのことがおこり、かつ暴露されたのであった。そのために夫人の頭はすっかり混乱してしまい、何が何やらさっぱりわからなくなってしまったにもかかわらず、早くも一つの考えがはっきりと浮んできたのであった。しかし、ほかの人たちもみんな何かしら特殊なことがおこって、そのために幸いにもある重大な秘密が暴露されるのではなかろうかとさとったのである。この前、Ш公爵《シチャーこうしゃく》がいろいろと弁解したり、釈明したりしたにもかかわらず、エヴゲーニイ・パーヴロヴィチは《いまや明るみにひきだされて》仮面をはがされ、《あの売女《ばいた》との関係を正式に暴露された》と、リザヴェータ夫人も、また二人の姉たちさえも考えたのである。ところが、この結論から得た収穫は、なおいっそう謎《なぞ》が謎の上に積み重なったということであった。令嬢たちは、母親のあまりにもはなはだしいおどろきぶりと、あまりにも人眼につく逃げ方をしたことを、いくぶん心の中で苦々しく思っていたが、こんなさわぎがおこったばかりのときに、いろいろ質問して母親を心配させる気にはなれなかった。そのうえ、二人はなぜか知らないが、妹のアグラーヤは、ひょっとするとこの事件に関して、母親や自分たち三人よりももっと余計に知っているかもしれない、という気がしたのである。Щ公爵もやはり夜のように暗い顔をして、これまたひどく考えこんでいる様子だった。リザヴェータ夫人は途中ひとことも彼とは口をきかなかったけれども、どうやら、彼のほうもそれすら気づいていない様子であった。アデライーダは彼にむかってたずねてみた。『いま話のあった伯父さんて誰のことですの、それにペテルブルグでいったい何があったんですの？』しかし、彼はその答えとして、えらく渋い顔をしながら、何か調査をどうとかしたと口の中でつぶやき、それはみんなもちろんくだらないことだと言った。『それはそうに決ってますわよ！』とアデライーダは答えて、もうそれ以上何もたずねなかった。アグラーヤは何か不自然なほど落ちつきはらっていて、ただ途中で、これじゃあまり早く走りすぎるわと言ったばかりであった。一度彼女はうしろをふりかえって、自分たちを追ってくる公爵の姿を見つけた。彼が一生懸命に追いつこうとしているのを見ると、あざけるように笑顔をみせ、もうそれっきり彼をふりかえろうとはしなかった。

ようやく別荘のすぐそばで、ついいましがたペテルブルグから帰ってきたばかりのイワン・フョードロヴィチに行き会った。彼はすぐさま第一番に、エヴゲーニイ・パーヴロヴィチのことをたずねた。しかし、夫人は返事をしないばかりか、夫には眼もくれずに、きつい顔をしてそばを通りぬけてしまった。娘たちやＳ公爵の眼つきから、彼はすぐ家庭に嵐《あらし》が襲ってきたことをさとった。しかし、それでなくても、彼自身の顔にも何かしら並々ならぬ不安の色が浮んでいた。彼はさっそくＳ公爵の手を取って、家の入口のところでひきとめ、ほとんどささやくような声で、ふたことみこと言葉を交わした。やがて、テラスへあがって、リザヴェータ夫人のところへ行ったときの二人の気がかりそうな様子から察して、何か尋常でないニュースを耳にしたことが想像された。しだいにみんなが、二階のリザヴェータ夫人のところへ集まっていったので、ついにテラスに取りのこされたのは公爵ひとりだけになってしまった。彼は何かを心待ちするように片《かた》隅《すみ》に腰かけていた。そのじつ、自分でもなんのためやらわからないでいた。家庭の中がごたついているのを見ながら、彼は帰ろうという気にはすこしもならなかった。どうやら、彼はいまや全宇宙を忘れ去ってしまって、たとえどこにすわらされようと、そのまま二年でもずっとすわっていそうな様子であった。二階からは、ときどき心配そうな話し声が聞えてきた。彼はそこにどれくらいすわっていたか、自分でも気づかなかったであろう。時間はもうかなりおそいらしく、あたりはすっかり暗くなっていた。突然、アグラーヤがテラスへ姿をみせた。見たところ、彼女はいくぶん蒼《あお》い顔をしていたが、きわめて落ちつきはらっていた。アグラーヤは、こんな片隅に公爵が椅子にかけていようとは明らかに思いもよらなかったので、けげんそうな面持で微笑した。

「そんなところで何をしていらっしゃるの?」彼女は相手に近づいて言った。

公爵はどぎまぎして、口の中で何やらつぶやくと、椅子からとびあがった。しかし、アグラーヤがすぐそばの椅子に腰をおろしたので、彼もまた腰をおろした。彼女はいきなり、それもじっと注意ぶかく、公爵を見つめた。が、すぐに何も考えていないような素ぶりで窓の外に眼を移し、それからまた公爵のほうを見た。《きっと、この私を笑ってやろうと思っているんだろう》公爵は考えた。《いや、そうじゃない、笑うならあのときに笑ったはずじゃないか》

「ねえ、お茶が召しあがりたいんでしょう、そうだったら、持ってこさせますわ」しばらく黙っていてから、彼女は言った。

「い、いいえ、さあ、どうですか……」

「まあ、どうですか、ってことはないでしょう! ああ、そうそう、ねえ、公爵、もし誰かがあなたに決闘を申しこんだら、そのときはどうなさいます? さっきからおたずねしたかったんですの」

「でも、いったい誰が……誰も私に決闘なんか申しこみませんよ」

「いえ、もし万が一申しこんだら? ひどくびっくりなさるでしょうね?」

「ええ、ひどくこわがるでしょうね」

「まあ、ほんと? じゃ、そんなに臆病《おくびょう》なんですの?」

「い、いいえ、たぶんそうじゃないでしょう。臆病っていうのはこわくて逃げだす人のことです。こわくても逃げださないのは、まだ臆病というわけじゃありません」公爵はちょっと考えてから、微笑した。

「じゃ、あなたはお逃げにならないのね？」

「たぶん、逃げないでしょう」公爵はとうとうアグラーヤの質問に笑いだしてしまった。

「あたくしは女ですけれど、どんなことがあっても逃げだしはいたしません」彼女は腹をたてんばかりの勢いで言った。「でも、あなたはあたくしのことを笑っていらっしゃるんですのね、いつもの癖でご自分を興味のある人間と思わせるために、わざとおどけていらっしゃるんですね。ねえ、ふつうは二十歩のところで撃ちあうんでしょ？　人によっては十歩のところでですか？　つまり、間違いなく殺されるか、傷つけられるかするわけですのね？」

「決闘ではたまにしか当らないようですよ」

「たまにですって？　だってプーシキンは殺されたじゃありませんか」

「あれはたぶん偶然でしょう」

「決して偶然じゃありませんわ。決闘は生命《いのち》がけですもの、それで殺されてしまったんですわ」

「あの弾丸《たま》はとても低いところへ当っていますから、きっとダンテス（訳注　一八三七年一月、プーシキンを決闘で殺したフランス生れの青年士官）はどこかもっと上のほうを、胸か頭かをねらったんでしょう。あんなふうにねらう者はいませんからね。そうしてみると、プーシキンに弾丸《たま》が当ったのは、むしろ偶然と言うべきですね、まぐれ当りで。これは信頼すべき人たちから聞いた話ですがね」

「いつかある兵隊さんと話をしたんですが、その人の話では、散開して射撃するときには半身をねらうように命令されているんですって。ちゃんと《半身》と操典に書いてあるそうですわ。ですから、決して胸や頭ではなくて、半身をねらうように命令が出ているんですわ。その後、ある将校さんにもきいてみたんですが、やっぱりそうにちがいないって言ってましたわ」

「そりゃそうでしょうとも、なにしろ距離が遠いんですから」

「射撃はおできになりますの？」

「私は一度も撃ったことがありません」

「じゃ、ピストルに弾丸《たま》をこめることもおできになりませんの？」

「できません。いや、つまり、そのやり方はわかっていますが、まだ一度も自分でやったことがないのです」

「それじゃ、やっぱりおできにならないんですのね、だってそれには稽古《けいこ》が要《い》りますもの。ねえ、あたくしの話をよく聞いてお覚えになるといいわ。まず第一に、湿りけのない、ピストル用の上等の火薬を買うんですの（とにかく湿りけのない、よくかわいたのがいいそうですわ）。それに、なんでも粒の細かいのでなくちゃいけないそうですわ。まあ、そんなふうなのをお買いになることですわ。大砲を撃つようなのじゃだめですよ。なんでも弾丸《たま》を自分でつくる人もあるそうですね。ピストルはお持ちですの？」

「いいえ、その必要もありませんからね」公爵は急に笑いだした。

「まあ、なんてことを！　ぜひともお買いなさいな。上等の、フランス製かイギリス製のを。なんでも、これがいちばん上等だそうですよ。それから、火薬を耳掻《みみか》きに一杯か、まあ二杯ぐらい取りだして、それをつめるんですの。すこし多目のほうがいいでしょうね。それからフェルトをつめるんです（かならずフェルトでなくちゃいけないそうですわ）。これはどこかから、蒲団《ふとん》のようなものからでも取れますし、また扉《とびら》にもフェルトが張ってありますからね。そこでフェルトのきれをつめてしまったら、弾丸《たま》を入れるんですよ――いいですか、弾丸《たま》があとで、火薬がさきですのよ。でないと撃てませんからね。何をお笑いになるんです？　あたくしはね、あなたが毎日何回か射撃の稽古をして、ぜひ的に当るようになっていただきたいんですの。やってくださいます？」

公爵は笑っていた。アグラーヤは歯がゆそうに足を踏み鳴らした。こんな話にもかかわらず、彼女がまじめくさっているのに、公爵はいくぶんびっくりした。彼は、何かたずねて知っておかねばならない、少なくとも、ピストルの装塡法《そうてんほう》なんかよりももっとまじめなことについて、たずねてみなければならない、となんとなく感じていた。しかし、そんなことは念頭から消えてしまって、ただ眼の前にはアグラーヤがすわっているのだ、そして自分はそのひとを見つめているのだ、ということだけしか考えられなかった。相手が何を話そうとも、そのときの彼にとってまったく同じことであった。

ようやく二階からテラスへ当のイワン・フョードロヴィチがおりてきた。彼はどこかへ出かけようとしていたが、その顔はしかつめらしく、何か気にかかることがあるらしかったが、断固たる決意がよみとれた。

「ああ、レフ・ニコラエヴィチ、きみですか……いま時分どちらへ？」公爵のほうではその場を動こうとも考えていないのに、彼はそうたずねた。「いっしょに出かけましょう。きみにひとこと言っておきたいことがあるんです」

「では、いずれまた」と、アグラーヤは言って、公爵に手をさしのべた。

テラスはもうかなり暗くなっていたので、公爵はその瞬間、彼女の顔をはっきり見わけることはできなかった。一分後に将軍と連れだって別荘の外へ出たとき、彼はふいにおそろしく顔を赤らめて、自分の右手を強く握りしめた。

イワン・フョードロヴィチも彼と同じ方向へ行くことがわかった。イワン・フョードロヴィチはこんな夜ふけに、誰かと何か打合せに急いでいるのであった。ところが、彼はいきなり公爵にむかって、早口で気がかりな調子で、かなり支離滅裂な話をはじめた。

その話には、何度もリザヴェータ夫人の名前がでた。もしそのとき公爵がもうすこし注意を払っていたら、相手が話のあいだに何か彼から聞きだしたがっている、というよりはむしろ、率直にあからさまに何か彼にたずねようとしながらも、その肝心な点にふれかねてやきもきしているのをさとったにちがいない。ところが、恥ずかしいことに、公爵はすっかり心がうわついていたので、はじめのうちは何ひとつ耳にはいらなかったのである。そこで、将軍が彼の前に立ちはだかって何か質問したとき、彼は相手の話が何もわかっていないことを白状しなければならなかった。

将軍は肩をすくめた。

「きみたちは誰もかれもみんななんだか妙な人間になってしまったね、あらゆる点でね」彼はまた急いでしゃべりだした。「正直のところ、わたしにはリザヴェータの考えや心配がさっぱりわからんのだよ。あれはヒステリーをおこして、泣きわめきながら、あたしどもは恥をかかされた、顔に泥を塗られた、とか言ってるんだよ。いったい誰に？　どんなふうにして？　誰といっしょに？　いつ、どういうわけで？　そりゃ、わたしも悪かったさ（その点は認めているよ）。大いに悪かったよ。しかしあの……物騒な（おまけに不身持ちきわまる）女の不敵な行為は、結局、警察の手を借りなきゃおさまらんよ。じつは、これから、二、三の人に会って、あらかじめ注意しておこうと思っておるのさ。万事はいままでの顔をきかせて、穏便に、うまく、いや、慇懃《いんぎん》にと言ってもいいぐらいにまとめてみせるさ。決してスキャンダルにはしないよ。そりゃこれからもいろんな事件がおこるだろうし、いろいろとわけのわからんことも多いのは認めるよ。これには陰謀もあることだし。しかし、こっちで何も知らなきゃ、あっちでもやはり説明がつけられない、わたしも耳にしなければ、きみも聞いたことがない、あの男もこの男もやはり何ひとつ耳にしていない、というんじゃしようがないね。ほんとうのところ、いったい誰が聞いたというんだね、え？　きみはこの件をなんと説明するかね、この件は半分は蜃気楼《しんきろう》だ、たとえば月世界かなんぞのように……あるいはまた何かの幻影のように、実際に存在しておらんものだ、ということを説明する以外には？」

「あの女《ひと》は気ちがいなんです」公爵は、さきほどの出来事を胸の痛むような気持で思いだしながら、つぶやいた。

「きみがあの女のことを言ってるのなら、ぴったり符合しているね。多少そうした考えがわたしにもあったので、いままで安眠できたのさ。ところが、いまとなってみると、みんなの考えていたことのほうが正しくて、どうも気が狂っているとは信じられないんだね。かりにあれがくだらん女だとしても、なかなか神経の細かい女で、決して気ちがいなんてものじゃないさ。きょうあのカピトン・アレクセイチにたいしてとったとっぴな振舞いなぞは、りっぱにそれを証明してますよ。あの女の側から言っても、きょうの出来事はペテンだよ、少なくとも、何か特別の目的のためにしくんだ狡猾《こうかつ》な振舞いだよ」

「カピトン・アレクセイチって誰のことです？」

「おや、これはおどろいた、きみは何も聞いていないんだね。わたしはまずカピトン・アレクセイチの件から、話を切りだしたんじゃないか。まったくどえらいことで、いまでも手足が震えるぐらいだよ。そのためにきょう市《まち》で手間どってしまったんだよ。カピトン・アレクセイチ・ラドムスキーはエヴゲーニイ・パーヴルイチの伯父でね……」

「ああ、なるほど！」公爵は叫んだ。

「ピストル自殺したのさ、きょうの夜明けの七時ごろに。もう七十にもなる、りっぱな老人で、なかなかの享楽《きょうらく》主義者でね。何から何まであの女の言ったとおりなのさ――公金費消、しかも莫大《ばくだい》な金額なんだよ！」

「でも、あの女《ひと》はまたどこから……」

「聞いたかっていうのかね？　は、は！　だってあの女がここに姿をあらわしたかと思ったら、たちまち一小隊ぐらいの崇拝者ができてしまったじゃないか。いや、じつにとんでもない連中までが、あの女と《近づきになる光栄》を求めにたずねていくんだからねえ。だから、さっきあの女が誰か市《まち》からやってきた人に、教えてもらったって不思議はないさ。なにしろ、いまではもうペテルブルグじゅうの人が知っているし、このパーヴロフスクでも町の半分、いや、町全体の人が知っているんだからね。それにしても、話を聞いてみると、あの女が制服のことを言ったのは、つまり、エヴゲーニイ・パーヴルイチがうまい潮時に退職したものだって皮肉ったのは、じつにうがってるじゃないか！　まったく意地の悪いあてこすりだよ！　いいや、あれなんか決して気ちがいの言えることじゃないよ。しかし、わたしはもちろん、エヴゲーニイ・パーヴルイチが前もってこの破局を知っていた、つまり、何月何日の午前七時なんてことを知っていたとは、信じられないね。しかしね、彼は少なくともそれを予感できたはずだからね。ところでわたしは、いや、Щ《シチャー》公爵も含めてわたしたちは、逆に彼が遺産をもらえるものとあてにしていたんだからねえ。恐ろしいことだ！　恐ろしいことだ！　もっともこれだけはよく理解してくれよ、わたしはいかなる点においても、エヴゲーニイ・パーヴルイチを非難しようとは思わない。このことはとりあえずきみに弁明しておくよ。しかし、それにしても、やっぱり怪しいもんだよ。Щ公爵なんかすっかり転倒してしまったよ。何もかもいろんなことが、みんないっぺんにおこったようでね」

「でも、エヴゲーニイ・パーヴルイチの行動のどこが怪しいんですか？」

「何もありゃしないさ！　あの男の態度はじつにりっぱなものさ。わたしはなにもそんな意味で言ってるんじゃないよ。自分の財産のほうはそっくりそのままだと思うよ。そりゃリザヴェータはむろん、そんなことには耳もかそうとせんがね……しかし、何より肝心なことは、この家庭的な破局、いや、むしろいろんなごたごたと言ったほうがいいかもしれんが……とにかく、これはもうなんと言ったものか、名づけようもない始末だからね……レフ・ニコラエヴィチ、きみはなにしろわが家の親友だから、打ちあけて言うんだが、もっとも、これはまだ確かな話じゃないが、どうやらもう一月《こ》以上も前に、エヴゲーニイ・パーヴルイチがアグラーヤにじかに求婚して、あの娘からきっぱり断わられたらしいんだよ」

「そんなはずはありません！」公爵は熱をこめて叫んだ。

「じゃ、きみは何か知ってるんだね？　それ、見たまえ」将軍は愕然《がくぜん》として震えあがりながら、その場に釘《くぎ》づけにされたように立ちどまった。「わたしがしゃべったことはあるいはむだで、ぶしつけなことだったかもしれん。しかし、それというのも、きみが……きみが……その……いや、そんなふうな人物だからなんだよ。でも、きみはたぶん何か特別な事情を知っているんだね？」

「私は何も知りません……エヴゲーニイ・パーヴルイチのことは」公爵はあわててつぶやいた。

「わたしだって知らんよ！　ねえきみ、みんなはわたしを……このわたしを、寄ってたかって、土の中に埋めて葬《ほうむ》ってしまおうとしているんだよ、生きている人間にとってそれがどんな苦しみで、とても耐えられるものじゃないってことを、考えてみようともしないんだからねえ。たったいまも一騒動あったんだが、いや、まったく恐ろしい！　わたしはきみを親身の息子と思えばこそ、こんなことも話すんだよ。何よりも弱っているのは、アグラーヤが母親のことを嘲笑《ちょうしょう》しているみたいでね。あの娘《こ》がどうやら一月ばかり前に、エヴゲーニイ・パーヴルイチの申込みを断わったらしいことや、二人のあいだに何か話合いが、それもかなりはっきりした話合いがあったらしいことは、姉たちが一種の謎《なぞ》といったかたちで知らしてくれたんでね。もっとも謎といっても、かなりはっきりした謎だがね。でも、あれはじつにわがままで、夢の多い娘でね、とても話にならんくらいだよ！　心や頭の点では、申しぶんのないりっぱな資質や寛大さをそなえているんだが、とにかく気まぐれで、皮肉屋なんだね。いや、要するに悪魔的な性格さ、おまけに夢が多いときてるんだからね。ついさきほども、母親を面とむかって嘲笑する始末さ。姉たちも山公爵もやられたよ。わたしなんぞときたら言うまでもないさ。なにしろ、あの娘《こ》はわたしを嘲笑しないときのほうがまれなくらいだからね。でも、わたしは平気さ、わたしはね、あの娘《こ》がかわいくて、あれに嘲笑されるのが、かえってうれしいぐらいだよ。それに、どうやらあの鬼っ子は、そのためにかえって特別わたしを好いているらしいんだ。これは賭《か》けてもいいが、あれはきみのことも何かで嘲笑したに相違ないがね。さっき、あの二階で大騒ぎのあったあとで、あれがきみと話しているところへ行きあわせたが、あれはまるで何事もなかったように、けろりとしてきみとすわっていたね」

公爵はおそろしく顔を赤らめて右手を握りしめたが、それでも口をつぐんだままだった。

「ねえ、レフ・ニコラエヴィチ！」ふいに将軍は感激したような、熱心な調子でしゃべりだした。「わたしは……いや、リザヴェータでさえも……（あれはまたきみをちやほやしだしてね、おかげでわたしにまでやさしいんだが、それがどうしたわけなのかは見当もつかんよ）。いや、いずれにしても、わたしたち夫婦は、きみを愛している、心の底から愛し尊敬しているよ。たとえどんなことがあろうとも、つまり、外見上どんなふうに見えようともだね。しかし、きみ、考えてもくれたまえ、いいかね、あの妙に落ちつきはらった鬼っ子が（だってそうじゃないか、わたしたちが何をたずねても、ばかにしきったような顔つきをして、母親の前に突ったっているんだからねえ、ことにわたしの質問なんか、てんでばかにして鼻の先であしらうんだからねえ。それというのも、わたしが一家の主人《あるじ》だからひとつ威厳をみせてやれ、なんていうばかげた考えをおこしたからなのさ――いや、まったくばかなことをしたものさ）、あの落ちつきはらった鬼っ子がいきなり薄笑いを浮べながら、こんなことを言うじゃないか、『あの気ちがい女は（あの娘《こ》はそう言ったんだが、わたしはあの娘《こ》がきみとそっくり符合をあわせたように言ったのが、不思議でならんよ）、あの気ちがい女が、たとえどんなことがあっても、このあたくしをレフ・ニコラエヴィチ公爵と結婚させたい、と決心して、そのためにエヴゲーニイ・パーヴルイチをあたくしたちの家から締めだそうとしていることを、あなたがたはほんとに気がついていないんですか?』とね。そう言ったきり、説明はひとこともしないで、ひとりで大声をたてて笑っているんだからねえ。わたしたちがあっけにとられていると、ドアをばたんとしめて出ていってしまったのさ。そのあとで、わたしはさっきあれときみとのあいだにおこった一件を聞かされたんでね……それで……それで……いいかね、公爵、きみはそんなに怒りっぽい人でもないし、分別もあるから――いや、きみがそういう人物だってことは、わたしもとうに認めているよ……しかし……きみ、怒らんでくれよ、まったくのところ、あの娘《こ》はきみのことをからかっているんだよ。まるで子供みたいにからかっているんだから、きみもあれのことを怒ったりしないでくれよ。しかし、それはたしかにそうなんだよ。悪く思わないでくれたまえ――あれはただもう退屈まぎれに、きみやわたしたちをからかっているんだからね。じゃ、失敬! きみはわたしたちの気持をわかっているだろうね? きみにたいするわたしたちのほんとうの気持を! それはもうどんなことがあっても、どんな場合にでも永久に変ることはないよ……ところで、わたしはいまここへ寄っていかなきゃならん、さようなら! ほんとに、こんな居心地の悪かったことはめったにないよ(こんな言いぐさがあったねえ?)……楽じゃないね、別荘住まいも!」

十字路でひとりきりになった公爵は、あたりを見まわして、急ぎ足で通りを横切って、とある別荘の明るく灯のともっている窓べに近づくと、イワン・フョードロヴィチと話を交《か》わしていたあいだじゅう、しっかりと右手に握りしめていた小さな紙きれをひろげて、弱々しい光をたよりに眼を通した。

『明朝七時に、あたくしは公園の緑色のベンチのところで、あなたをお待ち申しあげます。あるとても重大な件について、あなたとお話ししようと決心いたしました。それは直接あなたに関係した事柄です。

二伸　この手紙は誰にもお見せにならないように。こんな指図がましいことをするのは心苦しいのですが、あなたには、そうする必要があると考えましたので、あなたの滑稽《こっけい》な性格を思い浮べて顔を赤らめながら、書き添えました。

三伸　緑色のベンチというのは、さきほどあたくしがお教えした、例のところです。ほんとに、恥ずかしいとお思いなさい！　あたくしはこんなことまで書き添えなければならないんですから』

その手紙は走り書きで、間違いなくアグラーヤがテラスへ出てくる直前に、あわてて畳まれたものらしかった。おどろきに似た、なんとも言いがたい心の動揺を覚えながら、公爵はふたたび紙きれをかたく握りしめると、まるでおどかされた泥棒のように、あかりのさす窓べから飛びのいた。が、体を動かしたとたんに、すぐ自分の肩のうしろに立っていたひとりの男に、突きあたった。

「あなたのあとをつけているんですよ、公爵」その男は言った。

「ああ、ケルレル君ですね？」公爵はびっくりして叫んだ。

「あなたを捜していたんですよ。公爵、じつは、エパンチン家の別荘のそばでお待ちしていたんですが、むろん、中にはいるわけにはいきませんからね。あなたが将軍といっしょに歩いていらっしゃるあいだじゅう、ずっとあとをつけていたのです。公爵、さあ、あなたの御意のままに、どうぞこのケルレルに命令してください。必要とあれば、喜んで犠牲になります、いや、死をもいといません」

「でも……なんのために？」

「だってもう、きっと決闘の申込みがくるに決っているじゃありませんか。あのモロフツォフ中尉《ちゅうい》は――わたしはあの男を知っとりますが――と言っても、個人的にじゃありません……あの男は人から侮辱されて黙っているような男じゃありません。わたしどもの仲間は、というのは、わたしやロゴージンのことですが、あの男の眼には、ごろつきぐらいにしか見えないんですから、もっともそれが当然かもしれませんが。いや、そんなわけで、自然にあなたひとりが責任をとらなければならんのです。公爵、あなたは酒《さか》手《て》を払わなきゃならんですよ。あの男があなたのことをたずねていたのは、わたしも聞いていましたから、もうきっとあすにもあの男の友人が、あなたのところへやってくるでしょう、いや、もういま来て待っているかもしれませんよ。もしあなたがこのわたしを介添人に選んでくださるならば、わたしはあなたのためにどんなことでも辞さぬつもりです。そのためにあなたを捜していたんですよ、公爵」

「それじゃ、きみもやはり決闘のことを言ってるんですね？」と公爵はふいにからからと笑いだした。ケルレルはすっかり度胆《どぎも》をぬかれてしまった。彼の笑い方は非常なものであった。ケルレルは、介添人になりたいという自分の希望がもし入れられなかったら、いままで針の蓆《むしろ》にすわっているような気持だったので、いま公爵の並みはずれて陽気な笑い声を耳にすると、ほとんど侮辱を感じたほどであった。

「でも、公爵、あなたはさっきあの男の手をつかんだじゃありませんか。名誉のある人間にとって、しかも衆人環視のなかで、あんなことをされたら、とても我慢できませんよ」

「でも、あの人は私の胸を突きとばしたんですよ」公爵は笑いながら叫んだ。「私たちはなにも決闘なんかする必要はありません！　私があの人にお詫《わ》びをすれば、もうそれでいいのです。もしどうしても決闘しなければいけないのなら、決闘するまでのことです！　勝手に撃たせますよ。いや、むしろこちらの望むところです。は、は！　私ももういまではピストルの弾丸《たま》こめぐらいできますからね！　ケルレル君、きみはピストルの弾丸《たま》こめができますか？　まず第一に、ピストル用の火薬を買うんです。湿っていない、それに大砲に使うような粒の荒くないやつをね。それから、まず火薬を入れて、どこかの扉《とびら》からフェルトを取ってきて、それをつめたあとではじめて弾丸《たま》をこめなくちゃいけないんですよ。弾丸《たま》を火薬よりさきにこめちゃいけません。それじゃ発射しませんからね。は、は！　どうです、これはまったく道理にかなっていますね、ああ、ケルレル君！　そうだ、私はいまきみを抱いて接吻《せっぷん》してあげますよ。は、は、は！　さっききみはなぜあの士官の前へいきなりあらわれたんです？　なんとかできるだけ早く私のところへシャンパンを飲みにきてください。みんなで酔いつぶれるまで飲みましょう！　ねえ、私のところにはシャンパンの壜《びん》が十二本もあるんですよ、レーベジェフの穴蔵に。私がレーベジェフの家へ引っ越した翌日に、つまり、おととい、あの人が何かの《きっかけで》売ってくれたんですよ。それで、みんな買い占めちゃったんです！　私はみんなを狩り集めますよ！　ときに、きみは今晩寝るつもりですか？」

「むろん、いつもの晩と同じように、公爵」

「ああ、そう。じゃ、ぐっすりおやすみなさい！　は、は！」

公爵は、いくぶん面くらって考えこんでいるケルレルを残して、通りを横切ると、公園の中に姿を消してしまった。ケルレルは公爵がこんな奇妙な気分になったところを、これまで見たこともなければ、想像することさえできなかった。

《たぶん、熱に浮かされているんだろう。なにしろ、神経質な人だからな。それにいろいろなごたごたで、参ってしまったのさ。でも、むろん、怖気《おじけ》づいたわけじゃないさ。あの連中はそう簡単に尻込《しりご》みはせんからな。いや、まったく！》ケルレルは心に思った。《ふむ、シャンパンか！　なかなか耳よりなニュースじゃないか。十二本、一ダースとは。いや、けっこう、たいしたもんだよ。でも、賭けてもいいが、これはレーベジェフのやつが、誰かから抵当に取ったものにちがいない。ふむ！……しかし、やっこさんもなかなかかわいい男じゃないか、あの公爵は。いや、まったく、おれはあんなふうな男が好きだからな。だが、なにも時間を空費することはないぞ……それに……シャンパンがあるとすれば、これこそ絶好の機会じゃないか……》

公爵がまるで熱に浮かされていたというのは、もちろん当を得たことであった。

彼は長いこと暗い公園の中をさまよい歩いていたが、ようやくある並木道のところで《ふとわれに返った》。その並木道を例のベンチから、高くそびえ立っている一本の老木のところまで百歩ばかりのあいだを、もう三十ぺんか四十ぺんも、行きつもどりつしていた記憶が、意識の底に残っていた。この少なく見つもっても一時間のあいだに、彼が公園で考えたことを思いだすのは、たとえ望んでもできない相談であった。しかし、ある一つの考えにとらわれている自分にふと気づくと、彼はいきなり腹をかかえて笑いだした。なにも笑うほどのことはなかったけれども、彼は何か無性《むしょう》に笑いたかった。彼の頭にはちらとこんな考えが浮んだ。決闘についての想像は、ただ単にケルレルの頭にだけ浮びうることではなく、したがって、ピストルの弾丸《たま》こめの一件も、偶然とは言えない、と……。《なーるほど！》と彼はまた急にほかの考えに心を照らされて、立ちどまった。《さっき私が隅《すみ》っこのほうにすわっていたとき、あの女《ひと》がテラスへおりてきて、そこに私がいるのを見ると、ぎょっとして、急に笑いだしたっけ……そしてお茶のことなんか言いだしたっけ。でも、あのときもうあの女《ひと》の手の中に紙きれはあったんだから、そうなるとあの女《ひと》は、私がテラスにいることをたしかに知ってたにちがいない。それじゃ、いったいなんだってあんなにびっくりしたんだろう？　は、は、は、は！》

彼はポケットから手紙を取りだして、それに接吻した。しかし、すぐにそれもよしてふかく考えこんだ。

《不思議だ！　とにかく不思議だ！》と彼は何かわびしい気分になりながら、しばらくして言った。彼は激しい感激を覚えた瞬間に、いつもわびしい気分になるのだった。なぜそうなるのかは自分にもわからなかった。彼はじっとあたりを見まわして、いつのまにかこんなところへ来ていることにびっくりした。ひどく疲れていた。ベンチのほうに近づいて、そこに腰をおろした。あたりはしいんと静まりかえっていた。停車場の音楽はもうやんでいた。公園にはもう誰ひとりいないようだ。もちろん十一時半より早いことはなかった。夜は静かで、暖かくて、明るかった——六月はじめのペテルブルグの夜であった。しかし、彼のいる深々と繁《しげ》った木陰《こかげ》の多い並木道は、もうほとんど真っ暗であった。

もしもその瞬間、誰かが彼にむかって、きみは恋をしているのだ、熱烈な恋をしているのだと言ったら、彼はびっくりして、そんな考えを否定したにちがいない、ことによったら、腹さえたてたかもしれない。またもし誰かがそれにつけくわえて、アグラーヤの手紙は恋文だ、あいびきの申し出だと言ったとしたら、彼はその男にたいする羞恥《しゅうち》の念に、顔を真《ま》っ赤《か》にして、その男に決闘を申しこんだかもしれなかった。いや、これはまったく嘘《うそ》いつわりのないことで、彼は一度だって、そんな疑いをもったこともなければ、あの娘が彼に恋するとか、あるいは彼のほうが恋するかもしれないといったような、《一通りの》考えなんかいだいたことはなかった。自分にたいする、こんな考えがおこったら、彼は恥ずかしくてたまらなかったにちがいない。《自分のような男にたいする》恋愛の可能性を、彼は奇怪きわまることだと思ったにちがいない。もしこの場合、実際何かあるとしたら、それは単にあの女《ひと》のいたずらにすぎない、と彼には思われた。しかし、彼はこうした考えにたいしてきわめて冷淡で、あまりにも当然のことと思っていた。当の彼はそれよりもまったく別なことに心を奪われ、かつ心配していたからであった。さっき将軍が興奮のあまり口をすべらした言葉、つまり、彼女がみんなの人を、とりわけ公爵を嘲笑《ちょうしょう》しているということは、彼も信じて疑わなかった。が、そんなことを耳にしても、彼はすこしも侮辱を感じなかった。彼の考えでは、むしろそれが当然のことであった。ただ彼にとって肝心なことは、あすの朝早くまた彼女に会えるのだ、彼女といっしょに緑色のベンチにすわって、ピストルの弾丸《たま》のこめ方を聞きながら、じっと彼女の顔をながめることができるのだ、ということだけであった。もうそれ以上何も要らなかった。また彼女はいったいどんな話をするのだろう、直接自分に関係している重大な件とはなんだろう、という疑問もやはり一、二度彼の頭にひらめいた。そのうえ、わざわざ自分を呼びだすような《重大な件》が、はたして実際に存在するかどうかという考えは、一瞬も疑ってみなかったばかりでなく、彼はほとんどその重大な件についてはいままで考えてもみなかった。いや、そんなことを考えてみようという気すら、すこしも感じなかったのである。

並木道の砂にきしむ静かな足音に、彼は思わず顔を上げた。闇《やみ》にまぎれて顔のはっきり見えないひとりの男が、ベンチのほうに近づき、彼と並んで腰をおろした。公爵はいきなりその男のほうへぴったりと体を寄せた。と、ロゴージンの蒼《あお》ざめた顔が見わけられた。

「どうせどこかこの辺をうろついているだろうと思ったよ。捜すのにあまり手間はかからなかったよ」ロゴージンはもぐもぐとつぶやいた。

二人はあの居酒屋の廊下で顔を合わせて以来はじめて出会ったのであった。思いがけないロゴージンの出現にびっくりした公爵は、しばらくのあいだ考えをまとめることができなかった。やがて、悩ましい感触が彼の心によみがえった。見たところ、ロゴージンは自分が公爵にどんな印象を与えたか、よく承知しているふうだった。彼ははじめしかつめらしく、妙にわざとらしい、くだけた調子で話していたが、公爵は、相手の言葉がすこしもわざとらしくなく、またべつに取りみだしているところさえないことに気づいた。もし彼の身ぶりや話しぶりに、何かぎごちないところがあったとすれば、それはただ外見上のことだけであった。この男が内面的に変るはずもなかった。

「なぜきみは……私がこんなところにいるのを捜しだしたんだね？」公爵はただ口をきくためにそうたずねた。

「ケルレルから聞いたのさ（おれはあんたのところへ寄ったよ）。『公園へ出かけた』とね、ふん、そんなことだろうと思ったさ」

「何が『そんなことだろう』なんです？」公爵は、相手が何気なく口をすべらせた言葉尻《じり》を気がかりそうにとらえた。

ロゴージンはにやりと笑ったが、なんの説明もしなかった。

「あんたの手紙を受けとったよ、レフ・ニコラエヴィチ。あんなことを言ったって、むだじゃないか……ほんとうにもの好きだなあ！……ところで、いまおれはあれのところからやってきたんだが、ぜひあんたを呼んできてくれって頼まれたのさ。なんだかどうしてもあんたに話さなくちゃならんことがあるんだとさ。きょうすぐという頼みでね」

「あす参りましょう。いまはもう家へ帰らなくては。きみは……うちへ来ますか？」

「なんのために？　おれにはもう話すことはないよ。じゃまた！」

「ほんとに寄らないで帰るのかい？」公爵は静かにたずねた。

「おかしな男だなあ、あんたは。レフ・ニコラエヴィチ、まったく面くらうじゃないか」

ロゴージンは毒々しくにやりと笑った。

「どうして？　いったいどうして、きみはいま私にそう毒づくんだね？」公爵は悲しそうに、しかも熱をこめて言った。「だって、きみにはわかってるじゃないか、きみが考えてたことはみんな嘘だってことは。もっとも私にたいするきみの憎しみはいまも消えずにいるだろうとは思ってたがね。それはなぜだかわかるかい？　きみは一度この私の生命を取ろうとしたからさ、そのためにきみの憎しみはまだ消えないのさ。しかし、誓って言うけれど、私の知っているのは、あの日、十字架を取りかえっこして兄弟の誓いをたてた、あのパルフョン・ロゴージンだけなんだからね。私はきみがあの悪夢をすっかり忘れてしまって、これから二度とその話をしないようにと、きのうも手紙にそのことを書いておいたのさ。なんだってそんなに脇《わき》へよけるんだい？　なぜその手をそんなに隠すんだい？　もう一度言っておくけれど、あの日のことはすべて何もかもただ悪夢だと思っているんだから。いまじゃあの日のきみの行動を、まるで自分自身のことのようにそらで知っているくらいだよ。きみが想像をたくましくしていたことなんか、決して存在していなかったし、また存在するはずもないのさ。いったいなんのために二人は憎しみあわなければならないんだい？」

「あんたのほうにはどんな憎しみもありゃしないさ！」公爵の思いがけない熱のこもった言葉に答えて、ロゴージンはまたもや笑いだした。実際、彼は公爵をよけるようにして、二、三歩離れたところに、両手を隠して立っていたのである。

「もういまじゃ、おれはあんたのとこへ出入りするわけにいかないよ、レフ・ニコラエヴィチ」彼はゆっくりと重々しく、こうつけくわえて言葉を結んだ。

「それほどまで私を憎んでいるのかい？」

「おれはあんたを好かねえのさ、レフ・ニコラエヴィチ、だからあんたのとこへ出かけるわけもねえよ。おい、公爵、あんたはまるで子供みたいじゃねえか。おもちゃがほしくなると、ひっぱりだして、いじくりまわすのさ。そのくせほんとのことはなんにもわかっちゃいないんだよ。いましゃべってることも、みんな手紙に書いてるじゃねえか。おれはあんたを信じてないとでもいうのかね？　あんたの言うことは一から十まで信じている。それに、あんたが一度もこのおれをだまさなかったことも、これからもだましたりしないことも、ちゃんと承知しているよ。それでもやっぱりおれはあんたを好かねえんだよ。ところが、あんたのほうは何もかもすっかり忘れちまって、自分の覚えているのはあのとき自分に匕首《あいくち》を振りあげたロゴージンじゃなくて、ただ十字架を取りかわした兄弟のロゴージンだけだって、手紙に書いてきたじゃないか。だが、どうしてあんたはおれの心もちがわかるんだね？（ロゴージンはまたもやにやりと笑った）。おれはひょっとするとあのことについちゃ、その後一度だって後悔したことがないかもしれねえよ。それなのにあんたは兄弟としてゆるすなんて手紙をよこすんだからねえ。ひょっとすると、おれはあの晩まるっきり別なことを考えていたかもしれねえぜ。あんなことなぞ……」

「考えることさえ忘れたんだね！」公爵はすかさず言った。「そりゃそうだろうね！　誓って言うけれど、あのときぎみはすぐ汽車に飛び乗って、このパーヴロフスクの音楽場へやってきて、今晩と同じように、人込みのなかにまぎれてあの女《ひと》のあとをつけて、見はっていたにちがいないよ。なあに、そんなことを言ったって、おどろきゃしないさ！　それにあのとききみがたった一つのこと以外何も考えることができないような状態でなかったら、たぶん私にむかって匕首を振りかざすようなまねもしなかっただろうよ……あの日、朝からきみの顔を見ているうちに、そんな予感がしたんだよ。きみはあのとき自分がどんなふうだったか知ってるのかい？　十字架を取りかえっこしたときに、すぐそうした考えが心に浮んだんだからね。いったいなんだってきみは私をおっかさんのところへ連れていったんだね？　そうすることによって自分の手を抑《おさ》えようと思ったんだろう？　いや、きみがそんなことを思うなんて、とてもありうべからざることだよ。きっと私と同じように、ただそう感じただけなんだろうよ……あのとき二人は偶然同じことを感じていたからね。あのときぎきみが私にむかって手を上げなかったら（もっとも、その手は神さまがそらしてくださったけれど）、私はきみにたいしていまどんな立場をとってただろうね？　いずれにしても、私はその点できみを疑ったんだから、二人とも同罪だよ。同じことなんだよ！（そんなに顔をしかめることはないさ！　おい、なんだってそんなに笑うんだね？）『後悔しなかった』だって？　そりゃ、たとえその気になっても、きっと後悔することはできなかっただろうよ。だって、きみは私を好いていないんだからね。それに、あの女《ひと》が愛しているのは、きみじゃなくて私だと思いこんでいるかぎり、たとえこの私が天使のようにきみにたいして無実な身であっても、きみは私に我慢できないだろうね。結局は嫉妬《しっと》というものなんだから。しかしね、ついこの週になって、私はこんなことを考えついたんだよ、いいかね、パルフョン、ねえ、あの女《ひと》はいまではきみをほかの誰よりもいちばん愛しているのかもしれない。いや、きみを苦しめれば苦しめるだけ、それだけいっそうきみを愛しているのさ。あの女《ひと》はそんなことを言いやしないから、それをきみは見ぬかなくちゃいけないんだよ。いったいなんのためにあの女《ひと》はきみと結婚することに決めたんだろう？　いつかはあの女《ひと》がきみ自身に言うだろうよ。こんなふうに愛されるのが好きな女のひともいるのさ。あの女《ひと》はまさにそうした性格なんだよ！　それに、きみの性格と愛情はかならずあの女《ひと》を感動させるだろうよ！　いいかい、女ってものは残酷なことをしたり、冷笑を浴びせたりして男を苦しめるくせに、ちっとも良心の呵責《かしやく》を感じないんだからね。なぜかといえば、男の顔を見ながらいつも心の中では、《いまはこの人を死ぬほど苦しめているけれど、そのかわりあとでたっぷり愛情を注いで埋合せをするからいいわ》って考えているからさ」

ロゴージンは公爵の話を聞き終ると、大声をあげて笑った。

「いや、公爵、あんたも何かの拍子で、そんな女の手に落ちたことがあるんじゃないのかね？　ちょっとそんなことを聞いたことがあるんだが、ほんとうかね？」

「何を、いったい何を聞いたんです？」公爵はふいにぎくりとして、すっかり狼狽《ろうばい》しながら立ちどまった。

ロゴージンはなおも笑いつづけた。彼は多少の好奇心と満足を覚えながら、公爵の言葉を聞き終った。公爵のうれしそうな熱中した様子は、ひどく彼をびっくりさせ、また元気づけたのであった。

「いや、聞いたどころの話じゃないね、いまあんたの様子を見て、それがほんとうだってことがわかったよ」彼はつけくわえた。「それにしても、あんたがいまのようにしゃべったことがこれまでにあったかい？　こんな話はどうもあんたの言いそうもないことだがね。しかし、あんたのことであんな噂《うわさ》を耳にしなかったら、おれもこんなところへやってこなかったろうよ。真夜中の公園なんかに」

「私にはきみの言うことがちっともわからないよ、パルフョン・セミョーヌイチ」

「彼女《あれ》はずっと前にあんたのことをいろいろ話してくれたんだがね。さっきあんたが音楽を聞きながら、あの娘とすわっているところを、このおれも見届けたよ。彼女《あれ》はおれに誓って言うんだきのうもきょうも誓って言うんだよ、公爵はアグラーヤ・エパンチナに首ったけだってね。公爵そんなことはおれにとっちゃどっちだって同じことさ。おれなんかの知ったことじゃねえ。たとえあんたが彼女《あれ》に飽きがきたからって、彼女《あれ》のほうじゃあんたに飽きがきちゃいねえんだからねえ。あんたも知ってるだろうが、彼女《あれ》はどんなことがあってもあんたをあの娘といっしょにしたいんだとさ、誓いまでたてたよ、へ、へ！　その言いぐさがふるってるよ、『それでなけりゃ、あんたといっしょになりませんよ。あの人たちが教会へ行ったら、あたしたちも教会へまいりましょう』だとさ。いったいこりゃどうしたことだい？　おれにはさっぱりわけがわからない、いや、一度だってわかった例《ためし》はねえよ、あんたに首ったけほれてるのか、それとも……もしそうだったら、なんだってあんたをほかの女といっしょにしたいんだろう。『あの人の仕合せなところを見たい』なんて言ってるのを見りゃ、やっぱりほれているんだな」

「私はきみに口でも言えば、手紙にも書いたじゃないか、あの女《ひと》は……正気じゃないって」ロゴージンの言葉を苦しそうに聞き終ると、公爵は言った。

「そんなこと知るもんか！　それはきっとあんたの思い違いだよ……もっとも、おれが彼女《あれ》を楽隊から連れて帰ると、いきなり自分で結婚の日どりを決めたんだよ。三週間たったら、ことによるとそれよりも早く、間違いなく婚礼をあげようとね。実際そう誓いをたてたのさ。聖像をはずして、接吻《せっぷん》したってわけさ。だから、もういまはあんたの了見次第だよ。へ、へ！」

「そんなことはみんなうわごとだよ！　きみが私のことで言ったようなことは決して、決しておこりゃしないよ。あす私はお宅へ行って……」

「どうして彼女《あれ》は気ちがいなんだ？」ロゴージンは言った。「ほかの人から見れば正気なのに、どうしてあんたひとりには気ちがいに見えるんだね？　じゃ、彼女《あれ》はどうしてあそこへ手紙なんか出しているんだね？　いや、もし気ちがいだったら、むこうでも手紙の文面で気がつきそうなもんじゃねえか」

「どんな手紙のこと？」公爵はびっくりしてたずねた。

「あすこへ出してるのさ。あの娘《こ》によ。あの娘《こ》はちゃんと読んでるぜ。ほんとに知らねえのか？　ふん、それじゃいまにわかるよ。きっとあの娘《こ》が見せてくれるから」

「そんなことは信じられないね！」公爵は叫んだ。

「おい、なんてことを言うんだい、レフ・ニコラエヴィチ、あんたはこの道にかけちゃ、まだまだ駆けだしだね、やっと一足踏みこんだだけじゃねえか。まあ、もうすこし見てるがいいや。いまに自分だけの警察をもって、夜昼見張りをたてて、女のすることなすことみんな探りだしてしまうようになるからね。もしただ……」

「もうやめてくれ。いや、そんなことはもう二度と言わないでくれよ！」公爵は叫んだ。「ねえ、パルフョン、私はいまきみが来るちょっと前に、ここをぶらぶらしていたんだが、急に大声で笑いだしてしまったのさ。なぜそうなったのか、自分にもわからない。でも、ただそのきっかけとなったのは、あすがちょうど自分の誕生日だってことを思いついたからなのさ。ところで、もうかれこれ十二時だろう。さあ、いっしょに行こう。行って、誕生日を祝おうじゃないか！うちには酒があるんだ、酒を飲もうじゃないか。私にはいま自分が何を望んでいるかわからないんだよ、それをきみは私のために望んでくれたまえ。ぜひともきみに望んでもらいたいんだよ。私のほうもきみに限りない幸福を望むよ。いや、十字架を返すようなことはしないでくれたまえ！　いや、きみだってあの翌日、すぐに十字架を送りかえしはしなかったじゃないか！　いまも身につけてるんだろう？　いまでもつけてるんだろう？」

「つけてるよ」ロゴージンは言った。

「それじゃ、出かけよう。私はきみがいなくちゃ、新しい生活を迎えたくないんだよ。なにしろ、私の新しい生活がはじまったんだからね！　きみにはわからないのかい、パルフォン、私の新しい生活はきょうはじまったんだよ？」
「はじまったってことは、いまのおれにはわかる、ちゃんとわかるよ。彼女《あれ》にもそう知らしてやろう。あんたはまるっきり夢中じゃないか、レフ・ニコラエヴィチ！」

4

ロゴージンと連れだって、自分の別荘へ近づいたとき、公爵《こうしゃく》はあかあかと照らされたテラスに大勢の人たちが集まって、がやがやとさわいでいるのを見て、すっかりびっくりしてしまった。陽気そうなその連中は大声で笑ったり、話したりしていた。どうやら、どなり声をあげて口論している連中さえいるらしかった。一目見ただけで、そこでは楽しい集《つど》いがはじまっていることが察せられた。実際そのとおりで、彼がテラスへのぼって見ると、みんなは酒を、しかもシャンパンを飲んでいるのであった。しかも、もうかなり上機嫌《じょうきげん》になっている連中が多いところを見ると、酒宴はだいぶ前からはじまったものらしかった。客はみんな公爵の顔見知りばかりであったが、公爵のほうは誰も招《よ》ばないのに、まるで招かれてきたかのように、みんなうちそろって一度に集まってきていたのは、なんとも不思議だった。誕生日のことは彼自身も、ついさきほど偶然に思いだしたばかりだったからである。

「してみると、誰かにシャンパンを出すって言ったんだな。それであの連中がすぐに駆けつけてきたんだな」と公爵のあとからテラスにあがりながら、ロゴージンはつぶやいた。「おれたちはこのへんの呼吸をちゃんと心得てるからなあ。連中にちょっと口笛を鳴らしさえすりゃあ……」彼は憎々しげにつけくわえたが、それはむろん、ついさきごろまでの自分の過ぎ去った生活を思いだしたからである。

一同は叫び声をあげたり祝いの言葉を浴びせたりして公爵を出迎え、そのまわりを取りかこんだ。ある者はおそろしく騒々しかったが、ほかの人たちはずっとおとなしかった。が、みんなは誕生日のことを耳にすると、急いで祝いの言葉を述べるために、自分の順番を待っていた。若干の人たち、たとえばブルドフスキーが来ていることに、公爵は好奇心をいだいた。しかし、何よりもおどろいたのは、それらの人びとのなかに思いがけなくエヴゲーニイ・パーヴロヴィチまでがまじっていたことであった。公爵は自分の眼が信じられないほどであった。彼の姿が眼にはいると、あやうく度胆《どぎも》をぬかれるところだった。

そのあいだにも、顔を真っ赤《まっか》にしてほとんど有頂天になっているレーベジェフが、走り寄ってきて、説明をはじめた。彼はもうだいぶできあがっていた。そのくだくだしいおしゃべりからみんなはまったく自然に、偶然といってもいいぐあいに集まったことが判明した。誰よりもいちばん早くイポリートが日暮れ前にやってきて、とても気分がよくなったからと言って、テラスで公爵を待ちたいと、長椅子《ながいす》に陣取ったのである。やがてレーベジェフがあらわれ、つづいて家族の者がみんな、つまり、イヴォルギン将軍と娘たちが加わった。ブルドフスキーはイポリートの付添いとしてやってきたのである。ガーニャとプチーツィンは、ついさきほどたぶん通りすがりに立ちよったものらしかった（二人があらわれたのは、ちょうど停車場で事件がおきたのと同じころであった）。それからケルレルが顔をだして、公爵の誕生日のことを知らせ、シャンパンを求めた。エヴゲーニイ・パーヴロヴィチがやってきたのはいまから三十分ばかり前であった。シャンパンを抜いて祝宴を張ろうと、コーリャも主張した。レーベジェフは待ってましたとばかりに、酒を出したのであった。

「でも、これは自分のです。自分のやつです！」彼は公爵にまわらぬ舌《ちそう》で言った。「誕生日をお祝いしようと自腹を切ったんですよ。いや、これからまだご馳走が出ますよ、前菜《ザクースカ》がね。娘がいま用意してますよ。でもねえ、公爵、いまどんなテーマを論じていたとお思いです？　ねえ、覚えていらっしゃいますか、例のハムレットのなかの『永らうべきか、死ぬべきか』という科白《せりふ》を？　現代的なテーマです、まったく現代的な！　疑問とその解答ですな……チェレンチェフ氏までがえらく興奮して……もう寝ようとしない始末です！　もっとも、シャンパンはたった一口、一口飲んだきりですから、体にはさわりませんよ……さあ、公爵、もっとこっちへ寄って、きっぱり答えをだしてくださいな！　みんなはあなたをお待ちしてたんです、あなたのりっぱなお知恵を拝借しようと……」

公爵はヴェーラの、可憐《かれん》なやさしい視線に気づいた。このレーベジェフの娘も人垣《ひとがき》を押しわけて、彼の前へ進みでようとしていた。彼はほかの人を押しのけて、真っ先に彼女のほうへ手をさしのべた。ヴェーラはうれしさのあまり頬《ほお》を染めて、『きょうこの日から、あなたに幸福な生活がはじまりますように』とお祝いの言葉を述べた。それから脇《わき》目《め》もふらずに台所へ駆けこんでしまった。そこで前菜《ザクースカ》の用意をしていたのであった。しかし、公爵が帰ってくる前にも、ちょっと手のすくことがあると、テラスに顔をだし、一杯機嫌の客たちのあいだで絶え間なく交わされる自分にとって耳慣れぬ抽象的な問題についての激論を、一生懸命に聞いていたのであった。妹のほうは口をぽかんとあけたまま、つぎの部屋の箱の上で、寝こんでしまっていた。しかし、レーベジェフの息子の少年は、コーリャとイポリートのそばにじっと立ちつくしていた。そのいきいきした顔つきを見ただけでも、まだこのさき十時間ぐらいはみんなの議論に聞きほれながら、喜んでその場に立ちつくすつもりらしいことが察せられた。

「ぼくはとくにあなたを待っていたんです。あなたがたいへん仕合せそうな様子でお帰りになったのが、とてもうれしいんですよ」公爵がヴェーラのすぐあとに、その手を握ろうとイポリートのそばへ歩みよったとき、相手は言った。

「でも、なんだって私が『たいへん仕合せそうだ』ってわかったんです？」

「顔つきでわかりますよ。さあ、みなさんに挨拶《あいさつ》されてから、早くぼくたちのそばへすわってください。ぼくはとくにあなたを待っていたんですから」彼は意味ありげに『待っていたんですから』ということを強調しながら、言い添えた。また、『こんなに遅くまで起きていて体にさわりませんか』という公爵の言葉にたいしては、三日前になぜあんなに死にたくなったのか自分でも不思議なくらいだし、今晩ほど気分のいいこともいままで絶えてなかったと、答えた。

ブルドフスキーは席をとびあがって、「つまりその……ぼくはイポリートの『付添いでやってきたんですが』とてもうれしい。あの手紙には『くだらないことを書きました。いまはただもううれしいばかりです……』」と、もぐもぐ言った。が、それを言い終らぬうちに、かたく公爵の手を握って、椅子に腰をおろした。

いちばん最後に、公爵はエヴゲーニイ・パーヴロヴィチのところへ近づいていった。相手はすぐに彼の手を取った。

「ちょっとひとことだけお話ししたいことがあるんですが」彼は小声でささやいた。「それに、きわめて重大な要件ですから、ちょっとあちらのほうへ」

「ちょっとひとこと」とまた別な声が公爵のもう一つの耳にささやいて、別な手が反対側から彼の手を取った。公爵がびっくりしてそちらを見ると、そこにはおそろしく髪の毛の乱れた男が赤い顔をして、さかんに眼配せしながら笑っていた。それはフェルディシチェンコだとわかったが、いったいどこからあらわれてきたのであろう。

「フェルディシチェンコを覚えておいでですか？」その男はたずねた。

「いったいどこからいらしたんです？」公爵は叫んだ。

「この男は後悔しているんですよ」駆けよってきたケルレルがどなった。「この男は隠れていたんですよ。あなたの前へ出るのはいやだと言って、そこの隅《すみ》っこに隠れていたんです。公爵、この男は後悔していますよ。自分で自分が悪かったと思っているんです」

「いったい何が悪かったんです、何が？」

「じつはこの男にばったり出会ったんですよ、公爵、それでさきほどここへ連れてきたんです。この男は友だちのなかでも珍しいやつでしてね。とにかく、後悔してるんですから」

「それはどうも。みなさん、さあ、どうぞあちらへ行って、ほかの人たちといっしょにすわってください、私はいますぐまいります」ようやくけりをつけると、公爵はエヴゲーニイ・パーヴロヴィチのほうへ急いだ。

「あなたのお宅は愉快ですね」エヴゲーニイ・パーヴロヴィチは言った。「あなたをお待ちしていた三十分ばかりのあいだ、ぼくは大いに愉快でした。ところで、レフ・ニコラエヴィチ、クルムイシェフのほうは万事うまく話をつけましたよ。それで、ご安心させるために、ちょっと寄ってみたのです。もう何もご心配にはおよびません。あの男はじつに、じつに冷静に事件を受けとってくれましたから。それに、なにしろ、ぼくの考えでは、むしろあの男のほうが悪いんですからねえ」

「クルムイシェフって誰のことです？」

「ほら、さっきあなたがその手をおさえた男ですよ……すっかり腹をたてて、あすにもあなたのところへ使いをよこして、釈明を求めるつもりでいたんですよ」

「もうけっこうです、なんてばかな！」

「もちろん、ばかなことですよ。しかも、きっとばかな結果に終るはずだったでしょうよ、なにしろ、こうした連中は……」

「でも、たぶんあなたはまだ何かほかの用件でいらしたんでしょう、エヴゲーニイ・パーヴルイチ？」

「ええ、もちろん、まだほかの用件があるんです」相手はからからと笑った。「ぼくはねえ、公爵、あす夜が明けるか明けないうちに、例の不幸な事件（つまり、伯父の一件）でペテルブルグへ行ってきます。いや、おどろきました。あれは何もかもすっかりほんとうのことで、ぼく以外の人はみんな知ってるんですからねえ。ぼくはもうすっかり度胆をぬかれてしまって、あそこにも（エパンチン家にも）立ちよるひまがなかったんです。あすもやはり行きません、ペテルブルグに行ってますからね、わかっていただけますね？　たぶん三日ばかりこちらを留守にするでしょう。早い話、ぼくの仕事は一頓挫《とんざ》したってわけです。今度の件はきわめて重大なことですが、ぼくは二、三の事柄についてざっくばらんに、あなたとご相談しなければいけないと考えたんです。しかも一刻も時を移さず、出発前にですね。もしよろしかったら、みなさんが帰られるまで、こちらですわって待っています。それに、いまはほかへ行くところもありませんから。すっかり興奮してしまって、寝ることもできないのです。それから、こんなに人を追いかけまわすのは気の重い失礼な話ですが、率直に申しますと、公爵、ぼくはあなたの友情を求めてやってきたのですよ。なにしろ、あなたはじつに類《たぐ》いまれなかたですからねえ。つまり、どんなときにも決して嘘《うそ》をつかないかたですからねえ。ところで、ぼくにはある件について、親友ともなり、忠告者ともなる人物が必要なんです。なぜって、ぼくはいまではまったく不幸な人間の仲間へはいってしまいましたからねえ……」

彼はまた笑いだした。

「でも、困りましたね」公爵はちょっと考えこんだ。「あの連中が帰るまで待つとおっしゃっても、それはいつのことだかわかりませんからね。いっそのことこれから二人で公園へ出かけたほうがよくはありませんか。あの連中はきっと待っててくれますよ。私があやまりますから」

「いや、そりゃだめです、ぼくはある理由で二人が何か特別の目的をもって話をしているように、あの人たちから疑われたくないんです。なにしろ、ここにはわれわれ二人の関係にひどく興味を持っている人がいますからね。ねえ、それがおわかりになりませんか、公爵？　ですから、そんな話をしなくても、二人がきわめて親しい間柄にあるってことをあの人たちに見てもらったほうが、ずっといいんです。ねえ、おわかりでしょう？　あの人たちは二時間もしたら帰りますよ。そしたら二十分、まあ、三十分ほどお邪魔させていただきましょう」

「どうぞご随意に。そんな説明をお聞きしなくても、私はとてもうれしいですよ。また親しい間柄というあなたのご親切なお言葉にたいして、心からお礼を申しあげます。きょう私がこんなにぼんやりしているのをどうかゆるしてください。じつは、なぜかどうしても注意を集中することができないんです」

「わかっています、わかっていますとも」エヴゲーニイ・パーヴロヴィチはかすかな嘲《ちょう》笑《しょう》を顔に浮べてつぶやいた。彼はこの晩とても笑い上戸《じょうご》だった。

「何がおわかりなんです？」公爵はぎくりと身を震わせた。

「ねえ、公爵、あなたは疑ってもみないんですね」エヴゲーニイ・パーヴロヴィチは直接の質問には答えず、にやにや笑いつづけた。「ぼくがここへやってきたのは、あなたに一杯食わせて、素知らぬ顔で何か探《さぐ》りだそうとするんじゃないか、なんて疑ってもみないんですね、え？」

「あなたが何か探りだそうとしていらしたのは、そりゃもう疑いもない事実ですがね」公爵もとうとう笑いだしてしまった。「それにひょっとすると、少々私をだましてやろうとお考えになったかもしれませんね。しかし、そんなことは問題じゃありませんよ、あなたなんか恐れちゃいません。ほんとですよ。なにしろ、私には何もかもどうだってかまわないような気がするんですから。それに……それに、私はとにかくなんといっても、あなたがちゃんとした人間だと信じてますから、いずれはほんとうに親しい間柄として、おつきあいねがうようになるでしょうよ。エヴゲーニイ・パーヴルイチ、私はあなたが気に入ってしまいました。あなたはとても、とてもちゃんとしたかたですねえ！」

「いや、いずれにしてもあなたとお話しするのはじつに愉快ですよ、たとえどんな事情があっても」エヴゲーニイ・パーヴロヴィチは言葉を結んだ。「さあ、まいりましょう。あなたの健康を祝して一杯やりますから。ぼくはわざわざお宅へお寄りしたのを、とても満足に思っています。あっ、そうそう」彼は急に足をとめた。「あのイポリート君は、お宅に滞在するために引っ越してこられたんですか？」

「そうです」

「まさかいますぐ死ぬというわけじゃないでしょうね、ねえ？」

「それがどうしたんです?」

「いや、その、なんでもありません。ぼくは三十分ばかり彼といっしょにすわっていたものですから……」

イポリートはそのあいだずっと公爵を待ちわびていた。そして、二人が脇《わき》のほうで話をしているあいだ、ひっきりなしに公爵とエヴゲーニイ・パーヴロヴィチのほうを見やっていた。二人がテーブルへ近づいたとき、彼は熱に浮かされたように活気づいた。が、なんとなく落ちつきがなく、そわそわしていた。汗がその額ににじみでて、ぎらぎら輝く眼の中には、絶え間ない不安のほか、何かはっきりしない焦燥の色が浮んでいた。その視線はあてもなく物から物へ、一つの顔からほかの顔へと移っていた。それまで彼は一座の騒々しい言葉のやりとりに積極的に加わっていたが、その活気は単に熱に浮かされたものにすぎなかったのである。いや、言葉のやりとりそのものにはなんの注意も払っていなかった。彼の議論は辻褄《つじつま》が合わず、嘲笑的で、いいかげんな逆説にみちていた。つい一分前に、非常な熱意をもって論じはじめた問題さえ、彼は中途で投げだしてしまう始末だった。一座の人びとは彼がなみなみと注がれたシャンパンを二杯も飲み干すことをゆるしたばかりでなく、いまや彼の前にはすこし口をつけた三杯目が、置かれてあった。公爵はそれを聞いてびっくりするとともに、悲しみを味わった。しかし、それを知ったのはずっと後になってからであった。彼はそのときあまり物事に気のつくほうではなかったからである。

「ねえ、ぼくはきょうという日があなたの誕生日にあたっているのが、とてもうれしくてたまらないんですよ！」イポリートは叫んだ。

「どうして？」

「いまにわかりますよ。まあ、早くおかけになってください。まずだいいち、こんなにあなたのお仲間がみんな顔をそろえたんですからね。じつはぼくも大勢集まるだろうとはあてにしてたんですが。ぼくは生れてはじめて自分の計算が当ったんですから！　ただあなたのお誕生日だってことを知らなかったのが残念でなりません。そうと知ってれば、お祝いの品を持ってくるんでしたよ。……は、は！　でも、ひょっとすると、ぼくはお祝いの品を持ってきたのかもしれません！　夜が明けるまでにはまだだいぶ時間がありますか？」

「夜明けまでには二時間もありません」プチーツィンが時計を見て言った。

「外じゃいまでも本が読めるというのに、なんだって夜明けにこだわるんです？」誰かが言葉をはさんだ。

「せめておてんとさんの端っこなりともながめたいからですよ。太陽の健康を祝して一杯やってもいいですか、ねえ、どうです？」

イポリートはまるで号令でもかけているように、みんなにむかって、無遠慮に、きびしくたずねたが、どうやら自分ではそれに気づいていないらしかった。

「いいとも、さあ、飲もうじゃないか。ただ、きみさえ気を落ちつけることができたらね、イポリート君、え？」

「あなたは眠っているようにとばかりおっしゃいますね、公爵。まるでぼくの乳母《うば》みたいじゃないですか！　太陽がのぼって、大空に『鳴りそめ』たら（この『大空に太陽は鳴りそめ』って詩句は誰が書いたものでしたっけ。たいした意味はなくても、うまいですねえ！）、ぼくたちもすぐに寝ることにしましょうよ。レーベジェフ！　だって太陽は生命の源なんでしょう？　『黙示録』では《生命の源》というのはどういうことになっているんです？　公爵、あなたは《茵蔯星《いんちん》》のことをお聞きになりましたか？」

「レーベジェフがその《茵蔯星》をヨーロッパの鉄道網だと認めている話なら聞きましたよ」

「いいえ、ちがいます。そんなふうにおっしゃってはいけません！」レーベジェフは席からとびあがると、そのときどっとおこった爆笑を制止するかのように、両手を振りまわしながら、叫んだ。「そうじゃないんです！　この連中ときたら……この連中はみんな」彼はいきなり公爵のほうをふりむいた。「だって、それはある点においてのみの話なんでして。いや、まったくそうなんですよ」彼はそう言って、二度ばかりテーブルを無遠慮にたたいたが、笑い声はかえって大きくなるばかりだった。

レーベジェフはいつもの《夕べの》気分でいたのであるが、それまで続いていた長時間の《学問的な》議論のために、いまやすっかり度はずれて興奮していたのであった。こんな場合、彼はその論敵にたいして最大限のあからさまの軽蔑《けいべつ》の念を隠そうともしなかった。

「あれはそうじゃないんですよ！　公爵、われわれは三十分ほど前に約束したんですよ、誰も話の邪魔をしないで、人がしゃべっているうちは、なんでも自由にしゃべらせて、決して笑い声をたてないこと、また話が終ったら、たとえ無神論者であっても自由に反《はん》駁《ばく》していい、ってことを。それで将軍を座長に推したわけですよ。いや、まったくそのとおりなんでして！　では、これはいったいどうしたことでしょう？　これじゃ、相手かまわずやっつけることになりますよ、それが高遠な思想だろうと、深遠な思想だろうと……」

「まあ、いいからしゃべりたまえ、しゃべりたまえ。誰もやっつけやしないから」何人かの声がおこった。

「しゃべるのはいいけれど、余計なことはしゃべるなよ」

「《茵蔯星》ってなんのことだい？」誰かがたずねた。

「さっぱりわからんね！」イヴォルギン将軍は、さきほどまで腰かけていた座長の席にもったいぶって腰をおろすと、答えた。

「わたしはこうした議論や興奮が大好きなんですよ。もっとも、学問的なものに限りますがね」ケルレルはうれしさともどかしさのあまり椅子《いす》の上でもじもじしながらつぶやいた。「学問的で政治的なものに限りますがね」彼はふいにいきなり自分のすぐ隣にすわっているエヴゲーニイ・パーヴロヴィチのほうをふりむいた。「わたしはね、新聞でイギリスの議会についての記事を読むのが、とても好きでしてね。と言っても、そこで何が論じられているかということじゃなくて（わたしは政治家じゃありませんからね）、連中が政治家としてどんな行動をとり、どんなふうに議論しているかに興味があるんです。《反対党に議席を有する高潔なる子爵》とか、《余と意見をともにせられる高潔なる伯爵》とか、《その提案により全ヨーロッパを驚嘆せしめたわが高潔なる論敵》とかいうやつですよ。つまり、そうした表現や自由な国民の議会制度が、われわれロシア人にとって魅力があるんですよ。いや、わたしは魅惑されてしまうんですよ。正直言って、わたしは心の奥底では、つねに芸術家でしてね、エヴゲーニイ・パーヴルイチ」

「それがいったいどうしたというんです？」隅《すみ》のほうで、ガーニャが興奮して叫んだ。「つまり、あなたの意見によると、鉄道は呪《のろ》うべきものであり、それは人類を破滅させ、《生命の源》を濁すために、この地上に堕《お》ちた災厄だということになるんですね？」

ガヴリーラ・アルダリオノヴィチは、公爵の見るところ、今晩はとりわけ興奮して、ほとんど有頂天とも言える陽気な気分になっていた。レーベジェフをからかって相手を焚《た》きつけるつもりではじめたのだが、すぐに当の本人まで夢中になってしまったのである。

「いや、鉄道じゃありません、ちがいます！」レーベジェフのほうもまた夢中になって反駁したが、彼はそのときなんとも言えぬ快感を覚えたのであった。「ひとり鉄道ばかりが《生命の源》を濁すものじゃありません、そういったものをみんなひっくるめて呪うべきなんです。最近、数世紀における科学や実際的方面の風潮をみんなひっくるめて、あるいは実際に呪うべきなのかもしれません」

「それはたしかに呪うべきなのですか、それとも単に《あるいは》なんですか。これはなかなか重大なることですからねえ」エヴゲーニイ・パーヴロヴィチが問いただした。

「呪うべきです、呪うべきです、たしかに呪うべきですよ！」レーベジェフは躍起になってくりかえした。

「そんなにあわてることはありませんよ、レーベジェフさん、あなたはいつも朝のうちのほうが人が好《よ》いようですね」プチーツィンがほほえみながら言った。

「そのかわり、晩になると、ずっとざっくばらんです！　晩になると、ずっと実《じつ》があって、ざっくばらんになるのです！」レーベジェフはそのほうへふりむいて、熱をこめて言った。「率直で正確で正直でりっぱなんです。もっともそのために自分の弱点をさらけだすことになるんですが、そんなことは問題じゃありません。今晩はあなたがたみんなを、無神論者のかたをみんな呼びだして、お相手しますよ。ねえ、あなたがたはいったい何をもって世界を救おうとなさるんです？　世界の歩むべき正しい道をどこに求めたのです？　あなたがたは、科学、産業、組合、賃金その他もろもろの問題を牛耳《ぎゅうじ》っておられますが、いったい何をもってこの問題を解決されるんです？　信用《クレジット》ですか？　じゃ、そもそも信用《クレジット》とはなんですか？　信用《クレジット》がわれわれに何を与えてくれるというんです？」

「いや、あなたはなかなか好奇心の強いかたですなあ！」エヴゲーニイ・パーヴロヴィチが言った。

「わたしの意見では、こうした問題に関心をもたない者は、上流社会のごろつきぐらいなものですよ！」

「とにかく信用《クレジット》というものは一般大衆の団結とか、利益の均衡をもたらしてくれますよ」プチーツィンが言葉をはさんだ。

「いや、ただそれだけじゃありませんか！　ただ個人のエゴイズムと物質的な必要だけを満足させて、精神的な基盤がないんですね？　一般の人びとの平和や幸福は、ただ必要から生れるんですね？　ねえ、失礼ですが、そう解釈してよろしいんでしょうな？」

「そうですとも。たしかに、生き、飲み、食べるというのはみんなに共通した必要ですからね。それから万人の協力と利益の一致なしには、これらの必要を充《み》たすことができないという、確固たる科学的信念こそ、どうやら来たるべき時代において人類が拠《よ》りどころにすべき見解でもあり、また《生命の源》ともなりうる確固たる考え方だと思いますねえ」もうすっかりむきになったガーニャが言った。

「飲んだり食ったりする必要は、単なる自己保存の感情ですよ……」

「単なる自己保存の感情だけじゃ足りないというんですか？ 自己保存の感情こそ、人類にとってノーマルな法則じゃありませんか……」

「誰がそんなことを言いました？」突然エヴゲーニイ・パーヴロヴィチが叫んだ。「法則だということは、そりゃほんとです。しかし、ノーマルかもしれませんが、それは破滅の法則、あるいは自己破滅の法則がノーマルだというのと同じ程度のことなんですよ。いったい人類のあらゆるノーマルな法則というものは単に自己保存ということにだけあるのでしょうか？」

「へえ！」イポリートはすばやくエヴゲーニイ・パーヴロヴィチのほうへふりむきながら、その好奇心をむきだしにして、相手をじろじろながめた。しかし、相手の笑っているのを見ると、自分でもまた笑いだしてしまった。やがて彼はそばに立っているコーリャを突っついて、またもや何時かとたずねたが、さらにわざわざコーリャの銀時計を自分のほうへ引きよせ、むさぼるようにその針を見つめていた。やがて何もかもすっかり忘れてしまったように、ぐったりと長椅子に身を横たえると、両手を頭のうしろにかって、じっと天井をながめはじめた。が、三十秒もたつと、彼はまたすっくと起きあがり、テーブルを前にして極度に熱中しているレーベジェフのおしゃべりに耳を傾けるのであった。

「狡猾《こうかつ》で人をばかにした思想です。いや、人をいらいらさせる見解ですね！」レーベジェフは貪《むさぼ》るように、エヴゲーニイ・パーヴロヴィチの逆説に食ってかかった。「相手を刺激して喧嘩《けんか》させる目的で言いだされた考え方です――しかし正しい考え方ですよ！なにしろ、社交界の皮肉屋で、騎兵のあなたのことですから（と言っても、まんざら才のないおかたでもありませんがね！）ご自分がどれくらい深遠で正しい思想を吐露したか、おわかりにならないんですよ！そうですとも、自己保存の法則と自己破滅の法則は、人類社会においては同じように強い力を持っているんですからね！悪魔もそれと同じような力で人類を支配していくのです。しかも、それがいつまでつづくかはわれわれにもわからないんですよ。おや、お笑いですね？あなたは悪魔を信じられないんですね？悪魔を信じないのはフランスの思想で、軽薄な思想ですな。じゃ、悪魔が何のかご存じですか？その名前はなんというかご存じですか？いや、名前も知らないくせに、ヴォルテールにならって、ただその形式だけを、つまり、ご自分たちでつくりあげた蹄《ひづめ》だとか、尻尾《しっぽ》だとか、角だとかいうものを嘲笑《ちょうしょう》されるんですね。なにしろ、悪魔というのはじつに偉大な恐ろしいもので、決してあなたがたが作りだした蹄とか、角なんかを持ったものじゃないんですよ。しかし、いま論ずべきことはそんなことじゃありません」

「どうしてそれがいま論ずべきことではないってことがわかるんです?」ふいにイポリートは叫んで、まるで発作でもおこしたように大声で笑いだした。

「なかなか巧妙で、暗示に富んだ考えですな!」レーベジェフはほめそやした。「しかし、やっぱり問題は別のことですな。いまわれわれが問題としているのは、はたして《生命の源》はさまざまなものが発達するにつれて、衰微しなかったか、ということでして……」

「鉄道の発達につれて?」コーリャが叫んだ。

「いや、鉄道網の発達のためじゃありません。お若いのに、なかなか勇ましいですな。そうじゃなくて、そうしたあらゆる風潮を言ってるのです。鉄道なんかはただその縮図、もしくは芸術的表現の役目をつとめているにすぎません。誰もかれもがいわゆる人類の幸福とやらを目ざして、わいわいさわぎながら先を争っているんですよ! いや、ひとりの世を捨てた思想家は、『人間社会はいやに騒々しく実利的になってしまって、精神的な憩《いこ》いが少なくなった』と嘆いています。すると、別のあらゆるところを遍歴した思想家が、『たとえそうであっても、飢えた人類にパンを運ぶ荷車のひびきのほうが、精神的な憩いよりもいいかもしれない』と、勝ち誇ったように答えて、虚栄にみちた顔つきで、そこを立ちさっていくという始末です。しかし、わたしは、この卑劣漢たるレーベジェフは、人類へパンを運ぶ荷車なんて信じませんよ！なぜなら、なんらの精神的な基盤なくして人類にパンを運ぶ荷車は、そのパンが運ばれていく一部の人びとの快楽のために、人類の大部分を除外して、平気なんですから。しかも、こうした例は以前すでにあったことですからねえ……」

「それは、その荷車が平気で除外するんですか？」誰かが言葉尻《ことばじり》をとらえた。

「こうした例は以前にもありましたからね」レーベジェフはそんな質問には注意もむけずに、くりかえした。「いや、すでに人類の友と言われたマルサスの例もあります。しかし、精神的な基盤のぐらついている人類の友なんてものは、人類を滅ぼす食人種ですよ。連中が虚栄心の強いことなんか、言わずもがなですからね。これまで人類の友と言われた連中は数限りなくいましたがね、誰かそのひとりの自尊心を傷つけてごらんなさい、相手はすぐつまらない復讐心《ふくしゅうしん》から、平気で四方から火をつけてこの世界を焼きかねませんからねえ――もっとも、正直のところ、それは誰でも同じことなので、われわれだってみなそうなんですよ。いや、ほんとのところ、わたしだって例外じゃありません。誰よりも卑劣なこのわたしは、きっと真っ先に、薪《まき》をかつぎこんでくるでしょうが、本人はさっさと逃げだしてしまいますよ。しかし、いま問題にしているのはこんなことじゃありません！」

「いったいいまは何が問題なんです？」

「もううんざりしましたよ！」

「問題はこれからお話しする数世紀前のアネクドートにあるんです。わたしはなんとしてもこの数世紀前のアネクドートをお話ししなければなりません。現在わが祖国において……みなさんはわたしと同様、わが祖国を愛していらっしゃることと存じます。と申しますのは、わたしは祖国のためなら、全身の血を流す覚悟でありまして……」

「さあ、先をつづけて、つづけて！」

「わが祖国においてはヨーロッパ諸国におけると同様、全国的な規模における恐るべき飢饉《ききん》は、入手できるかぎりの統計と記憶によって調査いたしますと、四半世紀に一度、換言すれば、二十五年に一度の割りで襲っております。この数字が正確かどうかは保証のかぎりではありませんが、いずれにしても比較的にきわめてまれなことだったのであります」

「何に比較して？」

「十二世紀およびその前後数世紀と比較してですよ。というのは、その時代にあっては、文学者たちの書きしるしたものによると、人類社会の全面的な大飢饉が二年に一度、いや、少なくとも三年に一度は、襲っているのです。したがって、そうした状態では、人間が人間の肉を食うということさえあったのです。もっとも、その秘密はずっと守られてきましたがね。そんなとんでもない男のひとりが老年になってから、みずから進んでこんなことを白状したのです。なんでも、長年貧しい暮しをしているうちに、六十人の坊さんと、普通の家の赤ん坊を六人、これは坊さんの数に比べるとずいぶん少ないですが、とにかくそれだけの人間を内証で殺して、自分ひとりで食べてしまったそうですよ。もっとも世間普通の大人にたいしては、そんな目的で近づいたことは一度もなかったそうですがね」

「そんなことがあってたまるもんか!」座長をつとめる将軍までが、あやうく腹をたてんばかりの声でどなった。「諸君、わたしはこの男とちょいちょい議論したり、喧嘩《けんか》したりするんだが、いつもこんな問題ばかりなんですよ。ところが、この男ときたらしょっちゅう耳の痛くなるような、およそ嘘《うそ》っぱちのこんなばか話を持ちだすんですからな」

「将軍! じゃ、カルス包囲の話はどうなんです! みなさん、いいですか、わたしのアネクドートは赤裸々の真実ですよ。ちょっとご注意申しあげますが、ほとんどすべて現実にあったことというものは、いつも不変の法則を持ってはいるものの、ほとんどつねに真実らしくない、信じかねるようなものなんですよ。ときには、現実的であればあるだけ、ますます真実らしくなくなるものなんですから」

「それにしても、はたして六十人の坊さんが食べられるもんですかね?」あたりに笑い声がおこった。

「その男だってなにも一度にいきなり食べてしまったわけじゃないでしょうよ、それはわかりきった話ですがね。たぶん、十五年か二十年のあいだのことでしょうな。そんなことはわかりきった当り前のことで……」

「当り前のことですって？」

レーベジェフは頑固《がんこ》さで、言いはった。

「何よりもまず、カトリックの坊さんは生れつき好奇心がつよくて誘惑にかかりやすいですから、森の中や人気《ひとけ》のないところへおびきだして、さきほど申したようなことをするのは、まったくわけのないことなんですな。いや、それにしてもその男に食われた人の数が、ほんとうにできないほどだいへんなものだったってことは、決して否定するわけにはいきませんからね」

「たぶん、それはほんとうのことでしょうね」ふいに公爵が言葉をはさんだ。

そのときまで彼は無言のまま人びとの議論に耳を傾けていて、その会話には口を出さなかった。ただ、みながどっと笑いくずれるあとについて、心の底から愉快そうに笑っているばかりだった。どうやら、彼は周囲の陽気で騒々しいのが、うれしくてたまらないらしかった。いや、人びとがやたらに酒を飲むことさえ、彼にはうれしそうであった。彼は一晩じゅうひとことも口をきかずにすわっているつもりだったかもしれないが、突然どうしたわけか口をきく気になったのである。しかも、おそろしくまじめな調子でしゃべりだしたので、みんなは急に好奇心をいだきながら、彼のほうをふりむいた。

「私が言いたいのは、実際その時分には飢饉が多かったということです。歴史のことはあまりよく知りませんが、このことは私も聞いております。しかし、どうやら、それが当然だったようですね。私はスイスの山々へ足を踏みいれたとき、切り立った岩山の斜面に建てられた古い騎士時代の城の廃墟《はいきょ》を見て、とてもびっくりしたものです。そうした岩山は非常に険しくて、少なくとも五百メートルぐらいの高さはありました（ということは、小道づたいに登れば、何キロもあるということです）。その城がどんなものであるかは、ご存じのとおりで、もうまるで岩からできた小山ですね。まったく想像もつかない恐ろしい仕事ですよ！　それを建てたのは、もちろん、みんな当時のかわいそうな連中、家来どもですよ。そのうえに、そういう連中はいろんな税を払ったり、坊さんたちを養ったりしなければならなかったんですからねえ。これじゃどうやって自分を養い、畑を耕すことができるでしょう！　そういう連中は、当時ごく少なかったのですが、それはきっと飢え死にしたからでしょうよ。いや、きっと、文字どおり、何も食べるものがなかったんだろうと思いますね。私はときどき考えるんですよ。どうしてこれらの連中は絶滅しなかったんだろう、また、なぜ何も変ったことがおこらなかったんだろうってね。実際どんなふうにがんばって、持ちこたえたんでしょうねえ？　人食いがいたということは、しかも大勢いたかもしれないということは、疑いもなくレーベジェフさんの言うとおりでしょうよ。ただどういうわけでこの人が坊さんを引合いに出したのか、それで何を言おうとしたのか、その点だけは私にもわかりませんね」

「きっと十二世紀には、坊さんのほかには食べられるような者がいなかったんでしょう。なにしろ、坊さんばかりが脂《あぶら》ぎっていたんでしょうからね」ガヴリーラ・アルダリオノヴィチが言葉をはさんだ。

「いや、これはじつにりっぱな正しいご意見ですな！」レーベジェフは叫んだ。「なにしろ、その男は世間の人間には、決して手を出さなかったんですからね。六十人の坊さんにたいしてただのひとりも世間の人間はいなかったんですからねえ。いや、これは恐ろしい、歴史的な、統計的な考えですな。才能のある人なら、こうした事実から歴史をつくりあげますよ。なぜなら、坊さんたちのほうが当時の残りの人類全体よりも、少なくとも六十倍しあわせで、自由な暮しをしていたってことが、数学的に正確に導きだされてくるからですよ。それに、たぶん坊さんたちはほかの連中よりも少なくも六十倍は脂ぎっていたでしょうな……」

「そりゃ大げさだ、大げさだぞ、レーベジェフ！」まわりの人びとが声をあげて笑った。

「歴史的な考えだということには私も賛成ですが、それで何を結論しようというんですか？」公爵はなおも質問をつづけた（彼の話しぶりはじつにまじめで、レーベジェフにたいしてすこしもからかったりあざけったりする様子はなかった。そのため、彼のこの態度もその場の雰囲気《ふんいき》のなかでは心ならずも滑稽《こっけい》なものになった。それがもうすこし激しくなったら、彼も嘲笑を浴びせられたかもしれない。しかし、彼はそんなことには気がつかなかった)。

「ねえ、公爵、あなたにはおわかりにならないんですか。この男は気が狂っているんですよ」エヴゲーニイ・パーヴロヴィチは公爵のほうへかがみこんでささやいた。「さっきここで聞いたんですが、この男は弁護士気ちがいで、弁論に夢中になっていて試験を受けるつもりなんだそうですよ。いまにすてきなパロディーを弁じたてるでしょうよ」

「わたしは壮大な結論を導きだそうとしてるんですよ」その間にもレーベジェフは大声を張りあげた。「しかし、まず何よりもさきに、この犯人の心理的な、また法律的な状況を明らかにしてみせましょう。まずわれわれが気がつくことは、この犯人が、つまり、わたしの被弁護者が、そうした奇怪な生活をつづけているあいだに、ほかの食料を発見することがほとんど不可能であったにもかかわらず、何度か後悔の念を表明して、僧族を避けようとしたという事実ですね。それはいろんな事実に照らしてはっきりしております。しかし、いずれにしても、赤ん坊の五人や六人は食べたという話です。この数字は比較的にみてきわめて些細《ささい》なものですが、そのかわり別な観点からながめると、なかなか意味深長なものがあります。どうやら、この恐ろしい良心の呵責《かしゃく》に苦しめられた男は（と申しますには、あとで証明いたしますが、わたしの被弁護者は宗教心に富んだ良心的な男だったからです）、できるだけ自分の罪を軽くするために、試食というかたちで、坊さんの肉のかわりに六回も俗界の肉を食ったんですね。それが試食のかたちで行われたことは、これまた疑う余地がありません。なぜなら、美食のために変化を求めたものにしては、六人という数字はあまりにも取るに足りない数字ですからねえ。では、なぜ六人にとどまって、三十人でないのでしょうか？（わたしは半々とみたのですね）ところがこれを単に聖物冒瀆《ぼうとく》と宗教侮蔑《ぶべつ》の罪にたいする恐怖から生れた自棄的な気分による試食とすれば、この六人という数字もじつによく納得できるのです。つまり、良心の呵責を満足させるためならば、六人という数字も十分すぎるからですよ。なにしろ、こうした試食はうまくいくはずがないからです。わたしの考えによれば、まず第一に、赤ん坊はあまりに小さくて、つまり、その量が大きくないために、一定期間のあいだには坊さんよりも三倍も五倍も余計に必要になるはずですね。そんなわけですから、たとえ罪は一方からみて軽くなるにしても、結局、質より量の点で、大きくなってしまいますから。諸君、こう弁ずるにあたって、わたしはもちろんこの十二世紀の犯人の心情を酌量いたしておるのであります。いや、十九世紀の人間であるわたし個人としては、また別個の意見があると言えるかもしれません。したがって、みなさんはなにもわたしにそんな白い歯を見せる必要はないのです。いや、将軍、あなたときたら、もうまったくぶしつけじゃありませんか。それから第二に、わたし一個人の意見としては、赤ん坊というものは栄養にとぼしいものですよ。ひょっとすると、あまりに甘ったるすぎて、自然の要求をみたすことなく、ただあとで良心の呵責だけを感じさせるものかもしれません。さて、今度は結論です。フィナーレです、諸君、フィナーレですぞ。この結論のなかには、当時および現代における、最も重大なる問題の一つの解決が含まれているんですからね。この犯人は結局のところ、坊さんたちのところへ出かけていって、わが身をお上《かみ》の手にゆだねたのです。では、当時の例によって、はたしていかなる苦痛が、つまり、いかなる車裂きの刑や釜《かま》ゆでや火炙《ひあぶ》りの刑が待ちうけていたことでありましょう。いったい誰がその男をして自首させたのでしょう？　なぜその男は六十という数字でやめて、あとは死ぬまでその秘密を守らなかったのでしょう？　なぜ単に教会を捨てて、隠遁者《いんとんしゃ》として悔悟の生活を送らなかったのでしょう？　最後に、なぜその男は自分で僧門にはいらなかったのでしょう？　じつは、ここにこそ問題の解決があるのです！　つまり、ここには何か釜ゆでや火炙りの刑よりも、また二十年来の習慣よりも、もっと強い何ものかがあるのです！　すなわち、どんな災厄よりも、どんな凶作よりも、どんな拷問《ごうもん》よりも、ペストよりも、天刑病よりも、あらゆる地獄の苦しみよりも、ずっと強い思想があったわけです！　もしこの人の心を拘束し、矯正《きょうせい》し、生命の根源を豊かにする思想がなかったら、人類はとてもこれらの地獄の苦しみに耐えることができなかったでしょう！　諸君、この悪徳と鉄道の時代である現代において、何かこのような力があったら、ひとつわたしに見せていただきたいものですな……いや、汽船と鉄道の現代と言わなくちゃいけないようですが、わたしはあえて悪徳と鉄道の現代と言います。わたしは酔っぱらってはおりますが、言うことに間違いはありません！　せめてあの時代の半分でもいいですから、現在の全人類を拘束するような思想があれば、ひとつ見せていただきたいものですね。そうすれば、この《星》のもと、この人間を迷わせる鉄道網のもとにおいても、《生命の源》は涸《か》れたり濁ったりしなかった、なんてとても言うわけにはまいりませんよ！　また、あなたがたの幸福や、財産や、飢饉《ききん》の少ないことや、交通の発達などをあげて、このわたしを脅《おど》かすわけにもいきませんよ！　財産は多くなってもその力は小さくなったのです、人を拘束する思想なんかありません。何もかもへなへなになってしまったんです、何もかももろくなってしまったんです。いや、誰もかれもみんなもろくなってしまったんです！　みんなみんな、われわれはもろくなってしまったんですよ！……しかし、もうけっこうです、当面の問題はこんなことじゃなくて、つまりこうなんですよ。公爵、お客さまのために用意した前菜《ザクースカ》を、もうこちらへ運んでもよろしゅうございますか？」

レーベジェフの弁舌は、聞き手の幾人かを、あやうく憤慨させるところだったが、思いがけず前菜《ザクースカ》に言及した結論によって、たちまち、すべての論敵の機嫌《きげん》をなおしてしまった（ここで注意しておくと、その間にも酒壜《さかびん》の栓《せん》がひっきりなしに抜かれていた）。彼自身はこうした結論を、《巧妙な弁護士的どんでんがえし》と命名していた。またもや愉快そうな笑い声がおこり、客たちは元気づいた。みんなは手足を伸ばして、テラスを散歩するために席から立ちあがった。ひとりケルレルだけはレーベジェフの演説に不満で、すっかり興奮していた。

「あの男は文化を攻撃したり、十二世紀の狂信ぶりを説教したり、妙なしなをつくったりしているが、無邪気な気持なんてこれっぽかしもありゃしないのさ。いったいあの男自身はどうやってこの家を手に入れたんだね、ちょいと伺いたいもんだよ」と彼はみんなを呼びとめて、ひとりひとりに声高《こわだか》に言った。

「わたしは本物の『黙示録』の解説者に会ったことがありますよ」イヴォルギン将軍がまた別な片隅《かたすみ》で、別な聞き手にむかって、とりわけプチーツィンにむかってしゃべっていた。彼は上着のボタンを将軍につかまえられてしまっていた。「故人になったグリゴーリイ・セミョーノヴィチ・プルミストロフですが、この男にかかると、もうまるで心臓に火をつけられるような気持でしたね。まず第一に、眼鏡をかけて、黒い革表紙の時代がかった大きな本をめくっていましたよ。おまけに白い顎《あご》ひげをはやして、寄進の礼に贈られたメダルを二つぶらさげていました。その話しぶりときたら、まったく厳粛なもので、この人の前に出ると、将軍たちまで自然に頭をさげたもんですよ。いや、ご婦人たちにいたっては、よく気絶する人もあったくらいですからな。ところが、この男ときたら前菜《ザクースカ》で結論をつけてる始末じゃないか！　まったくもって話にならん！」

将軍の話に耳を傾けていたプチーツィンはにっこり笑って、帽子に手をかけようとした。しかし、何か心に決しかねているのか、それとも帰ろうと考えたことを忘れたのか、どっちとも見当がつかなかった。ガーニャは人びとが席から立ちあがる前から、もう飲むのをやめてしまって、杯を脇《わき》のほうへ押しのけてしまった。なんとなく陰気そうな影がその顔をかすめた。みんなが席を立つと、彼はロゴージンのそばへ近づいて、並んで腰をおろした。二人はとても仲のいい友だち同士に見えた。はじめはやはり何度もそっと抜けだそうとしていたロゴージンも、いまは頭を垂《た》れて、抜けだそうとしていたことなどすっかり忘れてしまったように、じっと身動きもせずにすわっていた。彼は一晩じゅう一滴の酒も飲まないで、ひどく考えこんでいた。ただときたま眼を上げて、みんなの顔をひとりひとりながめているだけだった。いまになってみると、彼は何か自分にとってとても重大なことを待ちわびていて、それまではどうしても帰るまいと決心しているように見えた。

公爵は全部で二杯か三杯飲んだだけであったが、すっかり陽気そうであった。テーブルから立ちあがって、エヴゲーニイ・パーヴロヴィチと視線を合わせたとき、彼は二人のあいだで約束された話合いを思いだして、愛想よくにっこり笑った。エヴゲーニイ・

パーヴロヴィチはうなずいてみせると、ふいにイポリートを指さした。ちょうどそのとき彼はじっとその顔を見つめていたのであった。イポリートは長椅子《ながいす》の上に身を横たえて、眠っていたのである。

「ねえ、いったいなんだってこの小僧っ子は、お宅へ押しかけてきたんです、公爵？」

彼はいきなり公爵がびっくりするほどの憤怒《ふんぬ》と憎悪《ぞうお》をあらわに見せながら、切りだした。

「誓って言いますが、この小僧っ子は何か善からぬことを腹の中で企《たく》んでいますよ！」

「私は気がついたんですが」公爵は言った。「いや、少なくともそんなふうに見えるんですが、きょうあなたはこの子にとても関心をもっていらっしゃるようですね、エヴゲーニイ・パーヴルイチ。ねえ、そうでしょう？」

「それに、こうつけくわえたらいいでしょうよ、いまの状態じゃ、当の本人がいろいろと考えなくちゃならないことがあるくせに、ってね。実際、自分でもびっくりしてるぐらいですよ、今夜は一晩じゅう、このいやらしい面《つら》から、眼を放すことができないんですからねえ！」

「この子の顔は美しいじゃありませんか……」

「まあ、ちょっと、見てくださいよ！」エヴゲーニイ・パーヴロヴィチは公爵の手をひっぱりながら、叫んだ。「ほら！……」

公爵はびっくりして、改めてエヴゲーニイ・パーヴロヴィチの顔をながめた。

5

レーベジェフの弁論が終りに近づいたとき、ふいにソファの上で眠りこんでしまったイポリートは、まるで誰かに横腹を突つかれでもしたかのように、ふと眼をさまして、身震いし、体を起してあたりを見まわすと、さっと顔色をかえて真《ま》っ蒼《さお》になってしまった。彼は何か脅えたように人びとをながめていたが、やがて正気づくと、その顔にはほとんど恐怖の色があらわれた。

「え、もうみんなは帰るんですか？　おしまいなんですか？　すっかりおしまいになったんですか？　太陽は昇りましたか？」彼は公爵《こうしゃく》の手をつかまえて、不安そうにたずねた。「何時ですか？　ねえ、もう一時ごろですか？　ぼくは寝すごしちゃいましたよ。ぼくは長いこと寝ていましたか？」彼はまるで自分の運命の浮沈にかかわる大事なときを寝すごしたような面持で、あやうく絶望しかけないばかりの調子でつけ足した。

「なに、きみが寝てたのはせいぜい七、八分ぐらいのものですよ」エヴゲーニイ・パーヴロヴィチが答えた。

イポリートはむさぼるように相手を見つめながら、しばらく何やら思いめぐらしていた。

「ああ……たったそれだけですか！　そうしてみると、ぼくは……」そうつぶやくと、彼は非常な重荷を肩から振りおとしでもするように、深々と息をついた。彼はようやく、何ひとつ《おしまいになってはいない》ことを、まだ夜は明けていず、客たちが席を立ったのはただ前菜《ザクースカ》をとるためであり、おしまいになったのはレーベジェフのおしゃべりばかりであることを、さとったのであった。彼はにっこり微笑した。と、結核患者特有の紅潮が、二つの色あざやかな斑点《はんてん》のように、さっと双の頰《ほお》を染めた。

「あなたときたら、ぼくの寝ている間に、時間まで計ってくださったんですね、エヴゲーニイ・パーヴルイチ」彼は皮肉たっぷりに言葉尻《ことばじり》をとらえた。「あなたは一晩じゅう、ぼくから眼を放しませんでしたね。ぼくはちゃんと見てましたよ……あっ！　ロゴージンだ！　ぼくはたったいまあの男の夢を見てたんです」彼は眉《まゆ》をひそめて、テーブルについているロゴージンを顎《あご》でしゃくってみせながら、公爵にささやいた。「あっ、そうだ」と彼はふいにまたもや脱線してしまった。「弁士はどこにいるんです、レーベジェフはどこにいるんです？　それじゃ、レーベジェフはもうおしまいにしちゃったんですね？　あの男はなんの話をしたんです？　ねえ、公爵、いつかあなたは、世界を救うものは『美』だとおっしゃったというのはほんとですか？　みなさん」と彼は大きな声で、一座の人びとにむかって叫んだ。「公爵は世界を救うものは美だと主張されておられます！　しかし、ぼくは公爵がそんなふざけた考えをもっているのは恋をしているからだって主張します。みなさん、公爵は恋をしておられます。さっき公爵がはいってこられると同時に、ぼくはそう確信しました。顔を赤らめないでくださいよ、公爵、ぼくはあなたがかわいそうになりそうですから。いったいどんな美が世界を救うんです？　コーリャがぼくに言ったことなんですが……あなたは熱心なキリスト教徒だそうですね？　コーリャの話だと、あなたはご自分でキリスト教徒だとおっしゃってるとか」

公爵は相手の顔を注意ぶかくながめまわしていたが、返事はしなかった。

「ぼくに返事をしてくださらないんですか？　あなたはきっと、ぼくがとてもあなたを好いていると思っていらっしゃるんでしょう？」ふいにイポリートは、ちぎってほうりつけるような調子でつけ足した。

「いいえ、そう思ってはいません。きみがぼくを好きじゃないことは、私も承知しています」

「なんですって！　きのうのことがあってもですか？　だってぼくはきのうあなたにたいして誠実だったじゃないですか？」

「いや、私はきみが私を好いていないことをきのうも承知していました」

「それはつまりぼくがあなたをうらやんでいるからですか？　うらやんでいるためですか？　あなたはいつもそう考えていらっしゃったんですね。いや、いまでもそう考えていらっしゃるんですね。しかし……しかし、なんだってぼくはこんなことをあなたに言ってるんだろう？　もっとシャンパンが飲みたくなりましたよ。ケルレル君、ついでくれたまえ」

「きみはもうこれ以上飲んではいけません、イポリート君、きみにはあげません……」

そう言うと、公爵は彼のそばから杯を押しのけた。

「いや、まったくそうですね……」と彼は何やら思案する様子で、すぐさま同意した。「たぶん、あの連中はいろんなことを言うだろうなあ……でも、あの連中がとやかく言ったからって、ぼくにとっちゃ関係ないさ。ねえ、そうじゃありませんか、そうじゃありませんか？　あとで何を言おうと勝手にさせたらいいんですよ、ねえ、公爵？　それに、あとで何がおころうと、そんなことは、ぼくたちにとってなんの関係もありゃしませんよ！　もっとも、ぼくはどうやら寝ぼけてるようですがね。それにしても、なんて恐ろしい夢を見たんだろう、たったいま、思いだしましたよ……公爵、ぼくはほんとにあなたを好いていないかもしれませんが、こんな夢はごらんにならないように祈りますよ。もっとも、好いていないからといって、なにもその人に悪いことがあればいいって思うにはあたりませんからね、そうじゃありませんか？　でも、なんだって、ぼくはこんなことをきいてばかりいるんでしょう。ほんとに、いろんなことをきいてばかりいますね！　さあ、どうぞ手を出してください、ぼくがしっかり握ってあげましょう、ほら、こんなふうに……でも、よくぼくに手を出してくれましたね！　つまり、ぼくがあなたの手を心から握りしめるってことを、ちゃんとご存じだったんですね！　きっと、ぼくはもう酒を飲まないでしょう。何時ですか？　いや、けっこうです、ぼくは何時だか知ってます。もう時間ですね！　いまこそ潮時ですね。あれはなんです、隅のほうで前菜《ザクースカ》を並べているんですか？　つまり、このテーブルは空《あ》いているんですね？　いや、けっこうですとも！　みなさん、ぼくは……もっとも、あの連中ははじめっから聞いちゃいないんですよ……ぼくはある文章を読もうと思うんですがね、公爵、そりゃ前菜《ザクースカ》のほうがずっとおもしろいでしょうが、しかし……」

彼はそう言うと、いきなりまったく思いがけなく、上着の脇のポケットから大きな赤い封印のある大形の事務封筒ほどの紙包みを取りだした。彼はそれを自分の前のテーブルの上においた。

この思いがけない動作は、心構えをしていなかった、というよりも、それとはまったく別なことにたいして心構えをしていた一座の人びとに、強い印象を与えた。エヴゲーニイ・パーヴロヴィチなどは椅子からとびあがったくらいであった。ガーニャは急いでテーブルのほうへ近づいてきた。ロゴージンも同様であったが、事の真相はわかっていると言わんばかりの、なんとなく不機嫌《ふきげん》ないまいましげな様子であった。そばに居あわせたレーベジェフは、好奇の眼を光らせながら近づくと、事の真相を見きわめようとするかのように、じろじろとその紙包みをながめていた。

「それはいったいなんですか？」公爵は不安そうにたずねた。

「太陽がちょっと顔をみせたら、ぼくはすぐ床につきますよ。公爵、ぼくは言ったとおりにしますから、見ててください！」イポリートは叫んだ。「しかし……しかし……まさかあなたはぼくにこの紙包みの封が切れないと考えていらっしゃるんじゃないでしょうね？」彼はいどみかかるように一同を見まわしながら、誰にむかってともなく、こう言い足した。公爵は、彼が全身をぶるぶる震わしているのに気づいた。

「誰もそんなことは考えてはいませんよ」公爵は一同に代って答えた。「それにきみはなんだって、誰かがそんな考えを持っているなんて邪推するんです？　おまけに、いま時分なにか読むなんて、じつに変な思いつきですね。いったい、そこにあるのはなんですか、イポリート君？」

「そりゃいったいなんです？　この人はまたどうかしたんですか？」まわりの人びとがたずねた。

みんなが近づいてきた。なかにはまだ前菜《ザクースカ》を食べながらの者もいた。赤い封印のある紙包みは、磁石のようにみんなをひきつけるのであった。

「これはぼくがきのう自分で書いたものなんですよ、公爵。きのうは一日じゅう夜まで書いていて、朝になってやっと終ったのです。ゆうべ明け方ちかくに一つの夢を見たんですが……」

「あすにしたほうがよくはありませんか？」公爵はおずおずとさえぎった。

「あすになったら、《そののち時を延ばすべからず》ですよ」とイポリートはヒステリックに笑った。「もっとも、ご心配にはおよびません。四十分か、せいぜい一時間で読んでしまいますから……それに、どうです、みんな関心をもっているじゃありませんか。みんなこっちへやってきて、みんなこの封印を見ているじゃありませんか。いや、まったく、もしこの文章を紙包みにして封印をしなかったら、とてもこれだけの感銘を与えることはできなかったでしょうね！　は、は！　これこそ神秘というものですねえ！　封を切りましょうか、どうしましょう、みなさん？」彼は例によって奇妙な笑い方をし、両眼を輝かせながら叫んだ。「神秘！　神秘！　ところで、公爵、この《そののち時を延ばすべからず》という文句は誰が言ったのか、覚えていらっしゃいますか？　これは『黙示録』に出てくる偉大な力強い天使が言ったものなんですよ」

「読まないほうがいいですね！」ふいにエヴゲーニイ・パーヴロヴィチが叫んだが、その面持には思いも設けぬ不安の色が浮んでいたので、多くの人には奇妙に思われたくらいであった。

「読むのはおよしなさい！」公爵も紙包みに手をかけて叫んだ。

「なにも読むことはないさ。いまは前菜《ザクースカ》を食べてるんだから」誰かが言葉をはさんだ。

「文章だって？　雑誌にでものせるのかね？」別の声がたずねた。

「どうせ、つまらないものだろう？」三番目の者が言い足した。

「それにしても、いったいどうしたんだ？」残りの者がたずねた。しかし、公爵のびっくりした様子は、当のイポリートまでおどろかしたようであった。

「それじゃ……読まないんですね？」彼は紫色になった唇《くちびる》にゆがんだ微笑を浮べながら、なんとなく危ぶむような調子で公爵にささやいた。「読まないんですね？」彼はまたさきほどの、まるでみんなに食ってかかるような眼つきで、一座の人びとの顔を順々に見まわしながら、つぶやいた。「あなたは……こわいんですね？」彼はまたもや公爵のほうをふりかえった。

「何をです？」こちらはますます顔色を変えながら、たずねた。

「どなたか二十コペイカ玉を持っていませんか？」突然イポリートは誰かに突かれたように、椅子《いす》からとびあがった。「硬貨ならなんでもいいんです」

「さあ、これを！」さっそくレーベジェフがさしだした。病身のイポリートがとうとう発狂したという考えが、ちらと彼の頭に浮んだ。

「ヴェーラ・ルキヤーノヴナ！」イポリートは忙《せわ》しそうに呼んだ。「さあ、これを取って、テーブルの上へ投げてください。鷲《わし》が出るか格子《こうし》が出るか、鷲だったら——読みますよ！」

ヴェーラは脅えたように硬貨を、イポリートを、それから父親の顔をながめたが、やがてもう自分は硬貨《おかね》を見なくてもいいのだといったふうに、妙にぎごちなく頭をぐっとうしろにそらして、硬貨をテーブルの上に投げだした。驚が出た。

「読むんですね！」イポリートは、まるで運命の判決に圧《お》しひしがれたようにつぶやいた。たとえ死刑の判決が読みあげられても、彼はこれ以上蒼白《そうはく》にはならなかったであろう。

「でも、しかし」と、ややしばらく黙っていてから、彼はいきなり身震いして言った。「これはいったいどういうことなんだろう？　ぼくはほんとにいま運命のくじを引きあててしまったんでしょうか？」彼は例の何かせがむようなざっくばらんな態度で、みんなを見まわした。「でも、これはまったくおどろくほど心理的なものじゃありませんか」彼は心の底からびっくりしながら、いきなり公爵にむかって叫んだ。「これは……これはじつに不可思議な特性ですよ、公爵！」彼は活気づいて、どうやらわれに返った様子でくりかえした。「これは書きとめておいたらいいでしょうよ、公爵、よく覚えておくんですね。だって、あなたは死刑に関する資料を集めていらっしゃるということですからね……人から聞きましたよ、は、は！　ああ、なんて意味のないばかげたことだろう！」彼はソファに腰をおろし、テーブルの上に両肘《りょうひじ》ついて頭をかかえこんだ。「いや、むしろ恥ずべきことじゃないか……しかし、たとえ恥ずべきことだろうと、それがぼくにとってなんだというんだ」彼はたちまち頭を上げた。「みなさん！　みなさん、ぼくはこの包みを開封します」彼は何かいきなり意を決したような面持で宣言した。

「ぼくは……ぼくはしかし、むりやりに聞いてくださいとは申しません！……」

彼は興奮のあまり震える両手で紙包みの封を切り、細かい字でいっぱい書きこまれた数枚の便箋《びんせん》を中から取りだすと、眼の前に置いてその折り目をのばしはじめた。

「いったいあれはなんです？　あれはいったいどうしたっていうんです？　何を読もうというんです？」ある者はぼそぼそとつぶやき、残りの者は黙っていた。しかし、一座の人びとは席について、好奇心にかられながら見つめていた。ひょっとすると、実際に何か並々ならぬものを期待していたのかもしれなかった。ヴェーラは父親の椅子にしがみついて、おどろきのあまりいまにも泣きださんばかりであった。コーリャもほとんどそれと同じくらいびっくりしていた。もう席についていたレーベジェフは、いきなり立ちあがって蠟燭《ろうそく》を手につかむと、明るく読みやすくするためにイポリートのそばへ引きよせた。

「みなさん、これは……いや、これがなんであるかということは、いますぐおわかりになりますよ」イポリートはなんのためかこうつけくわえると、いきなり朗読をはじめた。

「『必要欠くべからざる弁明！』題名〝Après moi le déluge!〟（訳注　わが死後はよしや洪水あるとも――あとは野となれ山となれ、の意）ちえっ、何てことだ！」彼はまるで火傷《やけど》でもしたように叫んだ。「よくもまあ大まじめでこんなばかばかしい題名がつけられたもんだ！……さあ、謹聴してください、みなさん！……しかしはじめにお断わりしておきますが、これは結局のところ、何もかも恐ろしくくだらないことかもしれませんからね！　ただこのなかに多少ともぼくの思想がはいっているんです……もしみなさんがこのなかに何か秘密めいたものとか……あるいは……禁じられているようなものがあると考えていらっしゃるなら……一口に言って……」

「前置きぬきで読んだらどうです」とガーニャがさえぎった。

「ごまかしているのさ！」誰かがつけくわえた。

「前口上が多すぎるな！」それまでずっと黙っていたロゴージンが言葉をはさんだ。

イポリートはふいに彼のほうを見た。二人の視線がぴたりとかち合ったとき、ロゴージンは苦笑いを浮べ、腹だたしげに歯をむくと、おもむろに奇怪な言葉を口走った。

「こういうことはそんなふうに細工するもんじゃねえ、なあ、お若いの、そんなふうじゃいけねえよ……」

ロゴージンが何を言おうとしたのかは、むろん、誰にもわからなかった。しかし、彼の言葉はその場の者にかなり奇妙な印象を与えた。ある一つの共通した考えが、ちらとみんなの胸をかすめたのであった。ほかならぬイポリートにたいして、この言葉は恐ろしいほどの印象を与えた。彼は公爵が手をさしのべてささえようとしたほど、激しく身を震わせた。いや、急に喉《のど》がつまらなかったら、あやうく大声で叫びたてたにちがいない。まる一分間も彼はものを言うことができなかった。重々しい息をつきながら、じっとロゴージンの顔を見つめていた。ようやく彼は息をきらせながら、異常な力をふりしぼって、口を開いた。

「それじゃ、あれはあなたなんですね……あなただったんですね……あなたが？」

「何がどうしたんだね？　おれが何したっていうんだい？」ロゴージンはけげんそうに答えた。しかし、イポリートはさっと頬を染めて、ふいに狂暴といってもいい調子で鋭く激しく叫んだ。

「先週、ぼくのところへやってきたのはあなたなんですね。ぼくが朝のうちあなたのところへ行ったあの日の夜の一時すぎにやってきたのはあなただったんですね!!　さあ、白状しなさい、あなたですね？」

「先週の夜だって？　ほんとにおまえさんはすっかり気がちがったんじゃないのかい、お若いの？」

《お若いの》は人差指を額に当てて、何やら思いめぐらすように、ふたたび一分間ばかり黙りこくっていた。しかし、まだ恐ろしさにゆがんだような蒼《あお》ざめた微笑のなかに、いきなり何か狡猾《こうかつ》そうな、勝ち誇ったようにさえ見えるあるものが、ちらとひらめいた。

「あれはあなただったんです！」ようやく彼はささやくように、非常な自信の色を見せながらくりかえした。「あなたはぼくのところへやってきて、まる一時間も、いや、もっと長く窓ぎわの椅子に黙ってすわっていたんです。あれは夜中の十二時すぎから、一時すぎごろのことでした。それから二時すぎに、あなたは立ちあがって出ていったんです……あれはあなただったんですね、あなたですね！　なんのためにこのぼくを脅かしたのやら、なんのためにこのぼくを苦しめにやってきたのやら――それはわかりませんが、しかし、あれはあなただったんですね！」

そう言ったかと思うと、彼の眼差《まなざ》しのなかには、驚愕《きょうがく》の戦慄《せんりつ》がまだ静まっていなかったにもかかわらず、ふいに限りない憎悪《ぞうお》の色がひらめいた。

「このことは、みなさん、いますぐにおわかりになりますよ、ぼくは……ぼくは……さあ、聞いてください……」

彼はまたもやおそろしくあわてながら、自分の紙切れをつかんだ。紙切れはばらばらに散らばった。彼は懸命になってそれを拾い集めた。紙切れは彼の震える手の中でおののいていた。彼は長いこと平静に返ることができなかった。

朗読がとうとうはじまった。はじめのうち五分ばかりのあいだ、この思いがけない文章の作者は、相変らず息をきらしながら、しどろもどろの読み方をしていた。だが、やがてその声はしっかりと落ちついてきて、読みあげられる内容の意味を十分表現できるようになってきた。ただときおり強い咳《せき》がそれをとぎらせるばかりであった。文章の半ばごろから彼の声はひどくかれてきた。が、朗読が進むにつれて、ますます激しく彼を捉《とら》えた異常な活気は、終りごろにはその頂点に達して、聞く者に与えた病的な印象もその極に達した。その《文章》の全文はつぎのとおりである。

わが必要欠くべからざる弁明　“Après moi le déluge!”

「きのうの朝、公爵がやってきた。彼は自分の別荘へ引きうつるようにと説得しにきたのである。ぼくは、彼が間違いなくこのことを主張するだろうと、前々から承知していたし、また彼が例によって『人びとや木立《こだ》ちにかこまれて死ぬほうが楽だから』と単刀直入にきりこんでくることを確信していた。ところが、きょう彼は死ぬほう**が**とは言わないで、『暮すほうが楽だろう』と言った。だが、ぼくのような境遇にある者にとっては、どっちみち同じことだ。ぼくは、彼がふたこと目には『木立ち、木立ち』と言うのは、いったいどういうつもりなのか、またなぜそれほど『木立ち』を押しつけようとするのか、とたずねてみた。するとおどろいたことに、なんでもあの晩、ぼく自身が、この世の見納めに、木立ちを見にパーヴロフスクへやってきたと、口走ったそうである。そこでぼくが、木立ちの下で死ぬのも、窓ごしに例の煉瓦《れんが》をながめながら死ぬのも、ぼくにとってはどっちみち同じことではないか、それにあますところ二週間といういまとなっては、なにもそんなに儀式ばることはないじゃないか、と言うと、彼はすぐさま同意した。だが、彼の意見によると、緑の色と清浄な空気は、かならずやぼくの肉体に生理的変化をもたらして、ぼくの興奮やぼくの夢も変ったものになり、たぶんいまよりも楽になるかもしれない、と言うのであった。ぼくはまた笑いながら、それはまるで唯物《ゆいぶつ》論者《ろんしゃ》のような口ぶりですね、と言ってやった。すると、彼は例の微笑を浮べて、自分はいつでも唯物論者だったと答えたものである。彼は決して嘘《うそ》をつかないから、この言葉も何か意味があるのかもしれない。彼の微笑はじつに晴ればれしているので、ぼくは改めてつくづくとながめた。ぼくはいま自分が彼を愛しているのかいないのか、自分でもわからない。いまはそんなことにかまっている暇がないからだ。ただ注意すべきことは、ぼくの五カ月間におよぶ彼にたいする憎悪《ぞうお》の念は、この一カ月間にすっかりやわらいできたということである。ひょっとすると、ぼくがパーヴロフスクへ行ったのは、何よりも彼に逢《あ》うためだったかもしれないほどである。それにしても……なぜぼくはあのときこの部屋を見捨てていってしまったのだろう？　死刑を宣告された者は、自分のねぐらを捨てるべきではないからである。だから、もしいまぼくがはっきり決意しないで、逆にじっと最後の時を待つことに決めたのだったら、そのときはもちろん、どんなことがあってもこの部屋を見捨てないだろうし、パーヴロフスクの自分のところへ『死にに』

こないかという、彼の申し出も受けいれなかったにちがいない。

ぼくは急いでこの《弁明》をなんとしてもあすまでにすっかり書きあげてしまわなければならない。つまり、読みかえして訂正する暇はないわけだ。だから、あすぼくが公爵や、きっとそこに居あわせるだろう二、三の人に読んで聞かせるときに、はじめて読みかえすことになるだろう。このなかにはただのひとことといえども嘘はないし、すべては荘厳きわまりない真理ばかりであるから、ぼくがこれを読みかえすときに、その真理がぼく自身にいかなる印象を与えるか、いまから楽しみである。もっとも《荘厳きわまりない真理》だなんて、ぼくもくだらんことを書いたものだ。いや、それでなくても、もうあますところわずか二週間なのだから、嘘なんかつくにはあたらないのだ。なぜなら、二週間生き延びたところで意味がないからである。これこそぼくの書くものが、まったく真実ばかりであるという何よりの証拠である（注意　ここに一つ忘れることのできない考えがある。それは、ぼくはこの瞬間、いや、ときおり気が狂っているのではないか、という考えである。聞くところによると、末期症状の結核病者はどうかすると、一時的に発狂することがあるそうである。これはあすこれを朗読するとき、聞き手に与える印象によって、確かめなければならない。この問題はどんなことがあっても完全に解決する必要がある。でなければ、何事にも着手するわけにいかないからである）。

ぼくはいまどうやらおそろしくばかげたことを書いたような気がしてならない。しかし、さきほども断わったとおり、訂正している暇はないのだ。いや、それはかりでなく、たとえ五行目ごとに、矛盾したことを書いたと自分で気がついても、この原稿は一行たりともわざと訂正しないことを誓ったのだ。ぼくはこれを朗読するときに、はたして自分の思想の論理的展開が正しいかどうか、自分の誤謬《ごびゅう》を発見するかどうか、したがって、ぼくがこの六カ月間この部屋の中で考えに考えたことが、正しいかどうか、それとも単なるうわごとにすぎないかどうか、あすこそはっきり決着をつけたいからである。

もしぼくがもう二カ月も前に、いまのように完全にこの部屋を見捨てて、マイエルの家の煉瓦壁とも別れを告げなければならなかったとしたら、ぼくはきっといまよりももっともの悲しい気持になったにちがいない。だが、いまではぼくも何ひとつ感じない。ところで、ぼくはあす、この部屋をもあの壁をも永遠に見捨てようとしているのだ！　したがって、残された二週間のためには何事も惜しむにあたらないし、またいかなる感動にも身をゆだねる価値がないというぼくの確信は、ぼくの本性を克服し、いまやぼくのあらゆる感情を支配することができるのである。しかし、これははたして真実だろうか？　ぼくの本性がいまやまったく克服されたというのは、はたして真実だろうか。もしいまぼくは拷問《ごうもん》にかけられたら、きっと悲鳴をあげるにちがいない。あと二週間しか生きられないのだから、いまさらわめいたり痛みを感じたりするにはあたらない、などとは決して言わないだろう。

いや、それにしても、ぼくがあと二週間きりで、それ以上生きていられないというのは、ほんとうだろうか？　あのときパーヴロフスクでぼくは嘘をついたのだ。Б《ベー》—Н《エヌ》はぼくに何も言わなかったし、一度だってぼくに会ったこともないのだ。しかし、一週間ばかり前に、大学生のキスロロードフをぼくのところへよこしてくれたのだ。彼自身は、自分のことを唯物論者で、無神論者で、ニヒリストだと確信している。それだからこそぼくは、とくに彼を呼んだのである。ぼくはもう今度こそすこしも手心を加えず無遠慮に、赤裸々の真実を語ってくれる人物が必要だったのである。そして、彼はそのとおりやってくれたのである。しかも、単に平然として無遠慮であったばかりでなく、さも満足そうにそれをやってのけたのである（ぼくの考えでは、これはもう余計なことだったが）。彼はいとも率直に、きみの余命はあと約一月だと言ってのけた。また、環境がよければ、あるいはもっと長くなるかもしれないが、あるいはそれよりずっと早くなることもある、とのことであった。彼の意見によれば、ぼくは突然、たとえばあすにも死ぬかもしれないそうである。こうした事実はよくあることで、つい一昨日も、やはり肺病でぼくと似た症状のコロムナの町の若い婦人が、市場へ食料品の買出しに行く支度をしているうちに、急に気分が悪くなって、ソファに倒れたまま、息を引きとってしまったという。キスロロードフは、こうした話をわざと自分の無感覚と鈍感さを誇示するかのように、すっかりぼくに話してくれたのである。しかも、それがぼくにとって、まるで名誉ででもあるかのように、ぼくを自分と同じような人間として、つまり、死ぬことなんかにはなんの価値も認めないで、いっさいを否定する高等な人間として見なしていることを、その話で知らせようとしたのであった。いや、いずれにしても、事実は結局、明らかになった。たった一カ月で、決してそれ以上長いことはないのだ！　彼が見たて違いをしていないことを、ぼくはまったく確信している。

ぼくがとてもびっくりしたのは、なぜ公爵はさきほどぼくの《悪い夢》を、あのように見ぬいたのか、ということである。彼は、パーヴロフスクへ来れば、《ぼくの興奮と夢》は変るだろう、と文字どおり言ってのけたからである。それに、なんだって夢なんてことを持ちだしたんだろう？　彼は医学者か、それとも実際に並々ならぬ叡知《えいち》の持主で、非常に多くのことを洞察《どうさつ》することができるのだろうか（しかし、結局のところ、彼が《白痴》であるということには、なんらの疑いもない）。ぼくは彼がやってくる直前に、まるであつらえたように一つのいい夢を見た（もっとも、それは近ごろよく見る夢の一つであるが）。ぼくは、ふと眠りこんでしまった――彼がやってくる一時間前だったと思う――気づいてみると、ぼくはある部屋の中にいた（しかし、ぼくの部屋ではなかった）。そこはぼくの部屋より大きく天井も高く、家具も上等で、明るかった。そこには戸棚《とだな》、洋服簞笥《だんす》、ソファ、そして緑色の、絹蒲団《きぬぶとん》がかかっている大きな幅の広い寝台が並んでいた。ところが、ぼくはこの部屋に一つの恐ろしい動物、一種の怪物がいることに気づいた。それは蝎《さそり》に似ていたが、蝎ではなかった。いや、もっと醜悪で、はるかに恐ろしいものであった。そう思われたのは、たぶんそんな動物が自然界にいないのと、それがことさらぼくのところへ姿をあらわしたのと、またその中になんだか秘密がかくれているらしかったからであろう。ぼくはつくづくとその怪物をながめた。それは褐色《かっしょく》の、殻をかぶった爬虫類《はちゅうるい》で、長さ十七センチばかり、頭部の厚みが指二本ほどで、尻尾《しっぽ》に近づくにつれてだんだんに細くなっているので、尻尾の先端は太さが四ミリぐらいしかなかった。頭から四センチぐらいのところに、長さ八センチぐらいの足が、四十五度の角度をなして胴体の両側に一本ずつ出ていた。そのため上から見ると、この動物全体がまるで三叉戟《みつまたぼこ》の形をなしていた。頭はよく見きわめられなかったが、あまり長くない、二本の堅い針の形をした褐色の触角が見えた。これと同じような触角が尻尾の先にも、両足の先にも二本ずつ出ていた。つまり、全部で八本あるのだ。その動物は足と尻尾で身をささえながら、非常な速度で部屋じゅうをはいまわるのであった。そして、走るときには、甲殻をかぶっているにもかかわらず、その胴体と両足が、異常な迅《はや》さでまるで小さな蛇《へび》のようにくねくねとうねるのである。いや、それを見ていると胸《むな》くそが悪くなるほどだった。ぼくはそれに刺されはせぬかととても恐ろしかった。それが毒虫であるということを耳にしていたからである。しかし、何よりもぼくを苦しめたのは、いったい誰がこれをぼくの部屋へおくりこんだのか、ぼくをどうしようというのか、またこれにはどんな秘密があるのか、ということであった。それは箪笥や戸棚の下に隠れたり、部屋の隅《すみ》にはいこんだりしていた。ぼくは椅子《いす》の上にのぼって、足をまげてすわりこんでしまった。それはすばやく部屋を斜めに横切って、どこかぼくの椅子のあたりで消えてしまった。ぼくは恐ろしさにあたりを見まわした。だが、椅子の上にすわりこんでいるのだから、まさか椅子の上にまであがってはこないだろうと、心頼みにしていた。すると、ふいにうしろのほうで、ほとんどぼくの頭のあたりで、何やらがさがさという物音を耳にしたのである。ぼくはふりかえってみた。と、その虫は早くも壁を伝わって、ぼくの頭と同じくらいの高さにいるではないか。いや、異常な速度でくねくねと波うっている尻尾が、ぼくの髪の毛にさえふれているではないか。ぼくは飛びあがった。と、その虫も姿をくらました。ぼくはそいつが枕《まくら》の下へはいこみはしないかと思うと、寝台に横になるのがこわかった。部屋の中へ母と、誰かもうひとり母の知合いの男の人がはいってきた。二人はそれをつかまえにかかったが、ぼくよりはるかに落ちついていて、しかも相手を恐れるふうもなかった。しかし、二人はなんにもわかってはいなかったのである。ふいにまたそいつが姿をあらわした。今度はきわめて静かに、何か特別なもくろみでもあるかのように、ゆっくりと体をくねらせながら——それがまた一段といやらしく見えた——またもや部屋をはすかいに横切って、ドアのほうへはっていった。そのとき母はドアをあけて、飼い犬のノルマを大声で呼んだ——それは黒いむく毛の大きなテルニョフ（訳注 ニューファウンドランド種の犬）であったが、もう五年前に死んでしまった。犬は部屋の中へ駆けこんできたが、まるで釘《くぎ》づけにされたように、その毒虫の前に立ちすくんでしまった。毒虫もはいまわるのをやめたが、相変らずいつまでも体をくねらせて、両足と尻尾の先で床をこつこつとたたいていた。もしぼくの観察が間違っていなければ、一般に動物というものは、神秘的なおどろきを感じないものである。しかし、その瞬間、ノルマのおどろきのなかには何か異常な、ほとんど神秘的と言ってもいいものがあり、したがってノルマがぼくと同じく、その動物の中に何か運命的な、また何か恐ろしい神秘が隠されていることを、直感したかのように思われた。ノルマは静かに用心ぶかく自分のほうへはいよってくる毒虫から、そろそろと後ずさりしていった。その毒虫はいきなり相手にとびかかって、刺そうとしているようであった。しかし、ノルマは極度の恐怖にかられ肢《あし》を震わせながらも、おそろしく憎々しそうな様子で相手を見つめていた。と、いきなりノルマはおもむろにその恐ろしい歯をむき、大きな赤い口をかっと開くと、ねらいをさだめながら身構えていたが、やがて心を決してふいにその毒虫を歯でつかまえた。きっと毒虫がすべりぬけようとして、力いっぱいもがいたのであろう。ノルマはもう一度そいつを宙でとらえると、まるでひとのみにするかのように、二度までも大口をあけて、それをのみこもうとした。甲殻が歯に当ってかちかちと鳴った。口からはみ出ているその尻尾や足の先は、恐ろしい速度でぴくぴく動いていた。ふいに、ノルマが悲しげに叫んだ。毒虫がとうとう犬の舌を刺したのであった。ノルマはその痛みに耐えかねて、叫んだりうなったりしながら口をあけた。見ると、かみつぶされた毒虫はその半ばかみ砕かれた胴体から、踏みつぶされた油虫の汁のような、白い汁をおびただしく犬の舌の上に流しながら、その口の中に横たわって、まだぴくぴく動いていた……そこでぼくは眼をさましてしまった。公爵がやってきたからである」

「みなさん」イポリートはふいに朗読をやめて、なんだかきまりが悪いといった面持で言った。「ぼくは読みかえしてみなかったのですが、どうやら実際余計なことをあんまり書きすぎたようですね。この夢は……」

「いや、たしかにそんなところがありますね」ガーニャが急いで口をはさんだ。

「このなかには個人的なことがあまりに多すぎるんですね、つまり、ぼく自身のことが……」

そう言いながら、イポリートは疲れきって弱々しい様子で、額の汗をハンカチでふきとった。

「いや、たしかにそうですな。あまり自分のことに興味を持ちすぎているようですな」とレーベジェフがしゃがれ声で言った。

「みなさん、ぼくはくどいようですが、どなたにもむりに聞いてくださいとは申しませんよ。おいやなかたはどうぞご遠慮なく、あちらへいらしてください」

「追っぱらう気かよ……自分の家でもねえくせに」ロゴージンがやっと聞えるぐらいの声でつぶやいた。

「われわれみんながいちどきに立って、あちらへ行ってしまったら、どうなるんです？」それまで声をたててものを言いかねていたフェルディシチェンコが、いきなり口を開いた。

イポリートは急に眼を伏せて、原稿をつかんだ。が、すぐさままた顔を上げて、眼を輝かせ、両の頬《ほお》に赤い斑点《はんてん》を浮べて、まともにフェルディシチェンコの顔を見つめながら、言ってのけた。

「あなたはぼくのことがまったくきらいなんですね！」

笑い声がおこった。もっとも大部分の者は笑わなかった。イポリートはおそろしく顔を赤らめた。

「イポリート」公爵が言った。「その原稿を閉じて、私によこしなさい。それから、きみはここの私の部屋でおやすみなさい。寝る前に話しあいましょう、それから明朝も。ただもうその原稿は決して開かないという約束でね。いいですね？」

「まさか、そんなことができるもんですか？」イポリートはすっかりびっくりして、相手の顔を見た。「みなさん」彼はまた熱に浮かされたように元気づいて叫んだ。「いや、くだらないエピソードでしたね。ぼくはつい自分を制することができなかったんですよ。これからはもう決して朗読を中絶しません。お聞きになりたいかたは――お聞きください……」

彼は急いでコップの水をひと飲みして、みんなの視線を避けるためにテーブルの上に肘《ひじ》をつきながら、強引に朗読をつづけた。もっとも、羞恥《しゅうち》の色はたちまち消えてしまった。

「二、三週間生きのびたところで意味がないという考えが（と彼は読みつづけた）、現実感となってぼくの心を支配しはじめたのは、ぼくの余命があと四週間だという、一月ばかり前のことであったと思う。しかし、それが完全にぼくの心を支配しつくしたのは、あの晩パーヴロフスクから戻ってきたとき、つまり、わずか三日前のことであった。この考えがひしひしとぼくの心に忍びこんできた最初の瞬間は、公爵の家のテラスでのことであった。それはほかでもない、ぼくが生涯における最後の試みをしようと思いたち、人びとと木立ちが見たいと言いながら（ぼくの口からそう言ったものとしておこう）、いきりたって、《わが隣人》たるブルドフスキーの権利を主張した、その一瞬におこったのである。あの瞬間ぼくは、人びとがふいにびっくりして両手をひろげ、ぼくをその胸にかたく抱きしめて、なぜか知らないけれど、彼らはぼくに、ぼくはまた彼らに、ゆるしを乞《こ》うのだと想像したのであった。しかし、要するに、ぼくはくだらない間抜けの役を演じてしまったのである。つまりそのときにこそ、ぼくの心に《最後の確信》がもえあがったのである。いったいどうしてぼくはこの六カ月間この《確信》なしに生きてこられたのか、いまさらのようにおどろくばかりである！　ぼくは自分が肺病にかかっており、しかもそれは不治の病だということをはっきりと承知していた。ぼくはこれまでみずからを欺《あざむ》くことなく、事の真相を明らかに理解していた。しかし、それが明らかに理解できればできるほど、ぼくは生きたいという欲望を衝動的に感ずるのであった。ぼくは生にしがみついて、たとえどんなことがあろうとも生きたいと願った。あのときぼくを蠅《はえ》かなんぞのように、むろん、なんのためともわからずに、圧《お》しつぶせと命じた、暗く、陰惨な運命の骰子《さいころ》にたいして、ぼくが憤《いきどお》りを感じたのは当然だということも認めるものである。しかし、なぜぼくはただ憤りを感ずるということだけですまさなかったのであろうか？　みすみす不可能と知りながら、なぜぼくはほんとうに生きることをはじめたのであろうか？　なにもいまさら試みるすべのないことを知りながら、なぜ試みたのであろうか？　その一方ぼくは書物を読むことさえできず、いっさい読書をやめてしまった。なんのために読むことがあろう？　余命六カ月というのに、なんのためにものを知る必要があるのだ？　こうした考えのためにぼくは一度ならず書物を投げだしてしまった。

　そうだ、あのマイエル家の壁こそじつに多くのことを物語ることができるのだ！　ぼくはあの壁の上にいろんなことを書きつけたのだった。あのきたない壁の上には、ぼくのそらんじていない汚点《しみ》は一つだってないのだ。呪《のろ》われたる壁よ！　だが、それにしてもこの壁は、パーヴロフスクのあらゆる木立ちよりも、ぼくにとって大事なのだ。ということは、いまのぼくにとってすべてのものが無関係でなかったら、あの壁は何よりも大事なものであらねばならぬということだ。

いまになって思いだすけれど、ぼくはあのときなんという貪婪《どんらん》な興味をもって、ほかの連中の生活を注視しはじめたことだろう。あのような興味はいまだかつてなかったことだ。ぼくは病気が重くなって部屋の外へ出ることができなくなってからというもの、コーリャの来訪を待ちこがれながら、ときには来るのが遅いといって相手を罵倒《ばとう》することもあった。ぼくはあらゆる些事《さじ》に没頭し、どんな噂《うわさ》にも興味をひかれるほど、れっきとしたおしゃべり屋になりおおせたかと思われるほどであった。たとえば、ぼくにとってどうしても納得がいかなかったのは、なぜほかの連中はあんなに長い生涯を与えられながら、金持になることができないのだろう、という疑問であった（もっとも、いまでもまだ納得できないけれど）。ぼくはひとりの貧乏人を知っていたが、あとで人の話によると、その男は飢え死にしたという。ぼくは、この話がぼくを憤激させたことを覚えている。もしこの貧乏人を生きかえらすことができたら、ぼくはきっとその男に厳罰を加えたにちがいない。ときには、二、三週間もつづけて気分が軽くなることもあった。

そんなとき、ぼくは外へ出ることができた。しかし、そんな外出はまた激しい憤懣《ふんまん》の念をぼくの胸に呼びおこして、ぼくは人並みに外出できたにもかかわらず、わざと幾日も幾日も部屋の中に閉じこもっているのだった。歩道のぼくのそばをさも忙しそうに、いつも心配そうなむずかしい顔つきをしながら通りすぎる、どんなことにも臆面《おくめん》もなく鼻を突っこむ世間の連中の姿が、どうにも我慢ならなかったからである。いったいなんのためにあの連中はいつも悲しそうな、心配そうな、忙しそうな顔つきをしているのだろう？　なんのためにいつも気むずかしくて意地悪なのだろう（なにしろ、あの連中はまったく意地悪だ、意地悪だ）。あの連中が前途に六十年もの生涯を控えていながら、いつも不幸でちゃんとした暮し方ができないからといって、いったい誰の罪だというのか？　なんのためにザルニーツィンは前途に六十年の生をかかえながら、飢え死になどしてしまったのか？　しかも連中はめいめい自分のぼろや労働であれた手を見せびらかしながら、怒ったりわめいたりしているのだ。『おれたちは牛のように働き、さんざん苦労しているのに、野良犬《のらいぬ》のように腹ぺこで貧乏しているんだ！　ところが、ほかの連中は働きも苦労もしないくせに金持ときている！』（いや、いつものおきまり文句さ！）こんな連中のなかに、《名門の出》と自称する、イワン・フォミッチ・スリコフという不幸な皺《しわ》くちゃ爺《じじい》がいた――ぼくと同じ家の、一階上に住んでいるんだが――やっこさんはいつも肘《ひじ》が抜けてボタンのとれたぼろ服を着て、いろんな人の走り使いをやったりして、朝から晩まで忙しそうに駆けずりまわっているのだ。まあ、一度この男と話してみたまえ。『いや、まったく貧乏で乞食《こじき》のように惨《みじ》めですよ。女房に死なれたときには、薬を買う金さえありませんでね。それにこの冬には、赤ん坊をひとり凍え死にさせてしまいましたし、上の娘は妾《めかけ》奉公に出ました』……年がら年じゅう泣き言をならべて、めそめそしているんだ。いや、ぼくは決して、決して、今も昔も、こんなばか者どもにたいして、いかなる憐憫《れんびん》の情も感じたことはない。いや、ぼくは誇りをもってこう断言する！　なぜやっこさんは自分でロスチャイルドになろうとしないのか？　やっこさんがロスチャイルドのように、何百万という金がないからといって、いったい、誰の罪だというのか？　やっこさんに謝肉祭の見世物小屋の中にあるようなインペリアル金貨や、ナポレオンドル金貨の山がないからといって、それがいったい、誰の罪だというのか？　やっこさんが生きている以上、何もかもやっこさんの手のとどくところにあるのではないか！　やっこさんがこの道理をのみこめないからといって、それがいったい誰の罪だというのか？

ああ！　もういまとなってはなんだって同じことだ。いまはもう腹をたてる暇もない。だが、あの時分は、あの時分は、くりかえして言うが、ぼくは毎晩文字どおり狂おしさのあまり枕《まくら》をかんだり、夜着を裂いたりしたものだ。ああ、あの時分ぼくはどんなに夢を見たことだろう。世間が、このほとんど着るものもかぶるものもない十八の少年たるぼくを、いきなり往来へ追いだし、まるっきりひとりぼっちにしてくれることを。いや、心の底からそう望んだのだ。わざとそれを望んだのだ。家もなく、仕事もなく、一切れのパンもなく、身内もなく、この広大な市《まち》にひとりの知人もなく、飢えて、へとへとになっていることを。（そのほうがかえってましだ！）ただ健康でさえあれば、ぼくは世間をあっと言わせてやったものを！……

なんで世間をあっと言わせるのか？

ああ、みなさんはそれでなくてさえ、ぼくがこの《弁明》によっていかに自分を辱《はずか》しめたか自分では気づいていないとでもお考えなのですか？　しかし、世間の人はもはやぼくが十八歳の小僧っ子ではなく、ぼくがこの六カ月間に生きてきたような生き方をするには、髪が白くなるまで生きなければならぬことを忘れてしまって、ぼくのことを人生を知らない小僧っ子だと言うだろう。いや、笑いたい者は勝手に笑うがいい、ぼくの話をお伽話《とぎばなし》だというのなら言わしておけ。それに事実、ぼくは自分にお伽話を聞かせてきたのだ。それらのお伽話でぼくの夜な夜なをみたしてきたのだ。ぼくはいまでもそれらをすっかり覚えている。

しかし、いまとなって、そのようなお伽話をふたたびくりかえすべきだろうか？　ぼくにとってお伽話の時代が過ぎ去ったいまとなっては？　それに、誰にたいして話せばいいのだ？　ぼくがそうした物語でみずからを慰めていたのは、ぼくがギリシャ文法を勉強することさえ禁ぜられていることをはっきりさとったときであった。そのときふと《文章論《シンタクシス》までも行かないうちに死んでしまうだろう》という考えが浮んだので、ぼくは最初の一ページから考えこんでしまい、本をテーブルの下へほうりだしてしまった。その本はいまでもやはり同じところにころがっている。ぼくは下女のマトリョーナに、それを拾ってはいけないと言いつけたからである。

このぼくの《弁明》をたまたま手に入れて、辛抱づよく読みとおしてくれる人があったら、その人はぼくのことを気ちがいか、あるいは単なる中学生のでたらめと見なすだろうが、それはその人の勝手だ。いや、あるいはまた、ぼくのことを、自分以外の人が誰もかれも命を粗末に安価に浪費しているように、また、あまりにも懶惰《らんだ》に非良心的にその特権を利用しているように思われる、つまり、誰ひとりとして生を享《う》くる価値のないもののように思われる死刑を宣告された人間と見なすかもしれない！　それがどうしたというのか！　いや、ぼくは断言する。その人の考えは間違っている。ぼくの確信は、この死刑の宣告とはまったく関係がない、と。かりに世間の人たちにたずねてみるがい い、世間の人たちの百人が百人まで、幸福ははたしてどこにあるのかという問いについて、どんな見解をもっているか、たずねてみるといいのだ。いや、ぼくは確信しているが、コロンブスが幸福を感じたのは、彼がアメリカを発見したときではなくて、それを発見しつつあったときなのだ。彼の幸福の絶頂は、おそらく新世界の発見に先だつちょうど三日前のことであったろう。すなわち、乗組員が反乱をおこして、絶望のあまり船をヨーロッパのほうへ向けようとしたときであったにちがいない！　この際、問題は新世界になどあるのではない、そんなものはなくたってかまわないのだ！　コロンブスはほとんど新世界を見ることなく、事実、自分が発見したものがなんであるかも知らずに死んでしまったのだ。つまり、問題はその生き方にあるのだ、ただその生き方にのみかかっているのだ――絶え間なき永遠の探求の過程にあるので、決して発見そのものにあるのではない！　しかし、いまさら何をしゃべってもはじまらない！　ぼくがいましゃべっていることはすべてあまりにも世間一般のきまり文句に似ているので、あるいはぼくのことを『日の出』なんかに文章を投稿している中学の下級生と見なすかもしれない。あるいはまた、ぼくは実際に何か言おうとしているらしいが、心ばかりはやっても、やはり……《自分の考えを述べること》ができないのだ、と言われるかもしれない。しかしながら、ぼくはここで一言つけくわえたいのは、あらゆる天才的な思想も、あるいは新しい人間の思想も、いや、それがどんな人間の頭に生れたものにしろ、あらゆるまじめな思想のなかには、たとえ万巻の書を書いても、三十五年間もその思想を説明してみても、どうしても他人に伝えることのできないようなあるものが残るものなのである。どんなことがあってもその人の頭蓋骨《ずがいこつ》の中から出ていこうとせず、永久にその人の内部にとどまっている何ものかがあるのだ。ひょっとすると、人びとは自分の思想のなかで最も重要なものを、誰にも伝えないで死んでいくのかもしれない。しかし、かりにぼくもまたそれと同じように、この六カ月間自分を責めさいなんだものをすっかり伝えることができなかったとしても、ぼくはこの《最後の信念》に到達するために、あまりにも高価な代償を払ったのである。いや、このことをこの《弁明》のなかに明らかにしておくのは、それがある目的のためにぜひとも必要なことだと考えたからである。

だが、それはさておき、先をつづけよう」

6

「ぼくは嘘《うそ》をつきたくない。現実はこの六カ月間というもの、ぼくを鉤《かぎ》にかけてとらえてしまい、どうかすると、例の死の宣告すら忘れて、というよりもむしろそのことを考えようともしないで、仕事をする気にさえなるほど、ぼくの心をひきつけてしまうことがあった。ついでながら、当時のぼくの環境を述べておこう。ぼくは八カ月ばかり前病気がとても重くなったとき、すべての人間関係をきっぱりと断って、以前の仲間たちをもみんな捨ててしまった。ぼくはそれでなくてもかなり気むずかしい人間だったから、仲間のほうでも容易にぼくのことを忘れてくれた。もっとも、そんないきさつがなくとも、連中はぼくを忘れたにちがいない。家にいるときの、つまり《家庭における》ぼくの環境も、やはり孤独なものであった。五カ月ほど前、ぼくは永久に内部からしめきった部屋にこもり、家族たちの部屋から自分を完全に切り離してしまったのである。みんなはいつもぼくの言うことを聞いてくれたから、きまった時間に部屋を掃除して食事を運んでくれる以外、誰もあえてぼくの部屋へはいろうとはしなかった。母はぼくの命令に戦々兢々《きょうきょう》として、ぼくが時に部屋へはいることをゆるしても、ぼくの前で泣き言をいうのさえ遠慮するほどであった。母はまた、騒々しくして、ぼくの邪魔になると言っては、子供たちをいつも折檻《せっかん》するのだった。ぼくも子供たちの声がやかましいと言って、よく訴えたものである。そんなわけで、いずれにしてもみんなはいまぼくを愛しているにちがいないのだ。ぼくがあだ名をつけてやった《忠実なるコーリャ》も、やはりぼくにかなり苦しめられたらしい。最近では、彼もぼくを苦しめるようになったが、それはきわめて自然なことである。人間というものは、たがいに苦しめあうように創《つく》られているからである。ところが、ぼくが気がついてみると、彼は病人だからゆるしてやらなければと、前もって心に誓ったかのように、ぼくのいらだちを我慢しているらしいのである。そのことがぼくをいらいらさせたのは当然である。しかし、どうやら彼はいささか滑稽《こっけい》なことだが、公爵《こうしゃく》の《キリスト教的謙虚さ》を模倣しようと思いたったようである。彼は若い血の気の多い少年であるから、もちろん、どんなことでも模倣するのは当然であるが、もうそろそろ自分自身の考えによって生きていくべきだと、ぼくはときおり考えることがある。ぼくはこの少年が大好きだ。ぼくは同じようにスリコフをも苦しめた。彼はぼくらの一階上に住んでいて、朝から晩まで誰かの使い走りをやっている男である。ぼくはいつも彼にむかって、あんたの貧乏はあんた自身が悪いのだ、と言って聞かせたものだから、とうとうびっくりして来なくなってしまった。彼は非常に謙虚な男で、世界じゅうでいちばん謙虚な人物と言ってもいいくらいである（注意　謙虚さは恐ろしい力であると言われているが、これは公爵にただしてみなければならない。これは公爵自身が言った言葉だから）。しかし、それはともかく、ぼくはこの三月、この男が自分の赤ん坊を『凍え死に』――これは彼の言葉である――させたと聞いて、階上へあがっていったことがある。ぼくはそのとき例によって『あんた自身が悪いのだ』と言い聞かせようとして、ふと心ならずも赤ん坊の死骸《しがい》にむかってにやりと笑ってしまった。すると、ふいにこの皺《しわ》くちゃ爺《じじい》は、その唇《くちびる》をぴくぴくと震わせ、片手でぼくの肩をおさえると、もう一方の手で戸口をさしながら、小さな、ほとんどささやくような声で、『出ていってください！』と言ったのである。ぼくは外へ出た。しかも、この一件がすっかり気に入ってしまったのだ。彼がぼくを戸口から送りだしたその瞬間までがえらく気に入ってしまったのである。ところが、あとになってそれを思いだすたびに、彼の言葉はぼくに奇妙で重苦しい、彼にたいするさげすむような憐憫《れんびん》の情を、まったく感じたくないような憐憫の情をおこさせたのである。あのような侮辱を受けた瞬間でさえ（ぼくはそんなつもりはなかったのであるが、とにかく彼を侮辱したという感じがする）、あのような瞬間でさえ、この男は激怒することができなかったのだ！　あのとき唇がぴくぴく震えたのは、決して激怒のためではなかったのだ、それをぼくは誓ってもいい。あの男がぼくの手をつかんで、あのみごとな『出ていってください』という言葉を吐いたのも、決して腹だちまぎれではないのだ。たしかに威厳はあった。それも十分にあった。いや、その顔にまったくそぐわぬほどであった（そのために、正直のところ滑稽な点さえ大いにあった）。しかし、激怒はなかった。ひょっとすると、あの男は急にぼくを軽蔑《けいべつ》しはじめたのかもしれない。それ以来、ぼくはあの男に二、三度階段で出会ったことがあるが、相手はいきなり帽子を脱いで挨拶《あいさつ》するようになった。こんなことはかつてなかったことであった。だが、もう前のように立ちどまらず、どぎまぎしながら脇《わき》を駆けぬけていくのだった。かりにぼくを軽蔑しているにしても、やはり彼なりのやり方であった。つまり、彼は《謙虚さをもって軽蔑した》のだ。いや、ひょっとすると、彼が帽子を脱ぐのは、単に債権者の息子にたいする恐怖のためかもしれない。なぜなら、あの男はいつもぼくの母から借金していて、どうしても返済できないでいるからである。いや、これは何よりもいちばん確かなことであろう。ぼくは彼とよく話しあってみようかと思った。そうすればやっこさんは十分もたたないうちに、きっとゆるしを乞《こ》うにちがいないと、確信していたからである。だが、よくよく考えてみて、もうあの男にはかまわないでおくほうがいい、と決めたのである。

ちょうどそのころ、つまり、スリコフが子供を『凍え死に』させた三月の半ばごろ、ぼくはなぜか急に体のぐあいがよくなり、そんな状態が二週間ばかりつづいたことがあった。ぼくはしょっちゅう外出するようになったが、それも主としてたそがれ時が多かった。ぼくは空気が凍《い》てつきはじめ、ガス燈《とう》がともりはじめる三月のたそがれ時が好きだった。ときにはずいぶん遠方まで出かけることがあった。そんなある日、シェスチラヴォチナヤ通りの暗がりで、どこかの《名門の出》らしい男が、ぼくを追い越していったことがある。ぼくは相手をよく見わけることができなかったが、何やら紙に包んだものを持って、妙につんつるてんの、不格好な、季節はずれに薄手の外套《がいとう》を着ていた。その男がぼくの前方十歩ばかりの街燈のそばまで来たとき、そのポケットから何かがばさりと落ちた。ぼくは急いで拾いあげた——それはちょうどいいタイミングであった。というのは、はやくも誰やら長い上衣《カフタン》を着た男が、横合いからとびだしてきたからであった。だが、その男は品物がぼくの手に入ってしまったのを見て、べつに言いがかりもつけず、じろりとぼくの手の中をのぞいてから、脇をすりぬけていってしまった。その品物はぎっちり中身のつまった、大きな、旧式のモロッコ皮の紙入れだった。しかし、ぼくはなぜか一目見るなり、この中には何がはいっているか知らないが、ただお金だけははいっていないということを、察してしまった。落し主はもうぼくから四十歩も前を歩いていたが、まもなく人込みにまぎれて姿を消してしまった。ぼくはあとを追って駆けだしながら呼びとめにかかった。しかし、『おーい！』としか呼びようがないので、相手はふりかえろうともしなかった。と、その男はいきなり左手にある一軒の家の門の中へ吸いこまれてしまった。ぼくがおそろしく暗いその門口へ駆けつけたとき、そこにはもう誰もいなかった。その家はおどろくほど大きくて、よく小さな貸部屋目あてに山師どもが建てる例の大建築の一つであった。こんな家の中には、どうかすると部屋数が百もあるようなものもある。ぼくが門の中へ駆けこんだとき、おそろしく大きな中庭の右手にあたる裏の隅《すみ》のほうを、暗くてよく見わけがつかなかったが、どうやら人間らしいものが歩いているように思われた。その隅まで駆けつけると、ようやく階段の上り口が見つかった。その階段は幅が狭いうえにおそろしくよごれていて、あかりはまったくついていなかった。だが、まだ上のほうで階段を一段ずつのぼってゆく足音が聞えていた。ぼくは、どこかで彼がドアの開くのを待つ暇に、追いつくことができると期待しながら、階段を駆けのぼった。はたしてそのとおりであった。その階段はごく短い段々が数えきれないほどつづいていたので、ぼくはすっかり息切れしてしまった。と、五階でドアがあいて、またすぐにしまる音がした。そこが五階だということは、まだ階段を三つも隔てた下のほうから、ぼくには察しがついた。ぼくが駆けのぼって、踊り場で一息つき、呼鈴《よびりん》を捜しているうちに、幾分か時が過ぎた。ようやくぼくのためにドアをあけてくれたのは、ひどく狭い台所でサモワールの火を吹いていたおかみさんだった。相手は黙ってぼくの質問を聞いていたが、もちろん、なんのことやらすこしものみこめなかった。そして、無言のままつぎの部屋へ通ずるドアをあけてくれた。それはやはり小さな、おそろしく天井の低い部屋で、ひどく粗末な最小限の家具と、カーテンの下には大きな広い寝台が置かれてあった。その寝台の上には『チェレンチッチ』(そうおかみさんが呼んだのである)が横になっていた。男はどうやら酔っぱらっているらしかった。テーブルの上には、鉄の燭台《しょくだい》の上で蠟燭《ろうそく》の燃えさしがまさに燃えつきんとしており、ほとんどからになったウォトカの一合瓶《ポルシュトック》が立っていた。チェレンチッチは寝たまま、何やらうなるように言って、隣のドアのほうをさして手を振ってみせた。おかみさんはもう出ていってしまったので、ぼくはいやでもそのドアをあけるよりほかにしかたがなかった。そこで、ぼくはドアをあけて、隣の部屋へはいっていった。

その部屋は前の部屋よりもっと狭く窮屈で、体の向きを変えることさえできないほどであった。片隅にある幅の狭い一人用の寝台が、おそろしく場所を取っていたのである。のこりの家具といっては、ありとあらゆるぼろをのせた飾りのない椅子《いす》が全部で三脚と、思いきり粗末な台所用のテーブルと、その前にある古い模造皮張りのソファだけであった。テーブルと寝台とのあいだはほとんど通りぬけができなかった。テーブルの上には前の部屋と同じような鉄の燭台があって、脂蠟燭が燃えており、寝台の上では小さな赤ん坊が泣いていた。その泣き声から察すると、どうやら、生後三週間ぐらいしかたっていないようであった。病みあがりの顔色の蒼《あお》い女がその子の《取り換え》を、つまり、おむつを換えてやっていた。女はどうやらまだ若そうであったが、ひどいネグリジェをまとっているだけで、おそらく産後ようやく起きあがったばかりなのだろう。赤ん坊はいっこうに機嫌《きげん》をなおさないで、母親の貧弱な乳房を求めて泣いているのだった。ソファの上にはもうひとりの子供が、三つばかりの女の子が、どうやら燕尾服《えんびふく》のようなものにくるまって眠っていた。テーブルのそばには例のくたびれたフロックを着た男が立っていて（男はもう外套を脱いでいた、それは寝台の上に投げだされてあった）、青い紙包みをほどいていた。中には二斤《きん》ばかりの小麦パンと二切れのちっぽけな腸詰《ちょうづめ》がはいっていた。テーブルの上にはそのほかお茶のはいっている急須《きゅうす》が置かれ、幾切れかの黒パンがころがっていた。寝台の下には、鍵《かぎ》のかかっていないトランクがのぞいているほか、何かぼろきれのはいった包みが二つとびだしていた。

要するに、恐ろしい乱雑さであった。一目見たところ、二人とも、その紳士も夫人も、ちゃんとした人たちだったのが、貧困のためにこんなにもひどい屈辱的な状態にまで追いこまれてしまったように見えた。そして、ついには乱雑さに圧倒されて、それと戦おうという気力すら消えてしまって、日に日につのるこの乱雑さの中に、何かしら復讐《ふくしゅう》的な満足感を見いださずにはいられないといったふうな、苦い要求を覚えるところまでに立ちいたったものらしかった。

ぼくがはいっていったとき、やはりぼくよりちょっと前にはいってきて、食料品の包みをひろげていたその紳士は、何やら早口で熱心に妻と言葉を交《か》わしていた。妻はまだおむつを換え終っていなかったが、早くも愚痴をこぼしはじめた。夫の伝えるニュースが、例によって、いとわしいものだったにちがいない。年のころ二十八歳ばかりのこの紳士の顔は、浅黒くかわききって、黒い頬《ほお》ひげにふちどられ、下顎《したあご》はつやつや光るほどきれいに剃《そ》りあげられており、ぼくにはかなり上品で気持がいいと思われるほどだった。その険のある眼つきの、気むずかしい顔には、何かというとすぐ癇癪《かんしゃく》をおこしそうな、何か病的な誇りの翳《かげ》が浮んでいた。ぼくがはいっていくと、奇怪な場面が展開した。

世間には、自分のいらいらした怒りっぽい性質のなかに異常な快感を見いだす人間がいるものである。その快感は憤怒《ふんぬ》が絶頂に達するとき（こんな人はすぐそんなふうになるものであるが）、とりわけ強く感じられるのである。そういう瞬間には侮辱されたほうが、侮辱されないよりもずっと気持がいいのではないかと思われるくらいである。こうした怒りっぽい人間は、あとで慚愧《ざんき》のためにおそろしく苦しめられるものであるが、これはもちろん彼らが聡明《そうめい》な人間であって、自分が必要以上に十倍も腹をたてたことをさとることができる人たちの場合にかぎっての話である。

その紳士はしばらくのあいだびっくりしたようにぼくを見つめていたし、細君のほうはまるで自分たちのところへ他人がはいってきたことが、途方もない椿事《ちんじ》でもあるかのように、すっかりおびえあがっていた。と、いきなり男はほとんど気が狂ったのではないかと思われるほどの形相でぼくにとびかかってきた。ぼくがまだふたこともしゃべらないうちに、彼はぼくのきちんとした身装《みな》りを見て、なおさら侮辱されたように感じたのであった。つまり、ぼくが無遠慮にも彼の隠《かく》れ家《が》へ踏みこんで、彼自身でも恥ずかしく思っている見苦しい部屋の中をすっかり見てしまったからである。もちろん、彼は自分の惨《みじ》めな境遇にたいする鬱憤《うっぷん》を、たとえそれが誰であろうとも、浴びせかける機会のきたのを喜んだにちがいない。最初の瞬間、ぼくは相手がつかみかかってくるのではないかと思った。彼はまるでヒステリーをおこした女のように、真《ま》っ蒼《さお》になって、細君をひどくおびえさせた。

『よくもあなたはこんなところへはいってきましたね！　さあ、出てってください！』と彼はぶるぶる震えながら、やっとのことでこれだけの言葉を叫んだ。が、彼はふとぼくの手にしている紙入れに眼をとめた。

『たぶん、あなたが落されたんだと思いますが』と、ぼくはできるだけ落ちついて、そっけなく言った（もっとも、それが当然のことであるが）。

相手はすっかり度胆《どぎも》をぬかれてしまい、ぼくの前に突ったったまま、しばらくは何がなんだかわけがわからないようであった。やがて急いで脇のポケットをおさえてみて、恐ろしさのあまり口をぽかんとあけ、片手で自分の額をぽんとたたいた。

『これはこれは！　どこで見つけてくださいました？　どんなぐあいに？』

ぼくは手短かに、またできるだけそっけない調子で、紙入れを拾ったときの様子から、彼のあとを追いかけて大声で呼んだことや、やっとのことで当てずっぽに手探りで、彼を追って階段を駆けのぼったことなどを、話して聞かせた。

『いや、これはどうも！』彼は細君にむかって叫んだ。『この中にはうちのいろんな書類や、わたしのなけなしの道具や、何もかもみんなはいっていたんだよ……いや、どうもありがとうございました。まったく、あなたのしてくだすったことが、どんなにわたしたちを助けてくださったことか、ご想像もつかんでしょうよ。すんでのところで、わたしは破滅してしまうところだったんですからねえ！』

ぼくはその間にドアのハンドルをつかんで、返事もしないで出ていこうとした。しかし、ぼくも急に息がつまってしまった。すると、ぼくの心の動揺がいきなり急激な咳《せき》の発作となって爆発し、ぼくはじっと立っていることもできないくらいであった。見ると、その紳士はぼくのためにあいた椅子を見つけようとして、そこらじゅうをとびまわり、ようやく一つの椅子からぼろを取って床へ投げすてると、急いでそれを持ちだして、用心ぶかくぼくをすわらせた。しかし、ぼくの咳はずっと三分間ばかりもおさまらなかった。やっとぼくが人心地のついたときには、彼もぼくのそばへ別な椅子を置いてすわっていた。どうやら、そこにのせてあったぼろも床へ投げすてたのだろう。彼はじっとぼくの顔を見つめていた。

『あなたは、どうやら……お加減が悪いようですな？』彼は医者がよく患者に接するときに使うような例の調子で、言った。『わたしは、じつは……医学生でして（彼は医者とは言わなかった）』そう言ってから、彼はなんのためか指で部屋の様子をさし示したが、それはちょうどいまの自分の境遇にたいして抗議をしているように見えた。『お見受けしたところあなたは……』

『ぼくは肺病なんです』ぼくはできるだけあっさり言って、立ちあがった。

『ひょっとすると、あなたはあまり大げさに考えておいでかもしれませんよ。それに……薬を飲まれたら……』

彼はすっかりまごついてしまって、いつまでもわれに返ることができないふうであった。紙入れは彼の左手からとびだしていた。

『いや、ご心配なく』ぼくはドアのハンドルに手をかけながら、ふたたび相手をさえぎった。『先週Б《ベー》―Н《エヌ》に診《み》てもらいましたが（ぼくはまたここでもБ―Нの名前を持ちだした）、病勢はもう定まっているんだそうです。失礼します……』

ぼくはふたたびドアをあけて、この恥ずかしさにうちひしがれてまごまごしながら、感謝の色を浮べている医師のもとを辞そうとした。ところが、いまいましい咳がちょうどおり悪《あ》しくこみあげてきたのである。すると医師はまた、腰をおろして休んでいけと言ってきかなかった。彼は細君をふりかえった。すると、彼女は席にすわったまま、ふたことみこと愛想のいいお礼の言葉を述べた。そのとき彼女はすっかりどぎまぎしてしまい、その色艶《いろつや》の悪い、黄色くかわききった頰に紅《くれない》がおどりだしたほどであった。ぼくは居残ったものの、しじゅう二人に窮屈な思いをさせるのが、気がかりでならないといった様子をしてみせた(もちろん、そうするのが当然だったのであるが)。やがて医者は慚愧の念に悩まされはじめた。ぼくはそれに気づいた。

『もしわたしが……』と彼は一語一語つかえながら、しゃべりだした。『わたしはあなたにふかく感謝しています。そして、あなたに申しわけないと思いますが……わたしは……ごらんのとおり……』と彼はまた部屋の様子を指さした。『現在のところ、こんな境遇におりますので……』

『いや』とぼくは言った。『なにもそう見ることはありませんよ。ようくわかっております。あなたはきっと職を失われたので、事情を説明して就職口をもとめて、こちらへおいでになったんでしょう?』

『どうして……おわかりになりました?』と彼はびっくりして聞きかえした。

『一目見ればわかりますよ』ぼくは心にもなく皮肉な調子で答えた。『なにしろ、ここへはたくさんの人が希望をいだいて地方からやってきて、あちこち奔走しながら、あなたと同じような暮しぶりをしていますからね』

彼は急に熱をこめて、唇を震わせながら、訴えるようにくどくどと泣き言を並べはじめた。そして、正直なところ、ぼくの心をひきつけてしまった。ぼくは約一時間ばかりそこに腰を落ちつけてしまった。もっとも、彼の話してくれた身の上話は、きわめてありふれたものであった。彼はある県庁の医者であったが、あるとき何かごたごたがおこって、その細君までがそれに巻きこまれてしまったのである。彼は自尊心からすっかり憤慨してしまった。ところが、県首脳部の更迭《こうてつ》によって敵方が有利になってしまったのである。彼は敵の陥穽《かんせい》に陥り、中傷されたあげく、職を失ってしまった。そこで、なけなしの金をはたいて、身の証《あか》しをたてるためにペテルブルグへやってきたのである。ペテルブルグは周知のとおりこんな人間の泣き言を長く聞いてはくれない。一通り聞き終ると、却下されてしまった。それからまたいろんな約束で気をひいておいて、そのつぎには手きびしくきめつけられ、何か陳情書を書けと命令する。ところが今度は、その書いたものを受理するわけにはいかないから、またまた請願書を出せという始末である。要するに、彼はもう五カ月も走りまわったあげく、何もかもすっかり売り食いしてしまったのである。とっておきの細君のぼろ衣類まで、質に入れてしまった。そこへもってきて、子供が生れた。ところが……『きょうは提出しておいた請願書がきっぱり突きかえされてしまったのです。いや、わたしはパンすらもっておりません、まったくの無一物です。家内はお産をするし、わたしは、わたしは……』

彼は椅子からとびあがって、顔をそむけてしまった。細君は隅のほうで泣いているし、赤ん坊もまた悲しそうに泣きだした。ぼくは手帳を取りだして書きとめた。書き終えて立ちあがると、彼はぼくの前に突ったって、おずおずした好奇心をもってながめていた。

『ぼくはここにあなたのお名を書きとめておいたんです』ぼくは彼にむかって言った。『そのほかのことも、つまり、勤務地とか、県知事の名前とか、月や日付とかも書きとめておきました。じつは学校時代からの友だちで、バフムートフという男がいるんですが、この男の叔父さんがピョートル・マトヴェエヴィチ・バフムートフといって、勅任官で、ある省の長官をやっていますから……』

『ピョートル・マトヴェエヴィチ・バフムートフですって？』わが医学生はあやうく身震いせんばかりに叫んだ。『今度の事件はほとんどあの人の一存にかかっていると言ってもいいんです！』

じつのところ、ぼくがふとしたことから助力することになったこの医学生の一件とその解決は、万事とんとん拍子にうまく運んでいった。いや、それはまるで小説かなんぞのように、わざとはじめから仕組まれていたようだった。ぼくはこのあわれな二人にむかって言った。——どうかぼくにたいしてなんの期待もかけないようにしてほしい、ぼくだってあわれな中学生なんだから（ぼくはわざと自分の惨めさを誇張したのだ。なぜなら、ぼくはもうとうに学校を卒業しているから、中学生ではないからである）、ぼくの名前なんかなにも知る必要はない、だがぼくはこれからすぐワシーリエフスキー島へ友人のバフムートフをたずねにいってこよう。これは確かな話だけれど、勅任官の叔父さんは独身で子供がないところから、自分の甥《おい》を一族における最後の血筋としてすっかりたてまつって、ひどくかわいがっているから、『ひょっとすると、この友だちがあなたがたのため、またぼくのために、何かしてくれるかもしれませんよ。もちろん、叔父さんに頼んだうえのことですが……』

『ただもう閣下に釈明することさえゆるしていただけたら……ただもうお目にかかって弁明する身にあまる光栄さえ得られたら！』と彼はまるで熱病やみのように身を震わせながら、眼をぎらぎら輝かせて叫んだ。彼は実際『身にあまる光栄』と言ったのである。ぼくはもう一度、この件はきっとうまくいかないだろう、何もかもお笑いぐさになるにちがいないから、もしぼくが明朝ここへやってこなかったら、万事休したものと思って、もうそれ以上あてにしないでくれ、とくりかえして言った。二人はぺこぺこ頭を下げながら、ぼくを送りだした。二人ともほとんど気が転倒している様子だった。あのときの二人の顔の表情をぼくは決して忘れないだろう。ぼくは辻馬車《つじばしゃ》を雇って、さっそくワシーリエフスキー島へ出かけていった。

中学時代、ぼくはこのバフムートフと何年かずっと反目していた。ぼくたちのあいだでは彼は貴族ということになっていた。少なくともぼくは彼をそう呼んでいた。りゅうとした服装で、おかかえの馬車に乗って通学していた。しかし、すこしも高慢なところがなく、いつも申しぶんのない友人で、いつもきわめて陽気で、ときにはおそろしく辛辣《しんらつ》なことを言うこともあった。もっとも、つねにクラスの首席を占めていたにもかかわらず、決して才気煥発《かんぱつ》というほうではなかった。ぼくときては何にかけても、ついぞ第一番の成績など取ったことはなかった。ぼくひとりを除いて、仲間はみんなこの男を愛していた。その何年かのあいだに、彼は何回もぼくに近づこうとしたが、そのたびにぼくは気むずかしい顔を見せ、腹だたしげにそっぽを向いてしまうのであった。いまはもうかれこれ一年ばかりも彼に会っていなかった。彼は大学へ通っていた。八時すぎにぼくが彼のもとを訪れると（いやにもったいぶって取りついでくれたが）、彼ははじめびっくりしたように、まるっきり無愛想な顔つきでぼくを迎えたが、すぐに陽気になって、ぼくの顔をながめながら、急に大声で笑いだした。

『なんだってまたぼくのとこへやってきたんだね、チェレンチェフ？』彼は持ち前の少々不遜《ふそん》だが、決して人を怒らせることのない愛嬌《あいきょう》のいい打ちとけた調子で叫んだ。ぼくは彼のこの癖を愛しもすれば、また憎みもしたのであった。『それにしても、いったいどうしたんだい？』と彼はおびえたように叫んだ。『きみはひどい病気じゃないか！』咳《せき》はまたもやぼくを苦しめはじめた。ぼくは椅子《いす》の上へ倒れたまま、ようやく息を継いでいた。

『なに、心配しないでくれたまえ、ぼくは肺病なんだから』とぼくは言った。『じつは、お願いがあってやってきたんだがね』

彼はびっくりしながら腰をおろした。そこで、ぼくはさっそく例の医者の一件をすっかり話して、きみは叔父さんにたいしてたいへん影響力を持っているようだから、なんとかしてもらえるだろうと思ってやってきたのだ、と説明した。

『そりゃするとも、きっとするよ、あすにもさっそく叔父にあたってみよう。いや、かえってうれしいくらいだよ。それに、きみの話しぶりがあんまりうまいもんだから……しかしね、きみはなんだってぼくのとこへ来ようなんて思いついたんだね、チェレンチエフ？』

『それはこの件がきみの叔父さんの一存でどうにでもなるからさ。それに、ぼくたちは、バフムートフ、いつも敵同士《かたき》だったろう。しかし、きみは高潔な男だから、敵の頼みをはねつけるようなことはしないだろうと思ったのさ』ぼくは皮肉をこめてつけ足した。

『ナポレオンがイギリスに頼んだようにだね？』彼はからからと笑いながら、叫んだ。『するとも、するとも！　できたら、いますぐでも行ってくるよ！』ぼくがまじめな顔つきをして、決然として立ちあがるのを見ると、彼はあわててこうつけくわえた。

実際、この一件は思いがけないほど、いや、それ以上は望めないほどうまくけりがついたのである。一カ月半後に、例の医学生は別の県で職をもらい、旅費のほかに手当まで支給されることになったからである。ぼくのひそかににらんだところでは、バフムートフは非常に足しげく医者のもとへ通って（一方、ぼくはそのとき以来わざと医者のもとをたずねるのをやめ、相手がときどきぼくのところへ立ちよっても、ほとんどそっけなくあしらったのである）、医者が自分から金を借りるまでに仕向けたらしかった。ぼくはこの六週間のあいだにバフムートフと二度ばかり会ったが、三度目に会ったのは医者の送別会のときであった。この送別会はバフムートフが自分の家で開いたもので、シャンパンの出る正式なディナーであった。その席には医者の細君も出席したが、赤ん坊が気になって早々に帰ってしまった。それは五月はじめの明るい夕べだった。巨大な日輪の玉がまさに入江に沈もうとしていた。バフムートフはぼくを家まで送ってくれた。ぼくたちはニコラーエフ橋を渡っていったが、二人ともかなり酔っていた。と、バフムートフは事件がみごとに片づいたといって、自分の喜びを語り、なぜかぼくにも感謝の言葉を述べた。そして、いまは善根を施したあとなので、とても気持がいいと打ちあけて、これもひとえに君のおかげだと主張し、最近は多くの人びとが個人的な善行など無意味な代物《しろもの》だと説教しているが、あれは間違った考えだ、と言ってのけた。すると、ぼくも無性《むしょう》にしゃべりたくなってきた。

『個人的な《慈善》を否定するのは』とぼくは言いだした。『つまり、人間の本性を否定し、その個人的な自由を侮辱することですよ。しかし、組織だった《社会的慈善》と、個人の自由に関する問題は、二つの異なった、とはいえ、たがいに相反することのない問題なんですよ。個人としての善行は、いつだって存在するものなんですから。なぜなら、それは個々の人格の要求であり、一つの人格が他の人格に直接の影響を与えようとする、生きた要求なんですからね。モスクワにひとりの老人が住んでいたんだよ。《将軍》と言われていたけれど、つまりはドイツ風の名前を持った勅任官だったのさ。その人は生涯、監獄や犯罪人のあいだを駆けずりまわっていたのさ。シベリア行きの囚徒たちの群れはどれも、この《将軍じいさん》が、雀《すずめ》が丘《おか》へ自分たちをたずねにくることを、ちゃんと前もって承知していたもんだよ。じいさんはこの仕事をきわめてまじめに、敬虔《けいけん》な態度でやってのけたそうだよ。じいさんはまず自分を取りかこむ流刑囚《るけいしゅう》の前に現われると、その列のあいだを歩いてまわり、ひとりひとりの前に立ちどまって、何か要《い》るものはないか、といろいろたずねるんだね。しかも、訓示めいたことなんかは決して誰にも言わないで、相手が誰であっても〈ねえ、きみ〉って話しかけるのさ。そして、金を恵んでやったり、日常の必需品、つまり、脚絆《きゃはん》だの、靴下だの、厚手の布切れだのを送ってやったり、ときには精神修養の小冊子を持っていって、読み書きのできる連中のあいだに分けてやったりしていたのさ。それをもらった連中はきっと道々それを読むだろうし、読めない連中にも読んできかせてやるだろう、とかたく信じて疑わなかったのさ。相手が犯した罪のことなんかあれこれききただすことはなく、相手が話しだしたときにだけ、終りまでじっと聞いてやっていたのさ。じいさんは眼の前の囚人と対等に応対して、すこしも区別をつけなかった。じいさんは兄弟かなんぞのように話しかけるので、相手のほうでもしまいには、じいさんを自分の父親のように思うようになったんだね。赤ん坊を抱いた女の流刑囚でも見つけると、じいさんはそばへやってきて子供をあやしたり、子供を笑わせるために指をぱちぱち鳴らしたりしたそうだ。このじいさんは永い年月、死ぬまで、こうやって暮してきたので、しまいには全ロシアと全シベリアの人びとが、つまり、あらゆる罪人たちが、じいさんのことを知るようになったのさ。シベリアへ行ったことのある男が、この眼で見たとぼくに話してくれたんだが、骨の髄まで悪党の札つきの犯罪人まで、ときどきこの将軍のことを思いだしていたそうだよ。そのくせ将軍は流刑囚の隊をたずねていっても、ひとりあたま二十コペイカ以上分けてやることはほとんどなかったそうだけれどね。そりゃ思いだすといっても、もちろんそれほど熱烈とかまじめにとかいうわけじゃないけれど、あるとき、いわゆる《不仕合せな連中》（訳注　無期徒刑囚のこと）のひとりで、ただ自分の慰み半分のために十二人も人を殺し、六人の子供を突き殺したとかいう男が（こんな連中もときどきいるそうだ）、突然なんということもないのに、たぶん二十年のあいだ、あとにもさきにもそんなことはたった一度のことなんだろうが、いきなり溜息《ためいき》をつきながら〈なあ、あの将軍じいさんはいまごろどうしてるだろう、まだ生きてるかな?〉と言ったそうだよ。そのときたぶん、にやっと笑ったくらいのところだろう――連中が思いだすなんてことはせいぜいこんなもんだろうよ。それにしても、この男が二十年も忘れないでいた将軍じいさんが、この男の胸にどんな種子《たね》を永久にまいたかは、とてもきみにはわからんだろうね。こうした人格と人格との交流が、その交流を受けた人物の運命にどんな意味をもつようになるか、バフムートフ、とてもきみなんかにはわからないだろうね……そこには一個の人間の全生涯と、ぼくたちの眼には見えない無数の分脈があるんだから。非常にすぐれた、最も炯眼《けいがん》の棋士でさえもわずか数手しか先を読むことができないんだからねえ。あるフランスの棋士が十手先を読めるといって、まるで奇蹟《きせき》みたいに書きたてていたことがあったね。ところが、ぼくたちにわからない手なんて、いくつあるかわかりゃしないのさ。人が自分の種子を、自分の《慈善》を、自分の善行を、たとえそれがどんな形式であろうと、他人に投げ与えることは、自分の人格の一部を与え、相手の人格の一部を受けいれることになるのさ。つまり、その人たちはたがいに交流することになるんだ。もうすこし注意を払っていれば、人はその酬《むく》いとして、りっぱな知識というより思いがけない発見をすることになるのさ。そしてついには、自分の仕事をかならず学問としてながめるようになるんだね。それはその人の全生涯をのみつくし、それを充実させることができるんだ。一方、その人のあらゆる思想――その人によって投じられ忘れられてしまった種子は、また血肉を付されて生長していくんだ。人から授けられたものが、さらに別な人間にそれを伝えていくからだ。いや、来たるべき人類の運命の解決にきみがいかなる役割をはたすかなんて、とてもわかりゃしないのさ。もしこうした多年の労苦や知識が積って、その人が偉大な種子を投げるまでになったら、つまり、この世に遺産として偉大な思想を残すことができるまでになったら……』ざっとこんなふうのことを、そのときぼくは長々としゃべったのである。

『それなのに、きみはもうこの世において、それができないのかと思うと、たまらない気がするね！』バフムートフは誰かをなじるような調子で、熱をこめて叫んだ。

そのときぼくたちは橋の上に立って、欄干にもたれながら、ネヴァ河をながめていた。

『ねえきみ、いまふとぼくが何を考えたか、わかるかね？』ぼくはなおも欄干の上にかがみかかりながら言った。

『まさか川の中へとびこもうというんじゃないだろうね？』とバフムートフはあやうく仰天せんばかりに叫んだ。たぶん、彼はぼくの考えを顔色のなかに読んだのであろう。

『いや、いまのところはただこう考えているだけなんだよ。ぼくの命はあますところ二、三カ月、あるいは四カ月ぐらいかもしれないが、かりに二カ月しかないとして、ぼくが何か善行を、たとえば例の医者の一件のように非常な労苦やわずらわしさを必要とする善行をしてみたくてたまらなくなったとすれば、そんな場合、ぼくには余命がいくらもないという理由でそんな仕事は断念して、自分の手におえる何か別の善行を捜さなくちゃならないことになるね（かりに、それほどまでに善行をしたくてたまらなくなったときの話だがね）。どうだい、じつにおもしろい考えじゃないか！』

かわいそうに、バフムートフはすっかりぼくのことを心配して、家の前まで送ってくれた。そして、どこまでも気をきかして、一度も慰めの言葉などかけずに、ほとんどしまいまで黙りこくっていた。別れぎわに、彼は強くぼくの手を握りしめ、ときどき見舞いにきてもいいかとゆるしを乞《こ》うた。ぼくはそれに答えて、もし彼が《慰め手》としてぼくのもとをたずねるのなら（なぜなら、たとえひとことも口をきかないにしても、やはり彼はぼくを慰めるために訪れるわけだから。ぼくはこのことを彼に説明してやった）、彼はその行為によっていっそうぼくに死を自覚させることになる、と言ってやった。彼は肩をすくめてみせたが、とにかくぼくの意見に同意した。二人は思いがけないほど、慇懃《いんぎん》な別れ方をしたのであった。

しかし、その日の晩に、ぼくの《最後の信念》の最初の種子が投じられたのである。ぼくはむさぼるようにこの新しい思想と取りくみ、むさぼるようにその思想の全貌《ぜんぼう》を、そのあらゆる形態を研究したのであった。（ぼくは一晩じゅうまんじりともしなかった）そして、その思想に沈潜し、その思想を自分の心へ吸収すればするほど、ぼくのおどろきはいよいよ増大するばかりであった。ついには恐ろしい畏怖《いふ》の念がぼくを襲って、その後幾日かぼくの心を離れなかった。ときにはこの絶え間ない畏怖の念に思いをはせると、ぼくは新しい恐怖のために、全身が凍るようになることがあった。というのは、この畏怖の念から推して、ぼくの《最後の信念》があまりにふかくぼくの心の中に根をおろし、かならずやその解決を求めずにはやまぬだろうと結論することができたからである。しかし、その解決のためにはぼくに決断力が欠けていた。だが、三週間後には、いっさいのことが終りをつげ、決断力も生じたのである。しかもそれはきわめて奇怪な事情からおこったのである。

この《弁明》のなかに、ぼくはそのすべての原因を正確に述べておこう。もちろん、ぼくにとってはどうだって同じようなものだが、しかしいまとなっては（あるいはこの瞬間だけかもしれないが）、ぼくの行動を批判する人たちに、この《最後の信念》を遂行するために欠けていた断固たる決断力は、どうやら決して論理的演繹《えんえき》のためではなく、何かしら奇怪な衝動のために、事件の進行とはまったくなんの関連もない、偶然な事情のために生れたようであると書いておいた。十日ほど前に、ロゴージンがある用事でぼくのところに立ちよった。どんな用事だったかは、くだくだしく書いてもむだである。ぼくはそれまで一度もロゴージンには会ったことがないが、噂《うわさ》ならずいぶん聞いていた。彼は自分に必要なことを聞いてしまうと、まもなく帰っていった。彼がやってきたのは、ぼくにただ問いあわせるためだったから、ぼくたち二人の関係はそれきり絶えてしまったわけである。だが、彼は非常にぼくの興味をひいたので、ぼくはその日一日じゅう奇妙な考えに支配されてしまった。翌日、ぼくのほうから彼をたずねようと決心したのである。ロゴージンは明らかにぼくの訪問を喜ばず、もうなにも交際をつづける必要はないと、《婉曲《えんきょく》に》ほのめかしたほどであった。だが、いずれにしても、ぼくは非常に好奇心をそそられるひとときをすごした。おそらく彼も同様だったであろう。二人のあいだには、とりわけぼくの眼から見れば気づかずにいられないほど、じつにあざやかなコントラストがあったのだ。ぼくはすでに余命いくばくもない人間であるのに、彼は最も充実した生活をおくり、その一瞬一瞬を生きている男である。彼は決して《最後の》演繹であろうとなかろうと、あるいは……その……何かに熱をあげようとも……自分の熱中の原因に関係のないことは、決して考えようともしない男なのである。こんな表現をして申しわけないが、自分の思想を表わすことのできない三文文士として、ロゴージン氏よ、どうか大目にみてくれたまえ。彼はすこぶる無愛想であるにもかかわらず、どうやら賢い人間であるらしく、関係のないことにはすこしも興味をもたないけれど、いろんなことを理解しうる男のように思われた。ぼくは例の《最後の信念》のことを彼にほのめかしたわけではなかった。だが、なぜかぼくの話を聞いているうちに、察したようであった。彼はずっと黙りこんでいた。いや、じつに無口な男である。ぼくは帰りがけに彼にむかって、ぼくたち二人のあいだにはたいへんな相違があるし、何から何まで両極端であるにかかわらず les extrémités se touchent.（両極端は一致する）ということもあるから（ぼくはこれをロシア語で説明してやった）、ことによると、彼も見うけたところ、ぼくの《最後の信念》にそれほど無縁でもないらしいということをほのめかしてやった。このぼくの言葉を聞くと、彼は気むずかしく顔をしかめて立ちあがり、まるでこちらが暇乞《いとまご》いでもしたかのように、自分からぼくの帽子を捜しだし、丁寧に見おくるようなふりをしながら、ていよくぼくをその陰気な家から追いだしてしまったのである。彼の家はぼくの心を強くうった。まるで墓場みたいである。ところが彼にはそれがどうやら気に入っているらしかった。もっともその気持はよくわかる。彼がいま味わっている生活は、あまりに充実しすぎているので、家の装飾など必要としないのである。

　このロゴージン家訪問はひどくぼくを疲れさせた。それでなくとも、ぼくはもう朝のうちから気分が悪かったので、夕方になるとすっかり力が抜けて、床についてしまった。ときおり激しい熱が出て、うわごとさえ言うほどであった。コーリャは十一時までそばにいてくれた。それでもぼくは彼のしゃべったことも、二人で話しあったこともみんな覚えている。しかし、ほんのちょっと眼を閉じていると、すぐ例のイワン・フォミッチが何百万という大金をもらったなんていう夢を見るのだった。彼はその金をどこへ置いていいか見当がつかずに、しきりに頭を悩まし、盗まれやしないかと思って、びくびく身を震わせているのである。が、ついに土の中へ埋めることに決めたらしい。ぼくはそんな大金をむなしく土の中に埋めるよりも、その山とある金貨で《凍え死》んだ赤ん坊のために小さな棺を鋳《い》たらいいではないか、そのためには、まず赤ん坊を掘りださなければならない、と忠告してやった。スリコフはこのぼくの冷やかしを感涙にむせびながら受けいれて、さっそくその実行にかかった。ぼくはぺっと唾《つば》を吐いて、彼のかたわらを立ちさったようだった。ぼくがふとわれに返ったとき、コーリャの断言するところによれば、ぼくはすこしも眠らないで、その間ずっと彼を相手にスリコフの話をしていたそうである。ときおりぼくはひどくやるせないもの狂おしい気持にかられたので、コーリャはとても心配しながら帰っていった。ぼくがそのあと、自分でドアに鍵《かぎ》をかけようとして立ちあがったとき、ふと一枚の絵が脳裏に浮んだ。それはさきほどロゴージン家で見てきたもので、そのいちばん陰気くさい広間の扉《とびら》の上にかかっていたものである。通りがかりに、彼がみずから指さしてくれたのであった。ぼくは五分間ばかり、その前にじっと立っていたような気がする。その絵は芸術的に見て、すこしもいいところはなかったが、しかし何かしら奇妙な不安を、ぼくの心の中に呼びさました。

その絵には、たったいま十字架からおろされたばかりのキリストの姿が描かれていた。画家がキリストを描く場合には、十字架にかけられているのも、十字架からおろされたのも、ふつうその顔に異常な美しさの翳《かげ》を添えるのが一般的であるように思われる。画家たちはキリストが最も恐ろしい苦痛を受けているときでも、その美しさをとどめておこうと努めている。ところが、ロゴージンの家にある絵には、そのような美しさなどこれっぽっちもないのだ。これは十字架にのぼるまでにも、限りない苦しみをなめ、傷や拷問《ごうもん》や番人の鞭《むち》を受け、十字架を負って歩き、十字架のもとに倒れたときには愚民どもの笞《むち》を耐えしのんだあげく、最後に六時間におよぶ（少なくとも、ぼくの計算ではそれくらいになる）十字架の苦しみに耐えた、一個の人間の赤裸々な死体である。いや、たしかに、たったいま十字架からおろされたばかりの、まだ生きた温かみを多分に保っている人間の顔である。まだどの部分も硬直していないから、その顔にはいまなお死者の感じている苦痛の色が、浮んでいるようである（この点は画家によって巧みに表現されている）。そのかわり、その顔はすこしの容赦もなく描かれてある。そこにはただ自然があるばかりである。まったく、たとえどんな人であろうとも、あのような苦しみをなめたあとでは、きっとあんなふうになるにちがいない。キリストの受難は譬喩《ひゆ》的なものではなく、現実のものであり、したがって、彼の肉体もまた十字架の上で自然の法則に十分かつ完全に服従させられたのだと、キリスト教会では初期のころから決定していることを、ぼくは知っている。この絵の顔は鞭の打擲《ちようちやく》でおそろしく打ちくだかれ、ものすごい血みどろな青痣《あおあざ》でふくれあがり、眼を見開いたままで、瞳《ひとみ》はやぶにらみになっている。その大きく開かれた白眼はなんだか死人らしい、ガラス玉のような光を放っていた。ところが、不思議なことに、この責めさいなまれた人間の死体を見ていると、ある一風変った興味ある疑問が浮んできた。もしかりにこれとちょうど同じような死体を（いや、それはかならずやこれと同じようだったにちがいない）、キリストのすべての弟子や、未来のおもだった使徒たちや、キリストに従って十字架のそばに立っていた女たちや、その他すべて彼を信じ崇拝した人たちが見たとしたら、こんな死体を眼の前にしながら、どうしてこの受難者が復活するなどと、信じることができたろうか？　という疑問である。もし死というものがこんなにも恐ろしく、また自然の法則がこんなにも強いものならば、どうしてそれに打ちかつことができるだろう、という考えがひとりでに浮んでくるはずである。生きているうちには自然に打ちかち、それを屈服させ、『タリタ・クミ（訳注　女（むすめ）よ、われ汝に命ず、起きよ。マルコ伝第五章、第四十二節）』と叫べば女は立ちあがり、『ラザロよ出《いで》よ（訳注　ヨハネ伝第十一章、第四十三節）』と呼べば死者が歩みだしたというキリストでさえ、ついには打ちかつことのできなかった自然の法則にどうして打ちかつことができようか！　この絵を見ていると、自然というものが何かじつに巨大な、情け容赦もないもの言わぬ獣のように、いや、それよりもっと正確な、ちょっと妙な言い方だが、はるかに正確な言い方をすれば、最新式の巨大な機械が眼の前にちらついてくるのである。その機械は限りなく偉大で尊い存在を無意味にひっつかみ、こなごなに打ちくだき、なんの感情もなくその口中にのみこんでしまったのである。しかも、その存在こそはそれ一つだけでも、自然全体にも、そのあらゆる法則にも、地球全体にも値するものではなかろうか。いや、その地球さえも、ひょっとすると、ただこの存在がこの世にあらわれるためにのみ創《つく》りだされたのかもしれないのだ。つまり、このいっさいのものが屈服している、暗愚で傲慢《ごうまん》で無意味に永久につづく力の観念をこの絵は表現しているもののようである。そして、この観念はひとりでに見ている者の胸に伝わってくるのである。この画面にはひとりも描かれていないが、この死者を取りまいていた人びとは、自分たちの希望と信仰ともいうべきものを、ことごとく一気に粉砕されたこの夕べ、かならずや恐ろしいわびしさと心の動揺を感じたにちがいない。彼らはすべてめいめいなんとしても奪い去られることのない偉大な思想をいだいていたことであろうが、しかし彼らはこのうえない恐怖をいだきながら、その場を去っていったにちがいない。また、かりにキリスト自身が刑の前夜にこのような自分の姿を見ることができたなら、はたして彼はあのような態度で十字架にのぼり、いま見るような死に方ができたであろうか？　こうした疑問も、この絵を見ているうちに、ひとりでに心に浮んでくるのである。

こうしたことがすべて、断片的に、あるいは実際夢うつつのときかもしれなかったが、浮んできて、ときにはまざまざとその姿さえ眼に浮ぶのだった。こんなことがコーリャの帰ったのち、一時間半もつづいたのである。姿をもたぬものが姿をあらわして、心に浮ぶことがあるものだろうか？　しかし、ぼくにはときおりあの限りない力が、あの冷酷でもの言わぬ暗愚な存在が、何か奇怪なこの世のものと想像もできないような形となって、眼の前にあらわれたように思われるのだった。誰か蠟燭《ろうそく》を持った男がぼくの手を引いて、何やら巨大ないやらしい蜘蛛《くも》のようなものを指さしながら、これこそあの暗愚にして冷酷な全能の存在だと説きふせにかかり、ぼくが腹をたてたのを冷笑したらしいのを覚えている。ぼくの部屋の聖像の前には、いつも夜お燈明《とうみょう》がともっている——その光はぼんやりして弱々しいけれど、とにかく物のけじめはつくし、そのすぐ下なら本を読むことだってできる。それはもう十二時すぎたころだったと思う。ぼくはすこしも眠くないので、眼をあけたまま横になっていた。と、ふいに部屋のドアがあいて、ロゴージンがはいってきたのである。

彼は部屋にはいるとドアをしめて、無言のままじろりとぼくを見て、お燈明のほとんど真下におかれていた片隅《かたすみ》の椅子《いす》のほうへ、静かに歩いていった。ぼくはひどくびっくりして、どうなることかとじっと見つめていた。ロゴージンは小さな机の上に肘《ひじ》をついて、無言のままぼくをながめはじめた。こうして二、三分たった。すると、彼の沈黙がおそろしくぼくの心を傷つけ、いらだたせたように覚えている。いったいなぜ彼は口をきこうとしないのか？　彼がこんなに遅くやってきたことも、もちろん、ぼくには不思議に思われたけれども、なぜか、そのこと自体にはさほどおどろかなかったことを覚えている。いや、むしろその反対だった。けさぼくは自分の考えを彼にははっきり言わなかったけれども、彼がそれをさとったことを承知していたからである。ところで、その考えなるものは、たとえ夜が更《ふ》けようとも、もう一度そのことについて、ぜひとも話しにこなくてはならないような性質のものであった。だから、ぼくは彼がそのためにやってきたのだなと思った。その朝、ぼくたちはいくぶん反目しあったかたちで別れた。いや、ぼくは彼が二度ばかり非常に嘲笑《ちょうしょう》的な眼つきで、ぼくをながめたのさえ覚えている。ほかならぬこの嘲笑をいまも彼の眼つきに読むことができた。それがぼくの心を傷つけたのであった。しかし、それが実際にロゴージンであって、幻でも夢でもないということを、ぼくははじめからすこしも疑わなかった。いや、そんな考えさえもおこらなかった。

そのあいだも彼は相変らずじっとすわったまま、例の嘲笑の色を浮べて、ぼくを見つめていた。ぼくは意地悪く床の中でくるりと寝返りをうって、同じように枕《まくら》の上に肘をつき、たとえ最後までこうしていてもかまわないから、やはり口をきくまいと決心した。ぼくはなぜか、なんとしても、彼のほうから先に口をきらせたかったのである。こうして二十分ばかりたったように思う。ふと、これはロゴージンではなく、ただの幽霊ではなかろうか、という考えが頭に浮んだ。

ぼくは病気になってからもまたその以前にも、いまだかつて一度も幽霊を見たことがなかった。しかし、ぼくは少年の時分から、いや、いまでさえも、つまり、そのついさきほどまで、もしただの一度でも幽霊を見たら、自分ではいかなる幽霊も信じていないくせに、たちどころに死んでしまうような気がいつもしていたのである。ところが、これはロゴージンではなくて、ただの幽霊にすぎないという考えが頭に浮んだとき、ぼくはすこしもおどろかなかったことを覚えている。いや、それどころか、むしろ腹をたてたくらいだった。もう一つ不思議だったのは、相手がはたして幽霊であるか、それとも本物のロゴージンであるかという問題は、なぜかすこしもぼくの関心をひかないうえに、当然おこってしかるべき不安の念もおきなかったことである。ぼくはそのとき何やら別のことを考えていたようだ。たとえば、けさは部屋着に上靴をはいていたロゴージンが、なんだっていまは燕尾服《えんびふく》を着て白いチョッキと白いネクタイをしているのか、といったような疑問のほうが、はるかに強くぼくの心をとらえていたのであった。また、こんな考えもちらりと頭をかすめた。もしもこれが幽霊であり、しかもぼくがそれをこわがらないとすれば、なぜぼくは立ちあがってそばへ近づき、自分でそれを確かめてみないのだろうか？　いや、ひょっとすると、ぼくはこわくて、とてもそんなことはできなかったのかもしれない。ところが、ふと自分はほんとにこわがっているなとさとるやいなや、突然体じゅうを氷でなでられるような思いをした。ぼくは背筋に寒けを覚え、膝《ひざ》ががくがく震えだした。ちょうどその瞬間、まるでぼくの恐怖を察したかのように、ロゴージンはいままで肘をついていた手をはずして身を伸ばすと、いまにも嘲笑しそうな面持で口を動かしはじめた。彼はじっと眼をこらしてぼくを見つめていた。ぼくは憤怒《ふんぬ》の念にかられ、あやうく彼にとびかかっていこうとしたほどであった。しかし、ぼくは自分から先に口をきるまいと誓っていたので、そのまま寝台の上にじっとしていた。ましてそれがはたして本物のロゴージンであるかどうか、まだ確信がなかったからである。

こんな状態がどれくらいつづいたのか、ぼくははっきり覚えていない。また、ときおり意識を失ったのかどうかも、はっきり覚えていない。ただ覚えているのは、ついにロゴージンが立ちあがって、さきほどはいったときと同じように、ゆっくりと注意ぶかく、だが今度はにやにや笑うのをやめて、ぼくを見つめてから、ほとんど爪立《つまだ》ちといってもいいくらいそっと出口のほうへ近づき、ドアをあけドアをしめると、そのまま出ていったことだけである。ぼくは寝台から起きあがらなかった。ぼくはそれからどのくらいのあいだ眼をあけたままじっと横になって、物思いにふけっていたか、覚えていない。またどういうふうに意識を失ったのか、それもやはり覚えていない。翌朝の九時すぎに、ドアをたたく音がしてぼくは眼をさました。もし九時すぎになっても、ぼくがドアをあけて、お茶を持ってくるように声をかけなかったら、マトリョーナが自分でドアをたたくことになっているのだ。ぼくは彼女のためにドアをあけてやったとき、ふと、ドアにはちゃんと鍵《かぎ》がかかっているのに、どうしてあの男ははいれたんだろう、という考えが頭に浮んできた。ぼくは家人に聞きただしたあげく、本物のロゴージンならはいれるはずがない、ということを確信したのであった。なぜなら、わが家のドアは夜になると、ちゃんと鍵をかけることになっているからである。

ぼくがいまくわしく描写した奇怪な出来事こそ、ぼくが断固として《決意をかためた》原因なのである。したがって、この最後の決意を促したものは、論理でも演繹《えんえき》でもなく、嫌悪《けんお》の念にほかならなかった。このように奇怪な形をとってぼくの心を傷つける人生に、ぼくはもうとどまってはいられない。あの幽霊がぼくを卑小なものにしてしまったのである。ぼくは蜘蛛の姿をしたあの暗愚な力に、とうてい屈伏することはできないのである。やがて夕暮れになって、ようやく断固たる決意をかためた瞬間、ぼくははじめて気が楽になったのである。これはほんの最初の一瞬であった。つぎの瞬間には、もうパーヴロフスク行きの汽車に乗っていた。だが、そのことはもう十分に説明しておいた」

7

「ぼくは懐中用の小型のピストルを持っている。それを手に入れたのは、まだほんの子供の時分で、決闘だとか強盗の襲撃だとか、あるいは決闘の申込みを受けていさぎよくピストルの前に立つとか、そんな光景が急におもしろくなる、あの滑稽《こっけい》な年頃のことであった。一月ばかり前、ぼくはこのピストルを検査して、用意をととのえておいた。それを入れておいた箱の中には、二発の弾丸《たま》があったし、薬筒には三発分の火薬もあった。

このピストルは出来が悪く、弾丸が横のほうへそれるので、せいぜい十五歩ぐらいのところしか撃てないのである。しかし、もちろんぴったりとこめかみへ当てれば、頭蓋骨《ずがいこつ》をひん曲げるぐらいのことは可能である。

ぼくはパーヴロフスクで日が昇るころ、別荘の人びとに迷惑をかけないように、公園へ行って死ぬことにしたのである。このぼくの《弁明》は警察にたいして、事件の真相を十分説明してくれるだろう。心理学に興味をもつ人や、その他必要のある人たちは、この《弁明》からなんなりと結論をひきだすことができるだろう。しかし、ぼくはこの原稿が公に発表されることを望まない。できれば、公爵《こうしゃく》が写しの一部を手もとにおき、もう一部をアグラーヤ・イワーノヴナ・エパンチナに渡されるよう公爵にお願いする。これがぼくの望みである。ぼくの骸骨《がいこつ》は学術資料として、医科大学へ寄付するように遺言しておく。

ぼくは自分に加えられる裁《さば》きなるものを認めないし、いまや自分があらゆる裁きの権限外にいることを承知している。つい先日もこんなことを想像して、苦笑してしまった。それはほかでもない、もしぼくがいま誰かれの容赦なく、一度に十人くらいの殺人を、いや、とにかくこの世でいちばん恐ろしいとされていることをやってみようとふと考えついたら、ぼくを裁く人は相手がわずか二、三週間の命しかなく、いかなる拷問《ごうもん》も折檻《せっかん》も役にたたないことを知ってどんなに困惑することだろう？　という空想である。ぼくは医者が手厚い看護をしてくれるお上《かみ》の病院で、いとも心地よく往生をとげるだろう。いや、たぶん自分の家よりはるかに暖かくて、居心地がいいにちがいない。なぜぼくと同じような境遇にいる人たちに、たとえ冗談にでもこんな考えが浮ばないのか、理解に苦しむところだ。しかし、ひょっとすると、浮ぶこともあるかもしれない。なにしろ、わが国には陽気な連中もずいぶんいるようだから。

しかしながら、たとえぼくが自分に加えられる裁きを認めないとしても、やはり人びとがぼくを裁くであろうことは承知している。もっとも、そのときはもうぼくは耳も聞えなければ、口もきけない被告となっているのだ。それにしても、ぼくはそれにたいする答弁として、強制されない自由な言葉を残さずに、この世を去るのは不本意である。しかし、それは弁解のためではない。いや、断じてそうではない！ ぼくは何事であろうとも、人にゆるしを乞《こ》ういわれはない。ただ自分でそうしたいからである。

まず第一に奇妙な考えがおこってくる。いったい誰が、いかなる動機に基づいて、わずか二、三週間しか余命のないぼくの権利を、論駁《ろんばく》し否定しようと思いつくだろう？事態がこうなってしまえば、いまさら裁きなぞなんになるというのか？ いったい誰のために、ぼくが単に死の宣告を受けただけでは足りないで、その宣告の期限を甘んじて耐えしのばなければならないのか？ ほんとにそんなことが誰かに必要だとでもいうのか？ 世間の道徳のためとでもいうのか？ もしかりにぼくが健康と力に恵まれながら、

《身近な人の役にたつことのできる》自分の命を縮めようとするのだったら、まだ話はわかる。そうした場合なら、世間の道徳も古いしきたりに従って断わりもなく勝手に生命を扱ってはならぬとか、なんとか言って、ぼくを非難することができる。しかし、もう死の期日まではっきり宣告されてしまっているいまはどうだというのだ？　ただ人の生命ばかりでは足りないで、公爵の慰めの言葉なんかを聞きながら、生命の最後の原子を神に返上する際に発する最後のうめき声まで必要とする世間の道徳なんてものがあるというのか？　いや、公爵と言えば、きっと例のキリスト教的論拠にたって、実際きみが死ぬのはかえっていいことかもしれないよ、などと、おめでたい結論に到達するに決っているのだ（彼のようなキリスト教徒ときたら、いつでもこんな考えに到達するのだ。なにしろ、これがあの連中の十八番《おはこ》なんだから）。いったいあの連中はあの滑稽な《パーヴロフスクの木立ち》なんかを持ちだして、どうするつもりなんだろう？　ぼくの生涯の最後の数時間を楽しませようというのか？　あの連中は生と愛との最後の幻影をもって、あのマイエル家の壁や、その上にはっきりと正直に書かれている文字を、すっかりぼくの眼から隠してしまおうと思っているけれども、ぼくがそんな幻影にわれを忘れて夢中になればなるほど、ますます不幸になるということを、あの連中はほんとに理解していないのだろうか？　きみたちの自然も、きみたちのパーヴロフスクの公園も、きみたちの日の出も、日の入りも、きみたちの青空も、きみたちの満ち足りた顔も、ぼくにとってなんだというのか？　すべてこうしたいつ果てるとも知れぬ喜びの宴《うたげ》が、ぼくひとりを余計者と見なしていままさにその幕をあけようとしているのではないか。いまぼくのまわりで日光を浴びながら、うなっているこのちっぽけな一匹の蠅《はえ》すらも、この宴とコーラスの一員であり、自分のいるべき場所を心得、それを愛して幸福でいるのに、ただぼくひとりだけは除《の》け者にされているのだ、ただいままでは臆病《おくびょう》なばかりにそれをさとろうとしなかったのだということを、いまは一分ごとに、いや、一秒ごとに痛切にさとらなければならないのだ、いやでもさとらさせられるのだ。ああ、ぼくは知っている、公爵はじめその他のすべての人びとは、ぼくがこんな《悪賢く悪意にみちた》演説をするかわりに、いさぎよく世間の道徳の勝利のために、あの有名なミルヴァの古典詩の一節でも朗唱すればいいのに、と望んでいるにちがいない。

O, Puissent voir votre beauté sacrée
Tant d'amis, sourds à mes adieux !
Qu'ils meurent pleins de jours, que
　leur mort soit pleurée,
Qu'un ami leur ferme les yeux !

わがとわの　別れにぞ　耳ふたぐ　友どちに
見せたやな　聖《きよ》らなるうるわしき　汝《な》がすがた
友どちも　若き日に　惜しまれて　死ぬぞよき
そのまなこ　閉じるべく　ひとりなる　友ありて

（秋山晴夫訳）

だが諸君よ、この世のおめでたき人びとよ、ぼくの言葉を信じたまえ。この乙にすました古詩のなかにさえ、このフランス詩のアカデミックな人生讃歌《さんか》のなかにさえ、その韻律のなかにせめてもの憂《う》さを晴らそうとするような、あきらめきれぬ憤怒《ふんぬ》と、秘められたる無限の憤懣《ふんまん》とが、どんなに潜んでいることだろう。そのために詩人みずから迷路に陥って、この憤懣を歓喜の涙と思いこんで、そのまま死んでいったのだ。詩人よ、安らかに眠れ！　ところで、人間の卑小さと無気力さの自覚には一定の不名誉の限界があって、そこから先へは一歩も踏みだすことができず、その限界を踏み越えると、人間はほかならぬその不名誉のなかに、じつに偉大な喜びを感じはじめるものなのである……だが、もちろん、この意味においては、あきらめもまた偉大な力である。それはぼくも認める――もっとも、宗教があきらめをもって力と考えるのとは別な意味においてであるが。

宗教！　ぼくは永遠の生なるものを認めている。いや、今日までつねに認めてきたと言えるかもしれない。至高の力の意志によって自覚に火がついたとしてもかまわない。この自覚が世界をふりかえって、『われあり！』と叫んだとしてもかまわない。またその至高の力によって、何かちょっと用があるからとか——いや、何も説明されないで、ただ必要だから消えてしまえ、と命令されてもかまわない、そんなことは何も気にしない。ぼくはそのすべてを認めるものだ。だが、やはりいつもおきまりの疑問がわいてくる。それにしても、なんのためにおれのあきらめなんてものが必要なんだ？　いったい、自分が餌食《えじき》にしたものから讃辞なんか求めないで、なんの挨拶《あいさつ》もなく一口にあっさり食ってしまうわけにはいかないものだろうか？　ぼくがあと二、三週間おとなしく待っていないからといって、腹をたてるような人がはたしているのだろうか？　ぼくにはそんなことは信じられない。それよりも、こう想像したほうがはるかに確かなことだろう。つまり、何かしら全体として普遍的調和を充《み》たすために、何かしらプラスとマイナスのために、あるいは、何かのコントラストのために、ぼくの取るに足りない原子の生命が必要になっただけのことだ。それはちょうど数百万の生物が残りの全世界をささえていくために、毎日のようにその生命を犠牲にしているのと同じことなのだ（もっとも、この考えもそれ自体としては、あまり寛大なものでないことを指摘しておかなければならない）。しかし、それでもいい。それ以外には、つまり、たえずおたがいの肉を食いあっていかなければ、この世界を形づくっていくことが絶対に不可能であるということには、ぼくも異存はない。いや、それどころか、ぼくはその組織についてすこしも知るところがないと言われても、べつに否定しようとも思わない。だがそのかわり、つぎのことだけはたしかに承知している。いったんもう《われあり》ということを自覚させられた以上、この世があやまちだらけであろうと、そのあやまちなしにはこの世が立っていけまいと、そんなことはぼくにとってなんの関係があるというのだ？　もしそうだとすれば、いったい誰がなんのためにぼくを裁くことができよう？　誰がなんと言おうと、それは不可能であり、また不公平なことではないか。ところで、ぼくは自分で心からそれを希望しているにもかかわらず、あの世も神の摂理もないということを、なんとしても想像することができないのだ。いや、いちばん確かなことは、あの世もその掟《おきて》もあるのだが、われわれはただそれがどんなものかまったく理解していないということである。もしそれを理解するのがとても困難な、というよりもむしろまったく不可能でさえあるならば、ぼくがその不可能を解しえなかったとしても、そこにどんな責任があるというのか！　たしかに、世間の人びとは、むろん公爵もそのひとりであるが、そういう場合には服従が必要なのだ、あれこれ理屈を言わずに、単なる道義から服従しなければいけないのだ、そうすれば、その従順さはかならずあの世で酬《むく》いられるのだから、と言っている。われわれは神の摂理を理解できない腹だちまぎれに、自分たちのひとりよがりな観念を相手に押しつけて、神の摂理をあまりにもつまらないものにしてしまっているのだ。しかし、かさねて言っておくが、神の摂理を理解することが不可能であるとすれば、人間が理解しなくてもいいことにたいして、責任を持つのはむずかしいことである。もしそうであれば、ぼくが神の摂理の真の意志と掟を理解することができなかったからといって、どうしてぼくを責めることができよう？　いや、宗教のことはもうこのくらいでやめたほうがいいだろう。

それに、もうたくさんだ。ぼくがこのへんを読み進む時分には、もうきっと太陽が昇って、『大空に鳴りわたり』、偉大な量り知れない力が太陽のもと全世界にみなぎることだろう。それはそれでかまわない！　ぼくはこの力と生命の源泉をまともにながめながら死んでいくのだ、もうこれ以上生きたくはない！　もしかりにぼくが生れなくともよい権利を持っていたら、こんな人を小ばかにしたような条件のもとで生を享《う》ける権利を放棄したにちがいない。しかしながら、ぼくはもう余命いくばくもない人間であるが、まだ死ぬ権利だけは持っているのだ。その権力もたいしたものではないから、その反逆もまたたいしたものにはならない。

これから《最後の弁明》をする。ぼくが死のうとするのは、決してこの三週間を耐えしのぶ力がないからではない。いや、ぼくはかなりの力を持っている。もしその気にさえなれば、自分がどれだけ人から侮辱されたかという自覚だけでも、もう十分な慰めとなったはずである。しかし、ぼくはフランスの詩人ではないから、そんな慰めなんかほしくない。ところが、ここに最後の誘惑がある。自然は、余すところわずか三週間という宣告でぼくの行動を極端に制限してしまったので、ぼくが自分の自由意思で、事をはじめ事を終らせることのできる仕事は、どうやら、自殺以外にはなさそうである。いや、ひょっとすると、ぼくは最後の事業の可能性を利用したいのかもしれないではないか？反抗もときには決して小さな仕事ではないのだ……」

《弁明》は終った。イポリートはようやく口をつぐんだ。

このような極端な場合には、その破廉恥《はれんち》でやぶれかぶれの気分が、このうえなく高まって、激昂《げっこう》してわれを忘れた神経質な人間はもう何ものをも恐れず、どんな醜態でも演じかねないものである。いや、それどころか、そんなことをするのが、かえってうれしいくらいで、誰かれかまわずとびかかっていったりするのだ。しかも、その際、漠然《ばくぜん》とした ものではあるが、つまり、その醜態を演じるやいなや、鐘楼から飛びおりて、もし何かスキャンダルでもおこったら、その死をもって一挙に事態を解決してしまおうというある確固たる目算をいだいているのである。ふつう、しだいにつのってくる肉体の衰弱がこうした心的状態の兆候となるのである。そのときまでイポリートをささえていた異常な、ほとんど不自然ともいうべき緊張は、いまやその頂点に達したのであった。病気のために衰弱したこの十八歳の少年の姿は、それ自体、枝からもがれて震えている一枚の木の葉のように弱々しく見えた。しかし、彼がはじめて聴衆の顔を見わたすやいなや――それは朗読がつづいたこの一時間のうちではじめてのことであったが――たちまち、なんとも言えぬ高慢な、人を小ばかにしたような、腹だたしげな嫌悪《けんお》の色が、その眼差《まなざ》しにも微笑にも浮んできた。彼は戦いをいどもうとあせったが、聴衆はすっかり憤激していた。みんなはがやがやといまいましそうな面持で、テーブルから立ちあがった。疲労と酒と緊張とが、一座の混乱を、いや、こんな表現ができるとしたら、その印象のけがらわしさを一段と強めたかのようであった。

ふいにイポリートは弾《はじ》かれたように椅子《いす》からとびあがった。

「太陽が昇ったぞ！」彼はきらきらと輝く木立ちの頂に眼をとめ、まるで奇蹟《きせき》でもあるかのように公爵に指さして示しながら、叫んだ。

「じゃ、きみは昇らないとでも思ってたんですか？」フェルディシチェンコが言葉をはさんだ。

「これでまた一日じゅう暑いのさ」ガーニャは帽子を手にして、のびのびと欠伸《あくび》をしながら、気のない、いまいましそうな調子でつぶやいた。「いや、もうまる一月、こんな日照りなんだからねえ！……プチーツィン、もう出かけるかね、どうだね？」

イポリートは棒立ちになるほどびっくりして、耳をすましていたが、急にその顔はものすごいほど蒼《あお》ざめて、ぶるぶる体じゅうを震わせた。

「あなたはぼくを侮辱しようと考えて、わざと無関心を装《よそお》っていらっしゃるけれど、あまり上手なやり方とは言えませんね」彼はガーニャの顔を穴のあくほど見つめながら言った。「あなたはろくでなしですよ！」

「ほう、こりゃまたなんていう言いぐさだね！」フェルディシチェンコがわめいた。

「ほんとに意気地《いくじ》のない弱虫だね！」

「なあに、ただのばかさ」ガーニャは言った。

イポリートは幾分きっとなった。

「いや、わかってますよ、みなさん」彼は相変らずぶるぶる震えながら、一口ごとに声をとぎらせてしゃべりだした。「ぼくがあなたがたから個人的な恨みを買ったのは、よくわかっています。それから……こんな寝言みたいなものであなたがたを苦しめようとしたことを後悔しています（彼は原稿を指さした）。が、それと同時に、それがほとんど成功しなかったことを残念に思います……（彼は愚かしくにやりと笑った）。あなたは苦しめられましたか、エヴゲーニイ・パーヴルイチ？」ふいに彼は一足飛びにこんな質問を浴びせた。「苦しめられたか、どうか、言ってください！」

「少々冗漫でしたが、しかし……」

「何もかも言ってしまってください！　せめて一生に一度だけでも嘘《うそ》をつかないでください！」イポリートは身を震わせながら命令した。

「いや、ぼくにとってはどっちみちまったく同じことですよ！　どうかお願いですから、そっとしておいてください」エヴゲーニイ・パーヴロヴィチはうんざりしながら、そっぽを向いた。

「では、おやすみなさい、公爵」プチーツィンが公爵のほうへ近寄ってきた。

「まあ、あの人はいまにも自殺しようとしているのに、あなたがたときたら！　ちょっとあの人を見てごらんなさいよ！」とヴェーラは叫ぶと、あわてふためいてイポリートのほうへとんでいき、その手をおさえつけさえした。「だって、この人は日の出とともに自殺するって、言ったじゃありませんか。それなのに、あなたがたときたら！」

「自殺なんかするもんか！」五、六人の声が、意地悪そうにこうつぶやいたが、そのなかにはガーニャもまじっていた。

「みなさん、気をつけてください！」やはりイポリートの手をおさえつけながら、コーリャが叫んだ。「ねえ、ちょっとこの人の様子を見てごらんなさい！　公爵！　公爵、あなたはいったいどうなさったんです！」

イポリートのまわりにはヴェーラ、コーリャ、ケルレル、それにブルドフスキーが集まった。四人がかりで彼の手をつかまえていた。

「この男には権利がある……権利が……」ブルドフスキーはつぶやいたが、彼もまたわれを忘れてしまっていた。

「失礼ですが、公爵、どういう処置をおとりになります？」酔っぱらってぶしつけと思われるほど腹をたてていたレーベジェフが公爵のそばへやってきた。

「どういう処置って？」

「いや、その、失礼ですが、わたしはこの家の主人でございますから。もっとも、あなたにたいして尊敬をはらうのを怠るわけではさらさらありませんがね……まあ、かりにあなたをここのご主人といたしましても、わたしは自分の家の中でこんなことがあるのはまっぴらですよ……いや、まったく！」

「自殺するものか、小僧っ子が甘ったれているのさ！」思いがけなくイヴォルギン将軍がさも我慢がならんというふうに自信にみちて叫んだ。

「よう、でかしたぞ、将軍！」フェルディシチェンコがはやしたてた。

「自殺しないってことは承知しておりますよ、将軍、ええ、将軍さま。それでもやっぱり……なにしろ、わたしはここの主人ですからね」

「ちょっとチェレンチェフ君」プチーツィンは公爵に別れを告げたあと、イポリートにむかって手をさしのべながらしゃべりだした。「きみはたしかにその手帳のなかでご自分の骸骨《がいこつ》のことにふれて、それを大学へ寄付するように遺言していましたね？　あれはきみ自身の骸骨のことで、つまり、きみの骨について遺言されているんですね？」

「ええ、ぼくの骨ですが……」

「なるほど。はっきりさせておかないと、間違いがおこるかもしれませんからね。なんでも、そんなことがあったそうですからね」

「なんだってあなたはこの人をいらいらさせるんです?」ふいに公爵が叫んだ。

「とうとう泣きだしてしまったじゃないか」フェルディシチェンコが言い添えた。

しかし、イポリートは決して泣いてなんかいなかった。彼は席を離れようとしたが、まわりを取りまいていた四人の者が、いきなりいっせいにその手をつかんだ。と、どっと笑い声がおこった。

「自分の手をおさえつけてもらうためにやったのさ。そのために手帳を読んだってわけさ」ロゴージンが言った。「じゃ、失敬、公爵！　とんだ長居をしちまったな、骨が痛くなったよ」

「たとえきみがほんとに自殺するつもりだったにしてもですね、チェレンチェフ君」エヴゲーニイ・パーヴロヴィチは笑いだした。「あんなお世辞を言われたからには、ぼくだったらみんなをじらすために、わざと自殺なんかしませんがね」

「あの連中ときたら、ぼくの自殺するところを、見たくてたまらないんだ！」イポリートは彼にむかって叫びたてた。

彼はまるでとびかからんばかりの勢いで言った。

「それが見られないもんだから、あの連中はくやしくてたまらないんですよ」

「じゃ、あなたも見られないと思ってるんですね？」

「ぼくは何もきみをけしかけちゃいませんよ。いや、それどころか、きみが自殺される公算が大きいと心配しています。でも、肝心なことは、腹をたてないことですよ……」エヴゲーニイ・パーヴロヴィチはいかにも相手をかばうような口調で、言葉尻《ことばじり》を長く引きながら言った。

「この連中に手帳を読んで聞かせたのは、大失敗だったってことが、いまようやくわかりましたよ」イポリートは、まるで親友から忠告でも求めるように、思いがけない信頼の色を浮べてエヴゲーニイ・パーヴロヴィチをながめながら、言った。

「こりゃおかしなことになりましたけれど、しかし……正直のところ、どんな忠告をしたものやら、ぼくにもわかりませんね」エヴゲーニイ・パーヴロヴィチは微笑しながら答えた。

イポリートは眼を放さず、きびしい顔つきで相手をながめながら黙りこくっていた。しばらくのあいだ、まったく意識を失ったのではないかと思われるくらいであった。

「いや、失礼ですが、これはじつにけしからんやり口ですな」レーベジェフが言った。「『誰にも迷惑をかけないように公園で自殺する』なんて言ってたくせに！　階段を三歩ばかり庭へおりたら、もう誰にも迷惑をかけない、とでも思ってるんですかね」

「みなさん……」公爵が言いかけた。

「いや、失礼ですが、公爵さま」レーベジェフはかっとなって食いさがった。「あなたさまもご自分でごらんのとおり、これは決して冗談じゃありません。あなたさまのお客さまの少なくとも半数のかたは、わたしと同意見だと思いますが、ここであんなことを言ってのけたからには、もう自分の名誉にかけても、なんとしても自殺しなければなりませんな。そうなると、わたしはここの主人として、みなさんの証人の前で、正式にあなたのご助力をお願いしたいんですがね」

「どうすればいいんです、レーベジェフ？　私は喜んでお役にたちますよ」

「つまり、こういうことでございますよ。まず第一に、あの男がさきほどわたしどもに自慢したピストルを、付属品もろともにこちらへ引きわたすことですな。引きわたしさえしたら、病気に免じて今晩だけはここへ泊らせることを承知しましょう。ただし、わたしのほうで監視をつけるのはむろんですがね。しかし、あすになったら、なんとしても勝手に、どこへなりと出ていってもらいます。いや、公爵、失礼の段はおゆるしください。もしその武器を引きわたさないというのなら、いますぐあの男の両手を取りおさえます――わたしが片手をおさえ、将軍がもう一方の手をおさえたうえで――さっそく警察へ知らせにやります。そうなれば、この事件はもう警察の調べに移りますからな。フェルディシチェンコ君が友だちのよしみで、ひと走り行ってくれるでしょうよ」

一座は騒々しくなった。レーベジェフはいきりたって、もう常軌を逸していた。フェルディシチェンコは警察へ行こうと支度をしていた。ガーニャは誰も自殺なんかしやしないよとむきになって主張していた。エヴゲーニイ・パーヴロヴィチは黙りこくっていた。

「公爵、あなたはいつか鐘楼からとびおりたことがありますか?」ふいにイポリートがささやいた。

「い、いいえ……」公爵は無邪気に答えた。

「ぼくはみんなからこんなに憎まれることを予想していなかったとお思いですか?」イポリートはぎらぎら眼を輝かせ、ほんとうに相手から答えを待ち受けるかのように、公爵をじっと見つめながら、ふたたびささやいた。

「もうたくさんです!」ふいに彼はみんなにむかって叫んだ。

「ぼくが悪いんです……誰よりもいちばん! レーベジェフさん、ほら、ここに鍵《かぎ》がありますよ(と彼は財布を取りだし、その中から小さな鍵が三つ四つついた鋼《はがね》の輪を抜きだした)。この、しまいから二番目のですよ……なに、コーリャが教えてくれますよ……コーリャ! コーリャはどこにいるんだい?」彼はコーリャをながめていながら、それと気づかないで叫んだ。「なんだ……この子が教えてくれますよ。さっき、ぼくといっしょに鞄《かばん》を片づけたんですから。コーリャ、案内してあげなさい。公爵の書斎のテーブルの下に……ぼくの鞄があるから……この鍵であけるんだよ。下の、ちっちゃな箱の中にピストルと火薬筒がはいっているからね。さっきこの子が自分で片づけたんですから、」レーベジェフさん、この子が教えてくれますよ。しかし、ぼくは明朝早くペテルブルグへ出かけますから、そのときにピストルを返してくださいよ、いいですね？　ぼくは公爵のためにこんなことをするんで、あなたのためじゃありません」

「いや、それでけっこうですとも！」レーベジェフは鍵をつかむと、毒々しい薄笑いを浮べながら、隣の部屋へ駆けだしていった。

コーリャは立ちどまって、何か言いたそうであったが、レーベジェフはさっさと連れていってしまった。

イポリートは笑っている客たちに眼をむけた。公爵は彼の歯がひどい悪寒《おかん》にでも襲われたように、かちかちと鳴っているのに気づいた。

「この連中ときたらそろいもそろって、とんでもないやくざ者ですねえ！」イポリートはものすごく腹をたてながら、ふたたび公爵にささやいた。公爵にものを言うときには、いつもきまってかがみこんでささやくのであった。

「あの人たちのことは放っておきなさい。きみはとても弱っているんですから……」

「いますぐ、いますぐ……いますぐ出ていきますよ」

ふいに彼は公爵を抱きしめた。

「あなたはきっとぼくを気ちがいだとお思いでしょうねえ？」彼は奇妙な笑いを浮べな

がら、じっと相手の顔を見つめた。

「いいえ、だってきみは……」

「いますぐ、いますぐですから、黙っててください。何もおっしゃらないでください。ただじっと立っててください……ぼくはあなたの眼を見たいのです……そのまま立っててください。いま見ますから。ぼくはほんとうの《人間》と別れを告げるんですから」

彼はじっと突ったったまま、蒼《あお》ざめた顔に、こめかみを汗でびっしょりぬらし、まるで逃げられては一大事とでもいわんばかりに、なんだか妙な格好で公爵の手をつかまえながら、身じろぎもせずに、十秒間ばかりじっと無言のまま、公爵の顔を見つめていた。

「イポリート、イポリート、きみはどうしたんです？」公爵は叫んだ。

「いますぐ……もうたくさんです……ぼくは横になります。太陽の健康を祝してほんの一口だけ飲みたいなあ……飲みたいんです、飲みたいんです、放っておいてください！」

彼はすばやくテーブルの上の杯をつかむと、さっと席を離れて、あっという間にテラスの降り口のほうへ近づいていった。公爵はそのあとを追って駆けだそうとしたが、まるでわざとのように、ちょうどその瞬間エヴゲーニイ・パーヴロヴィチが暇《いとま》を告げるために、彼へ手をさしのべたのである。一秒がすぎた。と、いきなりテラスでどっとみんなの叫び声がおこった。つづいて異常な混乱の一瞬が訪れた。

つぎのような事態がおこったのである。テラスの降り口まで来たとき、イポリートは左手に杯を持ったまま、右手を外套《がいとう》の右側のポケットへ突っこんで、足をとめたのである。あとでケルレルが主張したところによると、イポリートはまだ公爵と話していたときから、ずっと右手をポケットへ入れたままで、公爵の肩や襟《えり》をおさえたときも左手だったという。そして、このポケットへ突っこんだままの右手が、まず彼に不審の念を呼びおこしたと、ケルレルは主張した。いや、それはともかく、妙な不安にかられた彼は、イポリートのあとを追って駆けだしたのである。しかし、その彼もやはりまにあわなかった。彼はふいにイポリートの右手に何やらきらりとひらめき、その瞬間、小さな懐中用のピストルがこめかみにぴったり押しあてられたのを見たばかりであった。ケルレルはその手をおさえようと身を躍らせたが、その瞬間イポリートは引き金をひいた。と、鋭いかわいたような撃鉄のかちりという音が響いたが、発射の音は聞えなかった。ケルレルがイポリートを抱きとめたとき、相手はまるで意識を失ったかのように、いや、ひょっとすると、もう死んでしまったとほんとに思ったのかもしれないが、その腕に倒れかかった。ピストルは早くもケルレルの手にあった。みんなはイポリートをおさえて椅子《いす》を据え、その上に腰かけさせた。みんなはそのまわりを取りまいて、大声で質問を浴びせかけた。みんなは撃鉄のかちりという音は聞いたのに、当の本人は生きているどころか、かすり傷ひとつ負っていないからである。当のイポリートは、どういうことになったのか事情がわからず、じっとすわったまま、ぼんやりした眼差《まなざ》しでみんなを見まわしていた。

その瞬間、レーベジェフとコーリャが駆けつけてきた。

「不発だね？」と、周囲の者がたずねた。

「ひょっとすると、装塡《そうてん》してなかったんじゃないか」と臆測《おくそく》をする者もあった。

「いや、装塡してある！」ケルレルがピストルをあらためながら叫んだ。「しかし……」

「不発じゃないのかい？」

「雷管がまるっきりなかったんです」とケルレルが報告した。

つづいておこったあわれな光景は、話にもならないぐらいであった。みんなの最初のおどろきは、とたんに笑い声に変ってしまった。なかにはこの一件に意地の悪い喜びを見いだして、大声に笑いころげる者さえあった。イポリートはヒステリックにしゃくりあげ、自分の手を激しくねじまわし、誰かれの区別なく、フェルディシチェンコにさえとびかかって、両手で相手をおさえながら、雷管を入れ忘れたのだと誓う始末だった。『ついうっかりして忘れたんです、わざとじゃありません。雷管はすっかり、ほらこのとおり、このチョッキのポケットにあるんです、十個も』（と彼はまわりの人にそれを見せた）『はじめから入れておかなかったのは、万一ポケットの中で暴発しては困ると思ったからで、必要なときにはいつでもまにあうと考えていたのに、ついうっかり忘れてしまったのです』とこぼすのだった。彼は公爵やエヴゲーニイ・パーヴロヴィチにとびかかったり、ケルレルに泣きついたりして、ピストルを返してくれと哀願しながら、いますぐにも『廉恥心《れんちしん》が……廉恥心があるってことを』見せてやるんだとか、ぼくは『もう永久に恥辱を受けた！』と叫んだりした。

彼はとうとう実際に意識を失って倒れてしまった。みんなは彼を公爵の書斎へ運んでいった。すっかり酔いがさめてしまったレーベジェフは、さっそく医師を迎えに使いを出し、自分は娘や息子やブルドフスキーや将軍といっしょに、病人の枕《まくら》べにとどまった。気を失ったイポリートが運びだされてしまうと、ケルレルは部屋の真ん中に仁王立ちになって、一語一語はっきり発音しながら、ひどく感激した様子で叫んだ。

「諸君、たとえ諸君のうちの誰であろうとも、もう一度わが輩の面前で、あれはわざと雷管を忘れたんだとか、またはあの不幸な青年は喜劇を演じたにすぎんなどと断言されるようなことがあったら、お相手はわが輩がいたしますぞ」

しかし、誰ひとりとしてそれに答える者はなかった。ついに客たちはどやどやとあわてて散っていった。プチーツィンとガーニャとロゴージンは、連れだって出ていった。

公爵はエヴゲーニイ・パーヴロヴィチが予定を変更して、何も相談せずに帰ろうとするのを見て、ひどくびっくりした。

「さきほどはみんなが帰ってから私に話があるとおっしゃってたじゃありませんか？」

彼はたずねた。

「ええ、そのとおりです」エヴゲーニイ・パーヴロヴィチはいきなり椅子に腰をおろして、公爵をそばにすわらせながら言った。

「ですけれど、わたしはさしあたりその予定を変更してしまいました。じつを言うと、少々まごついてしまいましてね。あなただってやはりそうでしょう？　すっかり考えがこんぐらかってしまったんです。それに、ご相談したかったのは、わたしにとってとても重大なことなんです。いや、あなたにとっても重大なことですがね。じつはねえ、公爵、わたしは一生にせめて一度だけでも公明正大に、つまりその、まったく底意のないことをしてみたいと思ったのですが、こんなときにはどうもとても公明正大なことなんかできそうもありませんからねえ。あなただってやはりそうでしょう……それで、あの……いや、またあとでご相談しましょう。ひょっとすると、三日ばかり待ったら、わたしにとっても、あなたにとっても、事の真相がはっきりしてくるかもしれませんからね。そのあいだに、わたしはペテルブルグへ行っておりますから」

それだけ言うと、彼はまた椅子から立ちあがってしまったので、なんのために腰をかけたのかと、不思議な気がするほどだった。公爵にはエヴゲーニイ・パーヴロヴィチが何か不満で、いらいらしており、さきほどとちがって敵意をこめた眼差しで自分をながめているような気がした。

「ときに、あなたはこれから病人のところへ？」

「ええ……気になりますので」公爵は言った。

「そう気にすることはありませんよ。きっと六週間くらいは生きてるでしょうよ。いや、ここですっかりなおるかもしれませんよ。でもいちばんいいのは、あす追いだしてしまうことですね」

「ひょっとすると、私は知らない間にあの人をあんなことにしてしまったのかもしれません、だって……私はひとことも口をきかなかったんですからね。あの人はきっと私までがあの自殺を疑っていたと思ってるかもしれませんね。どうお考えです、エヴゲーニイ・パーヴルイチ？」

「いやいや、決してそんなことは。まだそんなことを心配しているなんて、あなたもじつにお人好《ひとよ》しですね。よく人はほめてもらいたさに、あるいはほめてくれない面当《つらあ》てに、わざと自殺することがあるって話は聞いたことがありますけれど、実際に見たことは一度もありませんでしたがね。でも、何よりも信じかねるのは、あの人が自分の弱味をすっかりさらけだしたことですね。まあ、いずれにしても、あす追いだしたほうがいいですよ」

「あなたはあの人がもう一度自殺すると思いますか？」

「いや、もうやらんでしょうよ。しかし、ああいうロシア風のラスネール（訳注　パリを騒がせた殺人犯。詩ら人）どもには気をつけたほうがいいですな。くりかえして申しますが、ああいう才能のない、気短かで欲のふかい蛆虫《うじむし》どもにとっては、犯罪が何よりありふれた避難所ですからね」

「あれがラスネールと言えるでしょうか？」

「本質は同じですよ、そりゃ役柄はいろいろとちがってるでしょうが。さきほど、あの人は自分から《弁明》のなかで読みあげていましたが、ただ《慰み》のために十人もの人間を殺すことができるかできないか、まあ、見てごらんなさい。わたしはあんな科白《せりふ》を聞いたので、今晩は眠れそうもありませんよ」

「でも、それはすこし心配しすぎかもしれませんね」

「あなたはじつにおどろくべきおかたですねえ、公爵。あなたは、いま、いまとなってはあの男が十人もの人間を殺しかねないということが、信じられないんですか？」

「そんな質問にご返事をするのは恐ろしいことですね。何もかもえらく奇妙ですけれど、それでも……」

「いや、けっこうです、どうぞご随意に！」エヴゲーニイ・パーヴロヴィチはいらだたしげに言葉を結んだ。「おまけに、あなたはじつに勇気あるおかたなんですからねえ。ただご自分がその十人の数にはいらないように気をつけられることですね」

「しかし、まあ、あの人はきっと誰も殺しゃしませんよ」公爵は物思わしげにエヴゲーニイ・パーヴロヴィチの顔を見つめながら、言った。

こちらは憎々しげに笑いだした。

「では、いずれまた。もう行かなくては！　ところで、あなたはあの男が例の《告白》の写しを一部アグラーヤ・イワーノヴナへ送るようにと遺言したのに、お気づきになりましたか？」

「ええ、気づきましたとも。それで……いまそのことを考えてるんです」

「それそれ、十人殺しというときのためにね……」エヴゲーニイ・パーヴロヴィチはまた笑いだして、出ていってしまった。

一時間ほどたってもう三時をすぎたころ、公爵は公園へおりていった。彼はわが家で眠ろうと試みたが、胸の動悸《どうき》が激しくて眠られなかったのである。もっとも、家の中はすっかり片づいて、かなり落ちついていたのであるが。病人は寝入ってしまったし、来診の医師はこれという危険はないと診断してくれた。レーベジェフとコーリャとブルドフスキーは、交代で看病するために、病人の部屋で横になっていた。そんなわけで、もう心配することは何ひとつなかったのである。

しかし、公爵の不安は刻一刻とつのるばかりであった。彼はぼんやりとあたりを見まわしながら、公園の中をさまよっていたが、停車場前の広場まで来て、人気《ひとけ》のない聴衆席のベンチやオーケストラの譜面台の列が眼に映ると、びっくりして立ちどまった。その場所がなぜかしらとても醜いもののように彼の心を脅やかしたからである。彼はもと来たほうへ引きかえし、昨晩エパンチン家の人びとといっしょに停車場へ行ったときの道を進んで、逢《あ》いびきに指定された緑色のベンチのところまで行き、そこへ腰をおろすと、いきなり大声をあげて笑いだした。が、たちまち、そうした自分自身にたいして、たまらない嫌悪《けんお》の念を感じるのだった。彼のものわびしい気持はなおもつづいていた。彼はどこかへ行ってしまいたかった……だが、どこへ行ったらいいか、自分でもわからなかった。頭上の梢《こずえ》では鳥がさえずっていた。彼は木の葉を透《とお》して、鳥の姿を捜そうとしたが、鳥はふいにぱっと梢を飛びたった。と、その瞬間どういうわけか、例のイポリートの書いた《輝かしい陽光》を浴びた《一匹の蠅《はえ》》のことが、《その蠅すらも自分のいるべき場所をちゃんと心得、この宴《うたげ》のコーラスの一員であるのに、ぼくひとりだけが除《の》け者なのだ》という一節が心に浮んできた。この一節はさきほども彼の心を強く打ったのであるが、いままたそのことが思いだされた。と、とっくの昔に忘れていた一つの思い出が彼の心中をうごめきだして、突然はっきりした姿となって浮びあがってきたのである。

それはスイスでの治療の最初の年、というよりも最初の二、三カ月のことであった。当時は彼もまだまったく白痴同然の状態で、ろくろく話もできなければ、人が何を求めているのやらときにはさっぱり理解できないことさえあった。ある太陽の輝いている晴れた日に、彼は山へ登って、ある悩ましい、とても言葉では表現できない考えをいだいて、長いことあちこち歩きまわったことがあった。眼の前には光り輝く青空がひろがっていた。下のほうには湖があり、四方には果てしも知らぬ明るい無限の地平線がつらなっていた。彼は長いことこの風景に見とれながら、苦しみを味わっていた。彼は自分がこの明るい果てしない空の青にむかって両手をさしのばしながら、さめざめと泣いたことを思いだした。彼を苦しめたのは、これらすべてのものにたいして、自分がなんの縁もゆかりもない他人だという考えであった。ずっと昔から――ほんの子供の時分からいつも自分をひきつけているくせに、どうしてもそれに加わることをゆるさないこの饗宴《きょうえん》は、このいつ果てるとも知れぬ永遠の大祭は、いったいいかなるものであろうか？ 毎朝毎朝これとまったく同じ明るい太陽が昇り、毎朝毎朝滝の上には虹《にじ》がかかり、夕べともなればあの遠い大空の果てにそそり立ついちばん高い雪の峰は、紫色の炎のように燃えたつのだ。《自分のそばで、輝かしい陽光を浴びてうなっている蠅は、どれもこれもこのコーラスの一員で、自分のいるべき場所を心得、その場所を愛し、幸福なのだ》どんな草もすくすくと成長し、幸福なのだ。すべてのものにおのれの進む道があり、すべてのものがおのれの道を心得、歌とともに去り、歌とともにやってくるのだ。それなのに、ただ自分ひとりだけはなんにも知らず、なんにも理解できないのだ、人間も、音響も、わからないのだ。自分はすべてのものに縁のない赤の他人であり、除け者なのだ。

ああ、もちろん、彼は当時こうした疑惑を言葉に言いあらわすことはできなかった。彼は耳も聞えず、口もきけずに、ただ苦しんだのである。しかし、いまの彼には当時の自分がこうした考えを、すっかり同じ言葉で語ったことがあるように思われるのだった。そして、あの《蠅》のことも、イポリートがほかならぬ当時の自分の言葉と涙の中から取ってきたような気がするのだった。彼はたしかにそうだと信じて疑わなかったので、そのためになぜかしら心臓の鼓動が激しくなってくるのだった……

彼はベンチの上で眠りに落ちてしまったが、その不安は夢の中でも相変らずつづいていた。眠りに落ちる直前に、イポリートが人を十人殺すという言葉を思いだして、その想像のばかばかしさに苦笑してしまった。あたりにはこのうえなく快いさわやかな静けさが立ちこめていた。聞えるものとてはただ木の葉がさらさらとふれあう響きだけで、そのためにかえってあたりがいっそうしいんと静まりかえり、もの寂しくなっていくように思われた。彼は非常にたくさんの夢を見た。しかもそれはみんな不安なものばかりで、彼は絶え間なくぶるぶると身を震わせていた。やがてひとりの婦人がそばへ寄ってきた。彼はその婦人を知っていた、悩ましいまでによく知っていた。彼はたちどころにその名前を呼んで、その人だと断言することができた。――ところが、不思議なことに、いまの彼女の顔は、いつも見なれているものとはまるっきりちがうみたいであった。そして、それをあの女《ひと》の顔だと認めるのが、彼には死ぬほどいやであった。その顔には、悔悟と恐怖の色があふれていて、たったいま恐ろしい罪を犯してきたかと思われるほどであった。涙がその蒼《あお》ざめた頬《ほお》に震えていた。その女のひとは彼を片手で招き、そっとあとからついていらっしゃいと知らせるように、指を唇《くちびる》に当ててみせた。彼の心臓は凍《い》てついたようになってしまった。彼はたとえどんなことがあろうとも、この女のひとを罪人などと思いたくなかった。しかし、彼はいますぐ何かしら恐ろしい、自分の生涯を左右するような事件が、おこりそうな気がしてならなかった。どうやら、その女のひとは公園のほど遠からぬところにある何ものかを、彼に見せたいような素ぶりであった。彼はあとについていくつもりで立ちあがった。と、突然、誰やらの明るい生きいきした笑い声が彼のすぐうしろで響きわたった。ふと気づくと、誰かの手が彼の手の上に置かれていた。彼はその手を取って、きつく握りしめたかと思うと、さっと眼がさめた。彼の眼の前にはアグラーヤがたたずんで、声高《こわだか》に笑っていたのである。

8

彼女は笑っていた。が、それと同時に腹をたててもいたのである。

「眠っていらっしゃるのね！　眠っていらしたのね！」彼女はばかにしたようなおどろきの色を浮べて叫んだ。

「ああ、あなたでしたか！」公爵《こうしゃく》はまだはっきりと眼がさめきらないで、相手がわかってびっくりしたようにつぶやいた。「ああ、そうでしたか！　お逢いするはずだったんですね……つい眠ってしまいまして……」

「拝見していましたわ」

「あなたのほかに誰も私を起しませんでしたか？　あなたのほか誰もここにいませんでしたか？　私はここに……別の女の人がいたように思いましたが……」

「ここに別の女の人がいたんですって?!」

ようやく彼ははっきりとわれに返った。

「いや、あれはただ夢を見ただけなんです」彼は物思わしげに言った。「でも変だな、こんなときにあんな夢を見るなんて……さあ、おかけなさい」

彼はアグラーヤの手を取ってベンチにすわらせると、自分もそばにすわりながら、物思いに沈んでしまった。アグラーヤは話をはじめないで、ただじっと相手の顔を見つめていた。彼もやはり相手の顔をながめていたが、どうかすると、眼の前の彼女の姿が眼にはいらないようなふうであった。彼女は顔を赤らめた。

「あっ、そうだ！」公爵はぶるっと身震いした。「イポリートがピストル自殺をやりましたよ！」

「いつ？　お宅で？」彼女はたずねたが、それほどおどろいている様子はなかった。

「だって、ゆうべはまだどうやら生きてたようじゃありませんの？　でも、そんなことがあったのに、よくこんなところで眠られましたわね？」彼女は急に元気づいて叫んだ。

「いや、あの人は死ななかったんですよ、弾丸《たま》が出なかったものですからね」

アグラーヤのたってての願いによって公爵はさっそく昨夜の一件を、詳しく話さなければならなかった。話の途中で、彼女はひっきりなしに彼をせきたてたが、そのくせ、自分ではたえずいろんな質問を、それも本筋に関係のない質問を浴びせて、話の腰をおるのだった。なかでも彼女がいちばん興味をもって聞いたのは、エヴゲーニイ・パーヴロヴィチの言った言葉で、何度も聞きかえしたほどであった。

「いえ、もうたくさんですわ、急がなくちゃなりませんから」すっかり聞き終ってしまうと、彼女はこう結んだ。「あたくしたちはここに八時まで一時間しかいられないんですの。だって、ここに来たことを人に知られないように、八時にはぜひとも家に帰っていなくちゃならないんですの。あたくし、用事があって参りましたのよ。あなたにいろいろとお知らせしたいことがありましてね。でも、いまはあなたのおかげですっかりまごついてしまいましたわ。イポリートのことでしたら、あの人のピストルの弾丸《たま》が出ないのは当り前だと思いますわ。そのほうがずっとあの人に似合ってますもの。でもあなたは、あの人がほんとに自殺するつもりだった、そこにはなんのごまかしもなかったと信じていらっしゃいますの？」

「決してごまかしなんかありませんよ」

「まあ、それはきっとそうでしょうね。それで、ほんとにそう書いてあったんですの――その《告白》をあなたがあたくしに届けるようにって？　なぜ届けてくださらなかったんですの？」

「だって、あの人は死ななかったんですからね。あの人にきいてみますよ」

「ぜひ届けてください、なにもきくことなんかありませんわ。きっとそうしてもらうのがとてもうれしいんでしょうからね。だって、あの人が自殺しようとしたのは、ひょっとすると、あとであたくしにその告白を読んでもらうためかもしれませんもの。どうぞ、あたくしの言葉を笑わないでください、レフ・ニコラエヴィチ、だって大いにありうることなんですもの」

「笑ってなんかいませんよ。なにしろ私自身もいくぶんそんなこともあるかもしれないと信じているんですから」

「お信じになる？　ほんとにあなたもそうお思いになる？」アグラーヤはふいにひどくおどろいてみせた。

彼女は早口にききかえしたり、せかせかとしゃべったりしていたが、どうかすると妙にまごついて、最後まで言いきらないこともしばしばであった。たえず何か知らせようとあせっていた。だいたいにおいて、彼女は異常な不安にかられていて、その眼差《まなざ》しはきわめて大胆で、いどみかかるようなところがあったが、ひょっとすると、いくぶん怖《おじ》気《け》づいていたのかもしれなかった。彼女はきわめて平凡な普段着を着ていたが、それがまたとてもよく似合っていた。彼女はしょっちゅう身震いしながら顔を赤らめてベンチの端にすわっていた。イポリートが自殺したのは、彼女にその《告白》を読んでもらいたいためかもしれぬという公爵の言葉は、ひどく彼女をびっくりさせた。

「そりゃもちろん」公爵は弁明した。「あなたばかりでなく、われわれみんなにほめてもらいたかったんでしょうがね……」

「ほめてもらいたいって、いうのは？」

「つまりその……なんと言ったらいいでしょうねえ？　どうもとても説明しにくいですね。ただあの人はみんなが彼を取りまいて、われわれはきみを愛してもいるし、尊敬もしているから、どうぞ生きていてくれと説得するのを、期待していたにちがいありませんね。それに、あの人が誰よりもいちばんあなたをあてにしていた、ということは大いにありうることですね。なにしろ、あんな瞬間にあなたのことをふいに言いだしたんですからね……もっとも、ことによると、自分ではあなたをあてにしていることを気がつかなかったかもしれませんが」

「そうなると、もうあたくしにはさっぱりわかりませんわ。あてにしていて、しかもあてにしていたことに気づかなかったなんて。でも、わかるような気もしますわ。ねえ、あたくしもまだ十三くらいの娘時代には、三十ぺんくらいも毒をのんで自殺しようと思ったことがありますもの——両親にあてた書置きに何もかもすっかりわけを書きましてね。それで、あたくしが棺の中に横たわっていると、みんながあたくしの上で涙を流しながら、あたくしにひどいことをしたのを後悔しているところなんかを心に描いたものでしたわ……なんだってあなたはまたにやにや笑っているんです」彼女は眉《まゆ》をひそめながら、早口につけ足した。「あなたなんかひとりで空想されるとき、ご自分についてどんなことを考えるか、知れたものじゃありませんわ。きっとご自分が元帥《げんすい》にでもなって、ナポレオンを征伐するところなんかでしょうね」

「ええ、そのとおりですよ、正直のところ、そんなことを考えますよ、ことにうとうと寝入りかけたときなんかはね」公爵は笑いだした。「ただし私はナポレオンじゃないんですが、いつもみんなオーストリア人を征伐するんですよ」

「あたくしはあなたと冗談なんか言いたくありませんわ、レフ・ニコラエヴィチ。イポリートにはあたくしが自分で会うことにしますから、前もってその旨《むね》知らせておいてください。ところで、あなたのやり方は、どうもとてもよくないことだと思いますわ。あなたがいまイポリートをながめていらっしゃるように、人間の魂をながめて批評するなんてことは、とてもぶしつけなことですわ。あなたにはやさしい心づかいというものがありませんのね。ただ真理一点ばりで——そのために、不公平ということになりますわ」

公爵は考えこんでしまった。

「あなたのほうこそ私にたいして不公平なように思えますけれどね」彼は言った。「あの人があんなふうに考えたからといって、べつに悪いことはないように思いますがねえ。だって、みんなそう考えがちなものですからね。それに、ことによると、あの人は全然そんなことを考えてもみなかったかもしれませんよ。ただそうしてもらいたいと感じただけかもしれませんからね。あの人はただこの世の名ごりに人間と出会って、みんなから尊敬と愛情を得たいと望んだのですよ。これはほんとにりっぱな感情じゃありませんか。ただあの場合、それが妙な結果になってしまったんですよ、病気ということもありましょうが、まだ何かほかにも原因があったのです！　それに、何をやってもうまくいく人と、何をやってもどうにもだめな人がいますからねえ……」

「それはきっとご自分のことをおっしゃったんでしょう？」アグラーヤが口をはさんだ。

「ええ、自分のことです」公爵はその問いの皮肉な調子には、すこしも気づかないで答えた。

「でも、いずれにしても、あたくしがあなたの立場だったら、決して眠ったりなんかしなかったでしょうね。どうやら、あなたは何に寄りかかっていても、すぐに眠っておしまいになるのね。それはあなたのとてもいけないところですわ」

「でも、私は一晩じゅう眠らなかったんですよ。そのうえ、さんざん歩きまわって、音楽堂へも行きましたし」

「音楽堂というと？」

「きのう演奏のあったところですよ。それからここへやってきて腰をおろし、いろんなことを考えてるうちに、眠りこんでしまったのです」

「まあ、そうでしたの？　それじゃ、あなたの分《ぶ》がよくなってきますわ……でも、なんだって音楽堂なんかへいらしたんですの？」

「わかりませんね、ただその……」

「いえ、けっこうですわ。いずれあとでまた。あなたはあたくしの話の腰をおってばかりいらっしゃいますのね。あなたが音楽堂へいらっしゃろうと、いらっしゃるまいと、あたくしの知ったことじゃありません。ところで、どんな女のかたの夢をごらんになったんですの？」

「それは……あの……あなたもお会いになったことのある……」

「わかりますわ、ようくわかりましたわ。あなたはとてもあの女《ひと》を……あの女《ひと》のどんな夢をごらんになったの、どんな様子をしておりましたの？　でも、そんなこと、あたくしちっとも知りたくありませんわ」彼女はいきなりいまいましそうに、きっぱりと言った。「あたくしの話の腰をおらないでください……」

彼女は元気をだしていまいましさを払いのけようとでもするかのごとく、しばらくのあいだじっと耐えていた。

「じつは、あなたをお呼びたてしたのは、こういうわけなんですの。あたくしはあなたに親友になっていただきたいんです。まあ、なんだってあなたは急にあたくしをそんな眼でごらんになるんです?」彼女は腹をたてんばかりの勢いで言った。

公爵は、彼女がまたおそろしく顔を赤らめたのに気づいて、自分でもそのとき実際に相手の顔をじっと見つめていたのであった。こんな場合、彼女は顔を赤らめれば赤らめるほど、ますます自分自身に腹をたてるらしかった。それはぎらぎらと輝く両の眼にはっきりあらわれていた。ところが、ふつう一分もたつと、彼女はその腹だたしさを相手のほうへ持っていき、その相手に罪があろうとなかろうとおかまいなく、たちまち喧嘩《けんか》をはじめるのであった。彼女は自分でもこうした慎みのなさと恥ずかしがりな性質を心得ていたので、ふだんはあまり話の仲間入りをせず、二人の姉に比べると口数も少なく、むしろ無口すぎるくらいであった。ぜひとも口をきかなければならないときには、とくにこうした慎重さを必要とする場合には、おそろしく高慢な、まるで何かいどみかかっていくような調子で話しだすのであった。彼女は自分が顔を赤らめかけるか、赤らめそうなときには、前もって予感を覚えるのであった。

「あなたはきっとこのお願いをきいてはくださらないでしょうね?」彼女は相手を見下

すような眼差しで公爵を見つめた。

「いや、どういたしまして。喜んで。でも、そんなことまるっきり必要ないじゃありませんか……つまり、その、あなたがそんなお願いをなさる必要があるなんて、思いもよりませんでしたからね」公爵はどぎまぎしてしまった。

「まあ、それじゃどう思っていらしたの？　いったいなんのためにあなたをここへお呼びたてしたとお思いになって？　いったいどんなことを考えていらしたの？　もっとも、あなたはあたくしのことを、うちの人たちと同じように、かわいいおばかさんだと思っていらっしゃるのかもしれませんわね？」

「みなさんがあなたのことをおばかさんだと思っているなんて、私は知りませんでしたね。私は……私はそう思いませんね」

「お思いにならないんですって？　あなたとしては上出来ですわね。とってもお利口な言い方ですわ」

「いや、私の考えでは、どうかするとあなたのほうこそとってもお利口なことがありますよ」公爵はつづけた。「さっきもだしぬけに、とってもお利口なことをおっしゃったじゃありませんか。私がイポリートのことで臆測《おくそく》していたら、『真理一点ばりで、そのために不公平なことになる』っておっしゃいましたね。私はこの言葉を覚えていて、いろいろ考えてみようと思っています」

アグラーヤはふいにうれしさのあまり、さっと顔を赤らめた。こうした彼女の変化はいつもきわめてあけ放しに、きわめて急激におこるのだった。公爵もすっかり喜んで、相手の顔をながめながら、うれしさのあまり笑いだしたほどであった。

「ねえ、いいですか」彼女はふたたびしゃべりだした。「あたくしは何もかもすっかりあなたにお話ししようと思って、長いこと待っていたんですのよ。ほら、あなたがあちらからお手紙をくださったあのときから、いえ、もっとずっと前からですわ……半分はもうゆうべあたくしからお聞きになりましたわね。あたくしはあなたをいちばん正直で、いちばん正しいかただと思っております。誰よりも正直で正しいかたですわ。ですから、もしあなたのことを頭がすこし……いえ、その、ときどき頭のご病気になるなんて言う人がありましたら、それは大ちがいですわ。あたくしそうときめて、喧嘩までいたしましたわ。なぜって、たとえあなたがほんとうに頭のご病気だとしても（こんなことを申しあげても、あなたはもちろんお怒りになりませんわね。あたくしは一段高い見地から申しあげているんですもの）、そのかわり、いちばん大切な知恵にかけては、世間の人たちの誰よりも、あなたはずっとすぐれていらっしゃるんですもの。いえ、世間の人たちなんか夢にも見たことのないほどすぐれたものなんですからねえ。だって知恵には、大切なものとそれほど大切でないものと、二通りあるんですもの。ねえ、そうでしょう？　そうじゃありません？」

「あるいはそうかもしれませんね」公爵はやっとの思いで言った。彼の胸はおそろしく震えて、高鳴っていた。

「あなたならわかってくださると思ってましたわ」彼女はもったいぶった調子でつづけた。「Щ《シチャー》公爵とエヴゲーニイ・パーヴルイチには、この二通りの知恵のことが、さっぱりわからないんですよ。アレクサンドラもやっぱりそうなんですの。ところが、どうでしょう、ママにはわかりましたの」

「あなたはとてもお母さまに似ていらっしゃいますね」

「まあ、どうしてですの？　ほんとですか？」アグラーヤはびっくりした。

「ええ、ほんとですとも」

「それはありがとうございます」彼女はちょっと考えてから言った。「ママに似ているなんて、とってもうれしゅうございますわ。それじゃ、あなたは母をとても尊敬していらっしゃるんですのね？」この問いの無邪気さにはすこしも気づかずに、彼女はこうつけ足した。

「ええ、とっても。それに、あなたがすぐそれをさとってくださったのが、とてもうれしいですね」

「あたくしもうれしゅうございますわ。なぜって、ときたま母のことを……みんながばかにするのに気がついていましたから。でも、これからが肝心なお話なんですの。あたくしは長いこと考えつづけて、ようやくあなたを選びだしたんですの。あたくしは家でみんなからばかにされるのがいやなんですの。かわいいおばかさん扱いにされるなんて、いやなことですわ。あたくし、いらいらするのはまっぴらですわ……こうしたことはすぐわかりましたから、エヴゲーニイ・パーヴルイチのこともきっぱりお断わりしてしまったんですの。なぜって、みんながあたくしをお嫁にやりたがるのがいやでたまらないんですもの！　あたくしは……あたくしは……あのう、家をとびだしてしまいたいんですの。それを手伝っていただこうと思って、それであなたを選んだんですの」

「家をとびだすんですって？」公爵は叫んだ。

「ええ、ええ、そうですとも、家をとびだしてしまうんです！」彼女は並々ならぬ憤怒《ふんぬ》の情に燃えながら、いきなりこう叫んだ。「あたくしは家の中でしょっちゅう顔を赤らめているのはまっぴらですわ。あたくしはあの人たちの前でも――Ш公爵の前でも、エヴゲーニイ・パーヴルイチの前でも、いえ、誰の前でも、顔を赤らめるのはいやですわ。ですから、あたくしはあなたを選びだしたんですの。あなたになら、あたくしもなんでもすっかりお話ししてしまいたいんです。その気になれば、いちばん肝心なことまでお話ししますわ。ですから、あなたのほうも、あたくしに何ひとつ隠しだてしちゃいけませんわ。あたくしは自分自身に話すようなぐあいに、なんでもお話しできる人が、せめてひとりだけでもほしいんですのよ。みんなは、あたくしがあなたのことを恋して、待ちこがれているなんて、急に言いだしたんですの。あなたがまだこちらへお帰りにならない前のことですけれど。でも、あたくしはあなたの手紙を見せませんでしたわ。ところが、いまじゃみんながそんなことを言ってるんですからね。でも、あたくしは勇気のある女になって、なんにも恐れないようになりたいんですのよ。あの人たちの舞踏会なんかには出歩きたくありませんわ。あたくしは何か人の役にたちたいんですの。それで、もうずっと前から家を出ようと思っていたんです。なにしろ、二十年ものあいだ、あの人たちのところで閉じこめられていたんですもの。そして、年がら年じゅうあたくしをお嫁にやろうとしているんですから。あたくしはもう十四の年に、家出をしようと思ったことがあるんですよ。もっとも、その時分はまだほんのおばかさんでしたけれど。でも、いまはもうすっかり計画をたてましたから、外国のことをおききしようと思って、あなたをお待ちしていましたの。あたくしはゴシック式の寺院なんかまだひとつも見たことがないんですのよ。ローマへ行ってみたいわ。学者たちの書斎も見たいし、パリで勉強もしたいわ。この一年間、ずっと準備のつもりで勉強もしましたわ。たくさんの本も読みました。禁じられている本もすっかり読んでしまいましたわ。アレクサンドラやアデライーダは、どんな本を読んでもかまわないんですけれど、あたくしには全部は読ませてくれないんです。あたくしは監督されてるんですもの。姉たちとは喧嘩したくないんですけれど、父や母にはもうとっくの昔に、あたくしは自分の社会的な位置をすっかり変えてしまいたいって宣言してあるんです。あたくしは教育事業をやってみようと決心して、あなたをあてにしているんですよ。だって、あなたは子供たちが好きだとおっしゃいましたからね。ねえ、あたくしたち、いっしょに、たとえいますぐでなくてもいずれ将来、教育事業に従事することができるでしょうか？　ねえ、いっしょに何か役にたつことをしようじゃありませんか。あたくし、将軍の娘なんかでいたくないんですの……ねえ、あなたはたいへんな学者なんでしょう？」

「いや、まるっきりちがいます」

「まあ、それは残念ですこと。あたくしはそう思ってたんですのよ……なんだってまたそんなふうに考えたんでしょうね？　でも、やっぱりあたくしを指導してくださいますわね。だって、あたくしはあなたを選んだんですもの」

「そりゃ、まずいですね、アグラーヤ・イワーノヴナ」

「あたくしはどうしても、どうしても家をとびだしますわ！」彼女は叫んだ。と、その眼はふたたびぎらぎらと輝きはじめた。「もしあなたが承知してくださらなければ、あたくしガヴリーラ・アルダリオノヴィチのところへお嫁にいきますわ。自分の家で、けがらわしい女だと思われたり、とんでもないことで非難されたりするのは、もうまっぴらですからね」

「あなたは正気なんですか？」公爵はあやうく席からとびあがらんばかりであった。

「なんで非難されるんです、誰が非難するんです？」

「家の人みんなですわ、母も、姉たちも、父も、Щ《シチャー》公爵も、あのけがらわしいコーリャまでが！ たとえ口にだして言わないまでも、心の中ではそう考えているんですよ。あたくしはみんなに面とむかって、ええ、父にも母にも、そう言ってやりましたわ。ママはその日一日じゅう病気になってしまいましたわ。すると、つぎの日に、アレクサンドラと父があたくしにむかって、あたくしがどんなでたらめをしゃべっているか自分でもわかっちゃいないのだ、と言うじゃありませんか。ですから、あたくしその場ですぐ言ってやりましたわ——あたくしもう子供じゃないから、なんだって、どんな言葉だってわかるし、もう二年も前に何もかもすっかり知るために、わざとポール・ド・コックの小説を二つも読んじゃいましたよ、って。ママはそれを聞くと、あやうく気絶するところでしたわ」

公爵の頭にはふと奇妙な考えが浮んだ。彼はアグラーヤの顔をじっと見つめて、にっこり微笑した。

彼には眼の前にすわっているのが、かつてガヴリーラ・アルダリオノヴィチの手紙を高慢な調子で読んで聞かせた、あのお高くとまった娘と同一人物だとは、どうしても信じられなかった。あの不遜《ふそん》な近寄りがたい美人のなかに、どうしてこんな子供が、ひょっとするといまなおすべての言葉はわからないらしい子供が、隠れているのかと、理解に苦しむのだった。

「あなたはいつも家でばかり暮していらっしゃったんですか、アグラーヤ・イワーノヴナ?」彼はたずねた。「つまり、私の言いたいのは、どこか学校へお通いになったことはないんですか。どこか女学校で勉強なさったことはないんですか?」

「どこへも一度も通ったことはございません。まるで壜《びん》の中にいれられて栓《せん》をされたようにいつもずっと家の中にばかり閉じこもっていましたわ。そして、壜の中からまっすぐお嫁にいこうというんですのよ。なんだってまたお笑いになりましたの? どうやら、あなたもまたあたくしをばかにして、あの人たちの肩を持っているようですわね?」彼女は気むずかしそうに眉《まゆ》をしかめてつけくわえた。「どうかあたくしのことをお怒りにならないで。それでなくてさえ、自分がどうなっているのかわからないんですもの……あなたはきっとこのあたくしがあなたに恋して逢《あ》いびきに誘いだしたのだとすっかり信じきって、ここへお見えになったんでしょ、あたくしそう確信しておりますの」彼女はいらだたしそうに言った。

「いや、私はほんとに昨晩そうじゃないかと心配してたんです」公爵は無邪気につぶやいた(彼はすっかり狼狽《ろうばい》していた)。「しかしきょうはてっきりあなたが……」

「なんですって!」アグラーヤは叫んだ。と、その下唇《したくちびる》が急に震えだした。「あたくしがそうじゃないかと心配したんですって……よくもあたくしが……だなんて……まあ、とんでもない！　あなたはきっとこんなことを考えていたんでしょう――あたくしがあなたをここへ呼びだして、網にかけたところを、誰かに見つけられれば、あなたはいやでもあたくしと結婚しなければならなくなる、なんて……」

「アグラーヤ・イワーノヴナ！　よくもまあ恥ずかしくありませんね？　あなたの清らかな罪のない胸に、どうしてそんなけがらわしい考えが浮んだのです？　私は誓って申しあげますが、あなたは自分でおっしゃった言葉を、何ひとつ信じてはおられないんですよ……あなたはご自分で自分が何を言ってるか、おわかりにならないんです！」

アグラーヤはわれながら自分の言った言葉におどろいたかのように、かたくなに眼を伏せたままますわっていた。

「すこしも恥ずかしくなんかありませんわ」彼女はつぶやいた。「どうしてあたくしの胸は汚れがないなんておわかりになるんですの？　じゃ、なぜあのときあたくしに恋文なんかおよこしになりましたの？」

「恋文ですって？　私の手紙が――恋文ですって？　あの手紙はとても敬意のこもったものじゃありませんか。あの手紙は私の生涯で最も苦しかった瞬間に、私の胸から自然にあふれでたものなんですよ！　私はあのとき何か光明でも思いだすように、ふとあなたのことを思いだしたんですから。私は……」

「もう、けっこうです、けっこうですとも」彼女はふいにさえぎったが、その調子はもう前とはまったくちがって、すっかり後悔したような、というよりむしろおびえているような感じだった。そして、相変らず彼の顔をまともに見ないようにしながら、彼のほうへすこし寄りかかったほどであった。そして、どうか怒らないでくれと頼むかのように、彼の肩にさわろうとさえした。「けっこうですよ」彼女はおそろしく恥じいりながらつけくわえた。「あたくし、どうやらとてもばかげた言い方をしたようですわね。あれはその……あなたをためそうとしてやったことなんですの。どうぞ何も言わなかったことにしてくださいね。もしお気を悪くなさったのなら、ゆるしてくださいまし。ねえ、お願いですから、そんなに真正面から顔を見ないでください。横をおむきになってくださいな。あなたはけがらわしい考えだっておっしゃいましたけれど、あれはあなたをちくりと一針ついてじらしてあげようと思って、わざと言ったことなんですのよ。あたくしどうかすると、自分でも恐ろしいようなことが言いたくなって、つい口に出してしまうんですよ。それはそうと、あなたはたったいま、あのお手紙はご自分の生涯でいちばん苦しい瞬間に書いたものだとおっしゃいましたね……あたくしそれがどんな瞬間だか存じておりますわ」彼女はふたたび地面を見つめながら、静かに言い足した。

「ああ、あなたにすっかりおわかりになれたらなあ！」

「あたくしすっかりわかっておりましてよ！」彼女はますます興奮にかられて叫んだ。「あなたは当時あのけがらわしい女といっしょに駆落ちして、まる一月のあいだ一つ部屋で暮しておいでになったんです……」

　彼女はそう言いながら、もうその顔は赤くならず、かえって蒼《あお》ざめてきた。そして、まるでわれを忘れたかのように、ふいに席を立ったが、すぐはっとして腰をおろした。その唇はなおも長いことと震えつづけていた。一分ばかり沈黙がつづいた。公爵はこの思いがけない言葉にすっかり面くらって、いったいどうしたわけか見当もつかなかった。

「あたくしあなたなんかちっとも愛していませんわ」いきなり彼女はたたきつけるように言った。

　公爵は返事をしなかった。二人はまた一分ばかり黙っていた。

「あたくしはガヴリーラ・アルダリオノヴィチを愛しているんです……」彼女は頭を低くうなだれて、やっと聞えるか聞えないくらいの小声で、早口に言った。

「それは嘘《うそ》です」公爵もやはりささやくような声で言った。

「それじゃ、あたくしが嘘をついてることになりますのね？　いえ、ほんとうですとも。おとといこの同じベンチの上であの人に誓いましたわ」

　公爵はびっくりして、一瞬考えこんだ。

「それは嘘です」彼はきっぱりとくりかえした。「そんなことはみんなあなたの作りごとです」

「まあ、ご丁寧なお言葉ですこと！　だって、あの人はすっかりいい人になりましたよ。

あたくしのことを自分の命よりも愛しているんですから。あの人は自分の命よりもあたくしを愛していることを証明するために、あたくしの眼の前で自分の手を焼いて見せてくれましたわ」

「自分の手を焼いたんですって？」

「ええ、自分の手を。ほんとうになさろうとなさるまいと、あたくしにとってはどっちみち同じことですわ」

公爵はまた黙りこんでしまった。アグラーヤの言葉にはふざけたところがなかった。彼女は腹をたてていた。

「それじゃ、なんですか、もしそんなことがここであったとしたら、あの人はここへ蠟《ろう》燭《そく》を持ってきたんですか？　でなければ、とてもそんなことは……」

「ええ、蠟燭をね。何か不審なことでもありますの？」

「まるのままですか、それとも燭台《しょくだい》に立てたのを？」

「ええ、そうですわ……いえ……半分ぐらいの……燃えさしを……いえ、まるのままのですわ——でも、そんなことどうだっていいじゃありませんか、およしなさいな……お望みなら、マッチも持ってきたことにしますわ。蠟燭に火をつけて、まる三十分もその中に指を突っこんでいましたわ。そんなことはありえないかしら？」

「きのうあの人に会いましたけれど、指はなんともなかったですよ」

アグラーヤは急にまるで子供のようにぷっと吹きだしてしまった。

「ねえ、いまあたくしがなんのために嘘をついたかおわかりになって?」彼女はなおも唇に微笑を浮べながら、まったく子供らしい信じきった顔つきで、いきなり公爵のほうをふりむいた。「なぜって、嘘をつくときに、何かしらとても奇抜な、とっぴなことを、つまり、その、なんですわね、とてもぎくっとするような、とてもありえないようなことを、ちょっとうまいぐあいにはさむと、その嘘が、ずっとほんとうらしくなるからですわ! あたくしそれに気がついたんですけど、ただうまくいきませんでしたわねえ。だって、あたくし上手にできないんですもの……」

ふと彼女はわれに返ったように、また眉をしかめた。

「あのときあたくしが」彼女はまじめなというよりむしろ愁《うれ》わしげな顔つきで、公爵をながめながら、しゃべりだした。

「あのときあたくしが『あわれな騎士』をあなたに読んでお聞かせしたのも、せめてあれでもって……あなたのある性質を讃美《さんび》しようと思ってのことでしたの。でも、それと同時に、あなたの言動をあばいて、あたくしが何もかもすっかり知っているってことを、あなたにお知らせしたかったんですの……」

「あなたは私にたいしても……またさきほどあなたが恐ろしい言い方をなさったあの不仕合せな女《ひと》にたいしても、じつに不公平な考えを持っていらっしゃいますね、アグラーヤ」

「だって、あたくしが何もかもすっかり承知してるからですわ、だから、あんな言い方をしたんですのよ！　半年前にあなたがみんなのいる前で、あの女《ひと》に結婚を申しこまれたことも承知しています。いえ、言葉をはさまないでちょうだい、ねえ、あたくしの話は注釈のいらない事実でしょ。そのあとで、あの女《ひと》はロゴージンといっしょに逃げてしまったんですのね。それからあなたはどこかの村だか町だかであの女《ひと》といっしょに暮していたんですね。ところが、あの女《ひと》はあなたをおいて誰かのところへ逃げだしてしまったんですわね（アグラーヤはおそろしく顔を赤らめた）。それからあの女《ひと》はまたまるで……まるで気ちがいみたいに自分を愛してくれるロゴージンのところへ舞い戻ったんですわ。それから今度はまたあなたが、やはりたいへんお利口なあなたが、あの女《ひと》がペテルブルグへ戻ったと聞くとさっそく、そのあとを追って、こちらへ駆けつけてきたということですわね。ゆうべもあの女《ひと》をかばおうとしてとびだしていかれましたし、いまはいまで夢にまでごらんになってるのね……ねえ、あたくしは何もかもすっかり知ってるでしょう。だってあなたはあの女《ひと》のために、あの女《ひと》のためにこちらへおいでになったんですのね？」

「ええ、あの女《ひと》のためです」公爵は物思わしげな沈んだ様子で頭を低く垂《た》れて、アグラーヤがどんなに眼を輝かせながら自分を見つめているかなどとは思いもよらずに、小さな声でそっと答えた。「あの女《ひと》のためですが、ただちょっと知りたいことがあったのです……あの女《ひと》はロゴージンといっしょになっても幸福になれるとは信じられないので……もっとも、一口に言って、あの女《ひと》のためにどんなことをしてやれるか、またどうしたら助けることができるか、私にもわからないんですが、やっぱりやってきてしまったんです」

彼は一つ身震いして、アグラーヤの顔を仰いだ。相手は憎悪《ぞうお》の色を浮べながら、彼の言葉を聞いていた。

「なんのためかわからないくせにいらしたというのなら、つまり、あなたはあの女《ひと》に首ったけということですわね」とうとう彼女は言った。

「いや、ちがいます」公爵は答えた。「すこしも愛してなんかおりません。ああ、あの女《ひと》といっしょに暮していた時分のことを想《おも》いおこすと、どんなにぞっとするか、それがあなたにわかっていただけたら！」

彼がこうした言葉を発したとき、そのからだを戦慄《せんりつ》がさっと流れたほどであった。

「何もかもすっかり話してください」

「この件については、あなたにお話しできないようなことは、何ひとつありません。なぜほかならぬあなたに――あなたひとりだけに、あのことをすっかりお話ししたくなったのか、自分でもわかりません。ひょっとすると、ほんとうにあなたをとても愛していたのかもしれませんね。あの不仕合せな女《ひと》は、自分のことを世界じゅうの誰よりも堕落した、いちばん罪ぶかい人間だと、ふかく信じきっているのです。ああ、どうかあの女《ひと》を辱《はずか》しめないでください。石を投げないでください。あの女《ひと》はいわれなく辱しめられたという自覚のために、あまりにも自分を苦しめているのです。しかも、あの女《ひと》にどんな罪があるというんでしょう。ああ、まったく恐ろしいことです！　あの女《ひと》はひっきりなしに気でも狂ったみたいに、わたしは自分の罪を認めるわけにいかない、わたしは世間の人の犠牲だ、放蕩者《ほうとうもの》や悪党どもの犠牲なのだ、と叫んでいるのです。しかし、口ではどんなことを言おうとも、いいですか、あの女《ひと》は何よりも自分で自分自身を信じていないんですよ、そして口とは反対に、心の底から自分こそ罪ぶかい人間なのだと思いこんでいるのですから。私がその迷いを追いはらってやろうとしたとき、あの女《ひと》はじつに思い悩んで、その苦しみようときたら、あの恐ろしかった時期のことを忘れないかぎり、私の胸の傷はとうてい癒《い》やされそうもないと思われるほどでしたよ。私はこの胸に針をぐさっと刺されたような気がしましたからね。あの女《ひと》が私のところから逃げだしていったのは、なんのためかご存じですか？　ただ、自分が卑《いや》しい女だということを私に証明するためなんですよ。しかも、ここで何よりも恐ろしいのは——あの女《ひと》がそうするのはただ私にそれを証明してみせるためだと自分でも気づかないで、ただなんとなくそういう行為をしでかして、《ほら、おまえはまた新しく卑劣なことをしでかしてしまった、やっぱり、おまえは卑しい売女《ばいた》なんだ!》と自分で自分に言い聞かせるために、なんとしても卑劣な行為をしてみたいと心の底から感じたために逃げだしたという事実なんですよ。ああ、あなたにはきっとこんなことはおわかりにならないでしょうね、アグラーヤ! でもねえ、こうしてたえず自分のあさましさを自覚するのが、あの女《ひと》にとっては何かしらおそろしく不自然な慰みになっているのかもしれないんですよ。ちょうど誰かに復讐《ふくしゅう》でもするような快感が含まれているんですね。ときには私もあの女《ひと》が、自分の周囲に光明を見るようにまで導いてやったのですが、すぐにまたむらむらと腹をたてて、あげくの果ては私が一段お高くとまってすましていると言って、ひどくこの私を非難する始末ですからねえ(いや、私は、そんなことを考えてもみなかったのですがね)。そして、私の結婚申込みにたいしては、わたしは人を見下したような同情も、援助も、あるいは《自分と同じ高さまで引きあげてやろうという親切心》なども決して恵んでもらおうとは思いません、ってはっきり言うんですよ。ゆうべあの女《ひと》をごらんになりましたね、まさかあんな仲間といっしょにいて、幸福になれるとお思いですか? いったいあれがあの女《ひと》のつきあう仲間たちと言えるでしょうか? あなたはご存じありませんが、あの女《ひと》はとても頭がよくて、なんでも理解できるんですよ! ときにはこの私もびっくりさせられることがあるくらいですからねえ!」

「あちらでもやはりこんなお説教をあの女《ひと》になさいましたの?」

「いや、とんでもない」公爵は、その質問の調子にも気づかずに、考えぶかそうに答えた。「私はほとんどいつも黙ってばかりいました。私はよく何かしゃべりたいと思ったんですが、正直のところ、なんと言っていいかわからなかったのです。ねえ、それに、なんにも口をきかないほうがいいような場合もありますからね。ああ、私はあの女《ひと》を愛していました。とても愛していました……でも、あとになって……あとになって……あとになってあの女《ひと》はすっかりさとってしまったのです」

「何をさとってしまったんですの？」

「私はただあの女《ひと》をあわれんでいるだけで、もう……あの女《ひと》を愛してはいないってことをです」

「でも、ひょっとしたらあの女《ひと》は、いつかいっしょに逃げだした……あの地主に、ほんとはほれていたのかもしれないじゃありませんか」

「いや、私は何もかも知っているんです。あの女《ひと》はその男のことを嘲笑《ちょうしょう》していただけなんですから」

「それじゃ、あなたのことは一度も嘲笑したことがないんですの？」

「い、いいえ、意地悪く嘲笑しましたとも。ええ、そうですとも。あの時分は腹だちまぎれに、そりゃひどく私に食ってかかったものですよ――そして自分でも苦しんでいましたよ！　でも……そのあとで……ああ、もうそのことは思いださせないでください、思いださせないでください!」

彼は両手で顔を覆《おお》った。

「ところで、あの女《ひと》がほとんど毎日のようにあたくしに手紙をよこすのをご存じですの?」

「それじゃ、ほんとなんですね!」公爵は不安そうに叫んだ。

「ちらと小耳にはさんだんですが、それでも信じたくなかったのです」

「誰からお聞きになりまして?」アグラーヤはおびえたようにぎくりと身を震わせた。

「ロゴージンがきのう私に言いました。ただそれほどはっきりした言い方じゃありませんでしたけれど」

「きのうですって? きのうの朝ですか? きのうのいつごろですの? 音楽の前、それともあとで?」

「あとです、晩の十一時すぎでしたから」

「ああ、なるほど。ロゴージンなら……それじゃ、その手紙にどんなことが書いてあるかご存じですの?」

「どんなことが書いてあってもおどろきやしませんよ。あの女《ひと》は気ちがいですからね」

「これがその手紙ですわ(アグラーヤはポケットの中から、封筒にはいった三通の手紙を取りだすと、公爵の前へ投げてよこした)。ねえ、このとおりもうまる一週間というものあたくしにあなたのところへお嫁にいくようにって、しつこく頼んだり、おだてたり、そそのかしたりしているんですのよ。あの女《ひと》は……ええ、そう、あの女《ひと》は気ちがいですけれども、利口ですわ、あの女《ひと》のほうがあたくしよりずっと利口だっておっしゃったのは、ほんとうですわ……あの女《ひと》ときたら、わたしはあなたを恋しく思っております、せめて遠くからでもお顔を拝見したいものとその機会をお待ち申しあげております、なんて書いてよこすんですからねえ。それからまた、公爵はあなたを愛していらっしゃいます、自分はそれを知っております、ずっと以前から気づいております、自分はあちらにいる時分、公爵とあなたのことをお噂《うわさ》していました、なんて書いてあるんですの。あの女《ひと》はあなたが幸福になるのを見たいんですって。あなたを幸福にできるのはこのあたくしだけだって、あの女《ひと》はかたく信じているんですよ。あの女《ひと》の手紙ときたら……それはぞんざいで……奇妙なんですの……。あたくしは誰にもこの手紙を見せないで、あなたをお待ちしてたんですのよ。それがどういう意味かおわかりになって？　ちっとも見当がおつきになりません？」

「それは気ちがい沙汰《ざた》ですよ、あの女《ひと》が気ちがいだって証拠ですよ」公爵は言ったが、その唇は震えていた。

「もう泣いていらっしゃるんじゃありません？」

「いいえ、アグラーヤ、泣いてなんかおりませんよ」公爵は相手の顔を見つめた。

「じゃ、あたくしはどうしたらいいでしょう？　何かご意見を聞かせてくださいませんか？　あたくしはもうこんな手紙を受けとるわけにはまいりませんもの」

「いや、あの女《ひと》のことはうっちゃっておおきなさい、お願いです！」公爵は叫んだ。「あんな気ちがいをあなたにどうすることができるでしょう。私はあの女《ひと》がもうこれ以上あなたに手紙なんかよこさないように、全力をつくしますよ」

「もしそんなことをなさったら、あなたは心のない冷たいかたということになりますわね！」アグラーヤは叫んだ。「あの女《ひと》が恋いこがれているのは決してあたくしなんかじゃなくて、あなただってことが、あの女《ひと》はあなたひとりを愛しているってことが、ほんとにおわかりにならないんですの！　あの女《ひと》のことなら何もかもすっかりご存じだというのに。これだけにはお気づきになりませんでしたの？　これがいったいどんなことだか、この手紙がどんな意味をもっているのか、あなたはご存じですの？　これは嫉妬《しっと》ですよ。いいえ、嫉妬以上のものですよ！　あの女《ひと》は……この手紙に書いてあるように、ほんとにあの女《ひと》はロゴージンのところへお嫁にいくとでもお思いですか？　あの女《ひと》はあたくしたちが式を挙げたら最後、その翌日に自殺するに決ってますよ！」

公爵はぎくりと身を震わせた。心臓が凍《い》てつく思いであった。しかし、彼はびっくりしながらもアグラーヤの顔を見つめていた。この小娘がもうとうに一人前の女になっていたことに気づいて、妙な気持がした。

「ねえ、アグラーヤ、誓って言いますが、私はあの女《ひと》が安らぎを取りもどして、幸福になれるものなら、自分の命を投げだしてもいいと思っています。しかし……私はもうあの女《ひと》を愛することはできません。あの女《ひと》もそれを承知しています！」

「それじゃ、ご自分を犠牲になさるがいいわ、それがあなたにお似合いのことじゃありませんか！　だって、あなたはとても偉い慈善家なんですものねえ。それから、あたくしのことを『アグラーヤ』なんて呼びつけにしないでください……さっきもあたくしのことを『アグラーヤ』って呼び捨てにしましたわね……あなたはなんとしてもかならずあの女《ひと》を更生させなくちゃいけませんわ。そして、あの女《ひと》の心をなだめて落ちつかせるためにも、もう一度あの女《ひと》といっしょに駆落ちしなくちゃいけないんですわ。それに、あなただってほんとはあの女《ひと》を愛していらっしゃるんですから！」

「私はそんなふうに自分を犠牲にするわけにはいかないんです。もっとも、一度そうしたいと思ったことはありますけれど……いや、ひょっとしたら、いまでもそうしたいと思っているのかもしれませんがね。しかし、私は自分といっしょになったら、あの女《ひと》の破滅だってことを、たしかに知っているんです。そのために、あの女《ひと》を放っておくんです。私はきょうの七時に、あの女《ひと》と会うはずだったんですが、もうたぶん出かけないでしょう。誇りの高い女《ひと》ですから、私の愛なんか決してゆるしちゃくれませんよ——いや、そんなことになれば、二人とも身を滅ぼしてしまうんですよ！　これは不自然なことですが、この件では何もかもいっさいが不自然ですからねえ。あなたは、あの女《ひと》が私を恋しているとおっしゃいましたが、あれがいったい恋と言えるでしょうか？　私があれほどの仕打ちを受けたからには、とてもあれを恋と言うわけにはいきません！　いいえ、まったく別なものです。決して恋じゃありません！」

「まあ、なんて蒼《あお》いお顔ですこと！」ふいにアグラーヤはびっくりして言った。

「いいえ、なんでもありません。寝不足なので、体が弱ったんでしょう。私は……私たちはほんとにあの時分あなたのことをお噂したんですよ、アグラーヤ……」

「それじゃ、あれはほんとのことなんですのね？　あなたはほんとうにあの女とあたくし、い、い、い、い、い、い、い、い、いしの噂をすることができたんですのね、それなのに、どうしてあたくしのことを愛したりできましたの、だってあのときたった一度あたくしをごらんになったきりじゃありませんか？」

「どうしてだか自分でもわかりません。あのころの私の真っ暗な心の中に、夢のように浮びあがったんです。いや、ひょっとすると、新しい曙《あけぼの》がふとひらめいたのかもしれません。どうしてあなたのことをいちばんはじめに考えたのか、自分でもわかりません。あの手紙に自分でもわからないと書いたのは、ほんとのことなんですよ。何もかもみんな、あのころの恐ろしさから生れた空想にすぎなかったのです……そのあとで、私は仕事に取りかかりました。三年間はこちらへ来ないつもりだったのですが……」

「つまり、あの女《ひと》のためにいらっしゃったんですのね？」アグラーヤの声のなかには、何か震えるようなものが感じられた。

「ええ、あの女《ひと》のためです」

二分ばかりおたがいに暗い表情で沈黙を守っていた。アグラーヤは席を立った。

「もしあなたのおっしゃるように」彼女は弱々しい声でしゃべりだした。「もしあなたがご自分で信じていらっしゃるように、あの……あなたの女が……気ちがいだとすれば、あの女《ひと》の気ちがいじみた空想なんかあたくしになんの関係もありませんからね……ねえ、お願いですから、レフ・ニコラエヴィチ、この三通の手紙を持っていって、あたくしからだと言ってあの女《ひと》にたたきつけてください！　もしそれでもあの女《ひと》が」急にアグラーヤは叫んだ。「もしあの女《ひと》がずうずうしくももう一度あたくしのところへただの一行でも書いてよこしたら、あたくしは父に頼んで、監獄へ入れてもらうからって、そうあの女《ひと》に伝えてください……」

公爵はとびあがって、思いがけないアグラーヤの狂乱ぶりをびっくりしてながめた。と、ふいに眼の前が霧に覆われたような気がした。

「あなたがそんなふうに感じるはずはありません……それは嘘《うそ》です！」彼はつぶやいた。

「いいえ、ほんとうです！　ほんとうですとも！」アグラーヤはほとんどわれを忘れて、叫んだ。

「いったい何がほんとうなの？　何がほんとうなの？」二人のそばで誰かのびっくりした声がひびいた。

　二人の前にはリザヴェータ夫人が立っていた。

「ほんとうというのは、あたくしがガヴリーラ・アルダリオノヴィチのところへお嫁にいくってことですわ！　あたくしがガヴリーラ・アルダリオノヴィチを愛していて、あすにでもいっしょに駆落ちするってことですわ！」アグラーヤは母親に食ってかかった。「おわかりになって？　お母さまの好奇心は満足されまして？　このことに賛成してくださいます？」

　そう言うと、彼女はわが家をさして駆けだしていった。

「いけません、ねえ、あなたはいま帰ってはいけません」リザヴェータ夫人は公爵をひきとめた。「どうかお願いですから、宅へ寄ってわけをきかせてくださいな……まあ、これはなんていう苦しみなんでしょう。それでなくても、夜っぴて眠れなかったんですよ」

　公爵は夫人のあとからついていった。

9

自分の家へはいると、リザヴェータ夫人は、いきなり最初の部屋で足をとめた。もうそれより先へ進むことができずに、すっかり力がぬけてしまったように、枕《まくら》のついたソファの上にぐったりと身を沈めて、公爵《こうしゃく》に席をすすめることさえ忘れていた。そこはかなり広いホールで、真ん中には円いテーブルがおかれ、マントル・ピースのほかに、窓ぎわの棚《たな》には花がたくさんいけてあり、うしろの壁には庭へ通ずるガラスのドアがあった。すぐさまアレクサンドラとアデライーダがはいってきて、けげんそうなもの問いたげな顔つきで公爵と母親をながめた。

令嬢たちは別荘へ来てから、ふつう朝の九時ごろに起きていた。ただ、アグラーヤひとりがこの二、三日、いくぶん早目に起きだして、庭へ散歩に出るようになったが、それでも七時などということはなく、せいぜい八時か、それよりいくらか遅いくらいであった。さまざまな心痛のために、ほんとうに一睡もしなかったリザヴェータ夫人は、もうアグラーヤが起きたころだと思って、わざと庭で娘に会うつもりで、八時ごろに床を離れた。ところが、庭にも寝室にも娘の姿はなかった。そこで夫人はすっかり心配になって、姉娘たちを呼びおこしたのである。女中の口からアグラーヤがもう六時すぎごろせ、あの娘《こ》は姉たちの気まぐれをさせたのだと思っていた。そこで姉たちは気まぐれな妹の新しい気まぐれをせせら笑いながら、母親にむかってアグラーヤを捜しに公園なんかに行ったら、あの娘《こ》はよけい腹をたてるにちがいないと注意した。それからまた、いまごろはきっと本を持って、あの緑色のベンチにすわっているだろう、なぜなら、三日も前に山《シチヤー》公爵があのベンチのあたりの景色には何もとりたてていいところはないと言ったことから、あやうく口喧嘩《くちげんか》になるところだった、と言い添えた。二人の逢《あ》いびきの現場を見つけ、娘の奇妙な言葉を耳にすると、リザヴェータ夫人はいろいろな理由から、すっかり仰天してしまった。しかし、いまこうして公爵をひっぱってきてみると、とうとう事件がもちあがったことを感じて、尻《しり》ごみするのだった。《どうしてアグラーヤが公園の中で公爵に会って話しこんだからといって、悪いことがあろう。たとえそれが前もって約束した逢いびきであっても、それがどうしたというのか？》

「ねえ、公爵」夫人はようやく気を取りなおして言った。「あなたをここへひっぱってきたのは、いろいろおたずねするためだなんてお思いにならないでね……昨晩あんなことがあったので、わたしは当分のあいだ、あなたとはお会いしたくなかったくらいなんですからね……」

夫人はちょっと言葉をつまらせた。

「いや、それにしても、やっぱりどうして私がきょうアグラーヤ・イワーノヴナに会ったのか、おききになりたいんでしょう?」公爵はひどく落ちつきはらって、一気に言ってのけた。

「ええ、そりゃ、ききたいですよ!」リザヴェータ夫人はたちまちかっとなってしまった。「はっきりおっしゃってくださっても、べつにこわくありませんよ。だって、わたしは誰にも恥をかかせたこともなければ、かかせようと思ったこともありませんからね……」

「いや、とんでもない、恥をかかせるなんてことは別にして、お知りになりたいというのが当り前ですよ。あなたは——母親ですもの。私はきのうお招きを受けたので、けさきっかり七時に、あの緑色のベンチのそばでアグラーヤ・イワーノヴナとお会いしたんですよ。あのかたはゆうべお手紙で、ぜひとも私に会って、ある重大な件についてお話がしたいと、連絡されてきたんですよ。私たちはお会いして、まる一時間ものあいだ、当のアグラーヤ・イワーノヴナの一身に関することでご相談したのです。ただそれだけのことですよ」

「もちろん、それだけでしょうとも。それには一点の疑いもありませんわ」リザヴェータ夫人はもったいぶった調子で言った。

「まあ、ごりっぱなこと、公爵!」アグラーヤがふいに部屋へはいってきながら言った。「あたくしのことを、こんなところでは卑劣な嘘なんかつけない女だと認めてくださって、ほんとうに心の底からお礼を申しあげますわ。お母さま、もういいじゃありませんか。それともまだ何かおききになるおつもり？」

「あんたも知ってるように、わたしはこれまでまだ一度だってあんたの前で、顔を赤らめるようなことはありませんでしたよ。もっともあんたは、そうなったほうがうれしかったのかもしれませんがね」リザヴェータ夫人は教えさとすような調子で言った。「では失礼、公爵、お騒がせしてすみませんでしたね。どうかわたしが相変らずあなたのことを尊敬しているものと信じてくださいますように」

公爵はすぐに双方へ頭をさげて、無言のまま出ていってしまった。アレクサンドラとアデライーダはにやりと笑って、何やらこそこそと二人でささやきあっていた。リザヴェータ夫人はきびしい眼つきで二人をにらみつけた。

「あたくしたちはね、ママ」アデライーダが笑いだした。「ただ公爵があんなにすてきなお辞儀をなさったから笑ったのよ。いつもはまるで粉袋みたいな格好をしてるくせに、さっきはいきなり、まるで……まるでエヴゲーニイ・パーヴルイチみたいに……」

「こまかい心づかいや品格を教えてくれるのはその人の心で、決して踊りの先生じゃありませんよ」リザヴェータ夫人は教訓めいたことを言うと、アグラーヤには眼もくれずに、二階の居間へ行ってしまった。

公爵が九時ごろにわが家へ帰ってみると、テラスにヴェーラ・ルキヤーノヴナと女中がすわっていた。二人はいっしょにきのうの大騒ぎのあと片づけをして、床を掃いているところだった。

「まあ、おかげさまで、お帰りまでに片づきましたわ」ヴェーラがうれしそうに言った。「お早う。少々目まいがするんですよ。よく眠れなかったもんだから。ひと眠りしたいな」

「きのうのようにこのテラスで？　よろしゅうございますわ。お起ししないように、みんなに申しつけておきますわ。お父さんはどこかへ出かけていきましたわ」

女中が出ていった。ヴェーラもそのあとを追っていこうとしたが、ふと引きかえしてきて、心配そうに公爵のほうへ近づいてきた。

「公爵、どうかあの……かわいそうな人を不憫《ふびん》に思ってくださいね。あの人をきょう追いださないでくださいね」

「どんなことがあっても追いだしなんかしませんよ。あの人の望むようにしてやりますよ」

「あの人はもうなんにもやりませんわ、ですから……あんまりきびしくあの人にあたらないでね」

「ええ、もちろんですとも。なぜそんなことを？」

「それから……あの人のことを笑わないでくださいね、これがいちばん肝心なことですわ」

「ええ、決してそんなことはしませんよ！」

「あなたみたいなおかたにこんなことをお願いするなんて、あたしもばかですわねえ」ヴェーラは顔を赤らめた。「あなたはお疲れのようですけれど」彼女はもう出ていこうとして、半ば向きを変えながら、急に笑いだした。「でも、いまはとても美しい眼をしていらっしゃいますわ……ほんとに幸福そうな……」

「ほんとに幸福そうですか？」公爵はいきいきした調子でたずねかえすと、さもうれしそうに笑いだした。

しかし、いつもはまるで男の子のように無邪気で遠慮のないヴェーラは、急に何かどぎまぎした様子で、ますます顔を赤らめながら、いつまでも笑いやまずに、急いで部屋を出ていった。

《なんて……かわいい娘だろう》と公爵は思ったが、すぐに彼女のことは忘れてしまった。彼は枕のついたソファと小さなテーブルのおいてあるテラスの片隅《かたすみ》へ行って腰をおろすと、両手で顔を覆《おお》って、十分ばかりそのままじっとしていた。が、ふいにせかせかと心配そうに脇《わき》ポケットへ手を突っこむと、三通の手紙を取りだした。

ところが、またもやドアがあいて、コーリャがはいってきた。公爵は手紙をもとへ戻しながら、そのためにそれを読むのが先へのびたことを喜んでいるふうであった。

「いやあ、たいへんなことでしたね！」コーリャはソファに腰をおろすが早いか、いかにも彼らしく、いきなり本題にはいった。「いまイポリートのことをどう考えていらっしゃいます？　尊敬できませんか？」

「どうしてそんなふうに言うんです……でも、コーリャ、私は疲れてしまいましたよ……それに、またあの話を持ちだすのはあまりに気がめいってしまいますよ……ときに、あの人はどんなぐあいです？」

「眠っていますよ、それにあと二時間ぐらいは眠ってるでしょうね。あなたがお宅でおやすみにならないで、公園を散歩されていたお気持はわかりますよ……もちろん、興奮されるのは、当り前のことですとも！」

「私が公園を散歩していて家で寝なかったのを、どうして知っているんです？」

「ヴェーラがいまそう言ってましたから。ぼくにはいっちゃいけないってとめたんですけれど、どうにも我慢しきれなくなって、ほんのちょっとだけ……ぼくはいままで二時間ほど、ベッドのそばで寝ずの番をしていたんですが、いまコスチャ・レーベジェフと交代してきたところなんです。ブルドフスキーは出かけましたよ。それじゃ、どうぞおやすみなさい。公爵、安らかな夜を……じゃなくて、安らかな昼を、ですね！　いや、とにかく、ぼくはびっくりしてしまいましたよ！」

「そりゃ、そうですとも。何もかも……」

ですよ。何よりも神の摂理と来世を論じたくだりにですよ。あそこにはじつに偉大な思想が含まれていますね」

公爵はやさしくコーリャの顔をながめた。彼はむろん、一刻も早くこの偉大な思想についで話したくてやってきたのであろう。

「しかし、肝心なことは、肝心なことは単に思想のなかにばかりあるんじゃなくて、全体の構成にあるんですよ！　もしあれをヴォルテールや、プルードンが書いたとしたら、ぼくも一読して注目はするでしょうが、あれほどまでに感動しなかったでしょう。しかし、余命わずかに十分と確実に承知している人間があんなことを言ってるんですからねえ――じつにいさぎよいことじゃありませんか！　これこそ自己の品位の最高の自主性を発揮したものじゃありませんか、じつに勇ましいじゃありませんか――いや、じつに偉大な精神力ですよ！　しかも、それにもかかわらず、あの男はわざと雷管を入れなかったのだなんて主張するのは、まったく卑劣なことですよ、不自然なことですよ！　ところが、どうでしょう、あの男は嘘《うそ》をついてゆうべこのぼくをだましたんですからね。ぼくは一度だってあの男といっしょに鞄《かばん》をつめたこともなければ、ピストルを見たこともないんですから。あの男がみんな自分で始末したんです。だからぼくは、ふいをつかれて、面くらっちゃったんですよ。ヴェーラの話では、あなたはあの男をここへ置いてくださるそうですね。絶対にもう危険はありませんよ。それに、ぼくらがいつもそばを離れずについているんですからね」

「きみたちの誰がゆうべあちらにいたんですか？」

「ぼくと、コスチャ・レーベジェフとブルドフスキーです。ケルレルはしばらくいましたが、じきレーベジェフのところへ寝にいきました。なにしろ、あの部屋にはもう横になれる場所がなかったものですから。フェルディシチェンコもやはりレーベジェフのところで寝たのですが、けさ七時に出かけていきました。将軍《おやじ》はいつもレーベジェフのところにいるんですが、いまはやはり出かけています……レーベジェフはたぶんじきにここへやってきますよ。なんの用か知りませんけれど、あなたを捜していましたから。二度もたずねていましたからね。おやすみになるんでしたら、あの人を通したものでしょうか、どうでしょう？ぼくもこれから寝にいきます。あっ、そうでした、ひとつお話ししたいことがあったんですよ。ぼくはさっき将軍《おやじ》にびっくりさせられちゃったんですよ、ブルドフスキーが交代のために六時をすぎたころ、いや、ほとんど六時でしたが、ぼくを起したんですよ。ぼくがちょっと外へ出てみると、将軍《おやじ》にばったり出会ったんです。えらく酔っぱらっていて、ぼくの見わけもつかないくらいなんです。まるで棒みたいにぼくの前に突ったっていましたが、ふと正気づくと、いきなり『病人はどうかね？わしは病人の様子を見にきたんだ』と食ってかかるじゃありませんか。ぼくがあれこれ教えてやると、『いや、それはけっこう。ところで、わしがこうして起きてやってきたのは、前もっておまえに注意しておきたいことがあるからなんだ。これは確かな根拠のあることなんだが、フェルディシチェンコのいる前では、何もべらべらしゃべってはいかんぞ……控え目にしておくんだぞ』って言うじゃありませんか。なんのことだかわかりますか、公爵？」

「ほんとですか？　でも……われわれにとっちゃどっちみち同じことですよ」

「ええ、もちろん、そうですとも。ぼくたちはなにも秘密結社員《マソン》じゃありませんからね！　いや、ですから、ぼくは将軍《おやじ》がこれぐらいのことで、わざわざ夜の夜中にぼくを起しにやってきたのに、かえってびっくりしちゃったんですよ」

「フェルディシチェンコは出かけたって言いましたね？」

「七時でした。ぼくのところへちょっと寄っていきましたから。ぼくが寝ずの番をしていたときですよ！　ヴィルキンのところで、もうひと寝入りするんだとか言ってましたよ――ええ、ヴィルキンという飲んだくれがいるんですよ。さて、もう行きますよ！　あっ、ルキヤン・チモフェーヴィチ（レーベジェフ）がやってきましたよ……公爵はおやすみになりたいそうですから、ルキヤン・チモフェーヴィチ、さあ、帰った、帰った！」

「ほんのちょっとだけ、公爵さま、わたしの眼から見てとても重大な件がございますので」はいってきたレーベジェフは妙に何か含むところありげな声で、しかつめらしく言うと、もったいぶって会釈《えしやく》した。彼はたったいま外出から戻ってきたところで、まだ自分の住まいのほうへも寄らずにいたので、帽子を手に持っていた。その心配そうな顔つきは一種特別な並々ならぬ威厳を帯びていた。公爵は相手に椅子《いす》をすすめた。

「あなたは二度も私のことをたずねたそうですね？　たぶんまだゆうべの一件で、気をもんでいるんでしょうね……」

「あのゆうべの小僧っ子の件でとお考えなんですね、公爵？　いえ、そうじゃございません。きのうはすっかり頭が混乱しておりましたが……きょうはもう何事につけても、あなたのご意見をコントレカリロヴァチするつもりはございませんよ」

「コントカ……なんとおっしゃいました？」

「はい、コントレカリロヴァチと申しましたので。これはフランスの言葉でございますが、ほかのたくさんの言葉と同様、いまではロシア語のなかへはいっておるのでございますよ。しかし、とくにそれにこだわっているわけではございませんがね」

「なんだってきょうはそんなにもったいぶって、とりすましているんです、レーベジェフさん、口をきくにも、一音一音つづるようなしゃべり方をして……」公爵はにやりと笑った。

「ニコライ・アルダリオノヴィチ！」レーベジェフは相手に懇願するような調子で、コーリャにむかって言った。「じつは公爵にある要件をお知らせしようと思いましてね……」

「いや、よくわかっています、ええ、もちろん、ぼくの知ったことじゃありませんよ！　じゃ、いずれまた、公爵！」コーリャはすぐさま出ていった。

「あの子はものわかりがいいから好きですよ」レーベジェフはうしろ姿を見送りながら言った。「なかなか活溌《かっぱつ》な子ですよ、もっとも、少々しつこいですがね……いや、わたしはとんでもない災難に見舞われましてね、公爵さま、ゆうべだったかそれともきょうの明け方か、はっきりした時刻はまだよくわからないんですが」

「いったいどうされたんです？」

「四百ルーブルという金が脇《わき》ポケットから紛失したんですよ。いや、ひどい目にあいましたよ！」レーベジェフは苦笑しながら、つけくわえた。

「四百ルーブルなくされたんですって？　そりゃお気の毒ですね」

「とりわけ汗水垂らして、正直に暮している貧乏人にとりましてはね」

「ええ、もちろん、もちろんですとも。いったいどうしたんです？」

「酒のせいなんですよ。神さまにすがるような気持であなたにご相談にあがったのです、公爵さま、わたしはきのうの五時に、ある債務者から四百ルーブルという金額の銀貨を受けとりましてね、汽車でこちらへ帰ってきたのですがね。いや、財布はポケットへしまっておいたんです。略服をフロックに着がえるとき、金は身につけていたいと思いまして、フロックのほうへ入れ換えておいたんです。じつは前々からある人に頼まれていた……代理人が見えたら手渡そうと考えましてね……」

「それはそうと、ルキヤン・チモフェーヴィチ、あなたが貴金属の類を抵当に金を貸すって、新聞に広告しているというのはほんとうですか？」

「代理人の手を通してやっとります。アドレスの下にもわたしの名前はだしておりませんので。わずかばかりの資金しか持っておりませんし、なにぶんにも家族がふえたものですから。いや、まったく正当な利息だけでして……」

「ああ、そうですか。いや、けっこうです。ちょっと、きいてみただけなんですよ、話の腰を折って失礼しました」

「その代理人はやってきませんでした。そうこうしているうちに、例のかわいそうな人が連れられてきました。ちょうど食事のあとでしたので、わたしはもう一杯機嫌《きげん》でおりました。そこへあのお客さんたちが見えてお茶を……飲んだんですな。で、わたしは身の破滅も知らずに、羽目をはずしてしまったのです。もうだいぶおそくなってから例のケルレルがやってきて、あなたさまの誕生日のことやら、シャンパンを出すようにというお指図のことなど申しますので、わたしはつい感激いたしまして（このことはあなたもお認めくださいますでしょうな、なにしろそれだけのことはいたしておりますので）、もっとも感傷的なものじゃなくて、高潔なものでして、わたしはそれを誇りにしておりますので――わたしはお出迎えをいっそううやうやしいものにするためと、また親しくお祝いを申しあげる心構えのために、ちょうど着ておりましたぼろの普段着を、帰宅したときに脱ぎ捨てたばかりの略服に着がえようと思いたちましてね、さっそくそうしたのでございますよ。わたしが一晩じゅう略服を着ていたことは、たぶん、公爵、お気づきでしょうな。ところで、服を着がえるときに、財布をフロックのほうへ忘れたのでございます……神さまが罰《ばち》を当てようとお思いなさるときには、まず第一に分別をお取りあげになるというのは、ほんとうでございますな。で、やっとけさの七時半ごろ眼をさましたとき、はっとして気ちがいのようにとびあがって、何よりさきにフロックに手をかけてみたところ――ポケットはすっからかん！　財布なんか影も形も見えないんでございますよ！」

「ああ、それは不愉快なことですねえ！」

「まったく不愉快ですとも。いや、あなたもじつにうってつけの言葉をすばやく発見なさいましたな」レーベジェフはいくぶん小ずるそうにつけくわえた。

「なんですって、しかし……」公爵はふと考えこんで、気がかりそうに言った。「だって、これはまじめな話じゃないですか」

「いや、まったくまじめな話でして――もう一つ含みのある言葉を発見なさいましたな……」

「ああ、もうたくさんですよ、ルキヤン・チモフェーヴィチ、いったいここでなんの発見があるんです？　大切なのは言葉じゃありませんよ……あなたは酔っぱらったときにポケットから落ちたとは考えられませんか？」

「考えられますな。あなたが誠意をこめておっしゃったとおり、酔っぱらったときにはどんなことでもおこるものですからな、公爵さま！　しかしですな、よく考えてくださいまし。もしフロックを着がえるとき、ポケットから落したものなら、落ちた品はその床《ゆか》の上にころがっているはずじゃありませんか。いったい、その品はどこにあるんでしょうな？」

「どこか箱の中かテーブルの引出しへでも入れたんじゃないんですか？」

「すっかり捜してみたんでございますよ、どこもかしこもひっくりかえしましてね。それに、どこへもしまわなかったことも、どの箱もあけなかったことも、はっきり覚えているんですからねえ」

「戸棚《とだな》の中は見たんですか？」

「第一番に見ましたとも。いや、きょうになってからも、もう何べんも見たんでございますよ……それに、戸棚の中へなんか入れるはずがないんですよ、ねえ公爵さま？」

「正直言って、私も気になりますね、レーベジェフ、そうなると、誰かが床の上から拾ったというわけですね？」

「それとも、ポケットから盗みだしたんですな！　二つに一つでございますよ」

「いや、じつに気になりますね。だって、それじゃいったい誰が……それが問題ですね！」

「いや、たしかに、それがいちばん肝心な問題ですな。いや、まったくあなたは言葉や考えをおどろくほど正確に発見されて、はっきり状況をお決めになりますなあ」

「いや、ルキヤン・チモフェーヴィチ、冗談はやめにしてください。こんなことは……」

「冗談ですって！」レーベジェフは両手を拍《う》って叫んだ。

「いや、まあ、まあ、けっこうですよ。私は何もおこっているんじゃありません。これは問題がまるで別ですよ……私が気がかりなのは人の問題ですよ。あなたは誰を疑っているんです？」

「これはとてもむずかしくて……とてもこみいった問題ですな！　女中を疑うわけにはまいりません。あれは台所にすわっておりましたからね。自分の子供たちもやはり……」

「当り前ですよ！」

「そうなると、お客のなかの誰かということになりますな」

「でも、そんなことがありうるでしょうか？」

「いや、まったく絶対にありえないことですな。しかし、どうしてもそういうことになりますので。もしそうだとしても、いや、たしかに盗まれたといたしましても、それは大勢集まっていたゆうべのことではなくて、もう夜中か明け方になってここへ泊った人の誰かがやったものと考えなくちゃなりませんな」

「ああ、なんということでしょう！」

「ブルドフスキーとニコライ・アルダリオノヴィチ(コーリャ)は当然除外いたしますよ。あの二人はわたしの部屋をのぞきもしなかったんですから」

「当り前ですよ、たとえはいったにしてもですよ！　お宅のほうへ泊ったのは誰でした？」

「わたしを入れて四人の者が、隣合せの部屋でやすみました。わたしと、将軍と、ケルレルと、フェルディシチェンコです。つまり、われわれ四人のうちのひとりということになりますな」

「いや、三人のうちひとりでしょう。それにしても、いったい誰でしょうね？」

「わたしは公平と順序を重んじて、自分のことも勘定に入れたんでございますよ。しかし、公爵、ご異存ないことと思いますが、わたしが自分のものを盗むなんてことはできませんからねえ。もっとも、世間ではそんなこともあるようですがね……」

「ええ、レーベジェフ、じれったいですね！」公爵はたまりかねて叫んだ。「早く本題にはいってください、何をだらだら引きのばしているんです！……」

「そうなると、残るのは三人ということですな。まず第一に、ケルレル氏は住所不定の酔っぱらいで、ときとしては自由主義者、といっても財布の点に限ってのことでございますがね。その他の点では自由主義的というよりも古武士的な傾向を持っておられますな。はじめはここの病人の部屋に寝ていたんですが、床《ゆか》の上へじかに寝るのはつらいと言って、もう夜中になってから、わたしどものほうへ移ってこられました」

「あの人を疑っているんですか？」

「疑ったわけでございますよ。わたしは朝の七時すぎに、まるで気ちがいのようになってとびおきて、額に手を当てたとき、すぐさまのんびりと夢を見ていた将軍をたたきおこしたんですよ。フェルディシチェンコが奇妙に姿を消したのを頭に入れておいて、それだけでも、疑いをひきおこすのに十分でしたからね、わたしども二人はまず、まるで……まるで釘《くぎ》かなんぞのように横になっていたケルレルのからだを調べることに決めたのでございます。すっかり捜してみたんですが、ポケットには一サンチームの金すらないのでございますよ。おまけに、一つとして穴のあいてないポケットはないという始末でしてね。ただ青い格子縞《こうしじま》の木綿のハンカチがありましたが、これまたたいへんな代物《しろもの》でしてね。そのほかには、いま一つどこかの小間使から来た恋文がありましたが、それには金をせびりながら、なんだか妙な脅《おど》し文句が書いてありましたよ。それから、例の三面記事の切抜きがありましたがね。将軍は無罪と判定しました。なお念のためもっとよく調べるために、本人を起しました。むりやりにたたきおこしたんですが、なんのことやらろくろく合点《がてん》がいかないらしく、口をぽかんとあけたまま、その酔っぱらった顔の表情ときたら、間が抜けて罪がなくて、まるっきりばかげていましたよ——あの男じゃありませんな！」

「ああ、そりゃよかった！」公爵はうれしそうに溜息《ためいき》をついた。「私はあの人じゃないかと心配していたんですよ！」

「心配していらした？　そうすると、もう何か拠《よ》りどころがあったというわけですな？」レーベジェフは眼を細めた。

「いや、ちがいますよ、私はただ」公爵は口ごもった。「心配していたなんて、とんでもないばかげた言い方をしたもんですね。お願いですから、レーベジェフ、誰にも言わないでください……」

「公爵、公爵！　あなたのお言葉はこのわたしの胸の中にちゃんとしまっておきますとも……胸の奥ふかくに！　ここは墓の中も同然でございますよ！……」レーベジェフは帽子を胸に押しつけながら、感激した調子で言った。

「けっこうです、けっこうですとも！……そこで今度は、フェルディシチェンコですね？　いや、つまりその、フェルディシチェンコを疑っているんですね、というつもりだったんですが」

「ほかに誰がおりましょう?」レーベジェフはじっと公爵の顔を見つめながら、低い声で言った。

「ええ、むろんそうですね……ほかに誰が……いや、その……つまり、何か証拠があるんですか?」

「証拠はあるんでございますよ。まず第一に、七時に、いや、あるいはそれより早く六時すぎには姿を消してしまったんですから」

「知っています、さきほどコーリャが言ってましたから。あの人はコーリャのところへ寄って、誰だったか……名前を忘れましたが、友だちのところへ、もうひと寝入りしにいく、と言ったそうですからね」

「ヴィルキンのところでございますよ。それじゃ、ニコライ・アルダリオノヴィチがもう話されたのでございますな?」

「でも、盗難のことは何も言いませんでしたよ」

「あの子は知らないんですよ。と申しますのは、いまのところこの件は秘密にしておくつもりなんでして。そこで、ヴィルキンのところへ出かけていく、というのにもなにも不思議はないように思われますな。酔っぱらいが、自分と同じような酔っぱらいのところへ出かけていくんですからね。もっとも、それが夜明け前で、これという用件もないわけですがね……ところが、じつはその点に怪しいふしがあるのでございますよ。あの男は出がけに行く先を言っておるんですな……ねえ、公爵、この点をとくにご注意ねがいたいんですよ。いったいなんのためにあの男は行く先を教えたんでしょうな？……なぜわざわざまわり路《みち》までして、ニコライ・アルダリオノヴィチの部屋へ寄って、『ヴィルキンのところへひと寝入りしに出かける』なんて言ったんでしょうな？　たとえヴィルキンのところだろうと、どこだろうと、あんな男の行く先には、誰も関心なんかありゃしませんよ。なんのために教えたんでしょうな？　いや、ここが微妙な点でしてね、盗人《ぬすっと》の微妙な心理ですよ！　これはつまり『おれはなにも自分の行く先を隠さないんだから、泥棒だなんて言われるはずはないさ。自分の行く先を知らせるような泥棒があるものか？』というわけですな。つまり、嫌疑《けんぎ》を避けて、砂の上の足跡を消すための、余計な心配というものですよ……わたしの言うことがおわかりになりましたか、公爵さま？」

「わかりました、とてもよくわかりました、でも、それだけじゃ不十分でしょう？」

「第二の証拠はですな、その足跡が嘘《うそ》っぱちで、言い残していった行く先がほんとうではなかったということでございますよ。一時間ばかりたって八時ごろに、わたしはもうヴィルキンの家のドアをたたいていました。ついそこの五番町で、わたしとも知合いの仲ですからね。ところが、フェルディシチェンコなんか影も見えないんでございますよ。

もっともまるっきりつんぼの女中をつかまえて、やっとのこと聞きだしたところによりますと、一時間ばかり前にほんとうに誰かが扉《とびら》をたたくにはたたいた、しかもかなり強くたたいたので、呼鈴《よびりん》がこわれたほどだが、女中はヴィルキン氏を起したくなかったので、扉をあけなかったそうですよ。もっとも、当の本人が起きたくなかったのかもしれませんがね。よくあることでございますから」

「それであなたの証拠は全部ですか？　それじゃまだ不十分ですね」

「公爵、それじゃいったい誰を疑ったらいいんでしょうな。よくお考えになってください！」レーベジェフは感じいったような様子で結んだが、その薄笑いのなかには何やらずるそうな色が浮んでいた。

「もう一度よく部屋の中や引出しの中を調べてみたらどうです！」公爵はややしばらく考えてから、心配そうに言った。

「もうよく調べてみたんでございますよ！」レーベジェフはなおいっそう懇願するような調子で、溜息をついてみせた。

「ふむ！……でも、なんのために、なんのためにあなたはフロックに着がえる必要があったんです？」公爵は残念そうにテーブルをたたきながら叫んだ。

「こりゃ何か昔の喜劇にでもあるようなおたずねですな。でも、公爵さま、あなたはわたしの災難をあまりに身にしみて同情してくださいますね！　わたしにはそんな値打ちはございませんよ。いえ、つまりその、わたしひとりにはそれだけの価値がございませんので。ところが、あなたは犯人のために……あのろくでなしのフェルディシチェンコ氏のためを心配して、苦しんでおいでになるんですね？……」

「ええ、そうです、そうですとも。あなたのおかげで、私はほんとに心配させられましたよ」公爵は気もそぞろに不満そうにさえぎった。「それで、いったいどうしようというおつもりなんです？　かりにそれがフェルディシチェンコにちがいないと、あなたが信じておられるならばですね？」

「公爵、公爵さま、ほかに誰がおりましょう？」レーベジェフはますます感じいりながら、身をくねらして言った。「さしあたりこれと疑いをかける人がいないのは、言ってみれば、フェルディシチェンコ氏以外の人を疑うのが、まったく不可能であるということは、これまたフェルディシチェンコ氏に不利な有力な証拠と申せましょう。つまり、第三の証拠というわけですな！　なにしろ、しつこいようですが、ほかに誰がおります？　まさかブルドフスキー氏を疑うわけにはいかないじゃありませんか、へ、へ、へ！」

「いやはや、まったくばかげたことですね！」

「まさか将軍でもありますまい、へ、へ、へ！」

「なんて乱暴な！」公爵はたまりかねて、その場で身をよじるようにしながら、ほとんど腹だたしげな調子で言った。

「何が乱暴なもんですか？　へ、へ、へ！　いや、あの人、つまり、将軍には、笑わせられましたよ！　さきほどわたしはあの人といっしょに、ヴィルキンのところへ生々しい跡を追ってまいりますと……ここでちょっとお断わりしておきますが、わたしが盗難を知って、いのいちばんにあの人をたたきおこしたとき、あの人はわたしよりもずっとびっくりして、顔色が変ったくらいでしたよ。赤くなったり、蒼《あお》くなったりしていましたが、とうとうわたしが思いもかけないくらい、いきなりものすごく憤慨したんでございますよ。じつになんとも高潔な人物ですな！　もっとも、しょっちゅう嘘ばかりつくという欠点はございますが、見上げた心もちの人物ですよ。しかも、あまり物事をふかく考えない人ですから、罪のない気質ですっかり人を信用させるところがありますな。前にも申しあげましたが、公爵さま、わたしはあの人に好意ばかりでなく、愛情さえ感じておるのでございますよ。さて、将軍はいきなり往来の真ん中に立ちどまると、フロックをさっとひろげて、胸をあけて見せるじゃありませんか。『さあ、わしを調べてくれ、きみはケルレルを調べたのに、わしを調べんという法はない！　公平ということからも、それが当然だ！』と言うんですな。そういうご当人は手足がぶるぶる震えていて、真っ蒼な顔をして、いや、その格好のものすごいことといったら。わたしは大声で笑って、こう言ってやりましたよ。『いいですか、将軍、もし誰かほかの男があんたのことをそう言ったら、わたしはその場でこの手で自分の首をもぎとって、それを大きな皿の上へのせて、そんな嫌疑をかけているやつらの眼の前へ自分で持っていって、《おい、この首を見てくれ。これこのとおり、わたしは自分の首であの人の潔白を保証しますよ。いや、首ばかりじゃない、火の中へだってとびこみますよ》ってね。いや、こんなにまでして、あんたの潔白を保証する覚悟なんですよ』と、言ってやりました。するとあの人はいきなりとびかかって、わたしを抱きしめましてね——これもやはり往来の真ん中なんですからね——涙をはらはらと流して身を震わせながら、このわたしをぐっとその胸に抱きしめましてね、わたしはあやうく咳《せ》きこむところでしたよ。『きみこそこの逆境の身にあるわたしの唯一《ゆいいつ》の親友だ！』と言うじゃありませんか。いや、感じやすい人物ですな！　ところでさっそく、もちろん、例のお得意のアネクドートをついでに披露《ひろう》しましたよ。それはなんでもまだ若い時分に、やはり一度五万ルーブル紛失の嫌疑をかけられたことがあったそうですが、しかし、そのつぎの日、さっそく火事で燃えている建物の炎の中へとびこんで、自分に嫌疑をかけた伯爵と、当時まだ嫁入り前だったニーナ・アレクサンドロヴナの二人を火の中から救いだしたんだそうです。すると、伯爵はいきなりあの人を抱きしめて、そこですぐさまニーナ・アレクサンドロヴナとの結婚が成立したんだそうですよ。ところが翌日になって、紛失した金のはいった小箱が、焼け跡から見つかったんですな。それは鉄製の英国式の小箱で、秘密錠がかかっていたそうですが、どうした拍子か床下へ落ちたのに、誰も気づかずにいて、やっと火事騒ぎで見つかったというわけなんですね。なに、真《ま》っ赤《か》な嘘《うそ》ですとも。それでも、ニーナ・アレクサンドロヴナのことを言いだしたときには、しくしく泣きだす始末でしたよ。ニーナ・アレクサンドロヴナはじつにごりっぱな奥さまでございますね。もっとも、このわたしにたいしては、腹をたてておいでになりますけれど」

「知合いじゃないんですか？」

「まあ、ないと言ってもいいくらいですな。しかし、心の底から、お近づきになりたいと思っております。せめてあのかたの前で、身の証《あかし》をたてたいと存じましてね。ニーナ・アレクサンドロヴナはわたしがご主人をそそのかして酒飲みにしているように、思っていらっしゃるんですから。ところが、わたしはそそのかすどころじゃない、どちらかといえば、なだめているくらいですからねえ。ことによったら、わたしはあの人を道楽仲間から、遠ざけてあげているのかもしれませんよ。おまけに、あの人はわたしにとっては親友ですからね。正直のところ、わたしもうあの人を決して見殺しにはいたしませんよ。つまり、あの人の行くところへはわたしもついていく、というぐあいでしてね。なにしろ、あの人をとらえておくには相手を感激させるよりほかに手がありませんからな。最近はもうあの大尉《たいい》夫人のところへも、ちっとも出かけないくらいですからね。もっとも心の中では、行きたくてうずうずしているようですがね。どうかすると、あの女のことを想《おも》って、うなりだすことさえあるんですから。とりわけ毎朝、床を出て、長靴をはくときがいちばん激しいようですな。わたしもなぜだか知りませんが、その時刻に限るようですな。お金は持っておりません、それが弱味でして。お金がなくちゃ、あの女のところへ出かけるわけにいきませんからな。公爵さま、あなたにお金の無心をいたしませんでしたか？」

「いいえ、いたしませんよ」

「恥ずかしいのですよ。借りたいのは山々なんですがね。わたしにも、公爵に頼みたいなんて白状してましたからね。しかし、恥ずかしがりやなんですな。つい先日あなたからお借りしたばかりですし、それにもう貸してくださるまいと思っているんですよ。親友としてわたしにそう打ちあけましたからね」

「あなたはあの人にお金を貸してやらないんですか？」

「公爵、公爵さま、お金どころか、あの人のためなら命だって……いや、こんな大げさなことは申しますまい――命とは申しませんが、かりに熱病でも、腫《は》れものでも、いや、咳《せき》でも、いざというときには、かならずわが身に引きうける覚悟でございますよ。なにしろ、あの人を偉大ではあるが、もう滅び去った人物だと思っておりますので。こういうわけでして、決してお金だけじゃございません！」

「というと、お金を貸してやるんですね？」

「いいえ、お金を貸してやったことはございません。あの人もわたしが貸してやらないことを、ちゃんと自分でも承知しています。しかしそれも、あの人が品行を慎んで立ちなおるようにと、思ってのことでございますよ。今度もわたしのペテルブルグ行きについていくことになりましたよ。じつは、フェルディシチェンコ氏ののっぴきならぬ証拠を取りおさえるために、わたしはペテルブルグへ行こうとしているのですがね。なにしろ、あの男がもうあちらへ行っているのは、確かなことですからね。わが将軍ときたらもういきりたっておりますが、ペテルブルグへ行ったら、わたしを出し抜いて、例の大尉夫人をたずねるのではないかと、心配しておりますよ。白状しますが、わたしはわざとあの人を解放してやろうかとさえ思っております。いや、事実、ペテルブルグへ着いたらすぐ、フェルディシチェンコ氏をつかまえるのに都合がいいように、てんでに別れようと約束したわけでしてね。いや、こうして、まずあの人を解放しておいて、今度はいきなり寝耳に水で、大尉夫人のところで現場をおさえてやろう、と思っておりますよ――これはつまり、家庭をもつ人間として、いや、一般普通の人間として、恥を知らせてやろうというわけですよ」

「ただ騒動だけはおこさないでください、レーベジェフ。お願いですから、騒動だけはおこさないでくださいよ」公爵はひどく不安そうに小声で言った。

「いや、決して、いたしませんとも。ただあの人を辱《はずか》しめて、どんな顔をするか見てやりたいんですよ。――なにしろ、公爵、顔つきでいろんなことがわかりますからねえ、ことに、ああいう人はなおさらですよ。ねえ、公爵！　わたし自身の災難もたいへんなものですが、いまでもやはりあの人のことを、あの人の品行を正すことを、わたしは考えずにはおられないんですよ。じつは、公爵さま、ひとつたいへんなお願いがござりますので。正直のところ、じつはそのためにお邪魔にあがりましたので。あなたはあその家ともうお知合いで、あの家でいっしょに暮したことさえおありですからね、もしほかならぬ将軍のために、あの人の幸福のために、このわたしに手をかしてやろうと決心してくださいましたらと思いまして……」

レーベジェフはお祈りでもするように、手まで合わせて見せた。

「いったいなんのことです？　手をかすってどうするんです？　いや、まったくのところ、私はあなたのおっしゃることをはっきり理解したいんですがね、レーベジェフ……」

「いや、そう信じておればこそ、お邪魔にあがったのでございますよ！　ニーナ夫人のお手を借りましたら、きき目があるだろうと思いましてね。閣下の言動をその家庭のふところの中で観察、いや、つまり、監視していたらと思いましてね、不幸にして、わたしは夫人と知合いでございませんので……それに、いわゆる満腔《まんこう》の情熱をかたむけてあなたを尊敬しているニコライ・アルダリオノヴィチも、この場合、何かと役にたつだろうと思いましてね……」

「い、いけません……ニーナ夫人をこんな事件へまきこむなんて……とんでもないことですよ！　それにコーリャだって……もっとも、私はまだあなたのおっしゃることが、よくわかっていないのかもしれませんね」

「なに、わかるもわからないもありません！」レーベジェフは、椅子《いす》からとびあがらんばかりであった。

「ただただ感じやすい情けとやさしさ、これがあの病人にたいする薬のすべてですよ。公爵、あなたはあの人を病人と見なすことをゆるしてくださいますね？」

「いや、それはあなたの情のこまやかさと知性を証明するものだと言ってもいいでしょうね」

「事情をいっそうはっきりさせるために、ひとつ毎日の暮しぶりから取ってきた実例を引いてお話し申しあげましょう。よろしいですか、将軍はこういう男なんでございますよ。あの人にはいま、お金を持たずにたずねていくことのできない大尉夫人という弱点があります。わたしはきょうあの人をこの夫人の家で取りおさえようと思っているのですが、もっとも、それはただあの人の幸福のためにやることですがね。しかし、かりに大尉夫人ばかりでなく、あの人がほんとうの犯罪を、いや、その、何かとても破廉恥《はれんち》なことをしでかしたといたしましたら（もっとも、あの人にはそんなことはできっこありませんがね）、その場合でもやはり、わたしは断言いたしますが、上品にいわゆるやさしさをもってすれば、あの人をあやつっていけるのですよ。なにしろ、とても情にもろい男ですからな！　とても五日と辛抱できないので、泣きながら自分から口を開いて、何もかもすっかり白状してしまうにちがいありません――とりわけ家族のかたやあなたの助けを借りて、いわゆるあの人の一挙一動を監視するように、巧みにしかも上品にやりましたならば、なおさらのことでございますよ……ああ、ご親切な公爵さま！」レーベジェフはまるで何か感激したように、急にとびあがった。「わたしはなにもあの人が間違いなく……なにしたなどと言ってるのではありません。わたしはあの人のためならいますぐにでも、その、なんなら、体じゅうの血をすっかり流してもいいとさえ思っているわけでしてね。しかしですな、不節制と、酒と、大尉夫人と、こう三拍子そろったら、実際、どんなことをしでかすか、わかったものじゃありませんからな」

「そういう目的でしたら、私はもちろんいつでも手をかしますよ」公爵は立ちあがりながら言った。「ただ正直のところ、レーベジェフ、私はひどく心配でたまらないんですよ。ねえ、あなたはやはりまだ……いや、要するにフェルディシチェンコ氏を疑っていると、ご自分でおっしゃいましたね」

「ええ、ほかに誰を、ほかに誰を疑えばいいのです。公爵さま？」レーベジェフは感じいったように微笑を浮べながら、しおらしく両手を合わせた。

公爵は眉《まゆ》をひそめて席を立った。

「ねえ、ルキヤン・チモフェーヴィチ、ここに一つ恐ろしい間違いがあるんですよ。あのフェルディシチェンコですがね……私はあの人のことを悪く言いたくはないんですが……しかしあのフェルディシチェンコは……つまりその、なんですね、ことによったら、彼の仕業《しわざ》かもしれませんよ！　つまり、私の言いたいのは、ひょっとすると、あの人は実際にほかの誰よりも、いちばんそれをやりかねないってことなんですよ」

レーベジェフは眼を見はって、耳をそばだてた。

「じつはですね」公爵は部屋の中をあちこちと歩きまわり、つとめてレーベジェフのほうを見ないようにしながら、ますますふかく眉をひそめて、よどみがちに言った。「私はこんなことを知らせてもらったことがあるんですよ……フェルディシチェンコ氏についてなんですが、彼の前では万事控え目にして、余計な口をきかないほうがいい、というんです――わかりますか？　私がこんなことを言いだしたのは、ひょっとすると、あの人は誰よりもいちばんそういうことをやりかねない男かもしれない……それが割合に間違いのない考えかもしれない、と思うからなんです。そこがいちばん肝心なところなんですよ、わかりましたか？」

「ところで、いったい誰がそのフェルディシチェンコ氏のことをあなたに知らせたんです？」レーベジェフはおどりあがらんばかりであった。

「いや、ちょっと内密に教えてもらったんですよ。もっとも私自身はそんなことを信じちゃいませんがね……こんなことをあなたに知らせなくちゃならなくなったのが、じつに残念ですがね、まったくのところ、私はそんなことを信じちゃいないんですからね……こんなことはくだらない話ですよ……ちえっ、私はなんてばかなまねをしたんだろう！」

「ねえ、公爵」レーベジェフは身震いまでしながら言った。「それは重大なことですな、いまという場合、重大すぎるくらい重大ですよ。つまりその、フェルディシチェンコ氏に関してではなく、どんなぐあいにしてそれがあなたのお耳にはいったのか、ということがこの際重大なんでしてね（そう言いながら、レーベジェフは公爵と歩調を合わせようと骨を折って、そのあとからちょこちょこ駆けまわるのであった）。じつは、公爵、そんなわけでしたら、わたしにもひとつお耳にいれたいことがございますので。さきほど将軍がわたしといっしょに例のヴィルキンの家へ行く道すがら、もう例の火事の話がすんだあとで、いきなりおそろしく憤慨して、フェルディシチェンコ氏のことについて、それと同じことを匂《にお》わしたんですよ。ところが、その話が支離滅裂で辻褄《つじつま》が合わないものですから、わたしは何げなく二つ三つ質問してみたのです。すると、その結果、このニュースも要するに、閣下の霊感が生みだしたものにすぎない、ってことを確信しましたよ。なにしろ、あの人が嘘をつくのは、ただ感激をおさえかねてのことなんですからねえ。さて、そこでおたずねしたいのは、たとえあの人が嘘をついたとしても、いや、これは嘘に決っていますが、どうやってそれがあなたのお耳にはいったか、ということですな。ねえ、いいですか、これはあの人の胸にほんの一瞬浮んだ霊感なんですよ、それをいったい誰があなたに知らせたものでしょう？　こりゃ重大なことでございますよ、それに……いわば……」

「たったいまコーリャから聞いたんです。またコーリャは父親から聞いたんですよ。なんでも、あの子がけさの六時か六時すぎに、何かの用で外へ出たとき、ぱったり父親に会って聞いたんだそうですがね」

「はあ、なるほど、これこそいわゆる足跡と言われるものですな！」レーベジェフは手をこすりながら、声をださずに笑った。「わたしもそうじゃないかと思っておりましたよ！　これはつまり、閣下は五時すぎに、わざわざご自分の安らかな夢を破って、愛するわが子をゆりおこし、フェルディシチェンコ氏のような人物を隣人にもつのはきわめて危険なことだと、知らせにいったわけですな！　そうなると、フェルディシチェンコ氏はじつに危険な人物であり、また閣下の親心は量り知れないということになりますなあ、へ、へ、へ！……」

「いやね、レーベジェフ」公爵はすっかりどぎまぎしてしまった。「まあ、頼むから、穏便にやってくださいよ！　騒ぎをおこさないでください！　ねえ、頼みますよ、レーベジェフ、後生ですから……そういうわけなら、私もかならずお手伝いしますから。ただ誰にも知れないようにね、誰にも知れないように！」

「ご安心ください、ご親切で、誰よりも心の正しい公爵さま」レーベジェフはすっかり感激して叫んだ。「ご安心ください、万事はこのわたしの高潔きわまりない胸におさめてしまいますから！　ごいっしょにそっと足音を忍びましてね！　ごいっしょに足音を忍びましてね！　わたしは体じゅうの血をすっかりでも投げだして……公爵さま、わたしは心も魂も卑劣なやつでございます。しかし、どんな卑劣なやつでも、いや、どんな悪党にでもたずねてごらんくださいまし。仕事をするには、自分と同じような悪党とするのがいいか、それとも、あなたみたいな高潔このうえないおかたとするのがいいか、ってね。そいつはきっと、高潔なおかたといっしょに仕事をしたいと申すに決ってますよ。これこそ、人徳の勝利というものでございますとも！　では、公爵さま、いずれのちほど。そっと足音を忍んで……そっと足音を忍んで……ごいっしょに」

10

公爵はなぜあの三通の手紙に手をふれるたびにぞっと寒気がしたのか、またなぜ夜が訪れるまでその手紙を読むのを延ばしたのか、ようやくさとったのである。彼がこの三通のなかでどれをあけて見ようかと、けさがた決しかねているうちに、いつしかソファの上で重苦しい眠りにおちたとき、またもや例の《罪ぶかい女》が彼のもとを訪れたのであった。女はまたもや長いまつげに涙のしずくをきらきらさせながら、彼の顔を見つめて、あとからついてくるようにと、彼をさし招いたが、彼は眼をさますと、さきほどと同じように、悩ましい気持で女の顔を心に思い浮べるのであった。彼はすぐにも彼女のところへ出かけたかったけれども、それはできなかった。ついにほとんど無我夢中の状態で、手紙を開いて読みはじめた。

この手紙もまたあの夢に似通っていた。どうかすると、人は奇妙な、とうていありえないほど不自然な夢を見ることがある。そんなときは眼をさましてからも、その夢をありありと思いおこして、その奇怪な事実におどろかされることがある。何よりもまず覚えているのは、その夢を見ているあいだじゅう理性がずっと働いていたということである。いや、むしろその長い長いあいだじゅう、きわめて狡猾《こうかつ》にまた合理的に行動した記憶さえ残るものである。たとえば、人殺しどもがわれわれを取りまいて、凶器を手に持って身構えているくせに、奸知《かんち》を弄《ろう》してその意図を隠し、さも親しそうに振舞いながら、そのじつ、ただ何かの合図を待っている場合に、われわれが逆に彼らの裏をかいて、その前から姿を隠すことがある。ところが、またあとになって、彼らもこちらの計略をちゃんと承知しているくせに、ただこちらの隠れ家《が》を知っている素ぶりを見せないだけなのだということに気づくものである。ところが最後に、またもやこちらが彼らを欺《あざむ》いてしまう。まあ、ざっとこんなことをうつつにはっきりと思いおこすことがある。しかしながら、それと同時に人間の理性は、こうした夢の中でしょっちゅうあらわれてくる無数の明らかな不合理や不可能事と妥協することがどうしてできるのであろう？　たとえば、人殺しのひとりが自分の眼の前で忽然《こつぜん》と女の姿に化けてしまう。と、またその女がずるそうな、いやらしい一寸法師になってしまう、ところが、われわれはそれを既成の事実として、すこしも疑うことなく即座に認めてしまう。しかも、その一方においては、理性は極度に緊張し、異常な力と、狡知と、推理力と、合理性を示しているではないか。またこれと同様に、夢からさめて、すっかり現実の世界に戻ってからも、いつも何かしら自分にとって不可解な謎《なぞ》を残してきたような気が、夢の後味《あとあじ》となってかすかに残るように感ずるものである。いや、ときには、それが並々ならぬ迫力となって感じられるのはなぜであろうか。人間は夢の愚かしさを笑いながら、それと同時に、こうした愚かしさの錯綜《さくそう》したところに、何かしら一つの思想が、それもすでに現実のものとなって、自分の生活に即し、自分の心の中につねに潜んできた一つの思想が、含まれているような気がするものである。その夢によって何か新しい予言的な、待ちこがれていたものを聞かされたような気持になるのである。この印象は、それが心を喜ばせるものか、苦しめるものかは別として、とにかくじつに強烈なものである。しかし、その本質がなんであるか、意味するところはどうであるか——そんなことは理解もできなければ、思いおこすこともできないのである。

この手紙の読後感も、ほとんどそれと同じようなものであった。まだ手紙をあけて見ないうちから、公爵はほかならぬこの手紙の存在が、いや、それが存在しうるという事実そのものが、すでに悪夢のように感じられてならなかった。夕暮れにたったひとりでぶらぶらさまよいながら（ときには、自分でもどこを歩いているのか、さっぱりわからないことさえあったけれど）、どうしてあの女があのひとに手紙をやろうなどと決心したのだろう、と公爵は心の中でたずねてみるのだった。どうしてあの女はあのことを書けたのだろう？　いや、どうしてそんな気ちがいじみた空想が、あの女の頭に生れたのだろう？　しかも、その空想はもう実行されてしまったのだ。いや、彼にとって何より意外だったのは、彼がその手紙を読んでいるあいだじゅう、彼自身がほとんどその空想の可能性を信じ、その空想が正当であるとさえ信じたということであった。いや、むろん、これは夢である。悪夢である、狂気の沙汰《さた》である。しかし、それにもかかわらず、それには何やら悩ましいまでに現実的な、受難者のように正しい何ものかがあって、それがこの夢を、この悪夢を、この狂気の沙汰をも、ことごとく正当づけているのであった。数時間のあいだずっと、彼はその文面にうなされ、絶え間なくその切れぎれの文句を思い浮べて、そのなかに注意を集中し、考えこんでいた。どうかすると、自分はこんなことだろうと前からすっかり予期し見ぬいていた、と自分に言いきかせたいような気持にさえなった。いや、それればかりか、こんなことはもういつかずっとずっと前に読んだことがある、それ以来、自分がもだえ苦しみ、しかも恐れていたすべてのことが、何から何までずっと前に一度読んだことのあるこの手紙のなかに含まれているような気さえするのであった。

『この手紙をおあけになったら（第一の手紙はこう書きだされていた）、まず何よりも最初に、署名をごらんくださいまし。この署名があなたさまにいっさいの事情をご説明するものと存じます。それゆえ、わたしはあなたさまにたいしてひとことの申しわけも、ご説明もいたしません。わたしがいささかでもあなたさまと対等に近い身分の者でございましたら、あなたさまはこうした失礼な振舞いに、お腹だちなされたかもしれませんが。このわたしは何者でございましょう、そしてあなたさまのご身分は？　わたしたち二人はまったく両極端でございますね。あなたさまの前では、わたしなどとうてい肩を並べることのできぬ者でございます。それゆえ、たとえわたしがあなたさまを侮辱しようと思いましても、とてもできることではございません』

その先の別なところで、彼女はこう書いていた。

『どうぞこのわたしの言葉を病める者の病める感激とおとりにならないでくださいまし。あなたさまはわたしにとりまして完全そのものでございます！　わたしはあなたさまを批判いたしているのではございません。わたしは批判などによって、あなたさまが完全そのものであると思うようになったのではございません。わたしはただそう信じたのでございます。しかし、わたしはあなたさまにたいして罪ぶかいことをいたしております。わたしはあなたさまを愛しているからでございます。しょせん、完全というものは愛されるはずのものではございません。完全というものはただ完全としてながめるべきものでございます。そうではございませんでしょうか？　それはともかく、わたしはあなたさまにほれこんでしまいました。愛は人間を平等にすると申しますけれど、どうぞご心配くださいませんように。わたしはふかく秘めた心の奥底でさえも、あなたさまを自分と平等なものなどとは考えたこともございませんから。いまわたしは《ご心配くださいませんように》と書きましたが、どうしてあなたさまがそんなことをご心配なさることがありましょう？……もしできますことなら、わたしはあなたさまの足跡に接吻《せっぷん》いたしたことでございましょう。いえ、わたしは決してあなたさまと肩を並べようなどとはいたしません……どうぞ署名をごらんくださいまし。一刻も早く署名をごらんくださいまし！』

『それにいたしましても、わたしは（と彼女はまた別の手紙に書いていた）、いつもあなたさまをあのかたといっしょに結びつけて考え、ついぞ一度も、あなたさまがあのかたを愛していらっしゃるだろうか、などと心にたずねてみなかったことに気がつきました。あのかたは一目見るなりあなたさまを恋してしまったのでございます。そして、あのかたはあなたさまのことをまるで《光》かなんぞのように思いおこしておられました。これはあのかたがご自分でおっしゃったお言葉で、わたしがあのかたのお口から聞いたものでございます。けれども、あなたさまがあのかたにとって光だということは、そんなお言葉を聞かなくともわたしにはわかりました。わたしはまる一月もあのかたのそばに暮しておりましたが、そのときはじめてあなたさまもあのかたを愛していらっしゃることを、さとったのでございます。わたしにとりましては、あなたさまもあのかたも、一つなのでございます』

『あれはいったいどうしたわけでございましょう？（と彼女はさらに書いていた）、きのうわたしがあなたさまのおそばを通りましたとき、あなたさまは顔を赤らめられたようでございますね？　あれがわたしの思い違いだったなどということはございますまい。たとえあなたさまをこの世でいちばんけがらわしい洞穴《ほらあな》にお連れして、恐ろしい悪行をむきだしにお目にかけたといたしましても、あなたさまは決して顔を赤らめるはずはございません。あなたさまが侮辱を感じて、お腹だちになるはずはございませんもちろん、あなたさまはこうした卑《いや》しいけがれた人間をお憎みになることはございましょう。しかし、それはご自分のためではなくて、そうした侮辱を受けた人のためでございます。あなたさまを侮辱することは、誰にもできないことでございますもの。じつのところ、あなたさまはわたしを愛してくださっているような気がしてならないのでございます。あなたさまはわたしにとりましても、あのかたにとりましてもそうでありますように、光り輝く天使なのでございます。天使というものは人を憎むことができないものでございますし、また人を愛さずにはいられないものでございます。いったいすべての人間を、すべての同胞を愛することができるものでございましょうか？　わたしはこうした問いをよく自分の心に問うてみたものでございます。もちろん、それはできない相談ですが、むしろ不自然と言ってもよいくらいでございましょう。抽象的に人類を愛するということは、ほとんど例外なく自分ひとりを愛することになるのでございます。これはわたしたちなどにはできないことでございますが、あなたさまは別でございます。あなたさまは誰ひとり比べるもののない、あらゆる侮辱や個人的怨恨《えんこん》を超越されていらっしゃるかたでございますから、どうして誰かを愛さずにおられましょう？　あなたさまだけは利己的なお心をいだかずに、人を愛することがおできになるのでございます。あなたおひとりだけが、ご自分のためでなく、あなたさまの愛していらっしゃるかたのために、愛することがおできになるのでございます。もしあなたさまがわたし風情《ふぜい》のために、羞恥《しゅうち》や憤怒《ふんぬ》をお感じになっていると知りましたら、わたしはどんなにか辛《つら》い想《おも》いをいたすことでしょう！　そういうことになりましたら、あなたさまも破滅でございます。つまり、あなたさまは一気にわたしと同列のところまで身をお落しになるわけでございますから……』

『きのうわたしはあなたさまにお目にかかりましてから、家へ帰って一つの絵を思いつきました。画家たちはキリストを描くのに、いつも福音書の言い伝えによるようでございますが、わたしでしたら、別の描き方をいたしますでしょう。わたしでしたらキリストをひとりだけ描いてみます。ときには、弟子たちもキリストをひとりぼっちにしておいたこともあったでございましょうから。わたしの絵では、キリストのそばに小さな子供をひとり、残しておくことにいたします。その子供はキリストのそばで遊んでいるのでございます。ことによると、子供がまわらぬ舌で話しかけるのを、キリストもじっと聞いておられたかもわかりません。でも、いまは黙って物思いに沈んでおられます。その手は置き忘れたかのように、何気なく、子供の明るい髪の毛の上にのったままでございます。キリストはずっと遠く地平線をながめておられます。その眼差《まなざ》しのなかには、全宇宙のように偉大な思想が安らかに宿り、その顔は愁《うれ》いにみちておるのでございます。子供は口をつぐんで、キリストの膝《ひざ》によりかかり、かわいらしい手で頰杖《ほおづえ》をつきながら、顔をあげて子供っぽい考えぶかそうな眼つきで、じっとキリストの顔を見つめているのでございます。太陽はかたむきかけております……これがわたしの絵のすべてでございます！　あなたさまは無垢《むく》なおかたでございます。そして、その無垢のなかにこそあなたさまの完全な点がそっくり含まれているのでございます。ああ、どうぞこのことだけは覚えておいてくださいまし！　あなたさまにたいするわたしの恋情など、あなたさまにとってなんだというのでしょう？　でも、あなたさまはもうわたしのものでございます、わたしは一生あなたさまのおそばを離れることはございません……わたしはまもなく死んでいくのでございますから』

最後に、三つ目の手紙にはこう書いてあった。

『後生ですから、わたしのことは何もお考えにならないでくださいまし。また、わたしがこのようにあなたさまにお手紙をさしあげることによって、自分で自分を卑しめているとか、またたとえ自尊心からにせよ、自分を卑しめて、それに満足を感じているような人間のひとりだなどと、わたしのことをお思いにならないでくださいまし。いいえ、わたしにはわたしの慰めがあるのでございます。けれども、それをあなたさまにお話しすることはできないのでございます。そのためにいろいろと苦しんでおりますが、わたしは自分にさえはっきり説明できないからでございます。けれども、わたしはたとえ自尊心の発作のためであろうとも、自分を卑しめることなどできないのでございます。また心が清く美しいために自分を卑しめることも、わたしにはできないのでございます。つまり、わたしは決して自分を卑しめていないということになるのでございます』

『なぜわたしはあなたがたお二人を結びつけようとするのでございましょう、あなたのためでしょうか、それともわたしのためでしょうか？　もちろん、わたしのためでございます。そのなかにわたしの問題の解決が、すべて含まれておるからでございます。わたしはもうずっと前からそう自分に言いきかせておりました……承りますと、お姉さまのアデライーダさまがあのときわたしの写真を見て、こんな美貌《びぼう》があれば全世界をひっくりかえすこともできる、とおっしゃられたそうでございますね。しかし、わたしはこの浮世と縁を切ってしまいました。レースやダイヤモンドで身を飾りたて、酔っぱらいやくざどもに取りまかれているわたしをごらんになったあとでは、わたしの口からこんな言葉をお聞きになったら、さぞおかしくお思いでございましょう。どうぞそんなことには眼をおむけにならないでくださいまし。わたしはもうほとんどこの世に存在していないも同然なのでございますから。わたしは自分でもよくそれを承知しております。わたしの心の中にどんなものが棲《す》んでいるかは、神さまだけがご存じなのですから。わたしはたえず自分を見つめている二つの恐ろしい眼のなかに、それを読みとることができるのでございます。その眼はわたしの前にいないときでも、このわたしを見つめているのでございます。その眼はいま黙っております（それはいつでも黙っておるのでございますが）、しかし、わたしはその眼の秘密を知っているのでございます。あの男の家には陰気でもの寂しく、その中に秘密を隠しているのでございます。あの男の引出しの中には、きっといつかのモスクワの人殺しみたいに、絹のきれで包んだかみそりが、隠されているにちがいないと思うのでございます。あの人殺しもやはり母親といっしょに一つ家に住んでいて、ある女の喉《のど》だけをうまく斬《き》るために、絹でかみそりを包んでいたのでございます。わたしはあの男の家に暮していたあいだじゅう、わたしはこんな気がいたしたものでございます。この家のどこか床の下あたりに、あの男の父親がまだ生きていた時分に隠した死骸《しがい》がころがっていて、やはりモスクワの人殺しのように油布で覆《おお》われ、そのまわりには防腐剤の壜《びん》が並べてあるのではないかしら、と思ったものでございます。わたしはその死骸の端のほうを、ちょっとあなたさまにお目にかけることさえできるような気がいたします。あの男はいつも黙っております。しかし、あの男がわたしを憎まずにはいられないほど熱烈に愛していることを、わたしはよく承知しております。あなたがたのご結婚とわたしたちの結婚は同時にいたしましょう、とわたしはあの男に申しておるのでございます。わたしはあの男にすこしも隠しだてをいたしておりません。わたしは恐ろしさのあまり、あの男を殺しかねないくらいでございます……でも、あの男のほうがさきにわたしを殺してしまうことでございましょう……あの男はいまも笑いながら、わたしはうわごとを言っているのだ、と申しました。あの男は、わたしがこうしてあなたさまにお手紙をさしあげていることを、ちゃんと承知しているのでございます』

　このようなうわごとが、このほかにもまだまだたくさんこの手紙のなかには書かれていた。そのなかの一通、二番目の手紙などは、大型の便箋《びんせん》二枚に細かい字でびっしり書かれてあった。

公爵はついにきのうと同じように、長いあいださまよい歩いたすえ、暗い公園から外へ出た。明るい透き通るような夜は、いつもよりいっそう明るいように思われた。《まだこんなに早いのだろうか？》と彼は考えた（時計を持ってくるのを忘れたのである）。《まどこか遠くで音楽のひびきが聞えるような気がした。《きっと停車場だろう》と彼はまた考えた。《でもむろん、きょうはあの人たちも、あすこへは出かけなかったろう》彼はこんなことをあれこれ考えているうちに、自分がその人たちの別荘のすぐそばに立っているのに気がついた。いずれはここへやってこなければならないのだと承知していたので、彼は胸のしびれるような思いでテラスへ足を踏みいれた。が、誰ひとり出迎える者もなく、テラスはがらんとしていた。彼はしばらく待ってから、玄関へ通ずるドアをあけた。《このドアはいつもしめてあったことがないのに》という考えがちらとひらめいたが、広間もやはりがらんとしていた。そこは真っ暗と言ってもいいほどであった。

彼はけげんそうな面持で、部屋の真ん中に突ったたっていた。と、いきなりドアがあいて、アレクサンドラ・イワーノヴナが燭台《しょくだい》を手にしてはいってきた。彼女は公爵の姿を見るとびっくりして、不審そうにその前に立ちどまった。どうやら、彼女はただ一方のドアからもう一つのドアへと、この部屋を通りぬけようとしたばかりで、こんなところで誰かに会おうとは、思いもかけなかったらしかった。

「まあ、どうしてこんなところにいらっしゃいますの？」彼女はようやく口をきった。

「私は……ちょっとお寄りしたんです……」

「ママは少々気分がすぐれませんの。アグラーヤもそうですの。アデライーダはいまやすむところですわ。あたくしもこれから行ってやすむところですの。あたくしたちは一晩じゅう家にこもっておりましたわ。父と公爵はペテルブルグへ行っておりますので……」

「私が来ましたのは……私がお宅へ伺いましたのは……いま……」

「いま何時かご存じですの？」

「い、いいえ……」

「十二時半ですわ。うちではいつも一時にやすむことにしておりますの」

「えっ、私はまた……九時半ぐらいかと思っていました」

「いえ、かまいませんわ！」彼女は笑いだした。「どうしてもっと早くいらっしゃらなかったんですの？　あなたをお待ちしていたかもしれなかったんですのに」

「私の考えではまた……」彼は出ていきながら、何やらわけのわからないことをつぶやいた。

「さようなら！　あすみんなを笑わせてやりますわ」

彼は公園を取りまいている道を、自分の別荘のほうへ歩きだした。彼の胸はどきどきと高鳴り、想いは糸のように乱れ、あたりのものがすべて夢のように思われるのだった。と、ふいに、さきほど二度までも夢の切れ目となったあの同じ幻が、またもや彼の前にあらわれたのである。あのときとまったく同じ女が公園の中から出てきて、まるで彼を待伏せしていたかのように、彼の眼の前に立ちはだかったのである。彼ははっと身震いして立ちどまった。と、その女は彼の手を取ると、かたく握りしめた。《いや、これはあの幻じゃない！》

こうしてついに彼女は公爵と別れて以来はじめて、顔と顔を突きあわせて彼の前に立ったのである。彼女は何やら言葉を口にしたが、彼は黙ったまま彼女の顔を見つめていた。彼の胸はいっぱいになって、痛みにうずきはじめた。ああ、彼はその後決して、この彼女とのめぐりあいを忘れることができなかった。いや、思いだすたびに、いつも同じ心の痛みを感じたものであった。彼女はまるで気でも狂ったように、いきなり彼の前に、その場の往来の上にひざまずいた。彼はびっくりして、思わず身をひいた。と、彼女は相手の手を取って、接吻《せっぷん》しようとした。と、さきほどの夢と同じように、いまも彼女の長いまつげの上には涙のしずくが光っていた。

「お立ちなさい、お立ちなさい！」彼は相手を抱きおこしながら、おびえたような小声でささやいた。「早くお立ちなさい！」

「あなたはお仕合せ？　お仕合せなの？」彼女はたずねた。「ねえ、たったひとことでいいから、聞かせてくださいな、あなたはいまお仕合せ？　きょうの、たったいま？　あのかたのところへいらして？　あのかたはなんて言いまして？」

彼女は立ちあがらなかった、いや、相手の言うことを聞こうともしなかった。ただ急いで質問を浴びせかけ、まるで追いかけられているみたいに、早口でしゃべろうとするのであった。

「あなたのお言いつけどおり、あしたここを発《た》ちますわ。あたしはもう決して……あなたにお目にかかれるのもこれが最後ですわ、最後なんですわ！　今度こそは、もうほんとうに最後ですわね！」

「さあ、気をしずめて、お立ちなさい！」公爵は無我夢中で言った。

彼女は相手の両手をつかんで、むさぼるように彼の顔を見つめていた。

「さようなら！」ついに彼女はそう言って立ちあがると、急ぎ足でほとんど走るようにして、彼のそばを離れていった。と、いきなりロゴージンの姿が彼女のそばにあらわれ、彼女の手を取って連れていくのを、公爵は見た。

「ちょっと待てよ、公爵」ロゴージンが叫んだ。「五分たったら、ちょっと戻ってくるから」

五分後に、彼はほんとうに戻ってきた。公爵はさきほどと同じところでじっと彼を待っていた。

「馬車に乗せてきたのさ」彼は言った。「あすこの隅《すみ》のとこに、もう十時ごろから馬車を待たせてあったのさ。彼女《あれ》はね、あんたが今夜は一晩じゅうあの女のところにいるってことを、ちゃんと知ってたんでね。さっきあんたが書いてよこしたものは、間違いなく彼女《あれ》に渡しておいたよ。もうあの女のところへ手紙を出すようなことは、しないよ。自分で誓ったんだからね。それに、あんたの望みどおり、あすはここを引きはらうそうだ。お別れに、一目会いたいというんで、あんたは断わったけれど、ここであんたの帰りを二人して待伏せしていたのさ。ほら、あのベンチの上でね」

「あの女《ひと》は自分できみを連れてきたのかい?」

「それがどうしたんだい?」ロゴージンはにやりと笑ってみせた。「自分でちゃんと知ってるくせに。ところで、例の手紙は読んだかね?」

「いや、そういうきみこそほんとにあの手紙を読んだのかい?」公爵はふとそのことを思いだして、ぎょっとしながらたずねた。

「当り前だよ。どんな手紙でも、彼女《あれ》が自分で見せてくれるんだからな。かみそりの話を覚えてるかね、へ、へ!」

「あのひとは気が狂っているんだ!」公爵は両手を握りしめて叫んだ。

「誰がそんなことわかるもんか。そうじゃないかもしれねえよ」ロゴージンはひとり言でもつぶやくように小声で言った。

公爵は答えなかった。

「じゃ、あばよ」ロゴージンが言った。「じつはおれもあす発つんでね、達者でな！　あ、そうだ」彼は急にふりかえって、つけくわえた。「なんだってあんたは彼女《あれ》に返事してやらなかったんだい？『あなたはお仕合せ、どうなの』ってきいてたじゃないか」

「いや、ちっとも、ちっとも！」公爵は限りない悲哀をこめて叫んだ。

「もちろん、『ええ』なんて言うはずはないやね！」ロゴージンは憎々しげに笑って、ふりかえりもせずに、行ってしまった。

第四編

1

この物語の二人の主人公が、例の緑色のベンチで逢《あ》いびきをしてから一週間ばかり過ぎ去った。ある晴れた朝の十時半ごろ、知合いの誰かれをたずねに出かけたワルワーラ・アルダリオノヴナ・プチーツィナは、ひどくもの悲しい想《おも》いで家へ帰ってきた。

世間には一言でもってその人物の全貌《ぜんぼう》をとらえるようなことのできにくい人間がいるものである。それはふつう《ありふれた》とか、《大多数》とかいう形容詞で呼ばれる人たちのことで、これが事実上あらゆる社会の絶対多数を構成している人たちなのである。作家というものはその小説や物語において、社会のある種の典型をとらえて、それを芸術的にあざやかに表現しようとつとめている。もっともそうした典型は、そっくりそのままの姿では現実にお目にかかれないが、ほとんどあらゆる場合において、当の現実そのものよりははるかに現実的なものなのである。ポドコリョーシン（訳注　ゴーゴリ『結婚』の主人公）はその典型的な点において、あるいは誇張とさえ思われるかもしれないが、しかし決して架空の人物ではないのである。いや、いかに多くの聡明《そうめい》なる人たちがゴーゴリの筆によってポドコリョーシンのことを知って以来、自分の善良な知人や親友の何十人、何百人もの人が、なんとポドコリョーシンに似ていることかと気づきはじめたことだろう。彼らは、その友人たちがポドコリョーシンのような人物であることは、ゴーゴリによって知らされる以前から承知していたのであるが、ただこうした名前で呼ばれることを知らなかったまでである。現実には、花婿《はなむこ》が結婚式の前に窓からとびだして逃げるなどということは、きわめてまれなことであろう。なぜなら、余事はさておき、これはぐあいのまずいことだからである。しかし、それにもかかわらず、いかに多くの花婿は、たとえそれがりっぱな聡明な人びとであっても、結婚のまぎわに心の奥底で、みずからをポドコリョーシンであると認めるのに躊躇《ちゅうちょ》しないであろう。またこれと同様に、世間の夫たるものは例外なく事あるごとに、"Tu l'as voulu, Georges Dandin"（訳注「いや、自業自得さ、ジョルジ・ダンダン」モリエール『ジョルジ・ダンダン』）と叫ぶものではないだろう。しかしながら、ああ、この衷心からの叫び声を、全世界の夫たちはその蜜月《みつげつ》のあとで、幾百万べん、幾千万べんくりかえしたことだろう。いや、蜜月のあとどころか、ひょっとすると、それは結婚の翌日かもしれないのだ。

　そんなわけで、ここではあまり堅苦しい説明を加えるのを避けて、ただつぎのように言っておこう。現実においては、こうした人物の典型的特質があたかも水で薄められたようになっており、またこうしたジョルジ・ダンダンやポドコリョーシンのごとき人物も世間には存在してわれわれの前をうろつきまわっているにちがいないけれども、ただいくぶん薄められているというだけのことである。最後にひとこと、この事実を完全に読者に伝えるために、モリエールが創造したのと寸分たがわぬそのままのジョルジ・ダンダンにも、まれではあるがやはり現実にお目にかかれるということを断わって、この雑誌の評論めいてきた考察を終ることにしよう。だが、それにしても、われわれの前に一つの疑問が残されている。それはほかでもないが、小説家はこうした平凡な、まったく《ありふれた》人たちを、どんなふうに取りあつかうべきか、こうした人びとをたとえすこしでも興味あるものにするためには、いったいどう表現したらいいのか、という疑問である。物語のなかで、彼らのそばをまったく素通りしてしまうわけには断じていかない。なぜなら、平凡な人間はいたるところにいて、多くの場合、浮世の出来事との関連において、必要欠くべからざる鎖の一環であり、彼らのそばを素通りすることは、とりもなおさず、真実らしさをそこなうことになるからである。典型的な人物や、あるいは単に興味のためのみに、風変りな、この世にありそうもない人物ばかりで小説を充《み》たすということは、真実らしくもなく、またおそらくおもしろくもないであろう。われわれの考えでは、作家たるものは平凡なもののなかにも、つとめて興味あるまた教訓的なニュアンスを捜し求めるべきである。たとえば、ある種の平凡な人の特質が、いつに変らぬその日常性の平凡さに含まれている場合、またさらに進んで、この種の人たちが平凡な生活を脱しようと、懸命な努力をかたむけているにもかかわらず、相変らず旧態依然のままに終るというような場合、こうした人物はその人なりの独自の特質をさえ身につけることになるのである。それはつまり、平凡な人がなんとしても持前の自分に満足しないで、その資質もないくせに、なんとかして独創的な非凡なものになろうとするからである。

こうした《ありふれた》あるいは《平凡な》人びとの仲間に、この物語の二、三の人物も属しているのである。もっとも今日まで（自分でもそれを認めるが）まだ読者にははっきりと説明していないが、名をあげてみればワルワーラ・アルダリオノヴナ・プチーツィナ、その夫のプチーツィン氏、その兄のガヴリーラ・アルダリオノヴィチなどである。

実際のところ、金もあり、家柄もよく、容貌もすぐれ、教育もあり、ばかでもなく、おまけに好人物でさえあり、しかもこれという才もなく、どことい って変ったところもなく、いや、変人といったところさえなく、自分の思想をもたず、まったく《世間並み》の人間であることぐらいいまいましいことはないであろう。財産はある、しかしロスチャイルドほどではない。家柄はりっぱなものだが、いまだかつて世に知られたことはない。風貌はすぐれているが、きわめて表情にとぼしい。教育はちゃんとしていながら、とくに専門がない。分別は持っているが、自分自身の思想は持っていない。情はあるが、寛大さに欠けている。何から何まで、こんなふうである。世間にはこうした人たちがうようよしており、われわれが想像しているよりもはるかに多いのである。彼らはほかのすべての人びとと同様、大別すると二種類に分けられる。一つは枠《わく》にはまった人びとであり、もう一つはそれよりも《ずっと聡明な》人びとである。前者は後者よりも幸福である。枠にはまった平凡な人にとっては、自分こそ非凡な独創的な人間であると考えて、なんらためらうことなくその境遇を楽しむことほど容易なことはないからである。ロシアの令嬢たちのある者は髪を短く切って、青い眼鏡をかけ、ニヒリストであると名乗りをあげさえすれば、自分はもう眼鏡をかけたのだから、自分自身の《信念》を得たのだとたちまち信じこんでしまうのである。またある者は何かしら人類共通の善良な心もちを、ほんのすこしでも心の中に感じたら、自分のように感ずる人間なんてひとりもいない、自分こそは人類発達の先駆者であると、たちまち信じこんでしまうのである。またある者は、何かの思想をそのまま鵜《う》のみにするか、それとも手当りしだいに本の一ページをちょっとのぞいてみさえすれば、もうたちまちこれは《自分自身の思想》であり、これは自分の頭の中から生れたものだと、わけもなく信じこんでしまうのである。もしこんな言い方がゆるされるならば、こうした無邪気な厚かましさというものは、こうした場合、おどろくほどにまで達するものなのである。こんなことはとてもありそうもないことであるが、そのじつ、たえずお目にかかる事実なのである。この無邪気な厚かましさ、この自己とその才能を信じて疑わない愚かな人間の信念は、ゴーゴリによってピロゴフ中尉《ちゅうい》（訳注『ネフスキー通り』の人物）という驚嘆すべき典型のなかにみごとに描きだされている。ピロゴフは自分は天才である、いや、あらゆる天才の上に立っているということを、一度として疑ったことはないのである。そんな疑問を一度だっていだいたことがないほど信じきっているのである。もっとも、こんな疑問などというものは、彼にとってまったく存在していないのである。この偉大なる作家はその読者の侮辱された道徳心を満足させるために、ついにはこの男をひどい目にあわさなければならぬ羽目に陥ったが、この偉大な人物がただちょっと身震いしたばかりで、拷問《ごうもん》に疲れはてた体に力をつけるために薄焼きの肉饅頭《にくまんじゅう》をぺろりとたいらげたのを見て、あきれて両手をひろげたまま、読者の憤激にまかせてしまったのである。わたしはこの偉大なるピロゴフが、ゴーゴリによってこんな低い官等にいるときにとらえられたことをつねづね残念に思っていた。なぜなら、ピロゴフはどこまでもうぬぼれの強い男だから、年とともに肩章の《金筋》が幅をまし数をふやすにつれて、ついにはたとえば軍司令官になるのだ、と空想するくらい彼には朝飯前だからである。いや、空想するだけでなく、そう信じて疑わないのである。将官に昇進するからには、どうして軍司令官に任命されないことがあろうか？　いや、こうした連中のいかに多くの者が、後年、戦場においてどんなに大きな失敗をやらかすことだろう。いや、それにしても、わが国の文学者、学者、プロパガンジストのなかにはいかに多くのピロゴフがいたことであろう。わたしはいま『いた』と言ったけれども、しかしもちろん、いまだっているのである……

この物語の登場人物たるガヴリーラ・アルダリオノヴィチ・イヴォルギンは、後者の種類に属している。彼は全身、頭のてっぺんから足の爪先《つまさき》まで、独創的な人間になろうという希望に燃えてはいるが、やはり《ずっと聡明な》平凡な人の種類に属していた。しかし、この種類に属する人びとは前にも述べたように、前者よりもずっと不幸なのである。なぜなら、聡明な《ありふれた》人というものは、たとえちょっとのあいだ（あるいは一生涯を通じてかもしれないが）自分を独創的な天才と想像することがあっても、やはり心の奥底に懐疑の虫が潜んでいて、それがときには、聡明な人を絶望のどん底まで突きおとすことがあるからである。たとえ、それに耐えることができたとしても、それはどこか、心の奥底へ押しこめられた虚栄心に毒されてのことなのである。もっとも、われわれはあまりにも極端な例をあげすぎたきらいがある。この聡明な人たちの大部分は、決してそんな悲劇的なことにはならないですむのである。まあ、せいぜい年をとってから、いくらか肝臓を悪くするくらいのものである。しかし、それはともかく、あきらめてそれに服従するまでに、こうした人たちはどうかすると非常に長いこと、若い時代からかなりの年輩になるまで、軽々しい振舞いをつづけることがある。しかも、それはただ独創的な人間になりたい一念からなのである。いや、それどころか、奇怪な出来事にお目にかかる場合さえある。ときには独創的な人間であることを欲するあまり、潔白な人が下劣な行為をあえてすることさえもあるのである。しかも、こうした不幸な人のなかには、単に潔白なばかりでなく善良ですらあり、自分の家庭では神のごとき存在であり、自分の労働によってその家族ばかりでなく、赤の他人の世話までやいているくせに、どうだろう、一生のあいだ心を安めることができないのである。そのご当人にとっては、自分がりっぱな人間としての義務をはたしているという考えが、すこしも心を安らかにせず、慰めにもならないのである。いや、かえってその心をいらだたせるのである。《ああ、おれはなんというつまらないことに大事な一生を棒に振ってしまったんだろう！　なんとつまらないことが足手まといになって、おれが火薬を発見するのを妨げたことか！　これさえなかったら、おれもひょっとすると、いや、きっと、発見したにちがいない――火薬かアメリカか、それはまだはっきりとはわからないが、とにかく間違いなく何かを発見したにちがいないんだ！》こうした人たちの何よりも著しい特色は、いったい何を発見しなければならないのか、また何を一生のあいだ発見しようとつとめているのか、火薬なのか、それともアメリカなのか、それが生涯どうしてもわからないという点なのである。しかし、発見のための苦悩とそれにたいする思慕の情は、実際、コロンブスやガリレオのそれに比肩できるくらいのものである。

ガヴリーラ・アルダリオノヴィチもまさしくこのような道をたどりはじめたところであった。しかも、それはほんのはじまったばかりである。まだまだこれからさき、うんと軽々しい振舞いをしなければならないのである。自分には才能がないという深刻な自覚と、一方ではそれと同時に、自分こそはりっぱに自主性をそなえた人間であると信じようとするおさえがたい欲求とが、すでに少年時代からたえず彼の心を傷つけてきたのであった。彼は嫉妬心《しっとしん》の強い、激情的な欲望を持った、生れながらに神経のいらいらしているような青年であった。その欲望が激情的なのを、彼は欲望が強烈なのだと考えていた。頭角をあらわしたいという激しい欲望のままに、彼はどうかするときわめて無分別な飛躍をあえてしようとすることがあった。しかも、いざそれを決行する段になると、彼はそれを決行するにはあまりに利口すぎるということになってしまうのだった。それが彼を悩ましたのである。ことによったら、彼も機会さえあれば、自分の空想を実現するために、極端に卑劣なことをあえて決行したかもしれない。だが、土壇場《どたんば》まで押しつめられると、彼は極端に卑劣なことをしでかすには、あまりにも正直すぎるということが判明するのであった(そのくせ、ちょっとした卑劣なことなら、いつでも断わったりしないのだ)。彼は自分の家庭の貧困と零落とを、嫌悪《けんお》と憎しみの情をもってながめていた。彼は母親にたいしてすらも、上から見おろすような侮辱的な態度をとっていたが、しかし母親の世評と性格が、いまのところ自分の栄達のおもな支柱となっていることを、自分でもよく承知していたのである。エパンチン家へ出入りするようになったときも、彼はさっそく《卑劣なことをするなら、もうとことんまで卑劣な行為をやらなくちゃ。ただ勝ちさえすればいいんだ》と自分に言いきかせた。しかし、ほとんど一度もとことんまで卑劣な行為を押し通したことはなかった。また、なぜぜひとも卑劣な行為をせねばならぬと考えたのであろうか？　アグラーヤとの一件ではすっかり度胆《どぎも》をぬかれてしまったが、それでも彼女との交渉をあきらめたわけではなかった。そのくせアグラーヤが身を落して、自分のような者を相手にしてくれようとは、ただの一度だってまじめに信じたわけではないが、万が一の場合を考えて、ずるずると引きのばしておいたのである。その後ナスターシャ・フィリポヴナとの一件が持ちあがったとき、彼は忽然《こつぜん》として、すべてのものを獲得するのは金の力だけであるとさとったのである。《卑劣なことをするくらいなら、とことんまで卑劣に振舞うべきだ》と彼はそのころ毎日のように自己満足を感ずると同時に、いくらか恐怖を覚えながら、くりかえし自分に言いきかせていた。《いったん卑劣なことをする以上、とことんまでやりぬくことだ》と彼はたえず自分を納得させていた。《月並みな連中はこんなとき尻《しり》ごみするものだが、おれは決して尻ごみなんかしないぞ！》アグラーヤを失い、いろいろな出来事にいやというほど打ちひしがれて、彼はすっかりしょげかえってしまった。そして、あの気の狂った男が持ってきて、やはり気の狂った女が彼に投げ与えた金を、実際、公爵《こうしゃく》の手もとへ返してしまったのである。この金を返してしまったことを、彼はたえず誇りに思っていたものの、その後何百回となく後悔したものであった。当時公爵がペテルブルグに残っていた三日間というもの、彼は実際に泣き通したのであったが、そのくせこの三日のあいだに、彼は早くも公爵を心から憎むようになったのである。というのは、あれだけの大金を返すということは、《とても誰にでもできる芸当ではない》と信じていたのに、公爵があまりにも同情的な眼で彼をながめすぎたからであった。しかし、このやるせない想《おも》いも、要するに、たえず打ちのめされている虚栄心にすぎないのだ、という正直な反省が、おそろしく彼を苦しめた。それから長い時がたって、よくよく考えてみたあげく、彼はアグラーヤのような罪のない一風変った娘が相手なら、まじめにさえやれば、うまく事を運ぶこともできたのにと、ようやく納得したのである。後悔の念が彼の心を蝕《むしば》んだ。そのため彼は勤めをなげうって、憂愁と煩悶《はんもん》のなかに身を沈めたのであった。彼は両親とともにプチーツィンの厄介になって暮していたが、おおっぴらにプチーツィンのことを軽蔑《けいべつ》していた。そのくせ、プチーツィンの忠告によく従い、ほとんどいつもみずからその忠告を求めるほど、抜け目なく立ちまわっていたのである。ガヴリーラ・アルダリオノヴィチは、プチーツィンがロスチャイルドのようになろうとも思わず、またそれを一生の目的としてかかげていないことに憤慨していた。『高利貸をするからには、とことんまでそれで押し通さなくちゃ。世間のやつらをうんとしぼって、その血で金をつくりださなくちゃ。心を鬼にして、ジュウの王さまになることだね』しかし、プチーツィンは慎みぶかくもの静かなたちだったので、ただにやにや笑うばかりであった。ところが、あるとき、これはなんとしてもガーニャとこの問題についてまじめに話しあう必要があると感じて、彼は一種の威厳さえみせてそれを実行したことがあった。彼はガーニャにむかって、自分は決して不正なことをしていないのだから、自分のことをジュウ呼ばわりするのは間違っている、またたとえ金がいまのように値打ちがあるのも、なにも自分の責任ではない、自分は誠実で正直に振舞っているし、自分は要するに、《このような仕事の代理人にすぎないのだ、また最後に自分は仕事が几帳面《きちょうめん》なおかげで、りっぱな人たちからも知遇を受けているし、事業もますます発展しつつあると論証したのであった。『ロスチャイルドなんかにはならないよ。それに、ならなくちゃいけないってわけもないし』と彼は笑いながらつけくわえた。『まあ、リテイナヤ街に家を一軒、いや、ことによったら二軒も買って、それでいいことにするよ』《しかし、ひょっとしたら、三軒買えないともかぎらないな！》と彼は内心で思ったが、決してそれを口に出すようなことはなく、その夢を胸の奥深く秘めておくのだった。天はこうした人物を愛し、やさしくいつくしむものである。したがって、天はプチーツィンに三軒どころか、四軒の家をもって酬《むく》いるにちがいない。なぜなら、彼はほんの子供の時分から、自分は決してロスチャイルドにはならないということを、ちゃんと承知していたからである。しかし、天はどんなことがあっても四軒以上は授けてくれないだろう。こうして、プチーツィンの事業はそれで終りを告げるのである。

ところが、ガヴリーラ・アルダリオノヴィチの妹は、兄とまるで性質のちがった女であった。彼女もやはり強い欲望を持った人間であったが、それは激情的というよりも、むしろ執拗《しつよう》なものであった。彼女はいつも事が土壇場《どたんば》にまでいったときには、非常に豊かな理性をみせたが、その理性は土壇場にまでいきつくまでのあいだにも、彼女の身について離れないものであった。実際のところ、彼女もまた独創性を夢見る《ありふれた》人間のひとりであったが、そのかわり、彼女は自分にはとりたてて独創的なところは微塵《みじん》もないことを早くから自覚していたので、あまりそのことを苦に病まなかったのである。――しかし、これとても一種のプライドから出たことかもしれない。プチーツィン氏と結婚する際にも、彼女は並みはずれた決断力をもって、その分別ある第一歩を踏みだしたのであった。しかし、いざ結婚するまぎわにも、こんな場合ガヴリーラ・アルダリオノヴィチなら言わずにおかないような《卑劣なことをするなら、とことんまで卑劣に振舞うことだ。ただ目的さえ達したらそれでいいのだ》などという科白《せりふ》は、決して自分に吐かなかったのである（いや、彼は兄として彼女の決心に同意を表明したとき、あやうくこの科白を妹の面前で口に出そうとしたくらいであった）。いや、それどころか、事実はまるっきり反対であった。ワルワーラ・アルダリオノヴナは未来の夫が慎みぶかく地味で感じのよい、まずは教育があると言ってもいいくらいの人物で、卑劣な振舞いなどはかつてしたことがないことを、はっきり確かめてから、はじめて結婚したのであった。ちょっとした卑劣な行為については、ワルワーラ・アルダリオノヴナも些細《ささい》なこととしてあまりやかましく追求しなかったのである。また、こうした些細なことのない人がいったいどこにあろう？　理想なんてとうてい見つかるものではない！　そのうえに彼女は嫁入りすれば、それによって父母兄弟にささやかな住まいが与えられることを承知していた。彼女は兄の不幸を見かねて、以前の家庭的ごたごたを忘れて、兄を助力しようと思いたったのである。プチーツィンはときどき言うまでもなく打ちとけた調子ではあったが、ガーニャに勤めに出たらどうかと追いたてることがあった。『きみはそう一概に将軍とか将軍の位なんてものを軽蔑《けいべつ》しているが』と彼はどうかすると冗談半分に言うことがあった。『気をつけたまえ、いまはそう言っている《連中》がみんなそのうちに時節がくると、将軍になってしまうからね。見ていたまえ、そのとおりになるから』《いったいこのおれが将軍とか将軍の位を軽蔑しているなんて、どこから考えだしたんだろう？》とガーニャは皮肉な調子で自分の心にたずねてみた。ワルワーラ・アルダリオノヴナは兄を助けるために、自分の活動圏をひろげることに決心して、エパンチン家へ出入りするようになった。これには子供のころの思い出が大いにあずかって力があった。彼女もその兄も子供の時分からエパンチン家の令嬢たちとは遊び仲間だったからである。ここで断わっておかなければならないことは、もしワルワーラ・アルダリオノヴナがエパンチン家をたずねるにあたって、何か並みはずれた空想を追ったとするならば、彼女がみずから好んで加わった平凡な人間の仲間から一挙に逸脱したものと言わねばならないからである。しかし、彼女の追ったものは空想ではなかった。いや、むしろ彼女に言わせれば、かなり根拠のある目算があったのである。つまり、彼女はこの一家の性格をたよりにしたのであった。例のアグラーヤの性格などは、いつもおこたりなく研究していた。彼女は二人を、兄とアグラーヤの仲を、もう一度もとどおりにしようという目的をたてたのであった。もしかしたら、彼女は実際に多少ともその目的を達したのかもしれなかった。またことによったら、彼女はあまりにも多く兄に期待をかけすぎて、兄がどうころんでもとても提供することのできないものをあてにするような誤謬《ごびゅう》に陥っていたのかもしれなかった。だが、それはともかく、彼女はエパンチン家においてかなり上手にたちまわったのである。幾週間ものあいだ兄のことなどおくびにも出さず、つねにきわめて正直で誠実なふうを装《よそお》い、飾り気はないが、さりとて品格を失わないように振舞ったのである。その良心の奥のほうはどうかというと、彼女はみずから省みてやましいところがなかったので、いかなる点においても決して自分を非難するようなことはなかった。ほかならぬこの信念が彼女に力を与えたのであった。ただ一つふと自分でも気のついた欠点は、自分の心の中に非常な自尊心、というよりも、むしろ打ちひしがれた虚栄心とも言うべきものが多分にあることに、よくいらいらと腹をたてているのではないかということであった。とくに彼女がエパンチン家を立ちさるときは、ほとんどいつもこんな気持になることに自分でも気づいていた。

さて、彼女はいまほかならぬ同家から帰ってきたところで、すでに述べたとおり、痛々しい物思いに沈んでいたのであった。その痛々しい表情のなかには、何かしらひどく冷笑的なものすら顔をのぞかせていた。プチーツィンはパーヴロフスクでは、埃《ほこり》っぽい通りに面した、見た目はよくないが、広々した木造の家に住んでいた。この家はまもなく彼の手にはいるはずになっていたので、彼はもうそれを誰かに売りはらうことを考えていた。入口の階段を上りながら、ワルワーラ・アルダリオノヴナは二階でただならぬ騒々しい物音がするのを耳にした。それは兄と父がわめきたてている声であることがわかった。客間へ通ってみると、ガーニャが憤怒《ふんぬ》のあまり顔を真《ま》っ蒼《さお》にして、あやうく自分の髪の毛をむしらんばかりの勢いで、部屋の中をあちこち駆けまわっていたので、彼女はちょっと眉《まゆ》をひそめると、さも疲れきった様子で、帽子も取らずにソファへ身を沈めた。もし自分がこのまま一分間もだまっていて、なぜそんなに駆けまわっているの、と言葉をかけてやらなかったら、兄は間違いなく怒りだすにちがいない、ということをよく承知していたので、ワーリャはとうとう質問という形で切りだした。

「やっぱり相変らずなの？」

「何が相変らずなものか？」とガーニャは叫んだ。「相変らずだって！　いや、いまどんなことがおこったのか、さっぱりわからんが、相変らずなんてものじゃないさ！　親《お》父《や》《じ》は気ちがいみたいになってくるし、おふくろときたら、わめきちらすし……いや、まったくだよ、ワーリヤ。おまえはなんと思うか知らないが、おれは親父を追いだしてしまうか、でなけりゃ……おれがここを出ていくことにするよ」彼は他人の家から誰を追いだすこともできないのにどうやら気がついたらしく、こうつけくわえた。

「すこし大目に見てあげなくちゃいけませんわ」ワーリヤがつぶやいた。

「何を大目に見てやるんだ？　誰を？」ガーニャはいきりたった。「あの親父の卑劣な振舞いをかい？　とんでもない、おまえはどう思うか知らないが、そんなことはできないさ！　だめだ、だめだ、だめだとも！　ほんとになんていうざまだ、自分が悪いくせに、よけい威張りかえっているんだから。《門からはいるのがいやだから、垣根《かきね》をこわせ！》と言わんばかりじゃないか！……おまえなんだってそんなすわり方をしているんだい？　見られた顔じゃないぜ！」

「顔は顔だわ」ワーリヤは不機嫌《ふきげん》そうに答えた。

ガーニャはなおいっそう眼をこらして、妹の顔を見つめた。

「あすこへ行ったんだね？」彼はふいにたずねた。

「ええ」

「ちえっ、またどなってるじゃないか！　なんて恥っさらしなことだ。おまけに、よりによってこんなときにさ！」

「こんなときって、どんなときなの？　なにもそんな特別なときなんかありゃしないじゃないの」

ガーニャは、なおいっそう眼をこらして、妹の様子を見まもった。

「何かきき だしたのかい？」彼はたずねた。

「少なくとも、思いがけないことなんか一つもなかったわ。あれはみんな間違いなかったってことを知ったばかりよ。うちの人のほうがあたしたち二人よりも目が高かったってわけね。あの人がはじめから言ってたようになってしまったわ。あの人どこにいるの？」

「留守だよ。いったい、どうなったんだい？」

「公爵が正式な婚約者になったのよ、もうすっかり決ったんですって。上の二人から聞いたの、アグラーヤも承知したんですって。もういまじゃ隠そうともしなくなったわ（なにしろ、あの家には、いままでこうした隠しごとが絶えなかったんですもの）。アデライーダの結婚は、二つの結婚式を一度に、同じ日に挙げるために、また延びたんですって。ほんとに詩的なお話だわ、まるで何かの詩にそっくりじゃないの。そんなに役にもたたないことに部屋の中を駆けまわるよりも、結婚祝いの詩でも作ったほうがいいわよ。今晩あすこにベロコンスカヤ夫人が見えるんですって。ちょうど、いいときに来あわせたものね。ほかにもお客さんがあるんですって。あのかたとは前から知合いなんだけれど、改めてベロコンスカヤ夫人にあのかたを紹介して、どうやら、正式に披露するらしいのよ。ただね、あのかたが部屋へはいるとき、お客に気おくれして、何か物を落してこわしたり、でなくても自分でばったり倒れたりしないかと、それぱかりが心配なんですってさ。なにしろ、公爵ならありそうなことですからね」

ガーニャは非常に注意して相手の話を聞き終ったが、妹のびっくりしたことには、彼にとってこのおどろくべきニュースも、どうやらそれほど恐ろしい印象を彼の心に与えなかった様子だった。

「なあに、はじめからわかりきっていたことさ」彼はやや考えてから言った。「つまり、これで一巻の終りさ！」彼はだいぶ静かになったものの、やはりまだ部屋の中をあちこち駆けまわりながら、何やら妙な薄笑いを浮べて、妹の顔をのぞきこんでこうつけくわえた。

「でも、あんたは哲学者みたいな態度で聞いてくださるからまだいいわ。あたし、ほんとにうれしいわ」ワーリャは言った。

「いや、肩の重荷がとれたわけさ。少なくとも、おまえの肩からはね」

「あたしは理屈も言わず、うるさくせがんだりもしないで、誠心誠意あんたのためにつくしてあげたようね。あんたがどんな幸福をアグラーヤから求めていたのか、そんなことたずねたこともありませんからね」

「いや、それにしても、このおれが……アグラーヤから幸福を求めたことがあるかね？」

「ねえ、お願いだから……哲学めいたことはよしてちょうだい！　もちろん、そのとおりよ。これで万事おしまいだわ。ばかな目を見ただけですわ。でも、白状すると、あたしはこれまで一度もこのことをまじめに見ることができなかったのよ。ただ《万一の場合》を考えて、あの女《ひと》の突拍子もない性質をあてにして、やってみただけなのよ。でも、あんたを慰めてあげるのがいちばんだったのよ。どうせ九分九厘まではだめだと思ってたわ。それに、いまでもあんたが何を得ようとあせっていたのか、あたしにはよくわからないのよ」

「さあ、今度はおまえさん夫婦が、このおれを勤めに追ったてる番だね。忍耐と意志の力について講釈をはじめるってわけか。些細なことでもおろそかにするなとかなんとか言って。ちゃんとそらで覚えてるよ」ガーニャは大声で笑いだした。

《この人はまた何か新しいことを考えているんだわ》とワーリャは思った。

「で、どうなんだね、あすこでは——喜んでいるのかい、つまり、両親がさ？」ふいにガーニャはたずねた。

「いいえ、そうじゃないらしいわ。もっとも、ご自分で想像がつくでしょう。イワン・フョードロヴィチは満足しているけれども、夫人は心配しているわ。前々から婿《むこ》としてはいやでたまらないってふうだったんですもの。これははっきりしているわ」

「おれのきいたのはそのことじゃないよ。婿としては考えることもできない、お話にもならないってことは、わかりきった話さ。おれは現在の事情をきいてるのさ。現在あすこじゃどんな様子だね？　正式な承諾を与えたのかい？」

「あの女《ひと》はいまにいたるまで《いや》とは言ってないのよ。――ただそれだけのことよ。でも、あの女《ひと》としては、それよりほかにしようがないじゃないの。あの女《ひと》がいままで非常識なほど内気で恥ずかしがりやだったってことは、あんただって知ってるでしょう。子供の時分お客さんのとこへ出たくないばっかりに、戸棚《とだな》の中へもぐりこんで、二、三時間もその中でじっとすわっていたことがあるんですもの。ところが、それがそのまま育って大きくなったけれど、いまでもあれとそっくり同じことなのよ。ねえ、あたしはなぜだか知らないけれど、あの家には何かしら重大なことが、しかもそれがあの女《ひと》からいって重大なことがあるように思うの。あの女《ひと》は自分の本心をさとられまいと思って、朝から晩まで公爵のことをそりゃ笑っているそうだけど、きっと毎日かげではそっとあの人に何か言っているのに決ってるわ。だって、あの人はまるで天にも昇るような心地で、にこにこしているんですもの……その様子がとても滑稽《こっけい》なんですって。あの家の人から聞いたことなのよ。でも、あたしにはなんだかあの人たちが、つまり、上の姉たちがあたしを眼の前においてばかにしてるような気がしてならなかったわ」

ガーニャはとうとう顔をしかめはじめた。ひょっとすると、ワーリャがこの問題にわざと深入りしたのは、兄の本心を見ぬくためだったかもしれなかった。ところが、ふたたび二階でわめき声がおこった。

「おれは親父を追いだしてやる！」ガーニャはまるで腹の中のいまいましさを吐きだす機会が訪れたのを喜ぶように、わめきだした。

「そんなことをしたら、またきのうのように、行く先々であたしたちに恥をかかせることよ」

「えっ、きのうのようにだって？　いったいどうしたんだい、きのうのようにってのは？　まさか……」ふいにガーニャはおそろしくあわてだした。

「あら、まあ、じゃあんたは知らなかったのね？」ワーリャはふと気がついて言った。

「じゃ、なにかい……親父があすこへ行ったたっていうのは、ほんとなんだね？」ガーニャは憤怒と羞恥《しゅうち》の念に燃えながら叫んだ。「ああ、おまえはあすこから帰ってきたんだったな！　何か聞いたかい！　親父はあすこへ出かけていったのかい？　行ったのかね、それとも行かなかったのかね？」

そう叫ぶと、ガーニャはドアのほうへとびだしていった。ワーリャは身をおどらして、両手で相手をおさえた。

「どうしたのよ? ねえ、どこへ行くのよ?」彼女は言った。「お父さんをいま放したら、もっとひどいことをしでかしてよ、ほうぼうへ出かけていって!……」

「いったい何をあそこでしでかしたんだ? どんなことをしゃべったんだ?」

「あそこの人たちも何も話ができなかったのよ、よくわけがわからなかったらしいの。ただもうみんなをびっくりさせてしまったのよ。イワン・フョードロヴィチのところへ行ってみると、あの人は留守だったので、今度はリザヴェータ夫人に会わしてくれって言ったんですって。はじめのうちは勤め口を見つけてくれ、勤めに出たいと頼んだそうですけれど、しまいにはあたしたちのことを、あたしのことだの、うちの人のことだの、とりわけあんたのことをいろいろと訴えたんですって……なんだかいろんなことをしゃべったらしいわ」

「どんなことだか聞きだせなかったのかい?」ガーニャはまるでヒステリーでもおこしたように、ぶるぶると身を震わせた。

「いくらなんでもそんなことは! お父さんだって自分が何をしゃべったか、自分ではろくすっぽわかっちゃいないんですもの。それに、あすこでもすっかりはあたしに教えてくれなかったかもしれないわ」

ガーニャは頭をかかえて、窓のほうへ駆けだしていった。ワーリャはもう一方の窓ぎわに腰をおろした。

「アグラーヤっておかしなひとね」ふいに彼女は言いだした。「あたしを呼びとめて、『ご両親にあたくしからとくによろしくお伝えください。あたくし近いうちにぜひお父さまにお目にかかりとうございます』ですって。その口ぶりがいやにまじめでね、そりゃおかしいのよ……」

「からかっているんじゃないのか？　からかっているんじゃないのか？」

「ところが、そうじゃないのよ。だから、おかしいのよ」

「あの女《ひと》は親父のことを知ってるのかね、知ってないのかね、おまえはどう思う？」

「あの家では誰も知らないってことは、もう間違いないと思うわ。でも、あんたに言われて気がついたんだけれど、もしかしたら、アグラーヤだけは知っているかもしれないわね。だってあの女《ひと》がひとり知っているというのは、あの女《ひと》がまじめくさった顔つきで、お父さまによろしくと言ったとき、上の姉たちもやはりびっくりしていましたもの。それでなければ、お父さんひとりにそんなこと言うわけないじゃありませんか？　もしあの女《ひと》が知っているとすれば、公爵が教えたにちがいないわ」

「誰が教えたかなんて、そんなことどうでもいいじゃないか！　泥棒め！　まさかこんなことをしようとは。このうちには、泥棒がいるんだ、しかもそれが《一家のあるじ》ときている！」

「まあ、ばかなことをおっしゃい！」ワーリャはすっかり腹をたてて叫んだ。「酔っぱらったうえの話じゃないの、ただそれだけのことよ！　それに、誰がいったいこんなことを考えだしたの？　レーベジェフや公爵は……お二人ともりっぱなかたですからね。たいへんお利口なかたですからね。だから、あたしあんなことなんか、ちっとも問題にしちゃいないわ」

「親父は泥棒で酔っぱらいだし」ガーニャは苦りきって言った。「このおれは乞食《こじき》で、妹の亭主は高利貸ときている――これでアグラーヤの心をつかもうなんてあきれた話さ！　いや、もうごりっぱなことで！」

「その妹の亭主の高利貸があんたを……」

「養っている、ってのかい？　なあに、遠慮なく言ってくれ」

「あんたは何をそんなに腹をたててるの？」ワーリャはふと気がついて言った。「なんにもわかっちゃいないのね、まるで小学生みたいだわ。ねえ、こんなことのために、アグラーヤから見たあんたのイメージがこわれるとでも思ってるの？　あんたはあの女《ひと》の性質を知らないのよ。あの女《ひと》はとびきり上等な花婿なんかには目もくれないで、かえって屋根裏で餓死するために、どこかの大学生と喜んで家をとびだす人なのよ――これがあの女《ひと》の夢なんですからね！　だから、あんたが毅然《きぜん》として誇りを失わないで、いまの境遇に耐えしのんでいけたら、そのほうがあの女《ひと》の眼から見て、ずっと興味のあるものになれたのよ。あんたにはそれがどうしてもわからなかったのね。公爵があの女《ひと》を釣ったのは、まず第一に、公爵が釣ろうなんて気がなかったせいもあるけれど、第二は公爵がみんなの眼から白痴《ばか》に見えたからなのよ。とにかく、公爵のことで家じゅうの人を困らせていることだけが、あの女《ひと》にはおもしろいのよ。ああ、あんたにはなんにもわかってないのね！」

「まあ、わかってるかわかってないか、いまにわかるさ」ガーニャは謎《なぞ》めいたことをつぶやいた。「それにしてもおれは、親父のことをあの女《ひと》に知られたくなかったよ。公爵は口をつぐんで、誰にもしゃべらないと思ってたがね。レーベジェフにさえ口どめしたくらいだからね。おれがしつこく頼んだときでも、すっかりはしゃべってくれなかったのに……」

「それじゃ、公爵がしゃべらないとしても、やはりみんなに知れちゃっているのね。ところで、あんたはこれからどうするつもり？　何をあてにするの？　かりにまだ何か望みがあるとすれば、あの女《ひと》の眼にあんたが受難者のように映ることぐらいなものね」

「でも、あんな骨の髄までロマンチックな女でも、スキャンダルをしでかすのは尻《しり》ごみするだろうよ。何事も一定の限界があるのさ。誰だって一定の限界までしかいかないものさ。おまえたちはみんなそんなものだよ」

「あのアグラーヤが尻ごみするんですって？」ワーリャは軽蔑《けいべつ》するように兄をながめな

がら、かっとなって言った。「でも、ほんとに下劣だわ、あんたの根性ったら！ あんたはなんの値打ちもない人だわ。たとえあの女《ひと》はおかしな変人だとしても、そのかわり、あたしたちが束《たば》になってもかなわないほど千倍もりっぱなひとだわ」

「まあ、いいよ、いいよ、そう怒るなよ」ガーニャは得意然として言った。

「あたしはただお母さんがかわいそうでならないわ」ワーリャは言葉をついだ。「あのお父さんの一件が、ご耳にはいらなきゃいいがと、それだけが心配なのよ、ほんとに心配だわ！」

「でも、もうきっと耳にはいってるさ」ガーニャが言葉をはさんだ。

ワーリャは、二階にいる母のニーナ・アレクサンドロヴナのところへ行こうとして腰をあげかけたが、ふと立ちどまって、じっと兄の顔を見つめた。

「でも、誰がそんなことをお母さんに言えて？」

「きっと、イポリートだよ。ここへ引っ越してくるが早いか、そのことをおふくろに報告するのを、何よりも楽しみにしてたんじゃないのかな」

「なぜあの人が知っているの、後生だから教えて。公爵とレーベジェフが誰にも言わないって決めたんでしょう。コーリャだってなんにも知らないっていうのに」

「イポリートがかい？ 自分でかぎだしたのさ。あいつがどこまでずるいやつだか、とても想像がつかないよ。あいつはとんでもない告げ口屋で、悪いことやらスキャンダルなら、なんだってかぎだす鼻を持ってるんだから。おまえはほんとうにするかどうか知らないが、おれのにらんだところでは、あいつはアグラーヤまで、まんまと手の中に丸めこんでしまったようだね！　かりにまだ丸めこんでいないとしても、いずれはかならず丸めこむにちがいないよ。ロゴージンもやはりあいつと関係をつけたそうだ。どうして公爵はそれに気がつかないんだろう？　いや、今度は、このおれをおとしいれたくてたまらないんだよ！　あいつがこのおれを目の仇《かたき》にしているってことは、もうちゃんと前から承知しているよ。でも、いったいなんのためなんだろう、どうせいまにも死ぬ体じゃないか。おれにはとんと合点《がてん》がいかないよ！　だが、おれはあいつに一杯くわしてやるさ。まあ、見ていろよ。あいつがおれをじゃなくて、このおれがあいつをおとしいれてやるから」

「そんなに憎らしいのなら、なんだってあの人を家へ呼んだの？　それに、あんな人、おとしいれるだけの値打ちがあって？」

「だっておまえこそ自分で呼べってすすめたじゃないか」

「何かの役にたつと思ったのよ。それはそうとご存じ、いまじゃあの人がアグラーヤにほれこんじまって、手紙なんか書いてるのよ。あたしにいろんなことをきいたりしてね……リザヴェータ夫人にまで手紙を出しかねない勢いだったわ」

「その点なら危険のない男さ！」ガーニャは毒々しく笑いながら言った。「そりゃ、何かあるんだろうが、どうせ的はずれのことさ。あいつがほれこんじまったてのは、大いにありそうなことさ。なにしろ、小僧っ子だからな！　だが……ばあさんあてに匿名《とくめい》の手紙を書くなんてことはしないだろうよ。あいつはじつに意地の悪い、なんの取りえもない、ひとりよがりの、月並みな野郎だもの！　あいつはまず手はじめとして、このおれのことをあの女《ひと》に陰謀家だって触れまわったにちがいないさ。おれはそれを信じて疑わないよ、絶対にそうだとも。おれはじつのところ、はじめまるでばかみたいに、あいつにいろんなことを打ちあけてしまったのさ。なにしろ、あいつが公爵に復讐《ふくしゅう》するだけでも、おれの役にたつと思ったからなんだ。ところが、あいつはそりゃずるい野郎でね！　いまこそおれはあいつの根性をすっかり見ぬいてしまったよ。今度の泥棒の一件は自分のおふくろから、あの大尉《たいい》夫人から聞きだしたのさ。親父《おやじ》があんなことを思いきってやったのも、結局はあの大尉夫人のためなんだからな。あいつはいきなり、藪《やぶ》から棒に、《将軍》がぼくのおふくろに四百ルーブルくれるって約束しましてね、だとさ。それがまったく出しぬけにぶっきらぼうに言うんだからな。そこで、おれはいっさいのいきさつをすっかりさとっちまったのさ。そう言って、あいつはさも愉快そうな顔つきでこのおれの顔をじっと見つめるんだからねえ。おふくろに告げ口したのも、ただおふくろの心をかきむしるのがおもしろくてたまらないというだけのことさ。それにしても、なぜあいつはくたばらないんだ。ひとつ教えてくれよ！　だって、三週間たったら死ぬはずだったのに、ここへ来てから肥《ふと》りだしたじゃないか！　咳《せき》もしなくなったし。ゆうべも自分で言ってたけれど、あの翌日からもう喀血《かっけつ》もしなくなったとさ」

「追いだしておしまいなさいよ」

「おれはあいつを憎んでいるんじゃない、ただ軽蔑しているだけさ」ガーニャは誇らしげに言った。「いや、まあ、いいさ、おれがあいつを憎んでいるとしてもかまわないさ、なに、かまうものか！」彼はふいにおそろしく激怒して叫んだ。「おれはあいつに面とむかって言ってやるさ、たとえあいつが臨終の床についているときだってかまやしない！　ああ、おまえがあいつの《告白》を読んでたらなあ……いや、まったく厚顔無恥な単純さでね！　あいつはピロゴフ中尉だよ、あいつは悲劇のノズドリョフ（訳注　ゴーゴリ『死せる魂』に登場する大ぼら吹き）だよ、いや、それよりも何よりも、生意気な小僧っ子なのさ！　ああ、あのときあいつの度胆をぬくために、あいつを笞《むち》で打ちのめしてやったら、どんなにおれは気が清々《せいせい》したことだろう。あのときうまくいかなかったもんだから、あいつはいまになってみんなに復讐しているんだ……しかし、ありゃいったいなんだね？　また二階で騒いでるじゃないか！　ほんとにこりゃいったいどうしたってんだろう？　おれはもうまったく我慢できんよ。プチーツィン！」彼は部屋へはいってきたプチーツィンにむかって叫んだ。

「いったいあれはどうしたんだ、わが家はどこまでいったら片がつくんだ？　こりゃいったい……こりゃいったい……」

しかし、騒々しい物音は急激に近づいてきた。ふいにドアがさっとあいて、憤怒のあまり顔を紫色にして、体じゅうをわなわな震わせ、われを忘れたイヴォルギン老人が、やはりプチーツィンにむかっておどりかかった。老人のあとにつづいて、ニーナ夫人とコーリャが、いちばんあとからイポリートがはいってきた。

2

イポリートがプチーツィンの家へ引っ越してきてから、もう五日になる。この引越しはきわめて自然に運んだので、彼と公爵《こうしゃく》とのあいだには、これといって格別な言いあいもいざこざもおこらずにすんだ。二人は喧嘩《けんか》をしなかったばかりでなく、見うけたところ、まるで仲のいい親友というふうな別れ方をしたのであった。あの晩イポリートにたいして、あれほどの敵意を示したガヴリーラ・アルダリオノヴィチが、自分のほうから彼を見舞いにきた。もっとも、それはあの一件があってから三日目のことではあったが、どうやら何か急に思いついたことがあってのことらしかった。なぜかロゴージンまでが、やはり病人を見舞いに来るようになった。はじめのうちは公爵も、この家から出ていったほうがこの《あわれな少年》のためにもよいのではないかと思ったのである。ところが、いざ、引っ越すというときになってもイポリートは、《ご親切にも宿をかしてくださる》プチーツィンのところへ引っ越していきますという表現をして、まるでわざとのようにガーニャのところへ引っ越していくとは言わなかったのである。そのじつ、彼を自分の家へ引きとると主張したのはほかならぬガーニャだったのである。ガーニャはそのときすぐそれに気づいてむっとなり、胸の中へ畳みこんでおいたのであった。

彼が妹にむかって、病人がよくなったと言ったのはほんとうのことであった。実際、イポリートは以前よりだいぶよくなって、それは一目見てもわかるほどであった。彼は人を小ばかにしたような、たちのわるい微笑を浮べながら、みんなのあとからあわてたふうもみせずに部屋へはいってきた。ニーナ夫人は、すっかりおびえてしまったような面持ではいってきた（彼女はこの半年のあいだにかなりやせて、面変《おもがわ》りしていた。娘を嫁にやって、娘のもとで暮すようになってから、表面的にはほとんど子供たちのことに口を出さなくなった）。コーリャは心配そうな顔つきをして、途方にくれていた。彼はこの家庭内の新しいごたごたの原因を、もちろん知らなかったので、彼のいわゆる《将軍の気ちがいじみた言動》についても、納得のいかないことのほうが多かったのである。しかし、父親がいまではたえずいたるところで、ばかげたことをしでかして、まるで以前の父親とは思われないほど人が変ってしまったことだけは彼にもはっきりしていた。また老人がこの三日というもの、ぴたりと酒を飲まなくなったことも、彼を心配させたのであった。彼は老人がレーベジェフや公爵と仲たがいして、喧嘩までしたことも承知していた。コーリャは自分の金で手に入れたウォトカの小壜《こびん》を持って、たったいま家に帰ってきたばかりのところだった。

「ほんとうですよ、お母さん」彼はさきほどまだ二階にいるとき、ニーナ夫人を説得して言った。「ほんとに勝手に飲ませてあげたほうがいいんですよ。杯に手もふれなくなってから、もう三日にもなるじゃありませんか、きっと寂しいんですよ。ほんとうにそのほうがいいんですよ。ぼくは債務監獄にいた時分にも、よく持ってってあげましたからね」

将軍はドアをいっぱいにあけはなして、憤怒《ふんぬ》のあまり身を震わせながら、敷居の上に立ちはだかった。

「ねえ、きみ！」彼は雷のような声でプチーツィンにわめきたてた。「かりにあんたが実際にこの青二才の無神論者のために、皇帝の恩寵《おんちょう》をかたじけのうしたこの名誉ある老人を、あんたの父親を、いや、つまりその、少なくともあんたの女房の父親を、犠牲にしようと決心されたのなら、わしはいますぐにあんたの家に足踏みすることをやめますぞ。さあ、どちらか選びなさい、一刻も早く選びなさい、わしを取るか、それともこの……ねじ釘《くぎ》か！　そうだとも、ねじ釘だとも！　わしはつい口をすべらして言ったのだが、これはまさにねじ釘だ！　なにしろ、こいつときたら、このわしの胸をねじ釘でえぐるんだからな。おまけに情け容赦もなく……ねじ釘でな……」

「栓抜《せんぬ》きじゃないんですか？」イポリートが言葉をはさんだ。

「いや、栓抜きじゃないんだ。なにしろ、わしはきさまにたいして将軍でこそあれ、壜ではないからな！　わしは勲章を持ってるんだぞ、勲章をな……ところが、きさまなんぞは何も持っておらんじゃないか。さあ、こいつか、わしか！　きみ、早く決めたまえ、いますぐ、いますぐに！」彼はまたかっとなって、プチーツィンにむかって叫んだ。そのときコーリャが椅子《いす》をすすめたので、彼はまるで力が抜けてしまったようにぐったりとその上に身を沈めた。

「いや、まったく……ひと寝入りなさったほうがよろしいですよ」度胆《どぎも》をぬかれたプチーツィンがつぶやいた。

「親父のやつ、まだ威張りかえってるじゃないか！」ガーニャは小声で妹にささやいた。

「ひと寝入りしろだと！」将軍は叫んだ。「わしは酔ってなんかおらんぞ、きみ、わしを侮辱する気かね。ああ、なるほど」彼はふたたび立ちあがりながら、言葉をつづけた。「ああ、なるほど、ここではみんなわしに反対なんだな、誰もかれもみんな。いや、もうたくさんだ！　わしは出ていく……しかし、いいかね、きみ、いいかね……」

みんなは彼にしまいまでしゃべらせず、むりやりに腰をかけさせると、気を落ちつけるようにと頼みはじめた。ガーニャは憤然として、片隅《かたすみ》へ引っこんでしまった。ニーナ夫人は身を震わせながら泣いていた。

「いったいぼくがあの人に何をしたっていうんだろう？　何をこの人は訴えているんです？」イポリートは歯をむきだしながら叫んだ。

「じゃ、何もなさらなかったというんですか？」ふいにニーナ夫人が言葉をはさんだ。「あんな老人をいじめるなんて……ほんとうに不人情な恥ずかしいことですわ、とくにあなたみたいな人にとっては……それもあなたのような立場にあったらなおのこと……」

「まず第一に、ぼくの立場っていったいどんな立場ですか、奥さん！　ぼくはあなたを非常に尊敬していますよ、ほかならぬあなたを、個人的にね、しかし……」

「こいつはねじ釘だ！」将軍は叫んだ。「こいつはわしの胸や魂を、ねじ釘のようにえぐるのだ！　こいつはわしに無神論を信じこませたくてたまらんのだ！　やい、この青二才！　きさまなんぞがまだ生れてもおらんさきから、このわしはもう名誉に包まれていたんだぞ。きさまは真二つにぶったぎられたやきもち焼きの蛆虫《うじむし》じゃないか……ごほんごほんと咳《せき》ばかりしながら、悪意と不信心のためにくたばりかかっているんじゃないか……いったいなんだってガーニャはきさまのようなやつを連れてきたんだ？　ほんとにみんな――赤の他人から生みの息子にいたるまで、このわしにさからいやがって！」

「もうたくさんですよ、とうとう悲劇を演じてしまったな！」ガーニャが叫んだ。「ただ町じゅうを触れまわって、ぼくらの顔をつぶすようなことさえしなけりゃ、もっとよかったんですがね！」

「なんだと、わしがきさまの顔をつぶすだと、この青二才め！　わしはきさまに名誉をかけこそすれ、きさまの名誉をけがすことなんかできんぞ！」

彼は席からおどりあがった。もう彼をおさえることはできなかった。しかし、ガヴリーラ・アルダリオノヴィチも、どうやら堪忍袋《かんにんぶくろ》の緒《お》を切ってしまったようだった。

「いまさら名誉を口にするなんて！」彼は毒々しげに叫んだ。

「なんだと？」将軍は顔を真《ま》っ蒼《さお》にして、一歩踏みだしながら、どなりつけた。

「いや、ぼくがちょっと口をあけさえすれば……」ふいにガーニャは叫びたてたが、しまいまでは言いきらなかった。二人は面とむかって突ったっていた。双方とも度はずれて身を震わせていたが、ガーニャのほうはとくにひどかった。

「ガーニャ、まあ、どうしたの？」ニーナ夫人は身をおどらせて、息子をおさえながら、叫んだ。

「どちらをむいても、くだらないことばかりだわ！」ワーリャは憤慨しながら、きっぱり言った。

「ただお母さんに免じてゆるしておきますよ」ガーニャは悲痛な声で言った。

「言ってみろ！」将軍はすっかりかっとなってほえたてた。「言ってみろ、父親の呪《のろ》いを覚悟して……さあ、言ってみろ！」

「へえ、このぼくがあんたの呪いにおどろくとでも思ってるんですか！　それに、もうこれで八日間というもの、あんたがまるで気ちがいみたいになってるからって、いったい誰に罪があるというんです？　ええ、もう八日になりますよ、ちゃんと日にちまでぼくは知ってるんですからね。気をつけたほうがいいですよ、ぼくを土壇場《どたんば》まで追いつめないほうが。ぼくは洗いざらい何もかもしゃべっちまいますよ……あんたはなんのためにきのうエパンチン家へのこのこ出かけていったんです？　それでも年寄りですかね、白髪頭《しらがあたま》の、一家のあるじと言われる人が……いや、じつにけっこうなことですよ！」

「やめろよ、ガンカ！」コーリャが叫んだ。「やめろよ、ばか！」

「でも、このぼくが、このぼくがいったいどんなことをしてこの人を侮辱したというんです？」イポリートはしつこく言いはったが、相変らず例の人を小ばかにしたような調子であった。「なんだってこの人はぼくをねじ釘だなんて言うんでしょう。ねえ、みなさんもお聞きになったでしょう、自分のほうからぼくにつきまとってきたくせに。いや、いまもぼくのところへやってきて、エロペーゴフ大尉《たいい》とかいう人の話をはじめたんですよ。ぼくはね、将軍、あなたのお仲間なんかにはいりたくないんですからね、以前だってなるべく避けるようにしてたじゃありませんか。ご自分でもよくご承知でしょうが？エロペーゴフ大尉なんて、ぼくにはなんの用もありませんからね。ほんとですとも！

ぼくはエロペーゴフ大尉のためにここへ引っ越してきたんじゃありませんよ。ぼくはただそんなエロペーゴフ大尉なんて人は、この世にてんでいたこともないんじゃありませんかって、率直に意見を述べただけなんですよ。すると、この人はいきなりいまの騒動をおこしたんですからねえ」

「もちろん、いるはずがありませんよ！」ガーニャはたたきつけるように言った。

ところが、将軍は度胆をぬかれて突ったったまま、無意味にあたりをきょろきょろ見まわすばかりであった。息子の言葉があまりに露骨だったので、すっかり度胆をぬかれてしまったのである。最初の一瞬間、彼は言うべき言葉も知らなかった。ついにイポリートがガーニャの返事を聞いて、大声をあげて笑いだしながら、『そら、ごらんなさい、お聞きになりましたか、あなたの息子さんまで、やっぱりエロペーゴフ大尉なんて人は、まるっきりいなかったと言ってるじゃありませんか』と叫んだとき、老人はすっかりどぎまぎして、つぶやいた。

「カピトン・エロペーゴフだよ、大尉《カピタン》じゃなくて……カピトンだ、予備役中佐エロペーゴフだ……カピトンだよ」

「そのカピトンだってやはりいませんでしたよ！」ガーニャはもうすっかり腹をたてていた。

「な……なぜいなかったんだ？」将軍はつぶやくように言った。と、さっとその顔に紅《くれない》が散った。

「いや、もうたくさんですよ！」プチーツィンとワーリャがなだめようとした。

「やめろよ、ガンカ！」コーリャがまた叫んだ。

だが、この仲裁はさすがの将軍をわれに返らせたようだった。

「なぜいなかったんだ？　どうしてこの世にいなかったんだ？」彼はものすごい剣幕でわが子に食ってかかった。

「いなかったからいなかったんですよ。ただそれだけのことですよ。それに、だいたい、いるはずもないじゃありませんか！　さあ、どうです、もういいかげんにやめたらどうなんです」

「ああ、これでも息子か……これが生みの息子か、わしがあれほど……ああ、なんということだ！　エロペーゴフが、エローシカ・エロペーゴフがいなかったなんて！」

「ほら、ごらんなさい、エローシカと言ってみたり、カピトーシカ（訳注　カピトンの愛称）と言ってみたり！」イポリートが言葉をはさんだ。

「カピトーシカだよ、きみ、カピトーシカだよ、エローシカじゃない！　カピトンだ、カピトン・アレクセエヴィチだ、ええと、カピトンだ、予備役の……中佐でな……マリヤ……マリヤ……ペトローヴナ・ス……ス……ストゥゴワと結婚したのさ……わしとは見習士官時代からの親友でな！　わしはあの男のために血を流したもんだ……わしはかばってやったんだが……戦死しちまったよ。そのカピトン・エロペーゴフがいなかったなんて！　この世にいなかったなんて！」

　将軍は躍起になって叫んだ。しかし、その叫び声はなんだか事件の成行きとまったく関係がないみたいに思われるのだった。たしかに、もしこれがほかの場合だったら、彼はもちろんカピトン・エロペーゴフなんてまったく存在しなかったという話以上に侮辱的な話すら、腹の虫をおさえて我慢し、たとえ何かどなり散らし、一騒動もちあげて、われを忘れるにしても、結局は二階の書斎へひと寝入りしに引きあげたかもしれなかった。ところが、いまは不思議な感情の働きのために、エロペーゴフの存在を疑うといった侮辱が、杯の水をあふれさせるようなことになってしまったのである。老人は顔を紫色にして、両手を振りあげながら、わめきたてた。「もうたくさんだ！　わしの呪《のろ》いを受けるがいい……こんな家から出ていってやるぞ！　ニコライ、わしの鞄《かばん》を持ってこい、出ていくぞ……ひと思いに！」

　彼はおそろしく憤激しながら、あわてて出ていった。そのあとを追って、ニーナ夫人とコーリャとプチーツィンが駆けだしていった。

「まあ、あんたはなんてことをしでかしてくれたの？」ワーリャが兄に言った。「お父さんはきっとまたあすこへのこのこと出かけていくにちがいないわ。恥知らずよ、恥知らずだわ！」

「じゃ、泥棒なんかしなけりゃいいんだ！」ガーニャは憤怒のあまり喉《のど》をつまらせんばかりに叫んだ。が、ふとその眼差《まなざ》しがイポリートに出会うと、ガーニャはあやうく身を震わせるところだった。「ところで、いいかね、きみ」彼は叫んだ。「きみはなんといっても、他人の家に……厄介になっているということを忘れないで、明らかに気のちがっている老人を、いらいらさせちゃいけませんよ……」

イポリートもやはりむっとしたらしかったが、彼はたちまちぐっとこらえた。

「父上が気ちがいだというあなたのご意見には、完全には同意できませんね」彼は落ちつきはらって答えた。「いや、ぼくの眼には、かえって最近になって知恵が増してきたように思えますがね。いや、ほんとうですとも。お信じになりませんか？　じつに用心ぶかく疑《うたぐ》りぶかくなって、なんでも探りだそうとしていますし、ひとこと言うにも、とても慎重ですよ……あのカピトーシカのことだって、あてがあってこのぼくに言ったんですよ。どうです、あの人はぼくをうまくひっかけて……」

「いや、親父《おやじ》がきみをひっかけようとしようがしまいが、ぼくの知ったことじゃないよ！　頼むから、このぼくに小細工を弄《ろう》したり、ごまかしたりしないでくれたまえ」ガーニャは甲高い声でどなった。「もしかりに親父があんな状態になった真の原因をきみが知っているなら（ところで、きみはこの五日間というもの、ぼくのことをじつによくスパイしてましたね、その点はきみもたしかにご承知でしょうね）、それならまったく……あんな不幸な人間をいらいらさせたり、事件を誇張しておふくろを苦しめたりすべきじゃなかったんですよ、だって、これは何もかもくだらない、ただの酔っぱらいの出来事にすぎないんですからね。いや、ただそれだけのことですよ、おまけに、なんの証拠もないんですからね。いや、ぼくはあんなことを全然問題にしてやしませんよ。……ところが、きみときたら毒舌をふるったり、スパイをしたりしないじゃいられないんですからね。なにしろきみは……きみという人は……」

「ねじ釘《くぎ》ですか」イポリートはにやりと笑った。

「なにしろ、きみはやくざ者だからですよ。弾丸《たま》も塡《つ》めてないピストルで自殺するなんて言ってみんなをびっくりさせようと、三十分もみなを苦しめたあげく、あんな卑怯《ひきょう》な芝居をしてよくも恥ずかしくないですね。死にぞこないめ、二本足の……癇癪玉《かんしゃくだま》め。ぼくが面倒を見てやったおかげで、このごろはすっかり肥《ふと》って咳もしなくなったというのに。そのお返しにきみという人は……」

「たったひとこと言わせてください。ぼくはワルワーラ・アルダリオノヴナの家にいるので、あなたのところじゃありません。あなたはまったくぼくの面倒など見てくださったことはありませんよ。かえってご自分のほうがプチーツィン氏の厄介になっておられるように思いますがね。四日前にぼくは母に頼んで、パーヴロフスクに家を捜して、自分でもこっちへ引っ越してくるように、書いてやりましたよ。たしかに、ぼくはこっちへ来て、すこし気分がよくなったようですからね。もっとも、全然肥りもしなければ、咳も相変らず出ますがね。母はゆうべ家が見つかったと知らせてよこしましたから、ぼくはあなたのお母さんと妹さんにお礼を申しあげて、きょうにもさっそく自分の家へ引きうつるつもりですがね。とりあえず、このことをあなたにお知らせしておきます。このことはもうゆうべから決めてあったんですよ。いや、お話の腰を折ってすみません。あなたはまだまだたくさん言いたいことがおありだったんでしょう」

「いや、もしそういうわけなら……」ガーニャは声を震わせた。

「いや、もしそういうわけなら、失礼して腰をかけさせていただきます」イポリートは将軍のすわっていた椅子《いす》にいやに落ちつきはらって腰をかけながら、つけくわえた。「なにぶんぼくはまだ病人ですからね。さあ、今度はゆっくりお話を拝聴しましょう。なにしろ、これが二人の最後の会話、いや、ひょっとすると、最後の会見になるかもしれないんですからね」

ガーニャは急になんだかきまりが悪くなってしまった。

「いや、じつはね、ぼくはきみと利害の決着をつけるほどわが身を卑《いや》しめたくないんですよ」彼は言った。「で、もしきみが……」

「そんなにお高くとまったってむだですよ」イポリートはさえぎった。「ぼくのほうだって、ここへ引っ越してきたはじめの日にもう、二人が別れるときには何もかも、すっかりざっくばらんにぶちまけてやろうと、それを楽しみにしていたんですからね。ぼくはいまこそそれを実行しようとしているんです。でも、もちろん、あなたのお話がすんでからですがね」

「ぼくは、きみにこの部屋から出ていってもらいたいんですよ」

「でも、話をしてしまったらいいじゃありませんか。なぜあのとき話をしなかったろうと、あとで後悔するにきまってますよ」

「おやめなさいな、イポリート。そんなことはとても恥ずかしいことですわ。お願いですから、やめてください」ワーリャが言った。

「ただこのご婦人に免じてゆるすことにしますよ」イポリートは席を立ちながら大声で笑った。「失礼ですが、ワルワーラ・アルダリオノヴナ、あなたのためでしたら、いつでも話をはしょりますが、しかしただはしょるだけですよ。だって、もういまとなってはあなたのお兄さんとぼくとのあいだの話合いは、なんとしても避けることのできないものとなりましたからね。ぼくは誤解されたままでは、どうしてもここから出ていくわけにはいきませんから」

「いや、もうなんてこともないおしゃべりなんだよ、きみという人間は」ガーニャが叫んだ。「だから、おしゃべりをしないでは、どうにも出ていく気がしないのさ」

「そら、ごらんなさい」イポリートが冷やかに言った。「やっぱり我慢ができませんでしたね。ほんとに話してしまわないとあとで後悔しますよ。さあ、もう一度あなたに発言権を譲りましょう。ぼくは待っていることにしますよ」

ガヴリーラ・アルダリオノヴィチは無言のまま、さげすむように相手を見つめていた。

「おいやなんですね。どこまでも節をまげないおつもりなんですね――それはあなたのご勝手です。では、ぼくのほうはつとめて手短かにお話しいたしましょう。ぼくはきょう二度か三度、厄介者と言って非難されましたが、しかしあれは不公平ですね。そういうあなたこそぼくをここへ招いておいて、このぼくを罠《わな》の中に落そうとされたんじゃありませんか。つまり、あなたはぼくが公爵に復讐《ふくしゅう》したがっているものと推量されたんですからね。おまけに、あなたは、アグラーヤ・イワーノヴナがぼくに同情して、ぼくの告白を読んだという話を聞きこんだんですね。どういうわけだか知りませんが、ぼくがてっきり全力をあげてあなたのために尽し、あなたのよき片腕になるものと、勝手に決めてしまわれたんですね。もうこれ以上詳しくは説明しません！　またあなたから自白も確認も求めません。ただぼくはあなたが良心をもたれていることを知ってますから、いまぼくら二人がおたがいによく理解しあっているということだけで、満足なのです」

「それにしても、あなたはじつになんでもないことから、とんでもないことをでっちあげるのねえ！」ワーリャが叫んだ。

「だから、言ったじゃないか、こいつは『おしゃべりの小僧っ子』だって」ガーニャは言った。

「失礼ですが、ワルワーラ・アルダリオノヴナ、ぼくはさきを続けますよ。ぼくはもちろん公爵を愛することも尊敬することもできません。しかし、あの人はじつに善良な人です。もっともその……かなり滑稽《こっけい》なところもありますがね。しかし、あの人を憎まなければならぬ理由はさらさらありませんからね。ところが、この人がぼくをそそのかして、公爵にそむかせようとされたときも、ぼくはあなたのお兄さんにそんな気配はすこしも見せなかったんです。つまり、ぼくは大詰めになったらうんと嘲笑《ちょうしょう》してやろうと、もくろんでいたのです。お兄さんがきっとぼくにうっかり口をすべらして、とんでもない失敗をするにちがいないってことは、ちゃんとわかっていたのです。ところが、やっぱりそのとおりになったわけですね……ぼくはいまこの人を大目に見てあげてもいいと思っていますが、それはただあなたにたいする尊敬の念からなんですよ、ワルワーラ・アルダリオノヴナ。でも、ぼくを罠にかけるのはそんなになまやさしいことじゃないってことを説明したついでに、なぜぼくがお兄さんにこんな間抜けな役を演じさせたくなったか、そのわけを説明しておきましょう。いいですか、ぼくがこんなことをしたのは、憎しみのためなんですよ。ぼくはいま死にかかっていますが（だって、ぼくはいずれにしても死ぬんですからね、いくらあなたがたが肥《ふと》ったとおっしゃってくださってもね）、たしかに死にかかっていますが、ふとこんなことを感じたのです、このぼくを一生のあいだ迫害しつづけ、ぼくのほうも憎しみつづけた数限りない種族の代表者を、せめてひとりだけでも槍玉《やりだま》にあげて愚弄《ぐろう》することができたらぼくもずっと心安らかに天国へ行けるんじゃないか、とね。ところが、尊敬すべきあなたのお兄さんはまるで浮彫りされたように巧みにその役を演じられているんですよ。ぼくはあなたを憎みます、ガヴリーラ・アルダリオノヴィチ、その理由はただ一つ、いや、こんなことを言ったら、あなたはびっくりされるかもしれませんが——その理由はただ一つ、あなたが最も傲慢《ごうまん》な、最も自惚《うぬぼ》れた、最も俗悪で唾棄《だき》すべき凡庸性の典型であり、権化《ごんげ》であり、象徴であるからにすぎません。あなたは高慢な凡庸です。あなたは月並みちゅうの月並みです。いや、すこしもみずからを疑うことのない、泰然自若たる凡庸です！　あなたの頭脳にも感情にも、決して宿ることのできないようなものはこれっぽっちも、あなたは底知れぬほどのやきもち焼きです。あなたは運命づけられているのです。しかも、あなたは底知れぬほどのやきもち焼きです。あなたは自分こそ最も偉大な天才だと信じて疑わないくせに、やはり物事がうまくいかないときには、疑いの念にとりつかれて、腹をたてたり他人を羨《うらや》んだりするのです。ああ、あなたの地平線にはまだまだ黒い不吉な点が横たわっています。もっとも、それはあなたがすっかりばかになったときには、それも消えていくでしょう。いや、それももう遠いさきのことじゃありません。しかし、とにかくあなたの前途には、長い変化に富んだ道が横たわっています。しかも、それほど愉快な道とは言いかねますね。またそれがぼくには痛快なんですよ。まず第一に、ぼくは予言しておきますが、あなたはあのお嬢さんを手に入れることなんかできませんよ」

「ねえ、もう我慢していられないわ！」ワーリャが叫んだ。「もうそれでおしまいなの、いやらしい癇癪玉さん？」

ガーニャはさっと顔を蒼《あお》ざめ、震えながら黙っていた。イポリートは話をやめて、じっと楽しむように彼を見つめていたが、やがて視線をワーリャに移すと、にやりと笑ってお辞儀をし、そのままひとこともつけくわえずに出ていってしまった。

ガヴリーラ・アルダリオノヴィチがおのれの運命と失敗に愚痴をこぼしたとしても、それはむりからぬことであろう。ワーリャはしばらくのあいだ兄に言葉をかける気がしなかった。彼が自分のそばを大股《おおまた》で通りすぎたときも、相手をちらりとふりかえってみることさえできなかった。やがて彼は窓べに行って、妹に背を向けて立ちどまった。ワーリャは《両天秤《てんびん》》というロシアの諺《ことわざ》を思いだしていた。二階ではまた騒々しい物音が聞えた。

「行くのかい？」ガーニャは妹が席を立つのを聞きつけると、彼女のほうをふりかえった。「ちょっと待てよ、これを見てごらん」

彼は近寄って、小さな手紙という体裁《ていさい》に畳んである小さな紙切れを、彼女の前のテーブルの上へほうりだした。

「あら、まあ！」ワーリャは叫んで、両手をぱちんと打った。

その手紙はきっかり七行あった。


『ガヴリーラ・アルダリオノヴィチ！　あなたがあたくしに好意を持っていてくださるものと信じて、あたくしは自分にとって重大なある件について、あなたのご忠告をお願いすることに決心いたしました。あたくしは明朝正七時に、緑色のベンチであなたにお目にかかりとうございます。あたくしどもの別荘からほど近いところでございます。ぜひともごいっしょにおいでをお待ち申しあげているワルワーラ・アルダリオノヴナが、その場所をよくご存じでいらっしゃいます。A・E』


「お出かけなさいよ、こうなったからには、あの女《ひと》とよく話をつけたほうがいいわ！」

ワーリャは両手をひろげてみせた。

その瞬間ガーニャはいかに大言壮語しようとしても、どうしてもその有頂天な気持を表情に出さずにはいられなかったであろう。しかも、イポリートがあのような屈辱的な予言をしたあとだから、なおさらであった。得意そうな微笑がその顔にあからさまに輝いた。当のワーリャまでが、うれしさのあまり相好をくずした。

「おまけに、これはあの家で婚約の発表をするという同じ日のことなんですものねえ！

お出かけなさいよ、こうなったからには、よくあの女《ひと》と話をつけたほうがいいわ！」

「おまえはどう思う、あの女《ひと》はあしたいったい何を言うつもりなんだろうね？」ガーニャはたずねた。

「そんなことはどうだっていいのよ。肝心なことは、六カ月ぶりにはじめて会いたくなったってことだわ。ねえ、よくって、ガーニャ、あそこの家で何がおこったにしろ、また事情がどう変ったにしろ、とにかくこれは重大なことですからね！　いえ、重大すぎるくらい重大なことだわ！　また大風呂敷《おおぶろしき》をひろげて、しくじらないようにしてくださいね、そうかといって、気おくれしちゃだめよ、ねえ、よくって！　あたしが半年もあそこへ通ったのがなんのためか、あの女《ひと》にのみこめないはずはないわ。それに、どうでしょう、きょうあたしにはこのことをひとことも言わないのよ、素ぶりにも見せなかったわ。あたしはあの家へ内証でそっと立ちよっていたので、おばあさんはあたしがいることを知らなかったのよ。そうでなければ、きっとあたしを追いだしたに決ってるわ。まったくあんたのために、危険を冒して通ったのよ、なんとしても探りだそうと思って……」

またもや叫び声と騒々しい物音が二階から聞えてきた。いくたりかの人が階段からおりてきた。

「もうどんなことがあっても、こんなことはゆるしておけないわ！」びっくりしたワーリャが息を切らして叫んだ。「こんなスキャンダルは、もうきっぱりあとを断たなくちゃ！　さあ、行ってお詫《わ》びをするのよ」

しかし、一家のあるじは早くも通りへ出ていた。コーリャがあとから鞄《かばん》をさげてついていった。ニーナ夫人は正面の昇降口に立って泣いていた。夫人は夫のあとを追って駆けだそうとしたのだが、プチーツィンに引きとめられたのであった。

「そんなことをなさったら、いっそうあの人に油をそそぐようなものですよ」彼は夫人に言った。「どこへも行くところなんかないんですから、三十分もしたら、また連れ戻されますよ。わたしはもうコーリャと相談しておきましたから。まあ、しばらくばかなまねをさせておくんですね」

「何をばかなまねをしているんです、どこへ行こうってんです！」ガーニャが窓から叫んだ。「行くところなんかどこもないくせに！」

「帰っていらっしゃいよ、お父さん！」ワーリャが叫んだ。「近所へ聞えるじゃありませんか」

将軍は足をとめてふりかえると、さっと片手をさしのべながら叫んだ。

「この家にわしの呪《のろ》いあれ！」

「なんでも科白《せりふ》じみなくちゃ承知しないんだから！」ガーニャはぴしゃりと窓をしめながら、つぶやいた。

近所の人たちはほんとうにこの騒ぎを聞きつけた。ワーリャは部屋を駆けだしていった。

ワーリャが出ていってしまうと、ガーニャはテーブルから手紙を取りあげ、それに接吻《せっぷん》すると、ちょっと舌を鳴らして、ぴょんとひと跳び跳躍《アントラシャー》をこころみた。

3

将軍のばか騒ぎもほかのときならば、べつになんということもなくけりがついたかもしれない。以前にも、この種のばか騒ぎが急にもちあがることもあったが、それはきわめてまれであった。というのは、だいたいにおいて彼はとてもおとなしい、ほとんど善良と言ってもいいくらいの気質の男だったからである。彼はここ数年、自分を支配しはじめたふしだらと、おそらくはもう百ぺんも闘ってきたのである。彼はふと自分が《一家のあるじ》であることを思いだし、妻と仲なおりして、心から涙を流すこともあった。彼はニーナ夫人がじつに多くのことを無言でゆるしてくれるばかりか、自分が堕落して道化者のようになっているにもかかわらず、以前と変りなく愛してくれるので、ほとんど崇拝するほど尊敬していたのである。しかし、このふしだらとの鷹揚《おうよう》な闘いも、ふつうはあまり長く続かなかった。将軍もまた彼なりではあったが、やはりあまりにも《激情的》な人間だったからである。彼はいつもその家庭における悔いに充《み》ちた泰平無事な暮しに耐えきれなくなり、ついには謀反《むほん》をおこしてしまうのだった。憤激にかられると、自分でも悪いことを承知しながら、やはりそれをおさえることができなかった。口論をはじめ、大仰な調子で滔々《とうとう》と弁じたてると、とてもお話にならぬほど無限の尊敬を自分にたいして要求し、結局のところ、家からときにはかなり長いあいだ姿をくらませてしまうこともあった。この二年間というもの、彼は家庭内の事柄については、ごくおおざっぱに聞きかじるくらいであった。そんなことは自分の任でないのをよく心得ていたので、決してそれ以上詳しく立ちいって聞こうとはしなかった。

しかし、今度はこの《将軍のばか騒ぎ》のなかに、何かしらいつもとちがったものがあった。みんなは何かあるものを知っていながら、それを口にするのを恐れているようであった。将軍はつい三日前に自分の家庭へ、いつも《姿をあらわす》ときのように、なんとなく神妙で後悔している様子も見えなかった。しかし、いつも《姿をあらわす》ときのように、なんとなく神妙で後悔している様子も見えなかった。いや、それどころか、おそろしくいらいらしていた。彼はやたらに口数が多く、そわそわと落ちつかなかった。行き会う人ごとに、誰かれの区別なく、熱をこめて食ってかかるような調子で話しかけるのだったが、しかしその話題がおそろしく多種多様で、しかもとっぴな事柄についてなので、いったい何が彼の関心事なのか、さっぱり見当がつかないくらいであった。ときどき急に陽気になることもあったが、どちらかというと、ふかく物思いに沈んでいるほうが多かった。そのくせ何を考えているのか、自分でもよくわからなかった。いきなり何かエパンチン家のことや、公爵《こうしゃく》のことや、レーベジェフのことなどを口走るかと思うと、また急にどぎまぎしてしまい、ついにはまるっきり口をつぐんでしまう。みんながそのさきを突っこんでたずねると、ただにやにや愚かしげな微笑を浮べるばかりで、自分が何をきかれているのか、それすらもろくにわからず、ただ笑っているばかりであった。昨晩はずっと溜息《ためいき》をついたりうなったりして、ニーナ夫人を苦しめた。夫人は一晩じゅうなんのためか知らないが、彼のために湿布を温めていた。夜明け近くなって、彼は突然眠りにおちたが、四時間ばかり眠って、眼をさますと、はげしいとりとめのないヒポコンデリーの発作をおこし、それが結局のところ、イポリートとの喧嘩《けんか》と、『この家に呪《のろ》いあれ』という科白《せりふ》になったのである。またこの三日間というもの、彼は極度の自尊心にかられていた。その結果、また並みはずれて侮辱を感じやすくなっていたことも、みんなは気づいていた。コーリャは母親にむかって、こんなことはみんな酒が恋しいためか、でなければ、最近将軍がばかに仲よくしているレーベジェフに会いたいからだ、と主張した。ところが、彼は三日前に当のレーベジェフとも急に喧嘩して、おそろしくいきりたって別れたのであった。いや、公爵まで相手にして一幕あったほどである。コーリャは公爵に説明してくれるように頼んだが、公爵もまた何か隠そうとしていることに気づいた。かりにガーニャがあれほど正確な推測をしたように、イポリートとニーナ夫人とのあいだに何か特別な会話が交《か》わされたとしても、ガーニャがじつにあけすけに《おしゃべり》と呼んだこの男が、なぜ同じような方法で、コーリャにその話をしなかったのか不思議である。いや、ひょっとするとこの少年は、ガーニャが妹との会話のなかではっきり断定したような、そうした意地悪な《小僧っ子》ではなく、何かそれとは趣のちがった意地悪なのであろうか。ただ単に、《その胸をかきむしるために》ニーナ夫人に自分の観察したところを伝えたのだというのも、きわめて怪しい話である。忘れずに言っておくが、人間の行動の原因というものは、ふつうわれわれがあとになって説明するよりもはるかに複雑なこみいったもので、それがはっきりしている場合はまれである。ときには、語り手にとって単なる事件の記述にとどめておくほうが、何よりも便利な場合がある。そこで、われわれも今回の将軍事件に関するこれからさきの説明に際しても、このような態度をとることにしよう。というのは、この物語のなかの第二義的な人物にたいしても、われわれがこれまで予想していたよりも多少余分の注意を払い、その記述の場所をさかなければならぬ羽目に陥ったからである。

こうした事件はつぎからつぎへと、つぎのような順序でおこったのである。

レーベジェフはフェルディシチェンコを捜しにペテルブルグへ出かけ、その日のうちに将軍といっしょに帰ってきたが、格別これというほどのことを公爵に報告しなかった。

もし公爵がそのとき自分にとって重大な印象に心を奪われて、あれほどぼんやりしていなかったら、その後の二日間レーベジェフがすこしも説明しようとしないばかりか、かえってなぜか公爵と顔を合わせるのを避けようとさえしていることに、すぐ気づいたはずであった。やっとそれに気づいた公爵は、レーベジェフがこの二日間というもの、たまに顔を合わせるたびに、すこぶる上機嫌《じょうきげん》で、ほとんどいつも将軍といっしょにいることを思いだして、びっくりしてしまった。この二人の親友は、もう一瞬たりとも離れようとはしなかった。公爵はときおり二階から聞えてくる早口で声高《こわだか》な会話や、笑い声のまじったにぎやかな論争の声を耳にした。一度などは、夜も遅くなってから軍隊式の酒盛りの歌が、急にわきおこって、彼のところまで聞えてきたことがあった。彼はすぐそれが将軍のしわがれたバスであることに気づいた。が、その歌声はしまいまでいかないうちに消えてしまった。それからおよそ一時間ばかりのあいだ、威勢のいい、あらゆる兆候から推して、酔っぱらったあげくと思われる話し声がつづいた。やがて、二階ではしゃいでいた二人の親友が抱きあって、結局、どちらかが泣きだしたということが察せられた。それからまた激しい口論が聞えたが、それもまた急にやんでしまった。そのあいだじゅう、コーリャは何かしらえらく気がかりな様子であった。公爵はいつも留守がちで、どうかすると、とても遅くなってから帰ってくることもあった。すると公爵はいつも、コーリャが一日じゅう自分を捜しまわっていたという知らせを召使から聞かされるのであった。ところが、いざ会ってみると、コーリャは将軍とその言動にまったく『愛想をつかした』と言うだけで、なにも取りたてて変ったことを言うわけではなかった。『あの二人はうろうろ歩きまわって、つい近所の居酒屋で飲んだくれて、往来で抱きあったり、悪態をついたり、おたがいに油を注ぎあったりしているくせに、どうしても別れることができないんですからねえ』以前だってそれと同じようなことが、ほとんど毎日のようにあったじゃないか、と公爵が注意すると、コーリャはそれにたいしてなんと答えていいのか、またいまの自分の不安がはたしてどこにあるのか、それをどう説明したものか、さっぱりわからなかったのである。

酒盛りの歌と口論のあったつぎの朝の十一時ごろ、公爵が家を出ようとしていると、ふいに、将軍が眼の前にあらわれた。相手は何やらひどく興奮しており、ほとんど身を震わせているといってもよいほどであった。

「わたしはもうずっと以前から、あなたにお目にかかる光栄と機会を待っておりました、レフ・ニコラエヴィチ」彼は痛いほどきつく公爵の手を握りしめながらつぶやいた。「もう、ずっと以前からです」

公爵は椅子《いす》をすすめた。

「いや、このままでけっこうです、それにお出かけのお邪魔をしておるようですから。わたしは……いずれつぎの機会に。どうやら、お祝いを申しあげてもよろしいようですな……その、念願がかなわれたことについて」

「いったいどんな念願です？」

公爵はどぎまぎしてしまった。彼はこのような立場にある多くの人びとと同様、きっと誰にもわかりゃしない、察しはつくまい、いや、さとられることもあるまいと思っていたからである。

「いや、ご安心ください、ご安心ください！　そんな微妙な感情をお騒がせするようなことはいたしませんから。自分でも経験してよく存じておりますからな。第三者が……その、つまり……諺《ことわざ》にもいうとおり、頼まれもしないことにくちばしを入れるということは……いや、わたしも毎朝それを経験しておりますんで。わたしが参りましたのはほかの用事です、すこぶる重大な用件でして、公爵」

公爵はもう一度椅子をすすめ、自分でも腰をおろした。

「では、ほんの一秒間ばかり……じつはあなたのご意見を伺いに参ったのですよ。わたしはもちろん実際的な目的というものを持たずに暮しておりますが、しかし、自分自身を尊敬するとともに……一般的にいって、ロシア人が等閑に付しておる実務的手腕を尊敬しておりますので……自分自身をはじめ、妻や子供たちを世間並みの境遇においてやりたいと思いましてな……つまり、要するに、公爵、わたしは助言を求めておるのです」

公爵は熱をこめてその心がけをほめた。

「いや、そんなことはすべてくだらん話です」将軍は急いでさえぎった。「わたしはこんなことではなく、もっと重大なお話があって参ったんですよ。つまり、ほかならぬあなたに、レフ・ニコラエヴィチ、ご説明したいと決心したのです。わたしはその態度の真摯《しんし》さと感情の高潔さを信じうる人物とあなたを見こんでですな……あなたはこのわたしの言葉にびっくりされませんでしたか、公爵？」

公爵はとくにびっくりするというほどではなかったが、少なくとも異常な注意と好奇心をもって、客の様子を見まもっていた。老人はいくらか顔が蒼《あお》ざめ、その唇《くちびる》はかすかに震え、その手は落ちつく場所を知らぬようであった。彼は腰をおろしてから二、三分しかたたないのに、なんのためか、もう二度もいきなり椅子からとびあがり、また急に腰をおろしたが、どうやら、自分の挙動にすこしも注意を払っていないようであった。テーブルの上には幾冊かの本がのっていた。彼は話しながらそのなかの一冊を手に取って、ぱらっとめくり、その開かれたページにちらりと眼を走らせるとすぐまた閉じて、テーブルの上へ置いた。そして今度は別の本を取りあげたが、もうページをあけもしないで、最後まで右の手に持ったまま、たえずそれを宙に振りまわしていた。

「いや、もうけっこうです！」彼はふいに叫んだ。「お見うけしたところ、わたしはだいぶあなたのお邪魔をしたようですな」

「いえ、どういたしまして、とんでもありません、どうぞ話をおつづけください。私はそれどころか、一生懸命に耳を傾けて、お言葉の意味をつかもうとしてるんですから」

「公爵！　わたしは自分を尊敬されるような地位に置きたいのです……わたしはこの自分とそして……自分の権利を尊重したいと思っております」

「そういう希望を持っておられるかたは、それだけでもうあらゆる尊敬を受ける値打ちがあるのですよ」

公爵がこの月並みな一句を言ったのは、それが確実に相手の心にきき目を発揮するにちがいないというかたい信念があったからであった。彼は、何かこのような内容は空虚だが、人の耳に心地よい文句をしかるべきときに言ったら、こうした人間、とりわけ将軍のような立場にある人間の魂を鎮《しず》めやわらげることができると、本能的に洞察《どうさつ》したのであった。いずれにしても、このような客は心をやわらげて帰してやる必要があった。いや、それこそが肝心なことである。

はたしてこの一句は将軍の心に媚《こ》び、彼を感激させ、すっかり彼の気に入ってしまった。将軍は急に感動して、その調子をかえて、感激に充《み》ちた長い打明け話をはじめた。しかし、公爵がどんなに注意力を緊張させ、その耳をすましても、文字どおりに何ひとつ理解することはできなかった。将軍は、あとからあとからわきおこってくる思想を吐露する暇《いとま》がないというふうに、熱をこめた早口で、十分ばかりしゃべりたてた。ついには、涙さえも両の眼に光りはじめた。しかし、いずれにしても、それは初めもなければ終りもない文句にすぎなかった。ただ突然思いがけないところでとぎれたり、急にひょいひょい飛び移っていくような、まったく突拍子もない言葉であり、思想にすぎなかった。

「もうけっこうです！　あなたは理解してくださった、それでわたしも安心しました」彼はふいに立ちあがりながら、言葉を結んだ。「あなたのような人の心が、苦しみ悩んでいる者の気持を理解しないという法はありません。公爵、あなたはまるで理想そのもののように高潔なかたでいらっしゃる！　あなたに比べたら、ほかの連中なんか問題になりません！　しかし、あなたはまだお若いから、わたしが祝福してさしあげます。ところで、結局のところ、わたしはある重大なお話のためにお会いする時間を指定していただくために参ったのです。わたしの最も大きな希望はじつにこの点にあるのですから。わたしの求めておるのはただ友誼《ゆうぎ》と情愛ばかりです、公爵。わたしはいままで一度たりとも、このわたしの衷心からの要求を満足させることはできなかったのです」

「でも、なぜいまではいけないんです？　私は喜んで承りますが……」

「いや、公爵、それはいけません！」将軍は熱をこめてさえぎった。「いまはいけません！　いまだなんてそりゃむちゃというものです！　これはあまりにも、あまりにも重大な件ですからな。あまりにも重大な事柄ですからな！　この話合いのときこそ最後の運命が決せられる時なのです。これこそ『わたし』の時になるのです。ですから、わたしはこうした神聖な瞬間に、偶然ここへやってくる者が、いや偶然あらわれる鉄面皮な男が、わたしども二人の会話を妨げるかもしれんということがいやなのです。しかも、こうした鉄面皮な男も少なくないですからな」彼は急に公爵のほうへかがみこんで、さも秘密ありげに、ほとんどおびえていると言ってもいいような奇妙な小声でささやいた。「いや、まるで、あなたのおみ足の……靴のかかとほどの値打ちもないような鉄面皮な男がおりますよ！　公爵さま！　ああ、わたしは自分の足のことなぞ申しておるのではありませんぞ！　その点をどうぞお気にとめてください。わたしはあまりに自分を尊敬しておりますので、とてもそんなことを口にすることができんのですよ。しかし、この場合、わたしが自分のかかとを口に出さないことによって、ひょっとすると、非常な人格的な誇りを示しているのかもしれませんな。あなたでしたらきっとおわかりいただけると思いますがね。あなたのほかには誰もわかるやつはおりませんとも。ことにあいつはそのわからんやつの親玉ですよ。あいつには何もわからんのですよ、公爵。まったく理解の能力がないんですからなあ。それを理解するためには感情を持たなくちゃならんのですから！」

　しまいには公爵も面くらってしまって、話合いのときをあすのちょうどいまごろにしようと将軍に指定した。相手はすっかり慰められて、ほとんど心が安まったふうで、元気よく出ていった。夕方の六時すぎに、公爵はレーベジェフのところへちょっと来てほしいと使いを出した。

レーベジェフはいやにあわてた様子でやってくると、いきなり、「まことに光栄なことで」と切りだした。この三日間というものまるで姿を隠して、明らかに公爵と顔を合わせるのを避けていたことなど、まるっきり素ぶりにも見せなかった。彼は椅子の端にすわって、顔をしかめたり、微笑を浮べたり、くすぐったいようなうかがうような眼つきをして、もみ手をしたりして、もうみながとうから察して期待している何か大事件のニュースを、まったく罪のない期待で心をときめかせながら待ちかまえているみたいであった。公爵はまたふいをつかれた。みんなが急に自分から何ものかを期待するようになり、なぜかお祝いでも言いたそうに謎《なぞ》をかけたり、にっこり笑いかけたり、眼をぱちぱちさせたりしながら、自分の様子をうかがっていることを、彼は明らかに見てとったからである。ケルレルはもう三度も彼のところへちょっと立ちよったが、それもやはりお祝いが言いたそうな様子であった。そのたびに、何やら喜びにあふれて何かわけのわからないことを言いだすばかりで、いつも何ひとつ最後まで言い終らぬうちに姿を消してしまうのだった（彼はこの二、三日、どこかでしたたか酒を飲んで、ある玉突屋で蛮声をはりあげてわめきちらしたということだった）。いや、コーリャまでが、あれほどがっくりしていたにもかかわらず、やはり二度ばかり何やらわけのわからぬことを、公爵に言ったほどである。

公爵は突然、多少いらいらした調子で、目下の将軍の状態をどう思うか、なぜ将軍はあんなにそわそわしているのかとレーベジェフにたずねた。彼はかいつまんでさきほどの一件をレーベジェフに話した。

「そりゃ誰だってそれぞれ心配事を持っておりますとも、公爵。それに……現代のように奇妙な、落ちつきのない時代にあっては、なおさらでございますよ、いや、まったくの話」レーベジェフはいくぶんそっけない調子で答えると、期待を裏切られた人のように、むっとして口をつぐんでしまった。

「そりゃなんという哲学です！」公爵は苦笑した。

「哲学というものは必要なものでございますよ。ことに現代にあっては、その実際的応用がじつに必要なんでございますが、みんなそれをなおざりにしておりますので。いや、まったくですとも。ところで、公爵さま、わたしはあなたもご承知のある点についてはあなたのご信任をいただいておりますが、それもある一定の限度までのことでございまして、つまり、その一つの点に関する事柄以上には絶対に出ないのでございますな……もっとも、わたしはそのわけをよく承知しておりますから、決して愚痴などこぼしません……」

「レーベジェフ、あなたは何か腹でもたてているみたいですね？」

「いや、どういたしまして。公爵さま、決してそんなことは、これっぽちも！」レーベジェフは胸に手を当てながら、仰々しく叫んだ。「いえ、それどころか、わたしなぞは、社会的地位においても、知情の発達においても、富の蓄積においても、以前の行状においても、まったくお話になりません。わたしの希望の前に高々と輝いているあなたさまの信任を受ける値打ちなんてございません。たとえ何かあなたのお役にたつとしましても、それは奴隷《どれい》か、雇人としてで、それ以外の何ものでもございません……いや、わたしは腹をたてているのではありません。ただ悲しいと思っているだけですよ」

「ルキヤン・チモフェーイチ、何を言うんです？」

「それにちがいありません！　いまでもそのとおりですよ！　あなたと顔を合わせたり、また心と頭であなたのことをあれこれ考えているうちにも、いつも自分に言い聞かせたものでございます。わたしには親友として打ちあけていただく値打ちなんぞありませんが、家主という資格で、適当な時期に、予期している日がこないうちに、まあ、そのご命令といいましょうか、そんなことをいろいろと聞かせていただけるものと思っておりましたよ。なにしろ、あれやこれやの事情が変るときが、もう目前に迫っておりますので……」

そう言いながらレーベジェフは、びっくりして自分をながめている公爵を、その細い鋭い眼でじっと食い入るように見つめていた。彼はなおもその好奇心を満足させることができるかと、一縷《いちる》の希望をいだいていたのであった。

「いや、何が何やらさっぱりわかりませんね」公爵はあやうく腹をたてんばかりに叫んだ。「それに……あなたはじつにあきれはてた陰謀家ですね！」彼は急に心からおかしくてたまらぬといったふうに笑いだしてしまった。

レーベジェフもたちまち笑いだした。そして、その急に輝きをました眼つきは、自分の希望が明らかになったばかりか、さらにいっそう確かめられたことを物語っていた。

「いいですか、じつはね、ルキヤン・チモフェーイチ、どうぞ腹をたてないでくださいよ。私はあなたの――いや、単にあなたばかりじゃありませんが――みなさんの無邪気なのにびっくりしているんですよ！　あなたはそうした無邪気な気持で、何か私からきだそうとしているんですね。ところが、私にはあなたがたの好奇心を満足させるようなものは何ひとつないので、かえってあなたがたにたいしてばつが悪くて、気恥ずかしいくらいですよ。誓って言いますけれど、決して何も変ったことはありませんよ。どうです、期待はずれでしたか？」

公爵はまたもや声をあげて笑いだした。

レーベジェフは急に姿勢を正した。彼がときにあまりにも無邪気なくらい、というよりも、むしろしつこいほど好奇心が強いことは事実であった。だが、それと同時に彼はかなり狡猾《こうかつ》な男で、どうかするとすっかり黙りこんでしまうことさえあった。そのために、公爵はいつもいつも相手の好意をはねつけてばかりいたので、いまではほとんど彼を敵にしてしまっていたのである。ところが、公爵が相手をはねつけたのは軽蔑《けいべつ》のためではなく、相手の好奇心の対象があまりに微妙だったからである。公爵はつい数日前から、自分のある種の空想をほとんど罪悪のように見なしていたくらいであったが、しかし、ルキヤン・チモフェーヴィチは、公爵がはねつけたのはただ自分にたいする個人的な嫌悪《けんお》と不信の結果であると解釈して、心を傷つけられた思いで公爵のもとを去るのであった。そして、公爵との関係で、コーリャやケルレルばかりでなく、自分の娘のヴェーラ・ルキヤーノヴナにさえ嫉妬《しっと》を感ずるのであった。ほかならぬそのときも彼は公爵にとってきわめて興味あるニュースを心から伝えることもできたし、またそれを望んでもいたのだが、浮かぬ顔で黙りこんでしまったまま、ついに伝えなかったのである。

「ところで、いったいなんのご用でございましょう、公爵さま。なぜと申して、あなたはこのわたしをいま……お呼びになったのでございますからね？」彼はややしばらく黙っていてから、ようやく口を開いた。

「いや、じつは、将軍のことなんですがね」公爵もまたちょっと考えこんでから、ぴくりと身を震わせた。「それから……例のいつぞやお話のあった盗難事件のことなんですがね……」

「とおっしゃるのは、いったいなんのことでございましょうな？」

「いや、こりゃ、私の言ってることがまるでわからないみたいじゃないですか！　ルキヤン・チモフェーイチ、いつも芝居めいたことをしなくちゃ、気がすまないんですね。お金ですよ、お金のことですよ。ほら、あなたが財布に入れたまま落したっていう四百ルーブルのことですよ。ペテルブルグへ出かけられた朝、ここへ寄って話していったじゃありませんか——これでおわかりでしょうね？」

「ああ、あの四百ルーブルのことですか！」レーベジェフはようやく合点がいったというふうに、言葉《ことば》尻《じり》をとらえて言った。「ご親切に、心配してくださいまして、公爵、ありがとうございます。これは身にあまる光栄でございますな。しかし……あれは見つかりましてございます、それももうずっと以前に」

「見つかったんですって！　ああ、そりゃよかったですね！」

「そうおっしゃってくださるのは、あなたが高潔このうえもないかただからですよ。なにしろ、四百ルーブルという金は、たくさんの孤児をかかえて、苦しい労働で暮しをたてている貧しい男にとっては、なまやさしい金額ではありませんからな」

「でも、私が言うのはそのことじゃありません！　もちろん、私は見つかったのをうれしく思いますがね」公爵はあわてて訂正した。「しかし……どんなふうに見つけたんです？」

「いや、まったく他愛のないことでして。フロックの掛けてあった椅子《いす》の下にあったのでございますよ。いや、どうやら財布がポケットから床の上へすべり落ちたものとみえますな」

「椅子の下ですって？　そんなはずはありませんね。だってあなたはあのとき隅《すみ》ずみまですっかり捜したって言ってたじゃありませんか。なぜそのいちばん肝心な場所を見落したんです？」

「いや、それがほんとによく調べてみたんですよ！　調べてみたってことは、ちゃんと、ちゃんと覚えておりますとも！　なにしろ四つん這《ば》いになって、自分の眼が信じられませんので、椅子までどけてその場を手探りしてみたんですが、なんにもありませんので。いや、まるでこの掌《てのひら》みたいに、空《から》っぽですべすべしているんでございますよ。わたしはいつまでもなでまわしておりました。こんな子供っぽいまねは、人がぜひとも捜しだしたいと思うときによくすることでございますな……大切なものがなくなって、心がうずくような場合ですな。なんにもない空っぽな場所だとわかっていながら、それでも十五へんもその場をのぞきこんでみるものですよ」

「まあ、そうだとしても、しかしいったいどうしたわけでしょうね？……私にはどうもわかりませんね」公爵はどぎまぎしながらつぶやいた。「前にはなかったたっておっしゃってたのに、その同じ場所を捜していたら、ひょっこり出てくるなんて！」

「いや、たしかに、ひょっこり出てきたんでしてね」

公爵は奇妙な眼つきでレーベジェフを見つめた。

「で、将軍は？」彼はいきなりたずねた。

「とおっしゃいますと、将軍が何か？」レーベジェフはまたもや、相手の言葉がのみこめないふうをした。

「ああ、じれったい！　私がきいてるのは、つまり、あなたが椅子の下で財布を見つけたときに、将軍がなんと言ったかってことですよ。だって、あなたがたは以前いっしょに捜していたんでしょう？」

「以前はいっしょでございました。しかし、今度はじつのところ、わたしは口をつぐんでおりましてね。財布がもうわたしの手で見つかって、いまは手もとにあるってことは、あの男に黙っているほうがいいと思いましてね」

「しかし、それはなぜですか？　で、お金はそっくり手つかずでしたか？」

「財布をあけてみましたら、すっかりそのままでした。一ルーブルのはしたまで」

「せめて私にだけでも、知らせてくれればよかったんですがね」公爵は物思わしげに言った。

「いや、じつは、あなたがご自身の……その、ひょっとすると、なんですな……たいへんな印象を味わっておられるときに、こんなことで余計なご心配をおかけしたくありませんでしたので。それにこのわたし自身も、なんにも見つけなかったようなふりをしておりますんで。財布はあけてみて、中身を調べて、それからまたちゃんとしめて、そのまま椅子の下へ置いときましたからね」

「いったいなんのために？」

「さ、さようですな、これからさきどうなるかという好奇心からでございますよ」レーベジェフはもみ手をしながら、突然ひ、ひ、ひと笑った。

「それじゃ、いままでもそれはあそこにころがっているんですね、おとといから？」

「いいえ、ちがいます。ころがってたのは一昼夜きりです。じつは、将軍に見つけてもらいたい、という気がいくぶんあったものですからね。なにしろ、わたしがとうとう見つけたからには、将軍だって椅子の下から突きでて、すぐ眼につくようになってるものに、気がつかないはずはありませんからねえ。わたしは何べんも椅子を持ちあげて置きかえましたんで、いまじゃ財布はすっかり見えるようになってしまいましたよ。ところが、将軍はどうしてもそれに気がつかないんですな。それがまる一昼夜つづいたわけです。どうやらあの人は、このごろばかにそわそわして、わけがわからんのですよ。にやにや笑ったりふざけたりしながら、何かしゃべっているかと思うと、いきなりおそろしくわたしに腹をたてて、食ってかかるんですよ。しかもそれがなぜなのか、まったく見当もつかんのですから。結局は二人で部屋を出ましたが、ドアはわざと鍵《かぎ》をかけずにおきましたので、あの人はちょっともじもじして、何か言いたそうでした。きっと、あんな大金のはいった財布のことが心配だったのでしょうな。ところが、突然ひどく怒りだして、なんにも言わないんでございますよ。それから往来へ出ると、二足と歩かないうちに、わたしをほっぽりだして、反対の方角へどんどん行ってしまいました。その晩やっと居酒屋で顔を合わせたようなわけでございます」

「でも、結局は、あなたもやはりその椅子の下から財布を取ったんでしょうね？」

「いいえ、ちがいます。その晩のうちに椅子の下から消えてしまいましたので」

「それじゃ、いったいいまどこにあるんです？」

「ここにございますよ」レーベジェフはすっくと椅子から立ちあがって、気持よさそうに公爵をながめながら、急に大声で笑いだした。「ひょっこりここに、このわたしのフロックの裾《すそ》にはいっていたのでございますよ。ほら、ごらんください、ちょっとさわってみてくださいまし」

実際、フロックの左側の裾の、前からいちばんよく目だつところに、何か大きな袋のようなものができていた。そして、ちょっとさわってみると、ポケットのほころびから落ちこんだ、皮の財布がそこにあることが察せられた。

「取りだして調べてみたのですが、そっくり手つかずでしたよ。で、またもとのところへ押しこんで、そのままこうやってきのうの朝から歩いておりますので。いや、裾の中へ入れたまま持ち歩いておりますので、足へぶつかったりするのでございますよ」

「それで、あなたは気もつかないのですか？」

「いや、わたしはべつに気がつきませんな、へ、へ！　ところで、どうでしょう、公爵さま、もっとも、こんなことはそれほどあなたのご注意をひきつける値打ちもございませんが、わたしのポケットはいつもみんなちゃんとしておりましたのに、たった一晩のうちに突然こんな大穴があいたんでございますからな！　物好きによく調べてみますと、どうやら誰かがペンナイフで切り抜いたらしいんでございますよ。とても信じられないくらいの話でございましょう？」

「それで……将軍は？」

「一日じゅう怒っておりましたよ、きのうもきょうも。えらく不満なのでございますよ。すっかりうれしがって、まるでこちらに媚《こ》びているみたいに浮かれているかと思うと、今度は涙を流すくらい感じやすくなったり、そうかと思うと、いきなりぷりぷり腹をたてるというふうで、こちらが気味が悪くなってしまうくらいなんでございますよ。いや、まったくの話なんでして。わたしは、公爵、なんといっても軍人ではございませんからな。きのうも二人で居酒屋にすわっておりますと、何かの拍子でこの裾がえらくふくれあがって、いちばん人目につくところへとびだしたんでございますよ。すると、あの人はふんと横眼でにらんで、腹をたてるじゃありませんか。あの人はもうかなり前からわたしの眼をまっすぐ見たことはないんでしてね。ただうんと酔っぱらったときとか、感きわまったときだけなんですよ。ところが、きのうは二度ばかり、このわたしをきっとにらみましたので、わたしはまるで背筋に寒気が走るような気持を味わいましたよ。もっとも、あすになったらわたしも財布を見つけだすつもりですが、あすまではまだこうやって一晩散歩してやりますよ」

「なんだってあなたはあの人をそんなに苦しめているんです？」公爵は叫んだ。

「なに、苦しめてはおりませんよ、公爵、苦しめてなんかおりませんとも！」レーベジェフは熱をこめて相手の言葉尻をとらえた。「わたしは心からあの人を愛しております し、また……尊敬もいたしておりますからね。ところで、いまとなってみると、ほんとうにされようと、されまいとそれはあなたのご勝手ですが、あの人は前よりいっそうわたしにとって大事な人になったのでございますよ。いや、わたしは前にもましてあの人を尊敬するようになりましたからね！」

レーベジェフはこうしたことをあくまでまじめで殊勝らしい様子で言ったので、とうとう公爵も憤慨してしまった。

「愛しているというのに、苦しめているんですね！　ねえ、考えてもごらんなさい、あの人が例の紛失物を椅子の下だの、あなたのフロックの中だのに置いて、あなたの眼につくようにしたということだけで、いや、その一事だけで、あの人はあなたにたいして決してずるくたちまわらない、正直にあやまるということを示しているんですからね。

いいですか、あやまると言っているんですよ！　つまり、あの人はあなたのやさしい感情をあてにしているんですからね。つまり、あの人にたいするあなたの友情をあてにしているんですからね。ところが、あなたはあんな……正直このうえもない人に、そんな侮辱を与えようとするなんて！」

「正直このうえもない人を、公爵、正直このうえもない人をですね」レーベジェフは眼を輝かせながら相手の言葉を引きとった。「いや、そんな公平なお言葉を口にできるのは、公爵さま、ただあなたおひとりでございますよ！　そのためにこそ、いろんな悪徳に腐りはてたわたしでございますが、崇拝といっていいくらい、あなたに信服しておるのでございますよ！　では、話はもう決りました！　財布はあすとは言わず、いますぐに捜しだすことにいたしますよ。さあ、出てきました。ほら、このとおり、金もそっくりそのままですよ。さあ、どうぞこいつをあすまで預かってくださいまし。あすか明後日《あさって》には頂戴《ちょうだい》にあがります。ところで、公爵、どうやらこの金がなくなった最初の晩、うちの庭の石の下かなにかに隠してあったらしいんですがね、これをどうお思いになります？」

「いいですか、あの人に財布が見つかったなんて、あんまり面とむかって言っちゃいけませんよ。ただあの人が裾にはもう何もないのに気づいて、さりげなくひとりでさとるようにすればいいんですよ」

「そうでございましょうかね？　いっそのこと見つかったと言って、いままで気がつかなかったようなふりをしたほうがよくはないでしょうかね？」

「い、いや」公爵はちょっと考えこんだ。「い、いや、もう手遅れですね、それはかえって危険ですよ、なんにも言わないほうがずっといいんですよ！　それから、あの人にはやさしくしておあげなさい、でも……あまり目だつようにしちゃいけませんよ、それに、それに……おわかりでしょうが……」

「わかっております、公爵、わかっておりますとも。というのはつまり、お言葉どおりにはいくまいということがわかっておりますので。なにしろ、それには、あなたのようなお心を持っていなければむりですからね。それに、あの人も癇癪《かんしゃく》持ちでむら気ですから、ときによると、あまりと思うほど横柄《おうへい》な態度をわたしに見せるようになりましたのでね。あの人は涙を流しながら抱きつくかと思うと、いきなり人を小ばかにして、軽蔑《けいべつ》したり愚弄《ぐろう》するんですからねえ。ですから、わたしもそんなときは、なにくそという気になって、わざとこの裾を見せびらかしてやるんですよ、へ、へ！　では、いずれまた、公爵。だいぶお引きとめして、いわゆる、とても晴ればれしたご気分のお邪魔をしているようでございますからな……」

「ただ、後生ですから、前のように内密にね！」

「こっそりと、いや、こっそりとやりますとも！」

しかし、この件はこれで終りを告げたとはいうものの、もちろん、公爵は前よりもいっそう気がかりになってしまった。彼はあすの将軍との会見をじりじりしながら待ちわびていた。

4

指定した時間は、十一時すぎであったが、公爵《こうしゃく》はまったく思いがけない事情で遅刻してしまった。家へ戻ってみると、将軍はもう彼の部屋で待っていた。彼は一目見て、将軍が不満でいるのに気づいたが、それはおそらく待たされたからであろう。公爵は詫《わ》びを言って、急いで席についたが、その様子はまるで客が陶器かなにかで作られていて、それをこわしはしないかと、たえずびくびくしている感じで、妙に怖気《おじけ》づいていた。これまで彼は将軍の前へ出て怖気づいたこともなければ、怖気づこうなどとは夢にも思わなかったくらいである。まもなく公爵はよく観察して、将軍がきのうとはまるで別人のように変っているのに気づいた。あのうろたえて放心したような様子にひきかえて、いまは何かにじっと耐えているふうが感じられた。いや、これは何か断固たる決意を秘めているのではないか、と推量することさえできた。もっとも、その落ちつきも内心のところは、見かけほどではないかもしれなかった。しかし、いずれにしても、客は控え目な威厳は見せていたが、かなり上品な打ちとけた態度をとっていた。はじめのうちは公爵にたいしてもいくらかへりくだったような態度さえ見せたが、それは誇り高い人が不当な侮辱を受けたときによく見せるような態度であった。その声にはなんとなく悲痛なひびきがあったが、それでもやさしい話しぶりであった。

「先日拝借した書物です」彼は自分が持ってきて、テーブルの上に置いた本を、意味ありげに顎《あご》でしゃくってみせた。「ありがとうございました」

「いや、どうも。で、あの論文をお読みになりましたか？　将軍、いかがです、お気に召しましたか？　なかなかおもしろかったでしょう？」公爵は、すこしでも早く本筋を離れた話をはじめられたことを喜んだ。

「まあ、おもしろいかもしれませんが、粗雑な書き方ですな。それに、もちろん、くだらん話ですよ。ことによったら、一から十までみんな嘘《うそ》かもしれませんな」

将軍は自信たっぷりに、ちょっと言葉尻《ことばじり》まで引きながら言った。

「いや、これはじつに正直な話なんですよ。フランス軍のモスクワ駐留のことを書いた、目撃者たる一老兵の物語なんですからね。このなかにはいくつかすばらしい描写がありますよ。それに目撃者の記録というものは、どんなものでも貴重なものですからね。たとえその目撃者が誰であろうともですね。ねえ、そうじゃありませんか？」

「いや、わたしが編集者だったら、こんなものはのせませんな。ところで、一般に目撃者の手記ということについては、りっぱな尊敬すべき人の説よりも、ほら吹きではあるがおもしろい人物のほうを信用する、ということがありますな。わたしは十二年戦役（訳注 一八一二年のナポレオン侵入）に関する手記をいくらか知っとりますが、そりゃもう……ところで、公爵、わたしはようやく決心しましたよ、わたしはこの家を出ていきます、このレーベジェフ氏の家を」

将軍は意味ありげに公爵をながめた。

「あなたはパーヴロフスクにご自分の家をお持ちじゃありませんか……娘さんのところに……」公爵はなんと挨拶《あいさつ》していいかわからぬままに、こんなことを言った。彼は、将軍がその運命の浮沈にかかわる重大な件について、忠告を求めにやってきたことを思いだした。

「女房のところです。つまり、言いかえれば、自分のところでもあれば、娘のところでもあるんですよ」

「いや、失礼しました、私は……」

「わたしがレーベジェフの家を出ていくのは、公爵、あの男と絶交したからなのです。昨晩絶交したんですが、なぜもっと早くしなかったかと後悔しましたよ。わたしはつねに尊敬を求めております。いや、公爵、なんですな、わたしは自分の心を贈物にするような人たちからさえも、この尊敬を受けることを期待しておりますので。公爵、わたしはしばしば自分の心を贈物にするんですが、そのたびにほとんどいつも欺《あざむ》かれてばかりおりますよ。あの男もわたしの贈物に値しないやつでしたよ」

「あの人はずいぶんだらしないところがありますね」公爵は控え目な調子で言葉をはさんだ。「それに、一、二の性質は……しかし、それでもやはり誠意が認められます。それりゃ狡獪《こうかい》かもしれませんが、人の興味をひく人物ですね」

　この巧みな言いまわしと、うやうやしい調子はどうやら将軍の心をくすぐったらしかった。もっとも、彼は相変らずときどきふいに、信じかねるという眼つきをすることもあったが、公爵の調子があまり自然で誠意がこもっていたので、疑いをいれる余地がなかったのである。

「あの男にもいい性質があるということは」将軍は相手の言葉を引きとった。「あの男にはほとんど友情ともいうべきものを贈ったこのわたしが、真っ先に発表したことなんですよ。わたしは家族を持っておりますから、あの男の家やあの男のもてなしなんかにはなんの要もありません。わたしはなにも自分の悪徳を弁明しているんじゃありません。わたしはだらしのない男ですから、あの男といっしょに酒を飲んだのです。いや、いまはそのことを思って泣いておるのかもしれんですよ。ところが、ただ酒を飲むためにだけ(どうぞ公爵、このいらだった男の乱暴な言いまわしをゆるしてください)、ただただ酒を飲むためだけに、あの男と交わりを結んだわけじゃないです。いや、わたしは要するに、いまあなたのおっしゃったあの男の性質にほれこんだからなんですよ。しかし、何事もすべて程度の問題でして、人の性質もその例をまぬかれませんな。あの男がこのわたしに面とむかって、例の十二年戦役のときに、まだほんの赤ん坊であったが右足を失って、それをモスクワのワガンコフスキー墓地に葬《ほうむ》った、なんてことをぬけぬけ言ったとすれば、これはつまりもう度を越したことであって、侮辱と厚かましさをさらけだすことになるのですよ……」

「でも、ひょっとすると、それはただ人を愉快に笑わすための冗談だったかもしれませんね」

「ええ、わかります。人を愉快に笑わすための無邪気な嘘は、たとえぶしつけなものであっても、人を侮辱なんかしないものですよ。ときには、ただ相手に満足を与えようとして、単に友情から嘘をつく者だってありますからな。ところが、もしそこに侮辱の色が透いて見える場合には、いや、たとえば、《きさまとつきあうのはもういやになった》ということを、そうした侮蔑《ぶべつ》の色によって示そうとするような場合には、高潔な人間はただその男に背をむけ、交際をたち、そんな無礼者とは席を同じくすることができないことを教えてやるよりほかにしかたがありませんからな」

将軍はそう言いながら顔を赤らめさえした。

「それに、レーベジェフが十二年にモスクワにいるはずがありませんよ、それにしてはあまり年が若すぎますよ。おかしな話ですね」

「そりゃまず第一に、そうですとも。しかし、たとえあの当時すでに生れていたとしてもですよ、フランスの猟兵があの男に大砲の筒口をむけて、ただ気晴らしのためにその片足を撃ち落したとか、その足をまたあの男が拾いあげて、家へ持ち帰り、それをあとでワガンコフスキー墓地に埋葬して、その上に石碑まで立てたなんて言うんですからな。その石碑の表のほうには『ここに十等官レーベジェフの片足葬らる』とあって、裏のほうには『いとしき亡骸《むくろ》よ、喜びの朝まで安らかに眠れ』と彫ってあるとか、ついには毎年その足のために法要を営んでいるとか（これなんかは、もう瀆神罪《とくしんざい》に相当しますよ）、そのために毎年モスクワへ出かけていくとか、勝手なほらを吹くんですからな。この話の証拠としてその墓を見せるから、いや、例の分捕《ぶんど》ってクレムリンに置いてあるフランスの大砲まで見せてやるから、いっしょにモスクワへ出かけよう、なんて言うんですからな。なんでも、入口のほうから十一番目にある旧式なフランスの小砲だと言いはるんですからねえ」

「それに、あの人の足は二本ともちゃんとそろってるじゃありませんか、あのとおり」

公爵は声をたてて笑いだした。「いや、ほんとにそれは無邪気な冗談ですよ、なにも腹をたてることはありませんよ」

「だが、わたしの言いぶんも聞いてください。足があのとおりちゃんとしていることも、あの男に言わせると、片足はチェルノスヴィトフ式の義足だと言いはるんですが、これはまったくありえないことじゃありませんからな……」

「ああ、なるほど。チェルノスヴィトフ式の義足なら、ダンスだってできるという話ですからね」

「ようく承知しております。チェルノスヴィトフがその義足を発明したときには、まず第一番にわたしのところへ見せに駆けつけてきたものですからね。でも、あれが発明されたのは、それよりずっとあとのことでしたよ……ところがあの男は、亡《な》くなった細君さえその長い結婚生活のあいだじゅう、亭主の片足が木だってことを知らなかったと言うんですからねえ。わたしがいろいろとあの男の話の不合理を指摘してやると、こう言うじゃありませんか。『もしあんたが十二年戦役にナポレオンの小姓をしていたというなら、わたしにだって自分の片足をワガンコフスキー墓地へ葬るくらいのことはゆるしてもいいじゃないか』ですとさ」

「まさかあなたは……」公爵は言いかけて、どぎまぎしてしまった。

将軍もやはり、ほんのすこしまごついたようであったが、たちまち思いきって高慢な、ほとんど嘲笑《ちょうしょう》の色さえまじった眼つきで、公爵を見つめた。

「どうぞ最後までおっしゃってくださいよ」彼はとりわけ流暢《りゅうちょう》に、言葉尻を引きのばすように言った。「最後までおっしゃってくださいよ。わたしは寛容な人間ですから、なんでもおっしゃってください。もしご自分の眼の前に落ちぶれて……なんの役にもたたぬ男の姿を見ながら、同時にその男が……偉大なる事件の直接の目撃者であったという話を耳にするのが、あなたにとって滑稽《こっけい》に思われるなら、どうか正直に白状してください。あの男はまだ何もあなたに……そっと耳打ちしたことはありませんかね？」

「いや、レーベジェフからは何も聞いておりませんよ。もしあなたがレーベジェフのことをおっしゃっているのでしたら……」

「ふむ！　わたしはその反対かと思っておりましたよ。じつはきのうわたしどものあいだの話題が例の……記録のなかの奇妙な論文のことに移ったのですがね。わたしはあの論文の不合理な点を指摘してやりましたよ。なにしろ、わたし自身がその目撃者だったのでして……おや、あなたはにやにや笑っておられますな、公爵、あなたはわたしの顔をじろじろ見ておられますな？」

「い、いいえ、私は……」

「わたしは見かけこそ若く見えますがね」将軍は言葉尻を長く引いた。「しかし、実際は、見かけよりいくらか年をとっておるのですよ。十二年戦役には十か十一ぐらいでしたよ。わたしの年は自分でもよくわからんのですよ。職員録にはすこし減らしてありましてね。いや、わたし自身に実際の年より若く見せようとする弱点がありましてね、これまでずっと一生のあいだ……」

「いや、あなたが十二年戦役のときに、モスクワにいらしたというのは、ちっともおかしなことじゃありません、ですから……もちろん、あなたは当時の目撃者と同じように、いろんなお話ができるわけですよ。わが国の自叙伝の作者のひとりなどは、その著作の冒頭に、十二年戦役のときモスクワでまだ乳呑児《ちのみご》だった彼をフランスの兵士がパンで養ってくれたと書いているくらいですからねえ」

「それ、ごらんなさい」将軍は控え目に賛意を表した。「わたしの一件は、もちろん、月並みな域を脱してはおりますが、しかしまるでなにも取りたてて変ったことがないというわけでもないのです。真実というものがまったくありうべからざるもののように見えるのは、じつによくある例ですからな。皇帝づきの小姓！　なんて言うと、もちろん、妙に聞えるでしょうな。しかし、十歳になる子供の冒険というものは、ほかならぬその年齢によって説明できるものかもしれませんよ。十五歳の子供だったら、もうそんなことはなかったでしょうからな、いや、きっとそうにちがいありません。なにしろ、もしわたしが十五歳にもなっておりましたら、ナポレオンのモスクワ侵入の日に、逃げ遅れて恐ろしさにぶるぶる震えていた母を残して、スターラヤ・バスマンナヤ街の自分の木造の家から逃げだすようなことはしなかったでしょうからな。十五歳にもなっていたら、きっと怖気《おじけ》づいたにちがいありません。ところが、わずか十歳のわたしは、何ものも恐れず、ちょうどナポレオンが馬からおりようとしているとき、群衆をかき分けて、宮殿の車寄せのところまですべりこんだんですからなあ」

「十歳だったからこそ何も恐れなかった、というのは、疑いもなくじつに卓見ですね……」公爵は相槌《あいづち》をうったが、いまにも顔を赤らめはせぬかと、びくびくしながら気をもんでいた。

「いや、疑う余地もありませんよ。この件は何もかも実際においてのみおこりうるように、じつに単純にまた自然に行われたんですからね。かりにこの件に小説家が筆を染めたとしたら、きっとありもしないことや信じかねることを織りまぜるにちがいありませんからな」

「ええ、そりゃそうですとも！」公爵は叫んだ。「いや、私もそれを痛感していたんです、それも大いに痛感していたんです、つい近ごろ、私は一個の時計のために、本物の殺人が行われたことを知っていますが、これはもう新聞にものっていますがね。もしこんなことを小説家が考えだそうものなら、国民生活に明るいその道の権威や批評家連は、きっとそんな信じがたいことがあるものかと叫びたてるにちがいありません。ところが、それを新聞紙上で事実として読むと、ほかならぬこういう事実からこそ真のロシアの現実を学ぶことができるのだと、感心してしまうんですね。いや、まったく、あなたはいいところに気づかれましたね」公爵はあからさまに顔を赤らめずにすんだことを喜びながら、熱をこめて言葉を結んだ。

「そうでしょうか？ いや、たしかに、そうでしょうか？」将軍は満足のあまり、眼さえ輝かせながら叫んだ。「それで、危険というものを知らない男の子は、金ピカのものや、軍服や、お供の人たちや、それまでうんと話に聞かされていた偉人を見ようと思って、群衆をかき分けて前へ出ていったのです。なにしろ、当時は二、三年前から誰もが口をそろえて、この人物のことばかり噂《うわさ》しあっておりましたからな。世界じゅうがその名前でいっぱいだったのです。わたしなどは、言ってみれば、この名前を乳といっしょに飲んでいたようなものですからな。ナポレオンはほんの二、三歩離れたところを通りながら、ふとわたしの視線に眼をとめました。そのときわたしは貴族の子供らしい服を着ておりましたからな。ふだんからいい身装《みな》りをさせられておりましてね。つまり、そうした群衆のなかでわたしひとりがそんな格好でして……ねえ、おわかりでしょうな……」

「ええ、そのとおりですとも。彼もびっくりしたでしょうよ。それに、みんながみんな町を捨てて逃げたわけじゃない、貴族の連中も子供を連れて残っているのだ、ということが証明されたわけですからね」

「そこですよ、そこですとも！ 彼は貴族の心をひきつけたかったのですな！ 彼がその鷲《わし》のような視線を投げたとき、わたしの眼はおそらくそれに応《こた》えて、きらりと輝きだしたにちがいありません。“Voilà un garçon bien éveillé. Qui est ton père?”（おお、なんてかわいらしい子供だ！　おまえのお父さんは何者だね？）わたしは興奮のあまり、はあはあと息を切らしながら、さっそくこう答えたんですよ。『祖国の戦場で討死にした将軍でございます』とね。“Le fils d'un boyard et d'un brave par-dessus le marché! J'aime les boyards. M'aimes-tu petit?”（この子は貴族で、おまけに英雄の息子だ。わしは貴族が好きだ、おまえはわしが好きかね？）この矢つぎ早の質問にたいして、わたしもやはり早口で答えました。『ロシア人の心は祖国の最大の敵のなかにさえ、偉人を見わけるゆとりがあるのでございます！』とね。このとおり言ったかどうかは、もう覚えておりませんよ……なにぶん子供でしたからな……しかし、意味はたしかにこんなものでしたよ！　ナポレオンはびっくりして、ちょっと考えておりましたが、やがてお供の人たちにむかって言ったものです。『わしは、この子供の誇らかなところが気に入った！　だが、すべてのロシア人がこの子供のように考えているとすれば……』彼は最後まで言わないで、宮殿の中へはいってしまいました。わたしはすぐお供の人たちのなかにまぎれこんで、彼のあとを追って駆けだしました。お供の人たちは、早くもわたしのために道をあけて、まるで寵児《ちょうじ》かなにかのようにわたしのことをながめているんですよ。だが、こんなことは、ちらとわたしの眼をかすめたばかりです……ただいまでも覚えているのは、最初の広間へはいったとき、皇帝がエカチェリーナ女帝の肖像画の前でふいに足をとめて、長いことじっと考えこんでながめていましたが、やがて、『これはえらい女だったな！』とつぶやいて、そばを通り過ぎたことだけですな。その二日後にはわたしはもう宮殿でもクレムリンでもみんなに顔を知られて le petit boyard（小さな貴族）と呼ばれていました。わたしはただ夜寝るときだけ家へ帰ったものです。家ではみんなが気も狂わんばかりでした。それから、また二日たって、ナポレオンの小姓だったド・バザンクール男爵が遠征の労苦に耐えかねて死ぬという騒ぎがおきました。そのときナポレオンは、わたしのことを思いだしたわけですな。みんなはわたしをとらえて、なんの説明もせずに、引っぱっていきました。そして、故人の十二歳の少年の制服をわたしの体に合わせてみたのです。ようやく制服に身を包んで、わたしは皇帝の前へ連れていかれ、皇帝がわたしにちょっとうなずいてみせたとき、わたしははじめて自分が陛下の恩寵にあずかって、小姓の役を仰《おお》せつけられたことを知らされたのです。いや、うれしかったですな。なにしろ、もうずっと前から、ほんとに皇帝にたいして熱烈な好意をいだいておりましたからな……それに、金ピカの軍服というやつは、子供にとってたいへんなものですからなあ……わたしは裾《すそ》の細くて長い、渋い緑色の燕尾《えんび》服《ふく》を着て歩きまわったものです。金ボタン、金の縫取りがしてある赤い袖飾《そでかざ》り、ぴんと立って前のあいた金の縫取りのある高い襟《えり》、刺《し》繍《しゅう》のされた裾、ぴったりと足にあった白い鹿皮《しかがわ》のズボン、白い絹のチョッキ、絹の靴下、尾錠《びじょう》のついた靴……それに、皇帝が馬で散歩されるとき、もしわたしがお供に加わっていたら、膝《ひざ》の上まである大きな長靴をはくんですよ。戦況はあまりかんばしくなく、しかも、恐ろしい災難はすでに予感されておりましたが、礼式はできるだけ守られていたんですな。いや、むしろそうした災難が予感されればされるほど、ますます厳格に守られたくらいですな」

「ええ、もちろん、そうでしょうとも……」公爵はほとんど途方にくれたようにつぶやいた。「あなたの手記があったら……さぞおもしろいでしょうね」

将軍は、言うまでもなく、きのうレーベジェフに話して聞かせたことをそのままもう一度くりかえしていたのである。したがって、その語り口はなめらかなものであった。だが、彼はまたしても疑わしそうな眼差《まなざ》しで公爵を尻目《しりめ》にかけた。

「わたしの手記ですって」彼はなおいっそう得々として言った。「わたしが手記を書くのですって？　いや、そんな気にはなりませんでしたよ、公爵！　しかしお望みとあれば、わたしの回想録はもうできあがっとるんですよ、しかし……それは筐底《きょうてい》に秘めてあるのです。わたしの眼《まなこ》が土で覆《おお》われるときなら、世に出てもいいですがね。いや、きっと外国の言葉にも翻訳されるにちがいありませんよ。もっとも、それは文学的な価値のためではなくて、たとえ子供であったにしても、わたしがその目撃者であった偉大な事実の重要さのためですがね。いや、それどころか、子供だということで、わたしはあの《偉人》の寝室にまではいりこんだんですからね！　わたしは毎晩のように《あの不幸に見舞われた偉人》のうめき声を、聞いたものですよ。彼もこんな子供の前ではうめいたり泣いたりするのに、なんの遠慮もありませんでしたからね。もっとも、わたしには彼の苦悩の原因がアレクサンドル皇帝の沈黙にある、ってことはもう承知しておりましたがね」

「ええ、彼はずいぶん手紙を書きましたからね……講和を申しこみながら……」公爵はおずおずと相槌《あいづち》をうった。

「はたしてどんな申込みを書いたのか、われわれには実際わからんですが、しかし毎日のように、一時間おきに、つぎつぎと手紙を書いていましたよ！　えらく興奮していました。ある晩、二人きりでいたとき、わたしは眼に涙を浮べて、いきなり彼にとびかかって（ああ、わたしは彼を愛していたのです！）そして、『アレクサンドル皇帝にお詫《わ》びをなさい、ねえ、お詫びをするんですよ！』と叫びました。つまり、その、『アレクサンドル皇帝と和睦《わぼく》なさい！』と言うべきところだったのですが、なにぶんにも子供だったので、無邪気に自分の考えをぶちまけたわけです。すると、彼は部屋の中をあちこち歩きまわっていましたが、『おお、わが子よ！』と答えました。『おお、わが子よ！』彼は当時わたしがまだ十歳の子供だということに、気がつかないようなふうで、むしろわたしと話をするのをかえって好んでいたくらいですよ。『おお、わが子よ！　わしはアレクサンドル皇帝の足に接吻《せっぷん》することさえあえて辞さないが、そのかわりあのプロシャの王やオーストリアの皇帝は、なんとしても永久に憎まずにはいられないのだ！　そして……ついには……おまえには政策のことなんか何ひとつわからんのだ！』彼はふと誰を相手に話していたのか思いだしたように、ぴたりと口をつぐんでしまいましたが、その眼は長いこと爛々《らんらん》と輝いておりましたよ。まあ、ざっとこんな事実をすっかり書いてみてごらんなさい——なにしろ、わたしはこの偉大な事実の目撃者だったんですからねえ——いや、いまそれを出版してごらんなさい。あんな批評家とか、文学的虚栄心とか、羨望《せんぼう》とか、党派なんてものは、いや、まったく従順な下僕同然ですよ！」

「その党派に関するあなたのご見解は、もちろん、公平なものですね。私はあなたに同感ですよ」公爵はちょっと口をつぐんでから、小さな声で言った。

「私もつい最近シャルラスの書いたワーテルローの戦いに関する本を読んだんですがね。この本は明らかにまじめな労作で、それが並々ならぬ知識をもって書かれたことは、専門家たちも保証しています。ところが、一ページごとにナポレオンの没落を喜ぶ気持が顔をのぞかせているのですね。もし他の戦いにおいても、ナポレオンの才能をことごとく否定することができたら、シャルラスはきっと非常に喜んだにちがいありません。こうしたことはこんなまじめな労作にはあってならぬことだと思いますね。だって、これはもう一種の党派性ですからね。ところで、そのころあなたの勤務はとても忙しかったですか……つまり、皇帝のおそばで……」

将軍は有頂天になっていた。公爵の言葉は、まじめで底意のないものだったので、彼の心に残っていた疑惑の最後の残滓《ざんし》を吹きとばしてしまったからである。

「シャルラスですか！　ああ、このわたしも憤慨したものですよ！　わたしはさっそくあの人に手紙を書きましたよ。しかし……確かなことはもう覚えておりませんな……いや、わたしの勤務が忙しかったかというおたずねでしたな？　いや、どういたしまして！　わたしは小姓と呼ばれてはおりましたが、もうそのときそれをまじめな話だとは考えていなかったんですからな。それに、ナポレオンはまもなく、ロシア人を身近に近づけようという望みをすべて失ってしまいましてね、で、もうもちろん、政策的に近づけたわたしのことなんかとうに忘れてしまったにちがいないのです。もしも……いや、もしも個人的にわたしを愛しておらなかったならばですね、いまではわたしもあえてこう言うことができますよ。ところで、わたしを彼にひきつけたのはこの胸なんですよ。いわゆる勤務なんてものは要求されませんでしたよ。ただときおり宮殿へ伺候《しこう》して……皇帝の散歩に騎馬でお供をすればよかったのです。ただそれだけのことでした。わたしは乗馬が得意だったんですよ。彼は昼飯前に出かけたものですが、お供はたいてい、ダヴーと、わたしと、親衛兵のルスタン……」

「コンスタンでしょう」どうしたわけかふと公爵は口をすべらした。

「い、いや、コンスタンは当時もういなかったんですよ。あの男はそのとき手紙を持って……ジョゼフィン皇后のところへ出かけておりましたから。あの男のかわりに二人の伝令と、数人のポーランドの槍騎兵《そうきへい》がおりましたよ。まあ、こうした顔ぶれがお供でしたな。むろん、このほかに将軍や元帥《げんすい》たちが大勢いましたがね。これはいっしょに地形や軍の配置を視察したり、相談したりするために、ナポレオンがそばに連れてきたものですがね……いまでも覚えていますが、いちばんよくおそばにいたのはダヴーでしたな。これは大きな肥《ふと》った冷酷な男で、眼鏡をかけた奇妙な眼つきをしておりましたよ。皇帝はいちばんよくこの男と相談しておりましたな。いまでも覚えておりますが、二人は幾日も協議をしておることがありましたよ。ダヴーは朝に晩にやってきて、口論することさえよくありましてね。ついにはナポレオンも同意しそうなふうに見えました。二人が書斎にさしむかいですわっていると、第三者たるわたしはほとんど二人の眼にもはいらないようにして控えておりましたよ。と、いきなり、ナポレオンの眼差しがふとわたしの姿を認めると、何か奇妙な想《おも》いがその眼を、ちらとかすめたようでした。『おい、子供!』と彼はだしぬけに言って、『おまえはどう思う、もしわしが正教に帰依《きえ》して、この国の奴隷《どれい》を自由にしてやったら、ロシア人はわしに従うだろうかどうだろう?』『断じてそんなことはありません!』とわたしは憤慨して叫びましたよ。と、ナポレオンは感動して、『この子の愛国心に輝く両の眼に、わしは全ロシア国民の意見を読むことができた。もうよい、ダヴー! そんなことはみんな妄想《もうそう》だ! 何かほかの計画を述べてみよ!』と言ったものです」

「そうですか、でも、その計画はじつにたいした考え方でしたね!」公爵はどうやら興味を感じたらしくそう言った。「それじゃ、あなたはその計画を、ダヴーのものだとおっしゃるのですね？」

「少なくとも、二人はいっしょに協議したんですよ。もちろん、それはナポレオン式の鷲《わし》のようにすばらしい考え方ですよ。しかし、もう一つの計画も、やはりりっぱなものでしたよ……それこそ例の有名な、当のナポレオンがダヴーの助言を形容して言ったという“conseil du lion”（獅子の助言）ですよ。それは、全軍を率いてクレムリンにたてこもり、兵舎を建て、堡塁《ほうるい》を築き、大砲を配置して、できるだけ馬を屠《ほふ》って、その肉を塩漬《しおづ》けにし、またできるだけ穀類を買いこんだり、掠奪《りゃくだつ》したりして、春がくるまで冬ごもりする。そして春になったら、ロシア軍を突破しようというものだったんです。この計画はナポレオンの心をつよくひきつけましてね。われわれは毎日クレムリンの城壁のまわりを乗りまわしたものですよ。彼はここをこわすとか、ここに眼鏡堡《がんきょうほ》を建てるとか、ここに半月堡を築くとか、ここに防舎を建てるとか、いちいち指図をしたんですが――いや、その着眼のすばらしさといい、機敏さといい、正確さといい、たいしたものですよ。ついに何もかも決ったので、ダヴーが最終的な決定を迫りました。また二人はさしむかいで協議しました。そして、わたしは第三者というわけです。ナポレオンはまた腕組みしながら、部屋の中を歩きまわっていました。わたしはその顔から眼を放すことができませんでしたよ。わたしの心臓はどきどきと高鳴っておりました。『わたしは参ります』とダヴーが言うと、『どこへ？』とナポレオンがききました。『馬肉の塩漬けに』とダヴーが答えます。ナポレオンはぴくりと身を震わせました。運命がまさに決せられようとしているのです。『おい、子供！』彼はだしぬけに、わたしに話しかけました。『おまえはわれわれの計画をどう思うかね？』もちろん、彼がこんなことをきいたのは、偉大な知恵をもった人物でもときにはせっぱつまって、最後の瞬間に鷲と格子《こうし》（訳注 貨幣の裏表）にたよるのと同じことですな。わたしはナポレオンのかわりにダヴーにむかって、まるで霊感にでも打たれたように、こう言ってのけたのです。『将軍、もうお国へ逃げてお帰りになったらいいでしょう！』これでこの計画もおじゃんになりました。ダヴーは肩をすくめながら、部屋から出がけに小さな声で"Bah! Il devient superstitieux!"（おやおや、この子もすっかり迷信ぶかくなったものさ）と言いました。そしてその翌日、退却の命令がくだったのです」

「何もかもじつにおもしろいお話ですね」公爵はおそろしく低い声で言った。「もし万事がそのとおりであったとしたらですね……いや、つまり、私が言いたいのは……」彼はあわてて言いなおそうとした。

「ああ、公爵！」将軍は叫んだが、すっかり自分の物語に酔ってしまっていたので、ひょっとすると、こうしたじつに不注意な失言にさえもそれほど気にしないようなふうが見えた。「あなたは『万事がそのとおりであったとしたら』とおっしゃいますが、しかしそれ以上だったのですよ、いや、まったくはるかにそれ以上のことがあったのです！

こんなことは取るに足りない政治上の事実にすぎませんがね。しかし、くりかえして申しあげますが、わたしはこの偉人の夜ごとの涙や、うめき声の目撃者だったんですからねえ。こんなことは、わたしよりほかに誰ひとり見た者はないんですよ！　もっともしまいには、彼はもう涙を流して泣くようなことはなくなって、ただときおりうめき声をあげるばかりでしたな。しかし、彼の顔はだんだん何か暗い影に覆《おお》われていくようでした。それはまるで永遠がその暗澹《あんたん》たる翼で早くも彼を包んでしまうような感じでした。どうかすると、われわれは二人きりで幾晩も幾晩も長いこと無言のまま時をすごすことがありましたよ。――親衛兵のルスタンはよくつぎの間でいびきをかいていました。じつによく眠る男でしてね。『そのかわり、あれはわしにたいしても、わしの王朝にたいしても忠実な男だ』とナポレオンは、この男のことを言っておりましたがね。ある日、わたしは妙に胸が痛んでたまらないことがありました。彼はふとわたしの眼に涙が浮んでいるのに気づいて、さも感動したようにわたしを見つめながら、『おまえはわしをあわれんでくれるのか？』と叫んだものです。『なあ、子供、いいかな、おまえのほかにもうひとり別な子供が、わしをあわれんでくれるかもしれない。それはわしの息子の le roi de Rome（ローマ王）だよ。ほかのやつらは、みんなみんなわしを憎んでおるのだ。兄弟たちは不幸につけこんで、いのいちばんにわしを売るだろうよ！』わたしはしゃくりあげながら、彼にとびついていきました。と、彼も我慢しきれなくなって、とうとう二人は抱きあってしまいました。いや、二人の涙は一つにとけあったのでした。『お手紙を、お手紙をジョゼフィン皇后にお書きください！』わたしは泣きながら言いました。ナポレオンはぴくりと身を震わせ、ちょっと考えてから、『おまえはわしを愛してくれる第三の心を、思いださせてくれた、ありがたく思うぞ！』と言いましたよ。彼はさっそくテーブルにむかって、手紙を書きはじめましたが、すぐ翌日それをコンスタンに持たせて、出発させたのですからねえ」

「あなたはじつにりっぱなことをなさいましたね」公爵は言った。「悪意に取りまかれている人間に、美しい感情を呼びさましておやりになったんですから」

「そうですとも、公爵、あなたはじつに美しい解釈をしてくださいましたね、これはあなたご自身の心に似つかわしい解釈ですよ！」将軍は有頂天になって叫んだ。すると不思議にも、ほんとうの涙がその眼にきらりと輝きはじめた。「いや、公爵、じつに偉大な光景でしたよ！　それに、どうでしょう、わたしはすんでのことで、彼のあとを追ってパリへ行ってしまおうと思ったくらいですからねえ。そうなったら、むろん、あの《炎熱の幽閉の島》へも行をともにしたかもしれんのですから、しかし――悲しいことに、二人の運命は別々に引きさかれたのです！　われわれは別れ別れになったのでした。彼は《炎熱の島》へ流されました。もっともそこで彼は恐ろしい憂愁にかられた瞬間に、モスクワで自分を抱きしめ、自分をゆるしてくれたあわれな少年の涙を、せめて一度ぐらい思いおこしたかもしれませんな。ところで、このわたしは幼年学校へやられてしまいました。そこはもうただきびしい教練と、友人の粗暴な言行よりほか、何ひとつ見いだすことのできないところでした……ああ！　何もかも夢のように消えうせてしまったのです！『わしはおまえを母親の手から奪いたくないから、いっしょに連れてゆくわけにいかん！』彼は退却の日にわたしにむかって言いました。『だが、わしはおまえのために、何かしてやりたいと思う』そのとき彼はもう馬にまたがっていました。『わたしの妹のアルバムへ、何か記念のためにお書きください』わたしはおずおずと言いました。なにしろ、彼は非常に取りみだして暗い顔つきをしていましたので。彼は馬の歩みを戻すと、ペンを命じ、アルバムを手に取って、『妹はいくつになる？』と、ペンを手にしたまま、たずねました。『三つでございます』と答えますと、"Petite fille alors."（では、ほんの子供だな）と言って、アルバムへさっとつぎのように書いてくれましたよ。

"Ne mentez jamais!
Napoléon, votre ami sincère."
（決して嘘をつくな！――親愛なる友ナポレオン）

こんな場合にこんな忠告ですからねえ、おわかりになりますか、公爵！」

「ええ、まったく意味深長ですね」

「この一枚の紙きれはガラスのはいった金縁の額に入れられて、妹の客間のいちばん人目につく場所にかかっておりましたよ、一生のあいだ死ぬときまで――妹はお産で亡《な》くなったんですがね。いまはどこにあるか知りませんが……しかし……あっ、こりゃたいへん！　もう二時ですな！　すっかりお邪魔をしてしまいましたな、公爵！　これはじつにゆるすべからざる行為ですなあ」

将軍は椅子《いす》から立ちあがった。

「いえ、どういたしまして！」公爵は口ごもって言った。「私はすっかり興味をひかれましたよ……それに……じつにおもしろいお話で。どうもありがとうございました！」

「公爵！」将軍はまたもや痛いほど相手の手を握りしめ、ふと何かある考えに打たれたかのように、突然われに返ると、そのぎらぎらと輝く眼でじっと相手を見つめながら、言った。「公爵！　あなたはじつに善良で、じつに純情なかたですねえ。いや、そういうあなたが気の毒になるくらいですよ。わたしはあなたをながめていると、胸がいっぱいになってくるのです。ああ、神さま、どうぞこの人を祝福してください！　その新しい人生がはじまって、愛のなかに……花が咲くように。わたしの人生はもうおしまいです！　ああ、ゆるしてください、ゆるしてください！」

彼は顔を両手で覆いながら、急ぎ足で出ていった。その感動が真実であることを、公爵は疑うことができなかった。と同時に、老人が自分の成功に酔いながら、出ていったこともよく承知していた。だが、彼にはやはりこんな予感がしたのである。つまり、将軍は情欲といってもいいほど、いや、われを忘れてしまうほど、嘘《うそ》をついているくせに、それでも歓喜の絶頂にいるときですら、なお心の中では、自分の言葉を人は信じていないのだ、いや、とても信じられるはずがないのだ、と疑いをいだいているような嘘つきのひとりではなかろうか。いまの場合も、将軍はふとわれに返って、無性《むしょう》に恥ずかしくなり、公爵は自分に限りない同情をいだいているのではないかと疑って、侮辱を感じたのかもしれなかった。《あの人をあんなにまで有頂天にさせたのは、かえって悪いことではなかったろうか?》と公爵は心配した。が、急に我慢しきれなくなって、十分間ばかり、大声をあげて笑ってしまった。彼はまた、こんなに笑い声をたてる自分を、責めようとしたが、すぐになにも責めることはないとさとったのである。なにしろ、彼には将軍が限りなく気の毒に思われたからである。

彼の予感は的中した。その日の夕方、彼は短いとはいえ断固たる調子の奇妙な手紙を受けとったからである。将軍はそのなかで、永久に彼と別れようと思うとか、彼を尊敬しかつ感謝してはいるが、その彼からすらも自分は『それでなくとも、すでに不幸な人間の品格を』貶《おと》すような同情のしるしを受けたくない、などと書いてきた。老人がニーナ夫人のもとに閉じこもってしまったと聞いたとき、公爵は彼のためほとんど安堵《あんど》の胸をなでおろした。ところで、将軍がリザヴェータ夫人のところでも、何か困ったことをしでかしたのは前述のとおりである。ここでは詳しいことはぬきにして、その会見の要点を手短かに述べてみると、将軍がリザヴェータ夫人をびっくりさせたあげく、ガーニャにたいする辛辣《しんらつ》なあてこすりで、夫人を憤慨させてしまったということである。彼はみっともないことに、同家を突きだされてしまったのである。つまり、彼があのような一夜を明かして、翌朝をあのようにすごし、とうとうすっかり常軌を逸してしまって、気も狂わんばかりの有様で往来へとびだしていったのは、じつにそのためなのである。コーリャにはやはりまだ事の真相がよくわからなかった。きびしい態度でやればきき目があるだろうと望みをかけていたほどである。

「さあ、これからどこへ出かけるんです、どういうつもりなんです、将軍？」彼は言った。「公爵のところへは行きたくない、レーベジェフとは喧嘩《けんか》別《わか》れだし、お金も持ってないんでしょう。ぼくには、いつだってあったためしがないし。ついにぼくらは往来の真ん中で豆の上にすわりこんじまったわけですね」（訳注　豆の上にすわるとは、無一文になること）

「豆の上にすわりこむより、豆を抱いてすわるほうが気持がいいよ」将軍はつぶやいた。「この……語《ご》呂《ろ》合《あわ》せでもって、わしはみんなをあっと言わせたことがあるのさ……将校仲間の集まりでな……四十四……一千……八百……四十四年だったな、そうだとも！……いや、よく覚えてはおらんが……ああ、思いださせてくれるな、思いださせてくれるな！《わが青春はいずくにありや、わが若き力はいずくにありや！》どうだこの叫び声は……だが、これはいったい誰が叫んだのかね、コーリャ？」

「それはゴーゴリの『死せる魂』のなかにありますよ、お父さん」コーリャは答えて、おずおずと横眼で父親をながめた。

「死せる魂だと！　ああ、そうだ、死せる魂だな！　わしを葬《ほうむ》るときには墓の上に、《死せる魂ここに横たわる！》と書いておくれ。

《恥辱こそわれを悩ます！》

これは誰が言ったかな、コーリャ？」

「知りませんね、お父さん」

「エロペーゴフがいなかったと！　エローシカ・エロペーゴフが！」彼は往来に立ちどまって、夢中になってわめいた。「しかも、それが息子なんだ、血を分けた息子の言葉なんだ！　エロペーゴフは十一カ月のあいだわしのために、兄弟の代りをつとめてくれた男じゃないか。わしはこの男のために決闘まで……わが中隊長のヴィゴレッツキイ公爵が、酒の席でこの男にむかって、『おい、グリーシャ、きさまはどこでそのアンナ勲章をもらったんだ、ひとつ聞かせてくれよ』とたずねたのさ。すると相手は、『わが祖国の戦場でもらったんです』と答えたものさ。わしは大声で、『でかしたぞ、グリーシャ！』とどなってやった。まあ、こんなわけで決闘騒ぎになったのさ。その後……マリヤ・ペトローヴナ・ス……ストゥギナと結婚したんだが、戦場で討死にしちまったよ……弾丸《たま》がわしの胸にかけていた十字架からはねかえって、その男の額に命中したのさ。『永久に忘れんぞ！』と叫んだかと思うと、その場に倒れてしまった。わしは……わしは潔白に勤務してきた、コーリャ。わしはりっぱに勤務してきたんだぞ。だが、恥辱が――いや、《恥辱こそわれを悩ます！》ってわけさ。おまえとニーナは、わしの墓詣《はかまい》りに来てくれるだろうな……《あわれなニーナ》わしは以前あれをこう呼んだものだよ。コーリャ、ずっと昔の、まだ結婚したてのころだがね。あれはほんとうにこのわしを愛してくれたよ……ニーナ、ニーナ！　わしはおまえの一生をすっかり台なしにしてしまったのだ！　なんのためにおまえはこのわしを愛することができるのだ！　ああ、辛抱強い妻よ！　おまえのお母さんは天使のような心を持っているんだぞ、コーリャ、いいかね、ほんとうに天使のような心なんだぞ！」

「そんなことぼくだって知ってますよ、お父さん。お父さん、ねえ、うちのお母さんのところへ帰りましょうよ！　お母さんはぼくらのあとを追っかけてきたんですよ！　おや、なんだって立ちどまっちゃったんです？　まるで何もわからないみたいに……おや、何を泣いているんです？」

当のコーリャも泣きながら、父親の手に接吻《せっぷん》した。

「おまえはわしの手に接吻してくれたな、わしの……」

「ええ、そうですよ、あなたの手に、あなたの手にですよ。なにもびっくりしなくていいじゃありませんか？　ねえ、なんだって往来の真ん中でわめいているんです。それで将軍だの、軍人だのと言えるんですか。さあ、行きましょうよ！」

「神さま、どうぞこの可憐《かれん》な少年に祝福を授けたまえ、なんとなればこの子は悪名高き……さよう、悪名高き老人たる、おのが父親にたいして礼儀を尽せばなり……それに、おまえにも le roi de Rome（ローマ王）のごとき子供が授かるようにな……ああ、この家に呪《のろ》いあれ、呪いあれ！」

「ねえ、いったい何事がおこったんです！」コーリャはふいにじりじりしてきた。「いったい何事がおこったんです？　なぜいまうちへ帰るのがいやなんです？　どうしたんです、気でも狂ったんですか？」

「わしが説明してやる、わしがおまえに説明してやるとも……何もかもすっかり説明してやるから、そう大きな声をたてるな、人に聞えるじゃないか……le roi de Rome（ローマ王）か……ああ、胸が苦しい、気分がめいるな。

《乳母《ばあや》よ、おまえのお墓はどこにある！》

これはいったい誰が叫んだのだ、コーリャ？」

「知りません、知りませんよ、誰が叫んだかなんて！　さあ、いますぐうちへ帰りましょう、いますぐに！　ぼくはガンカをぶんなぐってやりますよ、その必要があるなら……おや、いったいまたどこへ行くんです？」

しかし、将軍はある近くの家の玄関先へ彼を引っぱっていくのであった。

「どこへ行くんです？　これはよその玄関ですよ！」

将軍はその階段に腰をおろして、コーリャの手をつかんでなおも自分のほうへ引きよせるのであった。

「かがむんだよ、おい、かがめといったら！」彼はささやいた。「何もかもすっかりおまえに話してやるから……恥辱か……おい、かがめったら……耳を、耳を貸さんか、そっと耳打ちしてやるから……」

「いったいどうしたんです！」コーリャは耳をさしだしながらも、すっかりびっくりしてしまった。

「le roi de Rome（ローマ王）か……」将軍はやはり全身を震わせながら、ささやいた。

「なんですって？……その le roi de Rome（ローマ王）がどうしたというんです？」

「わしは……わしは……」将軍はますます強く《自分の子供》の肩にしがみつきながら、ふたたびささやいた。「わしは……したいんだ……おまえに……何もかもすっかり、マリヤ、マリヤ……ペトローヴナ・ス……ス……ス……」

コーリャはその手を振りきって、自分のほうから将軍の肩をつかむと、まるで気ちがいのような眼つきで相手の顔をのぞきこんだ。老人の顔は紫色になり、その唇《くちびる》は蒼《あお》ざめ、小刻みの痙攣《けいれん》がなおもその顔を走っていた。と、彼はふいに前へのめって、静かにコーリャの腕に倒れかかった。

「卒中だ！」ようやく何事がおこったのかさとったコーリャは、町じゅうにひびきわたるような声で叫んだ。

5

じつをいえば、ワルワーラ・アルダリオノヴナは兄との会話で、公爵《こうしゃく》とアグラーヤ・エパンチナとの縁談に関するニュースの内容を、いくらか誇張したのであった。ことによると、彼女は目ざとい女性だったので、近い将来におこるかもしれぬことを洞察《どうさつ》したのかもしれなかった。あるいはまた、煙のように消え去った夢（じつは自分でもそんなことは信じていなかったのであるが）を悲しむあまりに、その不幸を誇張することによって、心から同情し愛していたとはいえ、兄の胸にさらにいっそう毒を注ぎこんでやろうという、誰でもが持つ痛快な気持に打ちかつことができなかったのかもしれなかった。しかし、いずれにしても、彼女は友だちであるエパンチン家の令嬢たちからも、あのような正確なニュースを入手することはできなかったのである。ただほのめかすような言い方や、ふと途切れてしまう言葉や、沈黙や謎《なぞ》があったばかりである。いや、アグラーヤの姉たちのほうも、かえってワルワーラ・アルダリオノヴナの口から何か探《さぐ》りだそうと思って、わざと何かしら口をすべらせたのかもしれなかった。あるいはまた、たとえ幼な馴染《なじ》みの友だちではあったが、相手にちょっといやがらせをして、からかってみたいという女らしい気持に、二人の姉も打ちかてなかったのかもしれなかった。というのは、二人の姉にしてもあれだけ長いあいだには、この友だちの意図をほんのすこしだけでも、のぞかずにはいられなかったからである。

一方、公爵にしても、レーベジェフにむかって、自分には何もとりたてて知らせることはない、自分の身には決して何事もおこってはいないと言ったのは、まったく正しいことではあるが、ひょっとするとやはりいくらか間違っていたのかもしれない。事実、すべての人の身の上に、何かとても奇妙なことが生じたからである。何もこれというほどのことはおこらなかったのであるが、それと同時にじつに多くの変化が生じたようでもあった。ほかならぬこの徴候をワルワーラ・アルダリオノヴナは持前の女らしい本能でかぎつけたのであった。

しかし、いったいどんなふうにしてエパンチン家の人びとがみんな、アグラーヤの身に何か非常にたいへんなことがおこり、彼女の運命がまさに決せられんとしていると、急に同じような考えをいだくようになったか、その間の事情を筋道だって説明するのは、きわめて困難である。ところが、こうした考えがみんなの心にひらめくやいなや、だれもかれもさっそくこう主張したものである。こんなことはもうずっと前から気づいていたし、ずっと前からちゃんと承知してもいた、いや、こんなことはもう『あわれな騎士』のころから、なに、それよりももっと前から明らかなことであったが、ただあのころは、そんなばかばかしい話を信じたくなかっただけのことである。そう姉たちも主張した。もちろん、リザヴェータ夫人は誰よりもさきにすっかりそのことを見ぬいて承知しており、もうずっと前から人知れず《その胸を痛めて》いたのである。しかし、それがずっと前からか、そうでないかは別として、夫人はいまや公爵のことをあれこれ考えると、急に機嫌《きげん》が悪くなるのであった。それは公爵のことを考えると、何がなんだかわからなくなってしまうからであった。夫人の眼の前には、一刻も早く解決せねばならぬ問題が横たわっていた。しかし、あわれな夫人にとってはそれを解決することができないばかりでなく、どんなにもがいてみても、その当の問題を眼の前にはっきり描きだすことさえもできなかったのである。これはまったくむずかしい問題であった。《公爵はいい人なのか悪い人なのか？　こうしたことはいいことなのか悪いことなのか？　かりに悪いとすれば（それも疑いもないことであるが）、どういうところが悪いのか？　またかりに、いいとしたら（これまたありうることであるが）、いったいどういうところがいいのだろうか？》当の家庭のあるじたるイワン・フョードロヴィチは、もちろん何よりもまず面くらってしまったが、しばらくして突然こんなことを白状したのである。

『いやじつは、わたしも何かそんなふうなことがいつも頭の中にちらちらしておったよ。いやいや、そんなことは断じてないと思うのだが、何かの拍子でまたふと心に浮んでくるのさ!』彼は妻の恐ろしい視線を浴びて、すぐ口をつぐんでしまった。ところが、口をつぐんだのは朝だけで、晩になってまた妻とさしむかいになり、またしても口をきらねばならなくなったとき、彼はいきなり一種特別な勇気をふるいおこしたように、思いもかけぬ考えをいくつか口に出した。『それにしても、実際のところどうなんだろうね?……(沈黙)。もしほんとうだとすれば、こりゃおかしな話だ。わたしはなにも異存はないがね、ただ……(ふたたび沈黙)ただ、かりに別な面からこの件を直視すればだね、公爵は、実際、いまどき珍しい若者じゃないか、それに……それに、それに――いや、その、名前だがね、うちの家名のことだがね、そうなると、目下零落しておる、いわばその家名を維持するという体裁《ていさい》にもなることだし……つまり、世間にたいしてだね、いや、そういう見地から見ると、いや、つまりその……もちろん、世間がだね、そりゃ世間は世間さ。だが、それにしても、公爵だってまんざら財産がないというわけでもないし……いや、それもたいしたことじゃないにしてもだよ。ただあの男には、その……その……その』(長い沈黙のすえ、とうとう言葉につまってしまう)リザヴェータ夫人は夫の言葉を聞き終ると、とうとう癇癪玉《かんしゃくだま》を破裂させてしまった。

夫人の意見によると、この一件は『ゆるすことのできない、犯罪といってもいいくらいの、ばかげた話で、なんだか知らないが、愚にもつかない妄想《もうそう》みたいなもの！』だったからである。何よりもまず、『あのやくざな公爵は――病人の白痴で、世間も知らなければ、社会的な地位も持っていないおばかさんじゃありませんか。こんな人を誰が人前に出せるものですか、どこへ世話ができるものですか！　よくは知らないが、とんでもない民主主義者《デモクラート》で、おまけにどんな低い官等すら持っていないじゃありませんか。それに……それに……それに……ベロコンスカヤのおばあさんがいったいなんと言うでしょう？　それに、いままであんな花婿《はなむこ》をアグラーヤのために想像したり、予定したりしたことがあるでしょうか？』もちろん、この最後の論拠が、いちばん肝心だったのである。こんなことを考えると、母親の心は震え、血と涙にあふれるのであった。が、それと同時に、心の奥のほうでは何やらうごめいて、《でも、公爵のどんなところがおまえの求めているものとちがっているのか？》とささやくのであった。いや、ほかならぬこうした自分自身の心の抗議こそが、リザヴェータ夫人にとって何よりも苦しかったのである。

アグラーヤの姉たちはなぜか妹の公爵との縁談が気に入っていて、べつにおかしいとも思わなかったほどである。ひとことでいえば、二人はいつのまにか公爵の味方になっていたからである。しかし、二人とも何も言わないことに決めた。この家庭では、いつもつぎのようなことがすぐ感じられたからである。それはほかでもない、何か家庭全体の争いとなる件について、リザヴェータ夫人の反対と固執とが頑強《がんきよう》になればなるほど、みんなにはかえってそのために、夫人はもう我を折りかけているのではないか、と考えられたからである。アレクサンドラはなんといっても、まったく沈黙を守るわけにはいかなかった。もうずっと前から、夫人は彼女を相談相手にしていたので、今度もひっきりなしに彼女をそばに呼びだして、その意見、というよりも、むしろその回想を要求したからである。つまり、『どうしてこんなことになってしまったんだろうね？　なぜ誰も気がつかなかったんだろう？　どうしてあのころみんなはなんにも口に出さなかったんだろう？　あのときの例のいやらしい「あわれな騎士」はいったいどんな意味だったのだろう？　なぜあたしひとりが心配したり、気をつけたり、さきを見ぬいたりしなければならなくて、ほかの者はのんきにぽかんと口をあけていてかまわないのだろう？』などとたずねるのであった。アレクサンドラ・イワーノヴナは、はじめのうち用心ぶかく、ムイシュキン公爵をエパンチン家の娘のひとりに夫として選ぶのは、世間体《せけんてい》からいってても決して悪いものではなかろうという父親の意見は、かなり正確なものだと思うと言ったばかりであった。だが、しだいに興奮してくると、彼女はこんなことまで言い添えたのである。公爵は決して《おばかさん》なんていうものではなく、いままで一度だってそんなふうを見せたこともないし、それに、人物という点にいたっては、今後何年かのちのロシアでりっぱな人物というものが何によって決定されるか——これまでのようにぜひとも勤務上の成功を収めなければならないか、それとも他のことで決定されるか、そんなことは神さましかご存じないのだ、と。それを聞くと、母親はすぐさまアレクサンドラにむかって、『それは自由思想というものですよ、そんなことはみんな例の婦人問題にすぎませんよ』ときめつけた。それから三十分後に、夫人はペテルブルグへ出かけ、ベロコンスカヤのおばあさんをたずねに、石島《カーメンヌイ・オーストロフ》へ立ちよった。おばあさんはそのときちょうど、まるであつらえたように、ペテルブルグに出てきていたのである。もっとも、まもなくモスクワへ帰るはずになっていたのであるが。ベロコンスカヤはアグラーヤの名付け親であった。

ベロコンスカヤの《おばあさん》は、リザヴェータ夫人の熱に浮かされたみたいな、絶望的な告白をすっかり聞き終ると、この途方にくれた母親の涙にすこしも感動するふうはなく、かえってあざけるように相手をながめていた。このおばあさんは恐ろしい暴君であった。人とのつきあいでも、たとえそれが非常に古くからのものであっても、対等ということにはどうしても我慢がならなかった。しかも、リザヴェータ夫人のことは三十年前と同じように、自分の protégée（被保護者）としてながめていたので、夫人の勝気な自立的な気性をどうしてもゆるすことができなかったのである。老婆《ろうば》はいろんな意見のなかでこんなことを述べた。『どうやらあんたがたはみんないつもの癖で、あんまり先走りしすぎて、小さな蠅《はえ》を大きな象にして騒いでいるようだね。わたしはいくら注意して聞いていても、あんたの家でほんとうに何かたいへんなことがおこったとはとても信じられないね。いっそほんとうに何かおこるまで、じっと待ってたほうがよくはないかね。それに、わたしの考えでは、あの公爵だってちゃんとした若者じゃないかね。そりゃ病身で変人で、あまりにも社会的な地位がなさすぎるけれどね。でも、何よりよくないのは、公然と情婦を持っていることだよ』リザヴェータ夫人には、ベロコンスカヤが自分で紹介してよこしたエヴゲーニイ・パーヴロヴィチの失敗で、少々腹をたてていることが、よくわかったのである。夫人は出かけていったときよりも、ずっといらいらした気持で、パーヴロフスクの別荘へ帰ってきた。そしてさっそく、家の者に八つ当りをはじめたのである。そのおもな理由は、『みんなが気がちがってしまった』ということである。どこだって、こんなふうに物事が運ばれるところはありゃしない、うちばかりですよ、『なんだってそんなにあわてるんです？　いったい何がおこったんです？　わたしはどんなに気を配っていても、ほんとうに何か変ったことがおこったとは、とても信じられませんよ！　ほんとに何かおこるまで、待ったらどうなの！　イワン・フョードロヴィチの頭に何かとんでもない考えがちらちらするのは、珍しいことじゃありませんからね。小さな蠅を大きな象に仕立てるのはもうよしてちょうだい！』といったぐあいである。

そういうことなら、よく気を鎮《しず》めて、冷静に観察しながら待つべきである、ということになるのだが、しかし、残念ながら、その平静はものの十分間とはつづかなかったのである。この平静さにたいする最初の打撃は、夫人が　石《カーメンヌイ・オーストロフ》　島　へ出かけていった留守中の出来事に関する報告であった（リザヴェータ夫人が市《まち》へ出かけたのは、公爵が九時すぎと間違えて十二時すぎに同家をたずねたその翌朝であった）。姉たちは、母親のじれったそうな質問にたいして、『お留守中には、何も変ったことはなかったわ』と言ってから、公爵がたずねてきたこと、アグラーヤは長いこと、三十分ばかりも彼の前に出てこなかったが、姿を見せるやいなや、すぐ公爵に将棋《しょうぎ》をさそうと申しこんだこと、ところが、公爵は駒《こま》の動かし方も知らなかったので、たちまちアグラーヤが勝ってしまったこと、すると彼女はおそろしくはしゃぎだし、公爵の無能ぶりをこっぴどくやっつけ、さんざん彼をからかったので、彼は赤面して見るも気の毒なくらいになったことを、ことこまかに説明した。それから、アグラーヤはまたトランプのばか遊び《ドラーク》を申しこんだ。ところが今度はまったく反対の結果が出た。公爵はトランプのばか遊び《ドラーク》では非常にすばらしい、まるで……大先生のような才能を示したからである。それはまるで名人芸であった。とうとうアグラーヤはいんちきなことをやったり、カードをそっとすり変えたり、公爵の鼻先で負け札を盗んだりしたが、それでもやはり公爵は続けざまに五度ばかり、アグラーヤをばかに《ドラーク》してしまった。アグラーヤはまるで気ちがいのように腹をたてて、すっかり前後を忘れたことである。公爵にむかってじつにひどいあてこすりや、無作法な言葉を浴びせたので、彼もついには笑うことをやめてしまったほどである。そして最後に彼女が、『あなたがこの部屋にいらっしゃるあいだは、あたくしはもうこの部屋へは足踏みしませんからね。それにあんなことのあったあとでこの家へいらっしゃるなんて、それも夜の夜中に、十二時すぎにいらっしゃるなんて、あなたはよくも恥ずかしくないんですのね』と言ったときには、彼の顔もすっかり蒼《あお》ざめてしまった。アグラーヤはそう言うなり、ぱたんとドアをしめて出ていってしまったのである。公爵はみんなからいろいろと慰められたけれど、まるで葬式の帰りの人のように悄然《しょうぜん》として立ちさったのであった。ところが、公爵が帰ってからものの十五分もたったころ、突然アグラーヤが二階からテラスへ駆けおりてきた。あまり大急ぎだったので、眼をふく間もなかったくらいである。その両眼は泣きはらされていた。急いで駆けおりてきたのは、コーリャが針鼠《はりねずみ》（訳注　ロシアでは愛玩動物として家庭でもよく飼っている。それほど特殊なものではない）を持ってきたからであった。みんなはその針鼠をながめはじめた。コーリャはみんなの問いにたいして、この針鼠は自分のものではなく、自分はいま友だちの中学生コスチャ・レーベジェフといっしょに出かけるところだが、コスチャは手斧《ておの》を下げているのが恥ずかしいと言って、中へはいらず往来で待っている、この針鼠もその手斧も、たったいま通りすがりの百姓から買ったのだ、と説明した。その針鼠は百姓が売っていたもので、代金は五十コペイカであった。だが、手斧のほうは、ちょうどついででもあったし、それにとてもいい手斧だったので、二人のほうからむりに売ってもらったのである。するとアグラーヤは、いきなりその針鼠をいますぐ売ってくれと、しつこくコーリャに迫って、ついには前後も忘れてしまって、コーリャを『いい子だから』とまで呼ぶ始末であった。コーリャは長いことうんと言わなかったが、とうとうあきらめて、コスチャ・レーベジェフを呼びこんだ。コスチャはほんとうに手斧を持ってはいってきたが、とてもきまりが悪いみたいであった。ところがだんだんきいてみると、その針鼠はまったく二人のものではなく、ペトロフとかいう第三の少年の所有に属するものであることが判明した。というのは、この少年は、またどこか別の金に困っていた第四の少年から、シュロッセルの歴史の本を安く買うつもりで、この二人の少年に金を渡して頼んだからである。ところが、二人はシュロッセルの『歴史』を買いに出かけたものの、途中でどうにも我慢できなくなって針鼠を買ってしまったからである。こういうわけであるから、この針鼠も手斧もこの第三の少年の所有に属するものであり、二人はいま『歴史』のかわりに、この少年のところへそれを運んでいく途中なのであった。しかし、アグラーヤがあまりにしつこくせがんだので、とうとう二人は針鼠を売ることにしてしまった。

アグラーヤは針鼠を手に入れるやいなや、さっそくコーリャの助けを借りて、それを編《あ》み籠《かご》に入れ、その上からナプキンをかぶせると、コーリャにむかって、いますぐどこへも寄らずにまっすぐ公爵のところへこの針鼠を届けて、あたくしの《深甚《しんじん》なる尊敬のしるし》として、お受けとりいただきたい、と伝えてほしいと頼んだ。コーリャは喜んで承知して、まちがいなく届けますと誓いまでたてたが、すぐその口の下から『でも、針鼠のような贈物にはいったいどんな意味があるんです?』としつこくたずねはじめた。アグラーヤは、そんなことはあんたの知ったことじゃありませんよ、と答えた。すると彼は、きっとこれには何かの諷刺《ふうし》が含まれているにちがいない、と答えた。アグラーヤは腹をたてて、あんたなんかただの小僧っ子よ、ただそれだけのことよ、ときめつけた。コーリャはすぐさま言葉を返して、もしあなたを婦人として尊敬していなかったら、いや、それにもまして自分の信念を尊重していなかったら、ぼくはこんな侮辱にたいする返事の仕方を知っています、それはいますぐにもお目にかけることができます、と言ってのけた。しかし、結局のところ、コーリャは大喜びで針鼠を届けにいくことになった。コスチャ・レーベジェフもそのあとを追って駆けだしていった。アグラーヤは、コーリャがあまり籠を振りまわすのを見ると、もう我慢できなくなり、テラスからそのうしろ姿にむかって大声で、『お願いだから、コーリャ、落っことさないでちょうだいよ、いい子だから!』と、たったいま喧嘩《けんか》したことなどけろりと忘れたように、叫んだ。コーリャも立ちどまって、これまた喧嘩なぞしたことがないように、『いや、落っことしゃしませんよ、アグラーヤ・イワーノヴナ、絶対大丈夫ですから』と、したり顔で答え、リャもまた一目散に駆けだしていった。アグラーヤはそのあとで腹をかかえて笑いながら、ひどくご満悦のていで、自分の部屋へ駆けこんでいったが、その日は一日じゅうとてもはしゃいでいた。

こうしたニュースは、リザヴェータ夫人をすっかり動転させてしまった。見たところ、どうということもないようだが、もうすっかりそんな気分になってしまったようだ。夫人の心痛はその極に達した。まず何よりも気がかりなのはその針鼠である。いったい針鼠にはなんの意味があるんだろう？　どんな約束があるんだろう？　どんな意味が含まれているんだろう？　どんなしるしなんだろう？　どんな電報になるのだろう？　おまけに、偶然その場に居あわせたあわれなイワン・フョードロヴィチが、とんでもない返事をして、すっかりぶちこわしてしまったのである。彼の意見によると、これは電報なんてものでは決してない、この針鼠にしたところで――『要するにただの針鼠さ、それだけのことじゃないか。まあ、何かほかに意味があるとすれば、友情とか、ぶしつけな仕打ちを忘れて仲なおりするとか、まあこれくらいのものだろうね。要するに、そんなことはただのいたずらだよ、それも罪のないゆるさるべきいたずらだよ』

ちょっと括弧に入れて注意しておくが、彼の意見はまったく図星だったのである。さんざん愚弄《ぐろう》されてアグラーヤのもとから追いだされた公爵は、家へ帰ってからも、まったく暗い絶望的な気持に沈んで、三十分ばかりじっとすわっていた。そこへひょっこりコーリャが針鼠を持って姿をあらわしたのである。するとたちまち、その空は晴れわたってしまった。公爵はまるで死人がよみがえったように元気づいた。コーリャにいろんなことを根掘り葉掘りたずねて、そのひとことひとことをかみしめながら、十ぺんずつも同じことをききかえし、まるで子供のように笑っては、にこにこ明るい眼つきで自分をながめている二人の少年の手を、ひっきりなしに握りしめるのであった。これはアグラーヤが彼をゆるすということであり、したがって公爵は、今晩すぐにもまた彼女のもとをたずねることができるのだ。これが彼にとっては単に肝心なことであるばかりでなく、そのすべてなのであった。

「私たちはまだほんとに子供なんですねえ、コーリャ！　それに……それに……私たちが子供だってことは、じつにいいことですねえ！」とうとう彼は有頂天になって叫んだ。

「なに、とても簡単なことですよ、あの女《ひと》はあなたを恋しているんですよ、公爵、ただそれだけのことですよ！」コーリャはもったいぶった調子で大げさに答えた。

公爵はぱっと顔を赤らめたが、今度はひとことも口をきかなかった。コーリャはただ大声をあげて笑って、手を拍《う》っただけだった。一分ばかりたつと、公爵も声をあげて笑いだした。それから晩になるまでのあいだ、彼はもう時間はだいぶたっただろうか、晩まではまだかなりあるだろうかと、五分ごとに時計をのぞいてじりじりしていた。

しかし、気分のほうが理性に打ちかってしまった。リザヴェータ夫人はとうとう我慢できなくなって、ヒステリーをおこしてしまった。夫や娘たちがいくら反対しても聞きいれずに、夫人はただちにアグラーヤを呼びにやったのである。それは娘に最後の質問をして、はっきりした最終的な返事を聞くためであった。『こんなことは一気にすっかり片をつけてしまって、肩の重荷をおろさなくちゃ。そして、もう二度と思いださないようにしなくちゃいけませんよ！』『そうでもしなければ、わたしは晩までも生きちゃいられませんよ！』夫人は宣言した。そのときはじめてみんなは、この件がまったくわけのわからないほどばかばかしいものになってしまったことをさとったのであった。ところが、わざとらしいおどろきと、公爵をはじめいろんなことをたずねたすべての人びとにたいする憤怒《ふんぬ》と哄笑《こうしょう》とあざけりのほかは、何ひとつアグラーヤからききだすことができなかった。リザヴェータ夫人は床についてしまった。そして、公爵がたずねてきそうになった時刻に、ようやくお茶のテーブルへ顔を出した。夫人はじりじりしながら、公爵を待ちわびていたので、彼があらわれたとき、ほとんどヒステリーをおこさんばかりの有様だった。

一方、当の公爵もおずおずと、まるで手探りでもするような様子で、奇妙な微笑を浮べながら、一同の顔色をうかがい、何かもの問いたげな顔つきではいってきた。それはまたしても、アグラーヤが部屋にいなかったからである。彼はそれに気づくと、はっとした。その晩は、他人はひとりもまじらないで、一家水入らずであった。山《シチャー》公爵は、エヴゲーニイ・パーヴロヴィチの伯父さんの件でまだペテルブルグに出かけていた。《せめてあの人でもいてくれたら、何か言ってくれただろうに》夫人は彼がいないことを悲しんでいた。イワン・フョードロヴィチはとても心配そうな顔をしてすわっていた。姉たちはまじめくさった顔つきで、申しあわせたように、黙りこんでいた。リザヴェータ夫人はついに何から話していいかわからず、いきなりたいへんな剣幕で鉄道の不備を罵倒《ばとう》しはじめ、いどむような断固たる態度で公爵の顔を見やった。

ああ、悲しいかな！　アグラーヤは姿を見せなかった。公爵はがっくりしてしまった。彼はすっかりどぎまぎしてしまって、ようやくまわらぬ舌で、鉄道の修理はきわめて有益なことだと意見を述べかけたが、急にアデライーダが吹きだしてしまったので、公爵はまたもや面目をつぶしてしまった。ほかならぬその瞬間、アグラーヤが落ちつきはらってはいってきた。そして、しかつめらしくうやうやしい会釈《えしゃく》を公爵にしてから、円テーブルのいちばん眼につく場所へ、得々として腰をおろした。彼女はもの問いたげに公爵の顔をのぞいた。みんなは、ついにあらゆる疑惑が解決されるときが訪れたことをさとったのである。

「あたくしの針鼠をお受けとりになりまして？」彼女はきっぱりと、ほとんど腹だたしげな調子でたずねた。

「受けとりました」公爵は顔を赤らめ、はらはらしながら、答えた。

「そのことについてどうお考えなのか、いますぐここで説明してくださいませんか。お母さまをはじめ家族みんなを安心させるためにぜひ必要なことですから」

「これ、アグラーヤ……」将軍は急に心配しはじめた。

「そんなことは、そんなことは常軌を逸しています！」リザヴェータ夫人はふいに何やらぎょっとしたように叫んだ。

「常軌なんてものは、この場合、まったくありませんわ、ママ」娘はたちまちきびしい声で答えた。「あたくしはきょう公爵に針鼠をお送りしたので、ご意見が伺いたいんですの。ねえ、いかがでしょう、公爵？」

「というのは、つまり、どんな意見ですか、アグラーヤ・イワーノヴナ？」

「あの針鼠についてですわ」

「というと、つまり、その、アグラーヤ・イワーノヴナ、あなたは私がその……針鼠を……どんなふうに受けとったか、お知りになりたいんですね……いや、その、私がこの贈物を……針鼠を……どんなふうに受けとったかと言ったほうが、いいかもしれませんね。つまりその……私の考えでは、あのような場合……要するに……」

彼は息をつまらせて、口をつぐんでしまった。

「まあ、なんだかすこししかお答えになりませんのね」アグラーヤは五秒ほど待った。

「じゃ、けっこうですわ、針鼠の件はこれでやめにしましょう。でも、あたくし、つもりつもった誤解を一気に解く機会が訪れて、とてもうれしいんですの。失礼ですけれど、最後にあなたご自身の口から直接聞かせてくださいません、あなたはこのあたくしに結婚を申しこんでいらっしゃいますの？」

「まあ、なんてことを！」という叫びがリザヴェータ夫人の口をついて出た。

公爵はぎくりと身を震わせて、一歩後退《あとずさ》りした。イワン・フョードロヴィチは棒立ちになり、姉たちは眉《まゆ》をひそめた。

「嘘《うそ》をつかないでくださいね、公爵、ほんとうのことをおっしゃってくださいね。あなたのおかげで、あたくしは妙なことばかりしつこくきかれているんですからね。あんな質問にも、何か根拠があるんでしょうか？　さあ、答えてください！」

「私は結婚の申込みなんかしませんでしたよ、アグラーヤ・イワーノヴナ」公爵は急に元気づいて答えた。「しかし……私がどんなにあなたを愛し、あなたを信じているかは、あなたご自身でもご存じじゃありませんか……いまでもやはり……」

「あたくしがおたずねしているのは、あなたはあたくしと結婚したいのか、どうかということですわ」

「したいです」公爵は身のちぢむ思いで答えた。

一座に激しい動揺がおこった。

「そりゃ見当違いというものだね、きみ」イワン・フョードロヴィチはおそろしく興奮しながらしゃべりだした。「もしそうだとすれば、そりゃ……そりゃほとんど不可能な話だな、グラーシャ（訳注　アグラーヤの愛称）……。いや、失礼だが、公爵、失礼な話だがね、きみ！……ねえ、リザヴェータ！」彼は助けを求めて妻のほうを向いた。「いや、これだけは……はっきりさせておかなけりゃいかんね……」

「わたしはお断わりします、わたしはお断わりします！」リザヴェータ夫人は両の手を振った。

「ねえ、ママ、あたくしにも言わせてくださいな。だって、こんな場合、当人のあたくしにだって、何かの意味がありますからね。あたくしの運命の決るたいへんなときじゃありませんか（アグラーヤはほかならぬこのような表現をしたのである）。ですから、あたくしも自分で知りたいんですの。それに、みんなの前だからなおうれしいわ……ねえ、失礼ですけれど、公爵、もしあなたが《そういうお考えをもっていらっしゃる》のでしたら、なんであたくしを幸福にしてくださいますの？」

「私は正直のところ、なんとお答えしていいかわからないのです、アグラーヤ・イワーノヴナ。こんな場合……こんな場合、なんとお答えしたらいいのでしょう？　それに……そんなことが必要でしょうか？」

「あなたはどうやらどぎまぎして、息切れがしてしまったようですのね。すこしお休みになって、元気におなりなさいな。お水でもお飲みになって。もっとも、いますぐお茶をさしあげますけど」

「私はあなたを愛しているのです、アグラーヤ・イワーノヴナ、とてもあなたを愛しているのです、あなたひとりを愛しているのです……ですから、どうぞからかわないでください。私はとてもあなたを愛しているのですから」

「でも、これは重大な事柄ですからね。あたくしたちは子供じゃないんですから、ちゃんと物事を見きわめなくちゃなりませんわ……ご面倒でしょうが、ひとつ説明していただけませんか、あなたの財産はどれくらいありますの？」

「これ、これ、アグラーヤ！　なんてことです？　そんなことを言って、そんなことを……」イワン・フョードロヴィチはびっくりしてつぶやいた。

「なんて恥ずかしいことを！」リザヴェータ夫人は大声でつぶやいた。

「気がちがったのよ！」アレクサンドラがこれまた大声でつぶやいた。

「財産……というと、つまりお金ですね？」公爵はびっくりしてしまった。

「そうですわ」

「私は……私はいま、十三万五千ルーブル持っています」公爵はさっと顔を赤らめてつぶやいた。

「たったの？」アグラーヤは顔を赤らめることもなく、露骨におどろきの色を見せて、大声で言った。「でも、まあ、なんとかなるわね。ことに経済的にやっていきさえすれば……お勤めでもなさるおつもり？」

「家庭教師の試験を受けようと思ったんですが……」

「たいへんけっこうですわ。むろん、それは家計の助けになりますもの。侍従になる気はおありですの？」

「侍従ですって？　そんなことは考えてみたこともありませんが、しかし……」

ところが、そこまでくると二人の姉はとうとう我慢しきれなくなって、ぷっと吹きだしてしまった。アデライーダはもうずっと前から、アグラーヤの顔に、こらえきれない激しい笑いを押し殺しているような表情が浮んでいるのに気づいていた。アグラーヤは大声で笑っている二人の姉たちを、こわい顔をしてにらみつけていたが、自分でもほんの一秒も我慢できなくなり、おそろしく気ちがいじみた、ほとんどヒステリックともいえる高笑いを爆発させてしまった。ついに彼女は席をとびあがって、部屋から駆けだしてしまった。

「あたくしははじめから、こんなことにはあんな笑いよりほかになんにもないだろうと思ってたわ！」アデライーダが叫んだ。

「いちばんはじめから、あの針鼠《はりねずみ》のときから」

「いいえ、こんなことはもうゆるしておけません、ゆるしておけませんとも！」ふいにリザヴェータ夫人は怒りを爆発させて、急いで娘のあとを追って駆けだしていった。二人の姉もすぐにそのあとから駆けだしていった。部屋の中に残ったのは公爵と一家のあるじだけであった。

「これは、これは……きみは何かこんなことを予想できましたか、レフ・ニコラエヴィチ？」将軍は言葉鋭く叫んだが、自分でも何を言おうとしているのかわからないようであった。「いいや、まじめな、まじめな話だよ！」

「どうやらアグラーヤ・イワーノヴナが私をからかったようですね」公爵は沈んだ面持で答えた。

「待っててくれたまえ、きみ、わたしはちょっと行ってくるから、きみは待っててくれたまえ……なにしろ……ねえ、レフ・ニコラエヴィチ、せめてきみだけでも、ほんとうにきみだけでも説明してくれんかね。いったいどうしてこんなことがおこったんだね、全体をひっくるめて、こんなことにどんな意味があるんだね？　きみ、察してもくれたまえ——わたしは父親だよ、なんといっても父親だよ。それなのに、何がなんだかさっぱりわけがわからんのだからねえ、せめてきみだけでも納得のいくように説明してくれないかね！」

「私はアグラーヤ・イワーノヴナを愛しているのです。あの女《ひと》もそれはご存じなんです、それも……もうずっと前からご存じのようです」

将軍は肩をすくめた。

「妙だね、妙な話だね……それで、とても愛しているのかね？」

「とても愛しています」

「妙だね、わたしには何もかも妙に見えるね。つまりその、思いもかけぬ贈物でふいをつかれたってわけさ。……じつはね……きみ、わたしはなにも財産のことを言うわけじゃないけれど（もっとも、きみにはもうすこし余計あると思ってはいたがね）。しかし、わたしにとっては娘の幸福が……結局のところ、きみはその幸福を……なんと言ったらいいかな……与える能力があるのかね？　それに……それに……あれはいったいなんだね？　あの娘《こ》のほうでは冗談なのかね、それとも真剣なのかね？　つまりその、きみのほうではなく、あの娘《こ》のほうは？」

そのときドアのかげから、アレクサンドラ・イワーノヴナの声が聞えた。みんながお父さんを呼んでいるというのである。

「待っててくれたまえ、きみ、待っててくれたまえ、待ってるあいだに、よく考えてくれたまえ、わたしはすぐに……」彼はせかせかと言い捨てて、まるでおびえたような様子で、アレクサンドラの声のするほうへ駆けだしていった。

行ってみると、妻と娘はかたく抱きあって、たがいに涙でその顔をぬらしあっていた。それは幸福と、感動と、和解の涙であった。アグラーヤは母の手や頬《ほお》や唇《くちびる》を接吻《せっぷん》していた。二人は熱情をこめて、ひしと身を寄せあっていた。

「さあ、ちょっとこの娘《こ》をごらんなさいよ、イワン・フョードルイチ、さあ、もうこのとおりですわ！」リザヴェータ夫人は言った。

アグラーヤは、涙に泣きぬれたその幸福そうなかわいらしい顔を、母親の胸からそっと離して、父親のほうをちょっと仰ぐと、大声で笑いながら、そのそばへとんでいき、しっかりと父親を抱きしめて、幾度も接吻した。それからまた母親のほうへとんで帰って、今度はもう誰にも見られないように、すっかりその顔を母親の胸の中に隠し、すぐにまた泣きだすのであった。リザヴェータ夫人は自分のショールの端で娘を覆《おお》ってやった。

「ねえ、ほんとにおまえはわたしたちをどうしようというの、あんなことをするなんて、ほんとに気の強い娘《こ》だこと、まったく！」夫人は言ったが、その声はさもうれしそうで、まるで息をつくのが急に楽になったみたいであった。

「気が強いですって？　ええ、気が強いわよ！」ふいにアグラーヤがその言葉を引きとった。「とんでもない、わがまま娘ですよ！　お父さまにそう言ってちょうだい。あら、まあ、お父さまはそこにいらしたのね。パパ、そこにいらして？　お聞きになって？」

彼女は涙のあいだから笑いだした。

「ああ、おまえはわたしの秘蔵っ子だよ！」将軍は幸福のあまり顔を輝かせながら、娘の手に接吻した（アグラーヤはその手をひっこめようとしなかった）。「してみると、つまり、おまえはあの若者を愛しているんだね?」

「いや、いや、いや! とても我慢できないわ……お父さまの言う若者なんて、とても我慢できなくってよ!」アグラーヤは急に興奮して、頭を上げた。「パパ、もしもう一度そんなことをおっしゃったら……あたくしまじめにお話ししてるのよ、よくって、まじめにお話ししてるのよ!」

たしかに、彼女はまじめに話しているのであった。顔じゅうを真っ赤《まか》にして、その眼はきらきら輝きだしたほどであった。父親は二の句がつげず、びっくりしてしまったが、リザヴェータ夫人がアグラーヤのかげから合図をして見せたので、彼は《そういろいろなことをきかないで》という意味だとさとったのである。

「いや、そういうことなら、おまえの好きなようにおやり、おまえの自由だから。あの男はいまあそこでひとりで待っているが、もう帰ったほうがいいとそれとなく匂《にお》わせようかね」

「いいえ、いいえ、それは余計なことですわ、それに《それとなく》なんてなおさらいけませんわ。お父さまおひとりであのかたのところへ行ってちょうだい、あたくしはあとからすぐまいりますから。あたくしはあの……《若者》にお詫《わ》びをしたいんですの。だって、あたくしあのかたに恥をかかせてしまったんですもの」

「それもたいへんな恥をな」イワン・フョードロヴィチは大まじめでうなずいた。

「それじゃ……いっそのことみんなここにいてちょうだい、あたくしがさきにひとりで行きますから、みんなはあたくしのあとからすぐに、一秒の間もおかずにいらしてちょうだい、そのほうがいいわ」

彼女はもうドアのところまで行ったが、急に引きかえしてきた。

「あたくし、笑いだしてしまいそうだわ！　笑い死にしてしまいそうだわ！」彼女はあわれな声で訴えた。

しかし、すぐさま身をひるがえして、公爵のほうへ駆けだしていった。

「ねえ、こりゃいったいどうしたというんだろう？　おまえ、どう思うね？」イワン・フョードロヴィチは早口でたずねた。

「口に出すのも恐ろしいくらいですわ」リザヴェータ夫人もやはり早口で言った。「でも、わたしの考えでは、はっきりしていますよ」

「なに、わたしの考えでも、そりゃはっきりしてるがね。火を見るよりも明らかだよ。恋しているのさ！」

「恋しているどころじゃありませんわ、もう首ったけですわ！」アレクサンドラが言葉をはさんだ。「でも、まあ、とんだお相手を選んだものね？」

「もしこれがあの娘《こ》の運命だったら、どうぞあの娘《こ》を祝福してやってくださいまし！」

リザヴェータ夫人はうやうやしく十字を切った。

「つまり、運命なんだね」将軍がその言葉を確かめるように言った。「運命からはのがれるわけにはいかないね」

そこで、一同は客間へ出かけていった。すると、そこでもまた思いがけない光景が待っていた。

アグラーヤは自分で心配していたように、公爵に近寄りながら、笑いださなかったばかりか、ほとんどおどおどしたようなふうで、彼にむかって言った。

「どうぞこのばかで、意地悪で、わがままな娘をゆるしてくださいまし（そう言って、彼女は公爵の手を取った）。そして、あたくしたちみんなが、限りなくあなたを尊敬していることを信じてくださいまし。あたくしが生意気にもあなたの美しい……善良な単純さを、笑いぐさにしたといたしましたら、ただ子供のいたずらだと思って、ゆるしてくださいまし、あんなことにこだわったことをおゆるしくださいまし、どうせ、なんの足しにもならないばかげたことなんですから」

この最後の文句を、アグラーヤはとくに力をこめて言った。

父や母や姉たちは客間へはいったとき、こうしたすべてのことを眼にもし、耳にもすることができた。そこで、この『どうせなんの足しにもならないばかげたこと』という文句は、みんなをおどろかせた。いや、それにもましておどろかされたのは、この文句を言ったときのアグラーヤの真剣な顔つきであった。みんなは不審そうにたがいに顔を見あわせた。しかし、公爵はこの文句の意味がわからなかったらしく、まるで幸福の絶頂に立っているようであった。

「なんだってそんなふうにおっしゃるんです」彼はつぶやいた。「なんだってあなたは……そんな……お詫びなんてなさるんです……」

彼は自分にはそんなお詫びなんか言っていただく資格はないのです、とさえ言おうと思ったのである。いや、ひょっとすると、彼もその『なんの足しにもならないばかげたこと』という文句の意味を、さとっていたのかもしれない。しかし、変人のつねとして、むしろその文句を喜んで聞いたのかもしれない。自分はふたたび自由に、アグラーヤのところへ遊びにきて、彼女と言葉を交わし、彼女といっしょにすわり、彼女といっしょに散歩できるということだけでも、彼にとっては疑いもなく幸福の絶頂であった。そして、一生涯それだけで満足していたかもしれないのだ！（ほかならぬこの満足こそリザヴェータ夫人が心ひそかに恐れていたことである。夫人は彼の人となりを見ぬいていたのである。彼女は心ひそかにいろんなことを恐れていたが、それを思いきって口へ出すことはできなかったのである）

その晩、公爵がどのくらい活《い》きいきと元気づいたか、想像することさえ困難である。彼ははたで見ていても愉快なほど、とてもうれしそうだった――と、あとでアグラーヤの姉たちは言ったものである。彼はさかんにしゃべりだした。こんなことは、半年以前に、彼がはじめてエパンチン家の人びとと近づきになったあの朝以来、絶えてなかったことであった。ペテルブルグへ帰ってきてからというもの、彼は眼に見えて無口になったからである。彼はつい近ごろみんなの前で山《シチャー》公爵にむかって、自分はつとめて自己を抑制して、沈黙を守らなければならない、なぜなら、自分は思想を表現することによってその思想を傷つけるような権利は与えられていないからだ、と、つい口をすべらせてしまった。ところが、その晩はほとんど公爵ひとりがしゃべりつづけて、いろいろな話をした。人びとの質問にたいしては、はっきりと、うれしそうに、しかもくわしく答えていた。もっとも、恋人の睦言《むつごと》みたいなものはすこしも彼の言葉のなかにうかがわれなかった。全体的にいって、おそろしくまじめで、どうかすると、あまりに一風変った思想が感じられたほどであった。公爵は二、三自分の見解やら、胸中にふかく秘めていた観察やらを披瀝《ひれき》した。それで、これはあとでそれを聞いた人びとが異口同音に言ったことであるが、もしそれがあれほど《りっぱに披瀝された》のでなかったら、むしろきっと滑稽《こっけい》にさえ感じられたにちがいなかった。将軍はまじめな話題が好きであったが、その彼もリザヴェータ夫人とともに、これではもうあまりに固苦しいと考えて、終りごろには二人とも憂鬱《ゆううつ》になったくらいである。ところが、公爵は終りごろにはすっかり有頂天になってしまい、思いきっておかしなアネクドートを二つ三つ話してきかせ、自分から先に立って笑いだすのであった。ほかの人たちはアネクドートそのものよりも、彼のうれしそうな笑い声のほうが余計おかしくて笑いだすのだった。アグラーヤはどうかというと、一晩じゅうほとんど口をきかなかった。そのかわり、じっと眼も放さずに公爵の話に聞きほれていた。いや、聞きほれていたというよりも、むしろ見とれていたと言ったほうがいいくらいであった。

「まあ、よく見とれていること、まるで眼も放しゃしないじゃないの。あの人の言うことを、ひとことひとことかみしめて、ひとことも聞きもらすまいとしているんですからねえ！」あとになってリザヴェータ夫人が夫に言った。「そのくせ、恋をしているんだなんて言おうものなら、それこそまたたいへんなことになるんですからねえ！」

「しかたがないさ——そういう運命なんだから！」将軍は肩をすくめた。これからのちも長いこと、彼はしきりに、このお気に入りの言葉をくりかえしたものである。ついでに言い添えておくと、もともと実務家肌《はだ》の彼には、現在の状態についていろいろ気に入らぬことが多かったのである。まず何よりも不満だったのは、この一件がきわめて曖昧《あいまい》だという点であった。だが、適当な時節がくるまでは黙っていよう……リザヴェータの顔色を……読むことにしようと、彼は決心したのであった。

一家の楽しい気分はそう長くはつづかなかった。アグラーヤはその翌日、早くも公爵と喧嘩《けんか》してしまったからである。こんな状態がそれから幾日も幾日もたえずくりかえされるのであった。彼女は幾時間もぶっとおしに公爵を笑いものにして、あやうく道化扱いにしかねないばかりであった。もっとも、ときには一時間も二時間も、二人きりで、庭のあずまやに腰かけていることもあった。だが、そんなとき、いつも公爵がアグラーヤに新聞とか本を読んで聞かせているのが見られた。

「ねえ」あるときアグラーヤは新聞を読んでもらっている途中で言った。「あたくし、気がついたんですけれど、あなたはおそろしく無教育なんですのね。誰が何年に、どんな条約によって何をしたか、なんてことをおたずねしても、あなたは何ひとつ満足に答えられないんですのね。とてもかわいそうなかたですこと」

「私は決してそんなに学問のある男じゃないと、自分でも言ってるじゃありませんか」公爵は答えた。

「それじゃ、いったいほかにどんな取りえがあるんですの？　もしそうなら、どうしてあなたを尊敬することができまして？　さあ、先を読んでちょうだい。でも、もうけっこうですわ、もうやめて」

ところが、その晩さっそくまたしてもアグラーヤに関して何かしらみんなにとって謎《なぞ》めいたものがひらめいたのであった。Щ公爵が戻ってきたので、アグラーヤはとても愛想よく、エヴゲーニイ・パーヴロヴィチのことをいろいろとたずねた（レフ・ニコラエヴィチ公爵はまだ来ていなかった）。ふいにЩ公爵はうっかりして、二つの結婚式をいっしょに挙げるために、アデライーダの結婚をまた延ばすようになるかもしれないと、何気なく口をすべらしたとき、《近い将来に家庭内でおころうとしている新しい変化》についてほのめかしたものである。《こんなばかげた臆測《おくそく》》にたいしてアグラーヤがどんなに腹をたてたかは、想像するのも不可能なくらいである。そしてそのときに『あたくしはまだ誰であろうと、人の情婦のかわりを勤める気はありませんからね』という言葉が彼女の口をついて出た。

この言葉はみんなに、とりわけ両親にとってショックだった。リザヴェータ夫人は夫と内密に相談したとき、ナスターシャ・フィリポヴナの件については、公爵からきっぱりした弁明を要求しようと主張したのである。

イワン・フョードロヴィチは、そんなものはみなただの《でまかせの言葉》で、アグラーヤの《はにかみ》から出たことにすぎず、もしS公爵が結婚式のことなど言いださなかったら、こんな口からでまかせの言葉も言わなかったにちがいない、なにしろ、アグラーヤもそれが悪人どもの言いがかりだということを、ちゃんと承知しているからだ、それに、あのナスターシャ・フィリポヴナはロゴージンと結婚する気でいるのだし、公爵はそのことについてはなんの関係もないし、実際、正直のところを言うと、いまあの女と妙な関係がないというばかりでなく、いままでも一度だってそんな関係はなかったのだ、と夫人に誓ったのであった。

ところがそれでも、公爵のほうはすこしもどぎまぎせずに、相変らず幸福を楽しみつづけていたのである。いや、もちろん、彼にしても、どうかするとアグラーヤの眼差し《まなざし》のなかに、何かこうじれったそうな暗い影がかすめるのに気がついたが、彼はほかのあるものをより以上信じていたので、その暗い影もひとりでに消えていってしまったのである。彼は一度何かを信じてしまうと、もうどんなことがあっても、動揺しない性質であった。いや、ことによると、あまりに落ちつきすぎていたくらいかもしれなかった。少なくとも、ある日偶然公園で公爵に会ったイポリートにはそう感じられたのであった。「ねえ、ぼくはあのときあなたは恋をしているって言いましたが、やっぱりほんとうだったでしょう？」彼は自分のほうから近づいてきて、公爵をひきとめながら口をきった。相手は手をさしのばして、『顔色がいいですね』と彼を祝福した。当の病人は、肺病患者にはありがちのことだが、だいぶ元気づいているように見うけられた。

彼は、公爵の幸福そうな様子についてひとつ皮肉を言ってやろうというつもりで、立ちよったのであるが、たちまち取りみだして、自分のことを話しはじめた。彼は泣き言をはじめ、長いこといろいろと訴えたが、それはひどくとりとめのないものであった。「あなたにはとても信じられんでしょうが」彼は言葉を結んだ。「実際、あすこの連中はみんなじつに怒りっぽくて、こせこせしていて、利己的で、見栄坊《みえぼう》で、しかも凡庸なんですからねえ。いいですか、あの連中がこのぼくを引きとったのは、ぼくがすこしでも早く死ぬようにという条件がついてのことなんですからね。ところが、ぼくはいっこう死にそうでもなく、かえって前よりもぐあいがよくなったのを見て、顔を真っ赤にして怒っているんですからねえ。ええ、喜劇ですよ！　ぼくは誓ってもいいです、あなたはこの話をほんとうにしていないようですね！」

公爵は反駁《はんばく》する気になれなかった。

「ぼくはときどき、もう一度あなたのところへ引っ越そうかな、なんて思うんですよ」イポリートはざっくばらんな調子でつけくわえた。「そうすると、あなたはあの連中のことを、ぜひともできるだけ早く死んでくれるようにという条件つきで、他人を引きとるようなことのできない人たちだ、とお思いなんですね？」

「あの人たちがきみを招いたのは、何かほかに思惑があってのことだと思ってましたがね」

「ほう！　あなたはなかなかどうして、人の言うように無邪気なかたじゃないようですね！　いまはまだその時期じゃないんですが、例のガーネチカのことだの、あの男の思惑のことだのを、ちょっとあなたにお知らせしたいと思っているんですよ。公爵、あなたは落し穴を掘られていますよ、恐ろしい落し穴を……そんなに落ちつきはらっていらっしゃるのが、いっそお気の毒なくらいですよ。でも、なんともなりませんね……あなたってかたは、それよりほかの態度はとれないんですからねえ！」

「いやはや、とんでもないことを心配してくれましたね！」公爵は笑いだした。「それじゃ、なんですか、きみの考えでは、私がもっと心配そうにしていたら、もっと幸福だろうと言うんですね？」

「幸福でいて……ばかみたいに暮しているよりも、不幸であっても知っているほうがましですよ。あなたはご自分に競争者がいるってことをまったく信じていらっしゃらないようですね？　しかもそれは……あの方角からですよ」

「競争者がいるというきみの言葉は、少々シニックなものがありますね。私はきみにお答えする権利を持っていないのが残念ですよ。ところで、ガヴリーラ・アルダリオノヴィチのことでしたら、きみにもおわかりでしょうが、あの人があれだけのものを失った以上、平然と落ちつきすましていられるはずがないじゃないですか。きみがせめてもうすこしでもあの人の内情を知っていたらねえ……そうした見地から批判したほうが、いいと思いますね。あの人はまだまだ変りうる余裕がありますよ。あの人はまだまだ先が長いですからねえ。人生は豊かなものですからね……それにしても……それにしても……」公爵はふいにどぎまぎしてしまった。「落し穴ということについては……きみがなんのことを言われているのか、さっぱりわかりませんね。いっそのこと、こんな話はやめにしようじゃありませんか、イポリート」

「まあ、ある時期がくるまでやめておきましょう。それに、あなたとしては、なんとしても寛容の態度をとらなくちゃならないんでしょうからね。なにしろ、二度とこんなことを信じないようにするには、公爵、あなたがご自分の指でさわってみる必要がありますからね、は、は！　ところで、あなたはいまぼくをとても軽蔑《けいべつ》していらっしゃいますね、どうです？」

「なんのために！　きみがわれわれ以上にこれまでも苦しまれ、いまも苦しんでいるためにですか？」

「いいえ、自分の苦しみに値しないからですよ」

「人より余計に苦しむことのできた人は、当然、人より余計に苦しむ値打ちのある人なんですよ。アグラーヤ・イワーノヴナはきみの《告白》を読み終ってから、きみに会いたいと言われましたが、しかし……」

「さし控えているんですね……あの女《ひと》にはできませんよ、そりゃ、わかってます、よくわかりますとも……」イポリートは一刻も早く話題を変えようとあせるようにさえぎった。「ついでに言っておきますが、あなたはご自分であのうわごとを、あの女《ひと》に読んで聞かせたそうですね？　正直のところ、あれは熱に浮かされて書かれたんです……でっちあげられたんですよ。ですから、あの告白でぼくを非難したり、あれをぼくにたいする武器につかうためには、量り知れないくらい子供っぽい虚栄心や、復讐心《ふくしゅうしん》が強くなくちゃなりませんよ。いや、ぼくは残酷とは言いませんよ（それはぼくにとって侮辱になりますからね）。いや、心配なさらないでください。ぼくはなにもあなたにあてつけて、言っているんじゃありませんから」

「でも、きみがあのノートの価値を否定されるのは、じつに残念ですね、イポリート。あれは真心のこもったものですからね。あのなかにはとりわけ滑稽《こっけい》な部分さえ——そんなところがずいぶんありましたが（そのときイポリートはひどく顔をしかめた）、そんな部分でさえ、深刻な苦悩によってつぐなわれていますからねえ。なにしろ、あのような点まで告白するのは、やはり一種の苦痛ですし……いや、ことによると、非常な勇気を要することかもしれませんからねえ。いずれにしても、きみにあれを書かせた動機は、たとえ外見はどうあろうとも、かならずりっぱな根拠があるにちがいありません。時がたつにつれて、それがますますはっきりしてきたように思われますよ。いや、ほんとうですよ。私はなにもきみを批判しているんじゃありませんよ。ただ心に思っていることを、すっかり吐きだしてしまいたくて、こんなことを言ってるのです。私はあのとき黙っていたのが、残念でなりませんよ……」

イポリートはさっと顔を赤らめた。公爵はわざとこんなことを言って、自分に罠《わな》をかけようとしているのではなかろうか、という考えがちらと彼の頭をかすめた。だが、公爵の顔をじっと見つめているうちに、だんだんその誠意を認めないわけにはいかなくなった。彼の顔はぱっと明るくなった。

「でも、いずれにしても、死ななくちゃなりませんね」彼は言ったが、もうすこしで

《ぼくのような人間はね！》とつけ足すところだった。「ところで、あのガーネチカときたら、このぼくをじつに悩ませるんですからねえ。あの男は、ぼくのノートを聞いた連中のなかで、ひょっとしたら三人か四人はきっとぼくよりさきに死ぬかもしれないぞなんて、抗議といったような体裁で言いだす始末ですからねえ！　どうです！　あの男はそれがぼくにとって、慰めになるとでも思っているんですからね、は、は！　まず第一にまだ誰も死にませんし、たとえまたみんながどんどん死んでしまったとしても、それがぼくにとってなんの慰めになるというんでしょうねえ。ねえ、そうじゃありませんか！　あの男は、なんでも自分を標準にして、物事を判断するんですからね。ところが、あの男はそれだけではおさまらなくて、いまじゃもう頭から罵倒《ばとう》するんですよ。こんな場合ちゃんとした人間は黙って死ぬものだとか、おまえのやり方は何もかも利己的でいけないとかってね。どうです！　ところで、あの男の利己的なことったらどうでしょう！　いや、あの連中の利己主義が婉曲《えんきょく》で、しかも牛のように粗暴なのはどうでしょう！　そのくせ、自分ではそれにすこしも気づいていないんですからねえ……公爵、あなたは十八世紀のスチェパン・グレーボフという男の死について、読まれたことがありますか？　ぼくはきのう偶然読んだのですが……」

「スチェパン・グレーボフって誰です？」

「ピョートルの時代に杙刺《くいざ》しの刑に処せられた……」

「あっ、あれですか、知っています！　大寒《マローズ》のさなかに外套《がいとう》一枚で十五時間も杙に突き刺されたまま、じつに従容《しょうよう》として死んでいった人でしょう。ええ、むろん、読みましたとも……それがどうかしたんですか？」

「神さまはある人間には、あのような死に方をさせてくださるのに、われわれにはそうさせてくださらないんですからねえ！　あなたはきっと、ぼくなんかにはとてもグレーボフのような死に方はできない、と思っていらっしゃるんでしょうね？」

「いや、どういたしまして」公爵は面くらってしまった。「ただ私が言いたかったのは……つまりその、きみがグレーボフに似ていないというわけじゃないが、しかし……きみだったらそんな場合はむしろ……」

「わかりましたよ、グレーボフでなくてオステルマン（訳注　一六八六―一七四七年、はなやかな宮廷生活のすえ、追放されて流刑地で死んだ）となったろう……とおっしゃりたいんでしょう？」

「オステルマンって誰のことです？」公爵はびっくりした。

「オステルマンですよ、外交官のオステルマン、ピョートル時代のオステルマンのことですよ」イポリートは急にいささかうろたえて、つぶやいた。なんとなくばつの悪い感じがその場を襲った。

「おお、ち、ち、ちがいますとも！　私が言おうとしたのは、そんなことじゃありませんよ」公爵は、しばらく無言でいてから、いきなり引きのばすような調子で言った。

「私の見るところでは、きみは決してオステルマンにはなれない人ですね」

イポリートは顔をしかめた。

「もっとも私がこんなことを断定するのは」公爵はどうやら言いつくろおうとするかのように、ふいに言葉をついだ。「あの時代の人たちは、現在のわれわれとはまったく別人のような人たちだったからですよ（いや、正直のところ、私はいつもこの事実に驚嘆しているんですよ）。現代の人間とはまるでちがう人間だったんですよ、まったく別な人種なんですね……あの時代の人たちはみんな一つの理想で固まっていたのです。ところが、現代ではずっと神経質で、頭もひらけておれば、感受性も鋭敏で、同時に二つも三つもの理念をいだいているようですがね……現代の人間のほうがずっと幅が広いんですよ……いや、誓って言いますが、ほかならぬこのことがあの時代のように、一本気な人間になることを妨げているんですね……私が……私があんなことを言ったのは、ただこうした理由なので、決してその……」

「わかってますよ。あなたはついぼくの意見に相槌《あいづち》をうたなかったものですから、今度はぼくを慰めてやろうとなさっていらっしゃるんですね、は、は！　あなたはまったく子供ですねえ、公爵。それはそうと、あなたがたはみんなこのぼくをまるで……まるで陶器の茶碗《ちゃわん》みたいにびくびくしながら扱っているようですね……なに、かまいません、かまいません、ぼくは怒りゃしませんよ。でも、妙な話になってしまいましたね。あなたは、どうかすると、まるっきり子供になってしまいますね、公爵。しかしですね、ぼくにだって、ひょっとしたら、オステルマンよりももっと気のきいたものになりたい、という気持がなくもないのですよ。オステルマンになるには、なにも死んでからまたよみがえったりしなくてもいいんですからね……もっともどうやら、ぼくはできるだけ早く死ななくちゃならんのですよ。でなければ、ぼく自身で……。いや、放っといてください。失礼します。ところで……ああ、そうそう。いや、ひとつ教えてくれませんか、どうしたらいちばんいい死に方ができるでしょうね？……つまりその、どうしたらできるだけ人の役にたつ死に方ができるでしょうね、さあ、教えてください！」

「どうか私たちのそばを素通りして、私たちの幸福をゆるしてください！」公爵は静かな声で言った。

「は、は、は！　ぼくもそんなことだろうと思ってましたよ！　きっとそんなふうの言葉が出るだろうと思ってましたよ！　それにしても、あなたがたは……その……その……口のうまい人たちですねえ！　では、さようなら、さようなら！」

6

エパンチン家の別荘で催される夜会に、ベロコンスカヤ夫人があらわれることになっていると、ワルワーラ・アルダリオノヴナが兄に伝えたことも、やはりまったく間違いのないことであった。同家ではほかならぬその晩、お客を招待することになっていたからである。ところが、彼女はまたこのことについても、ほんとうよりいくらか誇張した言い方をした。事実、このことはとてもあわただしく、まったく余計な騒ぎをしてまで取りきめられたのであった。それというのも、この家庭では《万事がよそとはまるでちがったふうに運ぶ》からである。万事が《もうこれ以上躊躇《ちゅうちょ》することを望まない》リザヴェータ夫人の焦燥と、かわいい娘の幸福を思う二人の親心のせつないおののきによって、取りきめられたからである。それればかりでなくベロコンスカヤ夫人はまもなくモスクワへ帰っていったからである。このおばあさんの庇護《ひご》は、社交界でも非常に重視されていたし、彼女は公爵《こうしゃく》に好意を持つだろうと期待したので、両親はアグラーヤの花婿《はなむこ》が、この万能のおばあさんの手から《社交界》へ打って出たならば、たとえこの結婚に何か変なところがあるとしても、おばあさんの庇護でその変なところもずっと薄らぐにちがいない、と胸算用《むなざんよう》したのであった。《はたしてこの結婚に変なところがあるかしら、もしあるとすればどの程度のものだろう？　それとも、変なところはすこしもないかしら？》この問題を両親が解決できかねたのが、そのいっさいの原因であった。ことにアグラーヤのおかげで、まだ何ひとつはっきりと決っていない現在の状況では、権威あるしっかりした人たちの打ちとけた隔てのない意見が、何より役にたつのである。いや、いずれにしても、おそかれ早かれ、公爵を社交界へ出さなければならなかった。なにしろ、彼は社交界についてなんの観念も持っていなかったからである。いや、てっとり早く言えば、二人は公爵をよその人に《見せたい》のであった。だが、その夜会の計画はきわめて簡単であった。招待されたのはごく少数の《家庭の友だち》ばかりであった。ベロコンスカヤ夫人のほかには、ある貴婦人がひとり来ることになっていたが、その夫という人はきわめて有力な貴族で高官であった。若い人の仲間では、ほとんどエヴゲーニイ・パーヴロヴィチひとりきりといっていいくらいであった。彼はベロコンスカヤ夫人のお伴をして、出席することになっていた。

ベロコンスカヤ夫人が来るということは、もう夜会の三日ぐらい前から公爵も聞いていた。だが、この夜会のことを知ったのは、やっとその前の晩であった。もちろん、彼は家族の人びとの忙しそうな様子には気づいていた。それに、いくらかほのめかすような心配そうな口ぶりから察して、自分が客に与える印象をみんなが心配しているらしいのを見ぬきさえしたのである。ところが、エパンチン家ではみんななんとなく申しあわせたように、公爵はもともと気の好《い》い人間だから、みんなが自分のことをそんなに心配しても、決して気がつくはずはないとすっかり決めこんでいたのである。そんなわけで、みんなは彼をながめて内心では気をもんでいたのである。もっとも、彼はたしかに目前に迫っていた出来事にたいしても、ほとんどなんらの意味も与えていなかったのである。

彼はまったく別のことに気を取られていたからである。アグラーヤは時間がたつにつれて、その気まぐれがますますひどくなり、浮かぬ顔つきになっていった——それが彼の心を悲しませるのであった。エヴゲーニイ・パーヴロヴィチも招かれていることを知ると、彼は非常に喜んで、もうだいぶ前からあの人に会いたいと思っていたと言ってのけた。が、なぜかこの言葉は、みんなの気に入らなかった。アグラーヤは腹をたてて、部屋を出ていってしまった。そして、その晩遅く、もう公爵が帰り支度《じたく》をはじめた十一時すぎに、ようやく見送りに出てきて、二人きりになったおりを見て、ふたことみこと彼にささやいた。

「もしよろしかったら、あしたは一日じゅううちへはいらっしゃらないで、晩になってあの……お客さまがお集まりになったころにいらしてくだされればいいと思ってますの。お客さまが見えることはご存じですね？」

彼女はいらいらしながら、つとめてきびしそうに言った。彼女がこの《夜会》のことを言いだしたのは、これがはじめてであった。彼女も客が来るということを考えると、もうたまらなくいやだったのである。みんなはそのことに気づいていた。ことによると、彼女はこの件について、両親と激しく口論したかったのかもしれなかった。だが、彼女の高慢とはにかみが口をきくのを妨げたにちがいない。公爵はすぐ、彼女もまた自分のことを心配してくれているのだ（しかも、心配していると白状する気になれないのだ）

と気づいて、急に自分でもびっくりしてしまったのである。

「ええ、私もお招きをうけています」彼は答えた。

一見して、彼女はなんと言葉をつづけていいか困っているらしかった。

「ねえ、あなたを相手に、何かまじめな話ができるんでしょうか？　せめて一生に一度でも？」彼女はふいになんのためかわからないが、もう自分をおさえることもできないほど、すっかり腹をたててしまった。

「できますとも。私はあなたのおっしゃることを拝聴しますよ。私はとてもうれしいんですよ」公爵はつぶやいた。

アグラーヤはまた一分ばかり黙っていたが、やがていかにも気が進まぬ調子で話しだした。

「あたくし、この件で家の人たちと喧嘩《けんか》したくありませんでしたの。どうかすると、なんとしてもものがわからない人たちなんですもの。あたくしはときどきママが振りまわす規律がいやでたまらないんですの。お父さまのことは言いませんわ。だって、ものをたずねてみるまでもないんですから。そりゃママだってむろんりっぱな婦人ですわ。ためしに何かくだらないことをすすめてごらんなさい、たいへんなことになりますから！　それなのに、あんな……とんでもないものを崇拝しているんですからねえ！　あたくしベロコンスカヤ夫人ひとりのことを言っているんじゃありませんわ。よぼよぼのおばあさんでとんでもない性分ですけれど――利口者で、うちの人をみんな手の中に丸めこんでいるんですから、それだけでも豪《えら》いものですわね。ああ、なんてくだらないお話でしょう！　それに、滑稽《こっけい》ですわ。あたくしたちはいつだって中流どころの――まったく代表的な中流階級の人間だったんですからね、なんだってあんな上流の社交界へはいりこむ必要があるんでしょうね？　姉たちもそのつもりなんですの。これはみんな Щ《シチャー》公爵のせいなんですわ。なんだってエヴゲーニイ・パーヴルイチがみえるのがうれしいんですの？」

「まあ、聞いてください、アグラーヤ」公爵が言った。「私があすの……夜会で何かへまなことをしやしないかと、あなたは心配してくださっているように見えますが……」

「あなたのことを？　心配しているですって？」アグラーヤはかっとなった。「たとえあなたが……たとえあなたがとんでもない恥をおかきになろうと、なんだってあたくしが心配しなけりゃならないんです？　あたくしにとってなんの関係がありますの？　それに、なぜあなたはそんな言葉を使うんでしょうね？《へまなことをする》ってなんのことですの？　それはやくざな下品な言葉ですわ」

「これは……小学生の言葉です」

「ええ、そう、小学生の言葉でしょうよ！　やくざな言葉ですよ！　あすもそんな言葉ばかり使ってお話をなさるおつもりらしいわね。家へ帰ったら、ご自分の辞書を引いて、そんな言葉をもっともっとたくさんお捜しになるといいわ。きっと、すばらしいきき目があるでしょうよ！　でも、あなたは上手に客間へはいることをご存じらしいのが残念ですわ。どこでそんなことをお習いになったの？　それから、ほかの人がわざと気をつけてあなたのほうを見ているときに、お行儀よくお茶碗《ちゃわん》を取って、お茶をいただくことがおできになって？」

「できると思います」

「それは残念ですこと。あたくし、笑ってあげようと思ってたのに。でもせめて、客間にある中国の花瓶《かびん》ぐらいこわしてくださいね！　とても高いもんだそうですから、ぜひともこわしてくださいな。よそさまからいただいたものだそうですから、お母さまはきっと気ちがいのようになって、みんなの前で泣きだすでしょうからね――それくらい大事にしているんですのよ。いつもなさるような大げさな身ぶりをして、たたきこわしてくださいね。わざとすぐそばにおすわりになるといいわ」

「いや、かえってなるべく遠く離れてすわるようにしますよ。前もってご注意してくださって、ありがとうございます」

「それじゃ、あなたは例の大げさな身ぶりをしないかと思って、いまから心配していらっしゃるんですのね。あたくし賭《かけ》をしてもいいですけれど、あなたはきっと何かまじめな、高尚な学問的な《テーマ》をお出しになるに決ってますわ。まあ、さぞや……ごりっぱなことでしょうね!」

「いや、そんなことをしたらばかげて見えるだろうと思いますね……それがいい機会でなかったら」

「ねえ、よくって、もうこれが最後ですよ」アグラーヤはついに我慢できなくなって言った。「もしあなたが何か死刑だとか、ロシアの経済状態だとか、《美は世界を救う》とか、そんなふうなことを言いだしたら、そのときは……あたくしはむろん喜んで、うんと笑ってあげますけれど、でも前もってご注意しておきますが、もう今後あたくしの眼の前にあらわれないでくださいね! よくって、あたくしまじめに言ってるんですからね! 今度こそまじめに言ってるんですからね!」

彼女はほんとうにこの脅《おど》し文句をまじめに言ったのである。したがって、その言葉のなかには何か並々ならぬものがひびいていたし、その眼差《まなざ》しには、これまで公爵がついぞ見たこともないような輝きがひらめいたほどであった。もうこれはもちろん冗談などといったものではなかった。

「いや、あなたはもう私がかならず何か《しゃべりだし》て……ひょっとすると……花瓶までこわしかねないように仕向けてしまいましたね。ついさっきまでは、なんにもこわくなかったのに、もういまでは何もかもこわくなりましたからね。私はきっとへまなことをしでかすでしょうよ」

「それじゃ、黙っていらっしゃればいいのに。黙ってすわっていらっしゃればいいんですよ」

「だめでしょうね。私はきっと恐ろしさのあまり何か《しゃべりだし》て、恐ろしさのあまり花瓶をこわすにちがいないと思いますよ。ひょっとすると、つるつるした床の上にすべってころぶとか、とにかくそんなふうのことをしでかすにちがいありませんよ。なにしろ、これまでにもそんなことがときどきありましたからね。今晩はきっと一晩じゅうそんな夢ばかり見るでしょうよ。なんだってあなたはこんなことを言いだされたんです？」

アグラーヤは悲しそうに彼をながめた。

「ねえ、どうでしょう、いっそのこと私はあすお伺いしないほうがよくありませんか。病気だとふれこんでおけば、それですむことなんですから！」とうとう彼はこう結論した。

アグラーヤはとんと足を踏みならして、憤怒《ふんぬ》のあまり顔色まで蒼《あお》ざめた。

「まあ、とんでもない！　どこにそんな話ってありますか！　あなたのためにわざわざ催す夜会なのに、肝心のご当人が出席しないなんて……まあ、なんてことでしょう！　ほんとにいい災難だわ、あなたみたいな……ものわかりの悪い人をお相手にするなんて！」

「それじゃ、まいります、まいりますとも！」公爵はあわててさえぎった。「それに、あなたにお約束しておきます、私は一晩じゅう、ひとことも口をきかないでじっとすわっていますよ。ええ、もう間違いなくそういたしますよ」

「ごりっぱなことですわ。ときに、あなたはさっき『病気だとふれこんで』とおっしゃいましたわね。ほんとにどこからそんな言いまわしを仕入れていらっしゃるんですの？ そんな言葉を使ってあたくしと話をなさるなんて、どういうおつもりなんですの？ あたくしをからかっていらっしゃるんじゃありません？」

「いや、失礼しました。これもやはり小学生の言葉なんですよ。これからは使いません。あなたが……私のことを心配してくださっているのが、私にはとてもよくわかるのです……（まあ、そう怒らないでくださいよ！）それに、私はそれがとってもうれしいんですよ。あなたにはとてもお信じになれないでしょうが、私はいまあなたのお言葉をとても恐れていると同時に、とてもうれしく思っているんですよ。しかし、こんな恐怖心なんて、誓って申しあげますが、まったくつまらないばかげたことですよ。いや、ほんとうですとも、アグラーヤ！ でも、うれしい気持だけは残っていくのです。私はあなたがそんな子供なのが――そんなすばらしいかわいい子供なのが、うれしくてたまらないんですよ！ ああ、あなたはとっても美しい人間になれますよ、アグラーヤ！」

アグラーヤはむろん腹をたてるところだった。いや、実際に腹をたてようとしたのだが、ふいに何かしら、彼女自身にも思いがけない感情が、一瞬にして彼女の心をつかんでしまったのである。

「でも、さきほどのあたくしのはしたない言葉を、あなたはおとがめになりませんの……いつの日か……ずっとあとになって？」いきなり彼女はたずねた。

「とんでもない、何をおっしゃるんです！　それに、なんだってそんなに興奮なさるんです？　ほら、また暗い眼つきをしていらっしゃいますね！　あなたはときどきおそろしく暗い眼つきをなさるようになりましたね、アグラーヤ。前にはそんなことは一度だってなかったのに。私はそのわけを知っていますけれど……」

「言ってはいけません、いけませんたら！」

「いや、いっそ言ってしまったほうがいいのですよ。私はもうずっと前から言おうと思っていたのです。私は一度お話ししたこともありますが、でも……あれだけでは足りません。なにしろ、あなたは私を信じてくださらなかったんですからね……私たちのあいだには、なんといってもあるひとりの人物が介在していますから……」

「言ってはいけません、言ってはいけません、いけませんたら、いけませんたら！」アグラーヤは公爵の手をかたく握って、ほとんど恐怖にかられたような眼つきで彼の顔を見つめながら、いきなりさえぎった。ちょうどそのとき彼女を呼ぶ声が聞えた。彼女はそれを喜ぶかのように、彼をふりすてて駆けだしていってしまった。

公爵はその晩ずっと熱にうなされた。不思議なことに、彼はもう幾晩もつづけて熱にうなされているのであった。ところが、今度は熱に半ばうなされたような状態にありながら、もしあすお客の前で発作がおこったらどうだろう？　という考えが心にひらめいた。事実、これまでもうつつのときに発作がおこることもまれではなかった。彼はそう考えると、思わずぞっと寒気を覚えた。彼は一晩じゅう、まるで話に聞いたこともないようなりっぱな人びとの集まりに出て、何やら奇妙な人びとのあいだにいる自分の姿を、ありありと思い描いていた。いや、何よりも恐ろしかったのは、彼が《しゃべりだした》ことであった。しゃべってはいけないということはよく心得ているくせに、彼はひっきりなしに口を動かして、何やら熱心に人びとを説きふせているのであった。エヴゲーニイ・パーヴロヴィチとイポリートも、やはり客たちのなかにまじっており、二人はとても仲がよさそうに見えた。

彼は八時すぎに眼をさましたが、頭が痛んで、考えがまとまらず、奇怪な印象が心に残っていた。彼はなぜかおそろしくロゴージンに会いたかった。彼に会っていろいろと話がしたかった。だが、何を話したらいいのか、自分にもわからなかった。それから、彼はまたなんだか知らないけれど、イポリートをたずねてみようと思って、一時はもうその気になっていた。いずれにしても、何やらぼんやりしたものが、その胸にいっぱいになって、そのためにこの朝、彼の身におこったいろいろな出来事が、きわめて激しいものとはいえ、なんとなくもの足りないような印象を彼に与えたほどであった。これらの出来事の一つは、レーベジェフの来訪であった。

レーベジェフはかなり早く、九時ちょっとすぎに、しかもすっかり酔っぱらってやってきたのである。このところ、公爵は、あまり物事に気がつかないようになっていたが、それでもイヴォルギン将軍が引きはらって以来三日ばかりというもの、レーベジェフの品行がとても悪くなったことは、気づかないわけにはいかなかった。彼はなんだか急に脂《あぶら》じみて、きたならしくなり、ネクタイは横っちょにねじれ、フロックの襟《えり》はほころびていた。うちで乱暴を働くことさえあり、その物音が小さな庭ごしに、聞えてくることもあった。一度などはヴェーラが涙にぬれてやってきて、何か泣き言をこぼしていったこともあった。彼は公爵の前に出ると、自分の胸をたたきながら、なんだかおそろしく奇妙な調子で弁じたてて、何か詫《わ》び言を言うのであった。

「とうとう受けましたよ……裏切りと卑劣な行為のために、罰を受けましたよ……平手打ちを受けましたよ!」ついに彼は悲劇的な口調で結んだ。

「平手打ちですって? 誰から?……しかも、こんなに朝早く?」

「朝早くですって?」レーベジェフは皮肉な薄笑いを浮べた。「こんな場合、時間なんかなんの意味もありませんよ……たとえ肉体的な罰としたところでね……しかし、わたしが受けたのは精神的な……精神的な平手打ちでして、肉体的なものじゃありませんので！」

彼はいきなり無遠慮に腰をおろして、話しはじめた。その話はひどくとりとめのないものだったので、公爵は眉《まゆ》をひそめて、出ていこうとした。だが、ふいにちょっとしたひとことが彼をびっくりさせた。彼はおどろきのあまり棒立ちになってしまった。レーベジェフ氏は、じつに奇怪な話を物語ったのである。

最初、その話はどうやら、何か手紙に関するものらしかった。アグラーヤ・イワーノヴナの名前も口にのぼった。それからふいにレーベジェフはかっとなって当の公爵を非難しはじめた。どうやら、彼は公爵に侮辱されたと感じたらしかった。彼の言葉によれば、最初のうち公爵は例の《人物》（ナスターシャ・フィリポヴナ）との件で彼を信頼し、いろいろとたよりにしていたというのである。ところが、その後、急に彼との交渉を絶って、恥をかかせて身辺から追っぱらってしまい、ついには《近い将来におころうとしている一身上の変化についての罪のない質問》さえも、そっけなく突っぱなすほど情けない状態になってしまったというのである。レーベジェフは、酔っぱらった眼に涙を浮べながら告白したのである。「こんなことになってから、わたしはどうしても我慢がならないのです。ましてわたしはいろんなことを知っているんですからね……ロゴージンからも、ナスターシャ・フィリポヴナからも、ナスターシャ・フィリポヴナの女のお友だちからも、ワルワーラ・アルダリオノヴナからも……ご当人の……その……ご当人のアグラーヤ・イワーノヴナからさえも、じつにいろんなことをたくさん聞いておりますのでな。こんなことはご想像もつかないことでしょうが、あのヴェーラ、わたしのかわいいヴェーラの手を通して、この世にたったひとりの……いや、たったひとりとは言えませんな、わたしには子供が三人ありますからな……あのリザヴェータ夫人に手紙を送って、極秘中の秘密まで知らせたのは誰だかご存じですか？　へ、へ！　あの奥さんに、ナスターシャ・フィリポヴナという人物のいっさいの関係やら……その動静を手紙に書いてやったのは誰でしょうね、へ、へ、へ！　あの匿名《とくめい》の人間は誰でしょうね！　失礼ですがひとつお伺いしたいですな？」

「まさかあなたじゃないでしょうね？」公爵は叫んだ。

「いや、そのとおりでしてね」酔っぱらいはもったいぶって答えた。「けさも八時半ごろ、いまから三十分ばかり前に、いや、もう四十五分ぐらいになりますかな、あのご母堂さまをおたずねして、ある出来事を……それもたいへんな出来事をお知らせしたいとご注進におよんだところなんですよ。裏口から女中を通じて、お手紙でお知らせしたんですよ。ところが、会ってくださいましてね」

「あなたがたったいまリザヴェータ夫人にお会いになったんですって？」公爵は自分の耳を信じかねて、たずねた。

「たったいまお会いして、平手打ちを受けたのでございますよ……いや、精神的なやつをですな。手紙は突きかえされましてね、封も切らずに、たたきつけられてしまいましたよ……そして、このわたしは首根っこをつかまれて、追いだされてしまったんですよ……いや、それもただ精神的にでして、肉体的ではありませんがね……しかし、まあ、ほとんど肉体的と言ってもいいくらいでしたよ、もうちょっとのところでしたからな」

「どんな手紙を奥さんは、封も切らずにたたきつけたんです？」

「いや、まさか……へ、へ、へ！　いや、そうだ、あなたにはまだお話ししてなかったんですね！　わたしはもうお話ししたものだと思ってましたが……じつは手紙を一通お渡ししてくれとことづかっているんですよ……」

「誰から？　誰に？」

ところが、レーベジェフのすこしばかりの《説明》はおそろしくわかりにくくて、そこから何かすこしでも意味を取ろうというのは、きわめて困難であった。しかし、公爵はいろいろ想像して、その手紙はけさ早く宛名《あてな》の人に渡してほしいと女中の手を通してヴェーラ・レーベジェワが受けとったものであると、見当がついたのである。……「前と同じように……前と同じおかたが、例の人物にあてたものでございましてな……（わたしはあの二人のうちのおひとりには《おかた》、もうひとりにはただ《人物》という呼び方をしておりましてね。それは尊卑の区別を明らかにするためですがね。なにしろ、純潔で高貴な将軍のご令嬢と、それから……椿姫《カメリヤ》とのあいだには、たいへんなちがいがありますからな）。で、その手紙はAという頭文字《かしらもじ》ではじまる《おかた》からのものでございまして……」

「まさかそんなことが？　ナスターシャ・フィリポヴナに？　とんでもない！」公爵は叫んだ。

「それがあったのでございますよ、たしかに、あったんでございますよ。でも、あのひとに宛てたのじゃなくて、ロゴージン宛てですがね。どちらにしても同じことですが、ロゴージン宛てでございましてな。一度なんぞは、ことづけてくれとチェレンチェフ氏（訳注　イポリートのこと）に宛てたのさえございましたからな。Aという頭文字ではじまるおかたからですがね」レーベジェフは眼をぱちりとまばたきして、にやりと笑った。

彼はよく一つの話題から別な話題へひょいと横道にそれて、話のはじめがどうだったかすぐ忘れてしまうことがあったので、公爵は言うだけはすっかり言わせてみようと思って、ずっと黙っていた。しかし、そんな手紙がはたして彼を通じて渡されたのか、それともヴェーラを通じて渡されたのか、そのへんのところはきわめて曖昧《あいまい》であった。しかし、彼が自分で『ロゴージンに宛てたものなら、ナスターシャ・フィリポヴナに宛てたも同然だ』と言いきったからには、もっともそんな手紙が実際にあったとしての話だが、その手紙は彼の手を通ったものでない、とみるほうが確かであるにちがいない。が、どういう機会にその手紙が彼の手に落ちたのか、そのへんのところはまったく説明がなかった。彼がなんとかしてヴェーラの手から盗みとって……そっと取りだして、何か含むところがあってリザヴェータ夫人のところへ持参した、と想像するのがいちばん当を得たことであろう。公爵はそう考えて、やっと納得したのである。

「あなたは気がちがったんですね！」彼はすっかり取りみだして叫んだ。

「決してそんなことは、公爵さま」レーベジェフはいくらかむっとして答えた。「じつは、わたしはあなたのお役にたとうと、あなたに、あなたのお手にお渡ししようかと思ったんですがね……ふとあちらさまにお役だてするために、ご母堂さまにすっかり事情をお話ししたほうがいい、と思いなおしたんでございますよ。なにしろ、以前にも一度匿名の手紙でお知らせしたことがあったものですからね。で、さきほども八時二十分に会っていただきたいと、前もってご都合を伺うお手紙を書きましたときも、やはり《あなたさまの秘密の通信員》などと署名いたしましたので。するとさっそく、一刻の猶予《ゆうよ》もなく、おそろしくあわてていってもいいほど、すぐ裏口から通してくださいましたので……ご母堂さまのお部屋へ……」

「それで？……」

「ところが、いざ通ってみると、さきほどお話し申しあげたように、あやうくなぐりつけられるところでしてね。いや、ほんとにすんでのところでございましたよ。つまり、その、ほとんどなぐりつけられたと言っていいくらいでしてね。手紙はたたきつけられてしまいましたよ。もっとも、ご自分のお手もとへ残しておかれようとなさったのでございますが……そりゃわかりましたよ、ちゃんと気がつきました、でも、また思いなおされて、たたきつけられたのですからな。『もしおまえさんのような者を信じてことづけたのなら、勝手に届けるがいいよ』とおっしゃいましてね……。そりゃご立腹なされましてね。なにしろ、わたしのような者の前で、恥ずかしくもなく、そんなことをおっしゃったところをみれば、つまりその、ご立腹なさったにちがいありませんよ。すぐにかっとなるご気性ですな！」

「で、その手紙はいまどこにあるんです？」

「ずっとわたしが持っておりますよ、ほれ、これでございます」

彼はそう答えると、アグラーヤがガヴリーラ・アルダリオノヴィチに宛てた手紙を公爵に手渡した。これこそガヴリーラがそれから二時間ばかりたったころ、有頂天になって妹に見せた手紙なのであった。

「こんな手紙をあなたは手もとに置いてはいけませんね」

「あなたに、あなたに！　あなたに持ってきたのでございますよ」レーベジェフは熱をこめて、相手の言葉をすぐ引きとった。「いまはまたわたしはあなたのものでございます、体じゅうすっかり、頭から心臓まで、あなたのものでございます。ほんの束の間《つかま》の裏切りをいたしましたが、もう今度こそあなたの召使でございます！　どうぞ心臓を罰して、ひげのほうはご容赦ください。これはトーマス・モア（訳注 『ユートピア』の作者）の言った文句ですがね……あの英国の、大英帝国のですな。Mea culpa, mea culpa.（わが罪なり、わが罪なり）これはローマ法王《リームスカヤ・パーパ》の言ったことでしてね……つまりその、ローマ法王《リームスキー・パーパ》なんですが、わたしはあえてローマ法王《リームスカヤ・パーパ》（訳注 リームスキーはロシア語で男性をあらわしリームスカヤは女性を示す）と申しますので」

「この手紙はいますぐ渡さなくちゃいけませんよ」公爵は気をもみはじめた。「私が渡してあげましょう」

「でも、それよりも、いっそ、いっそのこと、ねえ、公爵さま、それよりもいっそ、あの……なにしたほうがよくはありませんかね!……」

レーベジェフは奇妙な哀願するような顔をしてみせた。彼はまるで針かなにかで刺されてでもいるように、急におそろしくそわそわしだした。やがて、ずるそうに眼をぱちぱちさせながら、両手で何かしぐさをして見せた。

「それなんです?」公爵はきびしくたずねた。

「その前にちょいとあけてみたらどうでしょうな!」彼は感じ入った面持で、いかにも秘密だと言わんばかりに、ささやいた。

と、公爵はいきなり恐ろしい剣幕でおどりあがったので、レーベジェフはあわてて逃げだそうとしたほどであった。だが、ドアのところまで行ったとき、もうおゆるしが出そうなものだというふうに、立ちどまった。

「ああ、レーベジェフ！　いったいどうしたらあなたのように、そんな卑劣な、でたらめができるんでしょうね？」公爵は悲しげに叫んだ。レーベジェフの顔色がさっと明るくなった。

「卑劣です、卑劣なことで！」彼は眼に涙を浮べて、自分の胸をたたきながら、すぐにそばへやってきた。

「じつにけがらわしいことですよ！」

「まったくけがらわしいことで。お言葉のとおりでございますとも！」

「ほんとになんという癖でしょうね、そんな……変なことばかりして？　それじゃあなたは……なんのことはない、スパイじゃありませんか！　なんのためにそんな匿名の手紙を書いて……あんな人の好《よ》いりっぱなご婦人に心配をかけたりしたんです？　それに、なぜアグラーヤ・イワーノヴナは、それが誰であろうと、自分の好きな人に手紙を書く権利を持っていないというんです？　きょう出かけていったのは、何か告げ口でもするつもりだったんですか？　何を手に入れようと思ったんです？　なんだってそんな告げ口をする気になったんです？」

「ただただ悪気のない好奇心とそれから……高潔な精神に宿る親切心から出たことでして、もうそれだけでございますよ！」レーベジェフはつぶやいた。「でも、これからは、もうあなたのものでございます、また何もかももとどおりでございますとも！　たとえ縛り首になりましても……」

「あなたはいまのようなそんな格好で、リザヴェータ夫人のところへ出かけたんですか？」公爵は嫌悪《けんお》の念にかられながらも、ちょっと好奇心をおこした。

「いいえ……もっとさっぱりして……もっとちゃんとした格好をいたしましてね。こんな格好になりましたのは……恥ずかしい目にあったあとのことでしてな」

「いや、けっこうです。私を放っといてください」

もっとも、このお客がようやく思いきって出ていくまでには、この乞《こ》いを幾度もくりかえさなければならなかった。相手はもうすっかりドアをあけはなしておきながら、また引きかえしてきて、抜き足で部屋の真ん中へやってきては、また改めて両手で手紙の封を切る手つきをして見せるのであった。しかし、さすがにそれを口に出して言う勇気はなかった。ようやく、静かな愛想のいい微笑を浮べながら、部屋を出ていった。

こんなことを耳にするのはとても気が重かった。しかし、これらの話のなかにはきわめて重大で異常な事実がただ一つあったのである。それはほかでもないが、アグラーヤがなぜかしら激しい不安と動揺と苦悩を感じているという事実であった（《嫉妬《しっと》のためだ》と公爵は心の中でつぶやいた）。同様にまた、彼女がよくない連中のために迷わされていることになるのだが、公爵はなぜ彼女がそんな連中を信用しているのか、じつに不思議でたまらなかった。もちろん、この世間知らずの、熱情にもえた誇らかな頭の中には、何か独特の計画が、しかも、ことによったら、身の破滅を招くかもしれないような、とんでもない計画が熟していたにちがいなかった。公爵はすっかりおびえてしまって、どんな行動をとったらいいのか、見当もつかぬほど取りみだしてしまった。とにかく、是が非でも、何か予防策をとらなければならなかった。彼もそれを痛切に感じていた。彼はもう一度、封のしてある手紙の宛名を見た。ああ、そこには彼にとって、なんの疑惑も不安もなかった。彼はすっかり信じきっていたからである。彼に不安を感じさせたのは、この手紙の別の点であった。彼はガヴリーラ・アルダリオノヴィチを信用していなかったのである。しかし、とにかく、彼は自分でこの手紙を相手へ手渡そうと決心して、もう家を出たのであったが、途中でまたふと考えを変えた。ちょうどプチーツィンの家のすぐそばで、まるであつらえたようにコーリャと出会ったのである。そこで公爵は当のアグラーヤ・イワーノヴナからじかに頼まれたというふうにして、その手紙を兄に手渡してくれと頼んだのである。コーリャは何ひとつたずねず、すぐに届けたので、ガーニャはこの手紙がいろんな郵便局を経てきたとは、夢にも考えてみなかった。家へ戻ると、公爵はヴェーラ・ルキヤーノヴナを自分の部屋へ呼んで、必要なことを話して、彼女を安心させた。彼女はそれまで一生懸命に手紙を捜しまわって、泣いていたからである。手紙を持っていったのが父親だと知ると、彼女は恐ろしさに身を震わせた。（もうずっとあとになって、公爵はこの娘の口から、彼女が幾度もロゴージンとアグラーヤのために、ひそかに用を足していたことを知った。それが何か公爵のためにならぬことになるかもしれないなどとは、彼女は夢にも考えなかったのである……）

ところが、公爵はやがてすっかり頭が混乱してしまって、二時間ばかりして、コーリャのところから父親の発病を知らせる使いが駆けつけたときも、はじめはなんのことやらほとんど理解できなかったほどであった。しかし、ほかならぬこの出来事が彼を元気づけてくれた。彼の注意を強くひきつけてしまったからである。彼はニーナ夫人のところに（病人はもちろん、そこへかつぎこまれたのであった）、晩までずっととどまっていた。彼はほとんどなんの役にもたたなかったが、しかし苦しいときに誰かそばにいてくれると、なぜか気持の休まる人が世間にいるものである。コーリャはすっかり気が転倒してしまって、ヒステリックに泣いていたが、それでもしじゅう走り使いに出ていた。医者を迎えにいって、三人も連れてきたり、薬屋へ走ったり、理髪店（訳注　当時は理髪師がちょっとした外科医の用を足していたのである）へ駆けつけたりした。将軍は息を吹きかえしたが、意識はもどらなかった。医者は『いずれにしても、この患者は危険な状態にあります』と言った。ワーリヤとニーナ夫人は、病人のそばを離れなかった。ガーニャはすっかり取りみだして気が転倒していたが、二階へあがろうとしないばかりか、病人の顔を見るのさえこわがっていた。彼はじりじりしながら手をもんでいたが、公爵を相手のとりとめもない話のなかで、ふと『なんという災難でしょうね。しかもまるでわざとのように、よりによってこんなときに！』と口をすべらせた。公爵は相手の言うこんなときがどんなときだか、わかるような気がした。」イポリートの姿はもうこのプチーツィン家の中には見あたらなかった。夕方近くになって、レーベジェフが駆けつけてきた。彼はけさの《説明》がすんでからいままでぐっすり、一度も眼をさまさずに眠っていたのである。だが、いまはほとんどしらふになって、まるで親身の兄でもあるかのように、病人のために本物の涙をこぼして泣いていた。彼はみんなに聞えるように、しきりに詫《わ》び言を言ったが、それがなんのためかは説明しなかった。そして、ニーナ夫人にしつこく『これはわたしのせいです、このわたしのせいです、わたしよりほかには誰もおりません……しかも、それはただただ悪気のない好奇心から出たことでして……それに、《故人》は（彼はなぜかまだ息をしている将軍をつかまえて、しつこくこう呼ぶのであった）、じつに天才ともいうべきおかたでしたよ！』とひっきりなしに説くのだった。彼はこの天才という点をことさらまじめに主張するのだった。その口調はまるでそう言うことによって、その瞬間何か非常な利益でも生れるかのようであった。ついにニーナ夫人も、相手の真心からの涙を見て、すこしもとがめることのない、むしろ愛想がいいくらいの口調で、『さあ、もうけっこうですよ、泣かないでくださいな、神さまがゆるしてくださいますとも！』と言った。レーベジェフはこの言葉とその口調にすっかり感激してしまって、もうその晩は一晩じゅうニーナ夫人のそばを離れようともしなかった（そして、その後もずっと、彼は将軍が死ぬ日まで、ほとんど朝から晩まで、その家で時をすごしたのであった）。その日のうちに二度リザヴェータ夫人の使いの者が病人の容態をききにきた。その晩九時に、公爵がもうお客でいっぱいになったエパンチン家の客間へ姿をあらわしたとき、リザヴェータ夫人はさっそく病人のことをあれこれ熱心にたずねはじめた。そして、『病人って誰のことなの、それにニーナ夫人って誰のことなの？』というベロコンスカヤ夫人の問いにたいして、もったいぶって答えたものである。公爵にはそれがとても気に入った。彼自身もリザヴェータ夫人に説明していたとき、あとでアグラーヤの姉たちの評したところによると、《りっぱな》話しぶりをしたのであった。『余計な言葉や身ぶりもいれずに、慎みぶかく、おっとりした、品のいい話しぶりで、それに、部屋へはいったときの態度もりっぱだったし、身装《みな》りも申しぶんなかった』のである。そして、前の晩に心配したように、《つるつるした床ですべってころばなかった》ばかりか、どうやらみんなに気持のいい印象を与えたようであった。

また彼のほうも、席に着いてあたりを見まわしたとたん、そこに集まったすべての人びとが、きのうアグラーヤが脅《おど》したような、また一晩じゅう悪夢に見てうなされたような、恐ろしいものでは決してないことをすぐに見てとったのであった。彼は生れてはじめて《社交界》という恐ろしい名前で呼ばれているものの一端を眼にしたのであった。彼はもうずっと前からある特別な目的と考えとあこがれのために、この魔法の国に似た人びとの仲間にはいりたいと渇望《かつぼう》していたので、その第一印象はきわめて興味ぶかいものであった。いや、その第一印象は魅惑的ですらあった。なんだかこうした人びとは、こうしていっしょになるために生れてきたのだ、という考えがふと彼の頭に浮んだ。その晩エパンチン家には、とくに《夜会》などというものもなければ、招待された客などというものもいないのだ、これはまったく《内輪の人たち》なので、彼自身もなんだかずっと前から、これらの人びとの親友であり、同志であったのだが、ほんのしばらく別れていて、ふたたびみんなのところへ戻ってきたのだ、というような気がするのだった。洗練された振舞いや、ざっくばらんな調子や、いかにも心の美しそうな感じのうっとりした魅惑は、ほとんどお伽《とぎ》の国のようであった。だが、こうした誠実さも、上品な態度も、機知に富んだ会話も、気高く身についた品位も、すべて、ひょっとすると、単なる小手先の技巧にすぎないかもしれぬなどとは、夢にも考えなかった。お客の多くは人の心をひきつけるような風貌《ふうぼう》をしていたが、かなり内容の空疎《くうそ》な人たちばかりでさえあったのである。もっとも、彼らは自己満足していたので、自分たちの持っている多くの美点が単なる作りものにすぎないことを気づかずにいたのである。しかし、それとても彼ら自身の罪ではなかった。なにしろ、それは無意識に親子代々にわたって遺伝的に受けついだものだったからである。だが公爵はその第一印象のすばらしさに魅了されて、そんなことは疑ってみようともしなかった。たとえば、彼はこの老人、年から言えば、自分の祖父にしてもいいくらいの堂々たる高官が、こんな若い世間知らずの男の話を聞くために、わざわざ自分の話を打ちきり、それもただ聞いているだけでなく、いかにもその意見を尊重しているらしい様子で、彼にたいしてじつに愛想よく、心から親切な態度を示してくれている、しかも、二人は見ず知らずの他人で、いまはじめて顔を合わせたばかりなのだ、と思われたのである。いや、ことによると、その慇懃《いんぎん》さが何よりも強く、公爵の鋭い感受性に作用したのかもしれなかった。またあるいは、彼がはじめから、あまりに買いかぶって、幸福な印象を受けいれるような気分になりきっていたためかもしれなかった。

しかし、これらの人びとはみんな――むろんおたがい同士《この家の友だち》ではあったが――しかし、公爵がこれらの人びとに紹介されて近づきになったとたん公爵が思ったほどには、この家にとってもおたがい同士でも、友だちと言えるほどのものではなかった。そこには、エパンチン家の人びとを、どんなことがあっても対等に考えてない人びともいた。いや、それどころか、たがいに激しく憎みあっている人たちさえいたのである。ベロコンスカヤのおばあさんはこれまでの生涯ずっと《老いぼれ高官》の夫人を《軽蔑《けいべつ》》していたし、その夫人はこれまたリザヴェータ夫人が大きらいだったのである。彼女の夫であるこの《高官》はどうしたわけか、エパンチン夫婦の若い時分からの庇護者《ひごしゃ》であり、その晩も一座を牛耳《ぎゅうじ》っていたが、イワン・フョードロヴィチの眼から見ると、じつに偉大な人物で、彼はこの人の前へ出ると、敬虔《けいけん》と恐怖の念よりほか、何も感じないほどであった。したがって、彼がたとえほんの一分間でも、この相手をオリンピヤのジュピターと崇拝しないで、自分と対等の人間だなどと考えるようなことがあったら、彼はきっと心から自分を軽蔑したにちがいない。そこにはまた、もう何年も顔を合わせたことがないので、たがいに嫌悪《けんお》の念でないまでも、無関心な気持よりほか、親しみは何も感じていないくせに、まるでついきのうあたり、非常に打ちとけた気持のいい集まりで顔を合わせたばかりのような顔つきをしている人びともいた。もっとも、この集まりはそれほど人数は多くなかった。ベロコンスカヤ夫人と実際に大物であった《老いぼれ高官》、そしてその夫人を別とすれば、まず第一に、男爵か伯爵か知らないが、ドイツ風の名前を持った、あるとてもりっぱな陸軍の将官がいた。それはおそろしく無口な人だが、行政方面についておどろくべき知識を持っており、なかなかの学者だという評判さえある人物だった。《肝心のロシア以外のことなら》なんでも知っているという、オリンピヤの神々にも比肩すべき行政官のひとりで、《その深遠さにおいて注目に値する》警句を、五年に一度ぐらい吐くような人物だった。もっとも、その警句たるや、間違いなく当代のはやり言葉となって、宮廷の奥ふかくにまで知られるのであった。彼はふつうおそろしく長い(奇妙なほど長い)勤務のあと、たいした偉業もたてずに、かえってそんな偉業などに敵意さえいだいているくせに、高い官等にのぼり、りっぱな地位を得て、莫大《ばくだい》な財産を作って死んでいく、ありふれた長官のひとりなのであった。この将軍はその勤務上イワン・フョードロヴィチの直属長官にあたっていた。そのためにイワン・フョードロヴィチは持前の熱烈な、感じやすい性質のうえに、特殊な自尊心まで手伝って、この将軍を自分の恩人と見なしていた。ところが、この将軍のほうは決して自分をイワン・フョードロヴィチの恩人とは思っておらず、まったく平然としていたが、それでも相手の示してくれるさまざまな好意は、喜んでこれを利用しているのであった。そのくせ、たとえちゃんとした理由がなくても、何かちょっと気が変ったら、すぐさまイワン・フョードロヴィチの椅子《いす》にほかの官吏をすわらせたかもしれないのである。そこにはもうひとり、かなりな年配のりっぱな紳士がいた。彼のことをリザヴェータ夫人の親戚《しんせき》のように言う者さえあったが、それはまるで根も葉もないことである。官等も地位もりっぱな男で、財産もあれば家柄もよく、肉づきのいい、頑丈《がんじょう》な体格で、非常な多弁家で、不平家（もっとも、この言葉の最も穏当な意味においてであるが）で、癲癇持《てんかんも》ちと言ってもいい男で（これも彼にあっては気持のいいものであった）、何事につけても英国貴族的な習慣を持っている、英国趣味（たとえば、血のしたたるようなロースト・ビーフだとか、馬具だとか、召使だとか等々）の男だという評判まである人物だった。彼は例の《高官》とは大の親友で、いつも相手の機嫌《きげん》をとっていた。いや、そればかりでなく、リザヴェータ夫人はどういうわけか、ほかならぬこの年配の紳士（いくらか軽薄で、色好みの気味がある男）が、ひょっとしたら、アレクサンドラに結婚を申しこんで、玉《たま》の輿《こし》の幸福を授けてくれるかもしれないという、奇妙な考えをいだいていたのであった。この集まりの最上流の、貫禄《かんろく》ある階級のつぎには、同じく優雅な資質に輝いてはいるが、いくらか年の若い人びとの層が控えていた。Щ《シチャー》公爵とエヴゲーニイ・パーヴロヴィチのほかには、有名な美男のN公爵がこの階層に属していた。これはかつて全ヨーロッパじゅうの女性の誘惑者であり、征服者であり、もう四十五ぐらいにはなっているのに、依然としてすばらしい容姿を保ち、まれに見る話し上手で、いくぶん乱脈になってはいるものの、財産もあり、習慣上おもに外国で暮している男であった。それから最後に、第三の特殊な階層ともいうべきものを形づくっている人びとがいた。これは本来の身分としては社交界の《禁制のグループ》にははいらないけれども、エパンチン家の人びとと同様に、なぜかしらときどきこの《禁制の》グループのあいだで見うけられる人びとであった。これらの人びとが原則としている一種の処世術によって、エパンチン家の人びとはごくまれにわが家で催す夜会に、上流の人びとと、すこしその下につく人びと――《中流階級》の選《え》り抜きの代表者たちを、いっしょにつきまぜるのが好きであった。みんなはそのためにエパンチン家の人びとを賞讃《しょうさん》して、彼らのことを自分の身分を心得ている、処世術にたけた人として遇していた。またエパンチン家の人びともこのような世間の評判を誇りとしていた。この晩の中流社会の代表者のひとりは、ある工兵大佐であった。それはまじめな男で、Ш公爵とは非常に親しい友だちで、彼を通してエパンチン家へ出入りするようになったのであるが、一座のなかでは口数が少なく、右手のたくましい人差し指には、どうやらご下賜品《かしひん》らしい、大きな、りっぱな指輪をはめていた。また最後にもうひとり、文学者の詩人さえ来ていた。それは生れこそドイツ人だったが、ロシアの詩人で、きわめて礼儀正しい男だったので、どんな上品な集まりへでも、危なげなく出すことができた。彼はどういうわけか、いくらかいやみなところがあったが、恵まれた風貌《ふうぼう》をしており、年は三十八ぐらいで、どことなって難のない服装をしていた。きわめて市民的《ブルジョワ》な、けれど非常に尊敬されているドイツ人の家庭に育ったが、身分の高い人の庇護を受けて、その愛顧のためには、あらゆる機会を利用していた。いつだったか、ある有名なドイツ詩人の大作をドイツ語から訳したときなど、その韻文の翻訳をさる名士に献呈したり、ある有名な、しかしいまは故人となっているロシアの詩人と親交のあったことをいつも自慢にしたりしていた（作家のなかには、偉大だがいまはもう世にない文豪との交友を、新聞雑誌に書きたてるのがおそろしく好きな連中がわんさといるものである）。この詩人はつい最近《老いぼれ高官》夫人の紹介で、エパンチン家へ出入りするようになったのである。この夫人は作家や学者のパトロンでとおっていたが、実際、自分を尊敬してくれる高官連の助けを借りて、二、三の作家に年金さえ与えていた。この夫人は高官たちのあいだで一種の勢力を持っていたのである。年のころは四十五ぐらいで（だから、彼女の夫のような老いぼれじいさんの夫人としては、きわめて若い細君であった）、かつてはなかなかの美人であったが、いまは四十五、六の夫人にありがちの病で、おそろしく派手作りにすることが大好きであった。あまり頭のいいほうでもないし、文学上の知識もいたって怪しげなものだった。しかし、文学者のパトロンになることはこの夫人にとって、派手な身装りをするのと同じような病であった。たくさんの作品や翻訳が夫人にささげられていた。二、三の作家などは夫人の許可を得て、非常に重大な事柄をしたためた夫人宛《あ》ての手紙を、公に印刷したこともあった……ほかならぬこうした一座の人びとを、公爵はすこしも混ぜもののない、最も純粋な貨幣、純粋このうえない《金貨》だと考えたのであった。もっとも、これらの人びとはその晩まるで申しあわせたように、とても上機嫌で、それぞれ自分に満足しきっていたのである。そして、みんなはひとり残らず、自分はエパンチン家をたずねることによって、同家に偉大な名誉を与えているのだということを、ちゃんと承知していた。しかし、残念ながら、公爵にはそんな微妙な点は疑うこともできなかったのである。たとえば彼は、エパンチン夫妻は娘の運命にかかわる、重大な決意を固めるにあたって、自分たち一家の庇護者たる老いぼれ高官に、レフ・ニコラエヴィチ公爵を紹介しないで放っておくなどという、ぶしつけなまねはできないということを、夢にもさとることができなかったのである。ところで、老いぼれ高官のほうはエパンチン家に生じた最も恐るべき不幸の知らせすら、まったく平然として聞き流すであろうが、そのくせもしエパンチン夫妻が彼に相談しないで、つまり、彼の許可なしに、娘の婚約などしようものなら、きっと腹をたてるにちがいないのであった。またN公爵は、この人のいい、機知に富んでじつに人格の高潔な男は、われこそ今晩エパンチン家の客間にさし昇った太陽みたいなものだと、あくまで信じきっており、この家の人びとを自分より限りなく卑《いや》しいものに思いこんでいた。ほかならぬこうした天真爛漫《てんしんらんまん》な上品な考えが、当のエパンチン家の人びとにたいする彼の態度を、おそろしく打ちとけた、愛想のいいものにしたのであった。彼はその晩ぜひとも一座の人びとを魅了するような話をしなければならないと考え、一種の霊感ともいうべきものさえ感じて、その用意を怠らなかったのである。レフ・ニコラエヴィチ公爵は、あとでこの話を聞いて、N公爵のようなドン・ファンの口から出たこの輝かしいユーモアや、おどろくほど快活な調子や、ほとんど感動的でさえある天真爛漫な話しぶりは、これまで聞いたことがないくらいであると、すっかり感心してしまった。ところが、じつは、この話はもういいかげんほうぼうで言い古された、陳腐なものであることを、公爵はまったく知らなかったのである。いや、その話し手が言葉の端はしまでそらで覚えるくらい、手ずれてぼろぼろになり、もうどこの客間でも飽きられてしまっていたが、おめでたいエパンチン家ではまだ初耳扱いにされて、りっぱな紳士が思いがけなく真心のこもったはなやかな追憶を聞かしてくれた、ということになるのであった。最後に、例のドイツ生れの詩人も、とても愛想よく控え目に振舞っていたが、それでも自分の来訪によって、この家へ光栄を与えるかのように考えかねない勢いであった。しかし、公爵はこうした裏面の事情にはすこしも気がつかなかったのである。この災厄は、アグラーヤもまたあらかじめ見ぬくことができなかったのである。もっとも彼女自身は、その晩おどろくほどあでやかであった。三人の令嬢たちはみなそれほどけばけばしくはなかったが、それぞれ粧《よそお》いを凝らして、髪のかたちさえなんとなくいつもとちがっていた。アグラーヤはエヴゲーニイ・パーヴロヴィチといっしょに並んで、さも親しそうに話したり、冗談を言ったりしていた。エヴゲーニイ・パーヴロヴィチもやはり名士連に敬意を表するためか、いつもよりいくらか重々しく振舞っていた。もっとも、彼は社交界ではとっくに顔を知られており、年こそ若かったけれども、もうそこでは内輪の人間であった。その晩、彼は帽子に喪章をつけてエパンチン家へあらわれた。と、ベロコンスカヤ夫人はその喪章のことで彼をほめて、これが誰かほかの社交界の男だったら、こんな場合あんな伯父さんのために喪章なんか着けなかったろうに、と言ったものである。リザヴェータ夫人も、やはりそれには満足であったが、ただなんとなくひどく心配らしい様子であった。公爵は、アグラーヤが二度までも、自分のほうをじっと見つめたのに気づいたが、彼女もどうやら彼の態度に満足しているように見えた。しだいに彼は自分を幸福に感じるようになってきた。さきほど（レーベジェフとの話合いのあとで）経験した《妄想的《もうそう》な》考えや疑惧《ぎぐ》の念が、いまもひょいひょいと頭に浮んできたが、それはもうまるでとりとめのない、とてもこの世にありそうもない、滑稽《こっけい》な夢かなんぞのように思われるのであった！（いや、それでなくとも、彼はさきほどから――というよりまる一日じゅう、無意識ではあったが、彼の第一の願いであり、彼の心をひいたのは、なんとかしてこの夢を信じまいということであった！）彼はあまり口をきかず、ただときたま質問に答えるだけであった。ついには、すっかり黙ってしまい、じっとすわったまま耳を傾けていた。しかし、どうやら、心地よい気持に浸っているようであった。だんだん彼自身の胸の中にも、一種の感興がわきおこってきて、機会が訪れたらさっとほとばしり出そうになってきた……彼はふと口を開いた。しかも、それはやはり質問に答えたにすぎず、まるでなんのもくろみもないように見えた……

7

N公爵《こうしゃく》とエヴゲーニイ・パーヴロヴィチと愉快そうに話しあっているアグラーヤの姿を彼がうっとりとして見まもっているあいだに、もう一方の片隅《かたすみ》で《高官》を相手に、何やら夢中になってしゃべっていた例のかなり年配の英国心酔狂が、突然ニコライ・アンドレエヴィチ・パヴリーシチェフの名前を口にのぼせた。公爵は急いでそのほうをふりむき、じっと耳を傾けはじめた。話というのは、——県の地主領地にたいする現行の諸制度と、その乱脈ぶりに関するものらしかった。英国心酔狂の話は何かおもしろいことがあるとみえて、とうとう老人は相手のりきみかえった激しい調子に笑いだしてしまったほどである。彼は流暢《りゅうちょう》な口調で、なんとなく気むずかしく、言葉尻《ことばじり》を引きながら、母音にやわらかいアクセントをつけて、現行制度のために——州のすばらしい領地を、格別金が要《い》るというわけでもないのに、ほとんど半値で売らなければならなくなってしまったことや、その一方、赤字つづきの係争中の荒れた領地は、金まで払い足しながら維持していかねばならなくなった事情を、物語っていたのであった。「そのうえ、パヴリーシチェフ家の領地と訴訟でもおこしたらいけないと思って、早々に逃げだしてしまいましたよ。ほんとに、あんな遺産がもう一つか二つあったら、それこそわたしは破産してしまうところでしたよ。もっとも、あそこではすばらしい土地を、三千デシャチーナも手に入れましたがね!」

「ほらあの……イワン・ペトローヴィチは、亡《な》くなったニコライ・アンドレエヴィチ・パヴリーシチェフの親類のかたなんだよ……きみはその親類の人を捜しておったというじゃないか」イワン・フョードロヴィチは、公爵がその話に異常な注意を払っているのに気づくと、突然そばへやってきて、小声でささやいた。彼はそれまで、自分の長官のお相手をしていたのであるが、もうだいぶ前からレフ・ニコラエヴィチがまるっきりひとりぼっちになっているのに気づいて、気をもみはじめており、ある程度まで公爵を会話の仲間へ引きいれて、そうすることによってもう一度、公爵を《上流の人びと》に紹介しようと思っていたのである。

「レフ・ニコラエヴィチは両親を失ってから、ニコライ・アンドレエヴィチ・パヴリーシチェフに引きとられて養育された者でございます」彼はイワン・ペトローヴィチの視線を迎えて、言葉をはさんだ。

「いやあ、じつーに、愉快です」相手は言った。「ようく覚えていますとも。さきほどイワン・フョードロヴィチが紹介されたとき、すぐ気がつきましたよ。お顔さえ見覚えがありますよ。まったくあなたはあまりお変りになりませんな、わたしがあなたにお目にかかったのは、まだあなたがほんの子供時分の、十か十一ぐらいのときでしたね。でも、なんとなく面《おも》ざしに、昔をしのばせるものがありますよ……」

「子供時分の私をご存じですって？」公爵は何かとてもびっくりしながらたずねた。

「いや、もうずっと昔のことですがね」イワン・ペトローヴィチは言葉をつづけた。「あれはズラトヴェールホヴォ村でのことで、あなたがわたしの従姉《いとこ》たちの世話になっておられたころのことですよ。わたしは以前にはかなりよくズラトヴェールホヴォ村へ出かけていきましたが——わたしを覚えておいでになりませんでしょうな？　いや、そりゃ覚えていらっしゃらんのが当り前ですよ……なにしろ、あなたはあのころ……何かご病気のようでしたからね。一度などは、あなたのご様子を見て、びっくりしたことさえありましたからね……」

「なんにも覚えておりません！」公爵は熱をこめて、きっぱりと言った。

イワン・ペトローヴィチはしごく落ちつきはらっているのに、公爵のほうだけ不思議なほど興奮して、さらにしばらく話しあってみると、公爵の養育を託された、パヴリーシチェフ氏の親類にあたる、ズラトヴェールホヴォ村に住んでいた年配の二人の老嬢は、同時にこのイワン・ペトローヴィチの従姉にあたっていることがわかったのである。だが、イワン・ペトローヴィチもほかの人びとと同様に、どんなわけでパヴリーシチェフは幼い養子の公爵の身の上をあんなに心配したのか、その理由は何ひとつ説明することができなかった。『それにあの当時はそんな好奇心をおこしてたずねてみるのを忘れてしまったんですね』と彼は言ったが、それにしても彼がなかなかすぐれた記憶の持主であることがわかった。なにしろ、彼は二人の従姉のうちマルファ・ニキーチシナという年上のほうが、幼い公爵にたいしてひどくきびしかったことまで、思いだしたからである。『そんなわけで、一度などはあなたの養育方針について、その従姉と喧嘩《けんか》したことさえありましたよ。なにしろ、病気の子供にたいして、一にも二にも鞭《むち》という始末でしたからねえ――だってそんなことは……ねえ、まったくそうでしょう……』ところが、妹のほうのナタリヤ・ニキーチシナは、かわいそうな子供にたいしてとてもやさしかった。『いまは二人とも』と彼は説明をつづけた。『——県に住んでおりますが（ただ、いまでも生きているかどうかは知りませんがね）、——県には、パヴリーシチェフが二人に残した、ごくごくささやかな領地がありましてね。マルファ・ニキーチシナは、修道院へはいりたがっていたという話ですが、これも保証のかぎりではありません。ひょっとすると、誰かほかの人の話だったかもしれませんから……あっ、そうだ、これはつい先日きいたあるお医者さんの細君の噂《うわさ》でしたよ……』

公爵は歓喜と感激に眼を輝かせながら、この物語を聞きおえた。彼はこの六カ月間にわたる内部諸県の旅行に際して、もとの養育者を捜しだしてたずねる機会を逸したことを、自分でもじつにすまなく思っていると、とても熱をこめて告白した。「毎日毎日、出かけたいと思いながら、いろいろな事情に妨げられておりましたが……しかし今度こそは」と彼は言葉をつづけた。「もう——県とわかったからには、ぜひとも行ってきます……それじゃ、あなたはナタリヤ・ニキーチシナをご存じなのですね！　なんという美しい、なんという心のきよいおかたでしょう！　でもマルファ・ニキーチシナだって……いや、失礼ですが、どうやらあなたはマルファ・ニキーチシナのことを誤解されていらっしゃるようですね！　そりゃあのかたはきびしかったですよ。でも……あのころの私みたいな白痴《ばか》が相手では、まったく愛想を尽かさずにはいられないじゃありませんか（ひ、ひ！）。なにしろ、私はあのころまったくの白痴《ばか》だったんですからねえ、あなたはお信じになりませんか（は、は！）。もっとも……もっとも、あなたは、あのころの私をごらんになっているのですね……それで、どうして私はあなたのことを覚えていないのでしょうね。ねえ、いったいどういうわけでしょうね？　それじゃ、あなたは……ああ、なんということでしょう、そうすると、ほんとうにあなたはニコライ・アンドレエヴィチ・パヴリーシチェフのご親類にあたるおかたなんですね？」

「間違いありませんよ」イワン・ペトローヴィチは、公爵をじろじろながめながら微笑した。

「いえ、私は決して……疑って、こんなことを言ったわけじゃありませんよ。それにだいいち、これがいったい疑われるようなことでしょうか（へ、へ！）……たとえちょっとばかりでも？　まったくほんのちょっとばかりでも!!（へ、へ！）私があんなことを言いだしましたのは、ほかならぬ亡くなったニコライ・アンドレエヴィチ・パヴリーシチェフが、じつにりっぱなかただったと言いたかったからなんですよ！　まったく度量の大きな人でしたねえ、いや、まったくの話！」

公爵は息切れがしたわけではなかったが、《美しい情愛のためにむせかえった》のであった。これは翌朝アデライーダが、その未来の夫である山《シチャー》公爵との話のなかで評した言葉であった。

「いやいや、これはどうも！」イワン・ペトローヴィチは笑いだした。「たとえ相手が度量の大きな人であっても、このわたしがその親戚《しんせき》になれないことはありませんよ？」

「ああ、もちろんですとも！」公爵はますます元気づいて、あわててどぎまぎしながら叫んだ。「私は……私はまたばかなことを言ってしまいましたよ。しかし、そうなるはずだったんです、なにしろ、私は……私は……しかし、私はまたとんでもないことをしゃべっていますね！　それに、こんな興味ある事実の前に……こんなすばらしい、興味のある話があるのに……私のことなんかお話ししてなんになりましょう！　しかも、あんな度量の大きな人と比べたら、なおのことですよ――なにしろ、あのかたはまったく度量の大きな人でしたからねえ、そうじゃありませんか？　ねえ、そうじゃありませんか？」

公爵は全身を震わせさえしていた。いったいどうして彼はなんということもないのに、急にこうも心を騒がせたのだろうか、またどうしてそんな話題にはそぐわないほど、感動してしまったのだろうか――これはなかなか解きにくい問題であったにちがいない。だが、いずれにしても、彼はそうした気分になっていたのである。彼はその瞬間誰かにたいして、なんのためかはわからないが、このうえなく熱烈な、心からの感謝の念をいだかんばかりであった――おそらく、それはイワン・ペトローヴィチにたいして、いや、すべてのお客全部にたいして向けられていたのかもしれない。彼はもうあまりにも《幸福に酔っていた》のであった。イワン・ペトローヴィチはとうとう前よりもじっと眼を据えて、彼をながめはじめた。《高官》もおそろしく真顔になって彼の顔を見つめていた。ベロコンスカヤ夫人は、腹だたしげな視線を公爵の上へそそいで、唇《くちびる》をかんでいた。N公爵、エヴゲーニイ・パーヴロヴィチ、S公爵、令嬢たちもみんな話をやめて、聞き耳をたてていた。なかでもアグラーヤは度胆《どぎも》をぬかれているみたいであった。リザヴェータ夫人は、もうなんのことはない、すっかり怖気《おじけ》づいてしまっていた。この母娘《おやこ》はじつに妙な人たちであった。この二人ときたら、公爵は一晩じゅう黙ってすわっていたほうがいいのだと勝手に決めておきながら、公爵がほんとうにひとりぼっちで片隅にすわって、自分の境遇に満足しきっているのを見ると、今度はたちまち気をもみはじめたからである。アレクサンドラはすんでのことで彼のそばへ行き、そっと注意ぶかく部屋を横切ってベロコンスカヤ夫人の隣にすわらせ、N公爵の仲間のほうへ連れてこようとした。それなのに、公爵がいきなり自分のほうから話しだすと、二人はいっそう気をもみはじめたのである。

「とてもりっぱな人だったということは、あなたのおっしゃるとおりですよ」イワン・ペトローヴィチはもう微笑をもらさずに、感じいったような調子で言った。「ええ、そうですとも……あれはじつに見あげた人でしたね！　りっぱな、尊敬に値する人でしたよ」彼はちょっと息を休めてからつけくわえた。「いや、それどころか、あらゆる尊敬を受けるに値する人と言ってもいいくらいでしたよ」彼は三たび沈黙してから、いっそう感じいったふうにつけくわえた。「それで……それでとても愉快なんですよ、あなたがそんなふうに……」

「いつかカトリックの僧院長に関連した……奇妙な事件をひきおこしたのは、そのパヴリーシチェフではなかったかね……カトリックの僧院長の……なんという僧院長だか忘れてしまったが、あの当時はずいぶん騒いだものじゃないか」ふと思いだしたように《高官》が言った。

「ジェスイット派の、僧院長グロウですね」イワン・ペトローヴィチが助け舟を出した。「ええ、まったくわが国でも珍しいりっぱな尊敬に値する人でしたよ。なにしろ、家柄はよし、財産はあり、ずっとあのまま勤めていたら、侍従くらいにはなれる人だったのですが……突然勤務もなにもすっかり投げだしてしまって、カトリックに改宗して、ジェスイット派になったんですからねえ、しかもそれがほとんど公然と、なんだか有頂天になっていたんですからねえ。いや、まったくいいときに死んだものですよ……ほんとうに。でも当時はなかなか評判でしたね……」

公爵は思わずわれを忘れてしまった。

「パヴリーシチェフが……パヴリーシチェフがカトリックに改宗したんですって？　そんなことはあるはずがありません！」彼は恐怖にかられて叫んだ。

「え、『そんなことはあるはずがありません』ですって！」イワン・ペトローヴィチはもったいぶって口の中で言った。「それはすこし言いすぎじゃありませんか、ねえ、ほんとうに、公爵……。もっとも、あなたは故人をとても尊敬しておいでのようですから……実際、あの人はこのうえなく好人物でしたからね。そのために、あのグロウなんていう山師につけこまれたんだと思いますよ。でも、その後グロウの一件について、このわたしがどれほど骨を折って奔走したか、まったくお聞かせしたいくらいのものですよ。どうでしょう」彼はふいに老人のほうをむいた。「連中は故人の遺言状について異議の中立てまでやろうとしたんですからねえ。で、わたしはやむをえず、連中の蒙《もう》を啓《ひら》くために……その、最も強硬な手段にすら訴えざるをえなくなりましてね……なにしろ、相手はとんでもない連中ですからね、おどろきいったやつらですよ！　でも、幸いこの件はモスクワでおこったものですから、わたしはすぐさま伯爵のところへ駆けつけて……連中の……蒙を啓いてやりましたがね……」

「とてもお信じになれないかもしれませんが、私はあなたのお話を聞いて、すっかりびっくりして、悲しくなってしまいましたよ！」公爵はまた叫んだ。

「それはお気の毒ですな。しかし実際のところ、こんな事件は要するにつまらない話なんでして、例によって、つまらないことでけりがつくはずだったんですよ。わたしはそう信じていますがね。去年の夏」彼はまたもや老人のほうをむいて言った。「K伯爵夫人もやはり外国でなんとかいうカトリックの修道院へはいったそうですね。どうもわれわれロシア人というやつは、いったんあんな……山師の手にかかると、とりわけ外国にいると、とても持ちこたえられないようですね」

「それはすべてわれわれロシア人の……倦怠感《けんたいかん》からおこることだと思うがね」老人はしかつめらしくもぐもぐとつぶやいた。「それに、あの連中の伝道の仕方も……なかなか堂に入った優雅なもので……脅《おど》かしもうまいじゃないか。わしもやはり三十二年（訳注　一八三二年）にウィーンで脅かされたことがあったがね、いや、ほんとうだとも。ただわしは持ちこたえて、逃げだしちまったよ、は、は！　いや、まったく連中のところから逃げだしてしまったのさ」

「わたしの聞いた話では、あんたはあの美人のレヴィツカヤ伯爵夫人といっしょにウィーンからパリへ逃げだしたそうじゃありませんか、任務を投げうって。ジェスイットの手からじゃないんでしょう」ふいにベロコンスカヤ夫人が口をはさんだ。

「いや、それでもやっぱりジェスイットの手から逃げたことになりますよ、やっぱりジェスイットからね！」老人は快い追憶に声をあげて笑いながら、その言葉を引きとった。「きみはどうやらいまの若い者には珍しい宗教的なかたのようですな」彼は、相変らず口をぽかんとあけたまま、じっと耳を傾けているレフ・ニコラエヴィチ公爵にむかって、愛想よく言った。老人はどうやら公爵のことをもっと知りたい様子であった。いや、ちょっとわけがあって、公爵に非常に興味をもちはじめたのであった。

「パヴリーシチェフはじつに聡明《そうめい》なキリスト教徒でした、真のキリスト教徒だったのです」ふいに公爵は言った。「いや、そんなかたが……非キリスト教的な……信仰に屈服するなんてことがありうるでしょうか？　カトリックは……非キリスト教的な信仰も同じことですからね！」彼は眼を輝かして、みんなを一度にながめまわすように、ぐっと前方を見つめながら、ふいにこうつけくわえた。

「いや、それはすこし言いすぎですな」老人はつぶやいて、びっくりしたように、イワン・フョードロヴィチの顔をちらとながめた。

「いったいカトリックが非キリスト教的な信仰だというのはどういうわけですかね」イワン・ペトローヴィチが椅子《いす》の上からふりむいた。「それじゃどんな信仰なんです？」

「まず第一に非キリスト教的な信仰ですね！」公爵は異常な興奮にかられて、度はずれた鋭い調子で、ふたたびしゃべりだした。「これが第一です。それから第二には、ローマ・カトリックは例の無神論よりもっと悪いくらいですよ、これが私の考えです。そうですとも！　これが私の考えです！　無神論はただ無を説くにすぎませんが、カトリックはそれ以上のものですからね。それはゆがめられたキリストを説いているからです、みずから誹謗《ひぼう》し中傷することによって、まるきり正反対のキリストを説いているからです！　それは反キリストを説いているからです、この点は誓ってもいいです、ほんとうです！　これは私自身がずっと前からいだいている信念です、私も自分でこの信念に悩まされたくらいですから……ローマ・カトリックは全世界的な国家的権力がなければ、この地上に教会を確立することはできないとして、Non possumus!（われらなすあたわず！）と叫んでいるではありませんか。私の考えでは、ローマ・カトリックは信仰ですらなくて、まさに西ローマ帝国の継続にすぎません。そこでは信仰をはじめすべてのものが、この思想に支配されているのです。法王はこの地上を、この地上の玉座を掌握して、剣を取ったのです。それ以来、あらゆるものが同じ歩調をつづけていますが、ただその剣に虚偽と陰謀と、欺瞞《ぎまん》と狂信と、迷信と、悪業《あくごう》とがつけくわえられただけなのですよ。そして最も神聖で、真実で、素朴で、炎のような民衆の感情をもてあそび、何から何までいっさいのものが、金と卑《いや》しい地上の権力に代えられてしまったのです。これでも反キリストの教義とは言えないのでしょうか！　こんなもののなかから、どうして無神論が生れずにいられましょう？　無神論は何よりもまずこのなかから、ローマ・カトリックのなかから生れたのです、彼らはどうして自分自身を信じることができましょう？　無神論は彼らの自己嫌悪《けんお》の情によってその基礎が固められたのです。それは彼らの虚偽と精神的無力との産物なのですよ、無神論というものは！　わが国では神を信じない者は、まだわずかに特殊な階級だけです、先日エヴゲーニイ・パーヴロヴィチのおっしゃったじつに巧妙な表現を借りれば、根を失った人たちばかりです。ところが、あちらでは、ヨーロッパでは、もう民衆そのものの大部分が、信仰を失いはじめているんですからね——

それも以前は暗黒と虚偽のためでしたが、いまではもう狂信からなのです、教会とキリスト教にたいする憎悪《ぞうお》の念からなのですよ！」

公爵は息をつぐために言葉をとめた。彼はおそろしく早口で弁じたてた。彼の顔色は蒼《あお》ざめ、息切れがしていた。みんなはたがいに顔を見あわせていたが、やがて老人が無遠慮に笑いだした。N公爵は柄付き眼鏡《ロルネット》を取りだして、眼も放さずに、じっと公爵の顔を見つめていた。ドイツ生れの詩人は部屋の隅からはいだしてきて、無気味な笑いを浮べながら、テーブルのほうへ近寄ってきた。

「あなたは非常に誇張されましたね」イワン・ペトローヴィチはいくぶん退屈そうに、また何かはばかるような調子で、言葉尻《ことばじり》を引きながら言った。「あちらの教会にも、やはり尊敬に値する、徳の高い代表者がおりますよ……」

「私は決して教会の個々の代表者について申しあげたわけではありません。私はローマ・カトリックの本質を論じたのですから。ローマというものを論じたのですよ。教会というものがまったく消滅してしまうなんてことがありうるでしょうか？　私は決してそんなことを言った覚えはございません！」

「同感ですね、でも、そんなことはわかりきったことで――むしろ不必要と言ってもいいことですよ……それに……神学に属することですからね……」

「いや、ちがいます！　いや、ちがいます！　決して神学にのみ属することではありません、いや、まったくちがいますよ！　これはあなたがお考えになっているより、はるかにわれわれの身近なものに関連していることなのですから。これが単なる神学的なものではない、ということをわれわれが見ぬきえないという点に、われわれのあらゆる誤りが含まれているのですからね！　あの社会主義にしても、やはりカトリックと、カトリックの本質の産物なんですからね！　これはその兄弟分である無神論と同様、絶望から生れたものです。それはみずから失われた宗教の道徳的権力にかわって、渇に悩む人類の精神的飢渇をいやし、キリストによってではなく、暴力によって、人類を救おうとするために、道徳的な意味においてカトリックに反対して生れたものなのですから！　これもやはり暴力による自由ですね、これもやはり剣と血による統一ですね！　《神を信ずるな、財産を持つな、個性を持つな、fraternité ou la mort.（団結か死か）二百万の民衆よ！》というわけです。彼らのすることを見れば彼らがどんな連中だかわかる、と言われています！　ですから、そんなことはみんなわれわれにとってまったく罪のない、すこしも恐ろしくないものだ、などと思ったらたいへんですよ。いや、それどころか、反撃が必要なのです、一刻の猶予《ゆうよ》もなりません！　われわれが守ってきた、彼らのいままで知らなかったわれわれのキリストを、西欧に対抗して輝かさなくちゃならないのです！　ジェスイットの罠《わな》に奴隷《どれい》のごとくおとなしくかかることなく、わがロシアの文明を彼らの前につきつけ、いまこそわれわれは彼らの前にあらわれなければならないのです。そして、いまどなたかが言われたように、彼らの伝道の仕方は優雅だなどと、わが国において言う人のないようにしたいものですね……」

「でも、失礼ですが、失礼ですが」イワン・ペトローヴィチはすこし怖気づいたようにあたりを見まわしながら、おそろしく不安そうに言った。「あなたのお考えはすべて、もちろん、じつに愛国心にみちたりっぱなものですがね。しかし、非常に誇張されておりますな……むしろこの問題は、これで打ちきったほうがよさそうですね……」

「いいえ、誇張されてはおりませんよ。むしろ控え目すぎるくらいですよ。いや、まったく控え目すぎるくらいですよ。なにしろ、私は表現力がありませんからね、しかし……」

「し、つ、れい、ですが！」

公爵は口をつぐんだ。彼は椅子の上にぴんと背中を立てて、じっと身動きもせずに、もえるような眼差《まなざ》しでイワン・ペトローヴィチを見つめていた。

「きみはどうやら、恩人の一件であまりびっくりしすぎたようですな」老人はまだ平静さを失わないで、ものやさしく言った。「きみはひょっとすると……孤独のためにかっと激しやすくなっているのかもしれませんな。世間へ出て、もうすこし人にもまれたら、そして人からりっぱな青年だと、喜ばれるようになったら、むろんそんなきみの興奮もしずまって、こんなことは案外たわいないものだと、わかるでしょうな……それに、わしの見るところでは、あのような類の少ない出来事が……おこるのも、一つにはわれわれの飽満から、また一つには……倦怠《けんたい》から生れるようですな……」

「そのとおりです、まったくそのとおりです」公爵は叫んだ。「それはじつにりっぱなご意見です！　まったく《倦怠から、われわれの倦怠から》で。決して、飽満からではありません。いや、むしろその反対に、渇望からおこっているのです、決して飽満からじゃありません。あなたはこの点で間違っておられます！　単に渇望からではなく、むしろ炎症から、熱病のような渇望からおこることなんですから！　それに……それに、これをただ笑ってすますことのできるような取るに足りないものだ、などとお考えになってはいけません。失礼ですが、それを未然にさとることができなくてはだめなのです！　われわれロシア人はいったん岸へたどりついて、もうそれが岸だなと信じると、もう最後の支柱まで間違いなく行きつけるものと有頂天になってしまうのです。これはいったいどういうわけでしょう？　あなたがたはいまパヴリーシチェフの行為にびっくりして、その原因をすべてあの人の狂気と人の好《よ》さに帰しておしまいになりましたが、それは間違いです！　まったくこのような場合のわれわれロシア人の情熱というものは、単にわれわればかりでなく、全ヨーロッパをおどろかせるものなのですから。ロシアではいったんカトリックに改宗したら、かならずその人はジェスイットになるのです、それもいちばん地下運動的なものになるのですよ。また、無神論者になれば、もうかならず暴力をもって、つまり、剣をもってたちあがり、神への信仰の根絶を要求するようになるのです。これはいったいどういうわけでしょう？　どうして一気にこんな気ちがいじみたまねをするのでしょう？　まさかご存じないわけはないでしょう！　それはですね、そこに見落した祖国を、発見して喜んだからなのです。これこそほんとうの岸だ、陸地を見つけたぞと、身を投げだして接吻《せっぷん》するのです。ロシアの無神論者とロシアのジェスイット教徒は、ただ、単に虚栄心、見苦しい虚栄的な感情からばかりでなく、精神的な痛み、精神的な渇《かわ》きから生れているのです。つまり、偉大なる事業、堅固な岸、いまだかつて一度も知ることがなかったので、信ずることをやめてしまった祖国への憧憬《どうけい》から生れてきているのです。ロシア人にとって無神論者になるのはじつに簡単なことです！　世界じゅうのどの国民よりも簡単なのです！　しかも、われわれロシア人は単に無神論者になるばかりでなく、まるで新しい宗教を信ずるように、必然的に無神論を信仰するようになるのです。そして、自分が無を信仰しているということには、まったく気がつかないのです。われわれの渇望はこれほどまでになっているのです！　『自分の足もとに地盤を持たぬ者は、神をも持たぬ』というわけです。これは私の言葉ではありません。私が旅行中に出会った旧教徒（訳注　ロシア正教の非改革派）の商人の言った言葉なのです。もっとも、その言い方はこのとおりではありませんでしたがね。その男は、『自分の生れた国を見捨てた者は、自分の神をも見捨てたことになる』と言ったものです。まったくわが国では最高の教育を受けた人たちでさえ、鞭身教《フルイストフシチナ》（訳注　十三世紀におこった宗教の一派。罪を消滅させるためにみずからを鞭打つ狂信的な宗派）へ走ったことを考えてみればそれも納得できますよ……しかし、それにしてもこんな場合、鞭身教はいかなる点において、虚無主義やジェスイット派や無神論などに劣るというのでしょう？　いや、ひょっとすると、そんなものよりずっと深遠でさえあるかもしれませんよ！　とにかく、憧憬はここまできてしまったのです……ああ、渇きにもえるコロンブスの道づれたちに《新世界》の岸を啓示してやってください、ロシアの人間に、ロシアの《世界》を啓示してやってください、その眼から隠れて地中に潜む黄金を、この財宝を、与えてやってください！　あるいはただロシアの思想と、ロシアの神と、キリストによってのみ成しとげられるかもしれぬ全人類の復興と復活を未来において啓示してやってください。そのときこそ力強く誠実で、叡知《えいち》にみちた謙虚な巨人が、驚愕《きょうがく》した世界の前に……忽然《こつぜん》と立ちあらわれるのを眼にするでしょう。なぜなら、彼らがわれわれから期待しているのは、ただ剣であり、剣と暴力だけだからです。彼らはおのれによって他人を判断するため、野蛮ということを抜きにしてはわれわれロシア人を想像できないからです。しかもそれがいままでずっとつづいているのです。そして時を経るにしたがって、この傾向はますます顕著になってくるのです！　そして……」

　だが、そのとき、ふいにおこったある出来事のために、公爵の雄弁は思いがけなく中断されてしまった。

この熱に浮かされたような長広舌、この激情にあふれた落ちつきのない雄弁と、まるでおそろしく混乱してたがいにぶつかりあいながら、たがいに先を争って飛びこそうとしているような、とりとめのない、歓喜にみちた思想の奔流、こうしたものすべてが、外見上これという原因もなく、いきなり興奮してきたこの青年の心の中に、何かしら危険な、何かしら特別なものが生れたことを、予言するかのようであった。客間に居あわせた人びとのなかで公爵を知っているすべての人は、彼の平生の臆病《おくびょう》で控え目な性質や、どうかすると見られるまれにみる風変りな分別くささや、上流社会の礼儀にたいする本能的な敏感さなどにまったく不似合いな、彼のこの奇怪な言動に危《き》惧《ぐ》の念をいだきながら（ある者は羞恥《しゅうち》の念をいだきながら）、びっくりして見まもっていたのであった。いや、どうしてこんなことになったのか、どうしても納得がいかなかった。まさか、パヴリーシチェフに関するニュースが、その原因となったのでもあるまい。婦人たちのいた片隅《かたすみ》では、まるで狂人でも見るように彼をながめていた。ベロコンスカヤ夫人はあとで、『あと一分もつづいたら、わたしはもう逃げだすところでしたよ』と告白したものである。《老人連》は最初から度《ど》胆《ぎも》をぬかれて、途方にくれていた。長官の将軍は不満そうにきびしい眼差しで自分の席からながめていたし、工兵大佐は身じろぎもせずにすわっていた。ドイツ生れの詩人は蒼《あお》ざめた顔色をしていたが、それでもほかの人がどうするかと、あたりを見まわしながら、例のつくり笑いを浮べていた。もっとも、これらのことは、この《見苦しい出来事》も、あるいはあと一分もすれば、ごく穏やかな自然な方法でうまく解決したかもしれなかった。イワン・フョードロヴィチははじめひどくびっくりしたが、誰よりもさきにわれに返ったので、幾度か公爵の話をとめようと試みた。だが、どうも思うようにいかなかったので、いまや彼は断固たる決意をもって、公爵にむかって客のあいだを縫っていった。あと一分も待ってみて、ほかに方法がなかったら、病気を口実にして、穏やかに公爵を部屋から連れて出ようと決心したのであった。いや、彼が病気だというのはまったく事実なのかもしれない、イワン・フョードロヴィチは心の中で、そうにちがいないとかたく信じきっていたのである……ところが、事態はまったく別の方向に進んでしまったのである。

公爵が客間へはいってきたばかりの最初のころ、彼はアグラーヤに脅《おど》しつけられた例の中国製の花瓶《かびん》から、できるだけ遠く離れて席をとった。きのうアグラーヤの言葉を耳にしてからというもの、彼はどんなにその花瓶から遠のいてすわっても、どんなに災厄を避けるようにしても、自分はかならずあすはその花瓶をこわすにちがいないという、何かぬぐいさりがたい一種の確信が、荒唐無稽《こうとうむけい》な一種の予感が、彼の胸に巣くったのである。といっても、そんなことがほんとうにできるだろうか！　だが、実際そのとおりだったのである。夜会が進むにつれて、別の強烈な、しかも明るい印象が、彼の心を充《み》たしはじめたのである。このことはすでに述べたとおりである。彼は前の予感を忘れてしまった。彼がパヴリーシチェフの名を聞きつけ、イワン・フョードロヴィチがあらためて彼をイワン・ペトローヴィチのところへ連れていって、紹介したとき——彼はテーブルの近くに席を変えて、肘掛椅子《ひじかけいす》にいきなり腰をおろしたのである。そのそばにはみごとな中国製の花瓶が台の上に置かれ、それは彼の肘のすれすれになって、ほんの心もちうしろのほうにあった。

その最後の言葉を口にすると同時に、彼はふいに席を立って、何か肩を動かすような身ぶりをする拍子に、不注意にも片手を振ってしまったのである……と、みんなのあっと叫ぶ声がおこった！　花瓶ははじめ、老人連の誰かの頭の上に倒れてやろうかといわんばかりに、ちょっと決しかねたかのように揺らいだが、いきなり反対の方向へ、さも恐ろしそうにあやうく飛びのいたドイツ生れの詩人のほうへぐらりと傾いて、そのまま床の上にどさりと倒れた。がちゃんという物音、叫び声、絨毯《じゅうたん》の上に散乱した高価な破片、恐怖、驚愕……ああ、公爵の胸中はどうであったろう、それは言葉にあらわすのも困難であるが、ほとんどその必要もないくらいであった！　しかし、ほかならぬこの一瞬、彼の心を打った一つの奇妙な感触——ぼんやりしたその他の恐ろしい感覚のなかでも、とくに強烈に、ぱっと自覚された一つの感触ばかりは、なんとしても説明しないわけにはいかない。彼の心を何よりも強く打ったのは羞恥でもなければ、見苦しい出来事でもなく、恐怖でもなければ、ふいの出来事でもなく、何よりも予感の的中ということであった！　はたしてこのように心をとらえた想《おも》いのなかに、何があったのか、彼はそれを説明することができなかった。ただ心の底までおどろかされたのを感じたばかりであった。そして、ほとんど神秘的とも言える畏怖《いふ》にかられて、突ったっていた。その一瞬が過ぎ去ったとき、急に眼の前のものが何もかもぱっと開けたような気がした。恐怖に、光明と、喜悦と、歓喜が取って代ったのである。息がつまるような気がしてきた、そして……だが、その一瞬も過ぎ去ってしまった。幸いにも、これはあれではなかったのだ！　彼はほっと息をついて、あたりを見まわした。

彼は自分のまわりにわきかえっていた混乱を、長いこと理解できないようであった。いや、すべてを見てとって、何もかも理解してはいたけれど、まるでその出来事とは無関係な人のように、ぼんやり突ったっていた。それはまるであのお伽話《とぎばなし》に出る隠れ蓑《みの》を着た男のように、よその部屋へそっと忍びこんで、自分にはなんの関係もないが興味のある人びとをながめている、とでも形容できたであろう。彼は破片が片づけられる様子を見、人びとの早口でしゃべる会話を耳にし、真《ま》っ蒼《さお》な顔をしてとても不思議な眼つきをして、自分をながめているアグラーヤを見た。その眼の中には、いささかも憎悪《ぞうお》の色はなかった、いささかも憤怒《ふんぬ》の影はなかった。彼女はおびえたような、だがじつに好意にあふれる眼差しで彼をながめていたが、ほかの人には妙にぎらぎら光る眼差しを投げていた……彼の胸は急に甘くうずきはじめてきた。やがて彼は、みんながまるで何事もなかったかのように笑い声さえたてながら座に着いたのを見て、はじめて奇妙なおどろきを感じたのであった！　さらに一分たつと、笑い声はいっそう高まった。もうついには、立ちすくんだように棒立ちになっている彼の様子を見ながら、声高《こわだか》に笑いだした。しかし、それはいかにも親しみのある、楽しそうな笑い方であった。いろいろな人が彼に話しかけたが、それはじつに愛想よく聞えた。とりわけリザヴェータ夫人がそうであった。彼女は笑いながら、何かおそろしく親切な言葉をかけていた。ふいに彼はイワン・フョードロヴィチが親しみをこめて、彼の肩をぽんとたたくのに気づいた。イワン・ペトローヴィチもやはり笑っていた。だが、それよりもっと親切で気持のいい、好意にあふれた態度を示してくれたのは例の老人であった。老人は公爵の手を取って軽く握りしめ、もう一方の手の掌《たなごころ》でそっとたたきながら、まるでおびえた小さな子供にでも言うように、しっかりしなさいと言い聞かすのであった。それがとても公爵の気に入った。やがてとうとう老人は公爵を自分のそばにすわらせてしまった。公爵はうれしそうにその顔を見つめていたが、それでもなぜかまだ口がきけなかった。胸がいっぱいだったのである。老人の顔がすっかり彼には気に入ってしまったのであった。

「え？」ようやく彼はつぶやくように言った。「ほんとうに私をゆるしてくださるんですか？　リザヴェータ・プロコフィエヴナ……あなたも？」

笑い声がまた高まった。公爵の眼には涙がにじんできた。彼は自分が信じられず、うっとりとしていた。

「もちろん、花瓶はみごとなものでしたがね……わたしがこちらで拝見してからもう十五年……そう十五年にもなりますな」イワン・ペトローヴィチが言いかけた。

「ねえ、何がいったいそんな災難ですの！　人間ひとりが生きるか死ぬかというときに、たかが土焼きのかめが一つぐらい！」リザヴェータ夫人が声高に言った。「ほんとうに、あんたそんなにびっくりしてしまったの、レフ・ニコラエヴィチ？」夫人はいくらか危惧の念さえいだいてつけくわえた。「いいですよ、あんた、もういいですよ。ほんとにもうびっくりさせないでくださいよ」

「じゃ、何もかもゆるしてくださるんですか？　花瓶のほかは何もかも？」公爵はいきなり席を立とうとしたが、老人はすぐさま彼の手を引っぱってしまった。彼は公爵を放したくなかったのである。

「C'est très curieux et c'est très sérieux!（これはじつに奇妙な、じつに重大なことだよ！）」彼はテーブルごしにイワン・ペトローヴィチにささやいたが、それはかなり大きな声だった。あるいは公爵にも聞えたかもしれなかった。

「それじゃ、私はみなさんのどなたにも失礼なことはしなかったんですね？　そう思うと私がどんなにうれしいか、あなたにはとてもご想像もつかないでしょうよ。しかし、それは当然なことなんですね！　いや、私がここでどなたかに失礼なまねをするなんて、そんなことがほんとにできるでしょうか？　そんなことを考えたら、またみなさんを侮辱することになりますからね」

「まあ、気をしずめるんですな、きみ、そりゃ誇張ですよ。なにもきみがそんなに感謝することなんかありませんよ。そりゃりっぱな美しい感情ですがね、やはり誇張されていますよ」

「私は感謝なんかしているのではありません、ただその……あなたがたに見とれているだけですよ。あなたがたをながめていると、私は幸福な気持になるのです。こんなことを言うのは、ひょっとすると、ばかげたことかもしれませんが、しかし……私はそれを話さなくちゃならないのです、説明しなくちゃならないのです……ただ自分自身を尊敬するためだけでも」

彼の言動はすべて突発的で、混沌《こんとん》としていて、まるで熱にでも浮かされているみたいであった。あるいは彼の口にした言葉の多くは、彼が言いたいと思ったこととときにはちがっていたかもしれない。彼は《話してもいいですか？》とたずねるかのような眼差《まなざ》しをしてみせた。その視線はベロコンスカヤ夫人の上に落ちた。

「かまいませんよ、あんた、おつづけなさいな、お話を。ただ、息を切らさないように」夫人は注意した。「あんたはさっき息を切らしながら話しはじめたものだから、とうとうあんなことになったのですよ。でも、話をするのをこわがることはありませんとも。ここにいるかたはみんな、あんたよりずっと風変りな人を見なれていらっしゃるから、あれぐらいのことじゃびっくりしませんよ。あんたなんかまだまだちゃんとしたほうですよ。ただあの花瓶をこわして、みんなをびっくりさせただけですよ」

公爵は微笑しながら、その言葉を聞き終った。

「ときに、あれはあなたじゃありませんか」彼はふいに老人のほうをふりむいた。「パドクーモフという大学生と、シワーブリンという役人を、三カ月前、流刑《るけい》から救っておやりになったのは、あなたじゃありませんか？」

老人はちょっと顔を赤らめさえして、すこし落ちついたほうがいいでしょうと、どぎまぎしながらつぶやいた。

「私が耳にしたあの噂《うわさ》はあなたのことじゃありませんか」彼はすぐまたイワン・ペトローヴィチのほうをふりむいた。「――県であなたにさんざん迷惑をかけた百姓たちが、解放後に焼けだされたとき、家を建てるために、森をただで伐《き》らしておやりになったのは？」

「いや、そりゃ、誇張ですよ」イワン・ペトローヴィチはうれしそうにぐっと反り身《そみ》になって、つぶやいた。だが、今度は「それは誇張ですよ」と言った彼の言葉は、まったくほんとうであった。なにしろ、それは間違った噂が公爵の耳にはいったにすぎなかったからである。

「ところで、公爵夫人、あなたは」彼はいきなり明るい微笑を浮べながら、ベロコンスカヤ夫人のほうをふりむいた。「あなたは半年前モスクワで、リザヴェータ・プロコフィエヴナのお手紙一つで、この私をまるで生みの息子かなんぞのように、迎えてくださいましたね。そして、まるで生みの息子にたいするような忠告を与えてくださいましたね、私は決してあのご忠言を忘れたりはいたしませんよ、覚えていらっしゃいますか？」

「なんだってあんたは気ちがいのようになっているんだね？」ベロコンスカヤ夫人はいまいましそうにつぶやいた。「あんたはいい人だけれど、すこし滑稽《こっけい》ですよ。銅貨の二つももらったら、まるで命でも助けてもらったようにお礼を言うんですからねえ。あんたは、それをりっぱなことだと思っているんだろうけれど、それはいやらしいことですよ」

夫人はもうすっかり腹をたててしまうところだったが、急に声をたてて笑いだしてしまった。だが、今度の笑い方は人の好《よ》さそうなものであった。リザヴェータ夫人の顔も明るくなった。イワン・フョードロヴィチの顔も輝きわたった。

「わたしも言ったことですがね、レフ・ニコラエヴィチという人は……つまりその……ただ息を切らしたりしなければいいんですがね！　いまも公爵夫人がおっしゃったように……」将軍は自分の心を打ったベロコンスカヤ夫人の言葉をくりかえしながら、感動した面持で言った。

ただひとりアグラーヤだけは、なんとなくものうい様子だった。もっとも、その顔はやはりもえるようであったが、それはことによると憤懣《ふんまん》のためかもしれなかった。

「あの男はまったくかわいげがあるね」老人はふたたびイワン・ペトローヴィチにささやいた。

「私は胸苦《むなぐる》しい想いにかられながら、ここへはいってまいりました」公爵は、しだいにつのりゆく困惑にかられながら、いよいよ性急に、いよいよ奇妙に興奮した面持で言葉をつづけた。「私は……私はあなたがたがこわかったのです。いや、自分自身がこわかったのです。何よりもまず、自分がこわかったのでした。このペテルブルグへ帰ってきたとき、私はぜひともあなたがたのように家柄の古い、わが国第一流の人びとにお会いしようと自分自身に誓ったのです。いや、私自身もみなさんの仲間なんですし、家柄から言っても、第一流なのですから。ところがいま、私は自分と同じような公爵がたと、席を同じゅうしているのです、ねえ、そうじゃありませんか？　私はあなたがたのことが知りたかったのです、それはまったく必要なことだったのです、ぜひとも必要なことだったのです！……私はいつもあなたがたについて善《よ》い噂よりも、あまりにも多くの悪い噂を耳にしてきました。つまり、あなたがたの興味が浅薄で偏狭であるとか、教養が低くて時代遅れであるとか、習慣が滑稽であるとか――あなたがたのことがじつにいろいろ書きたてられたり、論じられたりしていますからねえ！　私はきょう好奇心と不安にかられながら、ここへやってまいりました。はたしてこのロシアの上流社会は時代遅れになってしまい、天賦の生命の泉を涸《か》らしつくして、もはや死ぬよりほかなんの役にもたたなくなってしまったのだろうか？　それなのに彼らは自分が死にかけているのに気がつかないで、来たるべき世代の……人びとに軽薄な嫉妬《しっと》を覚え、彼らの進歩を妨げているのだろうか、この点を私は自分の眼で確かめたかったのです。私は以前もこんな意見をすっかり信じてはいませんでした。なにしろ、わが国では制度とかその他の……偶然の契機によって結ばれた宮廷階級を除いては、上流階級というものが存在しなかったからですよ。ところで、いまではそれもまったく消滅してしまいましたからね、そうじゃありませんか、ねえ、そうじゃありませんか？」

「いや、そんなことは決してありませんよ」イワン・ペトローヴィチは毒々しく笑った。

「おや、またテーブルをたたいたよ！」ベロコンスカヤ夫人はこらえかねて言った。

「Laissez le dire.（勝手に言わせておきなさい）、この人は体をぶるぶる震わせているからな」老人はまた小声で注意した。

公爵はもうまったくわれを忘れていた。

「ところがどうでしょう？　私は優雅で純朴で聡明《そうめい》なかたたちを見たのです。私のような青二才にやさしい言葉をかけて、その言うことにまで耳を傾けてくださる長老にお目にかかったのです。人を理解しゆることのできる人びとに、私があちらで会った人びととほとんど同じような、すこしも見劣りしない、善良でやさしいロシアの人びとを見たのですから。私がどんなにうれしいおどろきにかられているか、どうぞお察しください！　ああ、どうぞすっかり言わせてください！　私はいままでいろいろなことを聞いていたものですから、社交界ではすべてのものが単なる型だけで、古くさい形式ばかりで、その真髄は枯死してしまっていると、自分でも信じこんでいたのです。しかし、いまこそはっきりわかりました。そんなことはわが国にはありえないのです。どこかほかの国のことで、決してわが国のことではないのです。まさかあなたがたみんながジェスイットで嘘《うそ》つきだなんてことがあるでしょうか？　さきほどN公爵のお話を聞きましたが、あれはじつに無邪気なしかも感動的なユーモアではないでしょうか、あれこそ誠実で美しい心と言えないでしょうか？　いったいあんな言葉が……心も才能も涸渇《こかつ》してしまった死人の口から出るものでしょうか？　はたして死人がいま私にたいしてみなさんのとられたような態度をとれるものでしょうか？　はたしてこれが……未来にたいする、希望にたいする素材ではないでしょうか？　このような人びとが物事を理解できず、時代に遅れるなんてことはあるはずがありませんよ！」

「もう一度お願いしますがね、きみ、まあ、気を落ちつけてくださいよ。その話はいずれつぎの機会にしましょうや。わしは喜んで……」例の《高官》は苦笑した。

イワン・ペトローヴィチはくっと喉《のど》を鳴らして、肘掛椅子《ひじかけいす》の上でぐるりと向きを変えた。イワン・フョードロヴィチはもぞもぞと身動きしはじめた。長官の将軍は、もうすこしも公爵に注意を払わずに、高官夫人と話しあっていた。しかし、高官夫人のほうはしょっちゅう耳を傾けたり、じろじろながめたりしていた。

「いや、もうすっかりお話しししてしまったほうがいいのですよ！」公爵は、いやになれなれしく信じきった態度で、老人のほうをむきながら、新しい熱病の発作にかられたようにに言葉をつづけた。「きのうアグラーヤ・イワーノヴナが、私にものを言うことを禁じて、話してはならない事柄まで決めてくださいました。そんな話をはじめると、私が滑稽に見えるということを、あのかたはよくご存じなのです！　私は二十七になりますが、まるで子供のようだということは、自分でも承知しています。私は自分の思想を語る権利を持っておりません、これはもうずっと前から言っていることなのです。私はただモスクワで、ロゴージンと腹蔵なく話しあったことがあるばかりです……二人でプーシキンを読みました。いや、すっかり読んだのです。あの男はなんにも、プーシキンという名前さえ知らなかったのです……私はいつも自分の滑稽な態度で、自分の思想や肝心な観念を、傷つけやしないかと恐れているのです。私には見せかけの行為というものがありません。私のそれはいつも正反対になるものですから、みんなの笑いを誘って、これが肝心な観念を傷つけてしまうのです。また感情に節度というものがありません、心な点なのです、いや、これがいちばん肝心な点だと言ってもいいでしょう……私はいっそのこと黙ってすわっていたほうがいいということは、私も知っています。かたくなに黙っていれば、かえってなかなか分別ありげにさえ見えるものです。それに、よく考えることができますからね。しかし、いまはお話ししてしまったほうがいいのです。私がいま口を切ったのも、あなたがそんなに美しい眼つきをして、私を見つめておられるからなのです。あなたはじつに美しい顔をしていらっしゃいますねえ！　きのう私は一晩じゅう黙っていると、アグラーヤ・イワーノヴナにお約束したのですが」

「Vraiment?（ほんとうですかね）」老人は微笑をもらした。

「しかし、私はときどき自分の考えがちがっているのではないか、と思うことがあるのです。つまり、真摯《しんし》というものは、見せかけの行為と同じ価値があるものではないでしょうか……どうでしょう？」

「ときにはね」

「私はすっかり説明してしまいたいのです、すっかり、すっかり、何もかも！　ええ、そうですとも！　あなたがたは私のことをユートピアンだとお思いですか？　観念論者《イデオローグ》だとお思いですか？　いや、断じてちがいます。私の考えはすべてじつに単純なものなのです……ほんとうになさいませんか？　なんだかにやにや笑っていらっしゃいますね？　ところで、私はどうかすると卑劣な根性になることがあるのです。信仰を失うからなのです。さきほどもこちらへまいります途中、こんなことを考えました。《さて、どんなぐあいに切りだしたものだろう？　あの人たちにせめてすこしでも理解してもらうためには、どんな言葉からはじめたものだろう？》とね。そりゃ私は自分のことも心配でしたが、何よりも心配したのはあなたがたのことでした。おそろしく、おそろしく心配したのですよ！　ところで、私にそんなことを心配する資格があったでしょうか、よくも恥ずかしくなかったものです。ひとりの先覚者にたいして、無数の時代遅れの邪《よこしま》な人間がいるからといって、それがいったいなんでしょう？　いや、それらは無数などと言うべきものではなく、みんな生きた素材なのだと確信したので、私はじつにうれしくてたまらないのです！　われわれは滑稽だからといって、なにもどぎまぎすることはないのです、そうじゃありませんか？　なにしろ、われわれは滑稽で、軽薄で、悪い習慣にそまって、退屈しきって、ものを見ぬくことも理解することもできないんですからねえ。われわれはみんな人間なのですよ、あなたがたも、この私も、世間の人たちも！　ほらこのとおり、私が面とむかって、あなたがたは滑稽ですと言っても、あなたがたは腹をおたてにならないじゃありませんか。そうしてみると、つまり、みなさんはその生きた素材ということではないでしょうか？　ところで、私の考えでは、滑稽な人間に見えるということは、ときにはけっこうなことですよ、いや、むしろいいくらいですよ。なぜなら、そのほうがおたがいに早くゆるしあって、早く仲なおりができますからね。

なにしろ、一度に何もかも理解することはできませんし、またいきなり完全なものからはじめるわけにもいきませんからね！　完全なものに到達するためには、まず多くのものを理解しないということが必要なのです！　あまり早く理解しすぎると、ひょっとして間違った理解をしないともかぎりませんからね。私がこんなことを言うのは、みなさんがじつに多くのものを理解され、また……理解されていないからなのです。私はもうあなたがたのことを心配してはおりません。あなたがたは、こんな青二才がこんなことを言ったからといって、まさか腹なんかおたてにならないでしょうね？　もちろん、そんなことはありませんね！　ああ、あなたがたはご自分を侮辱した者も、またすこしも侮辱しなかった者をも、忘れ去ってゆるすことができるのです。いや、何よりもむずかしいことは、すこしも侮辱しなかった者をゆるすということです。なぜなら、彼らは侮辱しなかったのですから、あなたがたの彼らにたいする不満は、根拠のないものだからです。私が上流のかたがたに期待したのはじつにこのことなのです。私はこちらへ来てからも、それを言おうと思ってあせったのですが、どういうふうに言っていいかわからなかったのです……あなたは笑っていらっしゃいますね、イワン・ペトローヴィチ？　あなたは私があの連中（訳注 庶民のこと）のことを心配し、あの連中の弁護者で、デモクラートで、人間平等のアジテーターだとお思いなのですか？」彼はヒステリックに笑いだした（彼はたえず歓喜にあふれた笑い声をたてるのだった）。「私が心配しているのはあなたがたのことなのです。あなたがたみんなを、われわれ全部のことを心配しているのです。私自身も古い家柄の公爵ですし、いまは多くの公爵がたと席を同じゅうしているのですからねえ。私がこんなことを言うのは、われわれ全部を救おうとしてのことなのです。この階級が、何ひとつさとることなく、あらゆるものを非難し、すべてのものを失って、暗闇《くらやみ》の中へ消えてしまわないためなのです。先見の明ある指導者として、踏みとどまっていられるというのに、なぜ暗闇へ姿を消して、ほかの者に席をゆずる必要があるのでしょう？　先見の明ある者になりましょう、そうすれば、指導者にもなれましょう。指導者となるためには、召使にもなりましょう！」

彼は突発的に肘掛椅子から立ちあがろうとしたが、老人はしだいにつのりゆく不安の念をいだいて彼の顔を見つめながら、たえず相手をおさえつけていた。

「どうぞ聞いてください！　私もおしゃべりするのがよくないことは知っています。むしろいきなり実例を示したほうがいいのです。いきなりはじめたほうがいいのです……私はもうはじめました……それに……それに、はたして不幸に陥るなんてことがありうるものでしょうか？　ああ、もし私に幸福になりうる力があれば、いまの悲しみや災難などはなんでもありません！　私は一本の木のそばを通り過ぎるとき、それを見ることによって、幸福を感じない人の気持がわかりかねます。人と話をしながら、自分はその人を愛しているのだという想《おも》いによって、幸福を感じずにいられるでしょうか！　ああ、私はただうまく表現することができないのですが……すっかり途方にくれてしまった人でさえ、これはすばらしいなと思うような美しいものが、至るところにころがっているではありませんか。赤ん坊をごらんなさい、神々《こうごう》しい朝焼けの色をごらんなさい、育ちゆく一本の草をごらんなさい、あなたがたを見つめ、あなたがたをいつくしむ眼をごらんなさい……」

彼はもうとっくに立ちあがって弁じたてていた。老人もいまはびっくりして彼の顔を見つめていた。リザヴェータ夫人は誰よりもさきに気がついて、「ああ、どうしましょう！」と叫んで手をたたいた。アグラーヤは、急いでそばへ駆け寄って、ようやく両手に彼を抱きとめたが、恐怖にかられ、苦痛に顔をゆがめながら、この不幸な青年を《戦慄《せんりつ》させ奈落《ならく》へ突きおとした悪霊《あくりょう》》の野獣めいた叫び声を耳にしたのであった。病人は絨毯《じゅうたん》の上に横たわっていた。誰かがすばやく彼の頭の下へ枕《まくら》をさしいれてやった。

これは誰も予期しないことであった。十五分ほどたってから、N公爵やエヴゲーニイ・パーヴロヴィチや老人などが、ふたたび夜会に活気をつけようと試みたが、三十分もしないうちに、もう人びとは辞去してしまっていた。いろいろと同情的な言葉や、不平や、二、三の意見などが述べられた。なかでもイワン・ペトローヴィチは『この若者はスーラーヴ主義者か、あるいはそれに類したものでしょうが、しかし、危険なものじゃありませんな』と言ってのけた。老人は何も口に出さなかった。もっとも、あとになってから、その翌日か翌々日ごろ、みんなが少々腹をたてたことは事実である。イワン・ペトローヴィチは侮辱を感じて腹をたてたくらいであったが、それもたいしたことはなかった。長官の将軍はしばらくのあいだイワン・フョードロヴィチにたいして、いくらか冷淡な態度を見せた。この一家の《庇護者《ひごしゃ》》である高官も、一家のあるじにたいしてやはり教訓的な口調で何やらくどくど言ったが、その際アグラーヤの運命についてはとてもとても関心を持っていると、お世辞めいたことを述べたほどである。彼は実際、少々好人物だったのである。夜会のあいだじゅう彼が公爵にたいしていだいていた好奇心の原因の一つは、いつぞやのナスターシャ・フィリポヴナと公爵との一件であった。彼はこの件についてあれこれ聞いており、とても興味をそそられていたので、いろいろとたずねてみようと思ったほどであった。

ベロコンスカヤ夫人は夜会の帰りしなに、リザヴェータ夫人に言った。

「まあ、いいところもあれば、悪いところもあるようだね。でも、わたしの意見が知りたければ、まあ、悪いほうが多いようだね。あんたも自分で見て、どんな人だかおわかりだろうが、あれは病人ですよ！」

リザヴェータ夫人もついに婿《むこ》にするなんて《とてもだめ》ときっぱり心の中で決めてしまった。そして、その晩のうちに、《わたしが生きているうちは、断じて公爵をアグラーヤの夫にするわけにはいかない》と心にかたく誓った。翌朝起きたときには、こう決心していたのである。ところが、その朝十二時すぎに食事の席についたとき、夫人は奇妙な自家撞着《どうちゃく》に陥ったのであった。

姉たちがたずねたある一つの用心ぶかい質問にたいして、アグラーヤが急に冷淡な、しかも横柄《おうへい》な調子で断ち切るように答えたからである。

「あたくしは一度だってあの人と約束なんかしたことありませんわ。これまで一度だって、あの人を未来の夫だなんて思ったことはないわ。あの人は、ほかのすべての人と同じようにまったく路傍の人よ」

リザヴェータ夫人はそれを聞くと急にかっとなった。

「あんたの口から、そんなことを聞こうとは思いませんでしたよ」夫人は悲しそうに言った。「あの人がお婿さんとしてどうにもならないってことは、わたしも承知していますよ。それにいいあんばいに、あんなことになってしまいましたからね、でも、あんたの口からそんな言葉を聞こうとは、思いもかけませんでしたよ。もっと別な言葉を聞けるものと思ってましたよ。わたしはね、ゆうべの連中をみんな追いだしてしまっても、あの人だけは残しておきたい気持ですよ。あの人はそういう人なんですよ！」

そこで夫人は、自分の言葉にわれながらおどろいて、急に言葉を切ってしまった。だが、残念ながら、夫人はそのとき自分が娘にたいしてどんなに不公平であったか、まったく気がつかなかったのである！　アグラーヤの頭の中では、もうすべてのことが決っていたのである。彼女もやはり、すべてのことを解決してくれる最後の時が訪れるのを待ち受けていたのであった。そのために、ちょっとした暗示でも、ちょっとした不注意な言葉でも、彼女の胸をふかくえぐってふかい傷をつけるのであった。

8

その朝は、公爵《こうしゃく》にとっても重苦しい予感にかられたままで明けたのであった。この予感は、彼の病的な状態でも説明できたかもしれないが、彼はあまりにも漠然《ばくぜん》とした憂愁にとらわれていた。それが彼にとって、何よりも苦しかったのである。もちろん、彼の眼の前には、重苦しく毒々しい事実がいくつも厳然として立ちふさがっていたが、しかし彼の憂愁は、彼が想起し想像しうる限度を越えて、はるかにふかく根を張っていた。彼は自分ひとりの力では心をしずめることができないのをさとった。きょうこそ自分の身の上に、万事を決するような、何か異常な事件がおこるにちがいないという期待が、だんだんに彼の心に根をおろしはじめた。昨晩の発作は、彼としては軽いほうであった。いくらか頭の重いのと、手足の痛みと、ヒポコンデリーの症状を除いたら、ほかにこれといって調子の悪いところはなかった。心は病んでいたけれども、頭はかなり明晰《めいせき》に働いていた。彼はかなり遅く眼ざめたが、すぐ昨晩のことをはっきりと思いだした。まったく明瞭《めいりょう》にというわけにはいかなかったが、発作後三十分たって家へ運ばれてきたことまで思いだした。彼はもうエパンチン家から、容態をききに使いが来たことを知った。十一時半に二度目の使いが来た。それが彼にはうれしかった。ヴェーラ・レーベジェワは見舞いかたがた用を足しにやってきた。娘は公爵を見ると、いきなり泣きだしたが、慰められると、今度は笑いだした。彼はこの娘の熱烈な同情につよく感動し、その手を取って接吻《せっぷん》した。ヴェーラはさっと顔を赤らめた。

「まあ、どうなさいましたの、どうなさいましたの！」彼女は急いで自分の手を引いて、びっくりしながら叫んだ。

彼女はまもなく何か妙に当惑しながら出ていった。だが、彼女はその前に、父親がきょうまだ夜の明けきらぬうちに《故人》（レーベジェフは将軍のことをこう呼んでいたのである）のところへ彼が昨夜のうちに亡《な》くならなかったかどうかを知るために駆けつけていったことや、将軍はたぶんもうまもなく亡くなるだろう、という噂《うわさ》などを話していった。十一時すぎ、当のレーベジェフが帰宅して、公爵のもとへ顔を出したが、それは『じつに大切なお体の容態を伺うために』云々《うんぬん》と、ちょっと《戸棚《とだな》》の中を調べるためにやってきたのであった。彼はただああとか、おおとか大げさに溜息《ためいき》をつくばかりだったので、公爵はすぐに彼を部屋から追いだしてしまった。しかし、彼はそれでも、昨夜の発作のことを、あれこれききだそうとした。そのくせ、もうどうやら自分でも詳しいことを承知しているふうであった。彼につづいてコーリャが、やはりほんのちょっと言って駆けつけてきた。少年はまったく急いでいて、激しい暗い不安に襲われていた。彼はみんなが隠している件についてすっかり説明してほしいと、いきなりしつこく公爵に頼みはじめたが、きのうのことはもうほとんどのことを承知していると言った。少年は激しくその心を震撼《しんかん》されたようであった。

公爵は自分にできるだけの同情を示しながら、事実をきわめて正確に述べて、いっさいの事情を説明し、あわれな少年をまるで雷にでも打たれたようにおどろかせたのであった。彼はひとことも口がきけずに、無言のまま泣きだしてしまった。これは少年の胸に永久に影をとどめて、その生涯の転機ともなるべき印象の一つである、と公爵は感じた。彼は急いでこの出来事にたいする自分の意見を伝え、彼の考えでは、ひょっとすると、老将軍の死も主としてあの過失のあとでその胸に残された恐怖の念から生じたものかもしれない、こんなことは誰にでも容易に経験されるべきものではない、とつけくわえたのである。公爵の言葉を聞き終ると、コーリャの眼は輝きだした。

「ガンカも、ワーリャも、プチーツィンも、みんな役だたずの連中ですよ！　ぼくはあんな連中と喧嘩《けんか》しようとは思いませんが、これからはもうぼくらの行くべき道は別々ですよ！　ああ、公爵、ぼくはきのうの一件から、じつにたくさんの新しいことを感じとりましたよ。いい勉強でした！　こうなったら、ぼくはお母さんも自分の肩に背負っていくつもりです。もっとも、いまはワーリャのところで世話になっていますけれど、そんなことはみんな間違っているんです……」

彼は、家の人が待っていることを思いだしてとびあがり、あわてて公爵の容態をたずね、その返事を聞き終ると、ふいにせかせかした口調でつけくわえた。

「ほかに何か変ったことはありませんか？　ぼくはちょっと聞いたんですが、きのう……（いや、ぼくにはそんな権利はありませんね）しかし、もしいつか何かのことで、忠実な召使が必要になりましたら、いまあなたの眼の前に立っている男がお役にたちますからね。どうやらぼくらは二人とも、あまり幸福とは言えないようですね、ねえ、そうじゃありませんか？……でも、ぼくはうるさくはおたずねしませんよ、うるさくはおたずねしませんよ……」

彼は立ちさった。公爵はいっそうふかく考えこんでしまった。みんなが不幸を予言し、みんながもうその結論を下してしまっている。みんなが何か自分の知らないことを知っているような顔つきで自分をながめているのだ。レーベジェフは何か探りだそうとするし、コーリャはあからさまにほのめかすし、ヴェーラは泣きだす始末である。とうとう彼はいまいましそうに手を振った。《呪《のろ》うべき病的な猜疑心《さいぎしん》だ！》と彼は思った。一時すぎに《ほんのちょっと》見舞いにやってきたエパンチン家の人たちを眼にすると、彼の顔はさっと晴れわたった。この人たちは、ほんとうに《ちょっと》のつもりで立ちよったのであった。リザヴェータ夫人は食事のテーブルを立ちあがると、これからすぐみんないっしょに散歩に出かけましょう、と言いだした。この提案はまるで命令のような形で、藪《やぶ》から棒《ぼう》に、なんの説明もなく、出されたのである。みんなは外出した。つまり、夫人と令嬢たちとそれに Щ《シチャー》公爵である。リザヴェータ夫人は、いきなりいつもの散歩とまるで反対の方角をさして歩きだした。みんなは事の真相をさとったが、夫人をいらだたせるのを恐れて、黙っていた。ところが、夫人はみんなの非難や抗議を避けるかのように、先頭に立って、ふりむこうともせずに、どんどん歩いていった。とうとうアデライーダは、散歩なのになにもそんなに駆けだすことはないでしょう、とてもお母さまのあとにはついていかれませんよ、と注意した。

「ねえ、ちょっと」ふいにリザヴェータ夫人はうしろをふりかえった。「ちょうどあの人の家の前へ来ましたね。いくらアグラーヤがなにを考えていようと、あとでまたどんなことがおころうと、あの人はやっぱりわたしたちにとって赤の他人じゃないし、おまけにいまはかわいそうに病気なんだから、せめてわたしだけでも、ちょっとお見舞いに寄っていきますよ。いっしょに来たい人はついていらっしゃい、いやな人はけっこうですよ。道に垣根《かきね》はしてありませんからね」

むろん、みんなは中へはいっていった。公爵は急いでもう一度きのうの花瓶《かびん》の件と……見苦しい振舞いについて、しかるべき詫《わ》びを述べた。

「いえ、あんなことはなんでもありませんよ」リザヴェータ夫人は答えた。「花瓶なんか惜しくはないけれど、気の毒なのはあんたですよ。それじゃ、もうあんたもご自分で見苦しい振舞いだったと気がついているんですね。《何事も翌朝まで待て》というのはこのことですね……でも、そんなことはなんでもありませんよ。あんたを責めることなんかないってことを、もうみんな承知していますからね。それじゃ、いずれまた。でも、元気が出たらすこし散歩して、それから休むといいわ、これがわたしの忠告ですよ。気がむいたら、もとどおりうちへ遊びにいらっしゃい。いいですか、たとえどんなことがおこっても、またどんなことになっても、あんたは永久にうちのお友だちですよ。少なくとも、わたしのお友だちですからね。自分の言葉にたいしてはなんといっても責任が持てますからね……」

みんなは、このいどむような言葉に誘われて、母親と同じ気持であると言った。まもなく一行は帰っていった。その何か元気づけるような、やさしいことを言おうとする、人の好《よ》い性急な行いのなかには苛酷《かこく》なものが多分に潜んでいたが、リザヴェータ夫人もそれには気づいていなかった。『もとどおり』遊びにいらっしゃいとか、『少なくとも、わたしの』とかいう表現のなかにも、また何かしら予言めいたものがひびいていた。公爵はアグラーヤのことを想《おも》いおこした。はいってきたときと別れるときに、彼女がじつにすてきな微笑をもらしたことは事実だが、しかし、みんなが友情を誓ったときでさえ、彼女は二度ばかりじっと彼を見つめはしたが、ついにひとことも口をきかなかったからである。彼女の顔はいつもより蒼白《あおじろ》く、まるで一晩じゅうよく眠らなかったようであった。公爵はさっそく今晩にも《もとどおり》遊びにいこうと心を決めて、熱にでも浮かされたように、時計をながめていた。エパンチン家の人たちが帰ってからちょうど三分たったとき、ヴェーラがはいってきた。

「あの、レフ・ニコラエヴィチ、たったいまアグラーヤ・イワーノヴナから、内証でそっとあなたさまにおことづけがありました」

公爵は思わず身を震わせた。

「手紙ですか？」

「いいえ、おことづけです。それもやっとまにあったくらいですわ。きょうは一日じゅう一歩も外へはお出かけにならないようにって。晩の七時まで、いえ九時までずっと。そこのところはよく聞きわけられませんでしたの」

「ほう……でも、なんだってそんなことを？　それはどういう意味でしょうね？」

「そんなことはあたしもちっとも存じません。ただきっと伝えてくれ、とおっしゃったばかりで」

「じゃ、あの女《ひと》は《きっと》って言ったんですね？」

「いいえ、そうはっきりおっしゃったわけではございません。ちょっとうしろをふりむいて、やっとこれだけおっしゃったんですもの。ちょうどあたしがおそばへ駆け寄っていったので、まにあったのでございますよ。でも、お顔を見ただけできっとかどうかぐらいわかりましたわ。あたしの顔をじっと見つめられたので、思わず胸がしびれたほどでございますもの……」

なおあれこれたずねてみたが、公爵はもうそれ以上何もききだせなかったが、そのかわりかえっていっそう不安にかられてしまった。ひとりきりになると、彼はまたソファに横たわって、物思いにふけりはじめた。《ひょっとすると、九時ごろまで、誰かお客が来るのかもしれない。それであの女《ひと》は、私がまたお客の前で、何かばかなまねをしやしないかと、心配しているのかもしれないな》と彼は考えついた。彼は晩のくるのを待ちかねて、時計ばかりながめていた。ところが、この謎《なぞ》は晩よりもずっと早く、解決がついてしまった。その解決はやはり新しい訪問という形をとってあらわれた。が、その解決ももう一つの悩ましい謎にすぎなかった。エパンチン家の人たちが帰ってからちょうど三十分たったとき、イポリートがやってきた。彼はひどく疲れはてていて、はいってくるといきなりひとことも口をきかずに、まるで意識を失ったもののように、文字どおり肘掛椅子《ひじかけいす》に身を投げだし、そのまま耐えきれぬように咳《せ》きこんでしまった。彼は血を吐くまで咳きこんでしまった。その眼はぎらぎらと輝き、頬《ほお》には赤い斑点《はんてん》がもえていた。公爵は何かつぶやきかけたが、相手は返事もしなかった。そして、長いこと返事もしないで、しばらくこのまま放っておいてくれ、というふうに片手を振るばかりであった。

「ぼくは行きます！」ようやく彼はしゃがれた声で、やっとの思いで言った。

「なんなら、送っていきましょうか」公爵は席を立ちあがりながら言ったが、外へ出てはいけないというさきほどの言いつけを思いだして、ちょっと言葉をつまらした。

イポリートは笑いだした。

「あなたのところから帰ると言ったんじゃありませんよ」彼はたえず息を切らしたり咳きこんだりしながら言葉をつづけた。「それどころか、ぼくは必要があってこちらへ伺ったんですよ、用事がありましてね……でなかったら、なにもお騒がせしなかったでしょうよ。ぼくはあの世へ行くんですよ。それに今度こそまじめな話らしいですよ。一巻の終りですよ！　しかし、なにも同情してもらいたいために言うんじゃありませんよ、いいですか……じつはぼくその時がくるまでは、もう起きないつもりで、きょうは十時から床についたんですが、ふと考えなおして、あなたのところへ来るためにまた起きだしたんですよ……つまり、その必要があったのですよ」

「きみを見ていると、気の毒になってきますね。自分でむりして来られるよりも、ちょっと私を呼んでくれたらよかったのに」

「いや、もうけっこうですよ。ご同情くださいましたね。つまり、もう社交上の礼儀はすんだわけですね……あっ、忘れていました、そういうあなたのご健康はいかがです？」

「私は元気ですよ。昨晩はちょっと……でも、たいしたことありません」

「聞きました、聞きましたよ。中国製の花瓶こそいい災難でしたね。居あわせなかったのが残念ですよ！　ところで用事なんですがね。まず第一に、ぼくはきょうガヴリーラ・アルダリオノヴィチがアグラーヤ・イワーノヴナと緑色のベンチで逢《あ》いびきしているところを拝見する光栄を得ましたよ。人間ってどれほどまでばかげた顔になるものかと、びっくりしてしまいましたよ。ガヴリーラ・アルダリオノヴィチが帰ったあとで、ぼくはそのことをアグラーヤ・イワーノヴナに言ってやりましたよ……でも、あなたはいっこうびっくりなさらないようですね、公爵」彼は公爵の落ちつきすました顔を、いぶかしげにながめながらつけくわえた。「何事にもおどろかないのは、大知のしるしだという話ですが、ぼくの考えでは、それは同じ程度において、大愚のしるしでもあるようですね……もっとも、これはあなたのことをあてこすって言ってるわけじゃありませんよ、いや、失礼……きょうはどうも口のきき方が、うまくいかないんですよ」

「私はもうきのうから知っていましたよ。ガヴリーラ・アルダリオノヴィチが……」公爵は、なぜ相手はびっくりしないのだろうかと、イポリートがじりじりしているにもかかわらず、どぎまぎして言葉をとぎらした。

「ご存じだったんですって！　ほう、こりゃニュースだ！　いや、でも、それは言わないでおいたほうがいいでしょうね……ところで、きょうの逢いびきには立ちあわなかったんですか？」

「私がその場に居あわさなかったのは、ご存じでしょう……もしきみがそこにいたとすれば」

「でも、繁《しげ》みのかげにでも、しゃがんでいらしたかもしれませんからね。でも、まあとにかく、ぼくはあなたのためにうれしいですよ。だって、ぼくはてっきりガヴリーラ・アルダリオノヴィチが——選ばれたな、って思いましたからね！」

「お願いですから、そんなことを私の前で言わないでくださいよ、イポリート、おまけにそんなふうな言い方で」

「何もかもご存じなら、なおさらですね」

「きみは誤解していますよ。私はほとんどなんにも知りませんよ。アグラーヤ・イワーノヴナも、私がなんにも知らないってことを、たしかにご承知のはずですがね。その逢いびきのことだって、てんで知らなかったんですから……きみは逢いびきだったと言いましたね？　いや、けっこうです、じゃ、この話はもうやめましょう……」

「ねえ、いったいどうしたんです、知っていると言ってみたり、知らないと言ってみたり？　あなたは『いや、けっこうです、じゃ、この話はもうやめましょう』と言われましたね？　いや、いけませんね、そんなに人を信じるものじゃありませんよ。ことに、なんにも知らないとおっしゃるならなおさらのことですよ。あなたが人を信じやすいのは、なんにもご存じないからですよ。で、あなたはご存じなんですか、あの二人のあいだに、あの兄と妹とのあいだに、どんな思惑があるのか？　いや、ひょっとすると、それぐらいのことは感づいておいででしょうね？……いや、けっこう、けっこうです、やめておきましょう……」彼は公爵のいらいらした手ぶりに気づいて、つけくわえた。「しかし、ぼくは自分の用事でやってきたのですから、このことを……説明したいんです。ほんとにいまいましいことですが、ぼくはその説明をしないでは、なんとしても死ねないんですよ。いや、ぼくという人間はよく説明をしますね。聞いてくださいますか？」

「話してごらんなさい、お聞きしますよ」

「でも、ぼくはまた考えを変えて、とにかくガーネチカのことから話をはじめましょう。じつはぼくもやはり、きょう緑色のベンチのところへ来るように言われていたのですよ。もっとも、こんなことはほんとうにできないでしょうがね。しかし、ぼくも嘘《うそ》なんかつきたくありません。じつはぼくが自分のほうからお会いしたいとしつこく頼みこんだんですよ。ある秘密を暴露するという約束で。ぼくがあまり早く行きすぎたのかどうか知りませんが（実際、すこし早すぎたようでしたがね）、ぼくがアグラーヤ・イワーノヴナのそばに席を占めると、たちまちガヴリーラ・アルダリオノヴィチとワルワーラ・アルダリオノヴナが手に手を取って、まるで散歩でもしているような体裁《ていさい》であらわれるじゃありませんか。二人ともぼくを見て、ひどくびっくりしたようでしたよ。まったく思いがけなかったので、どぎまぎしたくらいでした。アグラーヤ・イワーノヴナはぱっと顔を赤らめて、これはほんとうになさろうと、なさるまいとご勝手ですが、すこしうろたえたようにさえ見えましたね。ぼくがそこにいたからか、それともガヴリーラ・アルダリオノヴィチの姿を見たからか、そのへんのところはわかりませんがね。なにしろ、彼の押出しは相当なものでしたからね。でも、とにかく、さっと顔を赤らめただけで、たった一秒間で片をつけてしまいましたからね。しかも、おそろしく滑稽《こっけい》なやり方で。あの女《ひと》はちょっと立ちあがって、ガヴリーラ・アルダリオノヴィチの会釈《えしゃく》とワルワーラ・アルダリオノヴナのかすかな微笑に応《こた》えると、急にきっぱりした調子で、『あたくしはただあなたがたの誠意ある友情にたいして、直接お礼を申したいと思いましてね。もしあなたがたの友情を必要とすることがありましたら、そのときはきっと……』と言って会釈したので、二人とも帰っていきましたよ。呆気《あっけ》にとられて帰ったのか、勝ち誇ったような気になってか、それはわかりませんがね。ガーネチカはむろん呆気にとられてでしょうよ。まるでなんだかさっぱりわからないようで、蝦《えび》みたいに真《ま》っ赤《か》になっていましたからね（ときどきあの男はすばらしい表情をすることがありますからね！）。

でも、ワルワーラ・アルダリオノヴナは一刻も早くその場を逃げだそう、いくらアグラーヤ・イワーノヴナでも、これではあまりひどすぎるとさとったらしく、兄貴を引きたてて行っちゃいましたよ。あの女《ひと》は兄貴より利口ですからね。いまごろはきっと大いに気炎をあげていると思いますよ。ところで、ぼくが出かけていったのは、ナスターシヤ・フィリポヴナとの対面をお膳立《ぜんだ》てするために、アグラーヤ・イワーノヴナと相談するためだったのですよ」

「ナスターシャ・フィリポヴナとですって！」公爵は叫んだ。

「ほう！　やっと冷静さを失って、びっくりしだしたようですね？　いや、人間らしくなりたいという気になったのは、何よりですよ。そのかわりに、ひとつあなたを喜ばしてあげましょうか。それにしても、気位の高い若いお嬢さんがたのご機嫌《きげん》をとるのは、なかなかたいへんなことですね。ぼくはきょうあの女《ひと》から平手打ちをちょうだいしましたよ！」

「精……精神的のですか？」公爵はなぜか思わずこんな質問をした。

「ええ、肉体的のじゃありません。ぼくみたいな相手じゃ、だれだって手を振りあげるわけにはいかないでしょうからね。いまじゃ女だってぼくをなぐりゃしませんよ。ガーネチカだってなぐりゃしないでしょうよ！　もっともきのうなんかは、あの男がぼくにとびかかってくるんじゃないかと、ちょっと考えましたがね……ねえ、賭《かけ》をしてもいいですが、あなたがいまどんなことを考えていらっしゃるか、ぼくはちゃんと知ってますよ。あなたは《たとえこの男はなぐる必要がないにしても、そのかわり眠っているところを、枕《まくら》かぬれ雑巾《ぞうきん》で絞め殺すことはできるな、いや、ぜひともそうしなくちゃならんくらいだ》って考えているんでしょう……いまこの瞬間そう考えていらっしゃることが、ちゃんとその顔に書いてありますよ」

「そんなこと一度だって考えたことがありませんよ！」公爵は嫌悪《けんお》の色を浮べて言った。

「どうですかね、ぼくはゆうべ自分がぬれ雑巾で絞め殺される夢を見たんですよ……あるひとりの男にね……ねえ、誰だか言いましょうか、それは誰だと思います――ロゴージンですよ！　どうお思いです、人間はぬれ雑巾で絞め殺せるものでしょうか？」

「知りませんね」

「できるそうですよ。まあ、けっこうです、この話はよしましょう。それじゃ、なんだってぼくがおしゃべり屋なんでしょうねえ？　なんだってあの女《ひと》はきょうぼくのことをおしゃべり屋だなんて悪口をたたいたんでしょうね？　しかもそれが、ぼくの話を最後の一句まで聞いてしまって、あれこれ聞きかえしたりしたあげくのことなんですからねえ……女なんてみんなそんなものなんですね！　だいたい、このぼくがあの女《ひと》のために、ロゴージンと、あのおもしろい男と、連絡をとってあげたんじゃありませんか。あの女《ひと》のために、ナスターシャ・フィリポヴナとの個人的な対面をお膳立てしたんじゃありませんか。それともぼくが、あなたはナスターシャ・フィリポヴナの《お残り》をちょうだいして喜んでいるんですかってほのめかして、あの女《ひと》の自尊心を傷つけてやったからでしょうか？　しかし、ぼくはあの女《ひと》のためを思って、いつもいろんなことを話してあげたんですからね。この事実は否定しませんよ。そういったふうの手紙を二通も書きましたよ。きょうのが三通目で、お逢いしたわけですよ……ぼくはさっき、いの一番に、そんなことをなさるのはあなたの体面にかかわりますよと言ったんです……それに《お残り》という言葉も、じつはぼくが言ったんじゃなくて、よその人の言葉なんです。いや、少なくともガーネチカの家では、みんながそう言ってましたよ。それに、あの女《ひと》だってそれを肯定したんですからね。ねえ、こう考えてくると、ぼくがあの女《ひと》からおしゃべり屋だなんて、言われる筋合いはないじゃありませんか？　なに、わかってますよ、わかってますよ、あなたはいまぼくの顔をながめながら、おかしくてたまらないんでしょう。いや、賭をしてもいいですが、あなたはきっとあのばかばかしい詩を、ぼくに当てはめているんですね。

　されば、わが悲しき落日に、
　愛は別れの笑《え》みもて輝かん
（訳注　プーシキンの詩の一節）

は、は、は！」彼はいきなりヒステリックに声をあげて笑いだし、激しく咳《せ》きこみながら、しゃがれ声を出した。「ガーネチカはなんて男でしょう。あの男は人のことを《お残り》だなんて言いながら、いまじゃ当のご本人がそいつをちょうだいしたくてたまらないんですからねえ！」

公爵は長いこと黙りこくっていた。彼は恐怖にかられていたのである。

「きみはナスターシャ・フィリポヴナとの対面とか言いましたね？」彼はようやくつぶやいた。

「えっ、じゃ、あなたはきょうアグラーヤ・イワーノヴナとナスターシャ・フィリポヴナとの対面があるってことをほんとにご存じなかったんですね。そのためにわざわざナスターシャ・フィリポヴナは、アグラーヤ・イワーノヴナの招きとぼくの骨折りに免じて、ペテルブルグからロゴージンの手を経て呼びだされたんですよ。で、いまはロゴージンといっしょに、このすぐ近くの、以前の家に、自分の……友だちの、あのひどく曖《あい》昧《まい》な奥さんのダリヤ・アレクセーエヴナのところにいるんですよ。で、きょうそこへ、その曖昧なお宅へ、アグラーヤ・イワーノヴナは出向いていくんですよ。ナスターシャ・フィリポヴナと打ちとけた話をして、いろんな問題を解決するために、ですね。まあ、算数の勉強をしたいってわけですよ。ご存じなかったんですか？　ほんとに？」

「そんなはずはありませんね！」

「いや、そんなはずがないっておっしゃるなら、それでもけっこうです。もっとも、あなたに知れるわけがないですからね？　ここでは、蝿《はえ》が一匹飛んできても、すぐみんなに知られてしまうんですよ。そういう土地柄ですからね！　しかし、いずれにしてもぼくは前もってそれをお知らせしたんですから、あなたはぼくに感謝してもいいんですよ。じゃ、いずれまたお目にかかりましょう――今度はたぶんあの世でね。ああ、そうそう、も一つありました。いくらぼくがあなたにへつらったからといって……なんだってぼくは自分の個性を失わなくちゃならないんでしょう、考えてもみてくださいよ！　それがあなたのためにでもなると言うんですか？　だってぼくはあの女《ひと》に《告白》をささげたじゃありませんか（そのことをご存じなかったんですか？）、しかも、それを喜んで受けとってくださったじゃないですか！　へ、へ！　しかし、ぼくはあの女《ひと》にたいして決してへつらったりはしませんでしたよ、あの女《ひと》にたいしては何も悪いことなんかしていませんとも。それなのに、あの女《ひと》はぼくに恥をかかせて、ぼくをこんなことに……もっともぼくはあなたにたいしても、何も悪いことはしていませんよ。たとえ向うでその《お残り》だとか、そんなふうなことをしゃべったとしても、そのかわりぼくは対面の日どりも、時間も、場所も、みんなお知らせして、この芝居のことをすっかりぶちまけてしまったんですからねえ……もっとも、これはむろんいまいましいからで、度量が大きいためじゃありませんがね。じゃ、さようなら、ぼくはまるでどもりか肺病やみのように、まったくおしゃべりですねえ。いいですか、一刻も早くなんとか適当な手段を講ずるんですよ、あなたが人間という名に値するかたならばですね……その対面はきょうの夕方ですよ、これは間違いありません」

イポリートはドアにむかって歩きだしたが、公爵が呼びとめたので、ドアのところで立ちどまった。

「それじゃ、きみの考えでは、きょうアグラーヤ・イワーノヴナはご自分でナスターシャ・フィリポヴナのところへいくんですね？」公爵はたずねた。赤い斑点《はんてん》が彼の頬《ほお》と額にあらわれた。

「正確なところは知りませんが、たぶん、そうでしょうね」イポリートは半ばふりかえりながら答えた。「それに、それよりほかにしかたがないじゃありませんか。ナスターシャ・フィリポヴナがあの女《ひと》のお宅へ行けるわけがないでしょう？　それにガーネチカのところだってだめですからね。あの男の家には、死人同然の人がいるんですからね。ところで、将軍の容態はどうなんです？」

「そのこと一つで判断しても、とてもありうべからざる話ですよ！」公爵は相手の言葉を受けて言った。「いや、かりにあの女《ひと》がご自分から行きたいと思ったにしても、どうやって外出するんです？　きみはご存じないんですよ……あの家庭のしきたりを。あの女《ひと》がひとりで、ナスターシャ・フィリポヴナのところへ出かけるなんてことできませんよ。そんなこと寝言ですよ！」

「じゃ、よく考えてごらんなさい、公爵、誰だって窓からとびおりる人はいませんがね。でも、いったん火事でもおこったら、そのときはきっと第一流の紳士だって、第一流の貴婦人だって、窓からとびおりるにちがいありませんからね。必要となれば、もうしかたがないんですよ。じゃ、あのお嬢さんは、ナスターシャ・フィリポヴナのところだって出かけていきますよ。あのお宅ではどこへも家から出しておやりにならないんですか、あのご令嬢たちを？……」

「いや、私はそんなことを言ってるのじゃありません……」

「そんなことじゃないと言われるなら、あの女《ひと》はただ玄関の階段をおりて、まっすぐ歩いていきさえすりゃいいんですからね。あとはもう家へ帰らなくたっていいんですからね。ときには、自分の船を焼いてしまって、家へ帰らなくてもいい場合だってありますからね。この人生というやつは、なにも朝飯とか、昼飯とか、それに公爵なんてものばかりで成りたっているのじゃありませんからね。どうやら、あなたはアグラーヤ・イワーノヴナをただのお嬢さんか、寄宿女学校の女学生かなにかのように考えていらっしゃるようですね。ぼくはもうそのことをあの女《ひと》にもお話ししたんですが、あの女《ひと》も同感のようでしたよ。じゃ、七時か八時ごろ待っているんですね……ぼくがあなたの立場だったら、あの家へ見張りの者をやって、あの女《ひと》がちょうど玄関の階段をおりる瞬間をつかまえさせますよ。まあ、コーリャでもやるんですね。あの子なら、喜んでスパイをやりますよ。もちろん、あなたのためにですよ……なにしろ、これはみんなあなたに関係があるんですからね……は、は！」

イポリートは出ていってしまった。公爵にとっては、たとえそんなことができるにしても、誰かをスパイにやるなどということはなんの必要もないことであった。ずっと家にいるようにというアグラーヤの言いつけも、いまやほとんど説明されたようなものだった。たぶん、彼女は彼のところへ立ちよるつもりだったのだろう。あるいはまた実際、彼がひょっこりあらわれるのを恐れて、家にじっとすわっているように命令したのかもしれなかった。それもありうることであった。彼は目まいがした。部屋全体がぐるぐるまわるような気がした。彼はソファに横たわって、眼を閉じた。

いずれにしても、これはすべてを決定する重大なことであった。いや、公爵は決してアグラーヤのことをただのお嬢さんだとか、寄宿女学校の女学生だとか、考えたことはなかった。もうずっと前から、何かこんなことをしでかしはしないかと恐れていたことを、いまさらのように感じるのであった。いや、それにしても、なんのために彼女はあの女《ひと》に会いたいのだろう？　悪寒《おかん》が彼の背筋を走った。彼はまた熱病に襲われたのであった。

いや、彼は決して彼女を子供扱いにしたことはなかった！　つい最近、彼はときどき彼女の眼差《まなざ》しや言葉に、思わずぞっとすることがあった。どうかすると、彼女があまりにしっかりしてきて、あまりに自分をおさえすぎるように思われ、そのことにぎょっとしたことがあるのを思いだした。実際、彼はこの数日間ずっと、こんなことを考えまいとつとめ、重苦しい想念を追いはらっていたのであった。それにしても、いったい何があの魂の中に潜んでいるのだろう？　彼はその魂を信じていながらも、もうずっと前からこの疑問に苦しめられていた。ところが、きょうこそこれらの問題が解決され、明るみに出されるのだ。考えるのさえ恐ろしい！　しかも、またしても――《あの女《ひと》》なのだ！　あの女《ひと》がほかならぬ最後の瞬間に姿をあらわして、彼の運命をまるで朽ちた糸屑《いとくず》かなんかのように、引きちぎってしまうのだ――こんな考えがいつも心に浮ぶのはいったいどうしてだろう？　彼は半ば人事不省の状態にあったけれども、こうした考えがいつも心に浮んでいたのは、誓ってもいいくらい確実なことだった。最近の彼があの女のことを忘れようとつとめたとしたら、それはただあの女《ひと》を恐れていたからにほかならないのだ。結局のところ、自分はあの女《ひと》を愛していたのだろうか、それとも憎んでいたのだろうか？　彼はこんな質問をきょうは一度も、自分に発したことがなかった。その点については、彼の心は澄んでいた。彼は自分が誰を愛しているか、ちゃんと知っていたからである……彼が恐れていたのは、二人の女の対面のことでも、その対面の奇怪な点でも、自分にもよくわからぬその対面の原因でも、またたとえどうなろうともその結果でも、なかった。――彼はナスターシャ・フィリポヴナその人を恐れていたのであった。この悩ましい数時間のあいだ、ほとんど絶え間なく、彼女の瞳《ひとみ》が、その眼差しがちらつき、彼女の言葉が、何かしら奇妙な言葉が耳に聞えていたのを、もうずっとあとになってから、数日もたってから、彼は思いだしたのである。もっとも、熱に浮かされたような、もの悲しい幾時間かが過ぎると、それはほとんど彼の記憶には残っていなかった。たとえば、彼はヴェーラが食事を運んできたことも、その食事を食べたことも思いだしたが、食事のあとで眠ったかどうかははっきり覚えていなかった。その晩、彼がはっきりと明瞭《めいりょう》にすべてを区別することができるようになったのは、アグラーヤがいきなり彼の住まいのテラスへあがってきたその瞬間からで、それだけはわかっていた。そのとき彼はソファからとびあがって、出迎えのため部屋の真ん中へ歩み出たが、それは七時十五分すぎであった。アグラーヤはたったひとりきりで、飾り気のない服を手早く身につけてきたというふうで、フードのついた外套《がいとう》を着ていた。その顔はさきほどと同じように蒼白《あおじろ》かったが、その眼は明るいかわいた光に輝いていた。彼女がこんな眼つきをしているのを、彼はいままで一度も見たことがなかった。彼女は注意ぶかく彼の様子をながめていた。

「あなたはすっかりお支度《したく》ができていますのね」彼女は小声で落ちつきはらった調子で

言った。

「服も着ていらっしゃるし、帽子まで手にお持ちになって。じゃ、誰かが知らせたんですね。それが誰だかあたくし知ってますわ、イポリートでしょう?」

「ええ、あの人の話では……」公爵は半ば死人のような面持でつぶやいた。

「では、まいりましょう。あなたがぜひともついていらっしゃらなくちゃならないことはご存じですね。外出なさるくらいのご気力はおありのようですわね?」

「気力ならあります、でも……そんなことがあってもいいのでしょうか?」

彼は一瞬、それだけ言って言葉を切ったが、もうそれ以上はひとことも口をきくことができなかった。それが狂気につかれた娘を引きとめようとする、彼の唯一《ゆいいつ》の試みであった。やがて彼は奴隷《どれい》のように彼女のあとについて歩きだした。彼の考えは混乱しきっていたが、たとえ自分が行かなくても、彼女が間違いなくそこへ、出かけていくにちがいないことを彼は承知していた。もしそうだとすれば、いずれにしてもいっしょについていかなければならないのだ。彼女の決心がいかに強いかを彼は見ぬいていた。彼にもこのもの狂おしい衝動をとめることはできなかった。二人は黙りがちで、途中ほとんどひとことも口をきかずに歩いていった。彼はただ、彼女がよく道筋を知っているのに気づいた。彼が人通りの少ない道を選んで、横町を一つだけ遠まわりしようと思って、その旨《むね》を彼女にすすめたとき、彼女は一心に注意力を集中させて相手の話を聞き終ると、吐きだすような調子で、「どっちみちおんなじですわ！」と答えたものである。二人がダリヤ・アレクセーエヴナの家（大きな古い木造の家）のすぐそばまで来たとき、玄関口の階段から、ひとりのけばけばしい身装《みな》りの婦人が、若い娘を連れておりてきた。二人は、下に待たせてあった豪華な幌馬車《ほろばしゃ》に乗りこんで、大声で笑ったり話したりしていたので、近づいてくる二人には気づかないようで、一度も眼をくれなかった。馬車が出ていくと、すぐまたドアがあいて、待ちかまえていたロゴージンが、公爵とアグラーヤを中へ通して、すぐドアをしめてしまった。

「いまこの家にはおれたち四人のほかには、誰もいないからな」彼は声をたてて言うと、妙な眼つきで公爵の顔をちらっと見た。

すぐつぎの間で、これもごく地味な黒ずくめの服を着たナスターシャ・フィリポヴナも待っていた。彼女は出迎えのために立ちあがったが、微笑も浮べず、公爵にさえ手をさしだそうともしなかった。

彼女のにらみつけるような落ちつきのない眼差しは、いらだたしそうにアグラーヤの上にそそがれた。二人の女性はすこし離れあって、アグラーヤは部屋の片隅《かたすみ》のソファに、ナスターシャ・フィリポヴナは窓のそばに席を占めた。公爵とロゴージンはすわらなかった。二人はすわれとも言われなかったのである。公爵はけげんそうに、また痛々しそうな眼つきで、ふたたびロゴージンを見やった。だが、相手はやはり相変らず例の薄笑いを浮べていた。沈黙はさらに数秒間つづいた。

何か無気味な感じが、ついにナスターシャ・フィリポヴナの顔をさっと走った。その眼差しは執拗《しつよう》な断固たる決意にあふれ、ほとんど憎悪《ぞうお》の色さえ浮べてきたが、瞬時も客の顔から離れようとしなかった。アグラーヤはいくらかどぎまぎしたらしかったが、怖《お》気《け》づいた様子はなかった。部屋へ通ったときに、ちょっとその競争相手《ライバル》の顔に視線を投げたばかりで、いまは何か物思いにでもふけっているように、じっと伏し目になってすわっていた。二度ばかり彼女はなんということもなく部屋の中を見まわしたが、まるでこんなところにいて身がけがれるのを恐れるかのように、嫌悪の色がその顔に浮んだ。彼女は機械的に自分の服をなおしたり、一度などは不安そうにソファの片隅へ身を移したほどであった。しかし、そうした動作も、自分ではほとんど意識していないようであった。ところが、この無意識ということが、なおいっそう相手を侮辱するのだった。ついに彼女はナスターシャ・フィリポヴナの眼を、まともにしっかりと見つめた。そしてその瞬間、相手の怨《うら》みにもえた眼差しのなかに輝いているものを、何もかもはっきりと読みとったのである。女が女を理解したのである。アグラーヤはぎくりと身を震わせた。

「むろんあなたはご存じでしょうね、なんのためにあたくしがあなたをお招きしたか」とうとう彼女は口を開いたが、それはおそろしく小声で、しかもこんな短い文句のなかで二度までも言葉を切ったほどであった。

「いいえ、なんにも知りませんわ」ナスターシャ・フィリポヴナは無愛想な断ち切るような口調で答えた。

アグラーヤはさっと顔を赤らめた。たぶん彼女はいま自分が《この女》の家で、この女と対面して、相手の返事を求めているということが、おそろしく奇妙な、ありうべからざることのようにふと思われたのであろう。ナスターシャ・フィリポヴナの声の最初のひびきを耳にしたとたん、戦慄《せんりつ》に似たものが彼女の体を走った。こうしたことをすべて《この女》はもちろんちゃんと気づいたのである。

「あなたは何もかもご承知のくせに……わざとわからないふりをしていらっしゃいますのね」アグラーヤは気むずかしそうに床を見つめながら、ほとんどささやくように言った。

「そんなことをしていったいなんになりますの？」ナスターシャ・フィリポヴナはかすかにほほえんだ。

「あなたは、あたくしの立場を利用なさろうとされているんですわ……あたくしがあなたのお宅にいるもんですから」アグラーヤは滑稽《こっけい》なほどぎごちなく言葉をつづけた。

「そんな立場になったのはご自分が悪いからで、あたしのせいではありませんわ！」急にナスターシャ・フィリポヴナはかっとなった。「あたしがあなたをお招きしたのじゃなくて、あなたがあたしを招いてくださったんですからね。もっとも、なんのためやら、いまもってわかりませんけれどね」

アグラーヤは傲然《ごうぜん》と頭をあげた。

「言葉をお慎みになって。あたくしはあなたのそんな武器を相手に、あなたと闘うためにまいったのじゃありませんから……」

「まあ！　それじゃ、あなたはやっぱり《闘う》ためにいらしたんですのね？　まあ、どうでしょう、あなたってかたは……もうすこしお利口なかたかと思ってましたのに……」

二人はもう憎悪の念を隠そうともしないで、おたがいににらみあっていた。この二人の女性のうちのひとりは、つい最近まで、もうひとりにあのような手紙を書いていた当人なのである。ところが、はじめて対面し、口をきくやいなや、何もかもいっさいが霧のように散り失《う》せてしまった。いったいどうしたというのか？　その瞬間、その部屋に居あわせた四人のうち誰ひとりとして、そうしたことを不思議とも思わない様子であった。ついきのうまで、そんなことは夢にも考えられないと信じていた公爵までが、いまではもうずっと前からそれを予感していたというように、ぼんやり突ったったまま、二人の顔を見くらべて、その言葉を聞いていた。じつに奇怪きわまる夢がいまや思いがけなく、きわめてはっきりした形をとって、現実と化したのであった。その瞬間、二人の女性のうちのひとりは、相手を極度に軽侮して、それを口に出して言ってやりたくてたまらなかったので(ひょっとすると、その翌日ロゴージンが言ったように、ただそのことのためにやってきたのかもしれなかった)、どんなにその相手がとっぴな女であっても、頭は乱れ、心が痛んでいたので、たとえ前からそのつもりで心構えをしてきたとしても、その競争者の敵意にみちた純然たる女性的な侮蔑《ぶべつ》に、立ちむかうことはできないように思われた。公爵はナスターシャ・フィリポヴナが自分のほうから、あの手紙のことを口に出す気づかいはないと確信していた。いまやあの手紙が彼女にとってどんなに高価なものであったか、彼はそのぎらぎら輝く眼つきから推察したのである。アグラーヤもまた、いまあの手紙のことを口に出さないようにするために、彼は命の半分を投げだしても惜しくはなかった。

しかし、アグラーヤは急にしっかりして、一気に自分を取りもどした。

「それはあなたの誤解ですわ」彼女は言った。「あたくしはあなたと……喧嘩《けんか》をしにきたのじゃありません。もっとも、あたくしはあなたが好きじゃありませんけど。あたくしが……あたくしがここへまいりましたのは……人間らしいお話をするためですわ。あなたをお招きしたとき、あたくしはもうお話をすることを、すっかり心に決めていたのです。ですから、たとえあなたがあたくしの真意をまったくおわかりにならなくても、その決心をひるがえすようなことはいたしません。そんなことをなされば、都合の悪くなるのはあなたばかりで、あたくしじゃありませんから。あたくしは、あなたのお書きになったことにご返事をしよう、直接お目にかかってご返事をしようと思っていたのです。なぜって、そのほうが都合がいいように思われましたからね。あなたのお手紙にたいするあたくしのご返事をお聞きください。あたくしは、はじめてレフ・ニコラエヴィチ公爵とお近づきになったその日から、またあなたのお宅での夜会でおこった事件をあとで聞いたそのときから、公爵がお気の毒になったのです。なぜお気の毒になったかというと、公爵がじつに純朴なかたなので、その純朴さのあまり……あのような性格の……ご婦人といっしょになって、幸福になれるものと信じておしまいになったからなのです。あたくしがあのかたのために心配していたことが事実となってあらわれました。あなたはあのかたを愛することができなくて、さんざん苦しめぬいたあげくに、捨てておしまいになったのです。あなたがあのかたを愛することができなかったのは、あまりに高慢だからなのです……いいえ、高慢だからではありません、言いまちがいました。あなたの虚栄心が強いからです。いえ、それでもまだちがっています。あなたは……正気の沙汰《さた》とは言えないほど、利己心が強いからです。あたくしにくださった手紙がそれを証拠だてています。あなたはあのかたを、あんな純朴なかたを愛することができなかったばかりか、ひょっとすると、心の中であのかたを軽蔑《けいべつ》して笑っていらしたのかもしれません。あなたはただご自分の汚辱だけしか愛することができなかったのです。自分はけがされている、自分は辱《はずか》しめられている、という考えだけしか、愛することができなかったからです。もしあなたの汚辱がもっと小さなものか、あるいは全然なかったとすれば、あなたはもっと不幸だったにちがいありません……」（アグラーヤは、あまりにもすらすらと口をついて出るこれらの言葉を、さも気持よさそうにまくしたてた。これらの言葉はもうずっと前から、いまの対面をまだ夢にも想像しなかったころから、すでに用意され、考えぬかれていたのであった。彼女は敵意にみちた眼差《まなざ》しで、興奮にゆがんだナスターシャ・フィリポヴナの顔の上に自分の言葉の効果を追い求めていた）「あなたは覚えていらっしゃるでしょうが」彼女は言葉をつづけた。「そのころ、あのかたはあたくしに手紙をくださったのです。あのかたのお話では、あなたはその手紙のことをご存じだそうですね、いえ、それどころか、お読みになったことさえあるそうですわね？　その手紙で、あたくしはすっかり事情をさとったのです。正確にさとったのです。つい先ごろ、あのかたはご自身で、それを確かめてくださいました。つまり、あたくしがいまあなたに申しあげていることをそっくり、ひとことひとことまで、そっくりそのままと言ってもいいくらいですの。その手紙をいただいてから、あたくしは待っていたのです。つまり、あなたはきっとこちらへいらっしゃるにちがいない、と見ぬいたのです。だって、あなたはペテルブルグなしではいられない人ですものね。あなたは田舎《いなか》で暮すにはまだあまりに若くて、おきれいなんですもの……もっとも、これもやはりあたくしの言った言葉ではありませんのよ」彼女はおそろしく顔を赤らめて、つけくわえた。この瞬間から最後の言葉が切れるまで、この紅《くれない》は彼女の顔から去らなかった。

「それから、ふたたび公爵にお目にかかったとき、あたくしはあのかたのことがひどく痛々しく腹だたしくなったのです。どうか笑わないでください。あなたがお笑いになれば、あなたにはそれを理解する資格がない、ということになりますのよ……」

「ごらんのとおり、あたしは笑ってなどおりませんよ」ナスターシャ・フィリポヴナは沈んだきびしい声で言った。

「もっとも、あたくしにはどっちみち同じことですけれど。どうぞご勝手に、お笑いください。あたくしが自分からあのかたにいろいろおたずねするようになってから、あのかたはこうおっしゃいましたわ。自分はもうずっと前からあの女《ひと》を愛してはいない。あの女《ひと》のことを思いだすのさえ、苦しいくらいだが、ただ自分はあの女《ひと》がかわいそうなのだ。あの女《ひと》のことを思いだすと、まるで心臓を《永遠に突き刺された》ような気がする、ですって。ところで、あたくしはあなたにもう一つ申しあげなくちゃなりません。それはあたくしは、高潔な純朴さと、他人にたいする無限の信頼という点で、あのかたに匹敵するような人を、生れてからまだ一度も見たことがありません。あたくしはあのかたのお話を聞いたあとで、それをさとったのです。どんな人でもその気にさえなれば、難なくあのかたをだますことができますし、あのかたはその相手が誰であろうと、あとでみんなゆるしておしまいになるのです。あたくしがあのかたを愛するようになったのは、ほかならぬそのためなのです……」

アグラーヤはこんな言葉を自分が口にすることができるなどとは、自分でも信じかねるように、われながらびっくりしながら、一瞬その言葉をとぎらせた。が、それと同時に、ほとんど量り知れない誇りが、その眼差しに輝きだした。もうこうなったら最後、彼女がつい口をすべらせたいまの告白を、《この女》が笑おうと笑うまいと、どっちみち同じことだ、と言わんばかりの様子であった。

「あたくしはあなたに何もかもすっかり申しあげました。ですから、もちろん、あなたはあたくしの希望がなんであるか、おわかりになったでしょうね？」

「たぶん、わかったと思います。でも、ご自身で言ってごらんなさい」ナスターシャ・フィリポヴナは小声で答えた。

憤怒《ふんぬ》の色がアグラーヤの顔にもえたった。

「あたくしはあなたからお聞きしたかったのです」彼女はしっかりした声で一語一語はっきりと言った。「あなたにいったいどんな権利があって、あたくしにたいするあのかたの感情に干渉なさるのです？　いったいどんな権利があって、厚かましくもあたくしに手紙などお書きになったのです？　いったいどんな権利があって、あなたはあのかたを愛しているってことを、あのかたやこのあたくしにしょっちゅう言明なさるのです？だって、あなたはご自分であのかたを捨てて、あんなひどい侮辱と……汚名を浴びせて、逃げだしたんじゃありませんか！」

「あたしはあの人を愛しているなんて、あの人にもあなたにも言明したことなどありません」ナスターシャ・フィリポヴナはやっとのことで言った。「でも、あたしがあの人のところから逃げだしたというのは、あなたのおっしゃるとおりですわ……」彼女はやっと聞えるぐらいの声でつけくわえた。

「まあ、《あのかたにもあたくしにも》言明したことなんかないんですって？」アグラーヤは叫んだ。「それじゃ、あなたのあの手紙はなんですの？　いったい誰があたくしたちの仲を取りもって、あのかたと結婚するようにあたくしにすすめるようあなたに頼んだのです？　これでも言明じゃないんですか？　なんのためにあたくしたちにしつこくせがむのです？　はじめのうち、あたくしはかえって、あなたはあたくしたちのあいだに割りこむことによって、あたくしの胸にあのかたにたいする嫌悪《けんお》の情を蒔《ま》いて、あのかたを捨てさせようとしむけたのではないか、と考えたのです。ところが、あとになって、やっとそのわけがわかりました。あなたはそんなもったいぶったやり口でもって、何かたいした手柄でもたてたような気がしたんでしょうね……そんなにもご自分の虚栄心を愛していらっしゃるあなたに、あのかたを愛することができまして？　あんなばかばかしい手紙をあたくしに書くかわりに、なぜきれいさっぱりここを発《た》ってしまわなかったのです？　またあんなにまであなたを愛して、求婚することによってあなたに名誉を与えたりっぱな青年と、なぜ結婚なさらないのです？　いえ、その理由はあまりにははっきりしていますわ。ロゴージンと結婚すれば、汚辱などはすこしも残らないからです。かえってあまりに大きな名誉を受けすぎるくらいですからね！　あなたのことをエヴゲーニイ・パーヴルイチが言ってましたが、あなたはあまりたくさん詩を読みすぎたものだから、《あなたのような……境遇にしてはあまりにも教養がありすぎる》、あなたは小説に出てくるような女で、白い手の有閑婦人ですって。それにあなたの虚栄心を加えると、これで理由がすっかりそろうわけですわね……」

「じゃ、あなたは白い手の有閑婦人ではないんですの？」

事はあまりにも急激に、あまりにも露骨に、このような思いがけない点にまでいってしまった。それがじつに思いがけなかったというのは、ナスターシャ・フィリポヴナがこのパーヴロフスクへ来る途中、むろん、いいことよりむしろ悪いことを予想はしていたものの、それでもまだ何か、別なことを想像していたからであった。一方アグラーヤは、一瞬にしてもう憤怒の虜《とりこ》となって、まるで坂からころがり落ちるように、恐ろしい復讐《ふくしゅう》の快感の前にみずからを制することができなかったのである。このようなアグラーヤを見ることは、ナスターシャ・フィリポヴナにとってむしろ不思議なくらいであった。彼女は相手を見つめながらも、自分の眼が信じられぬようであった。最初の瞬間、彼女はすっかりわれを忘れていた。彼女は、エヴゲーニイ・パーヴロヴィチが想像したように、ひょっとすると、たくさんの詩を読んだ女かもしれない、またあるいは公爵が信じているように、ただの気ちがいかもしれなかった。しかし、いずれにしても、この女は、ときとすると、あのような皮肉で不敵な態度をとることもあったが――実際においては人びとが想像するよりも、はるかにはにかみやで、やさしい、人を信じやすいたちだったのである。もちろん、彼女のなかには小説的な、夢のような、自分の中に閉じこもったような、とっぴな点が多分にあったが、しかし、そのかわりに、力強いふかいところもずいぶんあったのである……。公爵はそれを理解していた。苦痛の色が彼の顔に浮んだ。アグラーヤはそれに気づいて、憎悪の念に身を震わせた。

「まあ、よくもあたくしにむかってそんな口がきけますわね！」彼女はなんとも言えぬ傲慢《ごうまん》な態度で、ナスターシャ・フィリポヴナの言葉に答えた。

「きっと聞き間違いをなさいましたのね？」ナスターシャ・フィリポヴナはおどろいて言った。「あたしがあなたにどんな口をききまして？」

「あなたがけがれのない女になりたかったら、なぜあのときご自分の誘惑者を、トーツキイをあっさりと……捨てておしまいにならなかったんです、芝居めいたまねなんかなさらないで」突然アグラーヤは藪《やぶ》から棒《ぼう》に言った。

「そんな失礼な言葉を口になさるについて、あなたはどれだけあたしの境遇を知っていらっしゃるんです？」ナスターシャ・フィリポヴナはおそろしく蒼《あお》ざめて、身を震わせた。

「あなたが働きに出ないで、堕落した天使気どりで、金持のロゴージンと逃げだしたことを知ってますわ。トーツキイがその堕落した天使のために、ピストル自殺をしかけたと聞いても、べつにおどろきませんよ!」

「おやめなさい!」ナスターシャ・フィリポヴナは痛みをこらえるように、嫌悪の色を浮べながら、言った。「あなたはまるで……ついさきごろ自分の許婚《いいなずけ》といっしょに治安判事の判決を受けた、あのダリヤ・アレクセーエヴナの小間使と同じような眼であたしをながめているんですのね。いいえ、あの小間使のほうがまだよく物事がわかっていましたわ……」

「それはきっと潔白な娘さんで、自分の労働で暮しているんでしょうよ。なんだってあなたは小間使にたいしてそんな軽蔑した態度をおとりになるんです?」

「あたしはなにも労働にたいして軽蔑の態度をとっているのじゃなくて、労働を口になさるあなたを軽蔑しているんですのよ」

「あたくしは潔白な女になりたかったら、洗濯女にでもなりますわ」

二人は立ちあがって、真《ま》っ蒼《さお》な顔をしながら、おたがいににらみあっていた。

「アグラーヤ、およしなさい! そんなことは不公平ですよ」公爵は途方にくれたもののように叫んだ。ロゴージンはもう笑うのをやめて、唇《くちびる》を食いしばったまま、腕を組んでじっと耳を傾けていた。

「ねえ、このかたをごらんなさいな」ナスターシャ・フィリポヴナは憤怒のために身を震わせながら、言った。「このお嬢さんを！　あたしまでがこの女《ひと》を天使とあがめていたんですからねえ！　ねえ、あなたは家庭教師《せんせい》を連れないで、あたしのところへいらしたんですか、アグラーヤ・イワーノヴナ？……お望みなら……もしお望みならあたしいますぐ、ざっくばらんに申しあげますわ、なぜあなたはあたしのところへいらしたのか、って？　怖気《おじけ》づいたんですのね、それでいらしたんですよ」

「あたくしがあなたに怖気づいたんですって？」アグラーヤは、この女がよくも自分にむかってそんな口がきけたものだという、子供っぽい傍若無人《ぼうじゃくぶじん》なおどろきに、われを忘れてたずねた。

「もちろん、あたしにですわ！　あたしのところへ来ようと決心されたからには、あたしを恐れていらっしゃるんですわ。恐れている人のことは軽蔑しないものですわ。でも、どうでしょう、あたしたったいままで、あなたを尊敬していたんですからねえ！　ところで、なぜあなたがあたしを恐れていらっしゃるのか、またあなたのおもな目的がどんなところにあるか、ご自分ではご存じですの？　あなたはご自分ではっきり確かめたかったんですのね、このかたがあたしをあなたより余計に愛していらっしゃるかどうか、ってことを。だって、あなたはおそろしくやきもちを焼いてるんですからねえ……」

「あのかたは、あなたを憎んでいるって、あたくしに言いましたのよ……」アグラーヤはやっとの思いでもぐもぐと言った。

「たぶんね、たぶんそうかもしれませんね。あたしにはこの人に愛される値打ちがありませんもの。ただ……ただ、あなたは嘘《うそ》をおつきになりましたわね？　この人はあたしを憎むことなんかできません、そんなことを言えるはずがありません！　もっとも、あたしはあなたをゆるしてあげるつもりです……あなたの立場を考えましてね……ただいずれにしても、あたしはあなたのことをもっとよく思っていましたの、もっとお利口で、ご器量だってもうすこしいいだろうと思ってましたのよ、ほんとに！……さあ、あなたのお宝を持っていらっしゃい……ほら、ごらんなさい、この人はあなたをじっと見つめたまま、正気になれないんですよ。さあ、引きとってください。でも条件つきですよ、たったいまどこへなりと出ていってください！　さあ、いますぐに！」

彼女は肘掛椅子《ひじかけいす》に倒れて、どっと泣きだした。が、ふいに何かしら新しいものが、その眼の中に輝きだした。彼女はじっとしつこくアグラーヤをながめていたが、ふと席を立った。

「でも、お望みなら、あたしいますぐにも……めい、れい、するわよ、よくって？　ただこの人に命令するのよ。そうしたら、この人はさっそくあんたを捨てて、永久にあたしのそばに残って、あたしと結婚してよ。そしたら、あんたはひとりで家へ走って帰るに叫んだ。たぶん、自分でもこんな言葉を口にしようとは、ほとんど信じていなかったであろう。アグラーヤはおびえてドアのほうへ駆けだそうとしたが、まるで釘《くぎ》づけにされたように、ドアのそばに立ちどまって、耳を傾けていた。

「お望みなら、あたしはロゴージンを追いだしますわ！　いったいあんたは、あたしがあんたを喜ばすために、ロゴージンと結婚したとでも思ったの？　さあ、あたしはいますぐあんたの眼の前でこうどなってやるわ、『出ていけ、ロゴージン！』って。そして公爵には『あんたはあたしに約束したことを覚えてて？』って、言ってやるわ。ああ！　なんだってあたしはこんな人たちの前で、あんなに自分を卑下したんでしょうね？　ねえ、それに、あれはあんたじゃなかったの？　あたしの身の上にどんなことがおこっても、かならずあたしのあとへついてくる、決してあたしを捨てやしない、って説得したのは。あんたはあたしを愛して、あたしのすることはなんでもゆるしてくださる、そしてあたしを、尊……尊敬……。ええ、そうですよ、あんたがそう言ったのよ！　それなのに、あたしはただあんたを自由にしてあげたいばかりに、あんたのそばから逃げだしたんだわ。でも、今度はもういや！　なんだってこの娘はあたしを不身持ちな女かなんぞのように扱ったんだろう？　あたしが不身持ちな女かどうか、ロゴージンにきいてごらんよ、この男があんたに説明してくれるから！　ところが、いまこの娘が、こともあろうにあんたの眼の前であたしの顔に泥を塗ったのに、あんたまでがあたしに背をむけて、この娘の手を引いて帰るつもりかい？　もしそんなことになったら、あたしがあんたひとりだけを信じていた義理でも、あんたは呪《のろ》われるがいいわ。さあ、出ていけ、ロゴージン、あんたなんかに用はないわ！」彼女は顔をゆがめ、唇をからからにかわかして、やっと胸の底から絞りだすようにしながら、ほとんど前後を忘れて叫んだ。どうやら、彼女はこのような自分のから威張りを、露ほども信じてはいないらしく、またそれと同時にせめて一秒間でもこの瞬間をのばし、自分を欺《あざむ》いていたいと望んでいるようであった。その興奮ぶりがあまりにも激しいものだったので、そのまま死んでしまうのではないかと、思われるほどであった。少なくとも公爵にはそう感じられた。「ねえ、ごらんなさい、あの人はここにいますわ！」ついに彼女は公爵を手でさし示しながら、アグラーヤにむかって叫んだ。「もしこの人がいますぐあたしのそばへ寄ってきて、あたしの手を取らなかったら、そしてあんたを捨てなかったら、そのときはあんたは勝手にこの人をお取んなさい、譲ってあげるわ、そんな人には用はないからね……」

彼女もアグラーヤも、何か待ち受けるように立ちどまって、二人ともまるで気ちがいのように公爵の顔をじっと見つめていた。だが、ひょっとすると、彼にはこのいどむような言葉がどんな力を持っているのか、よくわからなかったのかもしれない。いや、たしかにそうと断定してもいいくらいであった。彼はただ自分の眼の前に絶望的なもの狂おしい顔を見たばかりであった。それはかつて彼がアグラーヤに口走ったように、一目見ただけで《永遠に胸を突き刺された》ような気持になる顔であった。彼はもうそれ以上耐えることができなかった、哀願と非難の色を浮べて、ナスターシャ・フィリポヴナを指さしながら、アグラーヤにむかって言った。

「ああ、こんなことがありうるでしょうか！　だって、この女《ひと》は……じつに不幸な女《ひと》じゃありませんか！」

しかし、アグラーヤのものすごい視線に、射すくめられて、彼に言うことができたのは、ただこれだけであった。その眼差《まなざ》しにはじつに多くの苦痛の色と、それと同時に無限の憎悪《ぞうお》の色があふれていたので、彼は思わず両手を拍《う》って、叫び声をあげながら、彼女のほうへ飛んでいった。だが、もう手遅れだった。彼女にはたとえ一瞬間でも、彼の逡巡《しゅんじゅん》が耐えられなかった。両手で顔をおおいながら、『ああ、どうしよう』と叫ぶや、いきなり部屋からとびだしてしまった。彼女のあとを追って、ロゴージンが往来へ出る扉《とびら》のかんぬきをはずすために駆けだしていった。

公爵も駆けだしたが、敷居のところで誰かの両手に抱きすくめられてしまった。ナスターシャ・フィリポヴナの打ちひしがれてゆがんだ顔が、じっと彼の顔を見つめていた。そして、紫色になった唇が動いて、たずねた。

「あの娘をとるの？　あの娘をとるの？」

彼女は意識を失って、彼の手の中に倒れた。彼は相手を抱きおこして、部屋の中へ運び入れ、肘掛椅子の上へ寝かしつけ、淡い期待をいだきながら、その上に身をかがめて立っていた。小さなテーブルの上には、水のはいったコップが置いてあった。やがて引きかえしてきたロゴージンはそれを取って、彼女の顔の上にさっとふりかけた。彼女は眼をあけたが、一分間ばかりは何もわからなかった。が、ふいにあたりを見まわすと、ぎくりと身を震わせて、叫び声をあげて公爵に身を投げだした。

「あたしのものよ！　あたしのものよ」彼女は叫んだ。「あのお高くとまったお嬢さんは行ってしまったの？　は、は、は！」彼女はヒステリックに笑い声をたてた。「は、は、は！　もうすこしのところでこの人をあのお嬢さんに渡すところだったわ！　でも、なんだって？　なんのために？　ふん、気ちがいだよ！　気ちがいだよ！……さっさと出ておゆき、ロゴージン、は、は、は！」

ロゴージンはじっと二人をながめていたが、ひとことも言わずに帽子を取ると、出ていってしまった。十分後には、公爵はナスターシャ・フィリポヴナのそばにすわって、片時も眼を放さずに彼女の顔を見つめながら、まるで小さな子供をあやすように、両手で彼女の頭や顔をなでさすっていた。彼は相手の笑いに応じて笑い、その涙に応じて泣かんばかりであった。彼はひとことも口をきかなかったが、相手の突発的な、歓喜にもえた、とりとめのない片言に、じっと耳を傾けていた。彼はほとんど何も意味がわからなかったけれども、ただ静かにほほえんでいた。そして、彼女がちょっとでも寂しがったり、泣いたり、とがめたり、訴えたりしはじめると、すぐさままるで子供をあやすように、その頭をなでたり、両手で頬《ほお》をさすったりしはじめるのであった。

9

前の章で物語った出来事から二週間たった。そして、この物語の登場人物の境遇もいちじるしく変ったので、ここで特別な説明を加えずに先にすすむのは、きわめて困難である。しかし、それと同時に、なるべく特別な説明をぬきにして、単なる事実の記述にとどめる必要を感じている。しかも、その理由はきわめて簡単である。つまり、作者自身が事件の説明に苦しむ場合が多いからである。作者の立場として、こんな予告を言うのは、読者にとってきわめて奇怪な納得のいかぬことに思われるにちがいない。はっきりした観念も独自の意見もないことを、どうやって他人に物語ることができよう？　いや、これより以上まずい立場に立たないために、むしろ実例について説明することにつとめよう。そうすれば、好意ある読者は、その困惑がいかなるものであるかをさとってくれるかもしれないからである。まして、この実例というのが横道にそれるものではなく、かえってこの物語の続きとなっているから、なおさらのことである。

二週間後に――ということは、もう七月のはじめのことであるが――またこの二週間のあいだに、われらの主人公の物語、とりわけこの物語の最後の変った出来事は、ほとんど信じかねるほど奇怪な、きわめて愉快な、と同時にほとんど細かいところまで描写しつくされたアネクドートと化して、レーベジェフ、プチーツィン、ダリヤ・アレクセーエヴナ、エパンチン家などの別荘と境を接するすべての街々に、てっとり早く言えば、ほとんど町じゅうその近郊全体にまで、つぎつぎにひろがっていったのである。ほとんどあらゆる社会の人たちがいっせいに――土地の者も、別荘住まいの人も、音楽を聞きにくる人も――この同じ事件に無数のヴァリエーションをこしらえて、噂《うわさ》をはじめた。それによると、ひとりの公爵が、ある由緒《ゆいしょ》ただしい家庭で醜態を演じたあげく、もう婚約までできていたその家の令嬢を捨てて、噂の高いふしだらな女に夢中になり、いままでの交際をすっかり断ってしまった。そして、人びとの非難も、一般大衆の憤慨も、何もかもいっさい顧みないで、なんとしても近日中に、ほかならぬこのパーヴロフスクの町で、昂然《こうぜん》と頭をそらして、みんなの顔をまともに見ながら、おおっぴらに公然と、そのよごれた女と結婚するつもりでいるというのである。このアネクドートは極端にいろんな醜聞で彩《いろど》られ、そのなかにはまた各方面の名士の名前もたくさん登場し、じつに多くの怪奇な謎《なぞ》めいたニュアンスが加えられているうえに、一方から見て否定することのできない、明白な事実に基づいているものだったので、みんなの好奇心も噂も、もちろん、大目に見なければならなかった。ところで、なかでも最も巧妙な機知を弄《ろう》した、いかにももっともらしい解釈は、分別ある階級の少数の本物の陰口屋の仕業《しわざ》なのであった。こうした連中は、どんな社会にあってもつねに新しい出来事を、ほかの者に聞かせようとあせり、それを自分の使命と心得るどころか、ときにはそれに慰みを見いだしている場合も少なくないのである。彼らの解釈によると、件《くだん》の青年は名門出の公爵で、まず金持といってもいい、おばかさんではあるが、ツルゲーネフ氏によって明るみに出された例のいまはやりのニヒリズムに血迷ったデモクラートで、ほとんどロシア語も満足に話せない男で、これがエパンチン将軍の令嬢に熱をあげ、ついに同家へ花婿《はなむこ》の候補者としての出入りするまでに漕《こ》ぎつけたというのである。それは、いつぞや新聞にアネクドートののったフランスの神学生が、わざと身を僧職にゆだねようと決心し、自分でその叙任を哀願して、跪《き》拝《はい》、接吻《せっぷん》、誓言など、いっさいの儀式を行いながら、すぐその翌日、主教に公開状を送って、自分は神を信じていないから民衆を欺いてその民衆のご厄介になるのは破《は》廉恥《れんち》だと思うから、きのういただいた位階はお返しする、といった手紙を、二、三の自由主義的な新聞に掲載したのに似ていた。ちょうどこの無神論者と同じように、公爵は自分なりに人びとを欺いたようである。彼は婚約者の両親の家で催された盛大な夜会を、そこで彼は多数の名士に紹介されたのであるが、わざと手ぐすね引《ひ》いて待ちかまえていたらしかった。それはただみんなの面前で麗々しく自分の思想を披瀝《れき》して、尊敬すべき高官連を罵倒《ばとう》し、自分の婚約者を公然と侮辱して、破談にするためなのであった。その際、彼は自分を引っぱりだそうとする召使たちに抵抗して、みごとな中国製の花瓶《かびん》をこわしたほどである。人びとはそれに加えてさらに現代気質《かたぎ》の特徴といったような形で、こんなおまけまでつけたのである。すなわち、このわからずやの青年は実際のところ、婚約者たる将軍令嬢を愛していたのだが、それを破談にしたのは、ただニヒリズムから出たことで、社会全体を向うへまわして、堕落した女性と結婚するという満足を失いたくないという目前に迫った醜聞のためなのであった。つまり、その行為によって、彼は自分の心の中には、堕落した女性も淑徳高き令嬢もない、ただ自由な女性があるばかりだ、自分は古い世間的な区別を信じない、ただ一個の《婦人問題》が存在するばかりだという信念を示したかったのである。いや、それどころか、彼の眼から見れば、堕落した女性は堕落しない女性よりもむしろいくらかすぐれているというのであった。こうした説明は、きわめてまことしやかに思われたので、別荘住まいの大多数の人びとによって承認された。毎日の出来事がそれを裏書きしたのでなおさらであった。もっとも、まだはっきり説明されないで謎のまま残ったことも少なくなかった。たとえば、あわれな令嬢は心の底から婚約者を、ある人に言わせれば《誘惑者》を愛していたので、彼に捨てられた翌日、男が情婦とさしむかいでいるところへ駆けつけた、と言う者もあれば、またある者はその反対に、令嬢はわざと男に誘われて情婦の家へ行ったのだが、しかもそれはただ単にニヒリズムから出たことで、相手に恥をかかせ、侮辱するためなのだ、と主張する者もあった。いずれにしても、この事件にたいする興味は日ごとに大きくなっていった。ましてそのけがらわしい結婚が実際に挙行されようとしている事実には、いささかも疑惑の余地がなかったので、なおさらであった。

かりにここで事件の説明を求められたとしたら――この事件のニヒリスティックなニュアンスに関してではなく、いや、とんでもない、ただ単に今度の結婚がどの程度まで、公爵の実際の希望を満足させているものなのか、またその希望とは現在のところどんなものか、目下の公爵の心境をはたしてなんと断定したものか？　などといったことの説明を求められたなら、われわれは正直のところ、非常に返答に窮するにちがいない。われわれがいま知っているのは、ただ結婚式の日どりが実際に決ったことや、公爵が教会のことばかりか家事方面のことまで、いっさいレーベジェフとケルレルと、それに今度レーベジェフが公爵に紹介したレーベジェフのなんとかいう知合いの男にすっかり委任してしまったことや、金に糸目をつけるなと命令されたことや、結婚を主張してせかしたのはナスターシャ・フィリポヴナであるということや、公爵の付添いには、その熱烈な懇願によってケルレルが決ったことや、ナスターシャ・フィリポヴナの付添人としてはブルドフスキーが、歓喜の声をあげてその指定を承諾したことや、そして結婚式は七月のはじめと決ったことなどである。しかし、こうしたきわめて正確な事実のほかに、われわれをまったく困惑させるような、二、三の事実も知らされている。困惑させるのはほかでもないが、前述の事実と矛盾するようなものがあるからである。たとえば、レーベジェフその他の者にいっさいの面倒を委任しておきながら、公爵は自分に儀式執行係や結婚の付添人があることも、自分が結婚しようとしていることさえ、早くもその日のうちに忘れてしまったようだとか、彼が急いで諸事万端の世話を他人にまかせてしまったというのも、単に自分でそのことを考えたくないためだとか、いや、むしろ一刻も早くそのことを忘れてしまいたいからだとかいうことについては、われわれもふかく疑わざるをえない。もしそうだとすれば、彼自身は何を考えているのだろう？　何を思いだそうとしているのだろう？　何をしようと急いでいるのだろう？　また彼にたいしては、何ぴとの（たとえばナスターシャ・フィリポヴナの側からの）強制もなかったということは、これまた疑いの余地がないのである。まったくナスターシャ・フィリポヴナは、ぜひとも一刻も早く結婚式をあげようと望み、自分からそれを思いたったので、決して公爵から持ちだしたわけではないが、しかし公爵はまったくの自由意志でそれを承諾したのであった。何かごくありふれたものでもねだられたときのように、何か上《うわ》の空《そら》で承諾したくらいであった。このような奇妙な事実はわれわれの眼の前にたくさんある。だが、こんなものをいくら引合いに出したところで、真相をすこしも明らかにしないばかりか、われわれの考えでは、かえって事件の説明を曖昧《あいまい》にしてしまうくらいのものである。しかし、もう一つの例をあげてみよう。

さて、つぎのような事実もまったくよく知れわたっている。すなわち、この二週間というものずっと公爵は昼も夜も、一日じゅうナスターシャ・フィリポヴナといっしょに時を送り、彼女は公爵を散歩にも、音楽を聞きにも伴い、公爵は毎日のように彼女と連れだって幌馬車《ほろばしゃ》で乗りまわしたことや、ほんの一時間でも彼女の姿が見えないと、公爵はすぐ心配をはじめたことや（してみると、あらゆる点から推察して、彼女を心の底から愛していたのである）、公爵は幾時間もぶっとおしに、もの静かなつつましい微笑を浮べながら、自分ではほとんど口をきかずに、彼女の話ならどんなことでも、じっと耳を傾けていたことなどである。ところで、われわれは同様につぎのような事実も知っている。すなわち、彼はこの数日間に幾度も、というよりはたびたび、ふいにエパンチン家へ出かけていき、しかも、それをナスターシャ・フィリポヴナに隠そうともしないので、彼女はそのたびに絶望のあまり気も狂わんばかりであった。ところが、エパンチン家ではパーヴロフスクに滞在中は、決して公爵を迎えいれず、アグラーヤ・イワーノヴナに会わせてくれという彼の願いは、つねに撥《は》ねつけられ、彼はひとことも言わないで立ちさるのであったが、つぎの日になると、きのうの拒絶などけろりと忘れたように、またまた同家を訪れ、むろん、またもや拒絶の憂《う》き目を見たことをも承知している。いや、同様にわれわれはつぎのような事実をも知っている。すなわち、アグラーヤ・イワーノヴナがナスターシャ・フィリポヴナのもとをとびだしてから一時間後に、いや、ひょっとすると、もうすこし早かったかもしれないが、公爵は早くもエパンチン家に姿をあらわした。もちろん、そこでアグラーヤに会えるものと信じていたのである……ところが、エパンチン家に彼があらわれたことが、そのとき同家に非常な混乱と恐慌《きょうこう》をひきおこした。なぜなら、アグラーヤはまだ帰宅していなかったうえに、同家では彼の話からはじめて娘が彼といっしょにナスターシャ・フィリポヴナの家へおもむいたことを聞いたからであった。噂《うわさ》によると、リザヴェータ夫人も姉たちも、おまけに Щ《シチャー》公爵までが、そのとき公爵にたいして冷淡な敵意にみちた態度をとり、激しい言葉を使って、知人としての、また友人としてのつきあいを断わったほどである。とりわけ、そこへ突然ワルワーラ・アルダリオノヴナがはいってきて、アグラーヤ・イワーノヴナが自分の家へ来てもう一時間ばかりになるが、たいへんな有様で、どうやら家へは帰りたくない様子だと知らせたとき、さらにその態度があらわになった。この最後の知らせは、何よりも激しくリザヴェータ夫人をおどろかせた。しかも、それはまったく事実だったのである。ナスターシャ・フィリポヴナの家から出たとき、アグラーヤはいまさらこんな姿を家の人にさらすより、いっそ死んだほうがましだと実際に思って、ニーナ夫人のところへ駆けこんだのであった。ワルワーラ・アルダリオノヴナはいますぐ一刻の猶予《ゆうよ》もなく、すべてのことをすっかりリザヴェータ夫人に報告しなければならないと考えたのである。

母親と姉たちをはじめ、みんなはすぐさまニーナ夫人のもとへ駆けつけた。たったいま帰宅したばかりの一家のあるじイワン・フョードロヴィチも、みんなのあとを追った。またそのあとからレフ・ニコラエヴィチ公爵までが、みんなにそっけない言葉で追いはらわれたにもかかわらず、おぼつかない足どりで駆けだしていった。しかし、ワルワーラ・アルダリオノヴナの取計らいで、彼はそこでもアグラーヤのところへ通してもらえなかった。アグラーヤは、母親や姉たちが自分に同情して泣きながら、すこしもとがめようとしないのを見て、いきなりみんなにとびついて抱きあった。そして、すぐみんなとともに家へ帰った。これで事件はひとまず落着したのである。もっとも、あまり確かではないが、ガヴリーラ・アルダリオノヴィチがここでもまたさんざんな目にあったという噂も流れた。すなわち、ワルワーラ・アルダリオノヴナがリザヴェータ夫人のもとへ駆けつけたすきをねらって、彼はアグラーヤとさしむかいで、自分の恋を打ちあけようと思いついた。ところが、その言葉を聞くや、アグラーヤは自分の悲しみも涙もすっかり忘れて、急に声をたてて笑いだしたのである。そして突然、自分の愛情を証明するために、いますぐ指を蠟燭《ろうそく》の火で焼くことができるか、という奇妙な質問を持ちだしたのであった。ガヴリーラ・アルダリオノヴィチはその申し出に度胆《どぎも》をぬかれて、なんと答えていいかわからず、おそろしくけげんな表情をその顔に浮べたという。すると、アグラーヤはヒステリックに声高《こわだか》に笑いながら、二階のニーナ夫人のところへ逃げだしてしまった。そこにはもう両親が来ていたのである。この挿話《そうわ》は、翌日イポリートを経て公爵の耳にはいった。もう床から起きあがれなかったイポリートは、このことを知らせるために、わざわざ公爵のもとへ使いをよこした。どうしてこの噂がイポリートの耳にはいったか不明だが、公爵はその蠟燭と指の話を聞いたとき、イポリートさえびっくりするほどひどく笑いだした。が、ふいにぶるぶる身を震わせて、どっと涙を流しはじめた……だいたい彼はこの数日間、恐ろしい不安と並々ならぬ心の動揺に陥っていたのである。しかも、それは漠然《ばくぜん》とした悩ましいものであった。イポリートは、彼のことを気が変になっていると断言していたが、それはまだはっきり断言するまでにはいっていなかった。

こうした事実を列挙して、その説明を拒んでいるにもかかわらず、われわれは決してわれらの主人公を読者の眼の前で、弁護しようと望んでいるわけではないのである。いや、それどころか、彼がその親友のあいだにすら呼びおこした憤懣《ふんまん》を快くわかつことすら、あえていとわないつもりである。ヴェーラ・レーベジェワさえもしばらくのあいだは彼の行為を憤慨していた。コーリャまでが憤慨していた。ケルレルさえも、付添人に選ばれるまでは憤慨していた。レーベジェフのことはいまさら言うまでもない。彼はやはり憤慨のあまり、公爵にたいして何やら陰謀さえめぐらしはじめた。その憤慨たるやきわめて真摯《しんし》なものと言っていいくらいであった。だが、それについてはいずれあとで物語るとしよう。だいたいにおいてわれわれはエヴゲーニイ・パーヴロヴィチが口にした心理的な点で深刻とも言える二、三のきわめてきびしい言葉に、まったく同感の意を表するものである。それは、ナスターシャ・フィリポヴナの家でおこった出来事から六日目か七日目に、彼が公爵と打ちとけた会話をしたときに、ざっくばらんに述べた言葉なのである。ついでに断わっておくが、エパンチン家の人びとばかりでなく、直接間接のちがいこそあれ、同家に属しているすべての人びとは、公爵とのあらゆる関係を断ってしまわねばならないと感じていた。たとえば、Щ公爵などは、公爵に出会っても、ぷいと横を向いて、会釈《えしやく》さえしようとしなかった。ところが、エヴゲーニイ・パーヴロヴィチは、毎日のようにエパンチン家へ出入りをはじめ、前にもました歓待を受けるようになったにもかかわらず、公爵のもとを訪れて、自分の名誉を傷つけるのも意に介さなかった。エパンチン家の人びとがパーヴロフスクを去った翌日、彼は公爵のもとを訪れた。彼はそこへ来るときも、町じゅうにひろがった噂を、すっかり知っているばかりでなく、ひょっとすると、彼自身もそれをひろげる手伝いぐらいしたかもしれなかった。公爵は彼の来訪にすっかり喜んで、さっそくエパンチン家のことを話しだした。こうした純朴な底意のない話の切りだしに、エヴゲーニイ・パーヴロヴィチはすっかり打ちとけてしまい、彼はいきなり率直に要件に取りかかった。

公爵は、エパンチン家の人びとが立ちさったことをまだ知らずにいた。彼はびっくりして真《ま》っ蒼《さお》になった。だが、一分もすると、当惑してふかく考えこんだ様子で首を振りながら、『そうなるのが当然だったのです』と認めた。それから、あわてて、『どこへ行かれたのです？』とたずねた。

その間エヴゲーニイ・パーヴロヴィチはじっと公爵を観察していたが、その質問の無邪気さや、きまりの悪そうな、と同時に何か奇妙にざっくばらんな態度や、不安げな興奮した様子など……こうしたあらゆる点が少なからず彼をおどろかせた。しかし、彼は愛想よく、すべてのことをくわしく公爵に伝えてやった。公爵はまだいろいろの事実を知らなかった。なにしろ、これがエパンチン家からのはじめての便りだったからである。彼はアグラーヤがほんとうに病気になって、三昼夜ばかり熱に悩まされ、夜もほとんど眠れなかったが、いまはかなりよくなって、心配はすこしもないが、神経的なヒステリックな状態にあるという噂を確かめた……『それでも、まだいいんですよ、なにしろ家の中がすっかり穏やかになりましたからね！　過去のことは、アグラーヤの前だけでなく、おたがい同士のあいだでもほのめかさないようにつとめていますよ。ご両親は秋ごろアデライーダの結婚がすみしだい、外国旅行に出かけることに決められましたよ。アグラーヤは、この話を持ちかけられたときも、ただ黙って承諾されましたよ』彼、エヴゲーニイ・パーヴロヴィチも、やはり外国旅行へ出かけるかもしれない。Щ公爵までが、事情さえゆるせば、アデライーダといっしょに二月ばかりの予定で、出かけるかもしれない。当の将軍はこちらに居残ることになっている。今度みんなが引きうつっていったのは自分たちの領地のコルミノ村で、ペテルブルグから二十キロばかり離れたところで、そこには広々した地主邸があるという。ベロコンスカヤ夫人はまだモスクワへ帰らないが、どうやらわざとこちらに踏みとどまっているように思われる。リザヴェータ夫人はあんな出来事があった以上、どうしてもパーヴロフスクに居残るのは不可能だと強く主張した。それは彼エヴゲーニイ・パーヴロヴィチが、毎日町の噂を夫人に伝えたからである。エラーギン島の別荘にも、やはり住むわけにはいかないということになった。

「いや、それに実際のところ」エヴゲーニイ・パーヴロヴィチはつけくわえた。「まあ、考えてもごらんなさい、とても辛抱できるものですか……それに、ここで、あなたのお宅でほとんど一時間ごとにおこることがすっかり筒抜けになるうえに、公爵、いくら断わっても、あなたが毎日のようにあそこを訪問なさることがわかっているんですからねえ……」

「ええ、ええ、ええ、おっしゃるとおりです。私はアグラーヤ・イワーノヴナにお会いしたくて」彼はふたたび首を振った。

「ああ、公爵」ふいにエヴゲーニイ・パーヴロヴィチは、興奮と憂愁を声にこめて叫んだ。「なぜあなたはあのとき……あんな出来事をみすみすそのままにしてしまったのです？　もちろん、もちろん、あんなことはあなたにとって、じつに意外なことでしたでしょうね……ぼくも、あなたが度を失われたのは、当然だと思いますよ。それに、あの気の狂った娘さんを引きとめることは、あなたにはできなかったのですから、まったくあなたの力に及ばないことだったんですからね！　でも、あの娘さんがどの程度まで、真剣に、また強烈に……あなたに対していたかを、あなたは当然のことながら理解すべきだったんですよ。あの女《ひと》はほかの女と愛をわかちたくなかったんですよ。それなのにあなたは……あなたはあれほどの宝をよくも振りすてて、こわしてしまったものですねえ！」

「ええ、ええ、おっしゃるとおりです、ええ、私が悪かったのです」公爵はまた恐ろしい哀愁に沈みながら言いだした。「それにねえ、ナスターシャ・フィリポヴナにたいしてあんな見方をしたのは、ただひとり、アグラーヤだけですよ……ほかの人は誰ひとりあんな見方をしませんでしたからね」

「おまけに、あの事件がやりきれないのは、そこに真剣なところがすこしもなかったからなんですよ！」エヴゲーニイ・パーヴロヴィチはすっかり夢中になって叫んだ。「失礼ですが、公爵、ぼく……ぼくはこのことについて考えてみたのですよ、公爵、いろいろと考えぬいたのです。ぼくは以前のことを何もかも承知しています。半年前のことまですっかり承知しています。何もかも、しかし——あれは決して真剣ではなかったのです！　あれはみんな単に頭だけの熱中にすぎなかったのです、絵空事《えそらごと》だったのです、幻想だったのです、煙だったのです。あれを何か真剣なことのように考えうるのは、まったく世間知らずの少女の度を失った嫉妬心《しっとしん》だけですよ！……」

そこでエヴゲーニイ・パーヴロヴィチはもうすっかり遠慮会釈なしに、自分の憤激を吐露してしまった。合理的に明晰《めいせき》に、そしてくりかえして言うが、並々ならぬ心理解剖さえ試みながら、彼は公爵のナスターシャ・フィリポヴナにたいする以前の関係をすっかり一幅の絵画のように公爵の前にくりひろげて見せたのである。エヴゲーニイ・パーヴロヴィチはつねに弁舌の才能に恵まれていたが、いまはもう雄弁といってもいいくらいであった。「そもそもの最初から」彼はしゃべりだした。「あなたがたの関係は虚偽ではじまったのです。虚偽ではじまったものは、また虚偽に終るべきものです、それが自然の法則というものです。人があなたのことを――いや、まあ誰にせよ――白痴呼《ばか》ばわりすることに、ぼくは同意することができません。いや、むしろ憤慨したくなるくらいです。あなたはそんな名前をつけられるには、あまりに賢明すぎます。しかし、あなたは普通の人とは言えないほど一風変っています、ねえ、そうでしょう。ぼくの断定したところでは、こうした事件全体の基礎は、まず第一にあなたの……いわゆる……生れつきの世間知らずと（この《生れつき》という言葉に注意を払ってくださいよ、公爵）、それから、あなたの並みはずれて純朴な性質と、あなたがご自分でも幾度かお認めになった、適度という観念の極端な欠如と、それから最後に頭の中で作りあげられた信念の雑然たる累積《るいせき》などから成りたっているのです。あなたはその信念をご自分の並々ならぬ誠実さで偽りのない生粋《きっすい》なものだと、いまのいままで信じていらっしゃるんですよ！　ねえ、いいですか、公爵、あなたのナスターシャ・フィリポヴナにたいする関係には、そもそものはじめから何か条件つきの民主主義的な（これは簡潔に言うために言うのですが）いわゆる《婦人問題》（もっと簡潔に言えばですね）の崇拝とでも言うべきものが横たわっているのですよ。ぼくは、ロゴージンが例のお金を持ってきたときの、ナスターシャ・フィリポヴナの夜会でおこった見苦しい奇怪な一幕を、すっかり正確に知っていますよ。お望みとあれば、まるで掌《たなごころ》を指さすように、あなた自身の心理を解剖してごらんにいれますよ。まるで鏡に写したように、あなた自身をお目にかけることができますよ。ぼくは正確に事の真相と、なぜあんなふうに一転してしまったか、その原因をきわめているのです！　若いあなたは、スイスに住んで、祖国にあこがれていたのです。まだ見たことのない約束の聖地かなんぞのように、まっしぐらにロシアへ帰ってこられたのです。あなたはロシアに関する本を、たくさんお読みになりましたね。それらの本はすぐれたものだったかもしれませんが、あなたにとっては有害なものだったのです。いずれにしても、あなたは燃えるような実行欲をいだいて、われわれの前へあらわれると、いきなり実行に取りかかったのです！　ところが、その日のうちに、あなたは悲しみにみちた、しかも胸をときめかすような、辱《はずか》しめられた婦人の話を聞かされたのですね。聞き手はあなたという童貞の騎士、しかも話の主は女なのです、その日のうちに、あなたはその婦人に会って、その美しさに——幻想的な、悪魔的な美しさに魅せられてしまったのです（まったくあの女《ひと》が美人だってことには異存ありませんからね）。それにあなたの神経と、あなたの癲癇《てんかん》という持病と、人の神経をかきみださずにおかないわがペテルブルグの雪どけ模様の天気を加えてごらんなさい。さらに、あなたにとって未知のほとんど幻想的とも言えるこの町における一日を、幾多の邂逅《かいこう》や悶着《もんちゃく》のあった一日を、思いがけない近づきのあった一日を、意外な現実の一日を、エパンチン家の三人の美女、そのなかにはアグラーヤもはいっていますが、それらの美女に会った一日を、加えてごらんなさい。それに疲労と目まいを加えてごらんなさい。ナスターシャ・フィリポヴナの客間と、客間の感じを加えてごらんなさい……その瞬間、あなたは自分がどうなると思います、ねえ、どうお考えです？」

「ええ、そうですとも、ええ、そうですとも」公爵は顔を赤らめながら、首を振った。「ええ、それはほとんどそんなものでしたよ。そのうえ、前の晩もほとんど寝ていなかったんですよ、汽車の中だったので。いや、その前の晩も。それで、すっかり調子が狂ってしまったんです……」

「ええ、そうですとも、もちろん。ぼくもそれがねらいなんです」エヴゲーニイ・パーヴロヴィチは熱をこめて言葉をつづけた。「わかりきった話ですよ。あなたはいわゆる感激に酔って、由緒《ゆいしょ》ある公爵で、潔白な人間であるあなたは、それは彼女の罪ではなく、いまわしい上流社会の道楽者によってけがされたのであり、自分は彼女を決して堕落した女性とは思わないというりっぱな感情を、公然と表明できる機会にとびついたというわけなんですよ。ええ、そのお気持はよくわかりますよ。でも、それは肝心な点じゃありませんよ、公爵。肝心な点は、はたしてこれには真実性があったか、あなたの感情には真実があったか、必然性があったかどうかということなんです。それは単に、頭の中だけの感激ではなかったか、ということなんですよ。公爵、あなたはどうお考えになります――かつてあのような種類の女性が、教会でゆるされたこともありますが、しかしその女性への行為がりっぱなもので、あらゆる尊敬に値するものだと言われたことはありませんよ。だから、三カ月後に、常識があなた自身にそれがどういうものかを教えてくれたじゃありませんか。いまあの女《ひと》に罪がないなら、それでもけっこうです。ぼくは決して固執しません、そんなことはいやですから。しかし、それだからといって、はたしてあの女《ひと》の奇行が、あの鼻持ちならない悪魔のような傲慢《ごうまん》さや、あの不遜《ふそん》な貪欲《どんよく》なエゴイズムを、是認することができるでしょうか？　いや、ごめんなさい、公爵、ぼくはあまり夢中になってしまったものですから……」

「そうですね、何もかもみんなそうなのかもしれませんね。たぶん、あなたのおっしゃるとおりかもしれませんね……」ふたたび公爵はつぶやくように言った。「あの女《ひと》は実際とてもいらいらしています、もちろん、おっしゃるとおりです。しかし……」

「憐憫《れんびん》に値する女だというのですか？　そうあなたはおっしゃりたいんですね、公爵？　しかし、単なる憐憫のために、あの女の満足のために、もうひとりの気高く清らかな令嬢をけがしてもいいものでしょうか？　あの不遜な、あの憎悪《ぞうお》に輝く眼の前で、その令嬢を辱しめてもいいものでしょうか？　そんなことを言いだしたら、憐憫の情というやつにはきりがありませんよ！　それこそありうべからざる誇張じゃありませんか！　しかもその令嬢を愛していながら、ほかならぬその競争者《ライバル》の前であんなに辱しめたうえに、その競争者《ライバル》の見てるところで別の女に乗りかえるために、あの女《ひと》を捨ててしまうなんて、いったいそんなことができるでしょうか？　しかもあなた自身ちゃんとあの女《ひと》に結婚の申込みをしたあげくの果てなんですからねえ、だってご両親や姉さんたちの前でちゃんとおっしゃったじゃありませんか。これでもあなたは潔白な人間なんでしょうか？　公爵、失礼ですが、ひとつ伺いましょう。それでも……それでも、あなたは神さまのような少女にむかって、きみを愛していると信じこませて、彼女を欺《あざむ》いたことにならないのでしょうか！」

「ええ、そうです、おっしゃるとおりです、ああ、私はほんとに自分が悪かったと感じています！」公爵は言いようのない憂愁にかられて言った。

「でも、それで事は足りるんですか？」エヴゲーニイ・パーヴロヴィチは憤激して叫んだ。『ああ、自分が悪かったんです！』と叫んだら、それで事はすむんでしょうか？　悪かったと言いながら、自分ではかたくなに強情を張っているんじゃありませんか！　いったいそのときあなたの心は、その《キリスト教的》な心はどこにあったんです？　あの瞬間のあの女《ひと》の顔をごらんになったでしょう？　いったいあの女《ひと》はあの女よりも、二人の仲を引きさいたあなたのもうひとりの女よりも、苦しみ方が足りなかったとでも言うんですか？　どうしてあなたはそれを見ていながら、あんなふうに放っておいたんです、ねえ？」

「ええ……でも私はなにも放っておいたわけじゃないんです……」不幸な公爵はつぶやいた。

「どうして放っておいたわけでないのです？」

「私は決してなにも放っておきはしなかったのです。どうしてあんなふうになったのか、私はいまでもわからないんです……私は……私はあのときアグラーヤ・イワーノヴナのあとを追って駆けだしていったのです。ところが、ナスターシャ・フィリポヴナが気を失って倒れてしまったんですよ。それからずっといままで、私はアグラーヤ・イワーノヴナのところに通してもらえないのです」

「どっちみち同じことですよ！　たとえもうひとりの女が気を失って倒れたにせよ、あなたはやはりアグラーヤのあとを追いかけるべきだったんですよ！」

「ええ……そうですね、私は追いかけていくべきだったのですね……でも、放っておいたら、死んでしまったかもしれないんです！　自殺したかもしれないんですよ、あなたはあの女《ひと》をご存じないんですよ。それに……いや、もうどっちみち同じことですがね、私はあとでアグラーヤ・イワーノヴナにすっかりお話しするつもりです、そして……ねえ、エヴゲーニイ・パーヴルイチ、どうやら、あなたはあの件についてすっかりはわかっていらっしゃらないようですね。でもなんだって私をアグラーヤ・イワーノヴナのところに通してくれないのでしょう？　私はあの女《ひと》に何もかもすっかり説明したいんですよ。なにしろ、あのときは二人ともまったく見当違いのことばかり言ってたんですから。まったく見当違いのことでしたよ。ですから、あんなことになってしまったのです……私はなんとしてもこのことをあなたに説明することができません、でも、ひょっとすると、アグラーヤにはうまく説明できるかもしれません……ああ、どうしよう！　ああ！　あなたは、あの女《ひと》が駆けだした瞬間の顔と言いましたね……ああ、どうしよう！　私は覚えています、行きましょう、さあ、行きましょう！」彼はせかせかと椅子《いす》から飛びあがって、ふいにエヴゲーニイ・パーヴロヴィチの袖《そで》を引っぱった。

「どこへ？」

「アグラーヤ・イワーノヴナのところへ行きましょう、いますぐに！」

「だって、あの女《ひと》はもうパーヴロフスクにいないと言ったじゃありませんか。それに、なんのために行くのです？」

「あの女《ひと》はわかってくれます、あの女《ひと》はわかってくれますよ！」公爵は祈るように手を組みながらつぶやいた。

「あの女《ひと》は、何もかもみんな見当違いだってことを、まったく別な事情だってことを、わかってくれますよ！」

「どうまったく見当違いなんです？　だってあなたはやっぱり結婚しようとしているじゃありませんか。つまり、強情を張ってることになりますよ……結婚なさるんですか、なさらないんですか？」

「ええ、そりゃ……結婚しますよ。ええ、結婚しますとも！」

「それじゃ、なぜ見当違いなんです？」

「ああ、ちがいます、見当違いです、見当違いですとも！　私が結婚しようとしまいと、それは、それはどっちみち同じことですよ、なんでもありません！」

「どうしてどっちみち同じことなんです、どうしてなんでもないんです？　だって、それはそんなに些細《ささい》なことじゃありませんよ。あなたは好きな女と結婚して、その人を幸福にしようとしていらっしゃる。ところが、アグラーヤ・イワーノヴナはそれを見て、ご存じなんですよ。それなのに、どうしてどっちみち同じことなんです？」

「幸福ですって？　ああ、とんでもない！　私はただなんということもなく結婚するんですよ、あの女《ひと》の望みで。それに、私が結婚するってことが、いったいなんだというのです。私は……いや、それだってどっちみち同じことなんですよ！　ただあのままじゃ、あの女《ひと》はきっと死んでしまったにちがいないのです。あのロゴージンの結婚が狂気の沙汰《さた》だったってことがいまこそはっきりわかりました！　いまでは以前わからなかったことまで、何もかもすっかりわかりました。それに、ねえ、あのとき二人がおたがいににらみあって立っていたとき、私はその瞬間のナスターシャ・フィリポヴナの顔を見るに耐えなかったのです……あなたはご存じないのですが、エヴゲーニイ・パーヴルイチ、(彼は秘密でも打ちあけるように声をひそめた)このことはいままで誰にも、アグラーヤにさえ話したことはなかったのですが、私はナスターシャ・フィリポヴナの顔を見るに耐えないのですよ……あなたがさきほどあのときのナスターシャ・フィリポヴナの夜会についておっしゃったことは、たしかにそのとおりです。しかし、あなたが言い落されたことがもう一つあるんですよ、なにしろ、それはご存じないことですからね。私はいいいあのひとの顔を見つめていたんです！　もう朝のうちに、写真で見たときから、見るに耐えなかったのです……ほら、あのヴェーラ・レーベジェワなんかの眼は、まったくちがいますからねえ。私は……私はあの女《ひと》の顔がこわいんです！」彼は異常な恐怖にとらわれながら、そうつけ足した。

「こわいんですって?」

「ええ、あの女《ひと》は——気がちがっているんです!」彼は蒼《あお》い顔をしてささやいた。

「あなたはたしかにそれをご存じなんですか?」エヴゲーニイ・パーヴロヴィチは並々ならぬ好奇の色を浮べてたずねた。

「ええ、たしかに。いまではもう間違いありません。今度、この数日のあいだに、もうたしかにそうだとわかったのです!」

「まあ、あなたはなんてことをしようとしてるんです?」エヴゲーニイ・パーヴロヴィチはおびえたように叫んだ。「それじゃ、あなたは何かが恐ろしくて結婚されるんですね? いや、てんでわけがわかりませんね……じゃ、ひょっとすると、愛してもいないくせに?」

「ああ、ちがいます。私は心からあの女《ひと》を愛しています! なにしろ、あれは……子供ですからね。いまではあの女《ひと》は子供なんです。まるっきり子供なんです! ええ、あなたは何もご存じないんですよ!」

「それなのに、あなたは同時にアグラーヤ・イワーノヴナにご自分の愛を誓ったんですか?」

「ええ、そうです、そうですとも!」

「なんですって? じゃ、二人とも愛したいんですか?」

「ええ、そうです、そうですとも！」

「冗談じゃありませんよ、公爵、何をあなたはおっしゃるんです、しっかりしてくださいよ！」

「私はアグラーヤなしでは……私はどうしてもあのかたに会わなければなりません！私は……私はもうじき寝てるあいだに死んでしまうのです。私は今晩にも、寝てるあいだに死にそうな気がするんです。ああ、アグラーヤがそれを知ってくださったらなあ。何もかもいっさいのことを、つまり、間違いなく何もかもいっさいのことを知ってくださったらなあ。だって、この場合、何もかもいっさいのことを知る必要があるんです。それが何よりもまず第一のことです！　われわれの誰かに罪がある場合、その人についていっさいのことを知る必要があるにもかかわらず、どうしてそれができないんでしょうね！……もっとも私は自分でも何を言っているのかわからないんです。私はすっかり度胆《どぎも》をぬかれたものですから……でも、あの女《ひと》はいまでも、あの部屋を駆けだしたときのような顔をしているんですか。ああ、ほんとに私が悪かったんです！　何もかもすべて私が悪い、というのがいちばん確かなことです。はたして何が悪かったのか、それはまだわかりませんが、とにかく私が悪いんです……この件には何かしら、あなたに説明できないようなものがあるんですよ。エヴゲーニイ・パーヴロヴィチ、説明できる言葉がないんですよ、しかし……アグラーヤ・イワーノヴナなら、わかってくださるでしょうよ！　ええ、私はいつだって信じていました、あの女《ひと》ならわかってくださいますよ」

「いいえ、公爵、わかってはくれませんよ！　アグラーヤ・イワーノヴナはひとりの女性として、ひとりの人間として愛したんですから、決して……抽象的な魂として愛したんじゃありませんからね。いいですか、公爵、いちばん確かなことは、あなたがあの女《ひと》も、もうひとりの女《ひと》も決して愛したことがなかったということですよ」

「私にはわかりません……ひょっとすると、そうかもしれません、いろいろな点で、あなたのおっしゃることは当っていますからね、エヴゲーニイ・パーヴルイチ。あなたは非常に聡明《そうめい》なかたです、エヴゲーニイ・パーヴルイチ。あっ、また頭が痛みだしました。さあ、あの女《ひと》のところへ行きましょう！　後生です、ねえ後生ですから！」

「だから、あの女《ひと》はパーヴロフスクにいないって言ってるじゃありませんか、あの女《ひと》はコルミノ村にいるんです」

「じゃ、そのコルミノ村へ行きましょう、さあ、いますぐに！」

「そんなことはでーきーませんよ」エヴゲーニイ・パーヴロヴィチは立ちあがりながら、言葉尻《ことばじり》を引いて言った。

「それじゃ、私は手紙を書きますから、それを届けてください」

「だめです、公爵、だめですよ！　そんなお使いはご免をこうむります、とてもできません！」

二人は別れた。エヴゲーニイ・パーヴロヴィチは奇妙な確信をいだいて立ちさったのである。彼の考えによると、公爵は少々気が変になっているのであった。あの男があんなにも恐れながら、しかもあんなにも愛しているというあの顔は、いったいどんな意味をもっているんだろう！　いや、それにしても、あの男はアグラーヤがいなかったら、ほんとに死んでしまうかもしれないのだ。そうすると、ひょっとしたら、アグラーヤは、あの男がそれほどまでに自分を愛していることを、一生知らずにすごしてしまうのかもしれない！　は、は！　いや、それにしても二人を同時に愛するなんてことができるのだろうか？　何か別々の二つの愛情でかな？　ほう、こりゃなかなかおもしろいぞ……かわいそうなお白痴《ばか》さん！　それにしてもあの男はこれからどうなるんだろう？

10

しかしながら、公爵《こうしゃく》はその結婚式の当日まで、エヴゲーニイ・パーヴロヴィチに予言したように、《寝ているあいだ》にも、さめているときにも死ななかった。ひょっとすると、彼はよく眠れないで、悪い夢ばかり見ていたのかもしれないが、昼間、人といっしょにいるときは、なかなか親切で、満足しているようにさえ見えた。ただときおり、ひどく沈みこむこともあったが、それはひとりきりでいたときに限っていた。結婚式は急がれて、エヴゲーニイ・パーヴロヴィチが来訪してから約一週間後ということになった。こう急がれては、公爵の最も親しい友だちでさえも――かりにそうした人たちがいるとしても――この不幸な気ちがいじみた男を《救おう》という努力に幻滅を感じたにちがいない。エヴゲーニイ・パーヴロヴィチの来訪には、イワン・フョードロヴィチ将軍とリザヴェータ夫人がいくぶん責任を負っているという噂《うわさ》もあった。しかし、たとえ彼ら二人が、その量り知れぬやさしい心もちから、このあわれな気ちがいを破滅から救いだそうと望んだにしろ、このおぼつかない試みだけにとどめておかなければならなかったにちがいない。将軍夫妻の立場もその好意すらも（それは当然のことながら）、これ以上真剣な努力をゆるさなかったからである。公爵を取りまいていた人びとすらも、いくぶん彼に反抗的な態度をとったことは前に述べたとおりである。もっともヴェーラ・レーベジェワは人のいないところで涙を流すとか、あるいはまたおもに自分の家に引きこもって、公爵のところへ前よりあまり顔を出さないとか、せいぜいそれくらいなことであった。コーリャはそのころ父親を葬《ほうむ》っていた。老人は最初の発作から八日目に、二度目の発作で死んだのである。公爵は一家の悲しみに深く同情して、はじめの幾日かはニーナ夫人のもとで幾時間も時をすごしたほどであった。葬式のときにも教会へ行った。教会に来ていた群衆が、思わずささやきの声で公爵を送迎したのに、多くの者は気づいた。これと同じことが往来でも、公園でもおこった。彼が歩いていても、馬車で通っても、通り過ぎるたびに、話し声がおこって、彼の名前を呼んだり、指さしたりしたうえ、ときには、ナスターシャ・フィリポヴナという名前まで聞えた。みんなは葬式のときでも、彼女の姿を捜しもとめたが、彼女は葬式には来ていなかった。例の大尉《たいい》夫人も葬式には来なかった。それはレーベジェフが前もって、機会を見つけて言葉をつくして思いとどまらせたからであった。この葬式は公爵に強烈な病的な印象を与えた。まだ教会にいるとき、彼はある質問に答えて、自分が正教の葬式に列するのは、これがはじめてだ、ただ子供の時分に、どこか田舎《いなか》の教会であった葬式を、一つ覚えているばかりだとレーベジェフにささやいたものである。

「さようでございますな。つい先ごろわれわれが議長に推した、ねえ、覚えていらっしゃるでしょう、あれと同一人物が、棺の中に横たわっているとは思えませんな」レーベジェフは公爵にささやいた。「誰を捜しておいでなんです？」

「いや、なに、なんでもありません。ただちょっと変な気がしたので……」

「ロゴージンじゃありませんか？」

「まさかあの男がここに？」

「教会の中でございますよ」

「なるほど、道理で、なんだかあの男の眼がちらついたような気がしましたよ」公爵はどぎまぎしてつぶやいた。「いや、それにしても……なんだってあの男はここにいるんです？　招かれたんですか？」

「いや、そんなことは思いもよらぬことでして。まるっきりつきあいがないんですから。ここにはいろんな人がおりますからねえ、たいへんな人出でして。いや、何をそんなにびっくりされているんです？　わたしはこのごろちょいちょいあの男に出会いますよ。先週も四度ばかりこのパーヴロフスクで会いましたよ」

「私はまだ一度も会いませんがね……あれ以来」公爵はつぶやいた。

ナスターシャ・フィリポヴナもやはり《あれ以来》ロゴージンに会ったなどという話を一度も彼にしないので、公爵はもうロゴージンがなぜかわざと顔を見せないのだと、ひとり決めしていた。この日は一日じゅう彼はふかい物思いに沈んでしまった。ところが、ナスターシャ・フィリポヴナのほうはその日ずっと、夜になっても、いつになくはしゃいでいた。

父親が死ぬ前に、公爵と和解したコーリャは、付添人として（それは目前に迫った一刻の猶予《ゆうよ》もならぬ問題だった）ケルレルとブルドフスキーを頼むようにすすめた。彼はケルレルのことを礼儀正しく振舞うだろうし、あるいは《適任者》と言えるかもしれないと請けあったのである。ブルドフスキーのほうは何も言うことがなかった。もの静かなおとなしい人物だったからである。ニーナ夫人とレーベジェフは公爵に忠告して、たとえ結婚式がもう決ったにせよ、少なくともいったいなぜパーヴロフスクで、おまけに人の集まる避暑季節に、おおっぴらにする必要があるのか、と言った。いや、かえってペテルブルグで、内輪でやったほうがよくはないかと言った。こうした危惧《きぐ》が何を意味するかは、公爵にとってもあまりに明らかなことであった。しかし、彼は手短かにあっさりと、それはナスターシャ・フィリポヴナのたっての望みだから、と答えたものである。

　そのつぎの日、付添人に選ばれたという知らせを受けたケルレルもまた、公爵のもとへ出頭した。部屋へはいる前に、彼はちょっとドアのところで立ちどまった。そして、公爵の姿が眼にはいるや、人差し指をまっすぐにのばした右手を高くさしあげて、誓いでもするように叫んだ。

「飲んでおりませんよ！」

　それから公爵に近寄って、その両手をしっかり握りしめながら、ひと振りした。そして、自分もはじめのうちは、ご承知のとおりもちろんあなたの敵でした。これは自分でも玉突屋でははっきり宣言したことです。しかし、それというのも、自分はあなたのために一日も早くプリンセス・ド・ローガンか、少なくともド・シャボーぐらいのおかたを、あなたの夫人としてみたいと、毎日毎日、親友として焦燥にかられて待ちこがれていたのです。しかし、いまは公爵が自分たちみんなを《束《たば》にした》より、少なくとも二十倍も高尚な考えを持っておられることがわかりました！　なぜなら、あなたは光彩も、富も、名誉すらも必要としないで、ただ――真実だけを求めておられるからです！　高尚な人たちが同情の念に篤《あつ》いことは、あまりにもわかりきった話です。ところで一般的に言って、公爵の教養はあまりにも高尚なので、高尚な人物になるまいとしても、ひとりでになってしまうのです！　『だが、無頼の徒やごろつきどもは、また別な考え方をしているのです。町じゅうの人びとが家の中でも、集会の席でも、別荘でも、音楽堂でも、酒場でも、玉突屋でも、ただもう今度のことばかり話題にして、わいわいやっていますよ。なんでも、窓の下で大騒ぎをやろう、とかいう話ですがね。しかも、それがいわゆる初夜になんですからね！　もし誠実な人間のピストルがご入用でしたら、公爵、あなたが翌朝《蜜《みつ》の床》からお起きにならぬうちに、わたしは正義の弾丸を半ダースぐらい撃ちあう覚悟はできていますからね』彼はまた教会を出てから、渇《かつ》えた連中がわっと押し寄せる場合を心配して、外に消防ポンプを用意してはどうかとすすめたが、それにはレーベジェフが『消防ポンプなんか用意したら、それこそ家を木《こ》っ端《ぱ》にして持っていかれちゃいますよ』と反対した。

「あのレーベジェフのやつは、あなたにたいして陰謀をたくらんでいるんですよ、公爵、いや、ほんとうです！　あの連中は、あなたを禁治産者にしようとしているのですよ、しかも、それがどうでしょう、自由意志から財産まで、何もかもすっかりですよ。つまり、人間を四つ足から区別しているこの二つのものを奪おうというんですからねえ！

わたしは聞いたのです、たしかにこの耳で聞きました、正真正銘の事実ですよ！」

公爵はいつだったか自分でもそんな話を聞いたことを思いだしたが、そのときはむろん、なんの注意も払わなかったのである。彼は今度もただ声をたてて笑っただけで、すぐにまた忘れてしまった。レーベジェフは実際しばらくのあいだあくせく奔走したのであった。この男のもくろみは、いつも霊感といったようなものから生れるのであったが、あまり熱中しすぎてこみいったものになり、ほうぼうへ枝葉がわかれ、あらゆる点において、最初の出発点からすっかりかけ離れてしまうのであった。つまり、ほかならぬこのことが、彼が生涯あまり成功しなかった理由だったのである。その後、もうほとんど結婚式の当日といってもいいころ、彼が公爵のところへ懺悔《ざんげ》をしにあらわれたとき（彼は陰謀をたくらんだ相手のところへ、とりわけそれが失敗した場合、かならず懺悔するためにあらわれるという性癖があった）、自分はタレイラン（訳注　フランスの外交官。一七五四―一八三八年。ウィーン会議で活躍）として生れついたのに、どうしてただのレーベジェフになってしまったのかさっぱりわからない、と申したてた。それから自分のたくらんだ狂言の楽屋裏をすっかり暴露したので、公爵はすっかり興味をそそられた。彼の言葉によると、彼はまず第一に、いざという際にたよりになるような名士の庇護《ひご》を求めたのであった。そしてイワン・フョードロヴィチ将軍のもとへおもむいたところ、イワン・フョードロヴィチ将軍は疑いぶかそうに、自分は《あの青年》のためによかれと祈っているから、『助けてやりたいのは山々であるが、ここでそんな運動をするのは、どうも見苦しい』と言ったものである。リザヴェータ夫人は彼の話を聞こうとも、彼に会おうともしなかった。エヴゲーニイ・パーヴロヴィチと山《シチャー》公爵は、ただ両手をひろげたばかりである。しかし、レーベジェフは落胆することなく、ある敏腕な法律家と相談した。これは尊敬すべき老人で、彼の親友、というよりほとんど恩人とも言える人物であった。その法律家の結論によると、それは可能なことであり、公爵の精神錯乱と完全な発狂についての専門家の証人、それに加えるに何よりもまず名士の庇護が必要であると言った。レーベジェフは決して力を落さず、一度などは公爵のところへ医者を連れてきたほどである。これもやはり尊敬すべき老人で、アンナ勲章を首にかけている別荘住まいの男であったが、やってきたのはただ、いわゆる下検分をして、公爵と近づきになり、公式ではなしにいわば友人として自分の診断をつげるためであった。公爵はこの医者の来訪を覚えていた。もうその前の晩からレーベジェフは、彼の健康がすぐれないと言って、うるさくつきまとい、公爵が断固として医薬をしりぞけると、今度はいきなり、じつはついいましがた医者と二人して、とても容態の悪くなったチェレンチェフ氏のところから戻ったところであるが、医者の口から病人の容態について二、三公爵に知らせることがあると言って、医者を連れてきた。公爵はレーベジェフの処置をほめて、心から医師を歓待した。すぐさま患者たるイポリートの話がはじまった。医者は、自殺当時の状況をくわしく聞かせてくれと頼んだので、公爵はその一部始終をくわしく説明してきかせ、相手をうっとりさせてしまった。それからペテルブルグの気候や、公爵自身の病気のことや、スイスや、シュネイデルのことなども話題になった。シュネイデルの治療法の説明や、その他の公爵の話に、医者はすっかり興味をひかれて、二時間も長居してしまった。その間、彼は公爵のとびきり上等の葉巻をふかし、レーベジェフのもてなしとして、ヴェーラの運んできたすてきな果実酒が出た。そのとき妻もあれば家族もあるこの医者が、ある種のお世辞をヴェーラに言ったので、彼女はすっかり憤慨してしまった。二人は親友として別れた。公爵のもとを退出すると医者はレーベジェフにむかって、もしどうしてもあんな人を禁治産者にしなけりゃならないのなら、いったい誰を後見人にしたらいいでしょうね？　と言った。それにたいしてレーベジェフが目前に迫っている出来事について、悲愴《ひそう》な面持で説明すると、医者は悪賢そうに頭を振っていたが、しまいには『人はどんな女とでも結婚しかねないもんですよ、でも、まあ、それは別にしても、少なくともわたしが耳にしたかぎりでは、あの魅惑的な女性は、絶世の美貌《びぼう》のほかに、いや、それ一つだけでも、優に身分ある男性を迷わせるに足りますがね、そのほかにトーツキイや、ロゴージンから手にいれた財産や、真珠とか、ダイヤモンドとか、ショールとか、家具類とかいったものを持っておりますからねえ。ですから今度の結婚も公爵としては、それほど人目につく愚かさを証明しないばかりか、むしろかえって細心の、世なれた頭や勘定高い狡猾《こうかつ》さを証明していますよ。したがって、それとはまったく正反対の、公爵にとって有利な結論を促すわけになりますな……』と注意したのである。この言葉はレーベジェフの心を強く打ったので、彼もその意見に従い、公爵にむかって、『もう今度こそ、血を流してもいとわない信服の念のほか、何ものもわたしにはございません。そのためにこうしてやってきましたので』とつけくわえたものである。

この数日のあいだ、イポリートも公爵の心をまぎらしてくれた。彼はじつにしげしげと使いをよこした。彼の一家は、ほど遠からぬ小さな家に住んでいた。小さな子供たち、イポリートの弟や妹たちは、病人のそばにいないで庭へ出られるということだけでも、別荘住まいを喜んでいた。が、あわれな大尉夫人は、なにもかも彼の言うなりになって、まったく息子の犠牲になっていた。公爵は毎日のように親子のあいだを引きわけたり、仲なおりさせたりしなければならなかった。病人は相変らず彼のことを《ばあや》と呼んでいたが、それと同時にその仲裁人の役まわりを心ならずも軽蔑《けいべつ》せずにはいられなかった。彼はコーリャにたいしてとても不満をいだいていた。それはこの少年がはじめは瀕死《ひんし》の父親のそばに、その後は未亡人になった母親のそばにつききりで、ほとんど自分のところへ顔を見せなかったからであった。ついに彼は、目前に迫った公爵とナスターシャ・フィリポヴナの結婚をその皮肉の対象に選んだが、結局は公爵を侮辱して、すっかり怒らせてしまった。公爵はぱったりたずねてこなくなった。それから二日たった朝、大尉夫人がしょんぼりやってきて、ぜひ公爵においで願いたい、でないと、わたしはあの子にかみ殺されてしまいます、と涙ながらに頼んだ。それからまた、息子は公爵に大きな秘密を打ちあけたがっている、とつけくわえた。公爵は出かけていった。イポリートは仲なおりしたいと泣きだしたが、涙がおさまると、当然のことながら、いっそう腹をたてた。ただその怒りを外へあらわすのを恐れていた。彼の容態はとても悪く、どこから見ても、もう今度はまもなく死ぬにちがいないと思われた。秘密なんか何もなかった。ただ興奮のあまり（それもあるいはわざと装《よそお》ったのかもしれないが）息を切らせながら、『ロゴージンに注意なさい』と頼んだだけであった。『あの男は決して他人に譲歩するようなやつじゃありませんよ、公爵、あれはとてもわれわれの仲間じゃありません。あの男はいったんこうと決めたら、何ひとつこわいものなんかないんですから……』云々《うんぬん》と言った。公爵はあれこれ詳しくたずねてみて、何か事実をつかもうと望んだ。だが、イポリート個人としての感じと印象のほかには、なんの事実もなかったのである。イポリートは結局のところ公爵をびっくりさせたので、すっかり喜んで、それきり話をやめてしまった。はじめのうち公爵は、彼のある種の質問には答えたくなかったので、『せめて外国へでもお逃げになったらどうです。ロシアの坊さんならどこにでもいますから、むこうでだって結婚できますよ』という忠告にたいしても、ただ微笑しただけであった。しかし、結局イポリートはつぎのような考えを述べて、話を結んだ。『ぼくはただアグラーヤ・イワーノヴナのことを心配しているんですよ。ロゴージンはあなたがあのお嬢さんを恋しているのを、よく知っていますからね、恋には恋をもって酬《むく》いよ、ですよ。あなたがあの男からナスターシャ・フィリポヴナを奪ったので、あの男はアグラーヤ・イワーノヴナを殺しますよ。もっとも、あの女《ひと》はいまあなたのものじゃありませんけれど、それでもやはりあなたは苦しむでしょうね、そうじゃありませんか?』彼は目的を達したのである。公爵は人心地もなく彼のもとを立ちさった。

ロゴージンについてのこの警告は、もう結婚式をあすに控えたときになされたのであった。その晩、公爵は式を挙げる前に最後にもう一度ナスターシャ・フィリポヴナに会ったのである。しかし、ナスターシャ・フィリポヴナは彼を慰めるどころではなかった。いや、むしろその反対に、このごろではしだいに彼の不安を増すばかりであった。以前、といっても数日前までは、彼女も公爵と会うたびに、全力をつくして彼の気をまぎらそうとした。彼の沈んだ様子を見るのがとても恐ろしかったので、歌を歌って聞かせることさえあった。しかし、何よりも思いだせるかぎりの滑稽《こっけい》な話をして聞かせることがいちばん多かった。公爵はたいていいつも笑うようなふりをして見せたが、ときにはほんとうに笑うこともあった。それは彼女が夢中になって話すときにあらわれるすばらしい機知と明るい感情のためであったが、実際彼女はよく夢中になった。公爵の笑顔《えがお》を見、自分が相手に感銘を与えたことを見てとると、彼女は有頂天になって自慢しはじめるのであった。ところが、いまでは彼女の悲哀と物思いは、ほとんど一時間ごとにつのっていくのだった。ナスターシャ・フィリポヴナについての彼の意見は決っていた。そうでなかったら、もちろん、彼女のすべてのものが、いまや彼にとって謎《なぞ》めいた不可解なものに感じられたにちがいない。しかし、彼女はまだ復活しうるものと、彼は心から信じていた。彼がエヴゲーニイ・パーヴロヴィチにむかって、彼女を心の底から愛していると言ったのは、まったく事実であった。実際、彼女にたいする彼の愛情のなかには、何かしらあわれな病気の子供にひかされる愛着といったものが含まれていた。そんな子供の勝手放題にまかせておくのは、情において忍びがたいような、いや、むしろ、そんなことは不可能のような気がするのであった。彼は彼女にたいする自分の気持を、決して誰にも説明しなかった。そういう話を避けられないような場合でさえ、それを口にすることを好まなかった。当のナスターシャ・フィリポヴナとも、いっしょにすわっているときも、決してその《気持のこと》を話しあったことがなかった。まるで二人とも、そんな約束でもしているみたいであった。二人の陽気な、活きいきした日常の会話には、誰でも仲間入りすることができた。ダリヤ・アレクセーエヴナは後になって、あのころの二人をながめていると、ほれぼれと見いって、とてもうれしくなったものだ、と語ったものである。

しかしながらナスターシャ・フィリポヴナの精神的、ならびに知的状態についての彼のこうした見解は、そのほかのさまざまな疑惑をまぎらすのにいくぶんなりとも力があったのである。現在の彼女は、三月ばかり前に知っていたころとは、まるで別人のようになっていた。たとえば彼もう、あのときは涙と呪《のろ》いと非難の言葉を浴びせて自分との結婚をきらって逃げだしたのに、どうして今度は自分のほうから早く結婚式を挙げようと主張するようになったのか？　などとは考えこまなくなっていた。《ということは、もうあのときのように、この結婚が私を不幸にするなどと心配していないのだな》と公爵は考えた。このように急激に生れた自信は、彼の眼には、どうしても自然なものに映らなかった。またアグラーヤにたいする憎しみばかりが、このような自信を生むわけもなかった。ナスターシャ・フィリポヴナはもっとふかく物事を洞察《どうさつ》することのできる女性だった。またロゴージンといっしょになったときを思う恐怖のためでもあるまい？　要するに、これらの原因が、さまざまなほかの事情といっしょになってたがいに関連しあっているのだ。しかし、彼にとって何よりも明らかなことは、彼がずっと前から疑っていた、このあわれな病める心には耐えられないようなものが存在しているという事実であった。こうしたすべてのことは、それなりにいろいろの疑惑から彼を救ってくれたけれど、そのあいだじゅう、彼に安心も休息も与えてくれなかった。ときには、彼も何も考えまいとつとめていた。実際、この結婚にたいしても彼はどうやら何かたいして意味のない形式かなんぞのように見ているらしかった。自分自身の運命をも、彼はあまりに安く評価していたのである。エヴゲーニイ・パーヴロヴィチとの会話に類するような会話や、その他の抗議にたいしては、まったく返答ができなかったし、また自分にその資格があるとも思えなかった。そのために、彼はすべてこのような会話を避けるようにしていた。

そうは言うものの、彼はアグラーヤが自分にとっていかなる意味をもっているかを、ナスターシャ・フィリポヴナがあまりにもよく心得、かつ理解しているのに気づいていた。彼女はただ口にこそ出して言わなかったが、まだはじめのころ、エパンチン家へ出かけようとしている彼の姿を見つけたときの彼女の《顔つき》を見て、それとさとったのである。エパンチン家の人びとが出発してしまうと、彼女の顔はまるで喜びに輝きわたるようであった。公爵はいかにも気のつかない、察しの悪いほうであったが、アグラーヤをパーヴロフスクからいびりだすために、ナスターシャ・フィリポヴナが何か一騒動もちあげるのではないかという考えに、急に心を騒がしはじめた。結婚をめぐる別荘じゅうの騒々しい噂《うわさ》も、おしゃべりも、むろん、その一部は恋敵《こいがたき》をいらだたせるために、ナスターシャ・フィリポヴナが片棒かついだものなのである。エパンチン家の人びとに道で出会うのがむずかしかったので、ナスターシャ・フィリポヴナはあるとき自分の馬車に公爵を乗せて、相乗りのまま将軍家の窓のすぐ下を通るように命じた。それは公爵にとって思いもよらぬおどろきであった。彼はいつもの伝で、もう取返しがつかなくなってから、馬車がもう窓のすぐ下を通りかかったときに、はじめてはっと気がついたのである。彼は何も言わなかったが、そのあと二日ばかりずっと寝こんでしまった。ナスターシャ・フィリポヴナも、それ以後はそんな試みをくりかえさなかった。結婚式の数日前から、彼女はひどく考えこむようになった。いつも結局は悲しみに打ちかって、また陽気になるのだったが、そのはしゃぎ方が前よりずっともの静かで、以前ほど騒々しくもなければ、幸福そうなはしゃぎ方でもなかった。公爵は以前に倍して注意するようになった。彼女が彼にむかって一度もロゴージンのことを口にしないのも、変に思われた。ただ一度、結婚式の五日ばかり前に、急にダリヤ・アレクセーエヴナから、ナスターシャ・フィリポヴナの加減がとても悪いからすぐ来るようにという使いが来たことがあった。出かけていってみると、彼女はまるで気ちがい同然の有様であった。彼女は悲鳴をあげたり、体を震わせたりしながら、ロゴージンがこの家の庭に隠れている、たったいまその姿を自分で見た、夜になったら、あの男に殺される……刃物で斬《き》り殺される！　と叫ぶ有様であった。まる一日、彼女は気をしずめることができなかった。ところが、その日の夕方、公爵がちょっとイポリートのところへ寄ったとき、何かの用事で町へ行って、たったいま戻ったばかりの大尉《たいい》夫人が、きょうペテルブルグの彼女の家へロゴージンが寄って、パーヴロフスクのことをあれこれたずねたという話をして聞かせた。ロゴージンの立ちよったのは正確に言うと何時ごろかという公爵の問いにたいして、大尉夫人の答えた時刻は、ナスターシャ・フィリポヴナが自分の家の庭で、彼の姿を見たという時刻にほとんど符合していた。で、問題は単なる幻影にすぎなかったということで説明された。ナスターシャ・フィリポヴナはなお自分で詳しくたずねるために、大尉夫人のところへ出かけていき、すっかり安心したのであった。

結婚の前夜、公爵が別れたときのナスターシャ・フィリポヴナはとても元気がよかった。ペテルブルグの洋装店からあすの衣裳《いしょう》、式服や髪飾りやその他さまざまなものが届いたのである。公爵は、彼女がこれほどまでに衣裳のことで興奮しようとは思いもよらなかった。彼としても一生懸命になってほめてやった。彼がほめるのを聞いて、彼女はいっそう幸福な気持になった。ところが、彼女はうっかり余計な口をすべらした。彼女は町の人がこの結婚を憤慨していることも、どこかのいたずら者がわざわざ作った諷刺《ふうし》詩《し》に音楽までつけて、ひと騒ぎしようと企《たくら》んでいることも、またそれがほかの連中の声援を受けんばかりの有様だということも小耳にはさんでいた。そのために、いまはなおさらこの連中の前に昂然《こうぜん》と頭をそらして、自分の衣裳の趣味と贅沢《ぜいたく》さでみんなを驚嘆させてやろう、という気になったのである。《もしできるなら、勝手にどなったり、口笛を吹いたりすればいいのよ！》そう考えただけで、彼女の眼はぎらぎらと輝くのであった。彼女にはもう一つ秘めた空想があったが、それを口に出しては言わなかった。それはほかでもない、アグラーヤか、そうでなければ少なくとも誰かそのまわし者が、やはり群衆にまじって、わからないようにそっと教会へやってきて自分をじっとながめるにちがいない、という空想であった。彼女は心の中でそっとその覚悟をしていた。こうした考えにすっかり心を奪われながら、夜の十一時ごろ彼女は公爵と別れたのである。ところが、まだ十二時も打たないうちに、公爵のところへダリヤ・アレクセーエヴナの使いが駆けつけてきて、『とても加減が悪いからすぐ来てください』とつげた。公爵が駆けつけてみると、花嫁は鍵《かぎ》のかかった寝室に閉じこもって、ヒステリックに絶望的な涙を流していた。彼女はみんなが鍵のかかった扉《とびら》ごしに言うことを、長いこと何ひとつ聞こうともしなかったが、やっとドアをあけると、公爵ひとりだけ中へ入れて、すぐ扉に鍵をかけ、彼の前にひざまずいたのである（少なくとも、ちらとすき見したダリヤ・アレクセーエヴナはあとでそう語っていた）。

「あたしはなんてことをしているんでしょう！　ほんとになんてことをしているんでしょう！　あなたの身になんてことをしようとしているんでしょう！」と彼女は発作的に公爵の両足を抱きしめながら叫んだのである。

公爵はまる一時間も、彼女といっしょにすわっていた。二人がどんな話をしたのかは、知る由《よし》もない。ダリヤ・アレクセーエヴナの話によると、二人は一時間後にすっかり仲なおりして、幸福そうな様子で別れたということである。公爵はその晩もう一度使いを出して様子をたずねたが、ナスターシャ・フィリポヴナはもう寝入っていた。翌朝、まただ彼女が眼をさまさないさきに、さらにもう二人の使いが公爵のところからダリヤ・アレクセーエヴナの家へやってきたが、三度目の使いは、もうこんな伝言を携えて帰った。『いまナスターシャ・フィリポヴナのまわりには、ペテルブルグからやってきた洋裁師や、美容師が大勢取りまいている。昨晩のことはけろりとなおってもう跡形《あとかた》もない。彼女は結婚式を前にした美人にしか見られぬようなせわしさで、化粧に夢中になっている。いまはちょうど、どのダイヤモンドをつけたらいいか、またどんなふうにつけたらいいかと、たいへんな評定《ひょうじょう》が行われている』公爵はそれを聞いて、すっかり安心してしまった。

この結婚式についての最後の逸話は、事情に通じた人びとによって、つぎのように語られているが、それはどうやら正確な話のようである。

挙式は午後八時ということに決められていた。ナスターシャ・フィリポヴナは、もう七時には支度《したく》を済ましていた。もう六時ごろから、すこしずつ閑人《ひまじん》の群れがレーベジェフの別荘のまわりに集まってきたが、ことにダリヤ・アレクセーエヴナの家のそばはひどかった。七時ごろからは、教会もいっぱいになってきた。ヴェーラ・レーベジェワとコーリャは、公爵の身をとても案じていた。しかしながら、二人とも家での用事が山ほどあった。公爵の住まいのほうで客の応接や接待を切りまわしていたからである。もっとも式のあとでは、なんの集まりもほとんど予定されていなかった。結婚式に参列するために必要な人びとのほかに、プチーツィン夫妻、ガーニャ、アンナ勲章を首にかけた医者、ダリヤ・アレクセーエヴナが、レーベジェフから招待されていた。いったいなんのために《ほとんど知人とも言えぬ》医者を招く気になったのか、と公爵がたずねたとき、レーベジェフは得々として『首に勲章をかけたりっぱなおかたですからな、体裁《ていさい》のためでございますよ……』と答えたので、公爵は苦笑してしまった。燕尾《えんび》服《ふく》に手袋をつけたケルレルとブルドフスキーは、なかなか押出しがよかった。ただケルレルは、家のまわりに集まってきていた閑人たちを、敵意にみちた眼つきでにらみつけ、喧嘩《けんか》ならいつでも来いという様子が、あらわに見えすぎたので、公爵はじめ彼を推薦した人びとをいくらかどぎまぎさせた。とうとう七時半に、公爵は箱馬車に乗って、教会へ出かけていった。ついでに注意しておくと、公爵自身も在来の習慣やしきたりを、わざと一つも省くまいと決めていたので、すべてのことが公然とあからさまに、《型のごとく》取りおこなわれたのであった。教会では、群衆の絶え間ないささやきや叫び声のなかを縫いながら、左右へ恐ろしい視線を投げるケルレルに手をひかれて、公爵はしばらくのあいだ祭壇のうしろへ姿を隠した。ケルレルは花嫁を迎えに出かけていった。行ってみると、ダリヤ・アレクセーエヴナの玄関先には、公爵のところよりも二倍も三倍も多い群衆が集まっているばかりでなく、どうやら三倍もずうずうしいように思われた。階段を上っていくと、とても我慢できないような叫び声が耳にはいったので、彼はもうすこしのところでそれにふさわしい言葉を返してやるつもりで、群衆のほうをふりむこうとした。ところが、幸いなことに、ブルドフスキーと、玄関からとびだしてきたダリヤ・アレクセーエヴナにおしとどめられ、むりやりに中へ引っぱりこまれてしまった。ケルレルはいらいらして、先を急いでいた。ナスターシャ・フィリポヴナは立ちあがって、もう一度鏡をのぞきこみ、あとでケルレルが伝えたところによると、《ゆがんだ》微笑を浮べながら『まるで死人のように蒼《あお》い顔色ね』と言って、うやうやしく聖像を拝んで、玄関先へ出ていった。わっというどよめきが彼女の姿を迎えた。もっとも、最初の一瞬間はただ笑い声や、拍手や、口笛すらも聞えたが、すぐつぎの瞬間にはもう別な声がひびきわたった。

「すげえ美人だな！」という叫びが群衆のなかでおこった。

「なあに、この女ひとりきりってわけじゃねえさ！」

「婚礼で万事うまくおさめようってのさ、ばか野郎！」

「なんだと、こんな別嬪《べっぴん》がまたといるかよ、ばんざーい！」いちばんそばにいた連中が叫んだ。

「よう、公爵夫人！　あんな夫人のためなら、魂を売っても惜しくはねえよ！」どこかの事務員らしいのが叫んだ。

「『命もて一夜の情けをあがなわん！』（訳注　プーシキンの詩句）……か！」

ナスターシャ・フィリポヴナはまったくハンカチのように蒼い顔をしてあらわれた。しかし、その大きな黒い瞳《ひとみ》は赤く燃えた炭火のように、群衆にむかってぎらぎらと輝いていた。ほかならぬこの眼差《まなざ》しに群衆は参ってしまった。憤激の叫びは歓呼の声に変った。もう箱馬車のドアが開かれて、ケルレルが花嫁に手をさしのべたとたん、彼女はいきなりあっとひと声叫んで、玄関の階段から群衆のなかへとびこんだのである。彼女を見送って出てきた人びとはおどろきのあまり茫然《ぼうぜん》となってしまった。群衆は彼女の前にさっと道を開いた。と、階段から五、六歩離れたところに、ふいにロゴージンの姿があらわれた。ほかならぬこの男の視線を、ナスターシャ・フィリポヴナは群衆のなかにとらえたのであった。彼女は気ちがいのように彼のそばへ駆け寄ると、その両手をひしとつかんだ。

「あたしを助けてちょうだい！　あたしを連れてってちょうだい！　どこでもいいわ、いますぐに！」

ロゴージンは、彼女をほとんど両手で抱きかかえるようにして馬車の中へかつぎこんだ。と、すばやく財布の中から百ルーブル札を抜きだして、さっと馭者《ぎょしゃ》に突きつけた。

「停車場へ。汽車にまにあったら、もう百ルーブルやるぞ！」

そうなると、自分もナスターシャ・フィリポヴナのあとから馬車に飛び乗り、ぱたんとドアをしめた。馭者は一瞬の躊躇《ちゅうちょ》もなく馬に鞭《むち》を当てた。あとになってケルレルは、あまりに突然だったのでと弁解した。『もう一秒遅かったら、わが輩もあわてずに、あんなまねはさせなかったのに！』と彼はその出来事を説明して言った。彼はブルドフスキーとともに、そこに居あわせた馬車をとらえて、急いで追いかけたが、その途中で《もういずれにしても遅いな！　力ずくじゃ取りもどせないな！》と考えを変えてしまった。

「それに公爵だってお望みじゃあるまい！」度胆《どぎも》をぬかれてしまったブルドフスキーはこう決めてしまったのである。

一方ロゴージンとナスターシャ・フィリポヴナは、ちょうどいい時間に停車場へ乗りつけた。ロゴージンは馬車を出ると、もう汽車に乗りこもうとするまぎわに、通りかかったひとりの娘を呼びとめた。娘は古ぼけてるが、ちゃんとした黒っぽいケープを羽織り、頭には絹のネッカチーフを巻いていた。

「そのケープを五十ルーブルで譲っておくれ！」彼はいきなり金を娘につきつけた。相手があっけに取られて、思案しようとしているうちに、彼はもうその手に五十ルーブルを握らせ、ケープとネッカチーフを引ったくって、ナスターシャ・フィリポヴナの肩と頭に、すっぽり着せてしまった。彼女のあまりに華麗な衣裳が人目について、車中の注目をひきやすいからであった。その娘はなぜなんの値打ちもない自分の古い衣裳が、あんな法外な値で買いとられたのか、ずっとあとになってさとったのである。

思いもよらぬ出来事についての騒ぎは、異常な速さで教会に達した。ケルレルが公爵にむかって進んでいくと、まったく彼と近づきのない人びとが大勢彼のほうへ押し寄せてきて、根掘り葉掘りたずねるのであった。声高《こわだか》な話し声がつづき、仔細《しさい》らしく首を振る者や、笑い声をたてる者さえあった。誰ひとり教会を出ようとしなかった。花婿がこのニュースをどんなふうに受けとるかと待ちかまえていたのである。彼は真《ま》っ蒼《さお》になったが、聞えるか聞えないかの声で、『私も心配はしていたんですがね。でも、まさかこんなことになろうとは思いませんでした……』とつぶやいて静かにそのニュースを受けとったのである。それからしばらく黙っていてから『もっとも…あの女《ひと》の境遇になってみたら……それも当然すぎることかもしれませんね』とつけくわえたのであった。この感想については、あとでケルレル自身が《無類の哲学》と評したほどである。公爵は、見たところ落ちつきはらって、元気よく教会を出た。少なくとも、多くの人がそう見たようである。だが、はたの者がそうはさせなかった。彼は急いで家へ帰って、一刻も早くひとりになりたかってて、あとで話しあっていた。彼は急いで家へ帰って、一刻も早くひとりになりたかっ客の誰かれが部屋へはいってきた。そのなかにはプチーツィンとガヴリーラ・アルダリオノヴィチがいたが、いっこうに帰るつもりのないらしい例の医者も二人といっしょだった。そればかりか、家全体が、閑人《ひまじん》たちの群れで文字どおり包囲されていた。もうテラスのほうから公爵はケルレルとレーベジェフが、まるで見知らぬ数人の人たちと、激しい口論をしているのを耳にした。その連中は、どうやら役人らしかったが、どうしてもテラスへあがりたいというのであった。公爵は言い争っている連中のそばへ寄って事情をたずねた。そして、丁寧にレーベジェフとケルレルを遠のけて、その階段に立っていた連中の頭《かしら》らしい、もう髪の白い、がっしりした紳士のほうへうやうやしく向きなおって、どうぞ来訪の栄を得たいと、相手を招じ入れたのである。その紳士はちょっと面くらったが、それでもやはりはいってきた。そのあとにつづいて、二人三人とつぎつぎにはいってきた。結局のところ、群衆のなかから七、八人の訪問希望者があらわれて、やはり中へはいったが、なんとかしてざっくばらんな態度をとろうとしていた。しかし、もうそれ以上もの好きな人はあらわれなかった。まもなく同じ群衆のなかに、でしゃばり者を非難する声が聞えはじめた。押しいった客たちは、ちゃんと席を与えられ、会話がはじまり、お茶のもてなしまで受けた——しかも、こうしたことがおそろしく礼儀正しく控え目に行われたので、押しいった客たちは、いくぶん面くらったほどであった。もちろん、会話を陽気なものにさせ、《適当な》話題に導こうとする試みも多少はなされた。また無遠慮な質問も、《威勢のいい》注意も、いくつかの口から出された。公爵はそれにたいして、じつに率直に愛想よく、しかもそれと同時にじつに堂々と相手のちゃんとした身分に信頼を寄せながら応対したので、ぶしつけな質問も自然と消えてしまった。だんだんに会話はほとんどまじめなものになっていった。ひとりの客などはちょっとした言葉尻《ことばじり》をつかまえて、おそろしく憤慨したあげく、自分はどんなことがあっても領地を手放さない、いや、それどころか、時機の到来を待つことにする、いや、待ちおおせてみせる、『まったく事業は金銭にまさるものですからなあ』『いいですか、これがわたしの経済方針ですよ、ちょっとお知らせしておきますがね』と誓ったものである。その男は公爵にむかって言ったので、公爵はレーベジェフが耳もとに口を寄せて、あの男は家屋敷もなければ、領地なんぞついぞ持ってたことはないんですよ、とささやくのも相手にせず、熱心に相手の考えを賞讃《しょうさん》したのである。ほとんど一時間ばかりの時がすぎた。お茶も飲み終ってしまった。お茶がすむと、客たちはもうこれ以上長居するのが、ぐあい悪くなってきた。医者と白髪の紳士は熱意をこめて、公爵に別れをつげた。いや、みんなも熱意をこめて騒々しく別れの挨拶《あいさつ》をはじめた。『なにも悲しむことはありませんよ。ひょっとすると、これがかえって幸いだったかもしれませんからね』云々《うんぬん》といった希望や意見も吐かれた。もっとも、シャンパンをねだろうとする試みもあったが、これはお客のなかの年寄り株の者が若い連中をおさえてしまった。みんなが帰っていってしまったとき、ケルレルはレーベジェフのほうへかがみこんで、『これがわが輩やあんただったら、大声を出したり、なぐりあったり、いいかげん恥っさらしなまねをして、結局は警察のご厄介になるところだろうが、公爵はあのとおり、新しい友だちをこしらえてしまったじゃないか。しかもたいした友だちだぜ。わが輩はあの人たちをよく知ってるがね！』と言った。もうかなり《できあがっている》レーベジェフは、溜息《ためいき》をついて言った。「『いと賢く知恵あるものに隠して、幼な児《ご》に啓《ひら》きたもう』ってわたしはずっと以前に、あのかたのことを許したことがあったが、今度はこうつけくわえるとも。『神はかの幼な児を守りて、破滅の淵《ふち》より救いたまいぬ。神とそのすべての聖者よ！』とね」

ようやく十時半ごろになって、公爵はひとりきりになることができた。頭がずきずきと痛んだ。誰よりもいちばん遅く帰ったのは、式服を普段着に着換える手伝いをしたコーリャだった。二人は熱のこもった別れの言葉を交《か》わした。コーリャはきょうの出来事についてくだくだしく言わないで、あすはできるだけ早く来ると約束した。彼はあとになって、最後の別れのときにさえ、何も打ちあけてくれなかったところを見ると、公爵は自分にまであの計画を隠していたのだ、と論証した。まもなくその広い家じゅうに、ほとんど誰ひとりいなくなってしまった。ブルドフスキーはイポリートのもとへ行ってしまったし、ケルレルとレーベジェフもどこかへ出かけていった。ただヴェーラ・レーベジェワひとりがしばらくのあいだ部屋の中に居残って、お祝いめいた飾りつけを、いつもの体裁に手早くなおしていた。帰りしなに彼女がちょっと公爵の部屋をのぞいてみると、彼はテーブルに両肘《りょうひじ》ついて、頭を両手でかかえこみながら、テーブルにむかってじっと腰かけていた。彼女はそっと彼に近寄って、その肩に手をふれた。公爵はけげんそうに彼女を見たが、一分間ばかり誰だろうと思い迷っているようだった。だが、やっと気づいて、すべてのことがわかると、急におそろしく興奮してしまった。もっとも、明朝、一番の汽車にまにあうように、七時に部屋のドアをたたいてくれと、並みはずれて熱心にヴェーラに頼んだ。ヴェーラは約束した。公爵は、このことは誰にも言わないでくれと、熱心に頼みだした。彼女はそれも承知して、やがて部屋を出ようともうドアをあけたとき、公爵は三たび彼女を呼びとめて、その手を取ると、それに接吻《せっぷん》した。それから、いきなり額の真ん中に接吻して、何か《尋常一様でない》面持で、『じゃ、あすまた!』と言ったのである。少なくとも、ヴェーラはあとになってこう伝えた。彼女はひどく公爵の身を案じながら立ちさった。翌朝、約束どおり、七時すぎに彼の部屋のドアをたたいて、ペテルブルグ行きの汽車はあと十五分したら出ますと知らせたとき、公爵はすっかり元気づいて、微笑すら浮べながらドアをあけたように思われたので、彼女もいくらか安心した。彼は昨晩ほとんど着換えをしなかったが、しかし眠ることは眠ったのであった。彼の考えでは、その日のうちに戻ってこられるはずであった。してみると、彼は市《まち》へ出かけることを、そのときヴェーラだけには知らせてもいい、いや、知らさねばならぬと、考えたのであろう。

11

一時間後に、彼はもうペテルブルグに来ていた。そして、九時すぎには、ロゴージンの家の呼鈴《よびりん》を鳴らしていた。彼は正面玄関からはいったのだが、長いことドアをあけてくれなかった。ようやく老母の住まいのドアがあいて、端正な顔だちの年とった女中が姿を見せた。

「パルフョン・セミョーノヴィチはお留守でございます」彼女はドアの内側からつげた。「どなたさまにご用で?」

「パルフョン・セミョーノヴィチに」

「お留守でございますよ」

女中は好奇の色をありありと顔に浮べて、公爵《こうしゃく》の様子をじろじろながめた。

「ではせめて、昨晩うちでおやすみになったかどうか、教えていただけませんか。それから……昨夜はおひとりで帰られましたか!」

女中は相変らずじろじろながめまわすばかりで、何も返事をしなかった。

「きのうあの人といっしょにここへ……晩方……ナスターシャ・フィリポヴナが見えませんでしたか?」

「あの失礼でございますが、あなたさまはどなたさまでいらっしゃいますか？」

「レフ・ニコラエヴィチ・ムイシュキン公爵です、私たちはごく親しい間柄ですがね」

「お留守なのでございます」

女中は眼を伏せた。

「で、ナスターシャ・フィリポヴナは？」

「そんなことは何も存じませんので」

ドアはしめられた。

公爵はもう一時間したらまた立ちよってみることにした。ふと庭をのぞくと、庭番の姿が見えた。

「パルフョン・セミョーノヴィチはおいでかね？」

「おいでございます」

「なぜいま留守だなんて言ったんだろう？」

「旦那《だんな》の家の者が言いましたかね？」

「いや、おふくろさんのほうの女中だがね、パルフョン・セミョーノヴィチのほうの呼鈴を鳴らしたんだが、誰もあけてくれなかったよ」

「ひょっとしたら、お出かけかな」庭番はひとり決めしてしまった。「いつも出先をおっしゃらないいんでね。ときには、鍵《かぎ》まで持っていかれるので、三日も部屋をしめっきりにしておくこともありますよ」

「きのう家におられたことは、たしかに知っているんだね？」

「おいででしたよ。そりゃときには、正面玄関からおはいりになっても、お見受けしないこともありますからね」

「じゃ、ナスターシャ・フィリポヴナは、きのうあの人とごいっしょじゃなかったのかい？」

「そりゃ知りませんな。あまりちょくちょくお見えになりませんのでね。お見えになったら、わかりそうなものですがね」

公爵は外へ出て、しばらく物思いに沈みながら、歩道を歩いていった。ロゴージンの住んでいるほうの部屋の窓はすっかりしめてあったが、母親の住まいになっている半分のほうはほとんどの窓もあいていた。からりと晴れた暑い日であった。公爵は往来を横切って反対側の歩道へ渡り、足をとめてもう一度窓を見あげた。窓はしまっているばかりか、ほとんどどの窓にも白いカーテンが垂《た》らしてあった。

彼は一分間ほど立っていた。と――不思議なことに――思いがけなく一つのカーテンの片隅《かたすみ》がひょいと持ちあがって、ロゴージンの顔がちらっとひらめいたかと思うまもなく、たちまち消えてしまったような気がした。彼はしばらく待ってから、また出かけてもう一度呼鈴を鳴らしてみようと思ったが、すぐ思いなおして、もう一時間延ばすこと

にした。《ひょっとすると、ただそんな気がしただけかもしれないからな……》

だが、そのおもな理由は、いまや彼がイズマイロフ連隊区へ、つい先日までナスターシャ・フィリポヴナの住んでいた家を目ざして、急いでいたからである。彼女が彼の希望によって、三週間前パーヴロフスクを出てから、イズマイロフ連隊区に住むかつての親しい友だちのもとに身を寄せたことを、彼は承知していた。それは未亡人になった教員夫人で、家族もあれば、かなり身分のある人だったが、みごとな家具つきの部屋を貸して、ほとんどそれで生活していたのである。さきごろナスターシャ・フィリポヴナがふたたびパーヴロフスクへ住まいを移したとき、万一の用心に、住まいをそのままにしておいたであろうことは、大いにありうべきことである。いや、少なくとも、彼女がそこで一夜を明かしたと想像しても、たいして間違いではあるまい。もちろん、そこへはきのうロゴージンが連れていったのであろう。公爵は辻馬車《つじばしゃ》を雇った。彼は道すがら、彼女が夜になってまっすぐロゴージンの家へ乗りつけるとは考えられないから、まずここから手始めに行動を開始すべきだと思いついた。そこでまた、ナスターシャ・フィリポヴナは、あまりちょいちょいお見えになりませんという庭番の言葉も思いだされた。それでなくてもあまりちょいちょい来ないとすれば、今度のような場合に、どうしてロゴージンの家へ泊ることがあろう？　こうした気休めに励まされながら、公爵はようやく半死半生のていでイズマイロフ連隊区へやってきた。

まったくおどろいたことには、教員夫人の家では、きのうもきょうも、ナスターシャ・フィリポヴナのことなぞ話にも聞いたことがないばかりか、まるで奇蹟《きせき》でも見るように、彼自身を迎えにとびだしてきた。それは大人数の家族全員で、十五から七つまでの年子《としご》の女の子ばかりが、母親のあとを追ってばらばらととびだしてきて、口をぽかんとあけながら、彼のまわりを取りかこんだ。そのあとから黄色い顔に黒いネッカチーフをかぶった子供たちのやせたおばさんと、最後に、一家のおばあさんである眼鏡をかけた老婦人が出てきた。

教員夫人が、中へ通って休んでいくようにしきりにすすめたので、公爵もそれに従った。みんなは、彼が何者であるかということも、きのう結婚式が挙げられるはずだったことも、よく承知していたので、結婚のことも、また彼といっしょにパーヴロフスクにいるはずの女性のありかを、かえって自分のほうからたずねにきたという不思議な事実についても、あれこれたずねたくてうずうずしていたが、遠慮していた。彼はそれを察して、手短かに、結婚についてのみんなの好奇心を満足させてやった。と、急におどろきの声や、溜息《ためいき》や、叫び声がおこったので、彼はそのほかほとんどすべての事情を、もちろん、大筋だけではあるが、話して聞かせねばならなくなった。結局のところ、興奮した賢明な婦人たちはいろいろ相談した末、まず第一にロゴージンをたずねて、彼の口からぜひひとも確かなことをききだすべきだと忠告した。もし彼が不在だったら（これもちゃんと突きとめねばならないが）、あるいは家にいても、話してくれなかったら、セミョーノフ連隊区に母親と二人で暮しているナスターシャ・フィリポヴナの知人のドイツ婦人のところへ行ってみるようにとも言った。ひょっとしたら、ナスターシャ・フィリポヴナは興奮のあまり、身を隠すために、その婦人のところに泊ったかもしれない、というのであった。公爵は、すっかり打ちのめされたような面持で立ちあがった。『おそろしく真《ま》っ蒼《さお》な顔色をしておられました』と、あとになってその婦人たちは話した。実際、彼は足もとがふらふらしていた。彼はまるではじけるようなさまざまな声の入り乱れたあいだから、みんなが自分たちもあなたといっしょに行動をともにするから、市内の住所を教えてくれと言ったのを、ようやく聞き分けた。ところが、彼にはきまった住所などというものはなかった。みんなは、ひとまずどこか宿へ落ちつくことをすすめた。公爵はちょっと考えてから、五週間ばかり前に発作をおこしたときの、例の宿の住所を教えた。それから、ふたたびロゴージンのところへ出かけていった。ところが、今度はロゴージンの住まいのほうのドアがあかなかったばかりでなく、老母の住まいのほうのドアさえあけてくれなかった。公爵は庭番を捜しにいって、ようやく庭先でつかまえた。が、庭番は何か忙しそうにしていて、ろくろく返事もしなければ、ふりむきさえしなかった。しかし、それでも、パルフョン・セミョーノヴィチは『朝早く家を出られて、パーヴロフスクへおいでになりましたが、きょうはお帰りになりません』と、きっぱり言ってのけた。

「待ってみよう。ひょっとすれば、夕方には帰るだろう？」

「いや、ことによると、一週間もお帰りにならないかもしれませんよ、そんなことわかりませんな」

「それじゃ、とにかく昨晩はここに泊ったわけだね？」

「そりゃ泊るには泊られましたがね……」

すべてが疑わしくはっきりしなかった。どうやら、庭番はもうこのあいだに、何か新しい命令を受けたらしかった。さっきはどちらかと言えばおしゃべりのほうだったのに、いまはただもう顔をそむけてばかりいるのだった。しかし、公爵は、二時間ばかりしたら、もう一度寄ってみよう、もし必要とあれば家を見はってもいい、とまで決心したが、いまはまだドイツ婦人のところに望みが残っていたので、彼はセミョーノフ連隊区へ馬車を飛ばした。

ところが、ドイツ婦人のところでは彼の言うことさえわかってもらえなかった。ようやくときどき口をすべらせる言葉のはしから、彼はこの美貌《びぼう》のドイツ婦人が二週間ばかり前に、ナスターシャ・フィリポヴナと喧嘩《けんか》別《わか》れしてしまったことを推察することができた。そのため、最近では彼女のことを何ひとつ聞いていないのであった。そして、いまは一生懸命に力を入れて、《たとえあの女《ひと》が世界じゅうの公爵をみんなお婿《むこ》さんに持

って も》、そんなことにはちっとも興味がないという気持を、相手に思い知らせようとするのであった。公爵は急いで退散した。そのときふと、彼女はひょっとしたら、またあのときのように、モスクワへ逃げていったのではあるまいか、そしてロゴージンも、むろん、そのあとを追って、おそらくいっしょに行ったのかもしれない、という考えが頭にひらめいた。《とにかく、せめて何か手がかりを見つけなくては！》しかし、ひとまず宿へ落ちつかねばならないことを思いだして、彼はリテイナヤ街へ急いだ。そこではすぐ部屋を取ってくれた。給仕が何か召しあがりますかとたずねたとき、彼はうっかりして、頼むと答えてしまった。が、急に気がついて、食事にまた三十分も余計な時間をさかねばならないと、おそろしく自分に腹をたてたが、じきにまた、持ってきたものを食べないで、そのままにしておいたからといって、べつにどうということはない、と気がついた。その薄暗い息づまるような廊下にいると、彼は奇妙な感じにとらわれた。それは何かまとまった考えになろうとして、必死にもがいている感じだったが、その新しい考えがはたしてなんであるか、はっきり正体を突きとめることはできなかった。ついに彼は生きた心地もなく宿を出た。目まいがした。だが、それにしても、どこへ行ったものだろう？　彼はまたもやロゴージンのところへ、馬車を駆った。

ロゴージンはまだ帰っていなかった。呼鈴を鳴らしても、ドアをあけてくれなかった。彼はロゴージンの老母のほうの呼鈴を鳴らしてみた。と、ドアがあいて、相変らずパルフォン・セミョーノヴィチはお留守で、三日ぐらいはお戻りになるまい、と言った。公爵は、またしても無遠慮なほど好奇の眼つきで、じろじろ見られたので、どぎまぎしてしまった。庭番の姿は、今度はまるっきり見あたらなかった。彼はさっきと同じように反対側の歩道へ出て、窓を見あげながら、耐えがたい炎熱の中を、三十分ほど、ことによるとそれ以上も行ったり来たりした。しかし、今度は何ひとつひらめく気配もしなかった。窓もあかず、白い巻きカーテンも、じっと動かなかった。さっきのは単なる錯覚だ、あの窓はどう見ても曇っていて、ながく洗った様子も見えないから、たとえほんとうに誰か窓ごしにのぞいたとしても、それを見わけるのはむずかしいだろう、という決定的な考えが頭に浮んだ。この考えに一安心して、彼はまたイズマイロフ連隊区の教員夫人のところへ出かけていった。

そこではもうみんなが彼を待ちかねていた。教員夫人は早くもその間に三、四カ所駆けまわって、ロゴージンの家にも立ちよってきたが、声も姿も見えない、ということであった。公爵は無言のまま聞き終ると、部屋にはいって、ソファに腰をおろし、何を言われているのか合点《がてん》のいかない様子で、みんなの顔をながめていた。不思議なことに、彼はとてもよく気がつくかと思えば、またふいに話にならないほどぼんやりしてしまうのであった。家族の者はみんなあとになって、あの日は《あきれてしまうほど》妙ちきりんでしたよ、きっと『あのころからもう頭にきていたのかもしれませんね』と断言したほどであった。ついに彼は立ちあがると、ナスターシャ・フィリポヴナの部屋を見せてくれと頼んだ。それは大きな、明るい、天井の高い二つの部屋で、安物ではないかなりりっぱな家具が並んでいた。あとで婦人たちが口をそろえて話したところによると、公爵は部屋の中のものを一つ一つよく見まわしていたが、ふとテーブルの上に、図書館から借りてきたフランスの小説 *M-me Bovary*《マダム・ボヴァリー》がひらいてあるのに眼をとめた。そして、その開いているページをちょっと折って、借りていってもいいかとたずね、それは図書館の本だから困るという言葉に耳もかさず、そのままポケットへ入れてしまったということである。それから、あけはなされた窓べにすわると、白墨で何かいっぱい書きこんであるトランプ・テーブルに眼をとめて、誰が遊んだのか、とたずねた。みんなはナスターシャ・フィリポヴナが毎晩ロゴージンを相手に、『ばか』《ドラーク》『プレフェランス』『粉屋』『ホイスト』『切札遊び』などあらゆる遊びをしたのだと話して聞かせた。トランプをはじめたのはごく最近の話で、パーヴロフスクからペテルブルグへ移ってからのことである。そのきっかけは、ナスターシャ・フィリポヴナが退屈を訴えて、ロゴージンは一晩じゅうじっとすわっているばかりで、口もきかず、話なんかちっともできない、と言ってよく泣いたからであった。すると、その翌晩ロゴージンは突然ポケットからトランプを取りだした。と、ナスターシャ・フィリポヴナが、大声で笑いだし、勝負がはじまったのであった。公爵はその使ったトランプはどこにあるか、とたずねたけれど、そのトランプはもうなかった。トランプはいつもロゴージンが、そのつど新しい札を一組ポケットに入れて持ってきて、勝負が終るとまた持って帰ってしまうのであった。婦人たちは、もう一度ロゴージンのところへ行って、もう一度すこし強くドアをたたいてみたらどうか、しかしいますぐではなく夕方のほうがいいだろう、『ひょっとしたら、もう帰っているかもしれませんよ』と公爵にすすめた。一方、教員夫人は自分で晩方までにパーヴロフスクのダリヤ・アレクセーエヴナのところへ行ってみます、何か知っているかもしれませんから、と申しでた。さらに公爵にむかって、あすの打合せがあるから、ぜひとも、晩の十時ごろおいで願いたいと言った。こうした慰めや約束の言葉にもかかわらず、彼は極度の絶望に陥った。なんとも言えぬもの悲しい気持になって、彼はとぼとぼ宿までたどりついた。埃《ほこり》っぽく、息苦しい夏のペテルブルグは、まるで締め木にかけるように彼の心を圧《お》しつぶしたのであった。彼は気むずかしい顔をした人や、酔っぱらいの群れに突きとばされながら、なんのあてもなく人びとの顔をのぞきこむのだった。おそらく、必要以上に余計なまわり道をしたのだろう。彼が自分の部屋へはいったときには、もうすっかり夜になっていた。彼はしばらく休んでから、すすめられたように、ロゴージンのところへいくことにして、ソファに腰をおろし、テーブルに両肘《りょうひじ》をついてふかく考えこんだ。

いったいどれくらい時間がたったのか、何を考えていたのか、知る由《よし》もなかった。彼はさまざまなことを恐れ、自分がひどい恐怖に襲われていることを、ひしひしと感じて胸苦《むなぐる》しくなった。ふとヴェーラ・レーベジェワの面影が心に浮んできた。すると、ひょっとするとレーベジェフが何かこの件について知っているかもしれない、たとえ知らないまでも、自分より早く巧妙に探りだせるだろう、という考えが浮んできた。それからイポリートのことが、つづいてロゴージンがイポリートのところへ通っていたことなども思いだされた。それからまた当のロゴージンのことも思いだした。つい先日、葬式で見かけたときのことを、それから公園で会ったときのことを、それから、思いがけなくこの廊下の片隅に隠れて、刃物を手に待伏せしたときのことがふと頭に浮んできた。彼の眼が、あのとき闇《やみ》の中でじっと見つめていた眼がいまになって思いだされた。公爵はぞっと身震いした。さきほど出そうで出なかった考えが、いまや忽然《こつぜん》として彼の頭にはっきり浮びあがったのである。

その考えとはほぼこんなものであった。もしロゴージンがペテルブルグにいるものとすれば、たとえ一時は身を隠しても、いずれ結局は彼公爵のところへ、善《よ》いもくろみをいだいてくるか、あるいはあのときのように善からぬもくろみをいだいてくるかは別として、いずれにしてもかならずやってくるにちがいない。少なくとも、もしロゴージンがどうしても公爵のところへ来る必要を感じるとすれば、ここへ来るよりほか、またこの同じ廊下に姿をあらわすよりほか行き場所はないはずである。彼はここの番地を知らないから、公爵は以前の宿に泊っているだろうと考えるのが至当だろう。少なくともここに捜しにくるにちがいない、かりにそれがとても必要な場合には……ところで、彼にはその必要が大いにあるかもしれないではないか？

こう彼は考えた。そして、この考えが彼にはなぜかまったくありうることのように思われた。しかしながら、たとえ彼が《なぜ自分が急にロゴージンにとって必要になるのか？　またなぜ自分たち二人は結局のところ意気投合するわけにはいかないのか？》という考えにふかく想《おも》いをいたしたとしても、どうしても明快な説明を与えることはできなかったであろう。だが、とにかくその考えは重苦しいものであった。《もしあの男がうまくいっているなら、やってこないだろう》と公爵は考えつづけた。《もしうまくいってないのだったら、じきにやってくるにちがいない。ところで、あの男はきっとうまくいってないにちがいない……》

もちろん、そう確信している以上、自分の部屋でロゴージンを待つべきであった。だが、彼はこの新しい考えに耐えかねるように、いきなりとびあがると、帽子をつかみ、外へ駆けだしていった。廊下はもうほとんど真っ暗であった。《もしあの男が、いまこの隅《すみ》からいきなりとびだしてきて、階段で自分を呼びとめたら、どうだろう？》という考えが、例の見覚えのある場所へ近寄ったとき、ちらと頭の中にひらめいた。しかし、誰もとびだしてこなかった。彼は門のほうへおりていき、歩道へ出ると、日没とともに往来へ吐きだされたおびただしい群衆にびっくりしながら（夏休みのころのペテルブルグはいつもこうである）、ゴローホヴァヤ街をさして歩きだした。宿から五十歩ばかりの最初の十字路にさしかかったとき、人込みのなかで誰かがふいに彼の肘《ひじ》にさわり、すぐ耳もとで小声でささやいた。

「レフ・ニコラエヴィチ、さあ、おれのあとからついてこいよ。用があるんだ」

それはロゴージンであった。

奇妙なことに公爵はいきなりうれしさのあまり舌がもつれて、一つの言葉をしまいまで言いきらないほどあせりながら、たったいままで宿屋の廊下で彼を待っていたことを話しはじめた。

「おれはあそこにいたのさ」思いがけなくロゴージンが答えた。「さあ、いこう」

公爵はその答えにおどろいたが、彼がおどろいたのはそれから少なくとも二分ばかりたって、事情をのみこんでからのことであった。その答えの意味をさとると、彼は愕然《がくぜん》として、ロゴージンの顔を注意ぶかくのぞきはじめた。だが相手はもう半歩ほど先にたって、まっすぐに前方を見つめながら、行き会う人には眼もくれず、機械的に用心ぶかい態度で人びとに道を譲りながら歩いていた。

「なんだってきみは私の部屋をたずねてくれなかったんだね……もし宿にいたとすれば？」公爵はいきなりたずねた。

ロゴージンは足をとめて、相手の顔をながめ、ちょっと考えたが、質問の意味がまったくわからない様子で言った。

「なあ、レフ・ニコラエヴィチ、おまえさんはこっちをまっすぐ、家までいくんだ、いいな？　おれはあっち側を通っていくからな。でも、気をつけて、二人そろっていくようにしようぜ……」

そう言うと、彼はどんどん往来を横切って、反対側の歩道へ出ると、公爵が歩いているかどうか、確かめるようにふりむいた。そして、彼がぼんやり突ったったまま、眼を皿のようにして自分のほうをながめているのを見ると、「ゴローホヴァヤ街へ手を振ってみせ、ひっきりなしに公爵をふりかえりながら、あとについてこいと手招きして歩きだした。公爵が彼の意向をさとって、反対側の歩道から自分のほうへ渡ってこないのを見ると、どうやら元気づいたようであった。ロゴージンは誰かを捜して、見落すまいと思っているのだ、だから向う側の歩道へ渡ったのだ、という考えが、ふと公爵の頭に浮んだ。《でも、なんだってあの男は、誰を捜しているのか、言わないのだろう？》こうして二人が五百歩ばかり歩いたとき、公爵はふいになぜか震えだした。ロゴージンは前ほどではなかったが、やはりふりかえってみるのをやめなかった。公爵はとうとう耐えきれなくなって、彼を手招きした。相手はすぐさま往来を横切って、彼のそばへやってきた。

「ナスターシャ・フィリポヴナはほんとうにきみのところにいるのかい？」

「おれのところさ」

「さっきカーテンのかげから私を見ていたのはきみかい？」

「おれだよ……」

「なんだってきみは……」

しかし、公爵はそのさきどうたずねたものか、どんなふうに質問のしめくくりをつけたものか、わからなくなった。そのうえ、心臓の鼓動がはげしくなって、口をきくのも苦しかった。ロゴージンもやはり黙りこんで、前と同じように、何か物思わしげに彼の顔を見つめていた。

「じゃ、おれはいくぜ」彼はふいに、また渡っていきそうにしながら、言った。「おまえさんは勝手にいきな。おれたちは往来を別々にいこうや……そのほうがいいのさ……別々の側を通ってな……いいな」

ついに二人が、別々の歩道からゴローホヴァヤ街へ折れて、ロゴージンの家へ近づいたとき、公爵の足はふたたび力を失って、もう歩くことさえほとんどむずかしくなってきた。もう晩の十時ごろであった。老母の住んでいるほうの窓はさきほどと同じくあけはなされていたが、ロゴージンのほうのは閉ざされていて、白いカーテンがたそがれの光の中でいっそうくっきりと目だって見えた。公爵は反対側の歩道から家へ近づいていった。ロゴージン自身は自分の歩いてきた歩道から正面玄関の石段へあがって、彼を手招きしていた。公爵は往来を横切って、玄関のほうへやってきた。

「おれのことはな、いまじゃ庭番だって知らねえのさ、こうして帰ってきたこともな。おれはさっきパーヴロフスクへいくって言っといたのさ。おふくろにもそう言っといたよ」彼はずるそうな、またほとんど充《み》ち足りたような微笑を浮べながら、ささやいた。

「おれたちがはいっていっても、誰も聞きつけやしないさ」

彼の手の中にはもう鍵《かぎ》があった。階段を上りながら、彼はふりかえって、もっと静かに来いというように、公爵を脅《おど》すまねをし、静かに自分の住まいへ通ずるドアをあけて、公爵を通すと、そのあとから用心ぶかくそっとすべりこみ、はいったあとのドアに鍵をかけ、その鍵をポケットにしまった。

「さあ、いこうぜ」彼はささやき声で言った。

彼はまだリテイナヤ街の歩道にいたころから、ずっとささやき声で話していた。見た目は落ちついていたが、何か深刻な不安をいだいているようであった。書斎のすぐ手前の広間へはいったとき、彼は窓べに近づいて、さも秘密めいた様子で、公爵を手招きした。

「なあ、さっきおまえさんが呼鈴を鳴らしたとき、おれはここにいてすぐおまえさんにちがいないと察したよ。で、爪立《つまだ》ちしながらドアのそばへ寄って、きいてみると、おまえさんがパフヌーチェヴナといろいろ話してるじゃねえか。ところで、おれはな、まだ夜が明けないうちから言いつけておいたのさ。もしおまえさんか、それともおまえさんの使いか、いや、誰でもいい、おれんとこへたずねてきたら、どんなことがあっても、口をすべらせるんじゃねえってな。とりわけおまえさんが自分で来たら、なおさら気をつけろって、おまえさんの名前を教えといてやったのさ。それから、おまえさんが出ていったあとで、もしやっこさんが外に立って様子をうかがったり、往来から見張りでもしてたらたいへんだなあと、ふと思ったのさ。で、おれはこの窓のそばへ寄って、そっとカーテンをめくってみると、おまえさんがそこに立って、まともにおれのほうを見ているじゃねえか……まあ、ざっとこんなわけだったのさ」

「じゃ、どこにいるんだね……ナスターシャ・フィリポヴナは？」公爵は息を切らしながら言いだした。

「あれは……ここにいるさ」ロゴージンはちょっと答えをためらうようにゆっくりと言った。

「じゃ、どこに？」

ロゴージンは公爵に眼を上げて、じっとその顔を見つめた。

「さあ、いこう……」

彼はなおもささやくような声で、相変らず妙に考えこんだ面持で、急がずに、ゆっくが見えた。

り口をきいた。例のカーテンのことを話して聞かせたときでさえ、話そのものがすぐ興奮しやすいものであったにもかかわらず、その話に何か別な意味をこめようとするふうが見えた。

二人は書斎へ通った。その部屋には、公爵が前に訪れたときから見て、いくらか変化が生れていた。部屋全体を横切って緑色の花模様の絹のカーテンが張られ、その両端が二つの出入口になっており、書斎とロゴージンの寝台が置いてある小部屋とを仕切っていた。どっしりしたカーテンはすっかりおろされて、出入口はしまっていた。だが、部屋の中はとても暗かった。夏のペテルブルグの《白夜》は、しだいに暗くなりかけていたので、これがもし満月の夜でなかったら、カーテンをおろした暗いロゴージンの部屋の中では、はっきりものを見わけることはむずかしかったにちがいない。もっとも、いまはとてもはっきりとはいかないまでも、どうやら人の顔ぐらいは見わけることができた。ロゴージンの顔は相変らず蒼白《あおじろ》かった。公爵の顔にぴたりとそそがれたその眼は、鋭い輝きを放っていたが、じっと動かなかった。

「蠟燭《ろうそく》をつけたらいいのに」公爵は言った。

「いや、いらないよ」ロゴージンは答えた。そして公爵の手を取って、テーブルのほうへ引きよせ、自分も公爵とさしむかいにすわったが、ほとんど膝《ひざ》がふれあうばかりに椅子を引きよせた。二人のあいだには小さな円テーブルが、やや脇《わき》へ寄って置かれていた。

「すわれよ、すこしすわっていようじゃないか！」彼はまるでむりにすすめてすわらせるように言った。ちょっと言葉がとぎれた。「おれも、おまえさんがあの宿に落ちつくだろうと、思ってたよ」よく肝心な話にはいる前に、直接それとは関係のない、つまらないことから話を切りだす人があるが、彼の話しぶりもそんなふうだった。「おれは廊下へ通ったとき、すぐ考えたのさ、ひょっとしたら、やっこさんもおれと同じように、ちょうどいま、おれを待ちながらすわってるかもしれねえとね。で、教員の細君のところへはいったかい？」

「いったよ」公爵は心臓の激しい鼓動のために、これだけ言うのもやっとの思いだった。

「おれはそのことも考えたのさ。まだいろいろ話はあるだろうがね……それから、またこんなことも考えたのさ、やっこさんをここへ引っぱってきて泊めてやろう、今晩いっしょにいられるようにってな……」

「ロゴージン！　いったいナスターシャ・フィリポヴナはどこにいるんだい？」いきなり公爵はささやいて、手足を震わせながら、立ちあがった。ロゴージンも立ちあがった。

「あそこだよ」彼はカーテンのほうを顎《あご》でしゃくって、ささやいた。

「眠ってるのかい？」公爵もささやいた。

ふたたびロゴージンはさきほどと同じように、じっと相手の顔を見つめた。

「それじゃ、もういってみるか！……ただおまえさん……いや、まあいってみよう！」

彼は厚いカーテンを持ちあげて、ふと足をとめると、ふたたび公爵のほうをふりかえった。

「はいれよ！」彼は先へはいれというふうに、厚いカーテンの向うを顎でしゃくってみせた。公爵は中へはいった。

「あそこは暗いね」彼は言った。

「見ろよ！」ロゴージンはつぶやいた。

「よく見えないけれど……寝台だね」

「もっとそばへ寄ってみろよ」ロゴージンは低い声ですすめた。

公爵は一歩、また一歩と近づいて、立ちどまった。彼は突ったったまま、一、二分のあいだじっと瞳《ひとみ》をこらして見つめていた。その間、二人とも寝台のそばに立ちつくして、ひとことも口をきかなかった。公爵の心臓は激しく搏《う》って、その鼓動は死のような部屋の沈黙の中で聞きとれるかと思われるばかりであった。だが、彼の眼はようやく闇になれて、寝台がすっかり見わけられるようになった。寝台の上には、誰かがまったく身動きもせずに眠っていた。かすかなきぬずれの音も、かすかな息づかいも、聞えなかった。眠れる人は頭からすっぽり白いシーツをかぶっていたが、その手足はなんだかぼんやりとしか見わけがつかなかった。ただ盛りあがっているところから、そこに人が手足を伸ばして横たわっている、ということだけがわかった。あたり一面乱雑に、寝台の上にも、足もとにも、寝台のすぐそばの肘掛椅子《ひじかけいす》にも、床の上にまで、脱ぎすてられた衣裳《いしょう》が、豪華な白い絹の服や、花や、リボンなどが、ちらかっていた。枕《まくら》もとの小さなテーブルには、はずしたまま投げだされたダイヤモンドが、きらきらと輝いていた。足もとには何かレースらしいものが、まるめられて捨ててあったが、その白く浮いて見えるレースの上には、シーツの下からのぞいたあらわな足の爪先が見えた。それはまるで大理石から刻まれたもののように思われ、恐ろしいほどじっと動かなかった。公爵は瞳をこらして見つめていたが、見つめれば見つめるほど、部屋の中がますます死んだようにいっそう静けさを増していくのを感じた。と、ふいに眼をさました一匹の蠅《はえ》がぶんとうなって、寝台の上をさっと飛び過ぎると、そのまま枕もとのあたりで鳴りをひそめた。公爵はぎくりと身震いした。

「さあ、出よう」ロゴージンが彼の手にさわった。

二人はそこを出て、またもとの椅子にむかいあって腰をおろした。公爵はますます激しく身を震わせながら、物問いたげな眼をロゴージンの顔から放さなかった。

「おい、おまえさん、レフ・ニコラエヴィチ、えらく震えてるじゃねえか」ついにロゴージンが口を開いた。「まるでおまえさんがいつか体の加減を悪くしたときみたいだぜ、そら、モスクワであったろう？　でなけりゃ、あの発作のおこる前みたいじゃねえか。いまそんなことになったら、おまえさんをどうしたらいいのか、見当もつかねえよ……」

公爵は相手の言葉の意味をつかもうとして、注意力を集中させながら、相変らず物問いたげな眼つきをして、耳を傾けていた。

「きみがやったの？」ようやく彼は顎で厚いカーテンのほうをしゃくってみせながら、言った。

「ああ……おれだよ……」ロゴージンはささやいて、眼を伏せた。

五分ほど沈黙がつづいた。

「だからな」ロゴージンは言葉がとぎれていたのにも気づかぬふうで、いきなり話をつづけた。「だからな、いまおまえさんの持病がおこって、発作や叫び声でもおころうものなら、往来から、でなけりゃ家のほうから、誰かが聞きつけて、ここに人が泊っているって気づくだろうよ。ドアをたたいて、はいってくらあな……だって、みんなはおれが留守だと思ってるんだからな。だから、おれは往来からも家からも気づかれないように、蠟燭もつけなかったんだ。なにしろおれが留守のときはおれが鍵まで持っていっちゃうもんだから、三日も四日も片づけにはいる者もいないのさ。これがおれのとこのしきたりなのさ。だからな、いまもおれたちが泊ってるってことを知られないように……」

「ちょっと待ってくれよ」公爵が言った。「さっきは庭番にもばあさんの女中にも、ナスターシャ・フィリポヴナは泊らなかったか、ってたずねてみたんだがね。じゃ、みんなはもう知ってるんだね」

「おまえさんがたずねてたのは知ってるよ。おれはパフヌーチェヴナにそう言っといたのさ、きのうナスターシャ・フィリポヴナがちょっと立ちよったけれど、きのうのうちにパーヴロフスクへたってしまって、おれのとこには十分間しかいなかったってな。あれがここへ泊ったってことはみんな知らないのさ——誰もな。きのうおれたちは、きょうおまえさんといっしょにはいったと同じように、そっとすべりこんだのさ。おれは道中、あれはそっとはいるなんていやがるだろう、と腹の中で思ったんだが——どうしてどうして！　ひそひそ声で話をする、爪立ちで歩く、きぬずれの音がしないように着物の裾《すそ》をつまんで持ち歩く。階段では、かえってあれのほうが指をたてて、このおれを脅かすまねをする始末じゃねえか——ありゃ、おまえさんをこわがっていたのさ。汽車の中じゃまるで気ちがい同然だったよ。それもこれもみんなこわいからなのさ。このおれのところへ自分から泊りに来たいって望んだんだからな。おれははじめ、教員の細君のところへ連れてくつもりだったが——どうしてどうして！『あんなところでは、あの人が夜の明けぬ間に捜しだすから、あたしをかくまっておくれ、あすは夜の明けないうちにモスクワへいってしまうから』って言うじゃねえか。それからどこかオリョールのほうへいきたがっていたな。床にはいってからも、しきりにオリョールへいこう、って言ってたな……」

「ちょっと待ってくれ、パルフォン、これからいったいきみはどうするつもりだね？」

「いや、どうもおまえさんの様子はおかしいぞ。その震えようはどうだ。今夜おれたちはここへ泊るんだ、いっしょにな。寝台はあれよりほかにねえんだよ。で、おれは考えついたのさ、両方の長椅子からクッションをはずして、ほれここに、この厚いカーテンのそばに、おまえさんの分とおれの分を並べて敷いて、いっしょに寝られるようにしようや。だって、もし人がはいってきて調べたり捜したりすりゃ、あれはすぐ見つかって、かつぎだされてしまうからな。おれは調べを受けて、自分の仕業《しわざ》だとしゃべってしまう。すると、おれもすぐ引っぱられるじゃねえか。だからな、いまのところはあれをそこにそのまま寝かしとこうじゃねえか、おれたちのそばに、おれとおまえさんのそばにな……」

「ええ、そうですね！」公爵は熱をこめて相槌《あいづち》をうった。

「つまり、自首しないってわけさ。あれをかつぎださせないってわけさ」

「ええ、ど、どんなことがあっても！」公爵は決めてしまった。「絶対に！」

「それじゃ、おれも腹を決めたよ、なあ、おまえさん、どんなことがあっても、誰にも渡しゃしねえよ！　ひっそりと一晩明かそうじゃねえか！　おれはきょう朝のうち小一時間ばかり外へ出たきりで、あとはずっとそばにつきっきりなんだ。ああ、それから、晩におまえさんを迎えに出かけたな。それに、いまひとつ心配なのは、いやに蒸し暑いから、匂《にお》いが出やしないかってことなんだ。どうだい、匂いがするかい？」

「匂ってるかもしれないけれど、よくわからないね。でも、朝になったら、きっとするだろうね」

「おれはあれを油布で、アメリカ製の上等な油布でくるんで、その上からシーツをかけておいたんだよ。それから栓《せん》を抜いたジダーノフ液（訳注 防腐剤）の壜《びん》も四本並べておいたよ。いまでもあすこにあるがね」

「じゃ、まるであの……モスクワのみたいに？」

「だって、おまえさん、匂いがするからなあ。でも、あれはほんとに寝てるみたいさ……朝になって、すこし明るくなったら、よく見ろよ。どうした、立てないのかい？」

公爵が起きあがれないほど激しく震えているのを見ると、ロゴージンは不安そうなおどろきの色を浮べながらたずねた。

「足がいうことをきかないんだよ」公爵はつぶやくように言った。「こわいからなんだ、それは自分でもよくわかっている……こわいのがやんだら、立てるさ……」

「じゃ、ちょいと待ってろよ。おれが二人の床をとっちまうから。そして、おまえさんはもう寝るといいや……おれもおまえさんといっしょに寝るからな……それから話を聞こうじゃねえか……だって、おまえさん、おれはまだわからねえんだからな……おれはまだすっかりわかっちゃいねえんだから。ひとつおまえさんに前もって話しとくよ。おまえさんがこのことを前もって、すっかり心得ておくようにってな……」

こんなわけのわからない言葉をつぶやきながら、ロゴージンは床を敷きにかかった。どうやらこの二つの床は、もう朝のうちから彼なりに考えついたものらしかった。前の晩は長椅子の上で寝たのだが、長椅子の上では二人並んで寝るわけにはいかなかった。ところが、彼はいまやどうしても並んで床を敷きたかったのである。そこで、彼は懸命になって、二つの長椅子から大きさの異なるクッションをはずし、部屋の端から端へと突っきって、厚いカーテンの入口のすぐそばまで運んだのである。なんとか寝床ができあがった。彼は公爵に近寄り、歓喜にあふれて、やさしくその手を取ると、助けおこして、寝床のほうへ連れていった。しかし、公爵はひとりで歩けることがわかった。つまり、《こわいのがやんだ》わけである。とはいうものの、彼は相変らず身を震わせていた。

「なにしろ、おまえさん」ロゴージンは公爵を左側のいいほうのクッションに寝かして、自分は石側のほうへ着換えもせずに両手を頭に支《か》いながら体を伸ばすと、いきなりしゃべりだした。

「きょうはひどい暑さだから、匂うに決ってるさ……といって、窓をあけるのはこわいし……ところで、おふくろのほうに花の鉢《はち》があるんだがね。たくさん花があって、じつにすばらしい匂いがするのさ。そいつを持ってこようかと思ったんだけれど、パフヌーチェヴナが感づきそうで……あの女は好奇心が強いからな」

「そう、好奇心の強い女だね」公爵は相槌をうった。

「ひとつ買ってくるか、花束や花であれの体をすっかり埋めちゃどうかね？　でも、考えてみると、かわいそうな気がするな、花の中なんて！」

「あのねえ……」公爵はたずねたが、何をたずねるはずだったのか、いくら考えてみても、すぐそれを忘れてしまうように、まごつきながら、「あのねえ、ひとつききたいことがあるんだけれど。きみはなんであの女《ひと》を……ナイフで？　例のあれ？」

「例のあれさ……」

「ちょっと待ってくれ！　パルフョン、もうひとつきみにききたいことがあるんだよ……いや、たくさんききたいことがあるんだ、すっかりいろんなことをね……でも、いっそのことはじめから、そもそものはじめから話してくれないか。きみはあの女《ひと》を私の結婚式の前に殺すつもりだったのかい？　式のまぎわに、教会の入口で、あのナイフで？……そういうつもりだったのかい？」

「そんなつもりだったか、どうかなんて、おれにはわからんね……」ロゴージンはこの質問にいくらか面くらって、その意味がわからないような面持で、そっけなく答えた。

「パーヴロフスクへあのナイフを持ってきたことは一度もないのかい？」

「一度も持っていったことはないさ。あのナイフのことでおまえさんに話せるのは、こんなことぐらいだね」彼はちょっと押し黙ってから、こうつけくわえた。「おれはけさあれを、鍵のかかった引出しの中から取りだしたんだよ。なにしろ、事のおこったのは、朝の三時すぎだったからな。あれはずっと本のあいだにはさんでおいたのさ……ところで……いや、ところで、一つ不思議でならねえのは、ナイフがすっぽり七センチ……いや、九センチほども……左の乳の真下に……突き刺さったのに……血ときたらみんなでせいぜい……小匙《こさじ》半分ぐらい下着にこぼれたきりで、それっきりなんだからな……」

「そのことなら、そのことなら」公爵はいきなりおそろしく興奮して、立ちあがった。「いや、そのことなら、知ってますよ、そのことなら読んだことがあるから……それは内出血っていうんだよ……どうかすると、一滴も出ないことがあるそうだよ。傷口がまともに心臓に当った場合にはね……」

「おい、聞えるかい？」ふいにロゴージンはあわてて相手をさえぎって、おびえたように床の上へ中腰になった。「聞えるかい？」

「いや！」公爵はロゴージンの顔を見つめながら、やはりあわてておびえたように言った。

「歩いてる！　聞えるかい？　広間だよ……」

二人は耳をすましはじめた。

「聞えるね」公爵はしっかりとささやいた。

「歩いてるな？」

「歩いてる」

「ドアをしめようか？」

「しめよう……」

ドアはしめられた。二人はまた横になった。長いこと黙っていた。

「あっ、そうだ！」公爵はふいに、またある一つの考えをとらえたのに、それをまたなくしてはたいへんだと言わんばかりに、床の上にとびあがりさえしながら、さきほどのように興奮して、せかせかした低い声でささやいた。「そうだ……あのことをきこうと思っていたんだ……あのトランプのことを！　トランプだよ……きみはあの女《ひと》とトランプ遊びをやったそうだね？」

「やったさ」ロゴージンはちょっと黙ってから言った。

「じゃ、どこにあるの……そのトランプは？」

「トランプならここにあるさ……」ロゴージンは前よりもっと長く黙っていたが、やがてきっぱり言った。「ほら、これだよ……」

彼は、一度使って紙に包んであった一組のトランプを、ポケットから取りだすと、公爵のほうへさしだした。相手はそれを受けとったものの、何か迷っているみたいであった。もの悲しい慰めのない感情が、あらたに彼の胸を押しつぶした。彼はふいにその瞬間、いや、ずっと前から、自分が言わなくてはならぬことは何もしゃべらず、しなくてはならぬことを何もしないでいるのを痛感した。いま自分が非常な喜びをもって手にしているこのトランプも、いまとなってはもうなんの役にもたたぬことをさとった。彼は立ちあがって、両手を拍《う》った。ロゴージンはじっと横になったまま、彼の動作が耳にも眼にもはいらないといった様子だった。その眼は闇《やみ》をとおしてらんらんと輝き、大きく見開かれたまま、じっと動かなかった。だが、公爵は椅子《いす》に腰をおろして、恐怖にかられながら、じっと彼の顔を見つめていた。三十分ほどたった。と、いきなりロゴージンは、大声で切れぎれの叫び声をあげると、声をたてて笑いだした。まるでささやき声で話さねばならぬことを、忘れてしまったみたいであった。

「あの士官を、あの士官を……覚えてるかい、いつかあれが音楽堂であの士官をやっつけたことがあるだろう、覚えてるかい、は、は、は！　それから候補生が……候補生が……候補生がとびだしてきたじゃねえか……」

公爵は新しいおどろきに打たれて、椅子からとびあがった。ロゴージンが静かになったとき（彼は急に静かになった）、公爵はそっと彼のほうへかがみこんで、そのそばに並んで腰をかけ、心臓を激しく鼓動させ、苦しそうに息をつきながら、彼の顔をしげしげとながめはじめた。ロゴージンは相手のほうへ頭もむけず、まるでその存在を忘れてしまったようにさえ見えた。公爵はじっと見つめながら、待っていた。時間がすぎて、夜が白みはじめた。ロゴージンはときたまどうかするとだしぬけに、大声で、鋭く、取りとめのないことをつぶやきはじめた。叫び声をあげたり、笑いだしたりした。と、公爵は震える手をさしのべて、そっと彼の頭や髪にさわって、頭や頬《ほお》をなでたりするのであった……それ以上、彼は何ひとつすることができなかった！　彼自身もまた震えがおこって、急にまた足がきかなくなったような気がした。何かしらまったく新しい感覚が、無限の哀愁となって彼の胸を締めつけるのであった。そうしているうちにも、夜はすっかり明けそめた。ついに彼はもうまったく気力を失って、絶望に打ちのめされたかのように、クッションの上へ身を横たえた。そして、じっと動かぬロゴージンの蒼《あお》ざめた顔へ自分の顔を押しつけた。涙は彼の眼からロゴージンの頰へ流れた。だが、彼はおそらくそのときもはや自分の涙を感ずる力もなく、またそれについてすこしも覚えがなかったのかもしれなかった……

いや、少なくとも、それからだいぶ時間がたってから、ドアがあいて、人びとがはいってきたとき、この人殺しはまったく意識を失って、熱にうなされていた。公爵はその脇《わき》の寝床の上にじっとすわって、病人が叫び声やうわごとを発するたびに、急いで震える手をさしのべ、まるで彼をあやしなだめるように、そっとその頭や頬をなでているのであった。しかし、彼はもう何をきかれても、すこしもわからなかった。いや、中へはいってきて自分を取りかこんだ人びとの見わけもつかなかった。かりにシュネイデルその人がいまスイスからやってきて、かつての自分の生徒であり患者でもあったこの人を一目見たら、彼もまたスイスにおける治療の最初の年の公爵の容態を想《おも》いおこし、あのときと同じようにいまもまた手を振って、『白痴《イジオート》だ！』と言ったにちがいない。

12　終　局

教員夫人はパーヴロフスクへ駆けつけると、まっすぐきのうから取りみだしていたダリヤ・アレクセーエヴナのところにあらわれ、自分の知っているかぎりのことを報告し、相手のおどろきにとどめをさしてしまった。二人の婦人は一刻も早くレーベジェフと連絡をつけることに決めた。彼もまた下宿人の友だちとして、また家主として、心配していたからである。ヴェーラ・レーベジェワは知っているかぎりのことを、すっかり話して聞かせた。三人はレーベジェフの忠告に従って、《大いにおこりうべきこと》を一時《いっとき》も早く予防するために、いっしょにペテルブルグへ出かけることに決めた。こうして早くも翌朝の十一時ごろ、ロゴージンの住まいは、レーベジェフと二人の婦人と離れに暮しているロゴージンの弟セミョン・セミョーノヴィチ・ロゴージンの立会いのもとに、警察の手で開かれることになったのである。この件がうまくいったかげには、昨夜パルフォン・セミョーノヴィチが客といっしょに、玄関から人目を忍ぶようにしてはいったところを見たという、庭番の証言が何よりも大きな働きをした。この証言があったので、人びとはなんの疑いもなく、呼鈴を鳴らしてもあかなかったドアをたたき破ったのである。

ロゴージンは二カ月のあいだ脳炎をわずらっていたが、全快すると、審理と裁判が行われた。彼はあらゆる点についてきわめて明快な、またかつ十分満足のいく申立てをした。その結果、公爵《こうしゃく》は最初から裁判を免じられた。ロゴージンは訴訟のあいだずっと口数が少なかった。弁舌さわやかな敏腕の弁護士が、このたびの犯罪は被告のふかい悲しみのために、犯罪の行われるずっと前からはじまっていた脳炎の結果によるものであると、論理的に明快に論証したときも、彼はひとことも反駁《はんばく》しなかった。しかし、彼はその意見を裏づけるようなことは何もつけくわえようとせず、ただ相変らずこの犯罪の状況をきわめて微細な点まで想いおこし、明瞭《めいりょう》かつ正確に確認するばかりであった。彼は情状酌量されて、十五年のシベリア流刑《るけい》を宣告されたが、むずかしい顔をして、無言のまま、《物思わしげに》その宣告文を最後まで聞いていた。彼の莫大《ばくだい》な全財産は、はじめ放蕩《ほうとう》で使いはたした比較的ごくわずかな額を除いて、そっくり弟のセミョン・セミョーノヴィチのものとなって、彼を大いに喜ばせた。ロゴージンの老母は、相変らずこの世に永らえていて、ときおりかわいい息子のパルフョンのことを思いだすこともあるようだが、その記憶はもうぼんやりしていた。神の恵みは老母の知恵と感情を衰えさせ、その陰鬱《いんうつ》な家に訪れた恐怖の意識を忘れさせたのであった。

レーベジェフ、ケルレル、ガーニャ、プチーツィン、その他この物語の多くの人物は、相変らずの暮しをつづけており、たいして変化がないから、彼らについて語るべきことはほとんどない。イポリートは自分で予期していたよりいくらか早く、ナスターシャ・フィリポヴナの死後二週間ばかりして、恐ろしい興奮のうちに息を引きとった。コーリャはこの事件にふかい打撃を受け、決定的に母親とかたく結びついた。ニーナ夫人は息子が年に似合わず物思いにふけりがちなのを心配している。彼はことによると、実務的な人間になるかもしれない。それはとにかく、公爵の今後の身の振り方がついたのも、いくらか彼の努力に負うところがあった。コーリャは最近知合いになった人びとのなかで、エヴゲーニイ・パーヴロヴィチ・ラドムスキーだけは特別な人間であるともうずっと前から考えていたので、真っ先に彼のところへ行って、今度の事件について自分の知っているかぎりの詳しい事情と公爵の現状を伝えたのである。彼の眼は間違っていなかった。エヴゲーニイ・パーヴロヴィチは不幸な《白痴》の運命に、きわめて熱烈な同情を寄せたからである。そして、彼の努力と後見のおかげで、公爵はふたたびスイスのシュネイデル療養所へはいることができた。エヴゲーニイ・パーヴロヴィチ自身も外国へ出かけ、自分のことを公然と《ロシアでまったく余計な人間》と名のって、長いことヨーロッパに滞在するつもりでいたが、かなりしばしば、少なくとも数カ月に一度ぐらいは、シュネイデルのもとに病める友人を見舞った。しかし、シュネイデルはますますふかく眉《まゆ》をひそめて、小首をかしげながら、知能の組織がまったくそこなわれていることをほのめかした。まだ不治であると断言はしなかったけれども、きわめて悲観的な意見をあえて口にするのであった。エヴゲーニイ・パーヴロヴィチは、それがひどく胸にこたえた。実際彼にはやさしい心があったのである。それは、彼がコーリャから手紙をもらったり、ときには自分で返事を書く、という事実でもわかることである。ところが、そのほかに、彼には奇妙な性格の一面があることが判明した。その一面というのは善《よ》い性質のものであるから、とりあえずここに紹介しておくことにする。シュネイデル療養所を訪れるたびに、エヴゲーニイ・パーヴロヴィチはコーリャのほかに、もう一通の手紙をペテルブルグのある人物へ書き送ることにしていた。その手紙には現在の公爵の病状が、じつに詳しく同情にみちた筆で書かれていた。この非常に丁重な信服の念を述べたほかに、その手紙のなかには、ときに自分の見解や、理解や、感情を、ざっくばらんに述べたところがすこしずつ見られるようになった（しかも日を追うにしたがってますます頻繁《ひんぱん》になっていった）。手短かに言えば、何か友情に似た、親しい感情があらわれはじめたのであった。こうして、エヴゲーニイ・パーヴロヴィチと文通をつづけて（といっても、かなりたまであったが）、これほどまでに彼の注意と尊敬をかちえた人物は、ヴェーラ・レーベジェワであった。どうしてこのような交際がはじまったのか、正確なところはなんとしても知ることができなかった。もちろん、二人は、ヴェーラ・レーベジェワが寝こんでしまったほどふかい悲しみに打たれたあの公爵の一件によって結ばれたのであろう。しかし、いかなる状況のもとに交際と友情が生れたのか、詳しいことは不明である。この手紙のことに言及したおもな目的は、そのなかの幾通かにエパンチン家の人びと、といっても、主としてアグラーヤ・イワーノヴナ・エパンチナについての消息が含まれているからである。エヴゲーニイ・パーヴロヴィチはパリからのかなり取りとめのない一通の手紙のなかで、つぎのように報じていた。彼女はある亡命のポーランドの伯爵に、並々ならぬ親愛の情を示していたが、いきなり両親の意志に反して、その男と結婚してしまった。両親は結局のところ承諾を与えたが、それは、むりに反対すると、何かとてつもないスキャンダルがおこるおそれがあったからである。それから約半年の沈黙ののちに、エヴゲーニイ・パーヴロヴィチはまた長い詳しい手紙のなかで、彼が最近スイスのシュネイデル教授をたずねた際、そこでエパンチン家の全員と（もちろん、仕事の都合でペテルブルグに残っているイワン・フョードロヴィチを除いての話だが）、Ш《シチャー》公爵にめぐり逢《あ》った顚末《てんまつ》を、その文通相手に知らせてきた。この邂逅《かいこう》は奇妙なものであった。エヴゲーニイ・パーヴロヴィチはみんなから、ある種の歓喜をもって迎えられた。アデライーダとアレクサンドラは、《不幸な公爵にたいする天使のような配慮》のために、なぜか彼を自分たちの恩人のように感謝しているとさえ言った。リザヴェータ夫人は公爵の病みほうけたあさましい姿を見て、心の底から涙を流した。どうやら、彼はいっさいのことをゆるされたらしかった。Ш公爵はそのときいくつかの巧みな機知にとんだ真理を述べた。彼とアデライーダはまだ完全にはしっくりいっていない、とエヴゲーニイ・パーヴロヴィチには感じられた。しかし、近い将来、情熱的なアデライーダがШ公爵の叡知《えいち》と経験にみずから進んで信服するようになるだろう、と思われた。そのうえ、一家の者が耐えしのばなければならなかった教訓、とくにアグラーヤと亡命伯爵との最近の事件は、彼女におそろしく影響を与えたのである。家族の者が、アグラーヤの件でこのポーランドの伯爵に譲歩したとき危惧《きぐ》したことは、もう半年のあいだにことごとく、しかも考えてもみなかった思いがけない贈物までついて、事実となってあらわれたのである。その伯爵は伯爵でもなんでもない、かりに亡命客であるというのが事実であるにしても、何かうしろ暗い曖昧《あいまい》な経歴を持っている亡命客であることがわかってきた。彼がアグラーヤをとりこにしてしまったのは、祖国を想って苦痛にさいなまれる魂の無類の高潔さであった。すっかりとりこにされた彼女は、まだ結婚しない前から、ポーランド復興海外委員会とやらの会員になったほどである。しかも、それだけでなく、ある有名なカトリックの坊さんを熱狂的に崇拝したあげく、その坊さんの懺悔堂《ざんげどう》へ出入りするようになった。リザヴェータ夫人やШ公爵にほとんど反駁できないほど正確な証拠を見せた伯爵の莫大な財産は、まったく根も葉もないものであるということもわかってきた。いや、そればかりか、結婚して半年たつかたたないうちに、伯爵とその友人の、有名な殉教者は、早くもアグラーヤをそそのかして、家族の者と喧嘩《けんか》させてしまったので、もうみんなは何カ月も彼女の姿を見ていないのであった……手短かに言えば、話すべきことはいろいろあったのであるが、リザヴェータ夫人や令嬢たちはもちろん、Щ公爵までがこうしたテロ的行為に気を転倒させてしまって、いまさら自分たちからきくまでもなく、相手はアグラーヤ・イワーノヴナの熱狂に関する最近の顚末をよく知っているということを心得ていたものの、エヴゲーニイ・パーヴロヴィチとの会話のなかでも、ある種のことは口にするのさえ恐れていたほどであった。あわれなリザヴェータ夫人はロシアへ帰りたがっていた。そして、エヴゲーニイ・パーヴロヴィチの証言によると、夫人は外国のものというと何もかも、癇癪《かんしゃく》まぎれに頭から彼にむかってこきおろすのであった。『ここじゃどこへ行っても、パン一つ満足に焼けやしないんだから。冬は冬でまるで穴蔵の鼠《ねずみ》みたいに凍えている始末ですからね』と夫人は言ったものである。『まあ、とにかくここで、このかわいそうな人のためにせめてロシア風に涙を流してやりましょう』もうまったく相手の見わけのつかない公爵を、興奮のあまり指さしながら、夫人はつけくわえた。『物事に熱中するのはもういいかげんにして、そろそろ理性を働かせてもいい時分ですね。それに、こんなものはみんな、こんな外国や、あなたがたのヨーロッパなんてものは、何もかもみんな幻影にすぎませんよ。外国へ来ているわたしたちにしても、幻影にすぎないんですよ……このわたしの言葉を覚えていらっしゃい、いまにご自分でわかりますからね！』エヴゲーニイ・パーヴロヴィチと別れぎわに、夫人はあやうく腹をたてんばかりの勢いでこう言葉を結んだのである。

一八六九年　一月十七日

あとがき

ドストエフスキーは、トルストイと並んで十九世紀ロシア文学を代表する作家であり、その影響は今日に至るまで極めて強烈なものがある。わが国においても、およそ文学を志す者の一度は受けねばならぬ《文学的洗礼》といってもよいだろう。人それぞれによってニュアンスのちがいはあっても、この《ドストエフスキー体験》は、その人にとって本質的な意味を持つものであることは、広く語られているとおりである。いや、現在もなお、ドストエフスキー文学については、あらゆる国の、あらゆる作家・評論家たちによって熱っぽく論議されている。ときにそれはあまりにも彼の哲学的側面への傾斜が認められるが、戦後ヨーロッパ文学の旗手のひとりカミュは、その『シーシュポスの神話』のなかでドストエフスキー文学にふれてこう語っている。

「われわれはそこに、自分たちの日々の苦悩を見いだすことができる。おそらく、ドストエフスキーほど、この不条理な世界に、これほど身近で、これほど苦しみを味わわせる魔力をあたえた小説家は、ただのひとりもいないだろう」。たしかに、ドストエフスキー文学の世界は今後とも少しも色あせることなく、全人類の精神的遺産として、不滅の生命を保持するにちがいない。

フョードル・ミハイロヴィチ・ドストエフスキーは一八二一年十月三十日（新暦十一月十一日）モスクワに生れた。父ミハイルはマリヤ貧民施療病院の外科医長であり、母マリヤはモスクワの商家の出であった。母は作家が十六歳のときに肺結核で死んだが、父は作家がペテルブルグの工兵士官学校に学んでいた十八歳のときに、領地ダロヴォエ村において農奴たちによって惨殺《ざんさつ》された。この痛ましい事件は彼の一生に微妙な痕跡《こんせき》をとどめている。

ドストエフスキーは工兵士官学校を卒業して少尉《しょうい》に任官したものの、文学への情熱をたちがたく、バルザックの『ウージェニー・グランデ』の翻訳出版が決ったのを機会に、満二十三歳で軍務を退いた。これは背水の陣をしいての冒険であったが、幸い、『貧しき人びと』によって幸運な文学的出発をとげることができた。もっともその後一八四七年の春ごろから革命思想家ペトラシェフスキーのサークルに近づき、翌年四月二十三日その急進的なメンバーとして逮捕された。裁判の結果、一度は死刑を宣告されたが、それは皇帝の仕組んだ茶番劇であったため「四カ年の徒刑、その後は兵卒勤務」に減刑された。（このときの体験は『白痴』のムイシュキン公爵《こうしゃく》によって語られている）こうしてドストエフスキーのシベリア体験がはじまるのだが、この《体験》はその後のドストエフスキーその人と文学を創《つく》りあげたといっても過言ではあるまい。

一八五四年の春、刑期を終えたドストエフスキーは税務官吏の未亡人マリヤ・イサーエワと結ばれたが、この苦悩にみちた結婚生活は、妻の死によって七年間で終った。一八五九年十二月、ドストエフスキーはシベリア流刑《るけい》以来十年ぶりで首都ペテルブルグへ帰還、文壇へ返り咲いた。彼は兄ミハイルとともに雑誌『時代《ヴレーミヤ》』を創刊、文芸・社会評論にも筆を染めた。その後は外遊したり、生来の賭博癖《とばくへき》に苦しめられながらも、つぎつぎに作品を発表していった。その間、アポリナヤ・スースロワ、マルファ・ブラウンなどと報いられぬ恋を体験したのち、一八六七年四十六歳のとき、速記者だったアンナ・スニートキナと結婚、ようやく家庭的安らぎを見いだした。こうして『貧しき人びと』で出発したドストエフスキーは、『虐《しいた》げられた人びと』『地下室の手記』『罪と罰』『白痴』『悪霊《あくりよう》』『未成年』『カラマアゾフの兄弟』『作家の日記』など数々の名作を遺《のこ》して、一八八一年一月二十八日、ペテルブルグにおいて六十年の生涯を閉じた。遺骸《いがい》はアレクサンドル・ネフスキー寺院の墓地の、詩人ジュコフスキーの墓の隣に葬《ほうむ》られた。

さて、『白痴』は作者ドストエフスキーが数多くの自作のなかで最も熱愛していた作品である。親友マイコフあての手紙に「私がこの長編を救うことに成功すれば私自身を救ったことになりますが、もし成功しなかったら、私も滅びてゆくにちがいありません」とまで告白している。

一八六八年一月一日、ドストエフスキーは愛する姪《めい》のソフィヤ・イワーノヴナあての手紙のなかで『白痴』の主題についてつぎのように説明している。

「……私は三週間ぐらい前から（新暦十二月十八日）別の長編に着手して、今は日夜仕事をしています。この長編の意図は、私が昔から秘《ひそ》かにあたためてきたものですが、あまりにむずかしい仕事なので、長いこと着手することができなかったのです。今度それに着手したのは、生活がほとんど絶望的な状態になったからです。この長編の主要な意図は無条件に美しい人間を描くことです。これ以上に困難なことは、この世にありません。特に現代においては。あらゆる作家たちが単にわが国ばかりでなく、すべてのヨーロッパの作家たちでさえも、この無条件に美しい人間を描こうとして、つねに失敗しているからです。なぜなら、これは量り知れぬほど大きな仕事だからです。美しきものは理想ではありますが、その理想はわが国のものも、文明ヨーロッパのものも、まだまだ実現されておりません。この世にただひとり無条件に美しい人物がおります――それはキリストです。したがって、この無限に美しい人物の出現は、もういうまでもなく、永遠の奇蹟《きせき》なのです（ヨハネ福音書はすべてそうした意味のものです。ヨハネはその化身のなかに、美しきものの出現のなかに、あらゆる奇蹟を見いだしています）。しかし、私はあまりよけいなことを書きすぎたようです。ただ、つぎの事柄だけを申しのべておきましょう。キリスト教文学にあらわれた美しい人びとのなかで、最も完成されたものはドン・キホーテです。しかし、彼が美しいのは、それと同時に彼が滑稽《こっけい》であるためにほかなりません。ディケンズのピクウィック（ドン・キホーテよりも、無限に力弱い意図ですが、（やはり偉大なものです）も、やはり滑稽で、ただそのために人びとをひきつけるのです。他人から嘲笑《ちょうしょう》されながら、自分の価値を知らない美しきものにたいする憐憫《れんびん》が表現されているので、読者の内部にも同情が生れるのです。この同情を喚起させる術《すべ》のなかにユーモアの秘密があるのです。ジャン・ヴァルジャンも、おなじく力強い試みですが、彼が同情を喚起するのは、その恐るべき不幸と彼にたいする社会の不正によるのです。私の作品にはそのようなものがまったく欠けています。そのために私はそれが決定的な失敗になるのではないかとひどく恐れています。若干のデテールは、たぶん、そう悪いものではないでしょう……」

ドストエフスキーはこの手紙のなかで『白痴』の主題についてかなり明確に説明しているが、じつはその前日にもこれとほとんどおなじ意見をマイコフあての手紙に書いているのである。

「……長いこと私を苦しめていたひとつの意図があるのですが、私はそれを小説に書くことを恐れていました。なぜならその意図があまりにもむずかしいものなので、それが魅力的であり私も愛しているものであるにもかかわらず、準備することができなかったのです。その思想とは、完全に美しい人間を描くことです。私の考えでは、特に現代においてこれほどむずかしいことはないように思われます。あなたはもちろんこの点についてまったく同感だと思います。この思想《イデー》は、これまでも若干の芸術的形象のなかにその片鱗《へんりん》をみせていますが、それはある程度にすぎず、その完全な形象が必要なのです。ただ私の絶望的な生活状態がこの至難な意図に着手することを余儀なくさせたのです。ルーレットに賭《か》ける気持で、危険を冒したのです。《ひょっとすると、ペンの下から生れるかもしれません！》こんなことはゆるすべからざることですがね……」

この二つの手紙は『白痴』の主人公ムイシュキン公爵を理解する鍵《かぎ》を与えるばかりでなく、作者がこの作品に賭けた秘かな悲願をも極めて明らかにしている。ただここで使われている「無条件に美しい人間」あるいは「完全に美しい人間」という表現については少しく説明を加えておく必要があろう。「無条件に美しい人間」というロシア語は「ポロジーチェリノ・プレクラースヌイ・チェロヴェーク」である。この「ポロジーチェリノ」は「ポロジーチェリヌイ」（肯定的な）の副詞形であるが、この場合はつぎの「プレクラースヌイ」を強調しているだけで、肯定云々《うんぬん》の意味はまったくない。（従来これを「肯定的に美しい人間」と誤訳された場合があるので注意しておく）つぎの「プレクラースヌイ」には大別して二つの意味がある。第一義は「非常に美しい」「美麗な」であり、第二義は「すばらしい」「みごとな」である。ふつうロシア語で「美しい」という形容詞は「クラシーヴイ」であり、「美しい女」は「クラシーヴァヤ・ジェンシチナ」となる。この場合「プレクラースナヤ・ジェンシチ」とすれば、美人か否《いな》かは別として「すばらしい婦人」「りっぱな女性」ということになる。したがって、「ポロジーチェリノ・プレクラースヌイ・チェロヴェーク」は「無条件に（あるいは議論の余地ないほど）すばらしい人間」ということである。ドストエフスキーははじめマイコフあてに「フパルネー（完全に）・プレクラースヌイ・チェロヴェーク」と書き、その翌日には「フパルネー」のかわりに「ポロジーチェリノ」を使ったわけである。この場合「プレクラースヌイ」を単に「美しい」と訳すことは、この日本語のもつ詩的な幅広い意味を考えればゆるされるであろうし、特にそれが女性にではなく、男性にむけられているので徒《いたず》らな誤解はさけられると思う。ただこのドストエフスキーの表現は極めて重大な意味をもっているので、逐語的な説明を加えたのである。なお、英訳者マガルシャックはこれをPerfect manと訳していることを念のためつけくわえておく。

では、ドストエフスキーの意図したこの「無条件に美しい人間」のイメージははたして主人公ムイシュキン公爵のなかに形象化されているだろうか。この問いにたいする答えによってこの作品の評価は決定するわけだが、いまは何よりもまず作者がこの主人公をどのように設定したかを想起してみよう。小さな包み一つを持ってスイスからペテルブルグへ帰ってくるムイシュキン公爵は、その最初の会話から自分が白痴同然だったことを告白する。そして、いまや正常な人間でありながら、彼はこの「白痴」という好ましからざるニックネームで全編を通し、最後にはふたたび本物の「白痴」に戻るのである。この設定は極めて意味深長である。所詮《しょせん》、ムイシュキン公爵のような人物はこの世に存在しえないことを暗示しているかのようである。だが、この長編に登場する人物たちは、その程度の差こそあれ、誰もが一様にムイシュキン公爵の不思議な魅力のとりことなり、彼によって振りまわされているのである。一見彼の敵ともみえるロゴージンも、おのれの愛を偽っているナスターシャも、誇りたかいアグラーヤも、いや、世知にたけたレーベジェフまでがそうである。ということは、ムイシュキン公爵が、単なる作者の観念の産物ではなく、りっぱに肉体をもち血の通っている人間として描かれていることの証拠ではなかろうか。

寛容と静けさによって支配されているムイシュキン公爵にたいして、ロゴージンはエゴイズムと粗暴さを代表している。だが、二人ともひとりの女性ナスターシャ・フィリポヴナにたいする愛情によってかたく結ばれている。たしかに、ロゴージンは教育のない粗暴な男だが、莫大《ばくだい》な遺産が転《ころ》がりこんだのちも、ほかの女性には目もくれず、ひたすらにナスターシャへの愛情によって生きている男である。ソヴェトの批評家グロッスマンによれば作者はこの「奔放で向う見ずな気性の民衆的人物を描くにあたって、自分の好きなシェイクスピアの主人公オセローを目標においている」という。それにしても、ムイシュキンとロゴージンが愛するナスターシャの死体のかたわらでひっそりと通夜をするこの長編のフィナーレは、なんと力強い、悲劇的な〈結末の破局〉（ドストエフスキーの用語）をあらわしていることか。作者自身その点にふれてこの長編が完成しようとしていたころ、この小説を書いたのも「この結末が書きたかったためだといってもいいくらいです」と告白しているほどである。

ナスターシャ・フィリポヴナは、ドストエフスキーの創造した類《たぐ》い稀《まれ》な女性像の一つである。彼女は運命に辱《はずか》しめられながらも、その心の奥底に純潔な魂を秘めている誇りたかき女性として描かれている。その恐ろしいほどの美貌《びぼう》は、「幻想的で悪魔的な」美しさに輝いているが、ときには「街の女」のように振舞い、その突飛な行動によって人びとを驚かせる。だが、「ほんとうの人間」としてのムイシュキン公爵の価値をまっさきに認めたのはほかならぬナスターシャ・フィリポヴナなのである。いや、彼女を『白痴』の主人公と呼んでも決して的はずれではないだろう。現に、作者もそのことを認めて「二人の主人公」という表現を使っているくらいである。

このほか、ナスターシャの分身とも見えるアグラーヤ、一筋縄《ひとすじなわ》ではいかぬレーベジェフ、ニヒリスチックな哲学青年イポリートなど、数えあげれば文学的に魅力のある人物はつきない。もともと、ドストエフスキーは脇役《わきやく》的人物の描写にすばらしい才能を発揮した作家である。

いずれにしても『白痴』はドストエフスキーの五大長編のなかで最も抒情《じょじょう》的な作品であり、この長編を読んだレフ・トルストイは主人公ムイシュキン公爵について「これはダイヤモンドだ。その値打ちを知っている者にとっては何千というダイヤモンドに匹敵する」と激賞している。

最後に、題名の「白痴《イジオート》」というロシア語についてひとこと説明しておく。このロシア語は純粋な病名としての〈白痴〉のほか、「ばか」「まぬけ」の意味で日常ふつうに使われるロシア語である。訳文において「白痴《ばか》」などとしたのもそのためである。あまりに深読みする読者が、この言葉を「無垢《むく》の人」といったニュアンスで受けとることのないよう注意しておく。作者は「無条件に美しい人間」を周囲の人びとに「白痴」と呼ばせることによって読者に挑戦しているわけである。われわれはいったいいかなる人物を「白痴」の名で呼んでいるのか、と。

なお、翻訳に使用したテキストは一九二六年のソヴェト国立出版所版ドストエフスキー全集第六巻である。

一九七〇年四月　　　　木村　浩

新潮文庫最新刊

司馬遼太郎著
司馬遼太郎が考えたこと 1
―エッセイ 1953.10〜1961.10―
40年以上の創作活動のかたわら書き残したエッセイの集大成シリーズ。第1巻は新聞記者時代から直木賞受賞前後までの89篇を収録。

司馬遼太郎著
司馬遼太郎が考えたこと 2
―エッセイ 1961.10〜1964.10―
新聞社を辞め職業作家として独立、『竜馬がゆく』『燃えよ剣』『国盗り物語』など、旺盛な創作活動を開始した時期の119篇を収録。

夏樹静子著
白愁のとき
もしアルツハイマーと診断されたら、その先の人生はどうなる？　精神余命は一年と告げられた働き盛りの造園設計家・恵門の場合は。

伊集院静著
白い声（上・下）
奇跡の出逢いから運命の恋が始まる…。無償の愛を抱いた女と悲哀を抱いた男。二つの魂が交錯し、やがて至福の時を迎える恋愛長篇。

山田太一著
彌太郎さんの話
30年ぶりに会った男は、奇妙な事件を告白した。繰り返し記憶の断片を聞き続けるうちに、私はその人生の闇にひきこまれていく。

戸梶圭太著
未確認家族
ヤンキー夫婦と前科者の父子。二組の〝不道徳家族〟が狂気に目覚めた時、復讐劇は始まった。ドライブ感がたまらない超犯罪小説！

Title : ИДИОТ (vol. II)
Author : Фёдор М. Достоевский

白《はく》　痴《ち》（下）

新潮文庫　ト-1-4

昭和四十五年十二月三十日　発行
平成十六年四月十五日　四十七刷改版
平成十六年十二月二十五日　四十八刷

訳者　木《き》村《むら》浩《ひろし》

発行者　佐藤隆信

発行所　株式会社　新潮社
郵便番号　一六二―八七一一
東京都新宿区矢来町七一
電話　編集部(〇三)三二六六―五四四〇
　　　読者係(〇三)三二六六―五一一一
http://www.shinchosha.co.jp

価格はカバーに表示してあります。

乱丁・落丁本は、ご面倒ですが小社読者係宛ご送付ください。送料小社負担にてお取替えいたします。

印刷・二光印刷株式会社　製本・憲専堂製本株式会社

ISBN4-10-201004-1　C0197